古典小说大字本

褚人获 编撰

◎ 侯会 校点

隋唐演义 上

人民文学出版社

图书在版编目（CIP）数据

隋唐演义：上下／（清）褚人获编撰；侯会校点． --北京：人民文学出版社，2024（2024.12重印）

（古典小说大字本）

ISBN 978-7-02-018627-3

Ⅰ．①隋⋯　Ⅱ．①褚⋯②侯⋯　Ⅲ．①《隋唐演义》　Ⅳ．①I242.4

中国国家版本馆CIP数据核字（2024）第072651号

责任编辑　李　俊
装帧设计　刘　远
责任印制　张　娜

出版发行　人民文学出版社
社　　址　北京市朝内大街166号
邮政编码　100705

印　　刷　三河市宏盛印务有限公司
经　　销　全国新华书店等

字　　数　708千字
开　　本　710毫米×1000毫米　1/16
印　　张　66　插页6
印　　数　5001—8000
版　　次　2007年3月北京第1版
印　　次　2024年12月第2次印刷

书　　号　978-7-02-018627-3
定　　价　78.00元（全二册）

如有印装质量问题，请与本社图书销售中心调换。电话：010-65233595

目　　录

前言 ································· 1

四雪草堂本《隋唐演义》褚人获序 ············· 5

《隋唐演义》原序 ························· 6

四雪草堂重编《隋唐演义》发凡 ··············· 7

第 一 回　隋主起兵伐陈
　　　　　晋王树功夺嫡 ················· 1

第 二 回　杨广施谗谋易位
　　　　　独孤逞妒杀宫妃 ··············· 12

第 三 回　逞雄心李靖诉西岳
　　　　　造谶语张衡危李渊 ············· 22

第 四 回　齐州城豪杰奋身
　　　　　楂树岗唐公遇盗 ··············· 32

第 五 回　秦叔宝途次救唐公
　　　　　窦夫人寺中生世子 ············· 42

第 六 回　五花阵柴嗣昌山寺定姻
　　　　　一蹇囊秦叔宝穷途落魄 ········· 50

第 七 回	蔡太守随时行赏罚 王小二转面起炎凉	62
第 八 回	三义坊当铜受腌臜 二贤庄卖马识豪杰	71
第 九 回	入酒肆蓦逢旧识人 还饭钱径取回乡路	80
第 十 回	东岳庙英雄染疴 二贤庄知己谈心	88
第十一回	冒风雪樊建威访朋 乞灵丹单雄信生女	98
第十二回	皂角林财物露遭殃 顺义村擂台逢敌手	107
第十三回	张公谨仗义全朋友 秦叔宝带罪见姑娘	119
第十四回	勇秦琼舞铜服三军 贤柳氏收金获一报	129
第十五回	秦叔宝归家侍母 齐国远截路迎朋	138
第十六回	报德祠酬恩塑像 西明巷易服从夫	148
第十七回	齐国远漫兴立球场 柴郡马挟伴游灯市	160
第十八回	王碗儿观灯起衅 宇文子贪色亡身	168
第十九回	恣蒸淫赐盒结同心 逞弑逆扶王升御座	176
第二十回	皇后假宫娥贪欢博宠 权臣说鬼话阴报身亡	185

目　录

第二十一回	借酒肆初结金兰 通姓名自显豪杰	195
第二十二回	驰令箭雄信传名 屈官刑叔宝受责	207
第二十三回	酒筵供盗状生死无辞 灯前焚捕批古今罕见	217
第二十四回	豪杰庆千秋冰霜寿母 罡星祝一夕虎豹佳儿	227
第二十五回	李玄邃关节全知己 柴嗣昌请托浼赃官	237
第二十六回	窦小姐易服走他乡 许太监空身入虎穴	246
第二十七回	穷土木炀帝逞豪华 思净身王义得佳偶	257
第二十八回	众娇娃剪彩为花 侯妃子题诗自缢	268
第二十九回	隋炀帝两院观花 众夫人同舟游海	279
第 三 十 回	赌新歌宝儿博宠 观图画萧后思游	289
第三十一回	薛冶儿舞剑分欢 众夫人题诗邀宠	301
第三十二回	狄去邪入深穴 皇甫君击大鼠	313
第三十三回	睢阳界触忌被斥 齐州城卜居迎养	322
第三十四回	洒桃花流水寻欢 割玉腕真心报宠	332

第三十五回	乐永夕大士奇观 清夜游昭君泪塞	341
第三十六回	观文殿虞世南草诏 爱莲亭袁宝儿轻生	353
第三十七回	孙安祖走说窦建德 徐懋功初交秦叔宝	362
第三十八回	杨义臣出师破贼 王伯当施计全交	373
第三十九回	陈隋两主说幽情 张尹二妃重贬谪	383
第四十回	汴堤上绿柳御题赐姓 龙舟内绛仙艳色沾恩	392
第四十一回	李玄邃穷途定偶 秦叔宝脱陷荣归	401
第四十二回	贪赏银詹气先丧命 施绝计单雄信无家	411
第四十三回	连巨真设计赚贾柳 张须陀具疏救秦琼	422
第四十四回	宁夫人路途脱陷 罗士信黑夜报仇	434
第四十五回	平原县秦叔宝逃生 大海寺唐万仞徇义	445
第四十六回	杀翟让李密负友 乱宫妃唐公起兵	456
第四十七回	看琼花乐尽隋终 殉死节香销烈见	468
第四十八回	遗巧计一良友归唐 破花容四夫人守志	480

目 录

第四十九回	舟中歌词句敌国暂许君臣 马上缔姻缘吴越反成秦晋	490
第五十回	借寇兵义臣灭叛臣 设宫宴曹后辱萧后	500
第五十一回	真命主南牢身陷 奇女子巧计龙飞	513
第五十二回	李世民感恩劫友母 宁夫人惑计走他乡	526
第五十三回	梦周公王世充绝魏 弃徐勋李玄邃归唐	536
第五十四回	释前仇程咬金见母受恩 践死誓王伯当为友捐躯	546
第五十五回	徐世勣一恸成丧礼 唐秦王亲喧服军心	557
第五十六回	啖活人朱灿兽心 代从军木兰孝父	572
第五十七回	改书柬窦公主辞姻 割袍襟单雄信断义	583
第五十八回	窦建德谷口被擒 徐懋功草庐订约	596
第五十九回	狠英雄犴牢聚首 奇女子凤阁沾恩	609
第六十回	出囹圄英雄惨戮 走天涯淑女传书	621
第六十一回	花又兰忍爱守身 窦线娘飞章弄美	635
第六十二回	众娇娃全名全美 各公卿宜室宜家	648

第六十三回	王世充忘恩复叛 秦怀玉翦寇建功	663
第六十四回	小秦王宫门挂带 宇文妃龙案解诗	677
第六十五回	赵王雄踞龙虎关 周喜霸占鸳鸯镇	687
第六十六回	丹霄宫嫔妃交谮 玄武门兄弟相残	698
第六十七回	女贞庵妃主焚修 雷塘墓夫妇殉节	709
第六十八回	成后志怨女出宫 证前盟阴司定案	720
第六十九回	马宾王香醪濯足 隋萧后夜宴观灯	732
第 七 十 回	隋萧后遗榇归坟 武媚娘披缁入寺	739
第七十一回	武才人蓄发还宫 秦郡君建坊邀宠	748
第七十二回	张昌宗行傩幸太后 冯怀义建节抚硕贞	758
第七十三回	安金藏剖腹鸣冤 骆宾王草檄讨罪	766
第七十四回	改国号女主称尊 闯宾筵小人怀肉	776
第七十五回	释情痴夫妇感恩 伸义讨兄弟被戮	784
第七十六回	结彩楼嫔御评诗 游灯市帝后行乐	795

目 录

第七十七回	鸩昏主竟同儿戏 斩逆后大快人心	805
第七十八回	慈上皇难庇恶公主 生张说不及死姚崇	813
第七十九回	江采蘋恃爱追欢 杨玉环承恩夺宠	824
第八十回	安禄山入宫见妃子 高力士沿街觅状元	834
第八十一回	纵嬖宠洗儿赐钱 惑君王对使剪发	846
第八十二回	李谪仙应诏答番书 高力士进谗议雅调	853
第八十三回	施青目学士识英雄 信赤心番人作藩镇	863
第八十四回	幻作戏屏上婵娟 小游仙空中音乐	873
第八十五回	罗公远预寄蜀当归 安禄山请用番将士	883
第八十六回	长生殿半夜私盟 勤政楼通宵欢宴	895
第八十七回	雪衣女诵经得度 赤心儿欺主作威	904
第八十八回	安禄山范阳造反 封常清东京募兵	913
第八十九回	唐明皇梦中见鬼 雷万春都下寻兄	922
第九十回	矢忠贞颜真卿起义 遭妒忌哥舒翰丧师	932

第九十一回	延秋门君臣奔窜 马嵬驿兄妹伏诛	942
第九十二回	留灵武储君践位 陷长安逆贼肆凶	950
第九十三回	凝碧池雷海青殉节 普施寺王摩诘吟诗	959
第九十四回	安禄山屠肠殒命 南霁云啮指乞师	968
第九十五回	李乐工吹笛遇仙翁 王供奉听棋谒神女	978
第九十六回	拼百口郭令公报恩 复两京广平王奏绩	988
第九十七回	达奚女钟情续旧好 采蘋妃全躯返故宫	998
第九十八回	遗锦袜老妪获钱 听雨铃乐工度曲	1009
第九十九回	赦反侧君念臣恩 了前缘人同花谢	1017
第一百回	迁西内离间父子情 遣鸿都结证隋唐事	1027

前　言

《隋唐演义》，清褚人获编撰，全书二十卷一百回，是一部章回体历史演义小说。

褚人获(1635—?)字稼轩，一字学稼，号石农、没世农夫等，长洲(今江苏苏州)人。一生未仕，勤于著述；尚撰有《坚瓠集》《退佳琐录》《读史随笔》《鼎甲考》《圣贤群辅录》《续蟹谱》等笔记杂著。褚氏虽为布衣，但在吴中颇有声名，当时江南著名文士尤侗、洪昇、顾贞观、徐珂、张潮以及评点《三国志演义》的毛宗岗等，都与他过从甚密。

《隋唐演义》演说隋唐两朝史事，始于隋文帝起兵伐陈，叙及隋炀帝弑父登基、荒疏亡国；后半部则叙写唐太宗得天下、武则天专权等情节，又以将近全书四分之一的篇幅，重点演说唐玄宗宠幸杨贵妃及安史之乱等内容，结于玄宗自蜀还都、逝于西内。全书百回篇幅，涉及一百七十多年的历史，在历史演义小说中，其时间跨度算是比较长的了。书中故事大致可分为两个层面：一是隋唐两代的王朝政治、帝妃生活；一是隋唐之际民间豪杰的传奇故事。前者以隋炀帝、朱贵儿及唐明皇、杨玉环的隔世姻缘为主线，由此串联起半历史半传奇的宫闱爱情故事。后者则主要塑造了秦叔宝、程咬金、单雄信等一班草泽英雄的形象，他们在改朝换代之际输忠仗义、择主而事，生动的形象和富于撞击力的情节令人读来血脉偾张。作者让帝王后妃的骄奢生活与英雄豪侠的反抗场景交错而出，大概正是以此暗示隋朝覆灭及安史之乱产生的根本原因，借以揭示某些历史规律。

在历代讲史话本中，隋唐兴替的话题与三国、五代、水浒、杨家将、说岳等故事一样，深受历代听众、读者的喜爱。最早的隋唐题材话本相传是罗贯中所撰《小秦王词话》，经明人诸圣邻重订，改称《大唐秦王词话》。嗣后又有十二卷一百二十二回的《隋唐两朝志传》问世，仍署"东原贯中罗本编辑"，书前有林瀚序。有的学者认为，这部《志传》的编撰者实即明人林瀚，此书是他基于"罗贯中原本"并参考"隋唐诸书"重编而成。不过也有学者认为，《志传》所署编者、序者均系伪托，该书实为明万历坊贾在书商熊大木《唐书志传通俗演义》的基础上修改而成，其间还留有熊氏照抄史传的一贯风格印迹。尽管《志传》的编撰者至今尚不能确知，但此书是褚人获编撰《隋唐演义》的重要参考底本，则大致可以肯定。

此外，对褚人获的创作产生重大影响的，还有两部明人撰写的隋唐题材章回之作：一部是明末人袁于令的《隋史遗文》（十二卷六十回），另一部是题为"齐东野人编演"的《隋炀帝艳史》（八卷四十回）。前者名为演说"隋史"，且以一定篇幅揭露了隋炀帝弑父杀兄、征高丽、修运河、横征暴敛的种种劣行，然书中贯穿始终的核心人物，却是民间好汉秦琼，因而该书又有"秦叔宝演义"的别称。《艳史》一书则依傍前代笔记《海山记》《迷楼记》《开河记》

等,津津描绘隋炀帝于洛阳大兴土木、修筑湖山宫苑,及开挖运河、游幸扬州等"韵事",以欣赏的笔调细致刻画了隋炀帝与后妃宫人悠游纵欲的奢靡生活。

褚人获《隋唐演义》的编创,以上述三书为基础,并参考了《大业拾遗记》《明皇杂录》《逸史》等众多隋唐以来的杂史稗说。如小说前六十六回的叙事范围,便大致与《隋史遗文》《隋炀帝艳史》二书一致;一些精彩片断几乎连篇袭用,一字不易。至于后面的唐代故事,则多据《隋唐两朝志传》等书笔削而成。如隋炀帝、朱贵儿与唐明皇、杨贵妃的两世姻缘,据作者披露,便是继承了唐代卢肇《逸史》的说法。

以今天的观点来看,这样一部"千古文章一大抄"的作品,从创作理念到艺术水准,都难免要受到质疑。然而熟悉古代小说的读者不难理解,这种抄撮整合的编创模式,是旧时小说家的惯用手法。不少经典文学故事,便是以这种抄袭承传的方式,经千锤百炼,在扬弃累积中逐渐提高的。《隋唐演义》之前的同题材作品各有千秋,或偏于历史的陈述,或重在人物的摹写;褚人获独能撷众书之长,兼容并包、综合去取,使繁复的情节勾连有序,作品风格也尽量协调。作者还不忘在大处落墨之余,插入一些脍炙人口的掌故逸闻,诸如李靖代龙行雨、花木兰替父从军、李白醉草吓蛮书、王积薪遇仙学弈,等等,显示出从容不迫的叙事能力。作者在《发凡》中强调本书以《隋唐两朝志传》等书为依傍,"更取正史及野乘所纪隋唐间奇事、快事、雅趣事,汇纂成编,颇堪娱目。非欲求胜昔人,聊以补所未备云尔"。由此可见作者的创作原则及志趣。读者既可从书中获取有关隋唐易代、安史之乱等重大历史事件的信息，又可从秦琼卖马、贾柳店焚批、王伯当捐躯等生动故事中获得传统伦理的感动，感受通俗文学所特有的阳刚之气、朴拙之美。总之，在所有隋唐系列作品中，《隋唐演义》堪称是集大成之作，对后世的影响力也最大。

本书校点所据底本为《四雪草堂重订通俗隋唐演义》（山东大学图书馆藏本），署"剑啸阁、齐东野人等原本，长洲后进没世农夫汇编，吴鹤氏散人鹤樵子参订"，系四雪草堂初印本。书前有"康熙乙亥（1695）冬十月既望"褚人获所撰序言及"正德戊辰（1508）仲春花朝后五日"林瀚所撰"隋唐演义原序"，后者或系伪托。另有"四雪草堂重编《隋唐演义》发凡"四条。以上三序一并列于本书开头。原书有部分缺页，据他本校补。为保存原书面貌，凡一般明清小说中的惯用字、俗字等，一概予以保留，个别明显讹误者径改，恕不另出校记。

校点过程中，谬误在所不免，还望读者诸君不吝赐正。

侯 会
2006 年 8 月

四雪草堂本《隋唐演义》褚人获序

昔人以《通鉴》为古今大账簿,斯固然矣。第既有总记之大账簿,又当有杂记之小账簿,此历朝传志演义诸书所以不废于世也。他不具论,即如《隋唐志传》,创自罗氏,纂辑于林氏,可谓善矣。然始于隋宫剪彩,则前多阙略,厥后铺缀唐季一二事,又零星不联属,观者犹有议焉。昔箨庵袁先生曾示予所藏《逸史》,载隋炀帝朱贵儿、唐明皇杨玉环再世因缘,事殊新异可喜。因与商酌,编入本传,以为一部之始终关目。合之《遗文》《艳史》而始广其事,极之穷幽仙证而已竟其局。其间阙略者补之,零星者删之,更采当时奇趣雅韵之事点染之,汇成一集,颇改旧观。乃或者曰:再世因缘之说,似属不根。予曰:事虽荒唐,然亦非无因。安知冥冥之中不亦有账簿登记此类,以待销算也?然则斯集也,殆亦古今大账簿之外、小账簿之中,所不可少之一帙与?

时康熙乙亥冬十月既望,长洲褚人获学稼氏题于四雪草堂

《隋唐演义》原序

　　罗贯中所编《三国志》一书,行于世久矣,逸士无不观之。而隋唐独未有传志,予每憾焉。前寓京师,访有此书,求而阅之,始知实亦罗氏原本,第其间尚多阙略。因于退食之暇,遍阅隋唐诸书所载英君名将、忠臣义士,凡有关于风化者,悉为编入,名曰《隋唐志传通俗演义》,盖欲与《三国志》并传于世,使两朝事实,愚夫愚妇一览可概见耳。予既不计年劳,抄录成帙;又恐流传久远,未免有鲁鱼亥豕之讹。兹更加订正,付之剞劂,庶几观者无憾。夫饱食终日,无所用心,不若博弈之犹贤乎已;若予之所好在文字,固非博弈技艺之比。后之君子能体予此意,以是编为正史之补,勿第以稗官野乘目之,是盖予之至愿也夫。

　　时正德戊辰仲春花朝后五日,赐进士出身资政大夫南京参赞机务兵部尚书致仕前吏部尚书国子监祭酒左春坊左谕德兼经筵日讲官同修国史三山林瀚撰

四雪草堂重编《隋唐演义》发凡

一、《隋唐演义》原本出自宋罗贯中，明正德中，三山林太史亨大复加纂辑。授梓行世已久，而坊人犹以为未尽善。近见《逸史》载隋帝、唐宗与贵儿、阿环两世会合，其事甚新异，因为编入；更取正史及野乘所纪隋唐间奇事、快事、雅趣事，汇纂成编，颇堪娱目。非欲求胜昔人，聊以补所未备云尔。

一、书名《隋唐演义》，似宜全载两朝始末。但是编以两帝两妃再世会合事为一部之关目，故止详隋炀帝而终于唐明皇。肃宗之后尚有十四传，其间新奇可喜之事，当另为《晚唐志传》以问世，此不赘及。

一、古称左图右史，图像之传，由来旧矣。乃今稗史诸图，非失之秽亵，即失之粗率。秽亵既大足污目，而粗率又不足以悦目，甚无取焉。兹集图像计五十帧，为赵子同文所写，意景雅秀，又刊自王子祥宇、郑子予文之手，镂刻精工，似当为识者所赏。

一、是编草成已久，刊刻过半，因末后二十余回偶尔散轶，遂至中止。兹幸得之一友人箧中，始成全帙。付之剞劂，以公同好。倘有翻刻者，千里必究。

四雪草堂主人谨识

第 一 回

隋主起兵伐陈　晋王树功夺嫡

诗曰：
　　繁华消歇似轻云，不朽还须建大勋。
　　壮略欲扶天日坠，雄心岂入驽骀群。
　　时危俊杰姑埋迹，运启英雄早致君。
　　怪是史书收不尽，故将彩笔谱奇文。

　　从来极富极贵极畅适田地，说来也使人心快，听来也使人耳快，看来也使人眼快。只是一场冷落败坏根基，都藏在里边，不做千古骂名，定是一番笑话。馆娃宫、铜雀台，惹了多少词人墨客嗟呀嘲诮。止有草泽英雄，他不在酒色上安身立命，受尽的都是落寞凄其，倒会把这干人弄出来的败局，或是收拾，或是更新，这名姓可常存天地。但他名姓虽是后来彰显，他骨格却也平时定了。譬如日月：他本体自是光明，撞在轻烟薄雾中，毕竟光芒射出，苦是人不识得。就到后来称颂他的，形之纸笔，总只说得他建功立业的事情，说不到他微时光景。不知松柏生来便有参天形势，虎豹小时便有食牛气概，说来反觉新奇。我未提这人，且把他当日遭际的时节略一铺排。这番勾引那人出来，成一本史书，写不到人间并不曾知

第 一 回

得的一种奇谈。可是：

　　　　器当盘错方知利,刃解宽髀始觉神。
　　　　由来人定天能胜,为借奇才一起屯。

从古相沿,剥中有复：虞,夏,商,周,秦,汉,三国,两晋。晋自五马渡江,天下分而为二,这叫做南北朝。南朝刘裕篡晋称宋,萧道成篡宋称齐,萧衍篡齐称梁,陈霸先篡梁称陈。虽然各有国号,绍袭正统,名为天子,其实天下微弱,偏安江左。北朝在晋时,中原一带地方,到被汉主刘渊、赵主石勒、秦主苻坚、燕主慕容廆、魏主拓跋珪诸胡人据了,叫做五胡乱华,是为北朝。魏之后乱离,又分东西。东西二魏：一边为高欢之子高洋篡夺,改国号曰齐；一边被宇文泰篡夺,改国号曰周。周又灭齐,江北方成一统。这时周又生出一个杨坚,小字那罗延,弘农郡华阴人也,汉太尉震八代孙。乃父杨忠,从宇文泰起兵,赐姓普六茹氏,以战功封隋公。生坚时,母亲吕氏梦苍龙据腹而生,生得目如曙星,手有奇文,俨成"王"字。杨忠夫妻知他异人。后来有一老尼对他母亲道："此儿贵不可言,但须离父母方得长大。贫尼愿为抚视。"其母便托老尼抚育。奈这老尼止是单身住庵,出外必托邻人看视。这日老尼他出,一个邻媪进庵,正将杨坚抱弄,忽见他头出双角,满身隐起鳞甲,宛如龙形。邻媪吃了一惊,叫声"怪物",向地下一丢。恰好老尼归来,连忙抱起,惋惜道："惊了我儿,迟他几年皇帝！"总是天将混一,天下毕竟产一真人。

自此数年,杨坚长成,老尼将来送还杨家。未几,老尼物故。后来杨忠亦病亡,杨坚遂袭了他职,为隋公。其时,周武帝见他相貌瑰奇,好生猜忌,累次着人相他。相者知他后有大福,都为他周旋。他也知道周武帝相疑,将一女夤缘做了太子妃,以固宠。直至周武帝晏驾,太子即位,是为宣帝。宣帝每有巡幸,以后父故,恒委坚以居守。宣帝庸懦,杨坚羽翼已成,竟篡夺了周国,国仍号隋,改年号为开皇元年。正是:

莽因后父移刘祚,操纳娇儿覆汉家。

自古奸雄同一辙,莫将邦国易如花。

隋主初即位,立独孤氏为皇后,世子勇为太子,次子广封为晋王。打起一番精神,早朝晏罢。又因独孤皇后悍妒非常,成全了他不近女色。更是在朝将相,文有李德林、高颎、苏威,武有杨素、李渊、贺若弼、韩擒虎。君明臣良,渐有拓土开疆,混一江表意思。

若使江南人主也能励精图治、任用贤才,未知鹿死谁手。无奈创业之君多勤,守成之君多逸。创业之君亲正直、远奸谀,守成之君恶老成、喜年少。更是中材之君,还受人挟持;小有才之君,便不由人驾驭。这陈主叔宝也是一个聪明颖异之人,奈是生在南朝,沿袭文弱艳丽的气习,故此好作诗赋。又撞着两个东宫官:一个是孔范,一个是江总,又乃薄有才华,没些骨鲠的人。自古道:"诗为酒友,酒是色媒。"清闲无事,诗赋之余,不过酒杯中快活,被窝里欢娱。台池的点缀,打点一段风流性格,及时取乐。始得即位,不说换出他一副肝肠,倒越畅快了许多志气,升江总为仆射,用孔范作都官尚书。君臣都不理政务,只是陪宴、和诗过了日子。陈主又在龚贵嫔位下寻出一个美人,姓张名丽华,发长七尺,光可鉴物;更是性格敏慧,举止娴雅,浅笑微颦,丰华入目,承颜顺意,婉变快心。还有一种妙处:肯荐引后宫嫔御。一时龚、孔二贵嫔,王、李二美人,张、薛二淑媛,袁昭仪、何婕妤、江修容,并得贯鱼承宠。陈主那有闲暇理论朝廷机事？就有时披览百官章奏，毕竟自倚着隐囊，把张丽华放在膝上，两人商议断决。妇人有甚远见，这里不免内侍乘机关节，纳贿擅权。又且孔范与孔贵嫔结为兄妹，固宠专政。当时只晓有江、孔，不知有陈主了。

　　檀口歌声香，金樽酒痕绿。

　　一派绮罗筵，障却光明烛。

　　况是有了一干娇艳，须得珠珰玉佩，方称着蝼首蛾眉；翠襦锦衾，方称着柳腰桃脸；山珍海错、金杯玉斝，方称他舞妙清讴；瑶室琼台、绣屏象榻，方称他花营柳阵。不免取用民间。这番便惹出一班残刻小人，施文庆、沈客卿、阳惠朗、徐哲、暨慧景，替他采山探海，剥众害民。在光昭殿前起临春、结绮、望仙三座大阁，都高数十丈，开广数十间。栏槛窗牖，都是沉香做就，还镶嵌上金玉珠翠。外布珠帘，里边列的是宝床玉几，锦帐翠帷。且是一时风流士女，绝会妆点。在太湖、灵璧、两广购取奇石，叠作蓬莱，山边引水为池，文石为岸，白石为桥，杂植奇花异卉。正是：

　　直须阆苑还堪比，便是阿房也不如。

　　陈主自住临春阁，张丽华住结绮阁，龚、孔二贵嫔住望仙阁。三阁都是复道回廊，委宛相通，无日不游宴。外边孔范、江总还有文士常侍王瑳等，里边女学士袁大舍等，都得陪从。酒酣，命诸妃嫔及女学士、江、孔诸人，赋诗赠答。陈主与张丽华品题，各有赏赐，把极艳丽的，谱在乐中。每宴选宫女数千人，分番歌咏，焚膏继晷，辄为长夜之饮。说不尽繁华的景象，风流的态度。正是：

　　费辄千万钱，供得一时乐。

　　杯浮赤子膏，筵列苍生膜。

隋主起兵伐陈　晋王树功夺嫡

　　宫庭日欢娱，闾里日萧索。

　　犹嫌白日短，醉舞银蟾落。

　　消息传入隋朝，隋主便起伐陈之意。高颎、杨素、贺若弼都上平陈之策。正在议论之间，忽然晋王广请领兵伐陈，道："叔宝无道，涂炭生民。天兵南征，势同压卵。若或迁延，叔宝殒灭，嗣以令主，恐难为功。臣请及时率兵讨罪，执取暴君，混一天下。"

　　看官们，你道征伐是一刀一枪事业，胜负未分。晋王乃隋亲王，高爵重禄，有甚不安逸，却要做此事？只为晋王乃隋主次子，与太子勇俱是独孤皇后所生。皇后生晋王时，朦胧之中，只见红光满室，腹中一声响亮，就像雷鸣一般，一条金龙突然从自家身子里飞将出来。初时觉小，渐飞渐大，直飞到半空中，足有十余里远近，张牙舞爪，盘旋不已。正觉好看，忽然一阵狂风骤起，那条金龙不知怎么竟坠下地来，把个尾掉了几掉，便缩做一团。仔细再一看时，却不是条金龙，倒像一个牛一般大的老鼠模样。独孤后着了一惊，猛然醒来，随即生下晋王。隋主闻知皇后梦见金龙摩天，故晋王小名叫做阿摩。独孤后大喜道："小名佳矣，何不并赐一个大名？"隋主道："为君须要英明，就叫做杨英罢。"又想道："创业虽须英明，守成还须宽广，不如叫做杨广。"正是：

　　玄鸟赤龙曾降兆，绕星贯月不虚生。

　　虽然德去三皇远，也有红光满禁城。

　　只因独孤后爱子之心甚切，时常在晋王面前说那生时的异兆。晋王却不甘为人下，因自忖道："我与太子一样弟兄，他却是个皇帝，我却是个臣子。日后他登了九五，我却要山呼万岁去朝他。这也还是小事。倘有毫厘失误，他就可以害得我性命。若只管战战兢兢去奉承他，我平生之欲，如何得遂？除非设一计策，谋夺了东宫，方遂我一生快乐。只是没有些功劳于社稷，怎得到这个地位？"左思右想，想得独孤最妒，朝臣中有蓄妾生子的都劝隋主废斥。太子因宠爱姬姜云昭训，失了皇后的欢心。晋王乘机阳为孝谨，阴布腹心，说他过失，称己贤孝。到此又要谋统伐陈兵马，贪图可以立功，且又总握兵权，还得结交外臣，以为羽翼。

却喜隋主素是个猜疑的人，正不肯把大兵尽托臣下，就命晋王为行军兵马大元帅，杨素为行军兵马副元帅，高颎为晋王元帅府长史，李渊为元帅府司马。这高颎是渤海人，字昭玄，生来足智多谋，长于兵事。李渊成纪人，字叔德，胸有三乳，曾在龙门破贼，发七十二箭，杀七十二人。更有两个总管韩擒虎、贺若弼，都是杀人不眨眼的魔君，为先锋，自六合县出兵。杨素由永安出兵，自上流而下。一行总管九十员，胜兵六十万，俱听晋王节制。各路进发，东连沧海，西接川蜀，旌旗舟楫，连接千里。

陈国屯守将士雪片告急，施文庆与沈客卿遏住不奏。及至仆射袁宪陈奏，要于京口、采石两处添兵把守，江总又行阻挠。这陈主也不能决断，道："王气在此，齐兵三来，周师再来，无不溃败，彼何为者耶！"孔范连忙献谄说："长江天堑，天限南北，人马怎能飞渡？总是边将要作功劳，妄言事急。臣每患官卑，隋兵若来，臣定作太尉公矣！"施文庆道："天寒人马冻死，如何能来？"孔范又道："可惜冻死了我家马。"陈主大笑，叫袁宪众臣无可用力。这便是陈国御敌的议论了。饮酒奏乐，依然如故。

　　北来烽火照长江，血战将军气未降。
　　赢得深宫明日月，银筝檀板度新腔。

隋主起兵伐陈　晋王树功夺嫡

到了祯明二年正月元旦,群臣毕聚。陈主夜间纵饮,一睡不醒,直到日暮方觉。不期这日,贺若弼领兵已自广陵悄悄渡江,韩擒虎又带精兵五百自横江直犯采石。守将徐子建一面奏报,一面要率兵迎敌。元旦各兵都醉,没一个拈得枪棒的。子建只得弃了兵士,单舸赶至石头。又值陈主已醉,自早候至晚,才得引见,回道:"明日会议出兵。"

次日鬼混了一日。到初四日,分遣萧摩诃、鲁广达等出兵拒战。内中萧摩诃要乘贺若弼初至钟山,击其未备;任忠要精兵一万,金翅三百艘,截其后路。都是奇策,陈主都不肯听。到了初八日,督各将鏖战。其时只得一个鲁广达竭力死斗,也杀贺若弼部下三百余人。孔范兵一交就走。萧摩诃被擒,任忠逃回。陈主也不责他,与他两柜金银,叫他募人出战。谁知他到石子冈撞了擒虎,便率兵投降,反引他进城。这时城中士庶乱窜,莫不逃生。陈主还呆呆坐在殿上等诸将报捷,及至听得北兵进城,跳下御座便走。袁宪一把扯住道:"陛下尊重,衣冠御殿,料他不敢加害。"陈主道:"兵马杀来,不是耍处!"挣脱飞走,赶入后宫,寻了张贵妃、孔贵嫔道:"北兵已来,我们须向一处躲,不可相失!"左手绾了贵妃,右手绾了贵嫔,走将出来。行到景阳井边,只听得军声鼎沸,道:"罢,罢,去不得了,同一处死罢!"将自投于井。后阁舍人夏侯公韵以身蔽井,陈主与争久之,乃一齐跳入井中。喜是冬尽春初,井中水涸,不大沾湿,后主道:"纵使躲得过,也怎生出得去?"

凯歌换却后庭花,箫鼓番成羯鼓挝。

王气六朝今日歇,却怜竟作井中蛙!

三人躲了许久,只听得人声喧闹,却是隋兵搜求珠宝宫女。止见正宫沈后端处宫中,太子深闭阁而坐,单不见了陈主。众军四下搜寻,有宫人道:"曾见跑到井边的,莫不投水死了?"众军闻得,都来井中探望。井中深黑,微见有人,忙下挠钩去搭。陈主躲过,钩搭不着。众军无计,遂将石块投井中,试看深浅,好下井找寻。陈主见飞下石子,大喊起来道:"不要打我!快把绳子抛下,扯了我起来!"众兵急取长绳,抛勾数十丈,又等半日,听得陈主道:"你等用力扯,我有金宝赏你,切不可扯不牢跌坏我!"初时两人扯,扯不动,又加两人,也扯不动。这些人道:"毕竟他是个皇帝,所以骨头重。"一个道:"毕竟是个蠢物!"及至发声喊,扯得起来,却是三个人,与张贵妃、孔贵嫔同束而上,故这等沉重。众人一齐笑将起来。宋王元甫有诗曰:

　　隋兵动地来,君王尚晏安。

　　须知天下窄,不及井中宽。

　　楼外烽交白,溪边血染丹。

　　无情是残月,依旧凭栏干。

众人簇拥了陈主,去见韩擒虎。陈主到也官样,相见一揖。晚来,贺若弼自外掖门入城,呼后主相见。后主见他威风凛凛,不觉汗流股战。贺若弼看了笑道:"不必恐惧,不失作一归命侯!"着他领了宫人,暂住德教殿,外边分兵围守。这时晋王率兵在后,先着高颎、李渊抚安百姓,禁止焚掠。驰入建康,两人正在省中出来,晓谕黎庶,禁约士卒,拘拿陈国乱政众臣。

只见晋王向来矫情镇物,不近酒色。此时他离远京师,且又闻得张丽华妖艳,着高颎之子记室高德弘驰到建康,来取张丽华。高颎道:"晋王身为元帅,伐暴救民,岂可先以女色为事?"不肯发遣。

隋主起兵伐陈　晋王树功夺嫡

高德弘道："大人，晋王兵权在手，取一女子，抗不肯与，恐至触怒。"李渊便道："高大人，张、孔狐媚迷君，窃权乱政，以国覆灭，本于二人。岂容留此祸本，再秽隋氏？不如杀却，以绝晋王邪念。"高颎点头道："正是。昔日太公蒙面斩妲己，恐留倾国更迷君也。今日岂可容留丽华以惑晋王哉！"便分付并孔贵嫔取来斩于清溪。高德弘苦苦争阻，不听。

　　秋水丰神冰玉肤，等闲一笑国成无。

　　却怜血染清溪草，不及夷光泛五湖。

　　张、孔二美人既斩，弄得个高德弘索兴而回。回至行营参谒，那晋王笑容可掬道："丽华到了么？"高德弘恐怕晋王见怪，把这事都推在李渊身上，道："下官承命去取，父亲不敢怠慢，着备香车细辇，还选美貌嫔御十人，陪送军前。"晋王笑道："非着记室往取，高长史也未必如此知趣。"高德弘道："只是可奈李渊，他言祸水不可容留，连孔贵嫔都斩了！"晋王听了失惊，道："你父亲怎不作主？"德弘道："臣与父亲再三阻挡，必不肯听，还责下官父子做美人局，愚弄大王。"晋王大怒道："可恶这厮！他是酒色之徒，一定看上这两个美人，怪我去取，他故此捻酸杀害。"却又叹息道："这也是我一时性急，再停两日到了建康，只说取陈叔宝一干家属起解，那时留下，谁人阻挡？就李渊来劝谏，只是不从，也没奈我何。这便是我失算，害了两个丽人。"临后恨恨的道："我虽不杀丽华，丽华由我而死。毕竟杀此贼子，与二姬报仇！"当下一场懊恼散了，早已种下祸根。

　　头悬白下惩亡陈，谁解匡君是忤君？

　　羡是鸱夷东海畔，智全越国又全身。

第 一 回

晋王因此一恼,倒勉强做个好人。一到建康,拿过施文庆,道他受委不忠,曲为诏佞;沈客卿重敛逢君;阳慧朗、徐哲、暨慧景侮法害民,时为五佞,都将来斩在石关下。又把孔范、王瑳等投于边裔,以息三吴民怨。使元帅府记室裴矩收图籍、封府库,一无所取,以博贤声。又道贺若弼先期失战,有违军令;李渊怠惰,不修职事,上疏纠劾,请拘拿问。隋主知平陈,若弼首功,渊居官忠直,俱免罪。还先召回若弼,赐绢万段。

其时各处未定州郡,分遣各总管督兵征伏。川蜀、荆楚、吴越、云贵,皆归版图,天下复统于一。惟岭南未有所附,数郡共奉高凉郡石龙夫人洗氏为主。夫人陈阳春太守冯宝之妻,冯仆之母也。闻隋破陈,夫人亲自起兵,保全四境,筑城拒守,众号"圣母",谓其城曰"夫人城"。隋遣柱国韦洸安抚岭外,夫人拒之,洸不得进。晋王遣陈主遗夫人书,谕以国亡,使之归隋。夫人得书,集首领数千人,尽日恸哭,北面拜谢后,始遣其孙盎率众迎洸入广州。夫人亲披甲胄,乘介马,张锦伞,引彀骑卫从,载诏书称使者,宣谕朝廷德意,历十余州,所至皆降。凡得州三十,郡一百,县四百。封盎为仪同三司,册夫人为宋康郡太夫人,赐临振县为汤沐邑。一年一贡献,三年一朝觐。时人作诗,以美其事,有"锦车朝促候,刁斗夜传呼"及"云摇锦车节,月照角端弓"之句。智、勇、福、寿,四者俱全。年八十余而终,称古今女将第一。

不说那谯国夫人之事,却说是年三月,晋王留王韶镇守建康,自督大军与陈主、与他宗室嫔御文武百司发建康,四月至长安,献俘太庙。拜晋王为太尉,赐辂车衮冕之服,玄圭白璧。杨素封越公,贺若弼、韩擒虎并进上柱国。若弼封宋公。擒虎因放纵士卒,淫污陈宫,不与爵邑。高颎加上柱国,进爵齐公。李渊升卫尉少卿。因是晋王恼他,不与叙功,反劾他,故此他封赏极薄。李渊也不介意,喜是晋王复奉旨出镇扬州,不得频加谮谮。但是晋王威权日盛,名望日增,奇谋秘计之士多入幕府。他图谋非望之心越急了。

四皓招来羽翼成,雄心岂肯老公卿。

直教豆向釜中泣,宁论豆箕一体生。

况且内有独孤后为之护持,外有宇文述为之计画,那有图谋不遂的理?

但未知隋主意下如何,且听下回分解。

第 二 回

杨广施谗谋易位　独孤逞妒杀宫妃

诗曰：
　　人谓骨肉亲,我谓谗间神。
　　嫌疑乍开衅,宵小争狺狺。
　　戈矛生笑底,欢爱成怨嗔。
　　能令忠孝者,衔愤不得伸。
　　巧言固如簧,萋菲成贝锦。
　　此中偶蒙蔽,觌面犹重闉。
　　心似光明烛,人言自不侵。
　　家国同一理,君子其敬听。

　　尝言木有蠹,虫生之。心中一有爱憎,受者便十分倾轧。隋自独孤皇后有不喜太子勇的念头,被晋王窥见,故意相形：知他怪的是宠妾,他便故意只与萧妃相爱,把平日一段好色的心肠暂时打叠；知他喜的是俭朴,他便故意饰为节俭模样,把平日一般奢华的意气暂时收拾。不觉把独孤皇后爱太子的心,都移在他身上。这些宦官宫妾,见皇后有些偏向,自然偷寒送暖,添嘴捌舌。寻规蹈矩的事体,不与他传闻；有一不好,便为他张扬起来。晋王宫中有些歹处,都与他掩饰;略有好处,一分增做十分,与他传播。况且又当不得晋王与萧妃,把皇后宫中亲信的异常款待,就是平常间,皇后宫人内竖往来,尽皆赏赐。谁不与他在皇后前称赞?

此时晋王,已知事有七八分就了。他又在平陈时结识下一个安州总管宇文述。因他足智多谋,人叫做小陈平。晋王在扬州便荐他做寿州刺史,得以时相往来。一日与他商议夺嫡之事,宇文述道:"大王既得皇后欢心,不患没有内主了。但下官看来,还有三件事:一件,皇后虽云恶太子、爱大王,却也恶之不深,爱也不甚。此行入朝,大王须做一苦肉计,动皇后之怜,激皇后之怒,以坚其心。这在大王还有一件,外边得一位亲信大臣,言语足以取信圣上,平日进些谗言,当极力为之撺掇。这便是中外夹攻,万无一失了。但只是废斥易位,须有大罪。这须买得他一个亲信,把他首发,无事认作有,小事认作大,做了一个狠证见,他自然展辩不得。这番举动,不怕不废;以次来,大王不怕不立,况有皇后作主。这两件下官做得来,只是要费金珠宝玩数万金。下官不惜破家,还恐不敷。"晋王道:"这我自备。只要足下为我计在必成,他时富贵同享。"其年恰值朝觐,两个一路而来,分头作事。

巧计欲移云蔽日,深谋拟令腊回春。

一边晋王自朝见隋主及皇后,朝中宰执,下至僚属,皆有赠遗,宫中宦官姬侍,皆有赏赐。在朝各官,只有李渊道:"虽为旧属,但人臣不敢私交!"不肯收晋王礼物。这边宇文述参谒大臣,拜望知己之后,来见大理寺少卿杨约。这杨约是越公杨素之弟。素位为尚书左仆射,威倾人主;只是地尊位绝,且自平陈已后,陈宫佳丽半入后房,颇耽声色,不大接见人。故人有干求,都向杨约关节,他门

第 二 回

庭如市。宇文述外官,等了许久方得相见,送了百余金厚礼,一茶而退。但是宇文述与杨约是平日忘形旧交,因此却来答拜。宇文述早在寓等候,延进客坐。只见四壁排列的,都是周彝商鼎、奇巧玩物,辉煌夺目。杨约不住睛观看。宇文述道:"这都是晋王见惠。兄善赏鉴,幸一指示。"杨约道:"小弟家下金宝颇多,此类甚少。尝从家兄宅中见来,觉兄所有更胜。"见侧首排有白玉棋枰、碧玉棋子。杨约道:"久不与兄交手矣,兄在此与何人手谈?"宇文述道:"是随行小妾。"杨约道:"是扬州娶来的了?扬州女子多长技艺。"宇文述道:"棋枰在此,与兄一局何如?"便以几上商鼎为彩。宇文述故意连输了几局,把珍玩输去强半。及酒至,席上陈设,又都是三代古器,间着金杯玉斝。杨约道:"这些金酒器,一定也是扬州来的。我北边无此精工。"宇文述道:"兄若赏他,便以相送。"便叫另具一桌盒,与杨爷畅饮;这些玩器,都送到杨爷宅中。

手下早已收拾送去了,杨约还再三谦让道:"这断不敢收,这是见财起意了!岂可无功食禄?"宇文述道:"杨兄,小弟向为总管,武官所得,不够馈送上司;及转寿州,只吃得一口水,如何有得送兄?这是晋王有求于兄,托弟转送。"杨约道:"但是兄之赐,已不敢当;若是晋王的,如何可受?"宇文述道:"这些须小物,何足希罕!小弟还送一场永远大富贵与贤昆玉。"杨约道:"比如小弟,果不可言富贵;若说家兄,他富贵已极,何劳人送?"宇文述笑道:"兄家富贵可云盛,不可云永。兄知东宫以所欲不行,切齿于令兄乎?他一旦得志,至亲自有云定兴等,宫僚自有唐令则等,能专有令兄乎?况权召嫉,势召谮,今之屈首居昆季下者,安知他日不危昆季、思踞其上也?今幸太子失德,晋王素溺爱于中宫,主上又有废子之心；兄昆季能赞成之，则援立之功，晋王当铭于骨髓。这才算永远悠久的富贵。是去累卵之危，成泰山之安。兄以为何如？"杨约点头道："兄言良是。只是废立大事，未易轻诺。容与家兄图之。"两人痛饮，至夜而散。

　　二五方成耦，中宫有骊姬。
　　势看俱集菀，鹤禁顿生危。

　　次日宇文述又打听得东宫有个幸臣姬威，与宇文述友人段达相厚。宇文述便持金宝，托段达贿赂姬威，伺太子动静。又授段达密计道："临期如此如此。"且许他日后富贵。段达应允，为他留心。及至晋王将要回任扬州，又依了宇文述计较，去辞皇后，伏地流涕道："臣性愚蠢，不识忌讳，因念亲恩难报，时常遣人问安。东宫说儿觊觎大位，恒蓄盛怒，欲加屠陷。每恐谗生投杼，鸩遇杯酌，是用忧惶，不知终得侍娘娘否？"言罢呜咽失声。皇后闻言曰："睍地伐渐不可耐，我为娶元氏女，竟不以夫妇礼待之，专宠阿云！使有如许豚犬，我在，汝便为所凌，倘千秋万岁后，自然是他口中鱼肉。使汝向阿云儿前，稽首称臣，讨生活耶！"晋王闻皇后言，叩首大哭。皇后安慰一番，叫他安心回去，非密诏不可进京，不得轻过东宫："停数月，我自有主意。"晋王含泪而出。宇文述道："这三计早已成了！"

　　柳迎正骑邗沟近，日掩京城帝里遥。
　　八乌已看成六翮，一飞直欲薄云霄！

　　一废一兴，自有天数。这杨约得了晋王贿赂，要为他转达杨素，每值相见，故作愁态。一日，杨素问他："因甚怏怏？"杨约道："前日兄长外转，东宫卫率苏孝慈，似乎过执，闻太子道：'会须杀

第 二 回

此老贼!'老贼'非兄而谁?愁兄白首履此危机。"杨素笑道:"太子亦无如我何!"杨约道:"这却不然。太子乃将来人主,倘主上一旦弃群臣,太子即位,便是我家举族所系,岂可不深虑?"杨素道:"据你意,还是谢位避他,还是如今改心顺他?"杨约道:"避位失势,纵顺他也不能释怨。只有废得他,更立一人,不惟免患,还有大功。"杨素抚掌道:"不料你有这智谋,出我意外!"杨约道:"这还在速,若还迟疑,一旦太子用事,祸无日矣!"杨素道:"我知道还须皇后为内主。"

杨素知隋主最惧内,最听妇人言的,每每乘内宴时称扬晋王贤孝,挑拨独孤皇后。妇人心肠褊窄浅露,便把晋王好、太子歹,一齐搬将出来。杨素又加上些冷言热语。皇后知他是外庭最信任的,便托他赞成废立,暗地将金宝送来嘱他。杨素初时还望皇后助他,这时皇后反要他相帮,知事必成。于是不时在隋主前搬斗是非,又日令宦官宫妾乘隙进谗,冷一句热一句,说他不好的去处。

正是积毁成山,三人成虎。到开皇二十年十月,隋主御武德殿宣诏,废勇为庶人。其子长宁王俨上疏求宿卫,隋主甚有怜悯之意,却又为杨素阻住。还有一个五原公元旻直谏,一个文林郎杨孝政上书,隋主听信杨素,俱遭刑戮。杨素却快自己的富贵可以长久,到了十一月,撺掇隋主立晋王为太子,以宇文述为东宫左卫率。晋王接着旨意,先具表奏谢,随择吉同萧妃朝见,移居禁苑,侍奉父母,十分孝敬。隋主见他如此,也自欢喜,且按下不题。

却说独孤后的性儿,天生成的奇妒。宫中虽有这宫妃彩女,花一团,锦一簇,隋主只落得好看,那一个得能与他宠幸?不期一日,独孤后偶染些微疾,在宫调理。隋主因得了这一个空儿,带了小内侍，私自到各宫闲耍。在鸡鹈楼前，步了一回，又到临芳殿上立了半响。见那些才人、世妇、婕妤、妃嫔，成行作队，虽都是锦装绣裹、玉映金围，然承恩不在貌，桃花嫌红，李花怪白，看过多时，并无一人当意。信着步儿走到仁寿宫来，也是天缘凑巧，只见一个少年宫女在那里卷珠帘，见了隋主来，慌忙把钩儿放下，似垂柳般磕了一个头，立将起来，低了眼斜傍着锦屏风站住。隋主仔细一看，只见那宫女生得花容月貌，百媚千娇，真是：

　　笑春风三尺花，骄白雪一团玉。

　　痴疑秋水为神，瘦认梨云是骨。

　　碧月充作明珰，轻烟剪成罗縠。

　　不须淡抹浓描，别是内家装束。

　　隋主见了，不觉心窝里痒将起来，问道："你是几时进宫的，怎么再不见承应？"那宫女见隋主问他，因跪下答道："贱婢乃尉迟迥的孙女，自没入宫，即蒙娘娘发在此处，不许擅自出入，故未曾承应皇爷。"隋主笑道："你且起来，今日娘娘不在，便擅自出入也不妨。"尉迟氏是个伶俐女子，见隋主亲口调他，怎不招揽？便于眉目之间，故做许多动情娇态，引得个隋主拴不住心猿，系不住意马，遂走上前，将手搀住，说道："今日相遇，若教错退他，不辜负了这个美貌。"正说间，只见近侍们请回宫进晚膳。隋主道："就在此吃罢。"不多时，排上宴来，隋主就叫尉迟氏侍立同饮。尉迟氏酒量原浅，因隋主十分见爱，勉强吃了几杯，不觉晕入四肢，两朵桃花上脸。隋主在灯下看他，愈觉标致，因问道："你这般娇媚，夜来独宿，岂不寂寞？朕甚怜你，你知道么？"尉迟氏答道："寂寞固不敢怨，但蒙万岁爷怜念，实出望外，如何不知？"隋主笑道："你既知

第　二　回

道,今夜就包管你不寂寞了。"尉迟氏也微微笑道:"但贱婢下人,不敢点污龙体。"隋主道:"天地间但凡快活的事,就分不得甚么上下。"尉迟氏一笑不做声,又斟酒一杯奉上。隋主吃了,叫斟一杯酒与他。二人情意十分畅快。隋主酒兴发作,色胆猖狂,那里记得独孤的奇妒?遂留在仁寿宫中宿了。你看他:一个是初恣意的君王,一个是乍承恩的妃子;你望我的恩波,我爱你的情意。两下里何等绸缪,真个是如鱼得水。但见:

娇莺雏燕微微喘,雨魄云魂黯黯苏。
偷得深宫一夜梦,千奇万巧画春图。

次日隋主早起临朝,满心畅美,道:"今日方知为天子的快活!但只怕皇后得知,怎生区处?"却说独孤后虽然有病,那里放心得下,不时差心腹宫人打听,早有人来报知这个消息。独孤后听了,怒从心上起,也顾不得自家的身体,带了几十个宫人,恶狠狠的走到仁寿宫来。此时尉迟氏初经雨露,心下又惊又喜,梳洗毕,正在那里验臂上的蜂黄退了多少。猛看见皇后与一队宫女蜂拥而来,吓得他面如土色,扑碌碌的小鹿儿在心头乱撞,急忙跪下在地。

独孤后进得宫来,脚也不曾站稳,便叫:"揣过这个妖狐来!"众宫人那管他柳腰轻脆,花貌娇羞,横拖的乱挽乌云,倒拽的斜牵锦带,生辣辣扯到面前。便骂道:"你这妖奴,有何狐媚伎俩,辄敢蛊惑君心,乱我宫中雅化!"尉迟氏战兢兢答道:"奴婢乃下贱之人,岂不知娘娘法度,焉敢上希宠幸?也是命合该死,昨晚不期万岁爷忽然到宫,吃夜膳醉了,就要在宫中留幸。贱婢再三推却,万岁爷只不肯听,没奈何只得从顺。这是万岁爷的意思,与贱婢无干,望娘娘哀怜免死。"独孤后说道:"你这个妖奴,昨夜快活,不知怎么样装娇做俏，哄骗那没廉耻的皇帝。今日却花言巧语，推得这般干净！"喝宫人："与我痛打！"尉迟氏叩头："望娘娘饶命！"独孤后道："万岁爷既这般爱你，你就该求他饶命，为何昨夜不顾性命的受用，今日却来求我？你这样妖奴，我只提防疏了半点，就被你撺哄到手。今日就将你打死，已悔恨迟了，不能泄我一腔之气！怎肯又留一个祸根，为心腹之害！左右为我快快结果他性命！"众宫人听了，一齐下手。可怜尉迟氏娇怯怯身儿，能经甚么摧残？不须利剑钢刀，早已香消玉碎。正是：

　　　　入宫得宠亦堪哀，今日残花昨日开。

　　　　一夜恩波留不住，早随白骨到泉台！

　　却说隋主早朝罢，满心想着昨夜的快活，巴不得一步就走到仁寿宫来，与尉迟氏欢聚。及进得宫，那晓得独孤后愁眉怒目，恶刹刹站在一边；尉迟氏花残月缺，血淋淋横在地下。猛然看见，吃了一惊，心中大怒，更不发言，往外便走。恰遇一小黄门牵马而过，隋主便跨上马，从永巷中一直径奔出朝门，逞一愤之气，欲抛弃天下，奔入山谷中去。幸值高颎出朝见了，抵死上前阻住，叩问何故。隋主只得回马，仍至大殿，召集各官，将独孤后打死尉迟氏女说了一遍，要草诏废斥那老妇。高颎奏道："陛下差矣。陛下焦心劳思，入虎穴，探龙珠，不知费多少刀兵，方能统一天下。正宜励精图治，以遗子孙，岂可以一妇人而轻视天下乎？"隋主怒犹未息。颎等再三申劝，方始回宫。独孤后病中着恼，又因这一惊，病体愈加沉重。合眼只见尉迟女为厉，遂成惊痫之疾，日甚一日，不数月而崩。免不得颁诏天下，命所司议定丧葬仪制，一一如礼。后人有诗，专道独孤后之妒云：

第 二 回

夫婴儿兮子奇货,以爱易储移帝座。

莫言身死妒根亡,妒已酿成天下祸。

隋主自独孤后死后,宫帏寂寞,遂传旨于后宫嫔妃才人中选择美丽者进御。自有此旨,宫中人人望幸,个个思恩。谁知三千宠幸,只在一身,如何选得许多?选遍六宫,仅仅选得两个:一个是陈氏,一个是蔡氏。陈氏乃陈宣帝的女儿,生得性格温柔,丰姿窈窕,真个有沉鱼落雁之容,闭月羞花之貌。蔡氏乃丹阳人也,一样风流娇媚。隋主见了,喜不自胜,因说道:"朕老矣!情无所适。今得二卿,足为晚景之娱。"随封陈氏为宣华夫人,蔡氏为容华夫人。二人虽并承雨露,而宣华更加宠爱。隋主自此以后,日日欢宴,比独孤在日更觉适意。

那隋主到底是个创业皇帝,有些正经;宫中虽然欢乐,而外庭政事无不关心,百官章奏一一详览,常至夜分而寝。一夜正在灯下披阅本章,不觉困倦,隐几而卧。内侍们不敢惊动,屏息以待。隋主朦胧之间,梦见己身独立于京城之上,四远瞻眺,见河山绵邈,心甚快畅。又见城上三株大树,树头结果累累。正看间,耳边忽闻有水声,俯视城下,只见水流汹涌,波翻浪滚,看看高与城齐。隋主梦中吃惊不小,急急下城奔走。回头看时,水势滔天而来。隋主心下着忙,大叫一声,猛然惊醒。左右忙献上茶汤。隋主饮了一杯茶,方才拭目凝神,细想梦中光景,大非佳兆,乃洪水淹没都城之象,须要加意防河,浚治水道,以备不虞。又想:此处如何便有水灾?或者人姓名中有水旁之字的,将来为祸国家,亦未可知;须存心觉察驱除,方保无患。

梦中景象费推求,疑有疑无事可忧。

天下滔滔皆祸水,行看大业付东流!

隋主本是好察机祥小数、心多嫌忌的。今得此梦,愈加猜疑了。

究竟未知此梦主何吉凶,且听下回分解。

第 三 回

逞雄心李靖诉西岳　　造谶语张衡危李渊

词曰：

　　英雄气傲，硬向神灵求吉兆。行雨空中，不是真龙也学龙。　　流言增忌，危矣唐公偏姓李。仙李盘根，却笑枯杨稊不生。

——右调《减字木兰花》

从来国家吉凶祸福，虽系天命，多因人事；既有定数，必有预兆。于此若能恐惧修省，便可转灾为祥。所谓"妖由人兴，亦由人灭"。若但心怀猜忌，欲遏乱萌，好行诛杀，因而奸佞乘机，设谋害人，此非但不足以弭患，且适足以酿祸。

却说隋主因梦洪水淹城，心疑有个水傍名姓之人为祸。时朝中有老臣郕国公李浑，原系陈朝勋旧，陈亡而降隋，仍其旧爵为郕公。隋主猛然想得："浑字军傍着水，其封爵为郕公，郕者城也，正合水淹城之梦。且军乃兵象，莫非此人便是个祸胎？但其人已老，又不掌兵权，干不得甚事，除非应在他家子孙身上。"因问左右："李浑有几子，其子何名？"左右奏道："李浑长子已亡，止存幼子，小名洪儿。"隋主闻洪儿两字，一发惊疑，想道："我梦中曾见城上

逞雄心李靖诉西岳　造谶语张衡危李渊

有树,树上有果。树乃木也,树上果是木之子也。木子二字,合来正是个李字。今李家儿子的小名,恰好是洪水的洪字,更合我之所梦。此子将来必不利于国家,当即除之。"遂令内侍赍手敕至李浑家,将洪儿赐死。李浑逼于君命,不得不从。可怜洪儿无端殒命,举家号哭。后人有诗叹云:

　　殷高与文王,因梦得良相。
　　楚襄风流梦,感得神女降。
　　堪叹隋高祖,恶梦添魔障。
　　杀人当禳梦,举动殊孟浪。

隋主以疑心杀了李家之子,此事传播,早惊动了一个姓李的,陡起一片雄心。那人姓李,名靖,字药师,三原人氏。足智多谋,深通兵法,且又弓马娴熟,真个能文能武。幼丧父母,育于外家,其舅即韩擒虎也。擒虎常与他谈兵,赞叹道:"可与谈孙吴者,非此子而谁!"时年方弱冠,却负大志。见隋朝用法太峻,料他国脉必不长久。闻知隋主以梦杀人,暗笑道:"王者不死,杀人何益!"又想道:"据梦树木生子,固当是个李字;洪水滔天,乃天下混一也。将来有天下者,必是个姓李之人。"因便想到自己身上。

一日,偶有事到华州,路经华山,闻说山神西岳大王甚有灵应,遂具香烛到庙瞻拜,具疏默祷道:

　　"布衣李靖,不揆狂简,献疏西岳大王阁下。靖闻上清下浊,爰分天地之仪;昼明夜昏,乃著神人之道。又闻聪明正直,依人而行,至诚感神,位不虚矣。伏惟大王嵯峨擅德,肃爽凝威;为灵术制百神,配位名雄四岳。是以立像清庙,作镇金方。遐观历代哲王,莫不顺时禋祀。兴云致雨,天实肯从;转蛰为祥,何有不赖?于乎靖也,一丈夫尔,何乃进不偶用,退不获安,呼吸若穷池之鱼,行止比失林之鸟,忧伤之心,不能已已!社稷凌迟,宇宙倾覆,奸雄竞逐,郡县土崩。兹欲建义横行,云飞电扫,斩鲸鲵而清海岳,卷氛祲以辟山河。俾万姓昭苏,庶物昌运,即应天顺时之作也。若大宝不可以据望,思欲仗剑谒节,俟飞龙在天,捧忠义之心,倾身济世,吐肝胆于阶下,惟神降鉴。愿示进退之机,以决平生之用。有赛德之时,终陈击鼓。若三问不对,亦何神之有灵?靖当斩大王之头,焚其庙,建纵横之略,未为晚也。惟神裁之。"

祷罢,试卜一筶,暗祝道:"我李靖若有天子之分,乞即赐一圣筶。"将筶掷下。却也作怪,那两片筶儿都直立于地。李靖心疑,拾起再掷,却又依然直立。李靖见了,不觉怒从心起,挺立神前,厉声击桌道:"我李靖若无非常之福,天生我身,亦复何用?惟神聪明,有问必答,何故两次问筶,阴阳不分?今我更卜,若不显应明示,定当斩头焚庙。"祝毕再将筶掷下。那筶在地盘旋半晌方定,看时却是个阳筶。李靖暗想道:"阳为君象,亦吉兆也。"遂收筶长揖而去。一时在庙之人,见他口出狂言,也有说他亵渎神明的,也有疑他是痴呆的。正是:

燕雀安知鸿鹄志,任他肉眼笑英雄。

且说李靖是夜宿于客店,梦一神人,幞头象简,乌袍角带,手持一黄纸,对李靖道:"我乃西岳判官,奉大王之命,与你这一纸。你一生之事都在上。"李靖接来展看,只见上写道:

南国休嗟流落,西方自得奇逢。红丝系足有人同,越府一时跨凤;道地须寻金卯,成家全赖长弓。一盘棋局识真龙,好把尧天日捧。

李靖梦中看了一遍，牢记在心。那判官道："凡事自有命数，不可奢望，亦不须性急。待时而动，择主而事，不愁不富贵也。"言讫不见。

李靖醒来，一一记得明白，想道："据此看来，我无天子之分，只好做个辅佐真主之人了。那神道所言，后来自有应验。"自此息了图王夺霸的念头，只好安心待时。正是：

　　今日且须安蠖屈，他年自必奋鹏抟。

一日偶因访友，于渭南寓居旅舍。乘着闲暇，独自骑马到郊外射猎游戏。时值春末夏初，见村农在田耕种，却因久旱，田土干硬，甚是吃力。李靖走得困倦，下马向一老农告乞茶汤解渴。那老农见是个过往客官，不敢怠慢，忙唤农妇去草屋中，煎出一瓯茶来，奉与李靖吃了。李靖称谢毕，仍上马前行。忽见山岩边走出一个兔儿，李靖纵马逐之。那兔东跑西走，只在前面，却赶他不着。发箭射之，那兔便带着箭儿奔走。李靖只顾赶去，不知赶过了多少路，兔儿却不见了。回马转看，不记来路，只得垂鞭信马而行。看看红日沉西，李靖心焦道："日暮途歧，何处歇宿哩！"举目四望，遥见前面林子里，有高楼大厦。李靖道："那边既有人家，且去投宿则个。"遂策马前往。

到得那里看时，乃是一所大宅院。此时已是掌灯时候，其门已闭。李靖下马叩门，有一老苍头出问是谁。李靖道："山行迷路，日暮途穷，求借一宿。"苍头道："我家郎君他出，只有老夫人在宅。待我入内禀知，肯留便留。"李靖将所骑之马系于门前树上，拱立门外待之。少顷，内边传呼："老夫人请客登堂相见。"李靖整衣而

入。里面灯烛辉煌,堂宇深邃。但见:

　　画栋雕梁,珠帘翠箔。堂中罗列,无一非眩目的奇珍;案上铺排,想都是赏心的宝玩。苍头并赤足,一行行阶下趋承;紫袖与青衣,一对对庭前侍立。主人有礼,晋接处自然肃肃雍雍;客子何来,投止时不妨信信宿宿。正是潭潭堪羡王侯府,滚滚应惭尘俗身。

那老夫人年可五十余,绿裙素襦,举止端雅,立于堂上。左右女婢数人,也有执巾栉的,也有擎香炉的,也有捧如意的,也有持拂子的,两边侍立。李靖登堂鞠躬晋谒。老夫人从容答礼,请问尊客姓氏,因何至此。李靖通名道姓,具述射猎迷路,冒昧投宿之意,且问:"此间是何家宅院?"老夫人道:"此处乃龙氏别宅,老身偶与小儿居此。今夜儿辈俱不在舍,本不当遽留外客;但郎君迷路来投,若不相留,昏夜安往?暂淹尊驾,勿嫌慢亵。"遂顾侍婢,命具酒肴款客。李靖方逊谢间,酒肴早已陈设,杯盘罗列,皆非常品。夫人拱客就席,自己却另坐一边,命侍婢酌酒相劝。李靖见夫人端庄,侍婢恭敬,恐酒后失礼,不敢多饮,数杯之后,即起身告退。老夫人道:"郎君尊骑,已暂养厩中。前厅左厢薄设卧榻,但请安寝。倘夜深时或者儿辈归来,人马喧杂,不必惊疑。"言讫而入。

苍头引李靖到前厅卧所,只见床帐裯褥俱极华美。李靖暗想:"这龙氏是何贵族,却这等丰富,且是待客有礼?"又想:"他家儿子若归来,闻知有客在此,或者要请相见,我且不可便睡。"于是闭户秉烛,独坐以待。因见壁边书架上堆满书籍,便去随手取几本观看消闲。原来那书上记载的,都是些河神海若及水族怪异之事,俱目所未睹者。

逞雄心李靖诉西岳　造谶语张衡危李渊

李靖看了一回,约二更以后,忽听得大门外喧传:"有行雨天符到。"又闻里边喧传:"老夫人迎接天符。"李靖骇然道:"如何行雨天符却到他家来,难道此处不是人间么?"正疑惑间,苍头叩户,传言:"老夫人有事相求,请客出见。"李靖忙出至堂上。老夫人敛衽而言道:"郎君休惊。此处实系龙宫,老身即龙母也。两儿俱名隶天曹,有行雨之责。适奉天符:自北而西,自西而南,五百里内限于今夜三更行雨,黎明而止,时刻不得少违。怎奈大小儿送妹远嫁,次儿方就婚洞庭,一时传呼无及。老身既系女流,奴辈又不可专主。郎君贵人,幸适寓宿于此,敢屈台驾,暂代一行,事竣之后,当有薄酬,万勿见拒。"李靖本是个少年英锐、胆粗气豪的人,闻了此言,略无疑畏,但道:"我乃凡人,如何可代龙神行雨?"老夫人道:"君若肯代行,自有行雨之法。"李靖道:"既如此,何妨相代。"老夫人大喜,即命取一杯酒来。须臾酒至,老夫人递与李靖道:"饮此可以御风雷,且可壮胆。"李靖接酒在手,香味扑鼻,遂一饮而尽,顿觉神气健旺倍常。老夫人道:"门外已备下龙马,郎君乘之,任其腾空而起,必不至于倾跌。马鞍上系一小琉璃瓶儿,瓶中满注清水,此为水母。瓶口边悬着一个小金匙,郎君但遇龙马跳跃之处,即将金匙于瓶中取水一滴,滴于马鬃之上,不可多,不可少。此便是行雨之法,牢记勿误!雨行既毕,龙马自能回走,不必顾虑。"

李靖一一领诺,随即出门上马。那马极高大,毛色甚异,行不数步,即腾起空中,御风而驰,且是平稳,渐行渐高。一霎时雷声电光,起于马足之下。李靖全不惧怯,依着夫人言语,凡遇马跃处,即以滴水滴在马鬃上。也不知滴过了几处,天色渐次将明,来到一

第 三 回

处,那马又复跳跃。李靖恰待取水滴下,却从曙光中看下面时,正是日间歇马吃茶的所在。因想道:"我亲见此处田土干枯,这一滴水济得甚事?今行雨之权在我,何不广施惠泽?况我受村农一茶之敬,正须多以甘霖报之。"遂一连约滴下二十余滴。

少顷事竣,那马跑回,到得门首,从空而下。李靖下马入门,只见老夫人蓬首素服,满面愁惨之容,迎着李靖说道:"郎君何误我之甚也!此瓶中水一滴,乃人间一尺雨。本约只下一滴,何独于此一方连下二十滴?今此方平地水高二丈,田禾屋舍人民都被淹没。老身因轻于托人,已遭天罚,鞭背一百,小儿辈俱当获谴矣!"李靖闻言大惊,一时愧悔踟躇,无地自容。老夫人道:"此亦当有数存,不敢相怨。有劳尊客,仍须奉酬,但珠玉金宝之物,必非君子所尚,当另有以相赠。"乃唤出两个青衣女子来,貌俱极美,但一个满面笑容,一个微有怒色。老夫人道:"此一文婢,一武婢,惟郎君择取其一,或尽取亦可。"李靖逊谢道:"靖有负委托,以致相累,方自惭恨,得不见罪足矣,岂敢复叨隆惠?"老夫人道:"郎君勿辞,可速取而去。少顷儿辈归来,恐多未便。"李靖想道:"我若尽取二婢,则似乎贪;若专取文婢,又似乎懦。"因指着那武婢对老夫人道:"若必欲见惠,愿得此人。"老夫人即命苍头牵还了李靖所骑之马,又另备一马与女子乘坐,相随而行。

李靖谢了夫人,出门上马,与女子同行。行不数步,回头看时,那所宅院已不见了。又行数里,那女子道:"方才郎君若并取二女,则文武全备,后当出将入相。今舍文而取武,异日但可为一名将耳!"遂于袖中取出一书,付与李靖道:"熟此可临敌制胜,辅主成功。"举鞭指着前面道:"此去不远,便达尊寓。郎君前途保重。

逞雄心李靖诉西岳　造谶语张衡危李渊

老夫人遣妾随行，非真以妾赠君，正欲使妾以此书相授也。郎君日后自有佳人遇合。妾非世间女子，难以侍奉箕帚，请从此辞。"李靖正欲挽留，只见那女子拨转马头，那马即腾空而起，倏忽不见。李靖十分惊疑，策马前行，见昨日所过之处，一派大水汪洋，绝无人迹，不胜咨嗟懊悔。寻路回寓，将所赠之书展看，却都是些行兵要诀，及造作兵器车甲的式样与方法。正是：

龙神行雨人权代，赢得滔天水势高。

鞭背天刑甘自受，还将兵法作酬劳。

李靖自得此书之后，兵法愈精，不在话下。且说那些被大雨淹没的地方，有司申报上官，具本奏闻朝廷。隋主览奏降旨，着所司设法治水，一面赈济被灾的百姓。因想："我曾梦洪水为灾，如今果然近京的地方多有水患，我梦应矣！"自此倒释了些疑心。

仁寿元年六月，隋主第三子蜀王秀因晋王广为太子，心怀不平。太子恐其为患，暗嘱杨素求其过端而谮之。隋主信了谗言，乃召秀还京，即命杨素推治。杨素诬其酷虐害民，奉旨废为庶人，幽之于别宫。那不怕事的唐公李渊又上本切谏，且请将已废太子勇及蜀王秀俱降封小国，不可便斥为庶人。隋主虽不准奏，却也不罪他。只是愈为太子所忌，遂与张衡、宇文述等商议，问他有何妙计除却此人，"我的东宫安稳，你们富贵可保"。宇文述道："太子若早说要处李渊，可把他嵌入两个庶人党中，少不得一个族灭。如今圣上久知他忠直，一时恐动摇他不得。"张衡道："这却何难！主上素性猜嫌，尝梦洪水淹没都城，心中不悦。前日郕公李浑之子洪儿，圣上疑他名应图谶，叫他自行杀害。今日下官学北齐祖珽杀斛律光故事，布散谣言，浑、渊都从水傍，能不动疑？恐难免破家杀身

第　三　回

之害。"太子点头称妙。

　　谋奸险似蜮,暗里欲飞沙。
　　世乱忠贞陷,无端履祸芽。

　　张衡出来暗布流言。起初是乡村乱说,后来街市喧传;先止是小儿胡言,渐至大人传播,都道:"桃李子有天下。"又道是:"杨氏灭,李氏兴。"街坊上不知是那里起的,巡捕官禁约不住,渐渐的传入禁中。晋王故意启奏道:"里巷妖言不祥,乞行禁止。"隋主听了,甚是不悦。连李渊也担了一身干系,坐立不安。但隋主已是先有疑心在了,只思量那李浑身上。其时,朝中有那诬陷人的小人中郎将裴仁基上前道:"郕公李浑名应图谶,近因陛下赐死其子,心怀怨恨,图谋不轨。"圣旨发将下来勘问,自有一班附和的人。可怜把郕公李浑强做了谋逆,一门三十二口,尽付市曹。

　　诚心修德可祈天,信谶淫刑总枉然。
　　晋鸩牛金秦御虏,山河谁解暗中迁。

　　李渊却因此略放了心。那张衡用计更狠,又贿赂一个隋主听信的方士安伽陀,道李氏当为天子,劝隋主尽杀天下姓李的。亏得尚书右丞高颎奏道:"这谣言有无关系的,有有关系的,有真的,有假的。无关系的,天将雨商羊起舞是了;有关系的,檿弧箕服实亡周国是了。有真的,楚虽三户亡秦必楚,后来楚霸王果亡了秦是了;有假的,高山不推自倒,明月不扶自上,祖珽伪造害了斛律光,遂至亡国是了。更有信谗言的秦始皇,亡秦者胡,不知却是胡亥。晋宣帝牛易马,却是小吏牛与琅玡王妃子私通生元帝。天道隐微,难以意测。且要挽回天意,只在修德,不在用刑,反致人心动摇。圣上有疑,将一应姓李的,不得在朝,不得管兵用事便了。"

逞雄心李靖诉西岳　造谶语张衡危李渊

此时蒲山公子李密，位为千牛。隋主道他有反相，心也疑他。他却与杨素交厚，杨素要保全李密，遂赞高颎之言，暗令李密辞了官。其时在朝姓李的，多有乞归田的，乞辞兵柄的。李渊也趁这个势乞归太原养病。圣旨准行，还令他为太原府通守，节制西京。这高颎一疏，单救了李渊，也只是个王者不死。

　　猛虎方逃柙，饥鹰得解绦。
　　惊心辞凤阙，匿迹向林皋。

此时是仁寿元年七月了，太子闻得李渊解任，对宇文述道："张麻子这计极妙，只是枉害了李浑，反替这厮保全身家回去。"宇文述道："太子若饶得过这厮罢了，若放他不下，下官一计，定教杀却李渊全家性命。"太子笑道："早有此计，却不消费这许多心思。"宇文述道："这计只是如今可行。"因附太子耳边说了几句。太子拊掌道："妙计！事成后将他女口囊橐尽以赐卿。只是他也是员战将，未易翦除。"宇文述道："以下官之计，定不辱命，总使不能尽结果他，也叫他吃此一吓，再不思量出来做官了。"

两人定下计策要害李渊。不知性命如何，且听下回分解。

第 四 回

齐州城豪杰奋身　楂树岗唐公遇盗

诗曰：
　　知己无人奈若何？斗牛空见气嵯峨。
　　黯生霜刃奇光隐，尘锁星文晦色多。
　　匣底铦锋悲自屈，水中清影倩谁磨？
　　华阴奇士难相值，只伴高人客舍歌。

这首诗名为《宝剑篇》，单说贤才埋没，拂拭无人，总为天下无道，豪杰难容。便是有才如李渊，尚且不容于朝廷，那草泽英雄，谁人鉴赏？也只得混迹尘埃，待时而动了。况且上天既要兴唐灭隋，自藏下一干亡杨广的杀手，辅李渊的功臣。不惟在沙场上一刀一枪，开他的基业，还在无心遇合处，救他的阽危。这英雄是谁？姓秦名琼，字叔宝，山东历城人。乃祖是北齐领军大将秦旭，父是北齐武卫大将军秦彝。母亲宁氏生他时，秦旭道："如今齐国南逼陈朝，西连周境，兵争不已，要使我祖孙父子同建太平。"因取一个乳名，叫做太平郎。

　　却说太平郎方才三岁时，齐主差秦彝领兵把守齐州。秦彝挈家在任，秦旭护驾在晋阳。不意齐主任用非人，政残民叛。周主出

兵伐齐,齐兵大溃。齐主逃向齐州,留秦旭、高延宗把守晋阳,相持许久,延宗城破被擒,秦旭力战死节。史臣有诗赞之曰:

苦战阵云昏,轻生报国恩。

吞吴空有恨,厉鬼誓犹存。

及至齐主到齐州,惧周兵日逼,着丞相高阿那肱协同秦彝坚守,自己驾幸汾州。不数日周兵追至,高阿那肱便欲开门迎降。秦彝道:"朝廷恐秦彝兵力单弱,故令丞相同守,如今守逸攻劳,正宜坚拒,以挫敌锋。丞相国之大臣,岂可辄生二志?"那肱道:"将军好不见机!周兵之来,势如破竹,并州、邺下多少坚城,不能持久,况此一壁?我受国厚恩,尚且从权,将军何必悻悻?"秦彝道:"秦彝父子,誓死国家!"分付部下把守城门,自己入见夫人道:"主上差高丞相助我,不意反掣我肘,势大败矣!我誓以死守,图见先人于地下。秦氏一脉托于你。"说未毕,外边报道:"高丞相已开关放周兵入了!"秦彝忙提浑铁枪赶出来,只见周兵似河决一般涌来。秦领军虽有数百精锐,如何当抵得住?杀得血透重袍,疮痍遍体,部下十不存一。秦领军大叫一声道:"臣力竭矣!"手掣短刀,复杀数人,自刎而死。

重关百二片时隳,血战将军志不灰。

城郭可倾心愈劲,化云飞上白云堆。

此时宁夫人收拾了些家资,逃出官衙。乱兵已是填塞街巷,使婢家奴俱各惊散。领了这太平郎,正没摆划,转到一条静僻小巷,家家俱是关着。听得一家有小儿哭声,知道有人在内,只得叩门,却是一个妇人和一个两三岁小孩子在内。说起是个寡妇,姓程,这小孩子叫做一郎,止母子二口,别无他人。就借他权住。乱定了,

第 四 回

将出些随身金宝腾换,在程家对近一条小巷中觅下一所宅子,两家通家往来。此时齐国沦亡,齐国死节之臣谁来旌表?也只得混在齐民之中。且喜两家生的孩子却是一对顽皮,到十二三岁时,便会打断街、闹断巷生事。到后程一郎母子因年荒回到东阿旧居,宁夫人自与叔宝住在历城。

这秦琼长大,生得身长一丈,腰大十围,河目海口,燕颔虎头;最懒读书,只好轮枪弄棍,厮打使拳。在街坊市上好事,打抱不平,与人出力,便死不顾。宁夫人常常泣对他道:"秦氏三世,只你一身。拈枪拽棒,你原是将种,我不禁你,但不可做轻生负气的事,好奉养老身,接续秦家血脉。"故此秦琼在街坊生事,闻母亲叫唤,便丢了回家。人见他有勇仗义,又听母亲训诲,似吴国专诸的为人,就叫他做赛专诸。更喜新娶妻张氏,奁中颇有积蓄,得以散财结客,济弱扶危。初时交结附近的豪杰:一个是齐州捕盗都头樊虎,字建威,一个是州中秀才房彦藻,一个是王伯当,还有一个开鞭仗行贾润甫。时常遇着,不拈枪弄棒,便讲些兵法。还有过往好汉遇着,彼此通知接待,不只一个。

大凡人没些本领,一身把这两个铜钱结识人,人看他做耍子,不肯抬举他。虽有些本领,却好高自大,把些手段压伏人,人又笑他是鲁莽,不肯敬服他,所以名就不起。秦琼若论他本领,使得枪射得箭,还有一桩独脚武艺:他祖传有两条流金熟铜锏,称来可有一百三十斤。他舞得来,初时两条怪蟒翻波,后来一片雪花坠地,是数一数二的。若论他交结,莫说他怜悯着失路英雄,交结是一时豪杰;只他母亲宁夫人,他娘子张氏,也都有截发留宾、剉荐供马的气概。故此江北地方说一个秦琼的武艺,也都咬指头;说一个秦琼的做人，心花都开。正是：

　　才奇海宇惊，谊重世人倾。

　　莫恨无知己，天涯尽弟兄。

　　一日，樊虎来见秦琼道："近来齐鲁地面凶荒，贼盗生发，官司捕捉都不能了事。昨日本州刺史叫我招募几个了得的人，在本郡缉捕。小弟说及哥哥，道哥哥武艺绝人，英雄盖世，情愿让哥哥做都头，小弟作副。刺史欣然，着小弟请哥哥出去。"秦琼道："兄弟，一身不属官为贵。我累代将家，若得志，为国家提一枝兵马，斩将搴旗，开疆展土，博一个荣封父母，荫子封妻；若不得志，有这几亩薄田，几树梨枣，尽可以供养老母，抚育妻儿。这几间破屋中间，村酒雏鸡，尽可以知己谈笑；一段雄心没按捺处，不会吟诗作赋，鼓瑟弹琴，拈一回枪棒，也足以消耗他。怎低头向这些赃官府下，听他指挥？拿得贼，是他的功；取来赃，是他的钱。还有，咱们费尽心力，拿得几个强盗，他得了钱，放了去，还道咱们诬盗。若要咱和同水密，反害良民，满他饭碗，咱心上也过不去。做他甚么？咱不去！"樊虎道："哥，官从小大来，功从细积起。当初韩信也只是行伍起身。你不会拈这枝笔，做些甚文字出身，又亡过了先前老人家，又靠不得他门荫，只有这一刀一枪事业，可以做些营生，还是去做的是。"

　　惭无彩笔夜生花，恃有横戈可起家。

　　璞隐荆山人莫识，利锥须自出囊纱。

　　说话间，只见秦琼母亲走将出来，与樊虎道了万福，道："我儿，你的志气极大，但樊家哥哥说得也有理。你终日游手好闲，也不是了期，一进公门，身子便有些牵系，不敢胡为。倘然捕盗立得

第 四 回

些功,干得些事出来也好。我听得你家公公也是东宫卫士出身,你也不可胶执了。"秦琼是个孝顺人,听了母亲一席话,也不敢言语。次日两个一同去见刺史。这刺史姓刘,名芳声,见了秦琼:

   轩轩云霞气色,凛凛霜雪威棱。熊腰虎背势嶙嶒,燕颔虎头雄俊。 声动三春雷震,髯飘五柳风生。双眸朗朗炯疏星,一似白描关圣。

刘刺史道:"你是秦琼么?你这职事,也要论功叙补。如今樊虎情愿让你,想你也是个了得的人。我就将你两个都补了都头,你须是用心干办。"两个谢了出来。樊虎道:"哥,齐州地面盗贼都是响马,全要在脚力可以追赶,这须要得匹好马才好。"秦琼道:"咱明日和你到贾润甫家看。"

次日,秦琼袖了银子,同樊虎到城西,却值贾润甫在家。相见了,樊虎道:"叔宝兄新做了捕盗的都头,特来寻个脚力。"贾润甫对叔宝道:"恭喜兄补这职事,是个扯钱庄儿,也是个干系堆儿。只恐怕捉生替死、诬盗扳赃这些勾当,叔宝兄不肯做;若肯做,怕不起一个铜斗般家私!"叔宝道:"这亏心事咱家不做。不知兄家可有好马么?"贾润甫道:"昨日正到了些。"两个携手到后槽,只见青骢、紫骝、赤兔、乌骓、黄骠、白骥班的五花虬,长的一丈乌,嘶的,跳的,伏的,滚的,吃草的,咬蚤的,云锦似一片,那一匹不是:

   竹披耳峻,风入轻蹄;
   死生堪托,万里横行。

那建威看了这些,只拣高大肥壮的道:"这匹好,那匹好。"拣定一匹枣骝。叔宝却拣定一匹黄骠。润甫道:"且试二兄的眼力。"牵出后槽,建威便跳上枣骝,叔宝跳上黄骠,一辔头放开,烟

齐州城豪杰奋身　楂树岗唐公遇盗

也似去了。那枣骝去势极猛，黄骠似不经意的。及到回来，枣骝觉钝了些，脚下有尘；黄骠快，脚下无尘，且又驯良。贾润甫道："原是黄骠好。"叔宝就买黄骠，贩子要一百两，叔宝还了七十两。贾润甫主张是八十两，贩子不肯。润甫把自己用钱贴去，方买得成。立了契，同在贾润甫家吃得半酣回家。——以后却是亏这黄骠马的力。

　　一日，忽然发下一干人犯，是已行未得财的强盗，律该充军，要发往平阳府泽州、潞州着伍。这刘刺史恐有失误，差着樊虎与秦琼二人分头管解：建威往泽州，叔宝往潞州，俱是山西地方，同路进发。叔宝只得装束行李，拜辞母亲妻子，同建威先往长安兵部挂了号，然后往山西。

　　　　游子天涯路，高堂万里心。
　　　　临行频把袂，鱼雁莫浮沉。

　　不说叔宝解军之事。再说那李渊，见准了这道本，着他做河北道行台太原郡守，便似得了一道赦书，急忙叫收拾起身，先发放门下一干人。这日月台丹墀仪门外，若大若小，男男女女，挨肩擦背，屁都挤将出来。唐公坐在滴水檐前，看着这些手下人，怜惜他们效劳日久，十分动念，目中垂泪道："我实指望长安做官，扶持你们终身遭际。不料逼于民谣，挂冠回去，众人在我门下的，都不要随我去了。"唐公平昔待人有恩，众人一闻此言，放声大哭。唐公见他们哭得苦楚，眼泪越发滚出来，将袖拂面，忍泪道："你们不必啼哭，难道我今日不做官，将你这些众人赶逐去不成？我有两说在此：有领我田畴耕种的，有店房生意容生的，有在我门下效劳得一官半职的，有长安脚下有甚么亲故的，这几项人都不要随我去了。

第四回

若没有田畴耕种、店房生理，长安中又举目无亲，这种人留在京中也没有用处，都跟我到太原去，将高就低，也还过了日子。"这些手下人内，有情愿跟去的，即忙答应："小的们愿随老爷去。"人多得紧，到底不知是那个肯去那个不肯去。

唐公毕竟有经纬，分付下边众人："与我分做两班：太原去的，在东边丹墀；长安住的，在西边丹墀。分定立了，我还有话。"唐公口里分付，心中暗想道："情愿去的，毕竟不多。"谁料这干人略可抽身的，都愿跟归太原。有立在西丹墀的，还复转到东边去。一立立开，东西两丹墀，约莫各有一半。那些众人在下边纷纷私议：在长安住下的，舍不得老爷知遇之恩；要去时，奈长安城中沾亲有故，大小有前程羁绊、生意牵缠，不得跟去。故此同是一样手下人，那西边人羡东边人，好像即刻登仙的一般。唐公问西丹墀："都是长安住下的了么？"有几员官上来禀谢道："小人蒙老爷抬举，也有金带前程。"有几个道："小人领老爷钱本房屋。"有几个禀道："小的领老爷田畴耕种，这项钱粮花利，每年赍解到老爷府中公用。"唐公听毕，分付把卷箱抬出来，不拘男妇老幼，有一名人与他棉布二匹，银子一锭。赏毕又分付道："我不在长安为官，你众人越该收敛形迹，守我法度，都要留心切记！"众人叩头去了。唐公又向东边的道："你们这干是随去的了么？"众人都上前道："小的们妻孥几辈了，情愿跟去老爷太原去。"唐公分付开一个花名簿，给与行粮银两，不许骚扰一路经过地方。细微物件，都要平买平卖；强取民间分文，责究不恕。分付了，退入后堂少息。

只见夫人窦氏向前道："今日得回故里，甚是好事。只是妾身怀六甲，此去陆路不胜车马劳顿，况分娩将及，不若且俄延半月起程。"李渊道:"夫人,主上多疑,更有奸人造谤,要尽杀姓李的人。在此一刻,如在虎穴龙潭。今幸得请,死还归故乡死,你不晓得李浑么?他全家要望回去,是登天了!"窦夫人默默无言,自行准备行李。李渊一面辞了同僚亲故,一面辞了朝,自与窦夫人、一个十六岁千金小姐,坐了软舆;族弟道宗与长子建成骑了马,随从了四十余个彪形虎体的家丁,都是关西大汉,弓上弦刀出鞘,簇拥了出离长安。

　　回首长安日远,惊心客路云横。
　　渺渺尘随征骑,飘飘风弄行旌。

　　此时中秋天气,唐公趁晴霁出门得早,送的也不多,止有几个相知郊饯。唐公也不敢道及国家之事,略致感谢之意,作别起程。人轻马快,一走早已离京二十余里。人烟稀少,忽见前面陡起一岗,簇着黑丛丛许多树木,颇是险恶:

　　高岗连野起,古木带云阴。
　　红绣天孙锦,黄飘佛国金。
　　林深鸟自乐,风紧叶常吟。
　　萧瑟生秋意,征人恐不禁。

这地名叫做楂树岗。唐公夫妇坐着轿,行得缓,三四十家丁慢带马,前后左右,不敢轻离。只有道宗与建成赶着几个前站家丁,先行有一二里多路。建成是紫金冠红锦袍,道宗是绿扎巾,面前绣着一朵大牡丹花,玄纻袍肩上缠有一条大剥古龙金鹞兔带,粉底皂靴。走一个落山健,赶入林子里来。若是没有这两个先来,唐公家眷一齐进到林子内,一来不曾准备,二来一边要顾行李,一边要顾家眷,也不能两全,少不得也中宇文述之计。喜是这几个先来,打

第四回

着马儿正走。

这边宇文述差遣扮作响马的人,夤夜出京,等了半日,远远望见一行人入林:一个蟒衣,是个官员模样;一个小哥儿,也是公子模样,断然道是唐公家眷。发一声喊,抢将出来,都是白布盘头,粉墨涂脸,人强马壮,持着长枪大刀,口里乱吆喝道:"拿买路钱来!拿买路钱来!"建成此时见了,吃了一吓,踢转马便跑。道宗虽然吃了一惊,还胆大,便骂道:"这厮吃了大虫心狮子胆来哩!是罐子也有两个耳朵,不知道洒家是陇西李府里,来阻截路道么?"说罢,拔出腰刀便砍,这几个家丁是短刀相帮。这边建成吓得抱了鞍鞯,凭着这马倒跑回来,见了唐公轿子,忙道:"不好了,不好了!前面强盗,把叔爷围在林子里面了!"

喜是翻身离虎穴,谁知失足在龙潭!

唐公听了道:"怎辇毂之下,也有强盗?"便跳下轿来分付道:"家丁了得的分一半去接应,一半可护着家眷车辆,退到后面有人烟处住札。"自己除去忠靖冠,换了扎巾,脱去行衣,换了一件箭袖的纻袄;左插弓,右带箭,手中提一枝画杆方天戟,骑了白龙马,带领二十余个家丁,也赶进林子里来。早望见四五十强人,都执器械,围住着道宗。道宗与家丁们都拿的是短刀,甚是抵敌不住。唐公欲待放箭,又恐怕伤了自己的人,便纵一纵马,赶上前来大喝一声道:"何处强人,不知死活,敢来拦截我官员过往么?"这一喝,这干强人也吃一惊,一闪向两下一分,被唐公带领家丁直冲了进来,与道宗合在一处。这些强人看有后兵接应,初时也觉惊心,及至来不过二十余人,还欺他人少,况且来时,原是要害唐公,怎见了唐公反行退去?仍旧拈枪弄棒的,团团围将拢来,把唐公并家丁围在垓心。正是：

　　九里山前列阵图，征尘荡漾日模糊。

　　项王有力能扛鼎，得脱乌江陁也无？

不知唐公也能挣得出这重围么，且听下回分解。

第 五 回

秦叔宝途次救唐公　窦夫人寺中生世子

词曰：

　　天地无心，男儿有意，壮怀欲补乾坤缺。鹰鹳何事奋云霄？鸾凤垂翅荆榛里。情脉脉，恨悠悠，发双指。　　热心肯为艰危止，微躯拚为他人死。横尸何惜咸阳市，解纷岂博世间名？不平聊雪胸中事，愤方休，气方消，心方已！

——右调《千秋岁引》

天地间死生利害，莫非天数。只是天有理而无形，电雷之怒，也有一时来不及的，不得不借一个补天的手段，代天济弱扶危。唐公初时也只道是寻常盗寇，见他到来，自然惊散。不料这些都是宇文述遣的东宫卫士，都是挑选来的精勇。且寻常盗贼，不得手便可漫散，这干人遵了宇文述分付，不杀得唐公并他家眷，怎么回话？所以都拚命来杀。况是他的人比唐公家丁多了一倍，一个圈把唐公与众家丁圈在里边，直杀得：

　　四野愁云叆叇，满空冷雾飘扬。扑通通鼓炮驱雷，明晃晃枪刀簇浪。将对将，如天神地鬼争功；马邀马，似海兽山彪夺食。骑着的紫叱拨、五花骢、银獬豸、火龙驹、绿骓骢、流金骊、照夜白、玉骢骏、蒲梢马、的卢马，匹匹是如龙骄骑，飞兔神驹。白色的浪滚万朵梨花，赤色的霞卷千圈杏蕊；青色的晓雾连山，黄色的浮云闪日。舞着的松纹刀、桑门剑、火尖枪、方天戟、五明铲、宣花斧、镋金锤、必彦挝、流金挡、倒马毒，件件是凌霜利刃，赛雪新锋。飘飘絮舞万点枪刀，滚滚杨花一团刀影。虹飞电闪，剑戟横空；月转星奔，戈矛耀目。何殊海覆天翻，成个你赢我负。

战够一个时辰，日已沉西。唐公一心念着家眷，要杀出围来。杀到东，这干强盗便卷到东来；战到西，这干强盗便拥到西来。虽不被伤，却也不得脱身。留下家丁，又以家眷为重，不敢轻易来接应。这唐公早已在危急的时节了。

这也是数该有救。秦叔宝与樊建威自长安解军挂号出来，也到临潼山下楂树岗边经过。听得林中喊杀连天，便跳上高岗一望，见五七十强盗，围住似一起官兵在内。叔宝对建威道："可见天下大荒，山东、河南一望无际，盗贼生发也便罢了。你看都门外不上数十里之地，怎容得响马猖獗！"樊建威指定唐公道："那一簇困在当中的，不是响马，是捕盗官兵，众寡不敌，被他围在此处，看他势已狼狈了。兄在山东六府，称扬你是赛专诸，难道只在本地方抱不平，今路见不平之事，如何看得过？兄仗平生本领助他一阵，也见得兄是豪杰大丈夫！"叔宝道："贤弟，我倒有此意，但恐你不肯成全我这件事。"樊建威道："小弟撺掇兄去，怎么反说我不肯成全？"叔宝道："贤弟既如此，你把这几名军犯先下山去，赶到关外，寻下处等我。"樊建威道："小弟在此，还可帮扶兄长，怎倒教小弟先去？"叔宝道："小弟一身，尽够开除这伙盗贼。你在此帮扶，这几

第 五 回

名军犯谁人管领?"樊建威道:"这等,仁兄保重!"便领了这几个军犯先去了。叔宝按一按范阳毡笠,扣紧了铤带,提着金锏,跨上黄骠马,借山势冲将下来。好似:

> 猛虎初离穴,咆哮百兽惊。

大喊一声道:"响马不要无礼,我来也!"只这一声,好似牙缝里迸出春雷,舌尖上震起霹雳。只是人见他一人一骑,也不慌忙;就是唐公见了,也不信他济得事来。故此这干假强盗,还迷恋着唐公厮杀,眼界中那有一个捕盗公人在黑珠子上?直待秦叔宝到了战场上,才有一两人来支架。战乏的人,遇到了一个生力之人,人既凶勇,器械又重,才交手早把两个打落马下。这番众强盗发一声喊,只得丢了李渊,来战叔宝。这叔宝不慌不忙,舞起这两条锏来:

> 单举处一行白鹭,双呈时两道飞泉。飘飘密雪向空旋,凛凛寒涛风卷。　　马到也,强徒辟易;锏来也,山岳皆寒。战酣尘雾欲遮天,蛟龙离陷阱,狐兔遁荒阡。

前时这干强徒倚着人多,把一个唐公与这些家丁逼来逼去,甚是威风。这番遇了秦叔宝,里外夹攻,杀得东躲西跑,南奔北窜,也有逃入深山里去的,也有闪在林子里的。唐公勒着马,在空处指挥家丁,助叔宝攻击。识势的走得快,逃了性命;不识势的,少不得折臂伤身。弄得这干人:

> 犹如落叶遭风卷,一似轻冰见日消。

早有一个着了锏坠马的,被家丁一簇,抓到唐公面前。唐公道:"你这厮怎敢聚集狐群狗党,惊我过路官员?拿去砍了罢!"这人战战兢兢道:"小人不是强盗,是东宫护卫,奉宇文爷将令,道爷与东宫有仇,叫小人们打劫爷。上命差遣,原不干小人们事。"唐公道:"我与东宫有何仇?你把来搪塞,希图脱死?本待砍你狗头,怜你也是贫民,出于无奈,饶你去罢!"这人得了命,飞走而去。看那壮士时,还在那厢恶狠狠觅人厮杀。唐公道:"快去请那壮士来相见!"只见一个家丁一骑赶到,道:"家爷请相见。"叔宝道:"你家是谁?"家丁道:"是唐公李爷。"叔宝兜住马,正在踌躇,只见又是一个家丁赶到道:"壮士快去,咱家爷必有重谢哩!"叔宝听了一个"谢"字,笑了一笑道:"咱也只是路见不平,也不为你家爷,也不图你家谢。"说罢带转马向大道便走。

　　生平负侠气,排难不留名。

　　生死鸿毛似,千金一诺轻。

　　唐公见家丁请不来壮士,忙道:"这原该我去谢他,怎返去请他?这还是我不是了!"分付家丁:"你们且去趱家眷上来,我自赶上谢他罢!"忙忙带紧丝缰,随叔宝后边赶来道:"壮士且住马,受我李渊一礼。"叔宝只是不理。唐公连叫几声,见他不肯住足,只得又赶道:"壮士,我全家受你活命之恩,便等我识一识姓名,报德俟异日何妨?"此时已赶下有十余里。叔宝想:"樊建威在前,赶上时,少不得问出姓字,不如对他说了,省得他追赶。"只得回头道:"李爷不要追赶了!小人姓秦名琼便是。"连把手摆上两摆,把马加上一鞭,箭也似一般去了。正是:

　　山色不堪传侠气,溪流不尽泻雄心。

　　功勋未得铭钟鼎,姓字居然照古今。

　　唐公欲待再追,战久马力已乏,又且一人一骑在道儿上跑,倘有不尽余党乘隙生变,那里更讨一个壮士出来?只得歇马。但是顺风,加上马鸾铃响,刚听得一个琼字,又见他摇手,错认作行五,

第　五　回

生生地把一个琼五，牢牢刻在心里，不知何日是报恩之日。

放马正要走回，却见尘头起处，一马飞来。唐公道："不好了！这厮们又来了！且莫与他近前，看我手段。"轻拽雕弓，射一箭去，早见那人落马。再看尘头到处，正是自己家眷。唐公正在叙说得琼五救应，杀散贼党，这真是大恩人，两两慰谕。只见几个脚夫与村庄农夫，赶到唐公马前，哭哭啼啼道："不知小人家主何事触犯老爷，被老爷射死？"唐公道："我不曾射死你甚主人！"众人哭道："适才拔下喉间箭，见有老爷名字。"唐公道："哦，适才我与一干强盗相杀方散，恰遇着一人飞马而来，我道是响马余党，曾发一箭，不料就射死是你主人，这也是我误伤。你主人叫甚名字？是何处人？"众人道："小人主人乃潞州二贤庄上人。姓单名道，表字雄忠，在长安贩缎回来到此。"唐公道："死者不能复生，叫我也无可奈何了。便到官司也是误伤，不过与些埋葬。你家还有甚人？"众人道："还有二员外单通，表字雄信。"唐公道："这等，你回家对你二员外说：我因剿盗，误伤你主人，实是错误。我如今与你银子五十两，你从厚棺敛，送回乡去。待我回籍时，还差官到潞州登堂吊孝。"安慰了一番。自古道："穷不与富斗，富不与官斗。"况在途路之中，众人只得隐忍，自行收拾。

唐公说便如此说，却十分过意不去，心灰意懒，又与这干人说了半晌，却因此耽延，不得出关。离长安六十里之地，没有驿递，只有一座大寺，叫名永福寺。唐公看家眷众多，非民间小户可留，只得差人到寺中，说要暂借安歇。本寺住持名为五空，闻知忙忙撞钟摇鼓，聚集众僧，山门外迎接。一边着行童打扫方丈，收拾厨房；一面着了袈裟，手执信香，率领合寺僧众出寺迎接。唐公分付家眷车

辆暂停寺外,自己先入寺来。但见:

  千年坚固台基,万岁峥嵘殿宇。山门左右,那风调雨顺四天王;佛殿居中,坐过去未来三大士。绮疏朱牖,雕刻成细巧葵榴;赤壁银墙,彩画就浓山淡水。观音堂内,古铜瓶插朵朵金莲;罗汉殿中,白玉盏盛莹莹净水。山猿献果,闻金经尽得超升;野鹿衔花,听法语脱离业障。金光万道侵云汉,瑞气千条锁太空。

后人有诗赞之曰:

  佛殿龙宫碧玉幢,人间故号作清凉。

  台前瑞结三千丈,室内常浮百万光。

  劫火炼时难毁坏,罡风吹处更无伤。

  自从开辟乾坤后,累劫常留在下方。

  走至殿上,左右放下胡床,僧人参谒了,唐公着令引领家丁,向方丈相视,附近僧房,俱着暂行移开,然后打发家眷进来,封锁了中门。自己在禅堂坐住,因想:"若是强人,既经挫折,不复敢来;恐果是东宫所遣,倘或不肯甘心,未免再至。"故此发付家丁,内外巡哨,以防不虞。自己便服带剑,在灯下观书。不知这干人在山林里抹去粉墨,改换装束,会得齐,傍晚进城,如何能复来?就是宇文述与太子,一计不成,已是乏趣;喜得李渊不知,不成笑话。况且这干人回话,说杀伤他多少家丁,杀得李渊如何狼狈,道把他奚落这一场,也可消恨。把这事也竟丢开。

  但唐公是惊弦之鸟,犹自不敢放胆。坐到二更时候,欠伸之际,忽闻得异香扑鼻。忙看几上博山炉中,已烟消火冷。奇是始初还觉得微有氤氲,到后越觉得满堂馥郁。着人去看佛殿上,回报炉中并不曾有香。唐公觉是奇异,步出天井,只见景星庆云,粲然于天;祥霞烁绕,瑞雾盘旋。在禅堂后面,原来是紫微临凡,未离兜率,香气满天,已透出母胎来了。正仰面观看时,忽守中门家丁报夫人分娩二世子了。时仁寿元年八月十六日子时也。唐公忙着隔门传语问安否时,回复是因途中闻有强人阻截,不免惊心,后来因遇强人,分付退回有人烟处驻札,行急了不免又行震动,遂致分娩,喜得身子平安。唐公放了心。

挨到天明,唐公进殿参礼如来。家丁都进禅堂回风,叩头问安。住持率僧人具红手本贺喜。唐公道:"寄居分娩,污秽如来清净道场,罪归下官,何喜可贺?"随命家丁取银十两,给与住持,着多买沉檀速降诸香,各殿焚烧,解除血光污秽。又对住持道:"我本待即行起身,怎奈夫人初分娩,不耐途路辛苦,欲待借你寺中再住几时,何如?"住持禀道:"敝寺荒陋,不堪贵人居止。喜是宽敞,若老爷未行,不妨待夫人满月。"唐公道:"只恐取扰不当。"分付家丁不得出外生事及在寺骚扰。又对住持道:"我观此寺虽然壮丽,但不免坍颓处多。我意欲行整理。"住持道:"僧人久有此意,但小修也得千金,重整不下万两,急切不得大施主,就是常蒙来往老爷,写有缘簿,一时僧人不敢去催逼,以此不敢兴工。"唐公道:"我便做你个大施主,也不必你来催我。一到太原,即着人送来。"随研香剂,饱掺霜毫,住持忙送上一个大红织金绉丝面的册页。唐公展开,写上一行道:"信官李渊,喜助银一万两,重建永福寺,再塑合殿金身。"这些和尚伸头一张,莫不咬指吐舌,在那边想:"不知是那一个买办物料,那个监工,少可有加一二头除。"有的道:"你看如今一厘不出的,偏会开缘簿,整百千写下,那曾见拿一钱来?到兴建时寻个护法,还要大块拱他,陪堂管家都有需索。莫说一万,便拿这五百来,那个敢去催他找足?"胡猜了一会。

次早寻了四盘香,请唐公各殿焚香,撞钟擂鼓,好不奉承。自此唐公每日在寺中坐住,只待夫人满月启行。

未知后事如何,且听下回分解。

第 六 回

五花阵柴嗣昌山寺定姻　一蹇囊秦叔宝穷途落魄

诗曰：

沦落不须哀，才奇自有媒。

屏联孔雀侣，箫筑凤凰台。

种玉成佳偶，排琴是异材。

雌雄终会合，龙剑跃波来。

世间遇合极有机缘，故有意之希求，偏不如无心之契合。唐公是隋室虎臣，窦夫人乃周朝甥女。隋主篡周之时，夫人只得七岁；曾自投床下道："恨不生为男子，救舅氏之难！"原是一对奇夫妇，定然产下英物。他生下一位小姐，年当十六岁，恰似三国孙权的妹子、刘玄德夫人。不喜弄线拈针，偏喜的开弓舞剑。故此唐公夫妇也奇他，要为他得一良婿。当时求者颇多，唐公都道庸流俗子，不轻应允。却也时时留心。

松柏成操冰玉姿，金闺有女恰当时。

鸾凤不入寻常队，肯逐长安轻薄儿？

此时在寺中，也念不及此，但只是终日闲坐，又无正事关心，更没个寮友攀话，止有个道宗说些家常话，甚觉寂寞。况且是个尊官,一举一动,家丁便来伺候,和尚都来打听,甚是拘束。耐了两日,只得就僧寮香积,随喜一随喜,欲待看他僧人多少,房屋多少,禅规严不严,功课勤不勤的意思。不料篱笆槅扇缝中,不时有个小沙弥窥觑唐公举动。唐公才向回廊步去,密报与住持五空知道。五空轻步,随着唐公后边,以备答问。转到厨房对面,有手下道人,大呼小叫,住持远远摇手。唐公行到一所在,问:"此处庭院委曲,廊庑洁净,是甚么去处?"住持道:"这是小僧的房,敢请老爷进内献茶。"唐公见和尚曲致殷勤,不觉的步进精舍;却不是僧人的卧房,乃一净室去处,窗明几净,果然一尘不染,万缘俱寂。五空献过了茶,推开槅子,紧对着舍利塔,光芒耀目,真乃奇观;复转身看屏门上,有一联对句:

宝塔凌云一目江天这般清净

金灯代月十方世界何等虚明

侧边写着"汾河柴绍薰沐手拜书"。唐公见词气高朗,笔法雄劲,点头会心。问住持道:"这柴绍是甚么人?"住持道:"是汾河县礼部柴老爷的公子,表字嗣昌,在寺内看书。见僧人建得这两个小房,书此一联,以赠小僧,贴在屏门上。来往官府,多有称赞这对联的。"唐公点头而去,对住持道:"长老且自便。"

唐公回到禅堂。是晚月明如昼,唐公又有心事的人,停留在寺,原非得已,那里便肯安息?因步松阴,又到僧房,问住持曾睡也未。五空急趋应道:"老爷尚未安置,小僧焉敢就寝!"唐公道:"月色甚好,不忍辜负清光。"住持道:"寺旁有一条平冈,可以玩月。请老爷一步何如?"唐公道:"这却甚妙。"住持叫小厮掌灯前走。唐公道:"如此好月,灯可不必。"住持道:"怕竹径崎岖,不便行

第 六 回

走。"唐公道:"我们为将出征,黑地里常行山径;这尺来多路,便有花阴竹影,何须用灯?只长老引路,不必下人随从。"住持奉命,引领唐公不往日间献茶去处,出了旁边小门,打从竹径幽静所在步上土冈。见一月当空,片云不染;殿角插天,塔影倒地。又见远山隐隐,野树濛濛,人寂皆空,村犬交吠,点缀着一派夜景。唐公观看一会,正欲下冈,只见竹林对过,灯火微红,有吟诵之声。唐公问道:"长老诵晚功课么?"住持道:"因夫人分娩,恐贵体虚弱,传香与徒子法孙,暂停斋晚功课。"唐公点头。步转冈湾,却又敞轩几间。唐公便站住了脚,问道:"这声音又不是念经了。"住持道:"这就是柴公子看书之所。老爷日间所见的对联,就是他写的。"唐公听他声音洪亮,携了住持的手,轻轻举步,直到读书之所。窗隙中窥视,只见灯下坐着一个美少年,面如傅粉,唇若涂硃;横宝剑于文几,琅琅念诵,却不是孔孟儒书,乃是孙吴兵法。念罢拔剑起舞,有旁若无人之状。舞罢按剑在几,叫声:"小厮柴豹取茶来!"

一片英雄气,幽居欲问谁?

青萍是知己,弹铗寄离奇。

唐公听见,即便回身下阶,暗喜道:"时平尚文,世乱用武。当此世界,念这几句诗云子曰,当得甚事?必如这等兼才,上马击贼,下马草露布,方雅称吾女。且我有缓急,亦可相助。"走过庭廊,随对住持道:"吾观此子,一貌非凡,他日必有大就。我有一女,年已及笄,端重寡言,未得佳婿,欲烦长老权为媒妁,与此子结二姓之好。"住持恭身答道:"老爷分付,僧人当执伐柯之斧。明早请柴公子来见老爷,老爷看他谈吐便知。"唐公道:"这却极妙。"唐公回到禅堂,僧亦辞别回去。

五花阵柴嗣昌山寺定姻　一寒囊秦叔宝穷途落魄

明日侵晨，五空和尚有事在心，急忙爬起洗面披衣，步到柴嗣昌书房里来。公子道："长老连日少会。"住持道："小僧连日陪侍唐公李老爷，疏失了公子。"柴公子道："李公到此何事？"住持道："李老爷奉圣旨钦赐驰驿回乡，十五日到寺。因夫人分娩在方丈，故此暂时住下，候夫人身体康健，才好起马。"公子道："我闻唐公素有贤名，为人果是如何？"住持道："贫僧见千见万，再不见李老爷这样好人。因夫人生产在此，血光触污净地，先发十两银子，分付买香各殿焚烧。又取缘簿施银万两，重建寺院，再整山门。昨日午间到小僧净室献茶，见相公所书对联，赞不绝口；晚间同小僧步月，听得相公读书，直到窗外看相公一会。"公子道："甚么时候了？"住持道："是公子看书将罢，拔剑起舞的时节。"公子道："那时有一更了。"住持道："是时有一鼓了。"公子道："李公说甚么来？"住持道："小僧特来报喜。"公子道："甚么喜事？"住持道："李老爷有郡主，说是一十六岁了，端重寡言，未得佳婿。教小僧执伐柯之斧，情愿与公子谐二姓之好。"公子笑道："婚姻大事，未可轻谈；但我久仰李将军高名，若在门下，却也得时时亲近请教，必有所益，也是美事。"住持道："如今李老爷急欲得公子一见，就请到佛殿上见他一面如何？"公子道："他是个大人长者，怎好轻率求见？明日备一副贽礼，才好进拜。"住持道："他渴慕相公，不消贽礼，小僧就此奉陪相公一往。"公子道："既如此，我就同你去。"公子换了大衣，住持引到佛殿，拜见了唐公。唐公见了公子，果然生得：

　　眉飘偃月，目炯曙星。鼻若胆悬，齿如贝列。神爽朗冰心玉骨，气轩昂虎步龙行。锋藏锷敛，真未遇之公卿；善武能文，乃将来之英俊。

第 六 回

　　唐公要待以宾礼，柴嗣昌再三谦让，师生礼坐了。唐公叩他家世，叙些寒温。嗣昌娓娓清谈，如声赴响。唐公见了，不胜欣喜，留茶而出，遂至方丈与夫人说知。夫人道："此子虽你我中意，但婚姻系百年大事，须与女儿说知方妥。"唐公道："此事父母主之，女孩儿家，何得专主？"夫人道："非也！知子莫若父，知女莫若母。我这女儿不比寻常女儿，我看他平昔间，每事有一番见识，有一番作用，与众不同。我如今去与他说明，看他的意思。他若无言心允，你便聘定他便了；若女儿稍有勉强，且自消停几时。量此子亦未必就有人家招他为婿，且到太原再处。"唐公道："既如此说，你去问他，我外边去来。"说了走出方丈外去了。

　　夫人走进明间里来，小姐看见接住了。夫人将唐公要招柴公子的话，细细与小姐说了一遍。小姐停了半晌，正容答道："母亲在上，若说此事，本不该女儿家多口；只是百年配合，荣辱相关，倘或草草，贻悔何及？今据父亲说，貌是好的，才是美的；但如今世界止凭才貌，岂足以勘平祸乱？如遇患难，此辈咬文嚼字之人，只好坐以待毙，何足为用？"夫人接口道："正是你父亲说，公子舞得好剑。月下看他，竟似白雪一团，滚上滚下，量他也有些本领。"小姐见说，微微笑道："既如此说，待孩儿慢慢商酌。且不必回他，俟两日后定议，何如？"夫人见说，出来回复了唐公。小姐见夫人去了，左思右想，欲要自己去偷看此生一面，又无此礼；欲要不看，又恐失身匪偶。心上狐疑不决。只见保母许氏走到面前说道："刚才夫人所言，小姐主意何如？"小姐道："我正在这里想。"许氏道："此事何难？只消如此如此，赚他来较试一番才能便见了。"小姐点头色喜。正是：

五花阵柴嗣昌山寺定姻　一寒囊秦叔宝穷途落魄

　　银烛有光通宿燕，玉箫声叶彩鸾歌。

　　却说柴公子自日间见唐公之后，想唐公待他礼貌谦恭，情意款洽，心中甚喜。想到婚姻上边，因不知小姐的才貌，又未知成与不成，到付之度外。其时正在灯下看书，只见房门呀的一声，推进门来。公子抬头一看，却是一个眼大眉粗、身长足大的半老妇人。公子立起身来问道："你是何人？到此何干？"妇人答道："我是李府中小姐的保母，因老爷夫人要聘公子东床坦腹，但我家小姐不特才貌双绝，且喜读孙吴兵法，六韬三略，无不深究其奥，誓愿嫁一个善武能文、足智多谋的奇男子。日间老爷甚称公子的才貌，又说公子舞得好剑，故着老身出来致意公子：如果有意求凰，不妨定更之后，到回廊转西观音阁后菜圃上边，看小姐排成一阵。如公子识得此阵，方许谐秦晋。"公子见说，欣然答道："既如此说，你去到更除之后，你来引我去看阵何如？"许氏见说，即便出门。

　　公子用过夜膳后，听街上的巡兵起更筹；庭中月色，比别夜更加皎洁。读了一回兵书，又到庭前来看月，不觉更筹已交二鼓。公子见婆子之言，或未必真，欲要进去就枕，蓦地里咳嗽一声，刚才来的保母远远站立，把手来招。公子叫柴豹箧中取出一副绣龙扎袖穿好，把腰间丝绦收紧，带了宝剑。叫柴豹锁上了门跟了，同保母到菜圃中来。原来观音阁后有绝大一块荒芜空地，尽头一个土山，紧靠着阁后粉墙，旁有一小门出入。公子看了一回，就要走进去。许氏止住道："小姐分付，这两竿竹枝，是算比试的辕门。公子且消停站在此间，待他们摆出阵来，公子看便了。"公子应允，向柴豹附耳说了几句。只见走出一个女子来，乌云高耸，绣袄短衣；头上凤钗一枝，珠悬罩额，臂穿窄袖；执着小小令旗一面，立在土山之上。公子问道："这不是小姐么？"许氏道："小姐岂是轻易见的？这不过小姐身边侍儿女教师，差他出来摆阵的。"话未说完，只见那女子把令旗一招，引出一队女子来：一个穿红的，夹着一个穿白的；一个穿青的，夹着一个穿黄的。俱是包金扎袖，手执着明晃晃的单刀，共有一二十个妇女。左盘一转，右旋一回，一字儿的排着。许氏道："公子识此阵否？"公子道："此是长蛇阵，何足为奇！"只见那女子又把令旗一翻，众妇女又四弦兜转，变成五堆，一堆妇女四个，持刀相背而立。公子仔细一看，只见：

红一簇，白一簇，好似红白雪花乱舞玉。青一团，黄一团，好似青黄莺燕翅翩跹。错认孙武子教演女兵，还疑顾夫人排成御寇。

公子见妇女一字儿站定。许氏道："公子识此阵否？"公子看了笑道："如今又是五花阵了。"许氏道："公子既识此阵，敢进去破得阵，走得出，方见你的本事。"公子道："这又何难！"忙把衣襟束起，掣开宝剑杀进去。两旁女子看见，如飞的六口刀，光闪闪的砍将下来。公子疾忙把剑招架。那五团妇女见公子投东，那些女子即便挡住，裹到东来；投西，他们也就拥着，止住去路。论起柴公子的本领，这一二十个妇女，何难杀退？一来，刀剑锋芒，恐伤损了他们，不好意思；二来，一队中有一个女子，执着红丝锦索，看将要退时，即便将锦索掷起空中，拦头的套将下来，险些儿被他们拖翻。故此只好招架，未能出围。公子站定一望，只见阁下窗外挂着两盏红灯，中间一个玉面观音，露着半截身儿站着。那土山上女子，只顾把令旗展动，公子掣开宝剑，直抢上土山来。那女子忙将令旗往后一招，后边钻出四五个皂衣妇女，持刀直滚出来，五花变为六花。

公子忙舞手中剑遮护身体，且走且退，将到竹枝边出关。那五团女子，如飞的又裹上来，四五条红锦套索半空中盘起。公子正在危急之际，只得叫："柴豹那里？"柴豹听见，忙在袖中取出一个花爆，点着火向妇人头上悬空抛去。众女只听得头上一声炮响，星火满天。公子忙转身看内，只听得飕的一声，正中柴公子巾帻。公子取来月下一看，却是一枝没镞的花翎箭，箭上系着一个小小的彩球。公子看内时，不特阁上美人已去，窗棂紧闭，那些妇人形影俱无。听那更筹，已打四鼓。主仆二人，疾忙归到书斋安寝。

不多时鸡声唱晓，红日东升。柴公子正在酣睡之中，只听得叩门声响。柴豹开门看时，却是五空长老，引到榻前，对公子说："今早李老爷传我进殿去，说要择吉日，将金币聘公子为婿。"柴嗣昌父母早亡，便将家园交与得力家人，就随唐公回至太原就亲。后来唐公起兵伐长安时，有娘子军一枝，便是柴绍夫妻两个人马，早已从今日打点下了。

云簇蛟龙奋远扬，风资虎豹啸林榔。

天为唐家开帝业，故教豪杰作东床。

不题唐公回至太原。却说叔宝自十五日，就出关赶到樊建威下处。建威就问："抱不平的事，却如何结局了？"叔宝一一回答，建威不胜惊愕。次日早饭过，匆匆的分了行李，各带犯人二名，分路前去。樊建威投泽州，秦叔宝进潞州。到州前见公文下处门首有系马桩，拴了坐下黄骠马，将两名人犯带进店来。主人接住，叔宝道："主人家，这两名人犯是我解来的，有谨慎的去处，替我关锁好了。"店主答道："爷若有紧要事，分付小人，都在小人身上。"秦叔宝堂前坐下，分付店主："着人将马上行李搬将进来。马拆鞍辔,不要揭去那软替;走热了的马,带了槽头去吃些细料。干净些的客房,出一间与我安顿。"店主摊浪道:"老爷,这几间房,只有一间是小的的门面,容易不开,只等下县的官员府中公干,才开这房与他居住。爷要洁净,开上房与爷安息罢。"叔宝道:"好。"

主人掌灯搬行李进房,摆下茶汤酒饭。主人尽殷勤之礼,立在膝旁斟酒,笑堆满面:"请问相公爷高姓,小的好写帐。"叔宝道:"你问我么?我姓秦,山东济南府公干,到你府里投文。主人家你姓什么?"主人道:"秦爷,你不曾见我小店门外招牌?是'太原王店'。小人贱名就叫做王示,告示的示字。"秦叔宝道:"我与你宾主之间,也不好叫你的名讳。"店主笑道:"往来老爷们,把我示字颠倒过了,叫我做王小二。"叔宝道:"这也是通套的话儿。但是开店的,就叫做小二;但是做媒的,就叫做王婆。这等我就叫你是小二哥罢。我问你,蔡太爷领文投文有几日耽搁?"小二道:"秦爷,没有耽搁。我们这里蔡太爷是一个才子。明日早堂投文,后日早堂就领文。爷在小店止有两日停留。怕秦爷要拜望朋友,或是买些什物土仪人事,这便是私事耽搁,与衙门没有相干。"叔宝问了这些细底,吃过了晚饭,便闭门睡了。

明日绝早起来,洗面裹巾,收拾文书,到府前把来文挂号。蔡刺史升堂投文,人犯带见,书吏把文书拆于公案上。蔡刺史看了来文,分付禁子松了刑具,叫解户领刑具,于明日早堂候领回批。蔡刺史将两名人犯发在监中收管,这是八月十七日早堂的事。叔宝领刑具,到下处吃饭,往街坊宫观寺院玩了一日。

十八日侵晨,要进州中领文。日上三竿,巳牌时候,衙门还不曾开,出入并无一人,街坊净悄。这许多大酒肆,昨日何等热闹,今

五花阵柴嗣昌山寺定姻　一寒囊秦叔宝穷途落魄

日却都关了；吊闼板不曾挂起，门却半开在那里。叔宝进店，见柜栏里面几个少年玩耍。叔宝举手问道："列位老哥，蔡太爷怎么这早晚不坐堂？"内中有一少年问道："兄不是我们潞州声口？"叔宝道："小可是山东公干来的。"少年道："兄这等，不知太爷公干出去了？"叔宝道："那里去了？"少年道："并州太原去了。"叔宝道："为甚么事到太原去？"少年道："为唐国公李老爷，奉圣旨钦赐驰驿还乡，做河北道行台，节制河北州县。太原有文书，知会属下府州县道首领官员。太爷三更天闻报，公出太原去贺李老爷了。"叔宝心中了然明白："就是我临潼山救他的那李老爷了。"再问："老兄，太爷几时才得回来？"少年道："还早。李老爷是个仁厚的勋爵，大小官员去贺他，少不得待酒，相知的老爷们遇在一处，还要会酒。路程又远，多则二十日，少要半个月才得回来。"叔宝得了这个信，再不必问人，回到寓中，一日三餐，死心塌地等着太守回来。

出外的人，下处就是家里一般，日间无事，只好吃饭而已。但叔宝是山东豪杰，顿餐斗米，饭店上能得多少钱粮与他吃？一连十日，把王小二一副本钱，都吃在秦琼肚里了。王小二的店，原是公文下处，官不在家，没人来往，招牌灯笼都不挂出去。王小二在家中，与妻计较道："娘子，秦客人是个退财白虎星。自从他进门，一个官就出门去了，几两银子本钱，都葬在他肚皮里了。昨日回家来吃些中饭，菜蔬不中用，就捶盘掷盏起来。我要开口问他取几两银子，你又时常埋怨我不会说话，把客人都恶失到别人家去了。如今到是你开口问他要几两银子，女人家的说话，就重些他也担待了。"王小二的妻柳氏，最是贤能，对丈夫道："你不要开口。入门休问荣枯事，观着容颜便得知。看秦爷也不是少饭钱的人。是我

第 六 回

们潞州人，或者少得银子；他是山东人，等官回来，领了批文，少不得算还你店帐。"

又捱了两日，难过了，王小二只得自家开口。正值秦叔宝来家吃中饭。小二不摆饭，自己送一钟暖茶到房内，走出门外来，傍着窗边，对着叔宝陪笑道："小的有句话说，怕秦爷见怪。"叔宝道："我与你宾主之间，一句话怎么就怪起来？"小二道："连日店中没生意，本钱短少，菜蔬都是不敷的。意思要与秦爷预支几两银子儿用用，不知使得也使不得？"叔宝道："这是正理，怎么要你这等虚心下气？是我忽略了，不曾取银子与你，不然那里有这长本钱供给得我来？你跟我进房去，取银子与你。"王小二连声答应，欢天喜地，做两步走进房里。叔宝床头取皮挂箱开了，伸手进去拿银子，一只手就像泰山压住的一般，再拔不出了。正是：

床头黄金尽，壮士无颜色。

叔宝心中暗道："富贵不离其身，这句话原不差的。如今几两盘费银子，一时失记，被樊建威带往泽州去了，却怎么处？"叔宝的银子，为何被樊建威带去了呢？秦叔宝、樊建威两人都是齐州公门豪杰，点他二人解四名军犯，往泽州、潞州充伍。那时解军盘费银两，出在本州库吏的手的，晓得他二人平素交厚，又是同路差使；二来又图天平法马讨些便宜，一处给发下来，放在樊建威身边用。长安又耽搁了两日，及至关外，匆匆的分路行李。他两个都不是寻常的小人，把这几两银子放在心上的。行李文书件色分开，只有银子不曾分开，故此盘费银两都被樊建威带往泽州去了。连秦叔宝还只道在自己身边一般，总是两个忘形之极，不分你我，有这等事体出来。一时许了王小二饭银，没有得还的，好生局促，一个脸登时胀红了。那王小二见叔宝只管在挂箱内摸,心上也有些疑惑:"不知还是多在里头,要拣成块头与我?不知还是少在里头,只管摸了去?"不知此时叔宝实难区处。

毕竟如何回王小二,且听下回分解。

第 七 回

蔡太守随时行赏罚　王小二转面起炎凉

诗曰：
　　金风瑟瑟客衣单，秋蛩唧唧夜生寒。
　　一灯影影焰欲残，清宵耿耿心几刓。
　　天涯游子惨不欢，高堂垂白空倚阑。
　　囊无一钱羞自看，知己何人惜羽翰？
　　东望关山泪雨弹，壮士悲歌行路难。

　　常言道："家贫不是贫，路贫愁杀人。"叔宝一时忘怀，应了小二；及至取银，已为樊建威带去。汉子家怎么复得个没有？正在着急，且喜摸到箱角里头，还有一包银子。这银子又是那里来的？却是叔宝的母亲要买潞州绸做寿衣，临行时付与叔宝的，所以不在朋友身边。叔宝只得取将出来，交与王小二道："这是四两银子在这里，且不要算帐，写了收帐罢。"王小二道："爷又不去，算帐怎的？写收帐就是了。"王小二得了这四两银子，笑容满面，拿进房去，说与妻子知道，还照旧服事。只是秦叔宝的怀抱，那得开畅？囊橐已尽，批文未领，倘官府再有几日不回，莫说家去欠缺盘缠，王小二又要银子，却把甚么与他？口中不言，心里焦闷，也没有情绪到各处

玩耍,吃饱了饭,镇日靠着挡众儿呆呆的望。正是:

　　人逢喜事精神爽,闷向心来瞌睡多。

　　又等了两三日,蔡刺史到了。本州堂官摆道,大堂传鼓下,四衙与本州应役人员都出郭迎接。叔宝是公门中当差的人,也跟着众人出去。到十里长亭,各官都相见,各项人都见过了。蔡太守一路辛苦,乘暖轿进城。叔宝跟进城门,事急无君子,当街跪下禀道:"小的是山东济南府解户,伺候老爷领回批。"刺史陆路远来,轿内半眠半坐,那里去答应领批之人? 轿夫皂快,狐假虎威,喝道:"快不起来! 我们老爷没有衙门的,你在这里领批?"叔宝只得起来了,轿夫一发走得快了。叔宝暗想道:"在此一日,连马料盘费要用两方银子。官是辛苦了来的,倘有几日不坐堂,怎么了得!"做一步赶上前去,意思要求倩上人慢走,跪过去禀官。自己不晓得力大,用左手在轿杠上一拖,轿子拖了一侧,四个抬轿的,四个扶轿的,都一闪支撑不住;还是刺史睡在轿里,若是坐着,就一交跌将出来。那时官就发怒道:"这等无礼! 难道我没有衙门的?"叫皂隶扯下去打。叔宝理屈词穷,府前当街褪裤,重责十板。若是本地衙门里人,皂隶自然用情;叔宝是别处人,没人照顾,打得皮开肉绽,鲜血迸流。正是:

　　文王也受羁囚累,孙膑难逃刖足灾。

　　王小二在门首先看见了,对妻子道:"这姓秦的也是个没来历的人,住我家有个把月了,身上还是那件衣服。在公门中走动的人,不晓事体,今日惹了官,拿到州门前打了十板来了。"官进府去,叔宝回店。王小二迎住,口里便叫"你老人家",不像平日的和颜悦色,就有些讥讪的意:"秦大爷,你却不像公门的豪杰。官府

第七回

的喜怒你也不知道？还是我们蔡老爷宽厚，若是别位老爷，还不放哩！"叔宝那里容得，喝道："关你甚么事？"小二道："打在你老人家身上，干我甚么事？我说的是好话，拿饭与你吃罢。"叔宝包着一肚皮的气，道："不吃饭，拿热水来！"小二道："有热水在此。"秦叔宝将热水洗了杖疮去睡，巴明不明，盼晓不晓。

次日负痛到府中来领文，正是在他矮檐下，怎敢不低头？蔡刺史果然是个贤能的官府，离家日久，早出升堂。文书案积甚多，赏罚极明，人人感戴。秦叔宝只等公务将完，方才跪将下去禀道："小的是齐州刘爷差人，伺候老爷领批。"叔宝今日怎么说个齐州刘爷差人？因腿疼心闷，一夜不曾睡着，想道本州刘爷与蔡太爷是同年好友，说个刘爷差人，使蔡太爷有屋乌之爱。果中其言，蔡刺史回嗔作喜道："你就是那刘爷的差人么？"秦叔宝道："小的是刘爷的差人。"刺史道："你昨日鲁莽得紧，故此府前责你那十板，以儆将来。"秦琼道："老爷打的不差。"经承吏将批取过来，蔡刺史取笔签押，不即发下去，想道："刘年兄不知此人扳了我的轿子，只说我年家情薄，千里路程把他差人又打了。"叫库吏动支本州名下公费银三两，也不必包封，赏刘爷差人秦琼为路费。少顷库吏取了银来，将批文发值堂吏："叫刘爷差人领批，老爷赏盘费银三两。"秦琼叩谢，接了批文，拿了赏银，出府回店。

王小二在柜上结帐，见叔宝回来，问道："领了批回来了？饯行酒还不曾齐备，却怎么好？"叔宝道："这酒定不消了。"小二道："闲坐着，且把帐算起了，何如？"叔宝道："拿帐过来算。"小二道："相公爷是八月十六日到小店的，今日是九月十八日了。八月大，共计三十二日。小店有规矩，来的一日，去的一日，不算饭钱，折接风送行。三十个整日子,马是细料,连爷三顿荤饭,一日该时银一两七折算,净该纹银二十一两。收过四两银子,准少十七两。"叔宝道:"这三两银子,是蔡太爷赏的,却是好的。"小二道:"净欠十四两,事体又小,秦爷也不消写帐,兑银子就是了,待我去取天平过来。"叔宝道:"二哥且慢着,我还不去。"小二道:"秦爷领了批文,如今也没有甚么事了。"叔宝道:"我有一个樊朋友,赶泽州投文,有些盘费的银子,都在他身边。想是泽州的马太爷,也往太原公贺李老爷去了。官回来领了文,少不得来会我,才有银子还你。"小二道:"小人是个开饭店的,你老人家住一年,才是好生意哩。"叔宝写帐,九月十八日结算,除收净欠纹银一十四两无零。王小二口里虽说秦客人住着好,肚里打稿,见那几件行李值不多银子,有一匹马,又是张口货,他骑了饮水去,我怎好拦住他?就到齐州府,寻着公门中的豪杰,那里替他缠得清?倒要折了盘费、丢了工夫去讨饭帐不成?这叫做见钟不打,反去铸铜了。我想那批回是要紧的文书,没有此物去,见不得本官;不如拿了他的,倒是绝稳的上策。这些话,都是王小二肚里踌躇,不曾明言出来。将批文拿在手内看,还放在柜上,便叫妻子:"把这个文书,是要紧的东西。秦爷若放在房内,他要耍子,常锁了门出去,深秋时候,连阴又雨,屋漏水下,万一打湿了,是我开店的干系。你收拾好放在箱笼里面,等秦爷起身时,我交付明白与他。"秦叔宝心中便晓得王小二扳作当头,假小心的说话,只得随口答应道:"这却极好。"话也不曾说完,小二已把文书递与妻子手内,拿进房了。正是:

无情便摘神仙珮,计巧生留卿相貂。

小二又叫手下的:"那钱行酒不要摆将过来,秦爷又不去。若

第 七 回

说饯行,就是速客起身的意思了。径拿便饭来请爷吃。"手下知道主人的口气,便饭二字,就是将就的意思了。小菜碟儿都减少了两个,收傢伙的筛碗顿盏,光景甚是可恶。九月家间,早晨面汤也是冷的。叔宝吃了眉高眼低的茶饭,又没处去,终日出城到官路,望樊建威到来。正是:

闷是一囊如水洗,望思千里故人来。

自古道:"嫌人易丑,等人易久。"望到夕阳时候,见金风送暑,树叶飘黄。河桥官路,多少来车去马,那里有樊建威的影儿?等了一日,在树林中急得双脚只是跳,叫道:"樊建威,樊建威!你今日再不来,我也无面目进店,受小人的闲气。"等到晚,只得回来。那樊建威原不曾约在潞州相会,只是叔宝痴心想着,有几两银子在他身边。这个念头撑在肚里,怎么等得他来?暗里摇桩,越摇越深了。明日早晨又去,"今日再不来,到晚我就在这树林中,寻一条没结果的事罢。"等到傍晚,又不见樊建威来。乌鸦归宿,喳喳的叫。叔宝正在踌躇,猛然想起家中有老母,只得又回来。脚步移徙艰难,一步一叹,直待上灯后,方才进门。

叔宝房内已点了灯。叔宝见了灯光,心下怪道:"为甚今夜这殷勤起来,老早点火在内了?"驻步一看,只见有人在内呼么喝六,掷色饮酒。王小二在内跑将出来,叫一声:"爷,不是我有心得罪。今日到了一起客人,他是贩甚么金珠宝玩的,古怪得紧,独独里只要爷这间房。早知有这样事体,爷出去锁了房门,倒也不见得这事出来。我打帐要与他争论,他又道:'主人家只管房钱,张客人住,李客人也是住得的,我多与些房钱就是了。'我们这样人,说了银子两字,只恐怕又冲断了好主顾。口角略顿了一顿,这些人竟走进去坐,倒不肯出来。我怕行李拌差了,就把爷的行李搬在后边幽静些的去处。因秦爷在舍下日久,就是自家人一般。这一班人,我要多赚他些银子,只得从权了。爷不要见怪,才是海量宽洪。"叔宝好几日不得见王小二这等和颜悦色,只因倒出他的房来,故此说这些好话儿。秦叔宝英雄气概,那里忍得小人的气过;只因少了饭钱,自揣一揣,只得随机迁就道:"小二哥,屋随主便,但是有房与我安身就罢,我也不论好歹。"

王小二点灯引路,叔宝跟随,转弯抹角到后面去。小二一路做不安的光景,走到一个所在,指道:"就是这里。"叔宝定睛一看,不是客房,却是靠厨房一间破屋,半边露了天,堆着一堆糯糯秸。叔宝的行李,都堆在上面。半边又把柴草打个地铺,四面风来,灯挂儿也没处施设,就地放下了,拿一片破缸抵挡着壁缝里风。又对叔宝道:"秦爷只好权住住儿,等他们去了,仍旧到内房里住。"叔宝也不答应他。小二带上门竟走去了。叔宝坐在草铺上,把金装锏按在自己膝上,用手指弹锏,口内作歌:

"旅舍荒凉雨又风,苍天着意困英雄。
欲知未了生平事,尽在一声长叹中。"

正吟之间,忽闻脚步响声,渐到门口,将门上枭吊儿倒叩了。叔宝也是个宠辱无惊的豪杰,到此时也容纳不住,问道:"是那一个叩门?你这小人,你却不识得我秦叔宝的人哩!我来时明白,去时焉肯不明白?况有文书鞍马行李,俱在你家中,难道我就走了不成?"外边道:"秦爷不要高声,我是王小二的媳妇。"叔宝道:"闻你素有贤名,夜晚黄昏,来此何干?"妇人道:"我那拙夫,是个小人的见识;见秦爷少几两银子,出言不逊。秦爷是大丈夫,把他海涵了。

第 七 回

我常时劝他不要这等炎凉,他还有几句秽污言语,把恶水泼在我身上来。我这几日不好亲近得秦爷,适才打发我丈夫睡了,存得有晚饭,送在此间。"

萧萧囊橐已成空,谁复留心恤困穷?

一饭淮阴遗国士,却输妇女识英雄。

叔宝闻言,眼中落泪道:"贤人,你就是淮阴的漂母,哀王孙而进食。恨秦琼他日不能封三齐而报千金耳!"柳氏道:"我是小人之妻,不敢自比于君子,何敢望报?只是秦爷暂处落寞,我见你老人家,衣服还是夏衣,如今深秋时候,我这潞州风高气冷,脊背上吹了这两条裂缝,露出尊体,却不像模样。饭盘边有一索线,线头上有一个针子,爷明日到避风的去处,且缝一缝,遮了身体。等泽州樊爷到来,有银子换衣服,便不打紧了。明日早晨,若厌听我拙夫琐碎,不吃早饭出门,媳妇倒趱得有几文皮钱,也在盘内,爷买得些粗糙点心充饭,晚间早些回来。"说完这些言语,把那枭吊儿开了,自去了。叔宝开门,将饭盘掇进。又见青布条捻成钱串,拢着三百文皮钱,一索线,线头上一个针子,都取来安在草铺头边。热汤汤一碗肉羹。叔宝初到他店中,说这肉羹好吃,顿顿要这碗下饭。自算账之后,菜饭也是不周全的,那里有这样汤吃?因今日下了这起富客,做这肉汤,留得这一碗。叔宝欲待不吃,熬不得肚中饥馁,只得将肉羹连气吃下。秋宵耿耿,且是难得成梦,番番复复,睡得一觉。醒了天尚未明。且喜这间破屋,处处透进残月之光,他果然把身上这件夏衣,乘月色将绽处胡乱揪来一缝,披在身上,趁早出来。

补衮才奇识者稀,鹑悬百结事多违。

缝时惊见慈亲线,惹得征人泪满衣。

蔡太守随时行赏罚　王小二转面起炎凉

　　带了这三百钱，就觉胆壮；待要做盘缠，赶到泽州，又恐遇不着樊建威，那时怎回？且小二又疑我没行止，私自去。不若且买些冷馍馍火烧，怀着在官道上坐等。走来走去，日已西斜。远远望见一个穿青衣的人，头带范阳毡笠，腰跨短刀，肩上背着挂箱，好似樊建威模样。及至近前，却又不是。接踵就是几个骑马打猎的人冲过。叔宝把身子一让，一只脚跨进人家大门，不防地上一个火盆，几乎踹翻。只见一个五十多岁的妇人，手执着一串素珠，在那里向火。见这光景，即便把叔宝上下一看，便道："汉子看仔细，想是你身上寒冷，不妨坐在此烤一烤火。"叔宝见说，道声："有罪了。"即便坐下。

　　妇人道："吾看你好一条汉子，为什么身上这般光景？想不是这里人。"叔宝道："我是山东人，因等一个朋友不至，把盘缠用尽，回去不得。"妇人道："既如此，你随口说一个时辰来，我替你占一个小课，看这朋友来不来？"叔宝便说个申时。妇人捻指一算，便道："卦名速喜。书上说得好：'速喜心偏急，来人不肯忙。'来是一定来的，只是尚早哩。待出月将终，方有消息。"叔宝道："老奶奶声口，也像不是这里人，姓甚么？"妇人道："我姓高，是沧州人。因前年我们当家的去世，便同儿子迁到这里来倚傍一个亲戚。"叔宝道："你家儿子叫甚号，多少年纪，做甚么生意？"妇人道："只有一个儿子，号叫开道。因他有些膂力，好的是使枪弄棍，所以不事生业，常不在家。"说完，立起身对叔宝道："想你还未午膳，我有现成面饭在此。"说完进去，托出热腾腾的一大碗面、一碟蒜泥、一双竹箸，放在桌上，请叔宝吃。叔宝等了这一日，又说了许多的话，此时肚子里也空虚，并不推却，即便吃完了。说道："蒙老奶奶一饭之德,未知我秦琼可有相报的日子?"那妇人道:"看你这样一条汉子,将来决不是窭落之人,怎么说恁话来?杀人救人,方叫做报;这样口食之事,说甚么报?"其时街上已举灯火。叔宝点头唯唯,谢别出门。一路里想道:"惭愧我秦琼,出门不曾撞着一个有意思的朋友,反遇着两个贤明的妇人,消释胸中抑郁。"一头想,一头走。正是:

漂母非易得,千金曾掷水。

却说王小二因叔宝不回店中,就动起疑来,对妻子道:"难道姓秦那□养的成了仙不成?没钱还我,难道有钱在别处吃不成?"妻子道:"人能变财,或者撞见了甚么熟识的朋友,带挈他吃两日,也未可知。"小二道:"既如此,我央人问他讨饭钱。"

一日清早,叔宝刚欲出门,只见外边两个穿青的少年,迎着进来。不知为何事,且听下回分解。

第 八 回

三义坊当铜受腌臜　二贤庄卖马识豪杰

词曰：

牝牡骊黄，区区岂是英雄相？没个孙阳，骏骨谁相赏？

伏枥悲鸣，气吐青云漾。多惆怅，盐车踯躅，太行道上。

——右调《点绛唇》

宝刀虽利，不动文士之心；骏马虽良，不中农夫之用。英雄虽有掀天揭地手段，那个识他、重他？还要奚落他。那两个少年与王小二拱手，就问道："这位就是秦爷么？"小二道："正是。"二人道："秦大哥请了。"叔宝不知其故，到堂前叙揖。二人上坐，叔宝主席相陪。王小二看三杯茶来。茶罢，叔宝开言道："二兄有何见教？"二人答道："小的们也在本州当个小差使，闻秦兄是个方家，特来说分上。"叔宝道："有甚见教？"二人道："这王小二在敝衙门前开饭店多年，倒也负个忠厚之名。不知怎么千日之长，一日之短，得罪于秦兄？说兄怪他，小的们特来陪罪。"叔宝道："并没有这话，这却从何而来？"二人道："都说兄怪他，有些店账不肯还他。若果然怪他，索性还了他银子；摆布他一场，却是不难的。若不还他银子，使小人得以藉口。"叔宝何等男子，受他颠簸，早知是王小二央

第 八 回

来,会说喧话的乔人了。"我只把直言相告二兄:我并不怪他夫妇,只因我囊橐罄空,有些盘费银两,在一个樊朋友身边。他往泽州投文,只在早晚来,算还他店账。"二人道:"兄山东朋友,大抵任性的多。等见那个朋友,也要吃饱了饭,才好等得;叫他开饭店的也难服事。若要照旧管顾,本钱不敷;若简慢了兄,就说饭店的炎凉,厌常喜新。客人如虎居山,传将出去,鬼也没得上门,饭店都开不成了。常言道:'求人不如求己。'假若樊朋友一年不来,也等一年不成?兄本衙门,不见兄回也要捉比,宅上免不得惊天动地。凡事要自己活变。"叔宝如酒醉方醒,对二人道:"承兄指教,我也不等那樊朋友来了。有两根金装锏,将他卖了,算还店帐,余下的做回乡路费。"二人叫王小二道:"小二哥,秦爷并不怪你,倒要把金装锏卖了,还你饭钱。你须照旧伏侍。"也不通姓名,举手作别而去。好似:

  在笼鸥鸹能调舌,去水蛟龙未得飞。

叔宝到后边收拾金装锏。王小二忽起奸心:"这个姓秦的奸诈,倒有两根甚么金装锏,不肯早卖,直等我央人说许多闲话,方才出手。不要叫他卖,恐别人讨了便宜去。我哄他当在潞州,算还我银子,打发他起身;加些利钱儿,赎将出来,剥金子打首饰,与老婆戴将起来。多的金子,剩下拿去兑与人,夫妻发迹,都在这金装锏上了。"笑容满面,走到后边来。

叔宝坐在草铺上,将两条锏横在自己膝上,上面有些铜青了。他这锏原不是纯金的,原是熟铜流金在上面。从祖秦旭传父秦彝,传到他已经三世了。挂在鞍旁,那铜楞上的金都磨去了,只是槽凹里有些金气。放在草铺上,地湿发了铜青。叔宝自觉没有看相,只

三义坊当铜受腌臜　二贤庄卖马识豪杰

得拿一把穰草,将铜青擦去,耀目争光。王小二只道上边有多少金子,蒙着眼道:"秦爷,这个铜不要卖。"叔宝道:"为何不要卖?"小二道:"我这潞州有个隆茂号当铺,专当人甚么短脚货。秦爷将这铜抵当几两银子,买些柴米,将高就低,我伏事你老人家。待平阳府樊爷来到,加些利钱赎去就是了。"叔宝也舍不得两条金铜卖与他人,情愿去当,回答小二道:"你的所见,正合我意。同去当了罢!"

同王小二走到三义坊一个大姓人家,门旁黑直枨内,门挂"隆茂号当"字牌。径走进去,将铜在柜上一放,放得重了些,主人就有些嗔嫌之意。"呀!不要打坏了我的柜桌!"叔宝道:"要当银子。"主人道:"这样东西,只好算废铜。"叔宝道:"是我用的兵器,怎么叫做废铜呢?"主人道:"你便拿得他动,叫做兵器。我们当绝了,没用他处,只好熔做家伙卖,却不是废铜?"叔宝道:"就是废铜罢了。"拿大称来称斤两,那两根铜重一百二十八斤。主人道:"朋友,还要除些折耗。"叔宝道:"铜上金子也不算,有甚么折耗?"主人道:"不过是金子的光景,那里作得账!况且那两个靶子,算不得铜价,化铜时就烧成灰了;如今是铁枥木的,觉重。"叔宝却慷慨道:"把那八斤零头除去,作一百二十斤实数。"主人道:"铜是潞州出产的去处,好铜当价是四分一斤,该五两短二钱,多一分也不当。"叔宝算四五两银子,几日又吃在肚里,又不得回乡,仍然拿回去。小二已有些不悦之色。叔宝回店,坐在房中纳闷。

　　　举世尽肉眼,谁能别奇珍?
　　　所以英雄士,碌碌多湮沦。

王小二就是逼命一般,又走将进来,向叔宝道:"你老人家再

第　八　回

寻些甚么值钱的东西当罢！"叔宝道："小二哥,你好呆！我公门中道路,除了随身兵器,难道带甚么金宝玩物随身？"小二道："顾不的你老人家。"叔宝道："我骑这匹黄骠马,可有人要？"小二道："秦爷在我家住有好几时,再不曾说这句。说甚么金装铜,我这潞州人,真金子还认做假的,那晓得有用的兵器！若说起马来,我们这里是旱地,若大若小人家,都有脚力。我看秦爷这匹黄骠,倒有几步好走,若是肯卖,几时先回家,公事都完了。"叔宝道："这是就有银子的？"小二道："马出门就有银子进门。"叔宝道："这里的马市,在什么所在？"小二道："就在西门里大街上。"叔宝道："甚么时候去？"小二道："五更时开市,天明就散市了。"小二叫妻子："收拾晚饭与秦爷吃了,明日五更天,要去卖马。"

叔宝这一夜好难过,生怕错过了马市,又是一日。如坐针毡,盼到交五更时候起来,将些冷汤洗了脸,梳了头。小二掌灯牵马出槽。叔宝将马一看,叫声"嗳呀"道："马都饿坏在这里了！"人被他炎凉到这等田地,那个马一发可知了。自从算账之后,不要说细料,连粗料也没有得与他吃了,饿得那马在槽头嘶喊。妇人心慈,又不会铡草,瞒了丈夫偷两束长头草,丢在槽里,凭那马吃也得,不吃也得。把一匹千里神驹,弄得蹄穿鼻摆,肚大毛长。叔宝敢怒而不敢言。要说"饿坏了我的马",恐那小人不知高低,就道连人也没有得吃,那在马乎？只得接扯笼头,牵马外走。王小二开门,叔宝先出门外,马却不肯出门,径晓得主人要卖他的意思。马便如何晓得卖他呢？此龙驹神马,乃是灵兽,晓得才交五更。若是回家,就是三更天也备鞍辔、捎行李了；牵栈马出门,除非是饮水龅青,没有五更天牵他饮水的理。马把两只前腿蹬定这门槛,两只后腿倒坐将下去。若论叔宝气力,不要说这病马,就是猛虎,也拖出去了。因见那马尪瘦得紧,不忍加勇力去扯它,只是调息绵绵的唤。王小二却是狠心的人,见那马不肯出门,拿起一根门闩来,照那瘦马的后腿上,两三门闩,打得那马护疼,扑地跳将出去。小二把门一关道:"卖不得,再不要回来!"

却说叔宝牵马到西营市来,马市已开,买马与卖马的王孙公子,往来络绎不绝,看马的驰骤杂逐,不记其数。有几个人看见叔宝牵着一匹马来,都叫:"列位让开些,穷汉子牵了一匹病马来了,不要挨倒了他!"合唇合舌的淘气。叔宝牵着马在市里,颠倒走了几回,问也没人问一声。对马叹道:"马,你在山东捕盗时,何等精壮!怎么今日就垂头落到这般光景!叫我怎么怨你。我是何等的人?为少了几两店帐,也弄得垂首丧气,何况于你!"常言道得好:

人当贫贱语声低,马瘦毛长不显肥。

得食猫儿强似虎,败翎鹦鹉不如鸡。

先时还是人牵马,后来到是马带着人走。一夜不曾睡得,五更天起来,空肚里出门,马市里没人瞅睬,走着路都是打盹睡着的。天色已明,走过了马市,城门大开,乡下农夫担柴进城来卖。潞州即今山西地方,收秋都是那茹茹秸儿。若是别的粮食,收拾起来枯槁了,独有这一种气旺,收秋之后还有青叶在上。马是饿极的了,见了青叶,一口扑去,将卖柴的老庄家一交扑倒。叔宝如梦中惊觉,急去搀扶。那人老当益壮,翻身跳起道:"朋友,不要着忙,不曾跌坏我那里。"那时马啃青柴,不得溜缰。老者道:"你这匹马牵着不骑,慢慢的走,敢是要卖的么?"叔宝道:"便是要卖他,在这里撞个主顾。"老者道:"马膘虽是跌了,缰口倒还好哩!"叔宝正在懊

第八回

闷之际,见老者之言,反欢喜起来了。

喜逢伯乐顾,冀北始空群。

问老者道:"你是鞭杖行,还是兽医出身?"老者道:"我也不是鞭杖行,也不是兽医。老汉今年六十岁了,离城十五里居住。这四束柴有一百多斤,我挑进城来,肩也不曾换一换。你这马轻轻的扑了一口青柴,我便跌了一交,就知这马缰口还好。只可惜你头路不熟,走到这马市里来。这马市里买马的,就是那等不得穷的人。"叔宝笑道:"怎么叫做等不得穷的人?"老者道:"但凡富贵子弟,未曾买马,先叫手下人拿着一副鞍辔跟着走。看中了马的毛片,搭上自己的鞍辔,放个辔头,中意方才肯买。他怎肯买你的病马培养?自古道:'买金须向识金家。'怎么在这个所在出脱病马来?你便走上几日,也没有人瞧着哩!"叔宝道:"据你说起来,还是牵到甚么所在去卖呢?"老者道:"只是我要卖柴,若是不卖柴,引你到一个去处,这马就有人买了。"叔宝道:"你卖柴的小事。你若引我去卖了这匹马,事成之后,送你一两银子牙钱。"老者听说,大喜道:"这里出西门去十五里地,有个主人姓单,双名雄信,排行第二,我们都称他做二员外。他结交豪杰,买好马送朋友。"

叔宝如酒醉方醒,大梦初觉的一般,暗暗自悔:"我失了检点。在家时常闻朋友说:'潞州二贤庄单雄信,是个延纳的豪杰。'我怎么到此,就不去拜他?如今弄得衣衫褴褛,鹄面鸠形一般,却去拜他,岂不是迟了!正是临渴掘井,悔之无及。若不往二贤庄去,过了此渡,又无船路,却怎么处?也罢,只是卖马,不要认慕名的朋友就是了。""老人家,你引我前去;果然卖了此马,实送你一两银子。"老者贪了厚谢,将四束柴寄在豆腐店门口,叫卖豆腐的:"替我照管一照管。"扁担头上有一个青布口袋儿,袋了一升黄豆,进城来换茶叶的。见马饿得狠,把豆儿倒在个深坑塘里面,扯些青柴,拌了与那马且吃了。老庄家拿扁担儿引路,叔宝牵马竟出西门。约十数里之地,果然一所大庄,怎见得?但见:

　　碧流潆绕,古木阴森。碧流潆绕,往来鱼滕纵横;古木阴森,上下鸟声稠杂。小桥虹跨,景色清幽;高厦连云,规模齐整。若非旧阀,定是名门。

老庄家持扁挑过桥入庄,叔宝在桥南树下拴马。见那马瘦得不像模样,心中暗道:"己所不欲,勿施于人。我也看不上,教他人怎么肯买?"因连日没心绪,不曾牵去饮水啃青制饱,鬃尾都结在一处。叔宝只得将左手衣袖卷起,按着马鞍,右手五指将马领鬃往下分理。那马怕疼,就掉过头来,望着主人将鼻息乱扭,眼中就滚下泪来。叔宝心酸,也不去理它领鬃,用手掌在它项上,拍了这两掌道:"马耶,马耶!你就是我的童仆一般。在山东六府驰名,也仗你一背之力。今日我月建不利,把你卖在这庄上,你回头有恋恋不舍之意,我却忍心卖你,我反不如你也!"马见主人拍项分付,有欲言之状:四蹄踢跳,嘶喊连声。叔宝在树下长叹不绝。正是:

　　威负空群志,还余历块才。

　　惭无人剪拂,昂首一悲哀。

却说雄信富厚之家,收秋事毕,闲坐厅前。见老人家竖扁担于窗扇门外边,进门垂手,对员外道:"老汉进城卖柴,见个山东人牵匹黄骠马要卖。那马虽跌落膘,缰口还硬。如今领着马在庄外,请员外看看。"雄信道:"可是黄骠马?"老汉道:"正是黄骠马。"雄信起身,从人跟随出庄。

第 八 回

　　叔宝隔溪一望,见雄信身高一丈,貌若灵官,戴万字顶皂夹包巾,穿寒罗细褶,粉底皂靴。叔宝自家看着身上,不像模样得紧。躲在大树背后解净手,抖下衣袖,揩了面上泪痕。雄信过桥,只去看马,不去问人。雄信善识良马,把衣袖撩起,用左手在马腰中一按。雄信膂力最狠,那马虽筋骨崚嶒,却也分毫不动。托一托,头至尾准长丈余,蹄至鬃准高八尺。遍体黄毛,如金丝细卷,并无半点杂色。此马妙处正是:

　　　　奔腾千里荡尘埃,神骏能空冀北胎。
　　　　蹬断丝缰摇玉辔,金龙飞下九天来。

　　雄信看罢了马,才与叔宝相见道:"马是你卖的么?"单员外只道是贩马的汉子,不以礼貌相待,只把你我相称。叔宝却认卖马,不认贩马,答道:"小可也不是贩马的人;自己的脚力,穷途货于宝庄。"雄信道:"也不管你买来的自骑的,竟说价罢了。"叔宝道:"人贫物贱,不敢言价,只赐五十两,充前途盘费足矣。"雄信道:"这马讨五十两银子也不多,只是膘跌重了,若是上得细料,用些工本,还养得起来。若不吃细料,这马就是废物了。今见你说得可怜,我与你三十两银子,只当送兄路费罢了。"雄信还了三十两银子,转身过桥,往里就走,也不十分勤力要买。叔宝只得跟过桥来道:"凭员外赐多少罢了。"

　　雄信进庄来,立在大厅滴水檐前。叔宝见主人立在檐前,只得站立于月台旁边。雄信叫手下人牵马到槽头去,上些细料来回话。不多时,手下向主人耳边低声回复道:"这马狠得紧,把老爷胭脂马的耳朵都咬坏了,吃下一斗蒸熟绿豆,还在槽里面抢水草吃,不曾住口。"雄信暗喜,乔做人情道:"朋友,我们手下人说,马不吃细料的了。只是我说出与你三十两银子,不好失信。"叔宝也不知马吃料不吃料,随口应道:"但凭尊赐。"雄信进去取马价银。叔宝却不是阶下伺候的人,进厅坐下。雄信三十两银子得了千里龙驹,捧着马价银出来,喜容可掬。叔宝久不见银,见雄信捧着一包银子出来,比得他马的欢喜,却也半斤八两。叔宝难道这等局量褊浅?他却是个孝子,久居旅邸,思想老母,昼夜熬煎。今见此银,得以回家,就如见母的一般,不觉:

　　欢从眉角至,笑向颊边生。

　　叔宝双手来接银子。雄信料已买成,银子不过手,用好言问叔宝道:"兄是山东,贵府是哪一府?"叔宝道:"就是齐州。"雄信把银子向衣袖里一笼,叔宝大惊,想是不买了,心中好生捉摸不着。正是:

　　隔面难知心腹事,黄金到手怕成空。

　　未知雄信袖银的意思如何,且听下回分解。

第 九 回

入酒肆蓦逢旧识人　还饭钱径取回乡路

诗曰：
  乞食吹竽骨相癯，一腔英气未全除。
  其妻不识友人识，容貌似殊人不殊。
  函谷绨袍怜范叔，临邛杯酒醉相如。
  丈夫交谊同金石，肯为贫穷便欲疏？

结交不在家赀。若靠这些家赀，引惹这干蝇营狗苟之徒，有钱时，便做出拆屋斧头；没钱时，便做出浮云薄态。毕竟靠声名可以动得隔地知交，靠眼力方结得困穷兄弟。单雄信为何把银子袖去？只因说起"齐州"二字，便打动他一点结交的想头，向叔宝道："兄长请坐。"命下人看茶过。那挑柴的老儿，看见留坐要讲话，靠在窗外呆呆听着。雄信道："动问仁兄，济南有个慕名的朋友，兄可相认否？"叔宝问："是何人？"雄信道："此兄姓秦，我不好称他名讳；他的表字叫做叔宝，山东六府驰名，称他为赛专诸，在济南府当差。"叔宝因衣衫褴褛，丑得紧，不好答应"是我"，却随口应道："就是小弟同衙门朋友。"雄信道："失瞻了，原来是叔宝的同袍。请问老兄高姓？"叔宝道："在下姓王。"他因心上只为王小二饭钱要还，故随口就是王字。雄信道:"王兄请略坐小饭。学生还要烦兄寄信与秦兄。"叔宝道:"饭是不领了,有书作速付去。"雄信复进书房去封程仪三两,潞䌷二匹,至厅前殷勤致礼道:"要修一封书,托兄寄与秦兄;只是不曾相会的朋友,恐称呼不便,烦兄道意罢!容日小弟登堂拜望。这是马价银三十两,银皆足色;外具程仪三两,不在马价数内;舍下本机上䌷二匹送兄,推叔宝同袍分上,勿嫌菲薄。"叔宝见如此相待,不肯久坐等饭,恐怕口气中间露出马脚来,不好意思,告辞起身。

良马伏枥日,英雄晦运时。

热衷虽想慕,对面不相知。

雄信友道已尽,也不十分相留,送出庄门,举手作别。叔宝径奔西门。老庄家尚在窗外瞌睡,挂下一条涎唾,倒有尺把长。只见单员外走进大门,对老儿道:"你还在这里?"老儿道:"听员外讲话久了,不觉打盹起来。那卖马的敢是去了?"雄信道:"即才别去。"言罢径步入内。老庄家急拿扁挑,做两步赶上叔宝。因听见说姓王,就叫:"王老爷,原许牙钱与我便好!"叔宝是个慷慨的人,就把这三两程仪拆开,取出一锭,多少些也就罢了。老儿喜容满面,拱手作谢,往豆腐店取柴去了。不题。

却说叔宝进西门,已是上午时候,马市都散了,人家都开了店。新开的酒店门首,堆积的熏烧下饭,喷鼻馨香。叔宝却也是吃惯了的人,这些时熬得牙清口淡,适才雄信庄上又不曾吃得饭,腹中饥饿,暗想道:"如今到小二家中,又要吃他的腌臜东西,不如在这店中过了午去,还了饭钱,讨了行李起身。"径进店来。那些走堂的人,见叔宝将两匹潞䌷,打了卷夹在衣服底下,认了他是打渔鼓唱

第 九 回

道情的,把门拦住道:"才开市的酒店,不知趣,乱往里走!"叔宝把双手一分,四五个人都跌倒在地。"我买酒吃,你们如何拦阻?"

　　　世情看冷暖,人面逐高低。

内中一人跳起身来道:"你买酒吃到柜上称银子,怎么乱往里走?"叔宝道:"怎么要我先称银子?"酒保道:"你要先吃酒后称银子,你到贵地方去吃。我这潞州有个旧规:新开市的酒店,恐怕酒后不好算帐,却要先交银子,然后吃酒。"

　　叔宝暗想:"强汉不挨市。"只得到柜上来把潞绸放下,袖内取出银子来把打乱的程仪,总包在马价银一处,却要称酒钱,口里喃喃的道:"银子便先称把你,只是别位客人来,我却要问他店规,果然如此,再不消提起。"柜里主人却知事,赔着笑脸道:"朋友,请收起银子。天下书同文,行同伦,再没有先称银子后吃酒的道理。手下人不识好歹,只道兄别处客人,性格不同,酒后难于算账,故意歪缠,要先称银子。殊不知我们开店生理,正要延纳四方君子,况客长又不是不修边幅的人,出言唐突,但看我薄面,勿深计较。请收起银子里面请坐,我叫他暖酒来与客长吃便了。"叔宝见他言词委曲,回嗔作喜道:"主人贤慧,不必再提了。"袖了银子,拿了潞绸,往里走进二门。三间大厅,齐整得紧。厅上摆的都是条桌交椅,满堂四景诗画挂屏,柱上一联对句,名人标题,赞美这酒馆的好处:

　　槽滴珍珠漏泄乾坤一团和气

　　杯浮琥珀陶镕肺腑万种风情

　　叔宝看看厅上光景,又瞧瞧自己身上褴褴褛褛,原怪不得这些狗才拦阻。见如今坐在上面自觉不像模样,又想一想:"难道他店中的酒,只卖与富贵人吃,不卖与穷人吃的?"又想一想:"想次些的人,都不在这厅上饮酒。"定睛一看,两带琵琶栏杆的外边,都是厢房,厢房内都是条桌懒凳。叔宝素位而行,微笑道:"这是我们穷打扮的席面了。"走向东厢房第一张条桌上,放下潞绸坐下。正是:

  花因风雨难为色,人为贫寒气不扬。

  酒保取酒到来,却换了一个老儿,不是推他那些人了。又不是熏烧的下饭,却是一碗冷牛肉,一碗冻鱼,瓦钵磁器,酒又不热。老儿摆在桌上就走去了。叔宝恼将起来:"难道我秦叔宝天生定该吃这等冷东西的?我要把他家私打做齑粉,房子拖坍他的,不过一翻掌间;却是一桩没要紧的事。明日传到家里,朋友们知道了:'叔宝在潞州,不过少了几两银子饭钱,又不风不颠,上店吃酒打了两次,又不曾吃得成。'总来为了口腹,惹人做了话柄。熬了气吃他的去罢。"这也是肚里饥饿,恕却小人,未免自伤落寞。才吃了一碗酒,用了些冷牛肉。好是:

  土块调重耳,芜亭困汉光。

听得店门外面喧嚷起来,店主人高叫:"二位老爷在小店打中火去!"两个豪杰在店门首下马,四五个部下人推着两辆小车子,进店解面衣拂灰尘。主人引着路进二门来,先走的戴进士巾,穿红,后走的戴皂荚巾,穿紫。叔宝看见先走的不认得,后走的却是故人王伯当。两个:

  肥马轻裘意气扬,匣中长剑吐寒芒。

  有才不向污时屈,聊寄雄心侠少肠。

  主人家到厅上拖椅拂桌,像安席的一般虚景。"二位爷就在这头桌上坐罢。"分付手下人:"另烹好茶,取小菜前边烹炮精洁的

第 九 回

肴馔,开陈酒与二位爷用。"言罢自己去了。只见他手下人掇两盆热水,二位爷洗手。叔宝在东厢房,恐被伯当看见了,却坐不住,拿了潞绸起身要走,不得出去。进来时不打紧,他那栏杆围绕,要打甬道才出去得。二人却坐在中间。叔宝又不好在栏杆上跨过去,只得背着脸又坐下了。他若顺倒头竟吃酒,倒也没人去看他;因他起起欠欠的,王伯当就看见了,叫跟随的:"你转身看东厢房第一张条桌上,这个人像着谁来?"跟随的转身回头道:"倒像历城秦爷的模样。"正是:

    轩昂自是鸡群鹤,锐利终为露颖锥。

叔宝闻言,暗道:"呀,看见我了!"伯当道:"仲尼、阳货面庞相似的正多,叔宝乃人中之龙,龙到处自然有水,他怎么得一寒至此?"叔宝见伯当说不是,心中又安下些。那跟随的却是个少年眼快的人,要实这句言语,转过身紧看着叔宝。吓得叔宝头也不抬,箸也不动,缩颈低坐,像伏虎一般。这跟随的越看越觉像了,总道:"他见我们在此,声色不动,天下也没这个吃酒的光景。"便道:"我看来便像得紧,待我下去瞧瞧,不是就罢了。"叔宝见从人要走来,等他看出,却没趣了;只得自己招架道:"王兄,是不才秦琼落难在此。"伯当见是叔宝,慌忙起身离坐,急解身上紫衣下东厢房,将叔宝虎躯裹定,拉上厅来,抱头而哭。主人家着忙都来陪话。三个人有一个哭,两个不哭。王伯当见叔宝如此狼狈,伤感凄凉;这人乍相见,无甚关系;叔宝却没有因处穷困中,就哭起来的理。总是:

    知己虽存矜恤心,丈夫不落穷途泪。

叔宝见伯当伤感,反以美言劝慰:"仁兄不必堕泪,小弟虽说落难,原没有甚么大事。只因守批在下处日久,欠下些店账,以致

入酒肆萍逢旧识人　还饭钱径取回乡路

流落在此。"就问这位朋友是谁。伯当道："这位是我旧相结的弟兄,姓李名密,字玄邃,世袭蒲山郡公,家长安。曾与弟同为殿前左亲侍千牛之职,与弟往来最厚。他因姓应图谶,为圣上所忌,弃官同游。小弟因杨素擅权,国政日非,也就一同避位。"叔宝又从新与李玄邃揖了。伯当又问："兄在此曾会单二哥么？怎么不往单二哥处去？"叔宝道："小弟时当偃蹇,再不曾想起单二哥；今日事出无奈,到二贤庄去把坐马卖与单二哥了。"伯当道："兄坐的黄骠马卖与单二哥了？得了多少银子？"叔宝道："却因马膘跌重了,讨五十两银子,实得三十两,就卖了。"伯当且惊且笑道："单二哥是有名豪杰,难道与兄做交易,讨便宜？这也不成个单雄信了！如今同去,原马少不得奉还,还要取笑他几句。"叔宝道："贤弟,我不好同去。到潞州不拜雄信,是我的缺典。适才卖马问及贱名,我又假说姓王。他问起历城秦叔宝,我只得说是相熟朋友,他又送潞绸二匹、程仪三两。我如今同二位去,岂不是个踪迹变幻？二位到二贤庄去,替我委曲道意,说卖马的就是秦琼。先因未曾奉拜得罪,后因赧颜不好相见,故假托姓王。殷勤之意,已勒肺腑,异日再到潞州登堂拜谢。"玄邃道："我们在此与单二哥四人相聚,正好盘桓。兄有心久客,不在一两日为朋友羁留。我们明日拉单二哥来欢聚两日,才好话别。吾兄尊寓在于何处？"叔宝道："我久客念母,又有批回在身。明日把单二哥所赠的程仪,收拾两件衣服,即欲还家。二位也不必同单二哥来看我。"伯当、玄邃道："下处须要说知那家,那有好弟兄不知下处的道理？"叔宝道："实在府西首斜对门王小二店里。"伯当道："那王小二第一炎凉,江湖上有名的王老虎,在兄分上可有不到之处？"叔宝感柳氏之贤,不好在两个劣性

第 九 回

朋友面前说王小二的过失处,道:"二位贤弟,那王小二虽是炎凉,到还有些眼力。他夫妇二人在我面上,甚是周到。"这叫做:

小人行短终须短,君子情长到底长。

柳氏贤慧,连丈夫都带得好了;妻贤夫祸少,信不虚言也。三人饮到深黄昏后,伯当连叔宝先吃的酒帐,都算还了店主。向叔宝道:"今夜暂别,明日决要相会。吾兄落寞在此,吾辈决不忍遽别。明日见了单二哥,还要设处些盘缠,送与吾兄。切勿径去。"叔宝唯唯,出店作别。王、李二人别了叔宝上马,径出西门,往二贤庄。

叔宝却将紫衣裹着潞绸一处,径回王小二店来,因朋友不舍,来得迟了。王小二见午后不归,料绝他不曾卖马,心上愈加厌贱。不等叔宝来家,径把门扇关锁了。叔宝到了叩门,小二冷声扬气道:"你老人家早些来家便好。今日留得客人又多,怕门户不谨慎,锁了门。钥匙是客人拿在房里去了。恐怕你没处睡,外面那木柜上是我揩抹干净的了,你老人家将就睡睡。五更天起来煮饭,打发客人开门时,你老人家进来多睡一回就是了。"叔宝牙关一咬,眼内火星直爆,拳头一攥,心中怒气横飞:"这个门不消我两个指头就推掉了,打了他一场,少不得经官动府,又要羁身在此,打什么紧?况单雄信是个好客的朋友,王、李二兄说起卖马的事,来朝不等红日东升,就来拜我。我却与主人结打见官,可是豪杰的举动?这样小人藉口就说我欠了许多饭钱,图赖他的,又打坏他的门面。适来又在王伯当面前,说他做人好,怎么朝更夕改,又说他不好?我转是不妥当的人了。小不忍则乱大谋,忍到如今已是塔尖了,不久开交,熬也熬得他起了。这样小人,说有银子还他,必就开门了。"

入酒肆蓦逢旧识人　还饭钱径取回乡路

笑是小人能好利,谁知君子自容人。

叔宝踌躇了这一会,只得把气平了,叫道:"小二哥,我的马卖了,有银子在此还你。在外边睡,我却放心不下,万有差池,不干我事。"此时王小二听见言词热闹,想是果然卖马回来,早在门缝里张着,没有了马,毕竟有了银子,喜得笑将起来:"秦爷,我和你说笑话儿耍子。难道我开店的人,不知事体,这样下霜的天气,好叫你老人家在露天里睡不成?我家媳妇往客房讨钥匙去了。"柳氏拿着钥匙在旁,不得丈夫之言,不敢开门。听得小二要开,说道:"钥匙来了。"

小二开门,叔宝进店,把紫衣潞䌷柜上放下。王小二道:"这是马价里搭来的么?不要他的货便好。"叔宝道:"这却不是马价里来的,有银子在此。"袖中取出银子来。小二见了银子道:"秦爷财帛要仔细,夜晚间不要弄他,收拾起了;且将就吃些晚饭,我明日替你老人家送行。"叔宝道:"饭不要吃了,竟拿账来算罢。"小二递过账簿道:"秦爷,你是不亏人的,但凭你算罢了。"叔宝看后边日子到住得多,随茶粥饭又有几日不曾吃饭,马又饿坏了,不曾上得马料。叔宝却慷慨,把蔡太守这三两银子不要算数,一天平兑十七两银子,付与小二。对柳氏道:"我匆匆起身,不能相谢,容日奉酬娘子。"柳氏道:"秦爷在此,款待不周,不罪我们,已见宽洪海量,还敢望谢?"叔宝道:"我的回批快拿与我。"柳氏道:"秦爷此时往那里去?"叔宝道:"此时城门还未关,我归心如箭,赶出东门再作区处。"小二也略留了一回,就把批文交与叔宝。叔宝取双锏行李,作别出店,径奔东门长行而去。

未知后事如何,且听下回分解。

第 十 回

东岳庙英雄染疴　二贤庄知己谈心

诗曰：
　　困陁识天心，提撕意正深。
　　琢磨成美玉，锻炼出良金。
　　骨为穷愁老，谋因艰苦沉。
　　莫缘频失意，黯黯泪沾襟。

如今人小小不得意，便怨天。不知天要成就这人，偏似困苦这人一般，越是人扶扶不起。莫说穷愁，便病也与他一场，直到绝处逢生，还像不肯放舍他的。王伯当、李玄邃为叔宝急出城西，比及到二贤庄，已是深黄昏时候。此时雄信庄门早已闭上了。闻门外犬吠甚急，雄信命开了庄门，看有何人在我庄前走动。做两步走出庄来，定睛一看，却是王、李二友。三人携手进庄，马卸了鞍，在槽头上料，手下都到耳房中去住了。雄信手下取拜毡过来，与二友顶礼相拜坐下。雄信命点茶摆酒。

叙罢了间阔，伯当开言："闻知兄长今日恭喜得一良马。"雄信道："不瞒贤弟说，今日三十两银子，买了一匹千里龙驹。"伯当道："马是我们预先晓得是一匹良马，只是为人再不要讨小便宜。讨了小便宜,就要吃大亏。"雄信道:"这马敢是偷来的么?"伯当道:"马倒不是偷来的,且问卖马的你道是何人?"雄信道:"山东人姓王,我因欢喜得紧,不曾与他细盘桓。二兄怎知此事,敢是与那姓王的相熟么?"伯当道:"我们倒不与姓王的相熟,那姓王的倒与老哥相熟了。巧言不如直道,那卖马的就是秦叔宝。适在西门市店中相遇,道及厚情,又有所赠。"雄信点头咨嗟:"我说这个人,怎么有个欲言又止之意?原来就是叔宝,如今往那里去了?"伯当道:"下处在府西王小二店内,不久就还济南去矣。"雄信道:"我们也不必睡了,借此酒便可坐以待旦。"王、李齐道:"便是。"这等三人直饮到五更时候。正是:

　　酣歌忘旦暮,寤寐在英雄。

　　把马都备停当,又牵着一匹空马,要与叔宝骑。三人赶进西门,到王小二店前,寻问叔宝,叔宝却已去了。王小二怕他好朋友赶上,说出他的是非来,不说叔宝步行,说:"秦爷要紧回去,偶有回头差马,连夜回山东去了。"就是有马,那雄信放开千里龙驹,也赶上了。忽然家中有个凶信到:雄信的亲兄出长安,被钦赐驰驿唐公发箭射死,手下护送丧车回来。雄信欲奔兄丧,不得追赶朋友。王、李二友因见雄信有事,把这追赶叔宝的念头亦就中止,各散去讫。

　　单题叔宝自昨晚黄昏深后,一夜走到天亮,只走得五里路儿。福无双至,祸不单行。如叔宝要走,一百里也走到了。他卖了马,又受着王小二的暗气,背着包儿,想着平日用马惯的人,今日黑暗里徒步,越发着恼,闯入山坳里去,迷了路头。及至行到天明,上了官路,回头一看,潞州城墙还在背后,却只有五里之遥。

第　十　回

　　富贵贫穷命里该，皆因年月日时排。
　　胸中有志休言志，腹内怀才莫论才。
　　庸陋乘时偏得意，英雄遭困有余灾。
　　饶君纵有冲天气，难敌平生运未来。

　　却说叔宝，穷不打紧，又穷出一场病来。只因市店里吃了一碗冷牛肉，初见王、李二友，心中又着实不自在，又是连夜赶路，天寒霜露太重，内伤饮食，外边感了寒气。天明是十月初二日，耳红面热，浑身似火，头重眼昏，寸步难行，还是禀气旺，又捱下五里路来。离城十里，地名十里店，有二三百户人家。入街头就是一座大庙，乃东岳行宫。叔宝见庙宇轩昂，且到里面晒晒日头再走。进三天门，上东岳殿前一层阶级，就像上一个山头。爬到殿上，指望叩拜神明，求阴空庇护。不想四肢无力，抬不起脚来，一个头眩，被门槛绊倒在香炉脚下。那一声响跌，好像共工愤怒，撞倒不周山，力士施椎，击破始皇辇。论叔宝跌倒，也不该这等大响，因有这两条金装铜背在背后，跌倒掼去，将磨砖打碎七八块。守庙的香火搀扶不动，急往鹤轩中，报与观主知道。

　　这观主却不是等闲之人，他姓魏，名征，字玄成，乃魏州曲城人氏。少年孤贫，却又不肯事生业，一味好的是读书。以此无书不读，莫说三坟五典、八索九丘、诸子百家、天文地理、韬略诸书，无不精熟。就是诗词、歌赋小技，却也曲尽其妙。且又素有大志，遇着英雄豪杰，倾心结纳。因是隋时，重门荫，薄孤寒，一时当国的卿相，下至守令，都是一干武臣，重的是膂力，薄的是文墨。自叹生不遇时，隐居华山，做了道士。后遇一个道友，姓徐名洪客，与他意气相投，道："隋主猜忌，诸子擅兵，目今一统，也只是为真人扫除，却不能享用。我观天象，真人已生，大乱将起。子相带贵气，有公卿之骨，无神仙之分。可预先打点一个王佐，应时而起。"朝夕只与他讲些天文，说些地理、帷幄奇谋、疆场神策。忽一日对魏征道："昨观王气，起于参井之分，应是真人已生。罡星复入赵魏分野，应时佐命已出。但王气犹未王，其人尚未得志。罡星色多沉晦，其人应罹困阨。不若你我分投求访，交结于未遇之先，异日再与子相会。"洪客遂入太原，魏征却在潞州。他见单雄信英雄好客，是一个做得开国功臣的，因此借寓东岳庙中，图与交往。且更要困阨中寻几个豪杰出来，以为后日帮手。这日正在鹤轩内看诵《黄庭》，正是：

无心求羽化，有意学鹰扬。

香火进报道："有个酒醉汉，跌倒在东岳殿上。随身兵器，将磨细方砖，打碎了好几块，搀又搀他不动，来报老爷知道。"

魏玄成想："昨夜仰观天象，有罡星临于本地，必此人也。待我自家出去。"离了鹤轩，径到殿上来，见叔宝那狼狈的景象：行李掼在一边，也没人照管，一只臂膊屈起，做了枕头，一手瘸着，把破衣袖盖了自己的面貌。香火道："方才那只脚还绊在门槛上，如今又缩下来了。"魏玄成上前，把手揭开衣袖，定睛一看，见满面通红。他得的阳症，类于酒醉，不能开言，但睁着两个大眼。魏征点头叹道："兄在穷途，也不该这等过饮。"叔宝心里明白，喉中咽塞，讲不出话来。挣了半日，把右手伸将出来，在方砖上写着"有病"两字。那方砖虽净，未免有些灰尘，这两字倒也看得清楚。魏玄成道："兄不是酒困，原来是有恙。"叔宝把头点一点。玄成道："不打紧。"叫道人："房中取我的棕团过来。"放在叔宝面前，盘膝坐下，

第十回

取叔宝的手放在自己膝上，寸关尺三脉一呼四至，一吸四至，少阳经受症，内伤饮食，外感风寒，还是表症，不打紧。

却只是大殿上风头里睡不得，后面又没有空闲的房屋，叫道人就扶在殿上左首堆木料家伙的一间耳房里去。虽非精室，却无风雨来侵。地上铺些稻草，把棕团盖上，放叔宝睡下。双铜因众人拿不起，仍留在殿角。玄成把叔宝被囊打开，内有两匹潞绸，紫衣一件，一张公文批回，又有十数两银子。就对叔宝道："这几件东西，恐兄病中不能照顾，待贫道收在房中，待兄病体痊可，交付还兄何如？那双铜，我叫道人搓两条粗壮草绳，捆束在一处，就放在殿角耳房门首，量人也不动的，好借他来辟去些阴气虚邪。"叔宝听说，伏地叩首。玄成把紫衣潞绸等件，收拾进房，在鹤轩中撮一帖疏风表汗的药儿，煎与叔宝吃了，出了一身大汗。次日就神思清爽，便能开言。玄成不住的煎药与叔宝吃，常来草铺头边坐倒，与叔宝盘桓，渐将米汤调理，病亦逐渐安妥。

不觉二七一十四日，是日乃十月十五日，却是三元寿诞，近边居民在东岳庙里做会。五更天就开大门，殿上撞钟擂鼓。叔宝身子虚弱，怎么当得？虽有玄成盘桓，却无亲人看管，垢面蓬头，身上未免有些龌龊，气息难当。这些做会的人，个个憎嫌，七嘴八舌。正是：

　　身居卵壳谁知凤，迹混鲸鲵孰辨龙？

大凡僧道住庵，必得一两个有势力的富户作护法，又常把些酒食餍足这些地方无赖破落户，方得住身安稳。魏玄成虽做黄冠，高岸气骨还在，如何肯俯仰大户，结识无赖？所以众人都埋怨魏道士可恶，容留无籍之人，秽污圣殿。叔宝听见，又恼又愧。正无存身之地,恰凑着单员外来了。

雄信带领手下人到东岳庙来,要与故兄打亡醮。众会首迎出三天门来道:"单员外来得正好。"雄信道:"有甚说话么?"众人道:"东岳庙是我潞州求福之地,魏道主妄自擅专,容留无赖异乡之人,秽污圣殿,不堪瞻仰。单员外须要着实处他。"雄信是个有意思的人,不作福首,不为祸先,缓言笑道:"列位且住,待我对他讲,自有道理。"说了自上殿来,叫手下去请魏法师出来,自己走到两旁游玩。只见钟架后尽头黑暗里铜光射出。雄信上前仔细一看,却是一对双铜,草束捆倒在地。雄信定睛看了,默然半晌,便问众人道:"这兵器是那里来的?"众道人齐声答道:"这就是那个患病的汉子背来的。"

雄信忙欲再问,只见魏玄成笑容满面,踱将出来,向雄信作了揖。雄信便问道:"魏先生,舍亲们都在这里,谈论这座东岳庙,乃是潞州求福之地,须要庄严洁净,以便瞻仰。今闻先生容留甚么人住在庙中,作践秽污,众心甚是不喜,故此特问先生,端的不知何等样人?"玄成从容道:"小道出家人,岂敢擅专。只因见这个病夫,不是个寻常之人,故此小道也未便打发他去。又况客中患病,跌倒殿上,小道只得把药石调治,才得痊安。出于一念恻隐,望员外原情恕罪,致意列位施主。"雄信忙问道:"殿角的双铜,就是那人的兵器么?是那里人氏?"玄成道:"山东齐州人。"雄信为叔宝留心,听见"山东齐州"四字,吓了一跳,急问道:"姓甚么?"玄成道:"那月初二日,跌倒在殿,病中不能开言,有一张公文的批回上,写单名叫做秦琼。及至次日清楚,与他盘桓问及,表字叫做叔宝,乃北齐功勋苗裔。"雄信忙止住,接口问道:"如今在那里?"玄成把手一指

第 十 回

道:"就在这间耳房里住下。"雄信搀着玄成的手,推进侧门里来,忙叫手下人:"快扶秦爷起来相见。"手下人三四个在铺上抓寻,影儿也没有一个。雄信焦躁道:"难道晓得我来,躲在别处去了不成?"一个香工道:"我刚才见他出殿去小解,如今想在后边轩子里。"雄信见说,疾忙同玄成走出殿来。

原来叔宝亏了魏玄成的药石,调理了十四五日,身中病势已退,神气渐觉疏爽。是日因天气和暖,又见殿上热闹,故走出来。小解过,就坐在后轩里,避一避众人憎恶。只见一个火工,衣兜里盛着几升米,手里托着几扎干菜走出。叔宝问道:"你拿到那里去?"火工道:"干你甚事?我因老娘身子不好,刚才向管库的讨几升小米,几把干菜,回家去等他熬口粥儿将息将息。"叔宝见说,猛省道:"小人尚思孝母,我秦琼空有一身本事,不能孝养,反抛母亲在家,累他倚闾而望。"想到其间,止不住双泪流落。见桌上有记账的秃笔一枝在案,忙取在手。他虽在公门中当差,还粗知文墨,向粉壁上题着几句道:

兕虎驱驰,甚来由,天涯循辙?白云里,凝眸盼望,征衣滴血。沟洫岂容鱼泳跃,鼠狐安识鹏程翼,问天心、何事阻归期,情呜咽。　　七尺躯,空生杰;三尺剑,光生箧。说甚擎天捧日名留册,霜毫点染老青山。满腔热血何时泻,恐等闲白了少年头,谁知得?

——右调寄《满江红》

叔宝正写完,只听见闹哄哄的一行人走进来。叔宝仔细一看,见有雄信在内,吃了一惊。避又无处避得,只得低着头,伏在栏杆上。只听见魏玄成喊道:"原来在这里!"此时单雄信紧上一步,忙抢上来,双手捧住叔宝,将身伏倒道:"吾兄在潞州地方受如此凄惶,单雄信不能为地主,羞见天下豪杰朋友!"叔宝到此,难道还不好认?只得连忙跪下,以头触地叩拜道:"兄长请起,恐贱躯污秽,触了仁兄贵体。"雄信流泪道:"为朋友者死。若是替得吾兄,雄信不惜以身相代,何秽污之有?"正是:

　　已成兰臭合,何问迹云泥。
回顾魏玄成道:"先生,先兄亡醮之事,且暂停几日。叔宝兄零丁如此,学生不得在此拈香,把香仪礼物,先生都收下了,我与叔宝兄回家。待此兄身体康健,即到宝宫来还愿,就与先兄打亡醮,却不是一举而两得!"分付手下:"秦爷骑不得马,看一乘暖轿来。"

　　其时外边众施主,听见说是单员外的朋友,尽各无言散去了。魏玄成转到鹤轩中去,将叔宝衣服取出,两匹潞绸,一件紫衣,一张批回,十数两银子,当了雄信面前,交与叔宝。雄信心中暗道:"这还是我家的马价银子哩。"叔宝举手相谢,别了玄成,同雄信回到二贤庄。——自此魏玄成、秦叔宝、单雄信三人,都成了知己。

　　到书房,雄信替叔宝沐浴更衣,设重裀叠褥,雄信与叔宝同榻而睡,将言语开阔他的胸襟,病体十分痊妥。日日有养胃的东西供给叔宝,还邀魏玄成来与他盘桓,正赛过父子家人。正是:

　　莫恋异乡生处好,受恩深处便为家。
　　只是山东叔宝的老母,爱子之心无所不至,朝夕悬望,眼都望花了。又常闻得官府要拿他家属,又不知生死存亡,求签问卜,越望越不回来,忧出一场大病,卧在床上,起身不动。正是:

　　心随千里远,病逐一愁来。
　　还亏得叔宝平日善于交友,几个通家的厚友,晓得叔宝在外日

第 十 回

久，老母有病，众人约会齐了，馈送些甘供之费，又兼省问秦老伯母。秦母道："通家子侄都来相看，这也难得。"都请进内房中来，坐到榻前。共是四人：西门外异姓同居、今开鞭仗行的贾润甫，齐州城里与叔宝同当差的三人：唐万仞、连明，同差出去的樊建威。秦母坐于床上，叔宝的娘子张氏立在卧榻之后，以幔帐遮体。秦母见儿子这一班朋友，都坐在床前，观景伤情，不觉滚下泪来："列位贤侄不弃老朽，特来看我，足见厚情。但不知我儿秦琼如何下落？一去不回，好教我肝肠都断。"贾润甫等对道："大哥一去不回，真好奇怪。老伯母且放心，吉人天相，料无十分大虑，不争早晚，多应到家。"

秦母埋怨樊建威道："我儿六月里与你同差出门，烧脚步纸起身，你便九月里回来了。如今隆冬天气，吾儿音信全无，多应不在人世了。"媳妇听得婆婆这一句话儿，幼妇不敢高声，在帷帐中啾啾唧唧，也啼哭起来。众人异口同声都埋怨樊建威道："樊建威，你干的甚么事？常言道：'同行无疏伴。'一齐出门，难道不知秦大哥路上为何耽搁，端的几时就该回来，如今为何还不到家？老伯母止生得大哥一人，久不回家，举目无亲，叫他怎不牵挂？"樊建威道："诸兄在上，老伯母与秦大嫂埋怨小弟，不敢分辩。诸兄是做豪杰的人，岂不知在家千日好，出门片时难？六月里山东赶到长安，兵部衙门挂号守批回，就耽误了两个月。到八月十五，才领了批。秦大哥到临潼山，适遇唐国公遇了强盗，正在厮杀之际，大哥抱不平起来，救了唐公。出得关外，匆匆的分了行李，他往潞州，我往泽州。不想盘缠银子总放在我的箱内，及至分路之后方才晓得，途中也用尽了。如今等不得他回来，也补送在此。"把一包银子放在榻前。秦母道:"我有四两银子,叫他买潞绸的,想必他也拿来盘缠了。"樊建威道:"我到泽州的时节,马刺史又往太原恭贺唐公李爷去了。两个犯人养在下处,却又柴荒米贵。及至官回,投文领批,盘费俱无了。"秦母道:"这都是你的事。你此后可晓得吾儿的消息呢?"樊建威道:"若算起路程日子,唐公李爷到太原时,秦大哥已该到潞州了。那时蔡刺史还不曾出门,是断乎先投过文了。我晓得秦大哥是个躁性的人,难道为了批回,耽误在潞州不成?我若是有盘费,也枉道到潞州寻他,讨个的信。因没了盘费,径自来了,那里晓得秦大哥还不到家?"众友道:"这个也难怪你,只是如今你却辞不得劳苦,还往潞州找寻叔宝兄回来,才是道理。"樊建威道:"老伯母不必烦恼,写一封书起来,待小侄拿了到潞州去,找寻大哥回来便了。"

秦母命丫鬟取文房四宝,呵开冻笔,写几个字封将起来,把樊建威补还的解军银子,一同付与樊建威道:"这银子你原拿去盘费,寻他回来却不是好!"樊建威道:"小侄自盘缠去,见了大哥,也就盘缠他回来了,何必要动他前日的银子?"秦母道:"你还是拿去,只觉两便。"众人道:"如今只要急寻大哥回来,你便多带些盘缠去也好,不如从了老伯母之命。"樊建威道:"如此,小侄就此告别,去寻大哥了。"秦母道:"远劳你却是不当。"众人将送来的银钱,都安在秦母榻前,各散去讫。

樊建威回家,收拾包裹行囊,离了齐州,竟奔河东潞州一路,来寻叔宝。

不知可寻得着否,且听下回分解。

第 十 一 回

冒风雪樊建威访朋　乞灵丹单雄信生女

诗曰：
　　雪压关山惨不收，朔风吹送白蒙头。
　　身忙不作洛阳卧，谊密时移剡水舟。
　　怪杀颠狂如落絮，生增轻薄似浮沤。
　　谁知一夕蓝关路，得与知心少逗留。

这一首雪诗，单说这雪是高人的清事，豪客的酒筹，行旅的愁媒，却又在无意中使人会合。樊建威自离山东，一日到了河东，进潞州府前，挨查了几个公文下处。寻到王小二店，问道："借问一声，有个山东济南府人，姓秦号叫做叔宝，曾在你家作寓么？"小二道："是有个秦客人在我家作寓。十月初一日，卖了马做路费，星夜回去了。"樊建威闻言，长叹流泪。王小二店里有客，一阵大呼小叫，转身走进去了。

柳氏听见关心，近前问道："尊客高姓？"樊建威道："在下姓樊。"柳氏道："就是樊建威么？"樊建威道："你怎么便知我叫樊建威？"柳氏道："秦客人在我家蹉跎许久，日日在这里望樊爷来。我们又伏侍他不周，十月初一黄昏时候起身的，难道还不曾到家么?"樊建威道:"正为没有回家,我特来寻他。"心中暗道:"如今是腊月初旬,难道路上就行两个多月?此人中途失所了。在此无益。"吃了一餐午饭,还了饭钱,闷闷的出东门,赶回山东。

天寒风大,刮下一场大雪来。樊建威冒雪冲风,耳朵里颈窝里,都钻了雪进去,冷气又来得利害,口也开不得。只见:

乱飘来燕塞边,密洒向孤城外,却飞还梁苑去,又回转灞桥来。攘攘挨挨颠倒把乾坤隘,分明将造化埋。荡摩得红日无光,威逼得青山失色。长江上冻得鱼沉雁杳,空林中饿得虎啸猿哀。不成祥瑞反成害,侵伤了垄麦,压损了庭槐。暗昏柳眼,勒绽梅腮,填蔽了锦重重禁阙宫阶,遮掩了绿沉沉舞榭歌台。哀哉苦哉,河东贫士愁无奈。猛惊猜,忒奇怪,这的是天上飞来冷祸胎,教人遍地下生灾。几时守得个赫威威太阳真火当头晒,暖溶溶和气春风滚地来。扫彤云四开,现青天一块,依旧祥光瑞烟霭。

樊建威寒颤颤熬过了十里村镇,天色又晚,没有下处,只得投东岳庙来歇宿。那座庙就是秦叔宝得病的所在。若不是这场大雪,怎买得樊建威刚刚在此歇宿?这叫做:

踏破铁鞋无觅处,得来全不费工夫。

东岳香火正在关门,只见一人捱将进来投宿。道人到鹤轩中报与魏观主。观主乃是极有方情的,即便延纳樊建威到后轩中,放下行李,抖去雪水,与观主施礼。观主道:"贵处那里?"樊建威道:"小弟姓樊,山东齐州人,往潞州找寻朋友,遇此大雪,暂停宝宫借宿一宵,明日重酬。"观主道:"足下是樊先生,尊字可是樊建威么?"樊建威吓了一跳,答道:"仙长何以知我贱字?"观主道:"叔宝

第 十 一 回

兄曾道及尊字。"樊建威大喜道:"那个叔宝?"观主道:"先生又多问了,秦叔宝能有得几个?"樊建威忙问:"在那里?"观主道:"十月初二日,有病到敝观中来。"樊建威顿足道:"想是此兄不在了。且说如今怎么样了?"观主道:"十月十五日,二贤庄单员外邀回家去,与他养病。前日十一月十五日,病体痊愈,在敝宫还愿。因天寒留住在家,不曾打发他回去,见在二贤庄上。"樊建威一闻此言,却像什么光景?就像是:

穷士获金千两,寒儒连中高魁。洞房花烛喜难持,久别亲人重会。　　困虎肋添双翅,蛰龙角奋春雷。农夫苦旱遇淋漓,暮景得生骐骥。

——右调《西江月》

观主收拾果酒,陪建威夜坐。樊建威因雪里受些寒气,身子困倦,倒也放量多饮几杯热酒,暂且睡过一宵。才见天明,即便起身,封一封谢仪送与观主。这观主知是秦叔宝的朋友,死也不肯受他的。留住樊建威吃了早饭,送出东岳庙来,指示二贤庄路径。樊建威竟投雄信庄上来。

此时雄信与叔宝书房中拥炉饮酒赏雪,倒也有兴。正是:

对梅发清兴,倩酒敌寒威。

手下庄客来报,山东秦太太央一个樊老爷寄家书在外。叔宝喜道:"单二哥,家母托樊建威寄家书来了。"二人出庄迎接。叔宝笑道:"果然是你。"建威道:"前日分行李时,银子却在弟处,不曾分得。回去送与伯母,伯母定要小弟做盘缠,寻觅吾兄回去。"叔宝道:"为盘缠不曾带得,耽搁出无数事来。"雄信道:"前话慢题,且请进去。"雄信叫手下人,接了樊老爷的行李,一直引到书房暖处。雄信先与建威施宾主之礼,叔宝又拜谢建威风雪寒苦之劳。雄信分付手下重新摆酒。叔宝问道:"家母好么?"建威道:"有书在此,请看。"叔宝开缄和泪读罢,就去收拾行李。

  一封书寄思儿泪,千里能牵游子心。

  雄信看见,微微暗笑。酒席完备了,三人促膝坐下。雄信问:"叔宝兄,令堂老夫人安否?"叔宝道:"家母多病。"雄信道:"我见兄急急装束,似有归意。"叔宝眼中垂泪道:"不是小弟无情,饱则飏去。奈家母病重,暂别仁兄。来年登堂,拜谢仁兄活命之恩。"雄信道:"兄要归去,小弟也不敢拦阻。但朋友有责善之道,忠臣孝子,何代无之?要做便做个实在的人,不要做沽名钓誉的人。"叔宝道:"请兄见教,怎么是真孝?怎么是假孝?"雄信道:"大孝为真,小孝为假。徇情遂意,故名为假。兄如今星夜回去,恰像是孝,实非真孝。"叔宝眼泪都住了,不觉笑将起来道:"小弟贫病流落,久隔慈颜,实非得已。今闻母病,星夜还家,乃人子至情,怎么呼为小孝?"樊建威道:"秦大哥一闻母病,二奉母命,作急还家,还是大孝。"雄信道:"你们只知其一,不知其二。令先君北齐为将,北齐国破身亡,全其大节,乃亡国之臣,不可与图存。天不忍忠臣绝后,存下兄长这一筹英雄,正当保身待用,克光前烈。你如今星夜回去,寒天大雪,贵恙新愈,倘途中复病,元气不能接济,万一三长两短,绝了秦氏之后,失了令堂老伯母终身之望,虽出至情,不合孝道。岂不闻君子道而不径,舟而不游;跬步之间,不敢忘孝。冒寒而去,吾不敢闻命。"叔宝道:"然则小弟不去,反为孝么?"雄信笑道:"难道教兄终于不去么?只是迟早之间,自有道理。况令堂老伯母是个贤母,又不是不达道理的。今日托建威兄来找寻,只为爱

第 十 一 回

子之心，不知下落，放你不下。兄如今写一封回书，说领文耽搁日久，正待还家，忽染大病。今虽痊愈，不能任劳。闻命急欲归家定省，径说小弟苦留，略待身子劳碌得起，新年头上便得回家。令堂得兄下落所在，忧病自然痊可；晓得尊恙新痊，也定不要你冒寒而去。我与兄长既有一拜，即如我母一般，收拾些微礼，作甘旨之费，寄与令堂，且安了宅眷。再托樊兄把潞州解军的批回，往齐州府禀明了刘老爷，说兄卧病在潞州，尚未回来，注销完了衙门的公事，公私两全。待来春日暖风和，小弟还要替兄设处些微本钱，劝兄此番回去，不要在齐州当差。求荣不在朱门下，倘奉公差遣，由不得自己。使令堂老伯母倚门悬望，非人子事亲之道。迟去些时，难道就是不孝了？"叔宝见雄信讲得理长情切，又自揣怯寒，不能远涉，对樊建威道："我却怎么处？还是同兄回去，还是先写书回去？"樊建威道："单二哥极讲得有理。令堂老伯母得知你的下落，自然病好。晓得你在病后，也不急你回家了。"叔宝向雄信道："这等说，小弟且写书安家母之心。"雄信道："这便是了。"叔宝就写完了书，取批回出来，付与樊建威，嘱托他完纳衙门中之事。雄信回后房取潞绸四匹，碎银三十两，寄秦母为甘旨之费。又取潞绸二匹，银十两，送樊建威为赆敬。建威当日别去，回到山东，把书信银两交与秦母；又往衙门中完了所托之事。雄信依旧留叔宝在家。

一日，叔宝闲着，正在书房中灌花遣兴。雄信进来说了几句闲话，双眉微蹙，默然无语，斜立苍苔。叔宝见他这个模样，只道他有厌客之意，耐不住问道："二哥平日胸襟洒落，笑傲生风，今日何故似有忧疑之色？"雄信道："兄长不知，小弟平生再不喜愁。前日亡兄被人射死，小弟气闷了三四日。因这桩事急切难以摆布，且把丢开。如今只因弟妇有恙,无法可以调治,故此忧形于色。"叔宝道:"正是我忘了问兄,尊嫂是谁氏之女,完姻几年了?"雄信道:"弟妇就是前都督崔长仁的孙女,当年岳父与弟父有交。不道不多几时,父母双亡,家业漂零,故此其女即归于弟处。且喜贤而有智,只是结缡以来六七年了,尚未生产。喜得今春怀孕,迄今十一月尚未产下,故此弟忧疑在心。"叔宝道:"弟闻自古虎子麟儿,必不容易出胎;况吉人天相,自然瓜熟蒂落,何须过虑?"

正闲话间,只听见手下人,嘈嘈的进来报道:"外边有个番国僧人在门首,强要化斋,再回他不去。"雄信听说,便同叔宝出来。只见一个番僧,身披着花色绒绣禅衣,肩挑拐杖,那面貌生得:

一双怪眼,两道拳眉。鼻尖高耸,恍如鹰爪钩镰;须鬓蓬松,却似狮张海口。嘴里念着番经啰唎,手里摇着铜磬琅珰。只道达摩乘苇渡,还疑铁拐降山庄。

雄信问道:"你化的是素斋荤斋?"那番僧道:"我不吃素。"雄信见说,叫手下的切一盘牛肉,一盘馍馍,放在他面前。雄信与叔宝坐着看他。那番僧双手扯来,不多几时,两盘东西吃得罄尽。雄信见他吃完,就问他道:"师父如今往那里去?"那番僧道:"如今要往太原,一路转到西京去走走。"雄信道:"西京乃辇毂之下,你出家人去做什么?"番僧道:"闻当今主上倦于政事,一切庶务俱着太子掌管。那太子是个好玩不耐静的人,所以咱这里修合几颗耍药,要去进奉他受用。"叔宝道:"你的身边只有耍药,没有别的药么?"番僧道:"诸病都有。"雄信道:"可有催产调经的丸药,乞赐些。"番僧道:"有。"向袖中摸出一个葫芦,倾出豌豆大一粒药来,把黄纸包好,递与雄信道:"拿去等定更时,用沉香汤送下。如吃下去就

第十一回

产,是女胎;如隔一日产,便是个男胎了。"说完立起身来,也不谢声,竟自长扬去了。

雄信携着叔宝的手,向书房中来。叔宝叹息道:"主上怠政卸权,四海又盗贼蜂起,致使外国番酋,多已知道。将来吾辈不知作何结果?"雄信道:"愁他则甚?若有变动,吾与兄正好扬眉吐气,干一番事业。难道还要庸庸碌碌的过活?"说罢进去。

其夜,雄信将番僧的药与崔夫人服下,交夜半子时,但闻满室莲花香,即养下一个女孩儿来,取名爱莲。夫妻二人喜之不胜。正是:

明珠方吐艳,兰茁尚无芽。

叔宝闻知,不胜欣喜。

倏忽间不多几日,已到了除夕。雄信陪叔宝饮到天明,拥炉谈笑,却忘了身在客乡。叔宝又想着功名未遂,踪迹飘零,离母抛妻,却又愀然不乐。天明又是仁寿二年正月,年酒热闹。叔宝席席有分,吃得一个不耐烦起来。一个新年里,弄得昏头搭脑,没些清楚。

将酒滴愁肠,愁重酒无力。

又接了赏灯的酒,主人也困倦了。

雄信十八日晚间,回到后房中去睡了。叔宝自己牵挂老母,再不得睡下,只管在灯底下走来走去。那些手下人见他不睡,问道:"秦爷,这早晚如何还不睡?"叔宝道:"我要回山东之心久矣,奈你员外情厚,我要辞他,却开不得口。列位可好让我去了,我留书一封,谢你员外罢。"因主人好客,手下人个个是殷勤的,众人道:"秦爷在此,正好多住住儿去,小的们怎么敢放秦爷回去?"叔宝道:"若如此,我更有处。"又在那厢点头指手,似有别思。众人恐怕一时照顾不迭,被他走去,主人毕竟见怪。一边与叔宝讲话,一边就有人往后边报与主人道:"秦大爷要去了。"雄信闻言,披衣靸履而出道:"秦大哥为何陡发归兴?莫不是小弟简慢不周,有些见罪么?"叔宝道:"小弟归心,无日不有,奈兄情重,不好开言。如今归念一动,时刻难留,梦魂颠倒,怕着枕席。"言罢流下泪来。集唐:

  愁里看春不当春,每逢佳节倍思亲。
  谁堪登眺烟云里,水远山长愁杀人。

雄信道:"吾兄不必伤感。既如此,天明就打发吾兄长行便了。今晚倒稳睡一觉,以便早起。"叔宝道:"已是许下了呢!"雄信道:"我一世不曾换口,难道欺兄不成?"转身走进去了。叔宝积下一向熬煎,顿觉宽慰。手下人道:"秦爷听得员外许了明日还家,笑颜便增了许多。"叔宝上床伸脚畅睡不题。

  你道雄信为何直要留到此时,才放他回去?自从那十月初一日,买了叔宝的黄骠马,王伯当与李玄邃说知了,就叫巧手匠人,像马身躯,做一副镀金鞍辔,正月十五日方完。异常细巧,耀眼争光。欲以厚礼赠叔宝,又恐他多心不受,做一副新铺盖起来,将白银打匾,缝在铺盖里。把铺盖打卷,马备了鞍辔,捎在马鞍鞒后,只说是铺盖,不讲里面有银子。方才把那黄骠马牵将出来,又自有当面的赆礼。叔宝要向东岳庙去谢魏玄成,雄信又着人去请了来。宾主是一桌酒奉饯。旁边桌子上,摆五色潞绸十匹,做就的寒衣四套,盘费银五十两。

  雄信与叔宝把盏饮酒,指桌上礼物向叔宝道:"些微薄敬,望兄哂纳。外日叮咛'求荣不在朱门下',这句说话兄当牢记,不可忘了。"魏玄成道:"叔宝兄低头人下,易短英雄之气。况弟曾遇异

第十一回

人道,真主已出,隋祚不长。似兄英勇,怕不做他时佐命功臣!就是小弟,托迹黄冠,亦是待时而动。兄可依员外之言,天生我材,断不沦落!"叔宝心中暗道:"玄成此言,殊似有理。但雄信把我看小了,这叫做久处令人贱。送了几十两银子,他就叫我不要入公门。他把我当在家常是少了饭钱卖马的人。不知我虽在公门,上下往来朋友,赆礼路费,费几百金不能过一年?他就说许多闲话。"只得口里答谢道:"兄长金石之言,小弟当铭刻肺腑。归心如箭,酒不能多。"雄信取大杯对饮三杯,玄成也陪饮了三杯。

叔宝告辞,把许多物件都捎在马鞍鞒后,举手作别。正是:

挥手别知己,有酒不尽倾。

只因乡思急,顿使别离轻。

出庄上马,紧纵一辔,那黄骠马见了故主,马健人强,一口气跑了三十里路,才收得住。捎的那铺盖拖下半边来。这马若叔宝自己备的,便有筋节,捎的行李,就不得拖将下来;却是单家庄上手下人捎的,一顿顿松了皮条,马走一步踢一脚。叔宝回头看道:"这行李捎得不好。朋友送的东西,若失落了,辜负他的好意。耽迟不耽错,前边有一村镇,且暂停一晚,到明日五更天,自己备马,行李就不得差错了。"径投店来。此处地方名皂角林,也是叔宝时运不利,又遭出一场大祸来。

未知性命如何,且听下回分解。

第 十 二 回

皂角林财物露遭殃　顺义村擂台逢敌手

诗曰：
　　英雄作事颇皦皦，谀夫何故轻淄涅。
　　积猜惑信不易明，黑白妍媸难解别。
　　雉网鸿罹未足悲，从来财货每基危。
　　石崇金谷空遗恨，奴辈利财能尔为。
　　堪悲自是运途蹇，干戈匝地无由免。
　　昂首嗟嘘只问天，纷纷肉眼何须谴。

　　此夫无钱气不扬，到得多财，却也为累。若土著之民，富有赀财，先得了一个守财虏的名头，又免不得个有司看想、亲友妒嫉。若在外囊橐沉重了些，便有劫掠之虞。迹涉可疑，又有意外之变，怕不福中有祸，弄到杀身地位。

　　话说秦叔宝未到皂角林时，那皂角林夜间有响马，割了客人的包去。这店主张奇，是一方的保正，同十一个人在潞州递失状去，还不曾回来。妇人在柜里面招呼，叫手下搬行李进客房，牵马槽头上料。点灯摆酒饭，已是黄昏深后。张奇被蔡太守责了十板，发下广捕批，着落在他身上，要捉割包响马，着众捕盗人押张奇往皂角

第 十 二 回

林捉拿。晓得响马与客店都是合伙的多,故此蔡太守着在他身上。叔宝在客房中闻外面喧嚷,又认是投宿的人,也不在话下。

且说张奇进门,对妻子道:"响马得财漏网,瘟太守面糊盆,不知苦辣,倒着落在我身上,要捕风捉影,教我那里去追寻?"妇人点头,引丈夫进房去。众捕盗亦跟在后边,听他夫妻有甚说话。张奇的妻子对丈夫道:"有个来历不明的长大汉子,刚才来家里下着。"众捕盗闻言,都进房来道:"娘子你不要回避,都是大家身上的干系。"妇人道:"列位不要高声,是有个人在我家里。"众人道:"怎么就晓得他是来历不明?"妇人道:"这个人浑身都是新衣服,铺盖齐整,随身有兵器,骑的是高头大马。说是做武官的,毕竟有手下仪从;说是做客商的,有附搭的伙计。这样齐整人,独自个投宿,就是个来历不明的了。"众人道:"这话讲得有理,我们先去看他的马。"手下掌灯往后槽来看,却不是潞州的马,像是外路的马,想是拒捕官兵追下来失落了单,问:"如今在那个房里?"妇人指道:"就是这里。"众人把堂前灯都吹灭了,房里却还有灯。众人在壁缝外,往里窥看。叔宝此时晚饭吃过,家伙都收拾,出去把房门拴上,打开铺盖要睡。只见褥子重得紧,捏去有硬东西在内,又睡不得。只得拆开了线,把手伸进去摸将出来,原来是马蹄银,用铁锤打扁斫方的,好像砖头一般,堆了一桌子。叔宝又惊又喜,心中暗道:"单雄信,单雄信!怪道你救我回山东,不要当差。原来有这等厚赠,就是掘藏,也还要费些力气,怎有这现成的造化!他想是怕我推辞,暗藏在铺盖里边。单二哥真正有心人也!"只不知每块有多少重,把银子逐块拿在手里掂一掂,试一试。那晓得:

  隔墙须有耳,窗外岂无人?

众捕盗看他暗喜的光景,对众人道:"是真正响马。若是买货的客人,自己家里带来的本钱多少轻重,自然晓得。若是卖货的客人,主人家自有发账法马,交兑明白,从没有不知数目的。怎么拿在饭店里,掂斤播两?这个银子难道不是打劫来的么?决是响马无疑!常言道:'缚虎休宽。'先去后边把他的马牵来藏过了。"众捕盗腰间解下十来条索子,在他房门外边,柜栏柱磉门房槛子,做起软绊地绷来绊他的脚步。拣一个有胆量的,先进去引他出来。

店主张奇先瞧见他这一桌子的银子,就留了心,想:"这东西是没处查考的,待我先进房去掳他几块,怕他怎的!"对众人道:"列位老兄,你们不知我家门户出入,待我先进去引他出来何如?"众捕人晓得利害的,随口应道:"便等你进去。"张奇一口气吃了两三碗热酒,用脚将门一蹬,那门闩是日夜开闭,年深月久,滑溜异常;一脚激动,便跳将出来。张奇赶进房去,竟抢银子。叔宝为这几两银子,手脚都乱了。若空身坐在房里,人打进来,招架住了,问个明白,就问出理来了。因有满桌子的银子,不道人来拿他,只道歹人进来抢劫,怒火直冲,动手就打。一掌去,邋的一声响,把张奇打来撞在墙上,脑浆喷出,"哎哟"一声,气绝身亡。正是:

妄想黄金入袖,先教一命归泉。

外面齐声呐喊:"响马拒捕伤人!"张奇妻子举家号啕痛哭。叔宝在房里着忙起来:"就是误伤人命,进城到官,也不知累到几时。我又不曾通名,弃了行囊走脱了罢。"曳开脚步,往外就走。不想脚下密布软绊,轻轻跌倒。众捕盗把挠钩将秦琼搭住,五六根水火棍一起一落。叔宝伏在地绷上,用膀臂护了自己头脑,任凭他攒打,把拳头一铸,短棍俱折。众人又添换短兵器,铁鞭拐子、流星

第 十 二 回

铁尺、金刚箍、铁如意,乒乓劈拍乱打。正是:

虎陷深坑难展爪,龙遭铁网怎腾空。

四肢都打伤了。众人将叔宝跣剥衣裳,绳穿索绑,取笔砚来写响马的口词。叔宝道:"列位,我不是响马;是山东齐州府刘爷差人。去年八月间在你本府投文,曾解军犯,久病在此。因朋友赠金还乡,不知列位将我错认为盗,误伤人命。见官自有明白。"

众人那里听他的言语,把地下银子都拾将起来,赃物开了数目,马牵到门首,抬这秦琼。张奇妻子叫村中人写了状子,一同离了皂角林,往潞州城来。这却是秦琼二进潞州。到城门首时,三更时候,对城上叫喊守城的人:"皂角林拿住割包响马,拒捕又伤了人命。可到州中报太爷知道!"众人以讹传讹,击鼓报与太爷。蔡刺史即时分付巡逻官员开城门,将这一干人押进府来,发法曹参军勘问。

那巡逻官员开了城门,放进这一干人到参军厅。这参军姓斛斯名宽,辽西人氏。梦中唤起,腹中酒尚未醒。灯下先叫捕人录了口词,听得说道:"获得赃银四百余两,有马有器械,响马无疑。"便叫:"响马,你唤甚名字?那里人?"叔宝忙叫道:"老爷,小的不是响马,是齐州解军公差秦琼。八月间到此,蒙本府刘爷给过批回。"那斛参军道:"你八月给批,缘何如今还在此处?这一定近处还有窝家。"叔宝道:"小的因病在此耽延。"斛参军道:"这银子是那里来的?"叔宝道:"是友人赠的。"斛参军道:"胡说,如今人一个钱也舍不得,怎有许多银子赠你?明日拿出窝家党羽,就知强盗地方与失主姓名了!怎又拒捕,打死张奇?"叔宝道:"小的十九日黄昏时候,在张奇家投歇,忽然张奇带领多人,抢入小的房来。小的疑是强盗，失手打去，他自撞墙身死。"斛参军道："这拒捕杀人，情也真了。你那批回在何处？"叔宝道："已托友人寄回。"斛参军道："这一发胡说！你且将投文时，在那家歇宿，病时在谁家将养，一一说来，我好唤齐对证，还可出豁你。"叔宝只得报出王小二、魏玄成、单雄信等人。斛参军听了，一本的账，叫且将赃物点明，响马收监，明日拘齐窝主再审。可怜将叔宝推下监来。正是：

　　平空身陷遭罗网，百口难明飞祸殃。

　　次日，斛参军见蔡刺史道："昨蒙老大人发下人犯，内中拒捕杀人的叫做秦琼，称系齐州解军公人，却无批文可据。且带有多银，有马有器械，事俱可疑。至于张奇身死是实，但未曾查有窝家失主党与；及检验尸伤，未敢据覆。"蔡刺史道："这事也太烦，该厅细心鞫审解来。"斛参军回到厅，使出牌拘唤王小二、魏玄成、单雄信一干人。

　　王小二是州前人，央个州前人来烧了香，说他是公差饭店，并不知情，歇了。魏玄成被差人说强盗专在庵观寺院歇宿，百方刁掯，诈了一大块银子。雄信也用几两，随即收拾千金，带从人到府前，自己有一所下处，唤手下人去请府中童老爹与金老爹来。原来这两个，一个叫做童环，字佩之；一个叫做金甲，字国俊。俱是府中捕盗快手，与雄信通家相处。雄信见金、童二人到下处来，便将千金交与他，凭他使用。两人停妥了，监中去见叔宝，与他同了声口。斛参军处贴肉摁，魏玄成也是雄信为他使用得免。及至皂角林去检验尸伤，金、童二人买嘱了仵作，把张奇致命处，做了砖石撞伤。捕人也是金、童周全，不来苦执覆审，把银子说是友人蒲山公李密与王伯当相赠的，不做盗赃。不打不夹，出一道审语解堂道：

第 十 二 回

　　审得秦琼以齐州公差至潞州,批虽寄回,而历历居停有主,不得以盗疑也。张奇以金多致猜,率众掩之。秦琼以仓猝之中,极力推殴,使张奇触墙身死。律以故杀,不大苛乎?宜以误伤末减,一成何辞。其银两据称李密、王伯当赠与,合无俟李密等到官质明给发。

　　论起做了误伤,也不合充军,这也是各朝律法不同。既非盗赃,自应给还,却将来贮库,这是衙门讨好的意思,干没以肥上官。捕人诬盗,也该处置,却把事都推在已死张奇身上。解堂时,斛参军先面讲了,蔡刺史处关节又通,也只是个依拟。叔宝此时得了命,还敢来讨鞍马器械银两?凭他贮库。问了一个幽州总管下充军,佥解起发。雄信恐叔宝前途没伴,兵房用些钱钞,托童佩之、金国俊押解,一路相伴。批上就佥了童环、金甲名字。当差领文,将叔宝扭锁出府大门外,松了刑具,同到雄信下处,拜谢活命之恩。

　　雄信道:"倒是小弟遗累了兄,何谢之有?"叔宝道:"这是小弟运途淹蹇,致有此祸。若非兄全始全终,已作囹圄之鬼。"雄信就替佩之、国俊安家,邀叔宝到二贤庄来,沐浴更衣,换了一身布衣服。又收拾百金盘费,壮叔宝行色,摆酒饯别告辞。雄信临分别,取出一封书来道:"童佩之,叔宝在山东、河南交友甚多,就是不曾相会的,慕他名也少不得接待。这幽州是我们河北地方,叔宝却没有朋友。恐前途举目无亲,把这封书到了涿郡地方,叫做顺义村,也是该村有名的一个豪杰,姓张名公谨,与我通家有八拜之交。你投他引进幽州,转达公门中当道朋友,好亲目叔宝。"佩之道:"小弟晓得。"辞了雄信,三人上路。正是:

　　春日阳和天气好,柳垂金线透长堤。

皂角林财物露遭殃　顺义村擂台逢敌手

　　三人在路上，说些自己本领及公门中事业，彼此相敬相爱。不觉数日之间，到了涿郡。巳牌时候，来至顺义村。一条街道，倒有四五百户人家。入街头第二家，就是一个饭店。叔宝站住道："贤弟，这就是顺义村，要投张朋友处下书。初会问的朋友，肚中饥饿，不好就取饭食。常言说：'投亲不如落店。'我们且上饭店中打个中火，然后投书未迟。"童、金二人道："秦大哥讲得有理。"三人进店，酒保引进座头，点下茶汤，摆酒饭。

　　才吃罢，叔宝同国俊、佩之出店观看。只见街坊上无数少年，各执齐眉短棍，摆将过去。中军鼓乐簇拥，马上一人，貌若灵官，戴万字顶包巾，插两朵金花，补服鞓带，彩缎横披；马后又是许多刀枪簇拥，迎将过去。叔宝问店家："迎送的这个好汉是什么人？"主人道："我们顺义村今日迎太岁爷。"叔宝道："怎么叫这等一个凶名？"店主道："这位爷姓史，双名大奈，原是番将，迷失在中原。近日谋干在幽州罗老爷标下，授旗牌官。罗老爷选中了史爷人材，不知胸中实授本领，发在我们顺义村，打三个月擂台。三个月没有敌手，实授旗牌官。残岁冬间立起的，今日是清明佳节。起先有几个附近好汉，后边是远方豪杰，打过几十场。莫说赢得他的没有，便是跌得平交的也没见。如今又迎到擂台上去。"叔宝问道："今日可打了么？"店家道："今日还打一日，明日就不打了。"叔宝道："我们可去看得么？"店家笑道："老爷不要说看，有本事也凭老爷去打。"叔宝道："店家，替我们把行李收下，看打擂台回来，算还你饭钱。"叫佩之、国俊把盘费的银子，谨慎在腰间。

　　三人出得店门，后边看打擂台的百姓，络绎不绝。走尽北街，就是一所灵官庙。庙前有几亩荒地，地上筑起擂台来，有九尺高，

第 十 二 回

方圆阔二十四丈。台下有数千人围绕争看。史大奈吹打迎上擂台。叔宝弟兄三人挤将进去,上擂台马头边,看可有人上去打、还没有人。只见那马头左首,两扇朱红栏杆,方方的一个夹角儿。栏杆里面设着柜,栏柜上天平法马支架停当。又有几个少年掌银柜。三人到栏杆边,叔宝问:"列位,打擂是个比武的去处,设这柜栏天平何用?"内中一人道:"朋友,你不知道,我们史爷是个卖博打。"叔宝道:"原来是为利。"那人道:"你不晓得,始初时没有这个意思。立起擂台来,一个雷声天下响,五湖四海尽皆闻。英雄豪杰毕聚于台下。我们史爷为人谨慎,恐武不善作,打伤了人,没有凭据。有一个人上去打,要写一张认状。如要上去的,本人姓名乡贯年庚,设个誓,要写在认状上,见得打死勿论。这个认状却雷同不得,有一个人要写一张。争强不伏弱,那个肯落后?都要争先。为写这个认状,几日不得清白。故此史爷说不要写认状了,设下这柜栏天平,财与命相连。好事的朋友都到柜上来交银子。"叔宝道:"交多少?"那人道:"不多,有一个人交五两银子,不拘多少人,银子交完了,史爷发号令上来打。有一个先往上走,第二个豪杰赶上一步,拖将下来。拖下的就不得上去,就是第三个上去了。当场时,有本事打我史爷一拳,以一博十,赢我史爷五十两银子;踢一脚一百两银子,跌一交赢一百五十两银子;买一顿拳头打残疾,回去怨命就罢了。起先有二三十人上台去,被史爷纷纷的都掼将下来。一月之间,赢了千金。但有银子、本领不如的,不敢到柜上来交;有本领没有银子的,也打不成。故此后来这两个月,上去打的人甚少。今日做圆满,只得将柜栏天平布置在此,不知道可有做的圆满的豪杰来?"叔宝对佩之、国俊笑道:"这到也是豪杰干的事。"佩之就搿掇叔宝道："兄上去！官事后，中途发一个财。兄的本领，是我们知道的，一百五十两手到取来，幽州衙门中用也是好的。"叔宝道："贤弟，命不如人说也闲，我的时运不好。雄信送几两银子，没有福受用，皂角林惹官事，来潞州受了许多坎坷。这里打人又想赢得银子，莫说上去，只好看看罢了。"佩之就要上去道："这个机会不要蹉了，小弟上去耍耍罢。"

这个童佩之、金国俊不是无名之人，潞州府堂上当差有名的两个豪杰。叔宝与他不是久交，因遭官事，雄信引首，得以识荆，又不曾与他比过手段。见他高兴要上去耍耍，叔宝却也奉承道："贤弟逢场作戏，你要上去，我替你兑五两银子。"叔宝交银子在柜里，童佩之上擂台来打。那擂台马头是九尺高，有十八层疆刹。才走到半中间，围绕看的几千人一声喝采，把童佩之吓得骨软筋酥。这几千人是为许久没有人上去，今日又有人上去做圆满，众人呐喊助他的威。却不晓得他没来历的，吓软了，却又不好回来，只得往上走走。便往上走，却不像先前本来面目了，做出许多张志来：咬牙切齿，怒目睁眉，揎拳裸袖，绰步撩衣，发狠上前。下边看的人赞道："好汉发狠上去了！"

却说史大奈在擂台上三月，不曾遇着敌手，旁若无人。见来人脚步器虚，却也不在他腔子里面。狮子大开口，做一个门户势子，等候来人，上中下三路，皆不能出其匡郭。童环到擂台上，见史大奈身躯高大，压伏不下。他轻身一纵，飞仙踹双脚挂面落将下来。史大奈用个万敌推魔势，将童环脚拿落在擂台上。童环站下，左手撩阴，右手使个高头马势，来伏史大奈。史大奈做个织女穿梭，从右肋下攒在童环背后，揸住衣服鸾带，叫道："我也不打你了，撺下

第 十 二 回

去罢!"把手一撑,从擂台上撑将下来。下边看的一让,掼了个燕子衔泥,扑通跌了一脸灰沙。把一个童佩之弄得满面羞惭。一个秦叔宝急得火星爆散,喝道:"待我上去!"就往前走。掌柜的拦住道:"上去要重兑银子,前边五两银子已输绝了。"叔宝不得工夫兑,取一大锭银子,丢在柜上道:"这银子多在这里,打了下来与你算罢。"也不从马头上上擂台去,平地九尺高一撑,就跳上擂台来,竟奔史大奈。史大奈招架秦琼,好打:

　　拽开四平拳,踢起双飞脚。一个韬肋劈胸敦,一个剜心侧胆着。一个青狮张口来,一个鲤鱼跌子跃。一个饿虎扑食最伤人,一个蛟龙戏子能凶恶。一个忙举观音掌,一个急起罗汉脚。长拳架势自然凶,怎比这回短打多掠削?

也不像两个人打,就如一对猛虎争餐,擂台上滚做一团。

牡丹虽好,全凭绿叶扶持。难道史大奈在顺义村打了三个月擂台,也不曾有敌手,孤身就做了这一个好汉?一个山头一只虎,也亏了顺义村的张公谨做了主人,就是叔宝有书投他,尚未相会的。

此时张公谨在灵官庙,叫庖人整治酒席,伺候贺喜。又邀一个本村豪杰白显道,他二人是酒友,等不得安席,先将几样果菜在大殿上,取坛冷酒试尝。只见两个后生慌忙的走将进来道:"二位老爷,史老爷官星还不现。"公谨道:"今日做圆满,怎么说这话?"来人道:"擂台上史爷倒先把一个掼将下来,得了胜。后跳一个大汉上去,打了三四十合不分胜败。小的们擂台底下观看,史爷手脚都乱了,打不过这个人。"张公谨道:"有这样事?可可做圆满,就逢这个敌手。"叫:"白贤弟,我们且不要吃酒,大家去看看。"出得庙

来,分开众人,擂台底下看上边还打哩,打得愁云怨雾,遮天盖地:

　　黑虎金锤降下方,斜行耍步鬼神忙。

　　劈面掌参勾就打,短簇赚擘破撩裆。

　　张公谨见打得凶,不好上去,问底下看的人:"这个豪杰从那一条路上来的?"底下看久的人就指着童佩之、金国俊二人道:"那个鬓脚里有些沙灰的,是先掼下来的了。那个衣冠整齐的,是不曾上去打的。问这两个人,就知道上头打的那个人了。"张公谨却是本方土主,喜孜孜一团和气,对佩之举手道:"朋友,上面打擂的是谁?"童佩之跌恼了,脸上便拂干净了,鬓脚还有些沙灰,见叔宝打赢了,没好气答应人道:"朋友,你管他闲事怎么?凭他打罢了!"公谨道:"四海之内,皆兄弟也。恐怕是道中朋友,不好挽回。"金国俊却不恼他,不曾上去打,上前来招架道:"朋友,我们不是没来历的人,要打便一个对一个打就是了,不要讲打攒盘的话。就是打输了,这顺义村还认得本地方几个朋友。"公谨道:"兄认得本地方何人?"国俊道:"潞州二贤庄单二哥有书,到顺义村投公谨张大哥,还不曾到他庄上下书。"公谨大笑。白显道指定公谨道:"这就是张大哥了。"国俊道:"原来就是张兄,得罪了!"公谨道:"兄是何人?"国俊道:"小弟是金甲,此位童环。"公谨道:"原来是潞州的豪杰。上边打擂的是何人?"国俊道:"这就是山东历城秦叔宝大哥。"

　　张公谨摇手大叫:"史贤弟,不要动手!此乃素常闻名秦叔宝兄长。"史大奈与叔宝二人收住拳。张公谨挽住童佩之,白显道拖着金国俊,四人笑上台来。六友相逢,彼此陪罪。公谨叫道:"台下看擂的列位都散了罢! 不是外人来比势,乃是自己朋友访贤到

第十二回

此的。"命手下将柜台往灵官庙中去。邀叔宝下擂台，进灵官庙，铺拜毡顶礼相拜，鼓手吹打安席。

公谨席上举手道："行李在于何处？"叔宝道："在街头上第二家店内。"公谨命手下将秦爷行李取来，把那柜里大小二锭银子返璧于叔宝。叔宝就席间打开包裹，取雄信的荐书，递与公谨拆开观看道："嗄！原来兄有难在幽州。不打紧，都在小弟身上。此席酒不过是郊外小酌，与史大哥贺喜。还要屈驾到小庄去一坐。"六人匆匆几杯，不觉已是黄昏时候。公谨邀众友到庄，大厅秉烛焚香，邀叔宝诸友八拜为交。拜罢摆酒过来，直饮到五更时候。史大奈也要到帅府回话，白显道也要相陪。张公谨备六骑马，带从者十余人，齐进幽州投文。

不知后事如何，且听下回分解。

第 十 三 回

张公谨仗义全朋友　秦叔宝带罪见姑娘

词曰：

　　云翻雨覆，交情几动穷途哭。惟有英雄，意气相孚自不同。　　鱼书一纸，为人便欲拼生死。拯厄扶危，管鲍清风尚可追。

——右调《减字木兰花》

交情薄的固多，厚的也不少。薄的人富贵时密如胶漆，患难时却似抟沙，不肯拢来。若侠士有心人，莫不极力援引，一纸书奉如诰敕，这便是当今陈雷，先时管鲍。

顺义村到幽州只三十里路，五更起身，平明就到了。公谨在帅府西首安顿行李，一面整饭，就叫手下到西辕门外班房中，把二位尉迟老爷请来。这个尉迟，不是那个尉迟恭，乃周相州总管尉迟迥之族侄，就是尉迟氏之族侄。兄弟二人，哥哥叫尉迟南、兄弟叫尉迟北，向来与张公谨通家相好，现充罗公标下有权衡的两员旗牌官。帅府东辕门外是文官的官厅，西辕门外是武弁的官厅。旗牌听用等官，只等辕门里掌号奏乐三次，中军官进辕门扯旗放炮，帅府才开门。尉迟南、尉迟北戎服伺候，两个后生走进来叫："二位

第十三回

爷,家老爷有请。"尉迟南道:"你是张家庄上来的么?"后生道:"是。"尉迟南道:"你们老爷在城中么?"后生道:"就在辕门西首下处,请二位老爷相会。"

尉迟南分付手下看班房,竟往公谨下处来。公谨因尉迟南兄弟是两个金带前程的,不便与他抗礼,把叔宝、金、童藏在客房内,待公谨引首,道达过客相见,才好来请。张公谨、史大奈、白显道三人正坐,只见尉迟兄弟来到,各各相见,分宾主坐下。尉迟南见史大奈在坐,便开言:"张兄今日进城这等早,想为史同袍打擂台日期已完,要参谒本官了?"公谨道:"此事亦有之,还有一事奉闻。"尉迟南道:"还有什么见教?"公谨衣袖里取出一封书来,递与尉迟昆玉。接将过来拆开了,兄弟二人看毕道:"嗄,原来是潞州二贤庄单二哥的华翰,举荐秦朋友到敝衙门投文,托兄引首。秦朋友如今在那里?请相见罢了。"公谨向客房里叫:"秦大哥出来罢!"豁郎郎的响将出来。童环奉文书,金甲带铁绳,叔宝趑着虎躯,扭锁出来。尉迟兄弟勃然变色道:"张大哥,你小觑我!四海之内,皆兄弟也。单二哥的华翰到兄长处,因亲及亲,都是朋友,怎么这等相待!"公谨陪笑道:"实不相瞒,这刑具原是做成的活扣儿,恐贤昆玉责备,所以如此相见;倘推薄分,取掉了就是。"

尉迟兄弟亲手上前,替叔宝疏了刑具,教取拜毡过来相拜:"久闻兄大名,如春雷轰耳,无处不闻。恨山水迢遥,不能相会。今日得兄到此,三生有幸。"叔宝道:"门下军犯,倘蒙提携,再造之恩不浅。"尉迟南道:"兄诸事放心,都在愚弟身上。此二位就是童佩之、金国俊了。"二人道:"小的就是童环、金甲。"尉迟南道:"皆不必太谦。适见单员外华翰上亦有尊字,都是个中的朋友。"都请来对拜了。尉迟南叫:"佩之,桌上放的可就是本官解文么?"佩之答道:"就是。"尉迟南道:"借重把文书取出来,待愚兄弟看里边的事故。待本官升堂问及,小弟们晓得,好答应。"童环假小心道:"这是本官钤印弥封,不敢擅开。"尉迟南道:"不妨。就是钉封文书,也还要动了手。不过是个解文,打开不妨。少不得堂上官府要拆出,必得愚兄弟的手,何足介意。"公谨命手下取火酒半杯,将弥封润透,轻轻揭开,把文书取出。尉迟兄弟开看毕,递还童环,分付照旧弥封。

只见尉迟南嘿然无语。公谨道:"兄长看了文书,怎么嘿嘿沉思?"尉迟南道:"久闻潞州单二哥高情厚谊,恨不能相见。今日这桩事,却为人谋而不忠。"秦叔宝感雄信活命之恩,见朋友说他不是,顾不得是初相会,只得向前分辩:"二位大人,秦琼在潞州,与雄信不是故交;邂逅一面,拯我于危病之中,复赠金五百还乡。秦琼命蹇,皂角林中误伤人命,被蔡太守问成重辟,又得雄信尽友道,不惜千金救秦琼,真有再造之恩。二位大人怎么嫌他为人谋而不忠?"尉迟南道:"正为此事。看雄信来书,把兄荐到张仁兄处,单员外友道已尽。但看文书,兄在皂角林打死张奇,问定重罪;雄信有回天手段,能使改重从轻,发配到敝衙门来。吾想普天下许多福境的卫所,怎么不拣个鱼米之乡,偏发到敝地来?兄不知我们本官的利害,我不说不知。他原是北齐驾下勋爵,姓罗名艺,见北齐国破,不肯臣隋,统兵一支,杀到幽州,结连突厥可汗反叛。皇家累战不克,只得颁诏招安,将幽州割与本官,自收赋税养老,统雄兵十万,镇守幽州。本官自恃武勇,举动任性。凡解进府去的人,恐怕行伍中顽劣不遵约束,见面时要打一百棍,名杀威棒。十人解进,

第 十 三 回

九死一生。兄到此间难处之中。如今设个机变：叫佩之把文书封了，待小弟拿到挂号房中去，分付挂号官将别衙门文书掯起，只把潞州解文挂号，独解秦大哥进去。"

众朋友闻尉迟之言，俱吐舌吃惊。张公谨道："尉迟兄怎么独解秦大哥进去？"尉迟南道："兄却有所不知。里边太太最是好善，每遇初一月半，必持斋念佛，老爷坐堂，屡次叮嘱不要打人。秦大哥恭喜，今日恰是三月十五日。倘解进去的人多了，触动本官之怒，或发下来打，就不好亲目了。如今秦大哥暂把巾儿取起，将头发蓬松，用无名异涂搽面庞，假托有病。童佩之二位典守者，辞不得责，进帅府报禀：本人途中有病。或者本官喜怒之间，着愚兄下来验看，上去回复果然有病得本官发放，讨收管。秦大哥行伍中，岂不能一枪一刀，博一个衣锦还乡？只是如今早堂，投文最难，却与性命相关。你们速速收拾，我先把文书挂号。"

尉迟二人到挂号房中，分付挂号官："将今日各衙门的解文都掯起了，只将这潞州一角文书挂号罢。"挂号官不敢违命，应道："小官知道了。"此时掌号官奏乐三次，中军官已进辕门。叔宝收拾停当，在西辕门伺候。尉迟二人将挂过号的文书交与童环，自进辕门随班。放大炮三声，帅府开门。中军官、领班、旗鼓官、旗牌官、听用官、令旗手、捆绑手、刀斧手，一班班，一对对，一层层，都进帅府参见毕，各归班侍立府门首。报门官报门，边关夜不收马兵官将巡逻回风人役进。这一起出来了，第二次就是供给官，送进日用心红纸札、饮食等物。第三次就是挂号官，捧号簿进帅府，规矩解了犯人，就带进辕门里伺候。挂号官出来，却就利害了：两丹墀有二十四面金锣，一齐响起；一面虎头牌，两面令字旗，押着挂号官出西首角门,到大门外街台上。执旗官叫投文人犯,跟此牌进。童环捧文书,金甲带铁绳,将叔宝扭锁带进大门,还不打紧;只是进仪门,那东角门钻在枪刀林内。到月台下,执牌官叫跪下。东角门到丹墀,也只有半箭路远,就像爬了几十里峭壁,喘气不定。秦叔宝身高丈余,一个豪杰困在威严之下,只觉的身子都小了。跪伏在地,偷眼看公座上这位官员:

玉立封侯骨,金坚致主心。

发因忧早白,谋以老能沉。

塞外威声远,帷中感士深。

雄边来李牧,烽火绝遥岑。

须发斑白,一品服,端坐如泰山,巍巍不动。罗公叫中军将解文取上来。中军官下月台取了文书,到滴水檐前,双膝跪下。帐上官将接去,公座旁验吏拆了弥封,铺文书于公座上。罗公看潞州刺史解军的解文,若是别衙门解来的,打与不打也就发落了。潞州的刺史蔡建德,是罗公得意门生。这罗公是武弁的勋卫,怎么有蔡建德方印文官门生?原来当年蔡建德曾解押幽州军粮违限,据军法就该重处,罗公见他青年进士,法外施仁,不曾见罪。蔡建德知恩,就拜在罗公门下。今罗公见门生问成的一个犯人,将文书看到底,看蔡建德才思何如,问成的这个人可情真罪当。亲看"军犯一名秦琼,历城人,"触目惊心,停了一时,将文书就掩过了。叫验吏将文书收去,誊写入册备查。分付中军官:"叫解子将本犯带回,午堂后听审。"童环、金甲听得叫他下去,也没有这等走得爽利了,下月台带铁绳往下就走。

此时张公谨、史大奈、白显道,都在西辕门外伺候,问尉迟道:

第 十 三 回

"怎么样了?"尉迟道:"午堂后听审。"公谨道:"审什么事?"尉迟南道:"从来不曾有这等事,打与不打就发落了,不知审什么事?"公谨道:"什么时候?"尉迟南道:"还早。如今闭门退堂,昼寝午膳,然后升堂问事,放炮升旗,与早堂一般规矩。"公谨道:"这等尚早,我们且到下处去饮酒压惊。出了辕门,卸去刑具,到下处安心。只听放炮,方来伺候未迟。"

却说罗公发完堂事,退到后堂,不回内衙。叫手下除了冠带,戴诸葛巾,穿小行衣,悬玉面鞓带,小公座坐下。命家将问验吏房中,适才潞州解军文书取将进来,到后堂公座上展开,从头细阅一遍,将文书掩过。唤家将击云板,开宅门请老夫人秦氏出后堂议事。秦氏夫人,携了十一岁的公子罗成,管家婆丫鬟相随出后堂。老夫人见礼坐下,公子侍立。夫人开言:"老爷今日退堂,为何不回内衙,唤老身后堂商议何事?"罗公叹道:"当年遭国难,令先兄武卫将军弃世,可有后人么?"夫人闻言,就落下泪来道:"先兄秦彝,闻在齐州战死。嫂嫂宁氏止生个太平郎,年方三岁,随任在彼。今经二十余年,天各一方。朝代也不同了,存亡未保。不知老爷为何问及?"罗公道:"我适才升堂,河东解来一名军犯。夫人你不要见怪,到与夫人同姓。"夫人道:"河东可就是山东么?"罗公笑道:"真是妇人家说话。河东与山东相去有千里之遥,怎么河东就是山东起来?"夫人道:"既不是山东,天下同姓者有之,断不是我那山东一秦了。"罗公道:"方才那文书上,却说这个姓秦的,正是山东历城人。齐州奉差到河东潞州。"夫人道:"既是山东人,或者是太平郎有之。他面貌我虽不能记忆,家世彼此皆知。老身如今要见这姓秦的一面,问他行藏,看他是否。"罗公道:"这个也不难。

夫人乃内室，与配军觌面，恐失了我官体，必须还要垂帘，才好唤他进来。"

罗公叫家将垂帘，传令出去，小开门唤潞州解人带军犯秦琼进见。他这班朋友在下处饮酒压惊，止有叔宝要防听审，不敢纵饮，只等放炮开门，才上刑具来听审，那里想到是小开门。那辕门内监旗官，地覆天翻喊叫："老爷坐后堂审事，叫潞州解子带军犯秦琼听审！"那里找寻？直叫到尉迟下处门首，方才知道。慌忙把刑具套上。尉迟南、尉迟北是本衙门官，童环、金甲带着叔宝，同进帅府大门。张公谨三人，只在外面伺候消息。

这五人进了大门，仪门，上月台，到堂上，将近后堂，屏门后转出两员家将，叫："潞州解子不要进来了。"接了铁绳，将叔宝带进后堂，阶下跪着。叔宝偷眼往上看，不像早堂有这些刀斧威仪。罗公素衣打扮，后面立青衣大帽六人，尽皆垂手。台下家将八员，都是包巾扎袖。叔宝见了，心上宽了些。罗公叫："秦琼上来些。"叔宝装病怕打，做俯伏爬不上来。罗公叫家将把秦琼刑具疏了。两员家将下来，把那刑具疏了。罗公叫："再上来些。"叔宝又肘膝往上，捱那几步。罗公问道："山东齐州似你姓秦的有几户？"秦琼道："齐州历城县，养马当差姓秦的甚多，军丁只有秦琼一户。"罗公道："这等，你是武弁了？"秦琼道："是军丁。"罗公道："且住，你又来欺诳上官了。你在齐州当差，奉那刘刺史差遣，公干河东潞州。既是军丁，怎么又在齐州当那民家的差？"秦琼叩首道："老爷，因山东盗贼生发，本州招募，有能捕盗者重赏。秦琼原是军丁，因捕盗有功，刘刺史赏小的兵马捕盗都头，奉本官差遣，公干河东潞州，误伤人命，发在老爷案下。"罗公道："你原是军丁，补县当

第 十 三 回

差。我再问你:当年有个事北齐主尽忠的武卫将军秦彝,闻他家属流落在山东,你可晓得么?"叔宝闻父名,泪滴阶下道:"武卫将军就是秦琼的父亲,望老爷推先人薄面,笔下超生!"罗公就立起来道:"你就是武卫将军之子?"那时却是一齐说话,老夫人在朱帘里也等不得,就叫:"那姓秦的,你的母亲姓甚?"秦琼道:"小的母亲是宁氏。"夫人道:"呀!太平郎是那个?"秦琼道:"就是小人的乳名。"老夫人见他的亲侄儿伶仃如此,也等不得手下卷帘,自己伸手揭开,走出后堂,抱头而哭。秦琼却不敢就认,哭拜在地。罗公也顿足长叹道:"你既是我的内亲,起来相见。"公子在旁,见母亲悲泪,也哭起来。手下家将早已把刑具拿了,到大堂外面叫:"潞州解子,这刑具你拿了去。秦大叔是老爷的内侄,老夫人是他的嫡亲姑母,后堂认了亲了。领批回不打紧,明日佥押送出来与你。"尉迟南兄弟二人鼓掌大笑出府。张公谨等众朋友,都在外面等候,见尉迟兄弟笑出来,问道:"怎么两位喜容满面?"尉迟南道:"列位放心,秦大哥原是有根本的人。罗老爷就是他嫡亲姑爷,老太太就是姑母,已认做一家了。我们且到下处去饮酒贺喜。"

却说罗公携叔宝进宅门到内衙,分付公子道:"你可陪了表兄到书房沐浴更衣,取我现成衣服与秦大哥换了。"叔宝梳篦整齐,洗去面上无名异,随即出来拜见姑爷、姑母,与公子也拜了四拜。即便问表弟取柬帖二副,写两封书:一封书求罗公佥押了批回,发将出来,付与童佩之,潞州谢雄信报喜音;一封书付尉迟兄弟,转达谢张公谨三友。此时后堂摆酒已是完备,罗公老夫妇上坐了。叔宝与表弟列位左右。酒行二巡,罗公开言:"贤侄,我看你一貌堂堂,必有兼人之勇。令先君弃世太早,令堂又寡居异乡,可曾习学些武艺？"叔宝道："小侄会用双锏。"罗公道："正是令先君遗下这两根金装锏，可曾带到幽州来？"叔宝道："小侄在潞州为事蔡刺史，将这两根锏作为凶器，还有鞍马行囊，尽皆贮库。"罗公道："这不打紧，蔡刺史就是老夫的门生，容日差官去取就是。只是目今有句话，要与贤侄讲：老夫镇守幽州，有十余万雄兵，千员官将，都是论功行赏，法不好施于亲爱。我如今要把贤侄补在标下为官，恐营伍员中有官将议论，使贤侄无颜。老夫的意思，来日要往演武厅去，当面比试武艺。你果然弓马熟娴，就补在标下为官，也使众将箝口。"叔宝躬身道："若蒙姑爹提拔，小侄终身遭际，恩同再造。"罗公分付家将："传兵符出去，晓谕中军官：来日尽起幽州人马出城，往教军场操演。"

明早五更天，罗公就放炮开门。中军簇拥，史大奈在大堂参谒，回打擂台事，补了旗牌。一行将士都戎装贯带，随罗公驷马车拥出帅府。

　　十万貔貅镇北畿，斗悬金印月同辉。

　　旗飘易水云初起，枪簇燕台霜乱飞。

叔宝那时没有金带银带前程，也只好像罗公本府的家将一般打扮，头上金顶缠骔大帽，穿猱头补服，银面鞓带，粉底皂靴，上马跟罗公出东郭教军场去了。

公子带四员家将，随后也出帅府。奈守辕门的旗牌官拦住，叩头哀求，不肯放公子出去。原来是罗公将令：平昔分付手下的，公子虽十一岁，膂力过人，骑劣马，扯硬弓，常领家将在郊外打围。罗公为官廉洁，恐公子膏粱之气，蹧踏百姓田苗，故戒下守门官不许放公子出帅府。公子只得命家将牵马进府，回后堂老母跟前，拿出

第十三回

孩童的景象,啼哭起来,说要往演武厅去看表兄比试,守门官不肯放出。老夫人因叔宝是自己面上的瓜葛,不知他武艺如何,要公子去看看,先回来说与他知道,开自己怀抱。唤四个掌家过来。四人俱皆皓然白须,跟罗公从北齐到今,同荣辱,共休戚,都是个金带前程,称为掌家。老夫人道:"你四人还知事,可同公子往演武厅去看秦大叔比试。说那守门官有拦阻之意,你说我叫公子去的,只是瞒着老爷一人就是。"四人道:"知道了。"公子见母亲分付,欢喜不胜。忙向书房中收拾一张花梢的小弩,锦囊中带几十枝软翎的竹箭,看表兄比试回家,就荒郊野外,射些飞禽走兽耍子。

五人上马,将出帅府,守门官依旧拦住。掌家道:"老太太着公子去看秦大叔比试,只瞒着老爷一时。"守门官道:"求小爷速些回来,不要与老爷知道。"公子大喝一声:"不要多言!"五骑马出辕门,来到东郭教军场。此时教场中已放炮升旗,五骑马竟奔东辕门来,下马瞧操演。那四个掌家,恐老爷帐上看见公子,着两个在前,两个在后,把公子夹在中间,东辕门来观看。

毕竟不知如何,且听下回分解。

第十四回

勇秦琼舞锏服三军　贤柳氏收金获一报

诗曰：
　　沙中金子石中玉，干将埋没丰城狱。
　　有时拂拭遇良工，精光直向苍天烛。
　　丈夫踪迹类如许，倏而云泥倏虎鼠。
　　汉王高筑惊一军，淮阴固是绛灌信。
　　困穷拂抑君莫嗟，赳赳干城在兔罝。
　　但教有宝怀间蕴，终见鸣珂入帝里。

俗语道得好：运去黄金减价，时来顽铁生光。叔宝在山东也做了些事，一到潞州，吃了许多波查，只是一个时运未到。一旦遇了罗公，怕不平地登天，显出平生本领？罗公要扶持叔宝，大操三军。罗公坐帐中，十万雄兵，画地为式，用兵之法，井井有条。帐前大小官将头目，全装披挂，各持锋利器械，排班左右。叔宝在左班中观看，暗暗点头："我是井底之蛙，不知天地之大，枉在山东自负。你看我这姑爹，五旬以外，须发萧然，著一品服，掌生杀之权，一呼百诺，大丈夫定当如此。"要知罗公也却不要看操，只留心于叔宝。见秦琼点头有嗟咨之意，唤将过来，叫："秦琼！"叔宝跪应道：

第 十 四 回

"有。"罗公问:"你可会甚么武艺?"秦琼道:"会用双锏。"罗公昨日帅府家宴问过,今日如何又问?因知他双锏在潞州贮库,不好就取锏与他舞。罗公命家将:"将我的银锏取下去。"罗公这两条锏连金镶靶子,共重六十余斤,比叔宝锏长短尺寸也差不多;只是用过重锏的手,用这罗公的轻锏越觉松健。两个家将,捧将下来。叔宝跪在地下,挥手取银锏,尽身法跳将起来,抡动那两条锏,就是银龙护体,玉蟒缠腰。罗公在座上自己喝采:"舞得好!"难道罗公的标下,就没有舞锏的人,独喝采秦琼么?罗公却要座前诸将钦服之意,诸将却也解本官的意思,两班齐声喝采道:"好!"

  公子在辕门外,爬在掌家肩背上,见表兄的锏舞到好处,连身子多不看见,就是一道月光罩住。不敢高声喝采,暗喜道:"果然好。"叔宝舞罢锏,捧将上来。罗公又问道:"还会什么武艺?"叔宝道:"枪也晓得些。"罗公叫取枪上来。两班官将奉承叔宝,拣绝好的枪,取将上来。枪杆也有一二十斤重,铁条牛筋缠绕,生漆漆过。叔宝接在手中,把虎躯一挫,右手一迎,牛筋都迸断,攒竹粉碎,一连使折两枪。秦琼跪下道:"小将用的是浑铁枪。"罗公点头道:"真将门之子。"命家将:"枪架上把我的缠杆矛抬下与秦琼舞。"两员家将抬将下来。重一百二十斤,长一丈八尺。秦琼接在手中,打一个转身,把枪收将回来,觉道有些拖带。罗公暗暗点头道:"枪法不如。此子还可教。"这里隐着个罗府传枪的根脚。罗公为何说叔宝枪法不如?因他没有传授。秦琼在齐州当差时,不过是江湖上行教的把势野战之法,却怎么当得罗公的法眼?恰将就称赞几声。这些军官见舞得这重枪也便吃惊,看他舞得簇簇,不辨好歹,也随着罗公喝采,连叔宝心中未必不自道好哩!叔宝舞罢枪,

罗公即便传令开操。只听得教场中炮声一响,正是:

    阵按八方,旗分五色。龙虎奋翼,旗帜迷天。横空黑雾,皂纛标坎北之兵;彻汉朱灵,赤帜识南离之象。平野满梁园之雪,旄按庚辛;乱山回寒谷之春,色分甲乙。顽愚不似江陵石,雄武原称幽冀军。

操事已完,中军官请号令:"诸将三军操毕,禀老爷比试弓矢。"罗公叫秦琼问道:"你可会射箭么?"罗公所问,有会射就射,不会射就罢的意思。秦琼此时得意之秋,只道自己的锏与枪舞得好,便随口答应:"会射箭。"那知罗公标下一千员官将,只有三百名弓箭手,短中取长,挑选六十员骑射官员,都是矢不虚发会射的,若射金刚腿枪杆,就算不会射的了。罗公晓得秦琼力大,将自己用的一张弓、九枝箭,付与秦琼。军政司将秦琼名字续上,上台跪禀道:"老爷,众将射何物为奇?"罗公知有秦琼在内,便道:"射枪杆罢。"这枪杆是奇射中最易的,不是阵上的枪杆,却是后帐发出一扛木头枪杆来,九尺长,到一百八十步弓基址所在,却插一根木枪,将令字蓝旗换去。此时军政司卯簿上唱名点将。那知这些将员,俱是平昔间练就,连新牌官史大奈,有五七人射下去,并不曾有一矢落地。叔宝因是续上的,名字在后面,看见这些官将射中枪杆,心中着忙:"我也不该说过头话,方才我姑爹问我道:'会射箭么?'我就该答应道'不会',也罢了,他也不怪我。却怎么答应会射?"心上自悔。

罗公是有心人,却不要看众将射箭,单为叔宝。见秦琼精神恍惚,就知道他弓矢不济,令他过来。叔宝跪下。罗公道:"你见我标下这些将官,都是奇射。"罗公是个有意思的人,只要秦琼谦让,

第十四回

罗公就好免他射箭。何如叔宝不解其意,少年人出言不逊道:"诸将射枪杆是死物,不足为奇。"罗公道:"你还有恁奇射?"叔宝道:"小侄会射天边不停翅的飞鸟。"罗公年高任性,晓他射不得枪杆,定要他射个飞鸟看看。分付中军官诸将暂停弓矢,着秦琼射空中飞鸟。军政司将卯簿掩了,众将官都停住了弓矢。秦琼张弓搭箭,立于月台,候天边飞鸟。青天白日望得眼酸,并无鸟飞。此时十万雄兵,摇旗擂鼓的演操,急切那有飞禽下来?罗公便道:"叫供给官取生牛肉二方,挂在大纛旗上。"只见血淋淋挂在虚空里荡着,把那山中叼鸡的饿鹰,引了几个来叼那牛肉。

　　正是当局者迷,旁观者清。公子在东辕门外,替叔宝着忙:"我这表兄,今日定要出丑。诸般雀鸟好射,惟有鹰射不得。尘不迷人眼,水不迷鱼眼,草不迷鹰眼。鹰有滚豆之睛。鹰飞霄汉之上,山坡下草中豆滚,他还看见。你这箭射不下鹰来,言过其实,我父亲就不肯重用你了。可怜他也是英雄,千里来奔,我助他一枝箭罢。"撩开衣服,取出花梢小弩,把弦拽满了,锦囊中取一枝软翎竹箭,放在弩上,隐在怀中。那些官将头目十万人马,都看秦大叔射鹰,却不知公子在辕门外发弩。就是跟公子的四个掌家,也不知道。前边两个不消说是不知道了,后边两个在他面前,向西站立,夕阳时候,日光射目,用手搭凉篷,遮那日色,往上看叔宝射鸟,公子弩硬箭又不响,故此不知。公子却又不好把箭就放了去。叔宝不射,他射下鹰来,算那一个的帐?可怜叔宝,见鹰下来叼肉,刚要扯弓,那鹰又飞开去了。众人又催逼,叔宝没奈何,只得扯满弓弦,发一箭去。弓弦响动,鹰先知觉。看见箭来,鹞子翻身,用折叠翅把叔宝这枝箭裹在硬翎底下,却不曾伤得性命。秦琼心上着忙,只见那鹰翩翩跕跕，裹着叔宝那一枝箭，落将下来。五营四哨，大小官将头目人等，一齐喝采。

旁观赞叹一齐起，当局精神百倍增。

连叔宝也不知这个鹰，怎么射将下来的。公子急藏弩遮掩袍服内，领四员家将上马，先回帅府。中军官取鹰来献上。罗公自有为叔宝的私情，亲自下帐替叔宝簪花挂红，动鼓乐迎回帅府。分付其余诸将，不必射箭，一概有赏，赏劳三军。罗公也自回府。公子先回府内，此事不曾对老母说，恐表兄面上无颜。

罗公回到府中，家宴上对夫人道："令侄双锏绝伦，弓矢尤妙，只是枪法欠了传授。"向秦琼道："府中有个射圃，贤侄可与汝表弟习学枪法。"秦琼道："极感成就之恩。"自此表兄弟二人，日在射圃中走马使枪。罗公暇日自来指拨教导，叫他使独门枪。

光阴荏苒，因循半载有余。叔宝是个孝子，当初奉差潞州，只道月余便可回家，不意千态万状，逼出许多事来。今已年半有余，老母在山东，不能回家侍养，难道在帅府就乐而忘返，把老母就置之度外？可怜他思母之心，无时不有。只因晓得一分道理，想道："我若是到幽州来探亲，住的日久，说家母年迈，就好告辞。我却是问罪来的人，幸遇姑爹在此为官提拔，若要告辞，我又晓得这个老人家任性，肯放我去得满心愿？他若道：'今日我老夫在此为官，你回去也罢了；若不是我老夫为官，你也回去么？'那时归又归不成，住在他府内，又失了他的爱。"这个话不是今日才想，自到幽州就筹算到今；却与表弟厚了，时常央公子对姑母说，姑爹面前方便我回去罢。可知公子的性儿，他若不喜欢这个人，在他府中时刻难容。他与表兄英雄相聚，意气符合，舍不得表兄去，就是父母要

第十四回

打发他，还要在中间阻挠，怎么肯替他方便？不过随口说谎道："前日晚间已对家母说，父亲说只在这几日打发兄长回去。"没处对问，不觉又因循几个月日，只管迁延过去。

直到仁寿三年八月间，一日，罗公在书房中考较二人学问。此时公子还不曾梳洗，罗公忽然抬头，见粉墙上题四句诗。罗公认得秦琼的笔迹。原来叔宝因思家念切，一日酒后，偶然写这几句于壁上。罗公认是秦琼心上所发，见了诗，怫然不快。这几句怎么道？

一日离家一日深，犹如孤鸟宿寒林。
纵然此地风光好，还有思乡一片心。

罗公不等二子相见，转进后堂。老夫人迎着道："老爷书房考较孩儿学问，怎么匆匆进来？"罗公叹道："他儿不自养，养杀是他儿。"夫人道："老爷何发此言？"罗公道："夫人，自从令侄到幽州，老夫看待他，与吾儿一般，并无亲疏。我意思待边庭有事，着他出马立功，表奏朝廷，封他一官半职，衣锦还乡。不想令侄却不以老夫为恩，反以为怨。适才到书房中去，壁上写着四句，总是思乡意思。这等反是老夫稽留他在此不是。"夫人闻言，眼中落泪道："先兄弃世太早，家嫂寡居异乡，止有此子，出外多年，举目无亲。老爷如今扶持，舍侄就是一品服还乡，不如叫他归家看母。"罗公道："夫人意思，也要令侄回去？"老夫人道："老身怀此念久矣，不敢多言。"罗公道："不要伤感，今日就打发令侄回去。"叫备钱行酒。传令出去，营中要一匹好马，用长路的鞍辔，进帅府公用。罗公到自己书房，叫童儿前边书房里与秦大叔讲："叫秦大叔把上年潞州贮库物件，开个细帐来，我好修书。"那时蔡建德还复任在潞州，正好打发秦琼到彼处自去取罢。

童儿到书房中道:"大叔,老爷的意思,打发秦大叔往山东去。教把潞州贮库物件,开一细帐,老爷修书。"公子进里边来对叔宝说了,叔宝欢喜无限。公子道:"快把潞州贮库的东西开了细帐,叫兄长自去取。"叔宝忙取金笺简,细开明白。童儿取回。罗公写两封书:一封是潞州蔡刺史处取行李,一封是举荐山东道行台来总管衙门的荐书。酒席完备,叫童儿:"请大叔,陪秦大叔出来饮酒。"老夫人指着酒席道:"这是你姑爹替你饯行的酒。"叔宝哭拜于地。罗公用手相挽道:"不是老夫屈留你在此,我欲待你边廷立功,得一官半职回乡,以继你先人之后。不想边廷宁息,不得如我之意。令姑母道令堂年高。我如今打发你回去。这两封书,一封书到潞州蔡建德取鞍马行李;一封书你到山东投与山东大行台兼青州总管,姓来名护儿。我是他父辈,如今分符,各镇一方。举荐你到他标下,去做个旗牌官。日后有功,也还图个进步。"叔宝叩谢。拜罢姑母,与表弟罗成对拜四拜。入席饮酒数巡,告辞起身。此时鞍马行囊,已捎搭停当。出帅府,尉迟昆玉晓得了,俱备酒留饮。叔宝略领其情,连夜赶至涿州见别张公谨。公谨要留叔宝在家几日,因叔宝急归,不得十分相强。公谨写书附覆单雄信,相送分手。

叔宝归心如箭,马不停蹄,两三日间,竟奔河东潞州。入城到府前饭店,王小二先看见了,往家飞跑,叫:"婆娘不好了!"柳氏道:"为什么?"小二道:"当初在我家少饭钱的秦客人,为人命官司,问罪往幽州去了。一二年到挣了一个官来。缠骔大帽,骑着马往府前来。想他恼得我紧,却怎么处?"柳氏道:"古人说尽了:'去时留人情,转来好相见。'当初我叫你不要这等炎凉,你不肯听。

第 十 四 回

如今没面目见他，你躲了罢。"小二道："我躲不得。"柳氏道："你怎么躲不得？"小二道："我是饭店。倘他说我住住儿等他相见，我怎么躲得这些时？"柳氏道："怎么样？"小二道："只说我死了罢。人死不记冤，打发他去了，我才出来。"王小二着了忙，出这一个题目与妻子，忙走开了。柳氏是个贤妻，只得依了丈夫，在家下假做哭哭啼啼。叔宝到店门外下马，柳氏迎道："秦爷来了。"叔宝道："贤人，我还不曾进来拜谢你。"叫手下："看了马上行李，待我到府中投文书来。"取罗公书竟往府中来。

此时蔡公正坐堂上，守门人报幽州罗老爷差官下书。蔡公分付："着他进来。"叔宝是个有意思的人，到那得意之时，愈加谨慎。进东角门，捧着书走将上来。蔡刺史公座上，就认得是秦琼。走下滴水檐来，优待以礼。叔宝上月台庭参拜见。蔡公先问了罗公起居，然后说到："就是仁寿二年皂角林那桩事，我也从宽发落。"叔宝道："蒙老大人提拔，秦琼感恩不浅。"蔡公道："那童环、金甲幽州回来，道及罗老将军是令亲，我十分欢喜，反指示足下到幽州与令亲相会了。"叔宝道："家姑夫罗公有书在此。"蔡公叫接上来。蔡公见书封上是罗公亲笔，不好回公座开缄，就立着开看毕，道："秦壮士，罗老将军这封书，没有别说，只是取昔年寄在我潞州的物件。"叔宝道："是。"蔡刺史叫库吏取仁寿二年寄库赃罚簿。库吏与库书，除旧管新收，开除实在，将赃罚簿呈到公座上。蔡刺史用硃笔对那银子。当日皂角林捕人进房已失了些，又加参军厅乘机干没，不符前数。只有碎银五十两，贮封未动。那黄骠马一匹，已发去官卖了。马价银三十两贮库。五色潞䌷十匹，做就寒夏衣四套，段帛铺盖一副，枕顶俱在。镂金马鞍鞴一副，镫扎俱全，金装铜二根，一一点过，叫库吏查将出来，月台上交付秦琼。叔宝一个人也拿不得许多东西，解他的那童环、金甲见了，却帮扶他拿这些东西。蔡刺史又分付库吏："动本府项下公费银一百两包封，送罗老将军令亲秦壮士为路费。"这是：

  时来易觅金千两，运去难赊酒一壶。

叔宝拜谢蔡公，拿着这一百两银子；佩之、国俊替他搬了许多行李，竟往王小二店中。叔宝正与佩之、国俊见礼叙话，只见柳氏哭拜于地道："上年拙夫不是，多少炎凉，得罪秦爷。原来是作死。自秦爷为事，参军厅拘拿窝家，用了几两银子，心中不快，得病就亡故了。"叔宝道："昔年也不干你丈夫事。是我囊橐空虚，使你丈夫下眼相看。世态炎凉，古今如此。只是你那一针一线之恩，到今铭刻于心。今日既是你丈夫亡故，你也是寡妇孤儿了。我曾有言在此，你可比淮阴漂母。今权以百金为寿。"柳氏拜谢。叔宝暂留佩之、国俊在店少待，却往南门外去探望高开道的母亲。不想高母半年前已迁往他处去了。正是：

  富来报德易，困日施恩难。
  所以韩王孙，千金酬一餐。

叔宝回到王小二店中，把领出来的那些物件，捎在马鞍鞯旁，马就压辁了，难驮这些重物。佩之道："小弟二人且牵了马，陪兄到二贤庄单二哥处，重借马匹回乡。"辞别柳氏，三人出西门往二贤庄去了。

毕竟不知何如，且听下回分解。

第 十 五 回

秦叔宝归家侍母　齐国远截路迎朋

诗曰：

  友谊虽云重，亲恩自不轻。

  鸡坛堪系念，鹤发更萦情。

  心逐行云乱，思随春草生。

  倚门方念切，遮莫滞行旌。

  五伦之中，生我者亲，知我者友。若友亦不能成人之孝，也不可称相知。叔宝在罗府时，只为思亲一念，无虑功名，原是能孝的。不知在那要全他孝的朋友，其心更切。如那单雄信，因爱惜叔宝身体，不使同樊建威还乡，后边惹出皂角林事来，发配幽州，使他母子隔绝，心甚不安。但配在幽州，行止又由不得，雄信真有力没着处。及至有人报知叔宝回潞州搬取行囊，雄信心中快然，忖道："此番必来看我！"办酒倚门等候。因想三人步行迟缓，等到月上东山，花枝乱影，忽闻林中马嘶，雄信高言问："可是叔宝兄来了？"佩之答道："正是。"雄信鼓掌大笑："真是月明千里故人来！"到庄相见携手，喜动颜色："得佩之、国俊陪来最好。"到庄下马卸鞍，搬行李入书房，取拜毡与叔宝顶礼相拜。家童抬过酒来，四人入席坐下。

叔宝取出张公谨回书，送雄信看了。雄信道："上年兄到幽州，行色匆匆，就有书来，不曾写得详细与罗令亲相会情由。今日愿闻，在令亲府中二载有余，所作何事？"叔宝停杯道："小弟有千言万语要与兄讲，及至相逢，一句都无。待等与兄抵足，细诉衷肠。"雄信把杯放下了道："不是小弟今日不能延纳，有逐客之意，杯酌之后，就欲兄行，不敢久留。"叔宝道："为何？"雄信道："自兄去幽州二载，令堂老夫人有十三封书到寒庄。前边十二封书，都是令堂写来的，小弟有薄具甘旨，回书安慰令堂。只今一个月之内，第十三封书，却不是令堂写来的，乃是尊正也能书。书中言令堂有恙，不能执笔修书。小弟如今欲兄速速回去，与令堂相见，全人间母子之情。"叔宝闻言，五内皆裂，泪如雨下道："单二哥，若是这等，小弟时刻难容；只是幽州来马被我骑坏了，程途遥远，心急马行迟，怎么了得？"雄信道："自兄幽州去后，潞州府将兄的黄骠马发出官卖。小弟即将银三十两，纳在库中，买回养在寒舍。我但是想兄，就到槽头去看马，睹物思人。昨日到槽头，那良马知道故主回来，喊嘶踢跳，有人言之状。今日可可足下到此。"叫手下："将秦爷的黄骠马牵出来。"叔宝拜谢。雄信就将府里领出来的鞍辔，原是雄信像这个马的身躯做下的，擦抹干净，备将起来，把那重行李捎上。不复入席吃酒，辞别三友，骑马出庄。衣不解带，纵辔加鞭，如逐电追风，十分迅捷。

及第思乡马，张帆下水船。

旋里不落地，弩箭乍离弦。

那马四蹄跑发。耳内只闻风吼，逢州过县，一夜天明，走一千三百里路。日当中午，已到济州地面。叔宝在外首尾三年还可，只

第 十 五 回

到本地,看见城墙,恨不能肋生两翅,飞到堂前,反焦躁起来。将入街道,翻然下马,牵着步行。把缠騣大帽往下按一按,但有朋友人家门首,遮着自己的面貌,低头急走。转进城来,绕着城脚下,到自己住宅后门。可怜当家人三年出外,门墙颓败。叔宝一手牵马,一手敲门。他娘子张氏在里面问道:"呀,我儿夫几年在外,是什么人击我家后门?"叔宝听得妻子说这几句,早已泪落心酸,出声急问道:"娘子,我母亲病好了么?我回来了!"娘子听见丈夫回来,便接应道:"还不得好。"急急开门,叔宝牵进马来。娘子关门,叔宝拴马。娘子是妇道家,见丈夫回来,这等打扮,不知做了多大的官来了,心中又悲又喜。叔宝与娘子见礼,张氏道:"奶奶吃了药,方才得睡。虚弱得紧,你缓着些进去。"

叔宝蹑足潜踪,进老母卧房来,家下有两个丫头,三年内都已长大。叔宝伏在床边,见老母面向里床,鼻息中只有一丝游气。摸摸膀臂身躯,像枯柴一般。叔宝自知手重,只得住手。摸椅子在床边上叩首,低低道:"母亲醒醒罢!"那老母游魂复返,身体沉重,翻不过身来,朝里床还如梦中,叫媳妇。媳妇站在床前道:"媳妇在此。"秦母道:"我那儿,你的丈夫,想已不在人世了。我才瞑目,略睡一睡,只听得他床面前,絮絮叨叨的叫我,想已是为泉下之人,千里还魂来家见母了。"媳妇便道:"婆婆,那不孝顺的儿子回来了,跪在这里。"叔宝叩首道:"太平郎回来了。"秦母原有病,因想儿子,想得这般模样。听见儿子回来,病就去了一半。平常起来解手,媳妇同两个丫头搀半日还搀不起来。今听见儿子回来,就爬起了坐在床上,忙扯住叔宝手。老人家哭不出眼泪来,张着口只是喊,将秦琼膀臂上下乱捏。秦琼就叩拜老母。老母分付:"你不要拜我,拜你的媳妇。你三载在外,若不是媳妇孩儿能尽孝道,我死也久矣,也不得与你相会了。"叔宝遵母命,转身拜张氏。张氏跪倒道:"侍姑乃妇道之当然,何劳丈夫拜谢!"夫妻对拜四拜,起来坐于老母卧榻之前。

秦母便问在外的事。秦琼将潞州颠沛,远成遇姑始末,一一说与母亲。老母道:"你姑爷做甚官?你姑母可曾生子?可好么?"叔宝道:"姑爷现为幽州大行台;姑母已生表弟罗成,今年已十三矣。"秦母道:"且喜你姑母已有后了。"遂挣起穿衣,命丫头取水净手。叫媳妇拈香,要望西北下拜,谢潞州单员外,救吾儿活命之恩。儿子媳妇一齐搀住道:"病体怎生劳动得?"老母道:"今日得母子团圆,夫妻完聚,皆此人大恩,怎不容我拜谢?"叔宝道:"待孩儿媳妇代拜了,母亲改日身子强健,再拜不迟。"秦母只得住了。

次日有诸友拜访,叔宝接待叙阔。就收拾那罗公的荐书,自己开过脚色手本,戎服打扮,往来总管帅府投书。这来总管是江都人氏,原是世荫,因平陈有功,封黄县公,开府仪同三司、山东大行台,兼齐州总管。是日正放炮开门,升帐坐下,叔宝遂投文入进帅府。来公看了罗公荐书,又看了秦琼的手本,叫秦琼上来。叔宝答应:"有!"这一声答应,似牙缝里进出春雷,舌尖上跳起霹雳。来公抬头一看:秦琼跪在月台上,身高八尺,两根金装锏悬于腕下,身材凛凛,相貌堂堂,一双眼光射寒星,两道眉黑如刷漆,是一个好汉子。来公甚喜,叫:"秦琼,你在罗爷标下,是个列名旗牌;我衙门中官将,却是论功行赏。法不可私亲,权补你做个实受的旗牌,日后有功,再行升赏。"秦琼叩首道:"蒙老爷收录于帐下,感知遇大恩不浅。"来公分付中军,给付秦琼本衙门旗牌官的服色,点鼓闭门。

第 十 五 回

　　叔宝回家,取礼物馈送中军,遍拜同僚。叔宝管二十五名军汉都来叩见。叔宝却是有作用的人,将幽州带回来的千金囊橐,改换门闾。在行台府中,做了旗牌三个月。是日隆冬天气,叔宝在帅府伺候本官堂事已完,俱各出府。来公叫秦琼不要出去,去到后堂伺候。秦琼随至后堂跪下。来公道："你在我标下为官三月,并不曾重用。来年正月十五,长安越公杨爷六旬寿诞。我已差官往江南织造一品服色,昨日方回。欲差官赍礼前去,天下荒乱,盗贼生发,恐中途疏虞。你却有兼人之勇,可当此任么？"叔宝叩首道："老爷养军千日,用在一时。既蒙老爷差遣,秦琼不敢辞劳。"来爷分付家将,开宅门传礼出来。卷箱封锁,另取两个大红皮包。座上有发单,开卷箱照单检点,付秦琼入包。计开：

　　圈金一品服五色什套、玲珑白玉带一围、光白玉带一围、明珠八颗、玉玩十件、马蹄金一千两、寿图一轴、寿表一道。

　　话说那越公杨素的寿诞,外京藩镇官将,就谦卑不过官衔礼单,怎么用个寿表？他也不是上位文皇帝之弟,乃突厥可汗一种,在隋有战功,赐御姓为杨。他出为大将,曾平江南；入为丞相,官居仆射。宠冠百僚,权倾中外,且文帝与他言听计从。因他废了太子,囚了蜀王,在朝文武,在外藩镇,半出他门。以此天下官员,以王侯尊之,差官赍礼,俱用寿表。

　　来公赏秦琼马牌令箭,并安家盘费银两,传令中军官,营中发马三匹,两匹背马、引马,一匹差官坐马。因叔宝虎躯大,折一匹草料银两,又选二名健步背包。叔宝命健步背包,归家烧脚步纸起身,进内拜辞老母。老夫人见秦琼行色匆匆,跪于膝下,就眼中落下泪来道："我儿,我残年暮景,喜的是相逢,怕的是离别。在外三年,归家不久,目下又要远行,莫似当年使老身倚门而望。"秦琼道:"儿今非昔比,奉本官马牌,驰驿往还,来年正月十五赍过寿礼,只在二月初旬,准拜膝下。"分付张氏晨昏定省。张氏道:"不必分付。"叔宝令健步背包,上了黄骠马长行。

离了山东,过河南,进潼关、渭南三县,到华州华阴县少华山地方。远望一山,势甚险恶。分付两名健步缓行:"待我自己当先。"那二人道:"秦爷正欲赶路,怎么转叫缓将下来?"叔宝道:"你二人不知,此间山势险恶,恐有歹人潜藏,待我自己当先。"二人见说,就不敢往先,让叔宝领紫丝缰,纵黄骠马,三个人脯马相推,攒出谷口。

只见前面簇拥着一俦英俊,貌若灵官,横刀跃马,拦住去路,叫:"留下买路钱来!"这个就见得秦叔宝勇者不惧,见了许多喽啰,付之一笑道:"离乡三步远,别是一家风。在山东、河南,绿林响马闻我姓名,皆抱头鼠窜。今日进了关中地方,盗贼反来问我讨买路钱!我如今不要通名道姓,恐吓走了这个强人。"叔宝把双锏纵马,照此人顶梁门打将下来。此人举金背刀招架,双锏打在刀背上,火星乱爆,放开坐下马,杀做一团。刀来锏架,锏去刀迎,约斗有三十余合,不分胜败。

原来山中还有两个豪杰,倒有一个与叔宝通家,就是王伯当。因别了李玄邃,打此山经过,也因遇了寨主战他不过,知是豪杰,留他入寨。那拦阻叔宝讨常例的,叫做齐国远,上边陪王伯当饮酒的,叫做李如珪。正饮酒之间,喽啰传报上聚礼厅来:"二位爷,齐爷巡山,遇公门官将讨常例。不料那人不伏,就杀将起来,三四十回合,不分胜败。小的们旁观,见齐爷刀法散乱,敌不过此人,请二

第 十 五 回

位爷早早策应。"这班英雄义气相尚的,闻齐国远不能战胜他人,忙叫手下看马,取了器械,下山关来,遥见平地人赌斗。伯当在马上看那下面交战的,好像秦叔宝模样,相厚的朋友,恐怕损伤,半山中高叫道:"齐国远,不要动手了!"此山路高,下来还有十余里,怎么叫得应?况空谷传声,山鸣水应。此时齐国远相持,也不知叫谁,也不知谁叫;见尘头起处,二骑马骤的一响,已到平地。伯当道:"果然是叔宝兄!"二人都丢兵器,解鞍下马,上前陪罪。伯当要邀归山寨,叔宝此时恐惊坏了两名背包健步,忙叫近前道:"你们不要着忙,不是外人,乃相知朋友,相聚在此。"两个健步,方才放心。

李如珪分付手下:"抬秦爷行李上山!"众豪杰各上马,邀叔宝同上少华山。入关到厅叙礼,伯当引手彼此陪罪,摆酒与叔宝接风洗尘。叔宝与伯当叙间阔寒温,叔宝将皂角林伤人问罪,远戍幽州,遇亲提拔帅府至回乡,承罗公荐在来总管标下为旗牌官,细细备说:"今奉本官差遣,赍奉礼物,赶来年正月十五长安杨越公府中拜寿。适才齐兄见教,得会诸兄,实三生之幸。"因问李玄邃踪迹。伯当道:"他因杨越公公子相招而去,想也在长安。"叔宝又问道:"伯当,你缘何在此?"伯当道:"小弟因此山经过,蒙齐、李二弟相留。已修书雄信,要去过节盘桓。今日遇见兄长进长安公干,却就鼓起小弟这个兴来,不往单二哥处去了,陪兄长安赍贺,就去看灯,兼访玄邃。"叔宝是个多情的人,道:"兄长有此高兴,同行极妙。"

齐国远、李如珪开言道:"王兄同行,小弟愿随鞭镫。"叔宝却不敢遽然招架,心中暗想:"王伯当偶然绿林中走动,却是个斯文

秦叔宝归家侍母　齐国远截路迎朋

人，进长安没有渗漏处。这齐国远、李如珪，却是两个卤莽灭裂之人；若同他到长安，定要惹出一场不轨的事来，定然波及于我。"却又不好当面说他两个去不得，只得用粉饰之语，对齐、李二人道："二位贤弟不要去。王兄他是不爱功名富贵的人，弃了前程，浪游湖海。我看此山，关隘城垣房屋殿宇，规矩森雄，仓廪富足，又兼二兄本领高强，人丁壮健。隋朝将乱之秋，举少华之众，则隋家疆土可分；事即不果，退居此山，足以养老。若与我同进长安看灯，不过是儿戏的小事。京行要一个月方回，众人散去，二位回来，将何为根本？那时却归怨于秦琼。"齐国远以叔宝为诚实之意，却也迟疑。李如珪却大笑道："秦兄小觑我与兄弟，难道我们自幼习武艺时节，就要落草为寇？也只为粗鄙，不能习文，只得习武。近因奸臣当道，我们没奈何，同这班人啸聚此山，待时而动。兄倒说我二人在此打家劫舍，养成野性，进长安恐怕不遵兄长约束，惹出祸来，贻害仁兄。不领我们去是正理，若说恐小弟们无所归着，只是小觑我二人了，是要把绿林做终身了。"把个叔宝说个透心凉，只得改口道："二位贤弟若是这等多心，大家同去就罢了。"齐国远道："同去，再也无疑。"分付喽啰收拾战马，选了二十名壮健喽啰，背负包裹行李，带盘费银两。分付山上其余喽啰，不许擅自下山。秦叔宝也去扎缚那两个健步，不可泄漏，大家有祸。

　　三更时候，四友六骑马，手下众人，离了华山，取路奔陕西。约离长安有六十里之地，是日夕阳时候，王伯当与李如珪连辔而行，远望一座旧寺鼎新，殿脊上现出一座流金宝瓶，被夕阳照射。伯当在马上道："李贤弟，可见得世事，有成有败。当年我进长安时候，这座寺已颓败了，却又是什么人发心，修得这等齐整？"如珪道：

第十五回

"我们如今且在山门口,只当歇歇脚步,进去瞻仰瞻仰,便晓得是何人修建。"叔宝自下少华山,不敢离齐、李二人左右。官道行商过客最多,恐二人放枝响箭,吓下人的行李来,贻祸不小。筹算这两个人到长安,只暂住两三日便好;若住得日子多了,少不得有一桩大祸。今日才十二月十五日,到正月十五,还有一个足月,倒不如在前边修的这个寺里,问长老借僧房权住过了残年,灯节前进城,三五日,好拘管他。又不好上前明言,把马一夹,对齐、李二人道:"二位贤弟,今年长安城下处却贵哩!"齐国远笑道:"秦兄也不像个大丈夫,下处贵,多用几两银子罢了,也拿在口里说?"叔宝道:"贤弟有所不知,长安歇家房屋,都是有数的。每年房价,行商过客,如旧停歇。今年却多了我们这辈朋友。我一人带两名健步,会见列位,就是二三十人。难道就是我秦琼有朋友?这些差来贺寿的官,那一个没个朋友?高兴到长安看灯,人多屋少,挤塞一块,受许多拘束,却不是有银子没处用?"他两个却是养成的野性,怕的是拘束,回道:"秦兄,若是这等,怎样的便好?"叔宝道:"我的意思,要在前边修的寺里借僧房权住。你看这荒郊野外,走马射箭,舞剑抢枪,无束无拘,多少快活!住过残年,到来春灯节前,我便进城送礼,列位却好看灯。"

王伯当也会意,也便极力撺掇。说话之间,已到山门首下马。命手下看了行囊马匹,四人整衣进寺,入二山门,过韦驮殿,走甬道上大雄宝殿。那甬道也好远,远望上去,四角还不曾修得。佛殿的屋脊便画了,檐前还未收拾。月台下搭了高架,匠人收拾檐口。架木外设一张公座,张深檐的黄罗伞。伞下公座上坐一紫衣少年,旁站五六人,各青衣大帽,垂手侍立,甚有规矩。月台下竖两面虎头硬牌，用朱笔标点，还有刑具排列。

　　这官儿不知是何人，叔宝众人不知进去不进去，且听下回分解。

第十六回

报德祠酬恩塑像　西明巷易服从夫

诗曰：
　　侠士不矜功，仁人岂昧德。
　　置璧感负羁，范金酬少伯。
　　恩深自合肝胆镂，肯同世俗心悠悠。
　　君不见报德祠宇揭天起，报德酬恩类如此。

信陵君魏无忌，因妹夫平原君为秦国所围，亏如姬窃了兵符，与信陵君率兵十万，大破秦将蒙骜，救全赵国。他门客有人对信陵君道："德有可忘者，有不可忘者：人有德于我，是不可忘；我有德于人，这不可不忘。"总之，施恩的断不可望报，受恩的断不可忘人。

话说王伯当乃弃隋的名公，眼空四海，他那里看得上那黄伞下的紫衣少年？齐国远、李如珪，青天白日放火杀人，那里怕那个打黄伞的尊官？秦叔宝却委身公门，知高识下，赶在甬道中间，将三友拦住道："贤弟们不要上去，那黄伞底下坐的少年人，就是修寺的施主。"伯当道："施主罢了，怎么就不走？"叔宝道："不是这等说，是个现任的官员。"李如珪道："兄怎么知道？"叔宝道："用这两面虎头硬牌,想是现任官员。今我兄弟四人走上去,与他见礼好,还是不见礼好?"伯当道:"兄讲得有理。"四人齐走小甬道,至大雄宝殿,见许多的匠作,在那里做工。叔宝叫了一声,众人近前道:"老爷们有什么话分付?"叔宝道:"借问一声,这寺院是何人修建得这等齐整?"匠人道:"是并州太原府唐国公李老爷修盖的。"叔宝道:"他留守太原,怎么又到此间来干此功德?"匠人道:"因仁寿元年八月十五日,李老爷奉圣恩钦赐回乡,晚间寺内权住,窦夫人分娩了第二位世子,李爷怕秽污了清净地土,发心布施,重新修建。那殿上坐着打黄伞的,就是他的郡马,姓柴名绍,字嗣昌。"叔宝心中就知是那日在临潼山助他那一阵,晚间到此来了。

　　弟兄四人进东角门,就是方丈。见东边新起一座门楼,悬红牌书金字,写"报德祠"三字。伯当道:"我们看报什么德的。"四人齐进,见三间殿宇,居中一座神龛,高有丈余。里边塑了一尊神道,却是立身,戴一顶荷叶檐粉青色的范阳毡笠,着皂巾海衫,盖上黄罩甲,熟皮铤带,挂牙牌解刀,穿黄麂皮的战靴。向前竖一面红牌,楷书六个大金字:"恩公琼五生位。"旁边又是几个小字儿:"信官李渊沐手奉祀。"原来当年叔宝在临潼山打败假强盗时,李公问叔宝姓名,叔宝曰不敢通名,放马奔潼关道上。李公不舍,追赶十余里路,叔宝只得通名秦琼。李公见叔宝摇手,听了名,转不曾听姓,误书在此。叔宝暗暗点头:"那一年我在潞州,怎么颠沛到那样田地?原来是李老爷折得我这样嘴脸。我是个布衣,怎么当得勋卫塑像,焚香作念。"暗自感叹咨嗟。那三个人都看那像儿,齐国远连那六个金字都认不得,问:"伯当兄,这可是韦驮天尊么?"伯当笑道:"适才二山门里面朱红龛内,捧降魔杵,那便是韦驮。这个

第十六回

生位，其人还在，唐公曾受这人恩惠，故此建这个报德祠。"众人听见伯当说个"在"字，都惊诧起来。看看这个像，又瞧瞧叔宝的脸。那个神龛左右塑着四个人，左首二人，带一匹黄骠马。右首二人，捧两根金装锏。伯当近叔宝，附耳低言："往年兄长出外远行，就是这等打扮？"叔宝暗暗摇首，叫："贤弟低声，这就是我了。"伯当道："怎么是兄？"叔宝道："那仁寿元年，潞州相遇贤弟时，我与樊建威长安挂号出来，正是八月十五。唐公回乡，到临潼山被盗围杀，樊建威撺掇我向前助唐公一阵，打退强贼。那时我放马就走，唐公追赶来问我姓名。我没奈何，只得通名秦琼，摇手叫他不要赶，不知他怎么仓卒了，错记琼五，这话一些说不得。"伯当笑道："只因他认你做琼将军，所以折得将军在潞州这样穷了。"两边说笑。不期那柴嗣昌坐在月台下，望见四人雄赳赳的进去，不知甚么人，分付家将暗暗打听。家将们就随在后边，看他举动。

　　叔宝们在祠堂内说话时，外面早有人听见，上月台来报郡马爷："那四位老爷里面，有太老爷的恩人在内。"柴嗣昌听了，整衣下月台进报德祠，着地打一躬道："哪位是妻父活命的恩公？"四人答礼，伯当指着叔宝道："此兄就是李老大人临潼山相会的故人，姓秦名琼。李老大人当年仓卒，错记琼五。郡马如不信，双锏马匹现在在山门外面。"嗣昌道："四位杰士，料不相欺，请到方丈。"命手下铺拜毡，顶礼相拜，各问姓名。齐国远、李如珪，都通了实在的姓名。郡马叫人山门外牵马，搬行李到僧房中打叠。就分付摆酒，接风洗尘。那夜就修书差人往太原，通报唐公。将他兄弟四人，款留寺内，饮酒作乐。

　　倏忽数日，又是新春，接连灯节相近。叔宝与伯当商议道：

"来日向晚,就是正月十四,进长安还要收拾表章礼物,十五日绝早进礼。"伯当道:"也只是明日早行就罢了。"叔宝早晨分付健步收拾鞍马进城。柴嗣昌晓得他有公务,不好阻挠;只是太原的回书不到,心内踌躇,暗想:"叔宝进长安,赍过了寿礼,径自回去了,决不肯重到寺中来。倘岳父有回书来敦请,此公去了,我前书岂不谬报?今我陪他进长安去,也就看看灯,完了他的公事,邀回寺来,好候我岳父回书。"嗣昌对叔宝道:"小生也要回长安观灯,陪恩公一行何如?"叔宝因搭班有些不妥当,也要借他势头进长安去,连声道好。嗣昌便分付手下收拾傢马,着众将督工修寺。命随身二人带毡包拜匣,多带些银钱,陪秦爷进京送礼。饭后起身,共是五俵英俊、七骑马、两名背包健步,从者二十二人,离永福寺进长安。叔宝等从到寺至今,才过半月,路上景色,又已一变:

　　柳含金粟拂征鞍,草吐青芽媚远滩。

　　春气着山萌秀色,和风沾水弄微澜。

　　虽是六十里路,起身迟了些,到长安时,日已沉西。叔宝留心,不进城中安下处,恐出入不便。离明德门还有八里路远,见一大姓人家,房屋高大,挂一个招牌,写"陶家店"。叔宝就道:"人多日晚,怕城中热闹,寻不出大店来,且在此歇下罢。"催趱行囊马匹进店,各人下马,到主人大厅上来,上边挂许多不曾点的珠灯。主人见众豪杰行李铺陈仆从,知是有势力的人,即忙笑脸殷勤道:"列位老爷不嫌菲肴薄酒,今晚就在小店,看了几盏粗灯,权为接风洗尘之意。到明日城中方才灯市整齐,进去畅观,岂不是好?"叔宝是个有意思的人,心中是有个主意:今日才十四,恐怕朋友们进城没事干,街坊玩耍,惹出事来。况他公干还未完,正好趁主人酒席,

第 十 六 回

款留诸友。到五更天,赍过了寿礼,却得这个闲身子,陪他们看灯。叔宝见说,便道:"既承贤主人盛情,我们总酬就是了。"于是众友开怀痛饮,三更时尽欢而散,各归房安寝。

叔宝却不睡,立身庭前。主人督率手下收拾傢伙,见叔宝立在面前,问:"公贵衙门?"叔宝道:"山东行台来爷标下,奉官赍寿礼与杨爷上寿,正有一事奉求。"店主道:"甚么见教?"叔宝道:"长安经行几遍,街道衙门日间好认。如今我不等天明,要到明德门去,宝店可有识路的尊使,借一位去引路?"主人指着收傢伙一人道:"这个老仆名叫陶容,不要说路径,连礼貌称呼都是知道的。陶容过来!这位山东秦爷,要进明德门,往越府拜寿去,你可引路。"陶容道:"秦爷若带得人少,老汉还有个兄弟陶化,一发跟秦叔拿拿礼物。"叔宝道:"这个管家,果然来得。"回房中叫健步取两串皮钱,赏了陶容、陶化,就打开皮包,照单顺号,分做四个毡包。两名健步与陶容弟兄两个拿着,跟随在后。叔宝乘众友昏睡中,不与说知,竟出陶家店,进明德门去了不题。

却说越公乃朝廷元辅,文帝隆宠已极。当陈亡之时,将陈宫妃妾女官百员赐与越公为晚年娱景。越公虽是爵尊望重的大臣,也是一个奸雄汉子。一日因西堂丹桂齐开,治酒请幕僚饮宴。众人无不谀辞迎合,独李玄邃道:"明公齿爵俱尊,名震天下,所欠者惟老君丹一耳。"越公会意,即知玄邃道他后庭多宠,恐不能长久的意思,即便道:"老夫老君丹也不用,自有法以处之。"到明日越公出来,坐在内院,将内外锦屏大开,即叫人传旨与众姬妾道:"老爷念你们在此供奉日久,辛勤已著,恐怕误了你们青春。今老爷在后院中,着你们众姬妾出去。如众女子中有愿去择配者立左,不愿去者立右。"众女子见说，如开笼放鸟，群然蜂拥将出来，见越公端坐在后院。越公道："我刚才叫人传谕你们，都知道了么？如今各出己见站定，我自有处。"众女子虽在府中受用，然每想单夫独妻，怎的快乐。准百女子，到有大半跪在左边。越公瞥转头来，只见还有两个美人：一个捧剑的是乐昌公主，陈主之妹；一个执拂的美人，是姓张名出尘，颜色过人，聪颖出众，是个义侠的奇女子。越公向他两个说道："你二美人亦该下来，或左或右，也该有处。"二美人见说，走下来跪在面前。那个捧剑的涕泣不言，只有那执拂的独开言道："老爷隆恩旷典，着众婢子出来择配，以了终身，也是千古奇逢，难得的快事。但婢子在府，耳目口鼻，皆是豪华受用，怎肯出去，与那瓮牖绳枢之子，举案终身？古人云：'受恩深处便为家。'况婢子不但无家，视天下并无人。"越公见说，点头称善。又问捧剑的："你何故只顾悲泣？"乐昌公主便将昔曾配徐德言、破镜分离之事，一一陈说。——后得徐德言为门下幕宾，夫妻再合，是后话。当时越公见说，也不嗟叹，便叫二美人起来站后，随分付总管领官，开了内宅门，叫那些站左的女子四五十人，俱令出外归家，自择夫婿。凡有衣饰私蓄，悉听取去。于是众女子各各感恩叩首，泣谢而出。越公见那些粉黛娇娥，拥挤出门，反觉心中爽快。自此将乐昌公主与执拂张氏，另眼眷宠，为女官，领左右两班金钗。

光阴荏苒。那年上元十五，又值越公寿诞。天下文武大小官员，无不赍礼上表，到府称贺。其时李靖恰在长安，闻知越公寿诞，即具揭上谒，欲献奇策。未到府门，官吏把揭拿去。此时越府尚未开门，只得走进侧首班房里伺候。那些差官将吏，亦俱在内忙乱。西边坐着一个虎背熊腰、仪表不凡的大汉，李靖定睛一看，便举手

第十六回

道："兄是那里人氏？"那大汉亦起身举手道："弟是山东人。"李靖道："兄尊姓大名？"那人道："弟姓秦名琼。"李靖道："原来是历城叔宝兄。"叔宝道："敢问兄长上姓何名？"李靖答道："弟是三原李靖。"叔宝道："就是药师兄？久仰！"两人重新叙礼，握手就坐，各问来因。叔宝问李靖所寓，靖答道："寓在府前西明巷，第三家。"两人正在话得浓，忽听得府内奏乐开门，有一官吏进来喊道："那个是三原李爷？老爷有旨请进去相见！"李靖对叔宝道："弟此刻要进府去相见，不及奉陪；但弟有一要紧话，欲与兄说。兄欲不弃，千万到弟寓所细谈片晌。"叔宝唯唯。李靖即同那官儿进府。

越公本是尊荣得紧，文武官僚尚不轻见，缘何独见李靖？因李靖之父李受，生时与越公同仕于隋，靖乃通家子侄，久闻李靖之才名，故此愿见。其时那官儿引了李靖，不由仪门而走，乃从右手甬道中进去，到西厅院子内报名。李靖往上一望，见越公据胡床，戴七宝如意冠，披暗龙银裘褐，执如意。床后立着翡翠珠冠袍带女官十二员，以下群妾甚众，列为锦屏。李靖昂然向前揖道："天下方乱，英雄竞起。公为帝室重臣，当以收罗豪杰为心，不宜踞见宾客。"越公敛容起谢，与靖寒温叙语，随问随答，娓娓无穷。越公大悦，欲留为记室，因是初会，未便即言。时有执拂美人，数目李靖。靖是个天挺英豪，怎比纨袴之子，见妇人注目偷视，就认做有顾盼小生之意，便想去调戏他？时已将午，李靖只得拜辞而出。越公曰通家子侄，即命执拂张美人送靖。张美人临轩对吏道："主公问去者李生行第几，寓何处？可即他往否？"吏往外问明，进来回覆，张美人归内。

如今且慢题李靖回寓。再说秦叔宝押着礼物进越公府中，原

报德祠酬恩塑像　西明巷易服从夫

来天下藩镇官将差遣赍礼官吏，俱分派在各幕僚处收礼。那些收礼的官，有许多难为人处：凡赍礼官员，除表章外，各具花名手本，将彼处土产礼物相送。稍不如意，这些收礼官苛刻起来，受许多的波查。那山东一路礼物，却派在李玄邃记室厅交收。是时秦琼到来，玄邃看见，慌忙降阶迎接，喜出意外。叔宝呈上表章礼仪，玄邃一览，叫人尽收。私礼尽璧，遂留叔宝到后轩取酒款待，细谈别后踪迹。叔宝把遇见王伯当同来的事，说了一遍。"但恐兄长事冗，不能出去一会。"并言："遇见李靖，姿貌不凡，丰神卓荦。适才府门外相遇倾盖，如同夙契。小弟出去，就要到他寓所一叙。回书回批，乞兄作速打发。"玄邃见说，命青衣斟酒，自己却在案旁挥写回书回批，顷刻而就，付与叔宝。分手时，玄邃嘱托致意伯当，不得一面为恨。

叔宝别了玄邃，竟到西明巷来，李靖接见喜道："兄真信人也。"坐定即问："兄年齿多少？"叔宝道："二十有四。"又问道："兄入长安时，可有同伴否？"叔宝隐却下处四个朋友，便说："奉本官差遣赍礼，止有健步两名，并无他人。兄长为何问及？"李靖道："小弟身虽湖海飘蓬，凡诸子百家，九流异术，无不留心探讨，最喜的却是风鉴。兄今年正值印堂管事，眼下有些黑气侵人，怕有惊恐之灾，不敢不言。然他日必为国家股肱，每事还当爱鼎。小弟前日夜观乾象，正月十五三更时候，彗星过度，民间主有刀兵火盗之灾。兄长倘同朋友到京，切不可贪耍观灯游玩。既批回已有，不如速返山东为妙。"一番言语，说得叔宝毛骨耸然。念着齐国远在下处，恐怕惹出事来，慌忙谢别了李靖，要赶回下处。

今再说张美人，得了官吏回覆明白，进内自思道："我张出尘

第十六回

在府中阅人多矣,未有如此子之少年英俊者,真人杰也。他日功名,断不在越公之下。刚才听他言语,已知他未有家室。想我在此奉侍,终非了局;若舍此人,而欲留心再访,天下更无其人。若此人不是我张出尘为配,恐彼终身亦难定偶。趁此今夜,非我该班,又兼府中演戏开宴之时,我私自到他寓所一会,岂不是好!"主意已定,把室中箱笼封锁,开一细账。又写一个禀帖,押在案上。又恐街上巡兵拦阻,转到内院去,把兵符窃了。改装做后堂官儿,提着一盏灯笼,大模大样走出府门。未有里许,见三四个巡兵问道:"爷是往那里去的?"张氏道:"我是越府大老爷有紧要公干,差往兵马司去的。你们问我则甚?"那巡兵道:"小的问一声儿何碍?"说罢,大家击梆鸣锣的去了。

不移时,已到府前西明巷口。张美人数着第三家,见有个大门楼,即便叩门。主人家出来开了,问:"是会那个爷的?"张氏道:"三原李爷,可是寓在此?"主人道:"进门东首那间房里。"张氏见说,忙走进来。其时李靖夜膳过,坐在房中灯下看那龙母所赠之书。只听见敲门,忙开门出来一看:

  乌纱帽,翠眉束鬓光含貌。光含貌,紫袍软带,新装偏巧。

  粉痕隐映樱桃小,兵符手握殷勤道。殷勤道,疑城难破,令人思杳。

张美人走进,将兵符供在桌上,便与李靖叙礼坐定。李靖问道:"足下何处来的?到此何干?"张氏道:"小弟是越府中的内官姓张,奉敝主之命差来。"李靖道:"有甚见教?"张氏道:"适间敝主传弟进去,当面嘱付许多话,如今且慢说。先生是识见高广、颖悟非常的人,试猜一猜。若是猜得着,乃见先生是奇男子,真豪杰。"

李靖见说："这又奇了，怎么要弟猜起来？"低头一想，便道："弟日间到府拜公之时，承他屈尊优待，殷勤款洽，莫非要弟为其入幕之宾否？"张氏道："敝府虽簿书繁冗，然幕僚共有一二十人，皆是多材多艺之士，身任其责。不要说敝主不敢有屈高才，设有此意，先生断不肯在杨府作幕。请再猜之。"李靖道："这个不是。莫非越公要弟往他处作一说客，为国家未雨绸缪之意？"张氏道："非也，实对先生说了罢。越公有一继女，才貌双绝，年纪及笄，越公爱之，不啻己出。今见先生是个英奇卓荦，思天下佳婿未有如先生者，故传旨与弟，欲弟与先生为氤氲使耳。"李靖见说道："这那里说起！弟一身四海为家，迹同萍梗；况所志未遂，何暇议及室家之事？虽承越公高谊，然门楣不敌，尊卑有亵，此事断乎不可！烦兄为我婉言辞之。"张氏道："先生何其迂也！敝主乃皇家重臣，一言之间，能使人荣辱。倘若先生赘入豪门，将来富贵，正未可量，何乃守经而遽绝之？先生还宜三思。"李靖道："富贵人所自有，姻缘亦断非逆旅论及，容以异日。如再相逼，弟即此刻起身，浪游齐楚间矣！"张氏正容道："先生不要把这事看轻了。倘弟归府，将尊意述之，设敝主一时震怒，先生虽有双翅，亦不能飞出长安，那时就有性命之忧了。"李靖变了颜色，立起身来道："你这官儿好不恼人！我李靖岂是怕人的？随你声高势重，我视之如同傀儡。此事头可断，决不敢从！"

两人正在房里嚷乱，只听见间壁寓的一人，推门进来，是武卫打扮，问道："那位是药师兄？"李靖此时气得呆了，随口应道："小弟便是。"张氏注目，把那人一看，忙举手道："尊兄上姓？"那人道："我姓张。"张氏道："妾亦……"说了两个字，缩住了，忙改口道：

第 十 六 回

"这小弟亦姓张,如若不弃,愿为昆仲。"那人见说,复仔细一认,哈哈大笑道:"你要与我结弟兄甚妙。"那时李靖方问道:"张兄尊字?"那人道:"我字仲坚。"李靖上前执手道:"莫非虬髯公么?"那人道:"然也。我刚才下寓在间壁,听见你们谈论,知是药师兄,故此走来。前言我已听得。但此位贤弟,并不是为兄执柯者。细详张贤弟的心事,莫若爽利待弟说了出来,到与二位执柯何如?"张氏道:"我的行藏,既是张兄识破,我也不便隐瞒了。"走去把房门闩上,即把乌纱除下,卸去官裳,便道:"妾乃越府中女子。因见李爷眉宇不凡,愿托终身,不以自荐为丑,故尔乘夜来奔。"仲坚见说大笑称快。李靖道:"莫非就是日间执拂的美人么?既贤卿有此美意,何不早早明言,免我许多回肠。"张氏道:"郎君法眼不精,若我张哥,早已认出,不烦贱妾饶舌了。"仲坚笑道:"你夫妇原非等闲之人,快快拜谢了天地!待我去取现成酒肴来,权当花烛,畅饮了三杯,何如?"两人见说,欣然对天拜谢了。

张氏复把官裳穿好,戴上乌纱。李靖道:"贤卿为何还要这等装束?"张氏道:"刚才进店来,是差官打扮;今若见我是个妇人,反有许多不妥了。"李靖忖道:"好一个精细女子。"仲坚教手下移了酒肴进来,大家举杯畅谈。酒过三杯,张氏问仲坚道:"大哥几时起身?"仲坚道:"心事已完,明日就走。"张氏见说,立起身来道:"李郎陪我张哥畅饮,我到一个所在去,如飞的就来。"李靖道:"这又奇了,还要到那里去?"张氏道:"郎君不必猜疑,少刻便知分晓。"说完点灯竟出房门。李靖见此光景,老大狐疑。仲坚道:"此女子行止非常,亦人中龙虎,少顷必来。"两人又说了些心事。只听得门外马嘶声响,张氏早已走到面前。仲坚道:"贤妹又往何处去了来?"张氏道:"妾逢李郎,终身有托,原非贪男女之欲。今夜趁此兵符在手,刚才到中军厅里去讨了三匹好马。我们吃完了酒,大家收拾上马出门。料有兵符在此,城门上亦不敢拦阻,即借此脚力,以游太原,岂非两便!"两人见说,称奇赞叹。吃完了酒,即便收拾行装,谢别主人,三人上马,长扬的去了。

越公到明日,因不见张美人进内来伺候,即差人查看。来回复道:"房门封锁,人影俱无。"越公猛省道:"我失检点,此女必归李靖矣!"叫人开了房门,室中衣饰细软,纤毫不动,开载明白,同一禀帖留于案上。取来呈上越公,上写道:

> 越国府红拂侍儿张出尘,叩首上禀:妾以蒲柳贱质,得傍华桐,虽不及金屋阿娇,亦可作玉盘小秀,有何不满,遽起离心?妾缘幼授许君之术,暂施慧眼,聊识英雄,所谓弱草依兰,嫩萝附竹而已。敢为张耳之妻,庸奴其夫哉!临去朗然,不学儿女淫奔之态。谨禀。

越公看罢,心中了然。又晓得李靖也是个英雄,戒谕下人不许声扬,把这事就丢开不提。

但未知后事如何,且听下回分解。

第 十 七 回

齐国远漫兴立球场　柴郡马挟伴游灯市

诗曰：
  玉宇晚苍茫，星河耿异铓。
  中天悬玉镜，大地满金光。
  人影蹁鸾鹤，箫声咽凤凰。
  百年能底事，作戏且逢场。

  常言道：顽耍无益。我想人在少小时，顽耍尽得些趣，却不知是趣。一到大来，或是求名，或是觅利，将一个身子，弄得忙忙碌碌，那里去偷得一时一刻的闲？直到功名成遂，那时须鬓皤然，要顽耍却莫了兴致。还有那不得成遂一命先亡的，这便干干的忙了一生。善于逢场作戏，也是一句至语。但要识得个悲乐相为倚伏，不得流而忘返。

  却说秦叔宝见了李靖，忙赶回下处。这班朋友用过了酒饭，只等叔宝回来，才算还了店账。见叔宝来了，众人齐声道："兄长怎么不带我们进城去？"叔宝道："五鼓进城，干什么事？如今正好进城耍子。"王伯当便问起李玄邃，叔宝道："所赍礼物，恰好拨在玄邃记室厅收；但彼事冗，不及细谈。闻知兄长在此，托弟多多致意。"因对众人道:"我们如今收拾进城去罢。"

于是众豪杰多上马,共七骑马,三十多人,别了陶翁,离了店门。伯当在马上,回头笑将起来道:"秦大哥,丑都是我们这些朋友装尽了。"叔宝道:"怎么?"伯当指众人道:"我们七个骑在七匹马上,背后二十余人,背负包裹。如今进城,只好穿城走将过去,行长路的到北方转来,人就说了,这些人路也认不得,错了路回来了。如今我们进城,却要在街道市井热闹去处,酒肆茶坊,取乐顽耍,带这些人,可像个模样?"叔宝此时又想:"李药师的言语不可全信,也不可不信。如今进城,倘有些不美的事务,跨上马就走了。若依伯当,他只要步行顽耍,恐有不便,怎处?"伯当与叔宝只管争这骑马不骑马的话,李如珪道:"二兄不要相争,莫若依我小弟。马只骑到城门口就罢了,这许多手下人,带他进城干甚么事?就城门外边寻个小下处,把这些行李都安顿在店;马卸了鞍辔,牵在城河饮水,众人轮流吃饭。柴郡马两员家将甚有规矩,叫他带了毡包拜匣并金银钱钞,跟进城去,以供杖头之用。其外面手下,到黄昏时候,将马紧辔整鞍,等候我们出城。"众朋友齐道:"讲得有理。"

说话之间,已到城门口。叔宝分付两名健步:"我比众老爷不同,有公务在身。把回书与回批,可用毡袋随身带了,这都是性命相关的事。黄昏时候,我的马却要多加一条肚带,小心牢记。"叔宝同诸友各带随身暗器,领两员家将进城。

那六街三市勋卫宰臣、黎民百姓,奉天子之命,与民同乐。家家结彩,户户铺毡,收拾灯棚。这班豪杰都看到司马门来,却是宇文述的衙门,那扎彩匠扎缚灯楼。他却是个兵部尚书府,照墙后有个射圃,天下武职官的升袭,比试弓马的去处,又叫做小教场。怎

第十七回

么有许多人喝采？乃是圆情的抛声。谁人敢在兵部射圃圆情？就是宇文述的公子宇文惠及。宇文述有四子：长曰化及，官拜治书侍御史；次曰士及，尚晋阳公主，官拜驸马都尉；三曰智及，将作少监；惠及是他最小的儿子，倚着门荫，少不得做了官。目不识丁，胸无点墨，穿了绫锦，吃了珍馐，随从的无非是一干游食游手，谗谄面谀的光棍，帮闲他使酒渔色，顽耍游荡。这圆情一节，不曾踢得一两脚，人就赞他在行，他也自说在行。以此天下圆情的把持，打听得长安赏灯，都赶到长安来，在宇文公子门下。公子把父亲的射圃讨了，改做个球场。正月初一，踢到这灯节下来，把月台上用五彩装花缎匹，搭起漫天帐来，遮了日色。正面结五彩球门，书"官球台"三字。公子上坐，左右坐二个美女，是长安城平康巷聘来的，因圆情无出其右，绰号金凤舞、彩霞飞。月台东西两旁，扎两座小牌楼。天下的这些圆情把持，两个一伙，吊顶行头，辅行头，雁翅排于左右，不下二百多人。射圃上有一二十处抛场，有一处两根单柱，颗扎起一座小牌楼来。牌楼上扎个圈儿，有斗来大，号为彩门。江湖上的豪杰朋友，不拘锁腰、单枪、对拐、肩桩、杂踢，踢过彩门，公子月台上就送彩缎一匹、银花一对、银牌一面。凭那人有多少谢意，都是这两个圆情的得了。也有踢过彩门，赢了彩门银花去的；也有踢不过，遗笑于人的。正是：

　　材在骨中挑不去，俏从胎里带将来。

　　却说叔宝同众友，捱挤到这个热闹的所在，又想起李药师的话来，对伯当道："凡事不要与人争竞，以忍耐为先。必要忍人不能忍处，才为好汉。"王伯当与柴嗣昌听了叔宝言语，一个个收敛形迹。只是齐国远、李如珪两个粗人，旧态复萌，以膂力方刚，把些人都挨倒，挤将进去，看圆情顽耍。李如珪出自富家，还晓得圆情。这齐国远自幼落草，惟风高放火，月黑杀人，他那里晓得什么圆情顽耍的事？看着人圆情，大睁着两眼，连行头也不认得，对李如珪附耳道："李贤弟，圆骨碌的东西，叫做什么？"如珪笑，戏答道："叫做皮包铅，按八卦之数，灌六十四斤冷铅造就。"国远道："三个人的力也大着呢，把脚略抬一抬，就踢那模样高。踢过圈儿，就赢一匹缎彩、一对银花，我可踢得动么？"

　　这些话不过二人附耳低言，却被那圆情的听得，捧行头下来道："那位爷请行头？"李如珪拍齐国远肩背道："这位爷要逢场作戏。"圆情近前道："请老爹过论，小弟丢头，伙家张泛伏侍你老人家。"齐国远着了忙，暗想："我只是尽力踢就罢了。"那个丢头的伙家，弄他技艺粗巧，使个悬腿的勾子，拿个燕衔珠出海，送与子弟臁心里来。齐国远见球来，眼花撩乱，又恐怕踢不动，用尽平生气力，赶上前一脚，兀的响一声，把那球踢在青天云里，被风吹不见了。那圆情的见行头不见了，只得上前来，喜孜孜满面春风道："我两小人又不曾有甚么得罪处，老爹怎么取笑，把小人的本钱都费了？"齐国远已自没趣，要动手撒野。李如珪见事不谐，只得来解围道："你们这些六艺中朋友，也不知有多少见过。刚才来圆情，你也该问一声：'老爷高姓，贵处那里？荣任何所？'今日在京都相会，他日相逢，就是故人了。怪你两个没有方情，故把你行头踢掉了。我这里赏你罢。"就在袖里取出五两银子，赏了圆情的，拉着国远道："和你吃酒去罢。"分开众人，齐往外走。见秦叔宝兄弟三人，从外进来，领两员家将，好好央人开路，人再不肯让路。只见纷纷的人都跌倒了，原来是齐国远、李如珪挤将出来。叔宝看见道：

第 十 七 回

"二位贤弟那里去？还同我们进去耍子。"却又一同裹将进来。这四个人却都是会踢球的，叔宝虽是一身武艺，圆情是最有勋节的。王伯当却是弃隋的名公，博艺皆精，只是让柴郡马青年飘逸，推他上来。柴绍道："小弟不敢。还是诸兄内那一位上去，小弟过论。"叔宝道："圆情虽会，未免有粗鄙之态。此间乃十目所视的去处，郡马斯文，全无渗漏。"

柴嗣昌少年，乐于顽耍，接口道："小弟放肆，容日陪罪罢。"那该伏侍的两个圆情捧行头上来："那位相公，请行头。"郡马道："二位把持，公子旁边两个美女，可会圆情？"圆情的道："是公子平康巷聘来的，惯会圆情，绰号金凤舞、彩霞飞。"郡马道："我欲相攀，不知可否？"圆情的道："只是要相公破格的搭合。"郡马道："我也不惜缠头之赠，烦三位爷通禀一声，尽今朝一日之欢，我也重重的挂落。"圆情的道："原来是个中的相公。"上月台来禀小爷："江湖上有一位豪杰的相公，要请二位美人见行头。"公子也却只是要顽耍，分付两个美女好好下去，后边随着四个丫鬟，捧两轴五彩行头，下月台来与柴郡马相见施礼，各依方位站下，却起那五彩行头。公子也离了座位，立到牌楼下来观论。那座下各处抛场子弟，把持行头，尽来看美人圆情。柴郡马却拿出平生博艺的手段，用肩装杂踢，从彩门里就如穿梭一般，踢将过去。月台上家将，把彩缎银花，抛将下来。跟随二人，往毡包里只管收起。齐国远喜得手舞足蹈："郡马不要住脚，踢到晚才好！"那两个美人卖弄精神：

  这个飘扬翠袖，那个摇拽湘裙。飘扬翠袖，轻笼玉手纤纤；摇拽湘裙，半露金莲窄窄。这个丢头过论有高低，那个张泛送来真又稳。踢个明珠上佛头，实蹴埋尖拐；接来倒膝弄轻佻，错认多摇摆。踢到眉心处，千人齐喝采。汗流粉面湿罗衫，兴尽情疏方叫海。

后人有诗赞道：

    美女当场簇绣团，仙风吹下两婵娟。
    汗流粉面花含露，尘染蛾眉柳带烟。
    翠袖低垂笼玉笋，湘裙斜曳露金莲。
    几回踢罢娇无力，云鬓蓬松宝髻偏。

此时踢罢行头，叔宝取白银二十两、彩缎四匹，搭合两位圆情的美女；金扇二柄，白银五两，谢两个监论圆情的朋友。此时公子也待打发了圆情的美女，各归院落，自家要往街市闲游了。叔宝一班，别了公子，出打球场，上了蓝桥，只见街坊上灯烛辉煌。正是：

    四围玛瑙城，五色琉璃洞。千寻云母塔，万座水晶宫。珠缨密密，锦绣重重。影晃得乾坤动，光摇得世界红。半空中火树花开，平地上金莲瓣涌。活泼泼神鳌出海，舞飘飘彩凤腾空。更兼天时地利相扶从，笑翻娇艳，走困儿童。彩楼中，词括尽万古风流；画桥边，谜打破千人懵懂；碧天外，灯照彻四海玲珑。花容女容，灯光月色争明莹。车马迎，笙歌送，端的彻夜连宵兴不穷。管什么漏尽壶铜，太平年岁，元宵佳节，乐与民同。

叔宝分付找熟路看灯，就到司马门来，看灯棚都齐备了。那个灯楼不过一时光景，也只是芦棚蓆殿搭在霄汉之间，下边却有彩缎装成那些富贵，居中挂这一盏麒麟灯。麒麟灯上，挂着四个金字扁，写个"万兽齐朝"。牌楼上一对灯联，左手一句："周祚呈祥，贤圣降凡邦有道。"右一句："隋朝献瑞，仁君治世寿无疆。"麒麟灯

第十七回

下,有各样兽灯围绕:

獬豸灯,张牙舞爪;狮子灯,睁眼团毛;白泽灯,光辉灿烂;青熊灯,形相蹊跷;猛虎灯,虚张声势;锦豹灯,活像咆哮;老鼠灯,偷瓜抱蔓;山猴灯,上树摘桃;骆驼灯,不堪载辇;白象灯,俨似随朝;麋鹿灯,衔花朵朵;狡兔灯,带草飘飘;走马灯,跃力驰骋;斗羊灯,随势低高。

各色兽灯,无不备具,不能尽数。有两个古人,骑两碗兽灯:左手是梓潼帝君,骑白骡灯,下临凡世;右手是玉清老子跨青牛灯,西出阳关。有诗四句:

兽灯无数彩光摇,整整齐齐下复高。

麒麟乃是毛虫长,故引千群猛兽朝。

众人看罢了麒麟灯,过兵部衙门,跟叔宝奔杨越公府中来。

这些宰臣勋卫,在于门首搭起个过街灯楼。那百姓人家,也搭个小灯棚儿,设天子牌位,点烛焚香,如同白昼。不移时已到越公门首。那灯楼挂的是一碗凤凰灯,上面牌匾四个金字:"天朝仪凤。"牌楼上一对金字联:

凤翅展南山天下咸欣兆瑞

龙鬐扬北海人间尽得沾恩

凤凰灯下,有各色鸟灯悬挂:

仙鹤灯,身栖松柏;锦鸡灯,毛映云霞;黄鹂灯,欲鸣翠柳;孔雀灯,回看丹花;野鸭灯,口衔荇藻;宾鸿灯,足带芦葭;鹁鸽灯,似来桑柘;鸂鶒灯,隐卧汀沙;鹭鸶灯,窥鱼有势;鹞鹰灯,扑兔堪夸;鹦鹉灯,骂杀俗鸟;喜鹊灯,占尽鸣鸦;鹈鹕灯,缠绵债主;鸳鸯灯,欢喜冤家。

各色鸟灯,无不具备,也不能尽数。左右有两个古人,乘两碗鸟灯。因越公寿诞,左手是西池王母,乘青鸾瑶池赴宴;右手是南极寿星,跨白鹤海屋添筹。有诗四句:

　　鸟灯千万集鳌山,生动浑如试羽还。
　　因有羽王高伫立,纷纷群鸟尽随班。

众朋友看了越公杨府门首凤凰灯,已是初鼓了,却奔东长安门来。那齐国远自幼落草,不曾到得帝都。今日又是个上元佳节,灯明月灿,锣鼓喧天;他也没有一句好话对朋友讲,扭捏这个粗笨身子,在人丛中揸来挤去,欢喜得紧,只是头摇眼转,乱叫乱跳,按捺他不住。

叔宝道:"我们进长安门,穿皇城,看看内里灯去。"到五凤楼前,人烟挤塞的紧。那五凤楼前,却设一座御灯楼。有两个大太监,都坐在银花交椅上,左手是司礼监裴寂,右手是内检点宗庆,带五百净军,都穿着团花锦袄,每人执齐眉红棍,把守着御灯楼。这座灯楼,却不是纸绢颜料扎缚的,都是海外异香,宫中宝玩,砌就这一座灯楼,却又叫做御灯楼。上面悬一面牌匾,径寸宝珠,穿就四个字道:"光昭天下。"玉嵌金镶的一对联句道:

　　三千世界笙歌里,十二都城锦绣中。

御灯景致,大是不同。王伯当、柴嗣昌、齐国远、李如珪一班人看了御灯楼,东奔西走,时聚时散,或在茶坊,或在酒肆,或在戏馆,那里思量回寓?叔宝屡次催他们出城,只是不听。

未知后事如何,且听下文分解。

第 十 八 回

王碗儿观灯起衅 宇文子贪色亡身

诗曰：

　　自是英雄胆智奇，捐躯何必为相知？
　　秦庭欲碎荆卿首，韩市曾横聂政尸。
　　气断香魂寒粉骨，剑飞霜雪绝妖魑。
　　为君扫尽不平事，肯学长安轻薄儿？

夫天下尽多无益之事，尽多不平之事。无益之事，不过是游玩戏耍；不平之事，一时愤怒，拔刀相向。要晓得不平之气，常从无益里边寻出来。世人看了，眼珠中火生；听了，心胸中怒发。这不平之气，个个有的。若没个济弱锄强的手段，也只干着恼一番。若逢着一勇到底，制伏他不来，反惹出祸患，也不是英雄知彼知己的伎俩。果是英雄，凭着自己本领，怕甚王孙公子，又怕甚后拥前遮？小试着百万军中取上将头的光景，怕不似斩狐系兔，除却一时大憨，却也是作淫恶的无不报之理。所谓：

　　祸淫原是天心，惟向英雄假手。

且说那些长安的妇人，生在富贵之家，衣丰食足，外面景致也不大动他心里。偏是小户人家，巴巴急急过了一年，喜遇着个闲

王碗儿观灯起衅　宇文子贪色亡身

月,见外边满街灯火,连陌笙歌。时人有诗,以道灯月交辉之盛:

　　月正圆时灯正新,满城灯月白如银。
　　团团月下灯千盏,灼灼灯中月一轮。
　　月下看灯灯富贵,灯前赏月月精神。
　　今宵月色灯光内,尽是观灯玩月人。

其时若老若幼,若男若女,往来游玩;凭你极老诚,极贞节的妇女,不由心神荡漾,一双脚头,只管要妆扮出来。走桥步月,张家妹子搭了李店姨婆,赵氏亲娘约了钱铺妈妈,嘻嘻哈哈,郁捺不住,做出许多风流波俏。惹得长安城中王孙公子、游侠少年铺眉苦眼、轻嘴薄舌的,都在灯市里穿来插去,寻香哄气,追踪觅影,调情绰趣,何尝真心看灯?因这走桥步月,惹出一段事来。

有一个孀居的王老娘,领了一个十八岁老大的女儿,小名碗儿,一时高兴也出去看起灯来。你道那王老娘的女儿,生得如何?

　　　腰似三春杨柳,脸如二月桃花。冰肌玉骨占精华,况在灯
　　前月下?

母女二人,留着小厮看了家,走出大街看灯。走出大门,便有一班游荡子弟,跟随在后,挨上闪下,瞧着碗儿。一到大街,蜂攒蚁拥,身不由己。不但碗儿惊慌,连老娘也着忙得没法。正在那里懊悔出来得多余,不料宇文公子的门下游棍,在外寻绰,飞去报知公子。公子闻了美女在前,急忙追上。见了碗儿容貌,魂消魄荡。见止有老妇同走,越道可欺,便去挨肩擦背调戏他。碗儿吓得只是不做声,走避无路。那王老娘不认得宇文公子,看到不堪处,只得发起话来。宇文惠及趁此势头,便假发起怒来道:"老妇人这等无礼,敢挺撞我,锁他回去!"说得一声,众家人齐声答应,轰的一阵,把

第 十 八 回

母女拥到府门。老娘与碗儿吓得冷汗淋身,叫喊不出,就似云雾里推去的,雷电里提去的一般,都麻木了。就是街市上,也有旁观的,那个不晓得宇文公子,敢来拦挡劝解?

到得府门,王老娘是用他不着的,将来羁住门房里。止将碗儿撮过几座厅堂,到书房中方才住脚。宇文惠及早已来到,众家人都退出房外,只剩几个丫鬟。宇文惠及免不得近前亲热一番。那碗儿却没好气头,便向脸上撞来,手便向面上打来。延推了一会,恼了公子性儿,叫丫鬟打了一顿,锁禁房内。(此处删去587字)只见外边有人进来附耳密报道:"那老妇人在府门外要死要活,怎生发付他去?"公子道:"不信有这样撒泼的,待我自家出去。"(此处删去141字)公子走出府门,问老妪何故的这般撒泼。老妪见公子出来,越添叫号,捶胸跌足,呼天拍地,要讨女儿。公子道:"你的女儿,我已用了,你好好及早回去罢,不消在此候打。"老妪道:"不要说打,就杀我也说不得,决要还我女儿。我老身孀居,便生这个女儿,已许人家,尚未出嫁,母女相依,性命攸关。若不放还,今夜就死在这里!"公子说:"若是这等说起来,我这门首也死不得这许多。"叫手下攥他出去。众家人推的推,扯的扯,打的打,把王老娘直打出了巷口栅栏门,再不放进去了。宇文公子此时意兴未阑,又带了一二百狠汉,街上闲撞,还要再撞一个有窍的妇女,将来补兴。

时已二鼓。也是宇文公子淫恶贯盈,合当打死,又出来寻事。大凡一饮一啄,莫非前定。况生死大数,也逃不得天意。正是:

祸福本无门,惟人乃自召。

塞翁曾有言,彼苍焉可料?

王碗儿观灯起衅　宇文子贪色亡身

却说叔宝一班豪杰，遍处顽耍，见百官下马牌旁有几百人围绕喧嚷。众豪杰分开众人观看，却是个老妇人，白发蓬松，匍匐在地，放声大哭。伯当问旁边看的人："这个老妇人为何在街坊啼哭？"看的人答道："列位，你不要管他这件事。这老妇人不知世事，一个女儿，受了人的聘礼，还不曾出嫁，带了街上看灯，却撞见宇文公子抢了去。"叔宝道："是那个宇文公子？"那人道："就是兵部尚书宇文老爷的公子。"叔宝道："可就是射围圆情的？"众人答道："就是他。"这个时候，连秦叔宝把李药师之言，丢在爪哇国里去了，却都是专抱不平的人，听见说话，一个个都恶气填胸，双眸爆火，叫那老妇人："你姓什么？"老妪道："老身姓王，住在宇文公子府后。"齐国远道："你且回去。那个宇文公子在射围踢球，我们赢他彩缎银花有数十余匹在此，寻着公子，赎你女儿来还你。"老妇叩首四拜，哭回家去。

叔宝问两边的人："那公子抢他的女儿，果有此事么？"众人道："不是今日才抢，十二日就抢起。长安的世俗，元宵赏灯，百姓人家的妇女，都出来走桥，到市院中看灯，公子拣好的就抢了回府去。有乖巧会奉承的，次日或叫父母、丈夫进府去，赏些钱钞就罢了。有那不会说话的，冲撞了公子，打死了丢在夹墙里，没人敢与他索命。十三、十四两日，又抢了几个，今晚轮着这个老妇人的女儿。"始初时，叔宝还有输彩缎银花赎还他的意思，到后听见这些话，都动了打的念头，逢人就问宇文公子。众人道："列位是外京，衣冠也不同；倘遇公子，言语对答不来，公子性气不好，恐怕伤了列位。"叔宝道："不知他怎样一个行头？问了，我们好回避。"众人道："宇文公子么，他有一所私下的房屋，畜养许多亡命之徒，都是

第 十 八 回

不怕冷热的人。这样时候,都脱得赤条条的。每人掌一条齐眉短棍,有一二百个在前边开路,后边是会武艺的家将,真枪真刀,摆着社火。公子骑马。马前青衣大帽,管家摆着五六对,都执着纱灯提炉,面前摆队。长安城里,这些勋卫府中的家将,扮的什么社火,遇见公子,当街舞来看。舞得好,像射圃圆情的赏花红;若舞得不好的,一顿棍打散了。"叔宝道:"多谢列位了。"在那西长安门外御道上,寻宇文公子。

三更时候,月明如昼。正找寻间,巧见宇文公子到了。果然短棍有几百条,如狼牙相似。公子穿了艳服,坐在马上,后边簇拥家丁。自古道:不是冤家不聚头。众人躲在街旁,正要寻他的事,刚才到他面前,就站住了。对子报道:"夏国公窦爷府中家将,有社火来参。"公子问:"什么故事?"答道:"是虎牢关三战吕布。"舞罢,公子道好,众人讨赏。公子才打发这伙人去,叔宝衣服都抓扎停当了,高叫道:"还有社火哩!"五个豪杰,隔人头搟将进来道:"我们是五马破曹。"公子却识货,暗道:"这班人却不是跳鬼的身法。"秦叔宝是两根金装锏,王伯当是两口宝剑,柴嗣昌是一口宝剑,齐国远是两柄金锤,李如珪是一条水磨竹节钢鞭。那鞭锏相撞,叮当哗喇之声,如火星爆绽,只管舞。街道虽是宽阔,众豪杰却展不开手,兵器又沉重,舞到人面上,寒气逼人,两边人家门口,都站不住了,挤到两头去。齐国远心中暗想道:"此时打死他不难,难是看的人阻住去路,不得脱身。除非这灯棚上放起火来,这百姓们要救火,就不得拦我弟兄。"便往屋上一搟。公子只道有这么一个家数,五个人正舞,一个要从上边舞将下来,却不知道他放火。秦叔宝见灯棚上火起,料止不得这件事了,用身法纵一个虎跳,跳于马前,举锏照公子头上就打。那公子坐在马上,仰着身躯,是不防备的;况且叔宝六十四斤重金装锏,打在头上,连马都打矬了,撞将下来。手下众将看道:"不好了,打死公子了!"各举枪刀棒棍,奔叔宝打来。叔宝抡金装锏,招架众人。齐国远从灯棚上跳将下来,抡动金锤。这些豪杰,一个个:

> 心头火起,口角雷鸣。猛兽身躯,直剪横冲。打得前奔后涌,杀得东倒西歪。风流才子堕冠簪,蓬头乱窜;美貌佳人褪罗袜,跣足忙奔。尸骸堆积平街,血水遍流满地。正是威势踏翻白玉殿,喊声震动紫金城。

这些豪杰,在人丛中打成一条血路,向大街奔明德门而来。已是三更已后。城门外却有二十二人,黄昏时候吃过晚饭,上过马料,备了鞍辔,带在那宽阔街道口,等候主人。他们也分做两班,着一半人看了马匹,一半人进城门口街道上,看一回灯,换这看马的进去。到三更时候,换了几次,复进城看灯。只见黎民百姓,蓬头跣足,露体赤身,满面汗流,身带重伤,口中叫喊"快走"。那看灯几个喽啰,听这个话,慌慌的奔出城来道:"列位,想是我们老爷在城里惹出祸哩!打死什么宇文公子。你们着几个看马,着几个有膂力的,同我去把城门拦住,不要教守门官把城门关了。若放他关了,我们主人就不得出城了。"众人道:"说得有理。"十数个大汉到城门口,几个故意要进城,几个故意要出城,互相扭扯,就打将起来,把这看门的军人,都推倒了鬼混。此时巡街的金吾将军与京兆府尹,听得打死了宇文公子,怕走了人,飞马传令来关门;如何关得住?众豪杰恰好打到城门口,见城门不闭,都有生路了,便招出门夺门。喽啰灯月下见了主人,也一哄出城。见路旁自己的马,飞身

第 十 八 回

骑上，顿开缰辔：

滚碎青丝网，走了锦鳞蛟。

冲破漫天套，高飞玉爪雕。

七骑马带了一干人，齐奔潼关道，至永福寺前。柴郡马要留叔宝在寺候唐公回书。叔宝道："恐有人物色不便。"还嘱付寺中把报德祠速速毁了，那两根泥铜不要露在人眼中。举手作别，马走如飞。将近少华山，叔宝在马上对伯当道："来年九月二十三日，是家母的整寿六十，贤弟可来光顾光顾？"伯当与李如珪、齐国远道："小弟辈自然都来。"叔宝也不肯进那山，两下分手，自回齐州不题。

却说城门口留门去，才得关门，正所谓"贼去关门"。那街坊就是尸山血海一般，黎民百姓的房屋，烧毁不知其数。此时宇文述府中，因天子赐灯，却就有赐的御宴。大堂开宴，凤蜡高烧，阶下奏乐，一门权贵，享天子洪恩。饮酒之间，府门外如潮水一般，涓涓不断，许多人拥将进来，口称"祸事"。宇文述着忙，离宴下滴水檐来，摇着手叫众人不要乱喊。见几个本府家将来禀道："小爷在西长安门外看灯，遇响马舞社火为由，伤了小爷性命！"宇文述最溺爱此子，闻知死于非命，五内皆裂，道："吾儿与响马何仇，被他打死？"这些家将不敢言纵公子为恶，众家将俱用谎言遮盖道："小爷因酒后与王氏女子作戏顽耍，他那老妇哭诉于响马；响马就行凶，把小爷伤了性命。"宇文述问："那老妇与女子何在？"答道："老妇不知去向，女子现在府中。"宇文述大怒道："快拿这个贱人，与我拖出仪门，一顿乱棒打死了罢！"又命家将各人带刀斧，查看那妇人家，还有几口家属，尽行杀戮；将住居房屋，尽行拆毁，放火焚烧。

众人得令,便把此女拖将出来打死了,丢在夹墙里去。老妇家口,都已杀尽。正是:

  说甚倾城丽色,却是亡家祸胎。

  那宇文述犹恨恨不已,叫本府善丹青的来,问在市上拒敌的家将,把打死公子的强人面貌衣装,一一报来,要图画形容,差人捱拿。众人先报道:"这人有一丈身躯,二十多年纪,青素衣服,舞着双锏。"一说说到双锏,旁边便惹动了一人,是宇文述的家丁,东宫护卫头目,忙跪下道:"老爷,若说这人是双锏的,这人好查了。小的当日仁寿元年,奉爷将令,在楂树岗打那李爷时,撞着这人来,当时也吃了他亏,不曾害得李爷。"宇文述道:"这等,是李渊知我当日要害他,故着此人来报仇了。"此时宇文述的三子,俱在面前。化及忙道:"这不消讲,明日只题本问李渊讨命。"智及也骂李渊,要报杀弟之仇。只有宇文士及,他平昔知些理,道:"这也不然。天下人面庞相似的多,会舞锏的也多。若使李渊要报怨,岂在今日?且强人不曾拿着,也没证据,便是楂树岗见来,可对人讲得的么?也只从容察访罢!"宇文述听了,也便执不定是唐公家丁。到了次日,也只说得是不知姓名人,将他儿子打死,烧毁民房,杀伤人口,速行缉捕。

  不知事体若何,且听下回分解。

第 十 九 回

恣蒸淫赐盒结同心　逞弑逆扶王升御座

诗曰：
　　荣华富贵马头尘，怪是痴儿苦认真。
　　情染红颜忘却父，心躔黄屋不知亲。
　　仙都梦逐湘云冷，仁寿冤成鬼火怜。
　　一十三年瞬息事，顿教遗笑历千春。

世间最坏事，是酒色财气四件。酒，人笑是酒徒；财，人道是贪夫；只有色与气，人道是风流节侠，不知个中都有祸机。就如叔宝一时之愤，难道不说是英雄义气？若想到打死得一个宇文惠及，却害了碗儿一家；更使杀不出都城，不又害了一身？设使身死异乡，妻母何所依托？这气争他做甚么？至于色，一时高兴，不顾名分，中间惹出祸来，虽免得一时丧身失位，弄到骑虎之势，把悖逆之事，都做了遗臭千秋，也终不免国破身亡之祸，也只是一着之错。

且不说秦叔宝今归家之事。再说太子杨广，他既谋了哥哥杨勇东宫之位，又逼去了一个李渊，还怕得一个母亲独孤娘娘。不料册立东宫之后，皇后随即崩了。把平日妆饰的那一段不好奢侈、不近女色的光景，都按捺不住。况且隋文帝也亏得独孤皇后身死，没人拘束，宠幸了宣华陈夫人、容华蔡夫人，把朝政渐渐丢与太子，所以越得像意了。到仁寿四年，文帝已在六旬之外。禁不得这两把斧头，虽然快乐，毕竟损耗精神。勉强支撑，终是将晓的月光，半晞的露水，那禁得十分熬炼？四月间已成病了。因令杨素营建仁寿宫，却不在长安大内，在仁寿宫养病。到七月病势渐重。尚书左仆射杨素，他是勋臣；礼部尚书柳述，他是驸马；还有黄门侍郎元岩，是近臣。三个人宿阁中。太子广宿于大宝寝宫中，常入宫门候安。

一日清晨入宫，恰好宣华夫人在那里调药与文帝吃。太子看见宣华，慌忙下拜。夫人回避不及，只得答拜。拜罢，夫人依旧将药调了，拿到龙床边，奉与文帝不题。

却说太子当初要谋东宫，求宣华在文帝面前帮衬，曾送他金珠宝物；宣华虽曾收受，但两边从未曾见面。到这时同在宫中侍疾，便也不相避忌。又陈夫人举止风流，态度闲雅，正是：

肌如玉琢还输腻，色似花妖更让妍。

语处娇莺声睍睆，行来弱柳影蹁跹。

况他是金枝玉叶，锦绣丛中生长，说不尽他的风致。太子见了，早已魂消魄散，如何禁得住一腔欲火？立在旁边，不转珠的偷睛细看；但在父皇之前，终不敢放肆。

不期一日又问疾入宫，远远望见一位丽人，独自缓步雍容而来，不带一个宫女。太子举头一看，却是陈夫人。他是要更衣出宫，故此不带一人。太子喜得心花大开，暗想道："机会在此时矣！"分付从人："且莫随来。"自己尾后，随入更衣处。那陈夫人看见太子来，吃了一惊道："太子至此何为？"太子笑道："也来随便。"陈夫人觉太子轻薄，转身待走，太子一把扯住道："夫人，我终日在

第十九回

御榻前与夫人相对，虽是神情飞越，却似隔着万水千山。今幸得便，望夫人赐我片刻之间，慰我平生之愿。"夫人道："太子，我已托体圣上，名分攸关，岂可如此？"太子道："夫人如何这般认真？人生行乐耳，有甚么名分不名分？此时真一刻千金之会也！"夫人道："这断不可！"极力推拒，太子如何肯放，笑道："大凡识时务者，呼为俊杰。夫人不见父皇的光景么，如何尚自执迷？恐今日不肯做人情，到明日便做人情时，却迟了。"口里说着，眼睛里看着，脸儿笑着，将身子只管挨将上来。夫人体弱力微，太子是男人力大，正在不可解脱之时，只听得宫中一片传呼道："圣上宣陈夫人！"此时太子知道留他不住，只得放手道："不敢相强，且待后期。"夫人喜得脱身，早已衣衫皆皱，神色惊惶。太子只得出宫去了。

陈夫人稍俟喘息宁定，入宫，知是文帝矇眬睡醒，从他索药饵，不敢迟延，只得忙忙走进宫来。不期头上一股金钗，被帘钩抓下，刚落在一个金盆上，当的一声响，将文帝惊醒。睁开眼看时，只见夫人立在御榻前，有慌张的模样。文帝问道："你为何这等惊慌？"夫人着了忙，一时答应不出，只得低了头去拾金钗。文帝又问道："朕问你，为何不答应？"夫人没奈何，只得乱应道："没、没有惊慌。"文帝见夫人光景奇怪，仔细一看，只见夫人满脸上的红晕，尚自未消，鼻中犹嗻嗻喘息，又且鬓松衣乱，大有可疑，便惊问："你为何这般光景？"夫人道："我没、没有什么光景。"文帝道："我看你举止异常，必有隐昧之事；若不直言，当赐尔死。"夫人见文帝大怒，只得跪下说道："太子无礼。"文帝听了这句，不觉怒气填胸，把手在御榻上敲上两下道："畜生，何足付大事！独孤误我，独孤误我！快宣柳述与元岩到宫来。"

太子也怕这事有些决撒，也自在宫门首缉听。听得叫元岩宣柳述，不宣杨素，知道光景不妥，急奔来寻张衡、宇文述一干，计议这一件事。一班从龙之臣，都聚在一处。见太子来得慌忙，众臣问起缘故，宇文述道："这好事也只在早晚间了，只这事甚急。只是柳述这厮，他倚着尚了兰陵公主，他是一个重臣，与臣等不相下，断不肯为太子周旋，如何是好？"张衡道："如今只有一条急计，不是太子，就是圣上！"正说时，只见杨素慌张走来道："殿下不知怎么，忤了圣上。如今圣上叫柳、元二臣进宫，叫作速撰敕，召前日废的太子；只待敕完用宝，赍往长安。他若来时，我们都是仇家，如何是好？"太子道："张庶子已定了一计。"张衡便向杨素耳边说了几句。杨素道："也不得不如此了。这就是张庶子去做，只怕柳述、元岩去取了废太子来，又是一番事。这就烦宇文先生，太子这边就假一道旨意，说他二人乘上弥留，不能将顺，妄思拥戴。将他下了大理寺狱，再传旨说宿卫兵士勤劳，暂时放散。就着郭衍带领东宫兵士，把守各处宫门，不许外边人出入，也不许宫中人出去，泄漏宫省事务。还再得一个人往长安，害却旧太子，绝了人望。"想一想道："有了，我兄弟杨约，他自伊州来朝，便差他干了这一功。"张衡又道："我是个书生，恐不能了事，还是杨仆射老手坚膊。"太子道："张庶子不必推辞，有福同享。我还着几个有胆力内侍随你去。"杨素自己以太子在太宝殿，宇文述就带下几个旗校，赶到路上去，把柳尚书、元侍郎两人绑缚，赴大理寺去了，回来复命。郭衍已将卫士处处更换，都是东宫旗校，分投把守。

此时文帝半睡不睡的，问："柳述曾写完诏了么？"陈夫人道："还未见进呈。"文帝道："诏完即便用宝，着柳述马上飞递去。"还

第十九回

是气愤愤不息的。只见外边报:"太子差庶子张衡侍疾,也不候旨,带了二十余内监,闯入宫来,先分付入直的内侍道:东宫爷有旨道:你们连日伏侍辛苦,着我带这些内监,更替你等;连榻前这干宫女都道:皇爷前自有带来内侍供应,你等也暂去休息,要用来宣你。"苦是这些穿宫宫妾,因在宫中承值日久,也巴不得偷闲,听得一声分付,一哄的出去。只有陈夫人、蔡夫人两个,紧紧站在榻前。张衡走到榻前,见文帝昏昏沉沉的,他头也不叩一个,也没一些好气的,对着两个夫人道:"二位夫人也暂且回避儿。"陈夫人道:"怕圣上不时宣唤。"张衡道:"有我在此,夫人且请少退一步,让皇上静养。"这两位夫人眼泪流离,没些主张,只得暂离宫中,向阁子里坐地。宫中人俱是带来内侍看守定了,不放人入宫。两个夫人,放心不下,只得差宫娥在门外打听。

没有一个时辰,那张衡洋洋的走将出来道:"这干呆妮子,皇上已自宾天了!适才还是这等围绕着,不报太子知道。"又分付各阁子内嫔妃不得哭泣,待启过太子,举哀发丧。这些宫主嫔妃,都猜疑惑。惟有陈夫人他心中鹘突的道:"这分明是太子怕圣上害他,所以先下手为强。但这衅由我起,他忍于害父,难道不忍于害我?与其遭他毒手,倒不如先寻一个自尽。圣上为我亡,我为圣上死,却也该应!"只是决断不下。

轻盈不让赵飞燕,侠烈还输虞美人。

这壁厢太子与杨素,是热锅上蝼蚁,盼不到一个消息。却见张衡忙忙的走来道:"恭喜大事了毕,只是太子的心上人,恐怕也要从亡。"太子见说,一时变喜为愁。忙将前日与杨素预定下的帖子来递与杨素道:"这些事一发仆射与庶子替我料理罢,我自有事去了。"杨素见说,忙传令旨。令那伊州刺史杨约,长安公干完,不必至大寿宫复旨,竟署京兆尹,弹压京畿。梁公萧矩,乃萧妃之弟,着他提督京师十门。郭衍署右钤卫大将军,管领京营人马。宇文述升左钤卫大将军,管领行宫宿卫及护从车驾人马。驸马宇文士及管辖京都宫省各门。将作大匠宇文恺,管理梓宫一行等事。太府少卿何稠,管理山陵。黄门侍郎裴矩、内史侍郎虞世基,典丧礼。张衡充礼部尚书,管即位仪注。

不说这厢众人忙做一团,再说太子见张衡说了,着了急。忙叫左右取出一个黄金小盒,悄悄拿了一件物事,放在里面,外边用纸条紧紧封了;又于合口处,将御笔就署一个花押,随差一个内侍,赐与陈夫人,叫他亲手自开。内侍领旨,忙到后宫来。

却说夫人自被张衡逼还后宫,随即驾崩,心下十分忧疑,哭泣得寝食俱废。只见一个内侍,双手捧了一个金盒子,走进宫来,对夫人说道:"新皇爷钦赐娘娘一物,藏于盒内。叫奴婢赍来,请娘娘开取。"随将金盒放在桌上。夫人见了,心下有几分疑惧,不敢发封,因问内侍道:"内中莫非鸩毒?"内侍答道:"此乃皇爷亲手自封,奴婢如何得知?娘娘开看,便知端的。"夫人见内侍推说不知,一发认真是毒药;忽一阵心酸,扑簌簌泪如泉涌,因放声大哭道:"妾自国亡被掳,已拚老死掖庭。得蒙先帝宠幸,道是今生之福。谁知红颜命薄,转是一场大祸;到不如沦落长门,还得保全性命。"一头说,一头哭,又说道:"妾蒙先帝厚恩,今日便从死地下,亦所甘心。早上之事,我但回避,并不曾伤触于他,奈何就突然赐死?"道罢又哭。众宫人都认做毒药,也一齐哭将起来。内侍见大家哭做一团,恐怕做出事来,忙催促道:"娘娘哭也无益,请开了,奴婢

第十九回

好去复旨。"

夫人被催不过,只得恨一声道:"何期今日死于非命!"遂拭泪将黄封扯去,把金盒盖轻轻揭开。仔细一看,那里是毒药,却是几个五彩制成的同心结子。众宫人看见,一齐欢笑起来,说:"娘娘万千之喜,得免死矣。"

夫人见非鸩毒,心下安然;又见是同心结子,知太子不能忘情,转又怏怏不乐。也不来取结子,也不谢恩,竟回转身,坐于床上,沉吟不语。内侍催逼道:"皇爷等久,奴婢要去回旨,娘娘快谢恩收了。"夫人只是低头,不做一声。众宫人劝道:"娘娘差了,早间因一时任性,抵触皇爷,致生惶惑。今日皇爷一些不恼,转赐娘娘同心结子,已是百分侥幸,为何还做这般模样?那时惹得皇爷动起怒来,娘娘只怕又要像方才哭了。何不快快谢恩?"左催右逼,促得夫人无奈何,只得叹一口气道:"中菁之羞,我知难免。"强起身来,把同心结子取出,放在桌上,对着金盒儿拜了几拜,依旧到床上去坐了。内侍见取了结子,便捧着空盒儿去回旨不题。

陈夫人虽受了结子,心中只是闷闷不乐;坐了一会,便倒身在床上去睡。众宫人不好只管劝他,又恐怕太子驾临,大众悄悄的在宫中收拾。金鼎内烧了些龙涎鹊脑,宝阁中张起那翠幕珠帘。不多时日色西沉,碧天上早涌出一轮明月。只见太子私自带几个宫人,提着一对素纱灯笼,悄悄的来会夫人。宫人看见太子驾到,慌忙跑到床边,报与夫人。夫人因心中懊恼,不觉昏昏睡去。忽被众宫人唤醒,说道:"驾到了,快去迎接。"夫人朦朦胧胧,尚不肯就走;早被几个宫人扶的扶,拽的拽,将他搀出宫来迎驾。才走到阶下,太子早已立在殿上。夫人望见,心中又羞又恼,然到了这个地位,怎敢抗拒?只得俯伏在地,低低呼了一声:"万岁。"太子慌忙搀了起来。是夜太子就在夫人阁中歇宿。

　　说甚寝毡藉块,且自殢雨尤云。

　　七月丁未,文皇晏驾,至甲寅,诸事已定。次日杨素辅佐太子衰绖,在梓宫前举哀发丧。群臣都衰绖,各依班次入临。然后太子吉服,拜告天地祖宗,换冕服即位;群臣都也换了朝服入贺。只是太子将升御座时,也不知是喜极,也不知是慌极,还不知有愧于心,有所不安,走到座前,不觉精神惶悚了,手足慌忙。那御座又甚高,才跨上双脚要上去,不期被阶下仪卫静鞭三响,心虚之际,着了一惊,把捉不定,那只脚早塌了下来,几乎跌倒。众宫人连忙上前搀住,就要趁势儿扶他上去。也是天地有灵,鬼神共愤,太子脚才上去,不知不觉,忽然又塌将下来。杨素在殿前,看见光景不雅,只得自走上去。他虽然老迈,终是武将出身,有些力量;分开左右,只消一只手,便轻轻的把太子掀上御座。即走下殿来,率领百官,山呼朝拜。正是:

　　莫言人事宜奸诡,毕竟天心厌不仁。

　　总有十年天子分,也应三被鬼神嗔。

　　隋主在龙座上坐了半晌,神情方才稍定。又见百官朝贺,知无异说,更觉心安。便传旨,一面差官各王府州镇告哀,又一面差官赍即位诏,诏告中外:以明年为大业元年,荣升从龙各官,在朝文武,各进爵级。犒赏各边镇军士,优礼天下,高年赐与粟帛。其余杨素、宇文述、张衡等升赏,俱不必言。又追封废太子勇为房陵王,掩饰自己害他之迹。此时行宫有杨素等一干夹辅,长安有杨约一干镇压,喜得没有一毫变故。但是人生大伦,莫重君父与兄弟;弑

第十九回

父杀兄,窃这大位,根本都已失了;总使早朝晏罢,勤政恤民,也只个枝叶。若又不免荒淫无道,如何免得天怒人怨,破国亡家?

却又不知新主嗣位,做出何等样事来,且听下回分解。

第 二 十 回

皇后假宫娥贪欢博宠　权臣说鬼话阴报身亡

词曰：

香径蘼芜满，苏台麋鹿游。清歌妙舞木兰舟，寂寞有寒流。　红粉今何在？朱颜不可留。空存明月照芳洲，聚散水中沤。

——右调《巫山一段云》

电光石火，人世颇短，而最是朱颜绿发更短。人生七十中间，颜红鬓绿，能得几时？就是齐东昏侯的步步金莲，陈后主的后庭玉树，也只些时。与那权奸声势，气满贯盈，随你赫赫英雄，一朝命尽，顷刻间竟为乌有，岂不与红粉朱颜，如同一辙？

却说炀帝自登宝位，退朝之后，即往宣华宫，恣意交欢，任情取乐，足足半月有余。当初萧后在东宫时，原朝夕不离，极相恩爱；今立皇后，并不一幸。萧后初起，疑他新丧在身，别宫独处。后来打听他夜夜在宣华宫里淫荡，不觉大怒道："才做皇帝，便如此淫乱，将来作何底止？"这日恰值炀帝退朝进宫，萧后便扯住嚷道："好个皇帝，才做得几日，便背弃正妻，奸淫父妃；若再做几年，天下妇人，都被你狂淫尽了！"炀帝道："偶然适兴，御妻何须动怒？"萧后道：

第 二 十 回

"偶然不偶然,我也不管,只趁早将他罚入冷宫,不容见面,妾就罢了。若还恋恋不舍,妾传一道懿旨,将这些丑行晓谕百官,叫你做人不成。"炀帝着忙道:"御妻这般性急,容朕慢慢区处。"萧后道:"有甚区处?若舍他不得,妾便叫宫人去凌辱他一场,看他羞也不羞!"炀帝原畏萧后,今见他说话动气,心下愈加着忙,只得起身说道:"御妻少说,待朕去与他讲明,叫他寻个自便,朕就回宫,与御妻陪罪。"萧后道:"讲不讲也由陛下,来不来也由陛下,妾自有处。"

其时这些言语,早有宫人报知宣华夫人。夫人听知,不胜悲泣。忽见宫奴报道:"驾到。"宣华只得含着泪,低头迎接。炀帝走近身前将宣华一把抱在怀里,见他杏脸低垂,泪痕犹湿,说道:"刚才朕与皇后争吵,想夫人预知。但朕自有主意。设言皇后有甚意思,朕断不忍为。"宣华道:"妾菲陋质,昔待罪于先皇,今又点污龙体,自知死有余辜。今求陛下依皇后懿旨,将妾罚入冷宫,白首长门,方为万全。"炀帝叹息道:"情之所钟,生死不易。朕与夫人虽欢娱未久,恩情如同海深。即使朕与夫人为庶人夫妇,亦所甘心,安忍轻抛割爱?难道夫人心肠到硬,反忍把朕弃掷?"宣华捧住了炀帝悲泣道:"妾非心硬,若只管贪恋,不但坏了陛下声名,抑思先帝尉迟之女,恐蹈前辙。倘明日皇后一怒,妾死无地矣!陛下何不为妾早计,欲贻后悔耶!"说到这个地位,炀帝怅然叹道:"听夫人之言,似恨我之情太薄,而谅我之情日深也。"便分付一个掌朝太监,把外边仙都宫院打扫洁净,迁宣华夫人出去,各项支用,俱着司监照旧支给。二人正在绸缪之际,一旦分离,讲了又讲,说了又说,偎偎倚倚不忍放手。还是宣华再三苦辞,炀帝方才许行,出宫而去。正是：

　　死别已吞声，生离常恻恻。

　　最苦妇人身，事人以颜色。

炀帝自宣华去后，终日如醉如痴，长吁短叹，眠里梦里，茶里饭里，都是宣华。萧后见炀帝情牵意绊，料道禁他不得，便对炀帝道："妾因要笃夫妇之情，劝陛下遣去宣华；不意陛下如此眷恋，到把妾认做妒妇，渐渐参商，是妾求亲而反疏也。莫若传旨，将宣华仍诏进宫，朝夕以慰圣怀，妾亦得以分陛下之欢颜，岂不两便？"炀帝笑道："若果如此，御妻贤德高千古矣。但恐是戏言耳。"萧后道："妾安敢戏陛下？"炀帝大喜，那里还等得几时，随差一个中官飞马去诏宣华。

却说宣华自从出宫，也无心望幸，镇日不描不画，到也清闲自在。这日忽见中官奉旨来宣，他就对中官说道："妾既蒙圣恩放出，如落花逝水，安有复入之理？你可为我辞谢皇爷。"中官奏道："皇爷在宫立召娘娘，时刻也等待不得。奴婢焉敢空手回旨？"宣华想一想道："我自有处。"取鸾笺一幅，题一词于上，叠成方胜，付与中官道："为我持此致谢皇爷。"中官不敢再强，只得拿了回奏炀帝；炀帝忙拆开一看，却是一首《长相思》词道：

　　红已稀，绿已稀，多谢春风着地吹，残花难上枝。　　得宠疑，失宠疑，想象为欢能几时，怕添新别离。

炀帝看了笑道："他恐怕朕又弃他。今既与皇后讲明，安忍再离。"随取纸笔，也依来韵和词一首：

　　雨不稀，露不稀，愿化春风日夕吹，种成千岁枝。　　恩何疑，爱何疑，一日为欢十二时，谁能生死离？

第 二 十 回

炀帝写完,也叠成一个方胜,仍叫中官再去。宣华见了这词,见炀帝情意谆谆,不便再辞,只得重施朱粉,再画蛾眉,驾了七香车儿,竟入朝来。炀帝见了,喜得骨爽魂苏,随同宣华,到中宫来,拜谢了萧后。萧后见了,心下虽然不喜,因晓得炀帝的性儿,只得勉强做好人,转欢天喜地,叫排宴贺喜。正是:

  合殿春风丽色新,深宫淑景艳芳辰。
  萧郎陌路还相遇,刘阮天台再得亲。

自此炀帝与宣华朝歌暮乐,比前更觉亲热。未及半年,何知圆月不常,名花易谢,红颜命薄,一病而殂。炀帝哭了几场,命有司厚礼安葬。终日痴痴迷迷,愁眉泪眼。萧后道:"死者不可复生,悲伤何益?何不在后宫更选佳者,聊慰圣怀,免得这般惨凄。"炀帝道:"宫中这些残香剩粉,如何可选?"萧后道:"当时宣华也是后宫选出,那里定得?只当借此消遣。"炀帝依了萧后,真个传道旨,着各宫院大小嫔妃彩女,俱赴正宫听选。那些宫娥,一个个巧挽乌云,奇分绿鬓,到正宫来。炀帝与萧后同到殿上,叫这些女子近前。一边饮酒,一边选择。真个是观于海者难为水,虽是花成队,柳作行,选来选去,竟无出色的奇姿。炀帝烦躁起来,道:"选杀了总是这般模样,怎能如宣华这般天姿国色?"遂传旨免选。众宫人闻旨,一哄而散。

萧后道:"陛下请耐烦,宽饮几杯,待妾自往各宫去搜求,包陛下寻一个出色的女子来。"炀帝道:"现今选不出,何苦费御妻神思?"萧后道:"不是这等说。自来有志绝色女子,必然价高自重,甘愿老守长门,断不肯轻易随行逐队赴选。如今待妾去细细搜求,决无遗漏。如搜不出,陛下罚妾三巨觥,如何?"说了忙起身上了宝车，出宫去了。炀帝搂着一个内监，浅斟细酌。

原来萧后那里是去各宫探访女子，一径驾到长乐宫来。把宫袍卸下，重施朱粉，再点樱桃，把发鬟扯拥向前，改作苏妆。头上插着龙凤钗，三颗明珠，滴垂挂面，换一套艳丽的宫娥衣服。打扮停当，先差一个内侍走去报知。此时炀帝已饮得半酣，尚不见萧后到来，正要差人去请，只见一个内侍进来禀道："娘娘选中一位女子，着奴婢先送进宫御见。娘娘又到别宫去了。"炀帝笑道："御妻为我，可谓不惮烦矣。"

那时萧后改妆，驾到宫门，就停车细步，装着袅娜娉婷，走进丹墀，离殿上尚有一箭之地。炀帝举目往下一望，果然有宫人拥一位女子，态度幽娴，轻尘夺目，一步步缓缓的移进殿来，俯伏在地。炀帝不胜狂喜道："果然后宫还有这样女子，快叫平身。"连说了三次，那女尚俯伏不起。炀帝此时觉淫心荡漾，竟不顾体统，走下御座，御手相搀，那女子方搀起来，垂头而立。炀帝仔细一认，不觉哈哈大笑道："原来是御妻，可谓慧心巧思矣！我说那有遗才沦落！"炀帝携了萧后的手，同入座来，笑道："这三巨觥，御妻不能免矣！"萧后道："妾往后宫搜求，不意竟无可中式者；因思前言已出，恐陛下见罪，暂假丑形，以宽圣怀，以博一笑耳。这三巨觥，还求陛下赦免。"炀帝道："这使不得，朕不罚御妻，罚新选的美人耳！"萧后道："若认真是个美人，恐陛下又舍不得罚他了。"一头说，一头接杯在手道："妾想宫中虽无，天下尽有，陛下既为天下之主，何不差人各处去选，怕没有比宣华强十倍的，何苦这般烦恼？"炀帝道："御妻之言虽善，只恐廷臣有许多议论谏阻。"萧后道："廷臣敢言直谏者少，所虑者惟老儿杨素耳。趁此盆兰盛开，明日陛下何不诏他入苑,宴赏春兰,把几句言语挑动他,看他意思行止,就可定了。"炀帝道:"御妻之言甚善。"商议已定,过了一宵。次日炀帝驾临于御苑;只见这些盆中蕙兰,长短不齐,尽皆开放。正是:

　　　　无数幽香闻满户,几株垂柳照清池。
炀帝忙差两个内相,去宣杨素入苑。

却说杨素自拥立了炀帝,赫赫有功,朝政兵权,皆在其手。这日正与这些歌儿舞女快活,听得有旨宣诏,随乘凉轿,竟入御苑中来。到太液池边,炀帝看见,自然是迎下殿来,规矩是叫免朝,即便赐坐。杨素也不谦让,竟只是一拜就坐。炀帝道:"久不面卿,顿生鄙吝。今见幽兰大放盆中,新柳绿妍池上,香风袭人,游鱼可数。故诏卿来同观而钓焉。"杨素道:"臣闻从禽则荒,从兽则亡。昔鲁隐公观鱼于棠,《春秋》讥之;舜歌《南风》之诗,万世颂德。陛下新登大位,年力富强,愿以虞舜为法,不当效鲁隐公之尤。"炀帝道:"朕闻蟠溪叟,一钓而兴周公八百之基。贤卿之功,何异于此?"杨素大喜道:"陛下既以此念臣,臣敢不以此报陛下。"君臣相顾大悦。炀帝即令近侍,将坐席移到池边看鱼。大家投纶于清流之中,随波痕往来而钓。

炀帝道:"朕与贤卿同钓,先得者为胜,迟得者罚一巨觥,何如?"杨素道:"圣谕最妙。"不多时,炀帝将手往上一提,早钓一个三寸长的小金鱼来。炀帝大喜,对杨素道:"朕钓得一尾了,贤卿可记一觥。"杨素因投纶在水,恐惊了鱼,竟不答应,但把头点了两点。及扯起看时,却是一空钩,将钩儿依旧投下水去。不多时,见炀帝又钓起小小一尾,便说道:"朕已钓二尾,贤卿可记二觥。"杨素往上一扯,却又是一个空。众宫人看了,不觉掩口而笑。杨素看见,面上微有怒色,便说道:"燕雀安知鸿鹄之志。待老臣试展钓鳌之手,钓一个金色鲤鱼,为陛下称万年之觞,何如?"

炀帝见杨素说此大话,全无君臣之体,心中不悦,把竿儿放下,只推净手,起身竟进后宫,满脸怒气。萧后接住问道:"陛下与杨素钓鱼,为何忿怒还宫?"炀帝道:"叵耐这老贼,骄傲无礼,在朕面前,十分放肆。朕欲叫几个宫人杀了他,方泄我胸中之气。"萧后忙阻道:"这个使不得。杨素乃先朝老臣,且有功于陛下。今日宣他赐宴,无故杀了,外官必然不服。况他又是个猛将,几个宫人,如何禁得他过?一时弄破了圈儿,他兵权在手,猖獗起来,社稷不可知矣!陛下就要除他,也须缓缓而图,今日如何使得?"炀帝见说,便道:"御妻之言甚是。"更了衣服,依旧到太液池来。

见杨素坐在垂柳之下,风神俊秀,相貌魁梧,几缕如银白须,趁着微风,两边飘起,恍然有帝王气象。炀帝看了,心下甚怀妒忌,强为笑问道:"贤卿这一会,钓得几个?"杨素道:"化龙之鱼,能有几个?"说不了,将手一扯,刚刚的钓起一尾金色鲤鱼,长有一尺二三寸。杨素把竿儿丢下笑道:"有志者事竟成,陛下以老臣为何如?"炀帝亦笑道:"有臣如此,朕复何忧?"随命看宴,君臣上席。只见一个内相走来奏道:"朝门外有个洛水渔人,获一尾金鳞赭尾大鲤鱼,有些异相,不敢私卖,愿献上万岁。"炀帝叫取进来。不多时两三个太监,将大盆盛了,抬到面前。炀帝与杨素仔细一看,只见那鱼有五尺长短,鳞甲上金色照耀,与日争光。炀帝看了大喜,就要放入池中。杨素道:"此鱼大有神气,恐非池中之物。莫若杀之,可免异日风雷之患。"炀帝笑道:"若果是成龙之物,虽欲杀之,不可得也。"因问左右道:"此鱼曾有名否?"左右道:"没有。"炀帝遂

第 二 十 回

叫取朱笔，在鲤鱼额上头写"解生"二字，以为记号，放入池中；厚赏渔人。左右斟上酒来，次第而饮。

众宫人歌一回，舞一回，又清奏一回细乐。炀帝正要开谈，挑动杨素，却又见左右将钓起的三尾鱼，切成细脍，做了鲜汤，捧将上来。炀帝看见，就叫近侍满斟一巨觥，送与杨素道："适才钓鱼有约，朕幸先得，贤卿当满饮此觥，庶不负嘉鱼之美。"杨素接酒饮干，也叫近臣斟了一觥，送与炀帝说道："老臣得鱼虽迟，却是一尾金色鲤鱼，陛下也该进一觥，赏臣之功。"炀帝吃干了，又说道："朕钓得是二尾，贤卿还该补一杯。"就叫左右斟了送来。

此时杨素酒已有七八分了，就说道："陛下虽是二尾，未若臣一尾之大。陛下若以多寡赐老臣，臣即以大小敬陛下。臣不敢奉旨。"左右送酒到杨素面前，杨素把手一推，左右不曾防备，把一个金杯泼翻桌上，溅了杨素一件暗蟒袍上，满身是酒。便勃然大怒道："这些蠢才，如此无状，怎敢在天子面前戏侮大臣？要朝廷的法度何用？"高声叫道："扯下去打！"炀帝见宫人泼了酒，正要发作，今见杨素这般光景，不好拦阻，反默默不语。众宫人见炀帝不言，只得将那泼酒的宫人扯下去打了一二十。杨素才转身对炀帝说道："这些宦官宫妾，最是可恶；古来帝王稍加姑息，便每每被他们坏事。今日不是老臣粗鲁，惩治他们一番，后日方小心谨慎，才不敢放肆。"炀帝此时忍了一肚子气，那选女供乐之事，也不便去挑动他，假做笑容道："贤卿为朕既外治天下，又内清宫禁，真可为功臣矣，再饮一杯酬劳。"杨素又吃了几杯，已是十分大醉，方才起身谢宴。

炀帝叫两个太监，将他扶掖而出。走下殿将出苑门，忽然一阵阴风，扑面刮来，吹的毛骨耸然。抬头只见宣华夫人，走近前来，对着杨素喊道："杨仆射，当初晋王谋夺东宫之时，有你没有我，有我总由你。"杨素此时竟忘了宣华是死过的，便道："这已往之事，夫人今日何必再提？"宣华道："如今皇爷差我来，要与你证明这一案。"杨素道："刚才我在里头赐宴，并不提起。"说犹未了，只见文帝头戴龙冠，身穿衮服，手内执金钺斧，坐在逍遥车上，拦住骂道："弑君老贼，还要强口！"把金钺斧照头砍来，杨素躲避不及，一跤跌倒在地，口鼻中鲜血迸流。近侍看见，忙报与炀帝。炀帝大喜，即命卫士扶出杨素；扶得到家，稍稍醒来。对其子玄感道："吾儿，谋位之事发矣，可急备后事。"未至夜半，即便呜乎哀哉，尚飨！正是：

　　天道有循环，奸雄鲜终始。

　　饶他跋扈生，难免无常死。

炀帝闻杨素已死，大喜道："老贼既死，朕无所畏矣！"随宣许廷辅等十个停当太监，分付道："你十人可分往天下，要精选美女，不论地方，只要选十五以至二十真有艳色者。选了便陆续送入京来备用。选得着有赏，选不着有罚，不许怠玩生事。"许廷辅等领了旨意出来，就于京城内选起，大张皇榜，捉媒供报，京城内闹得沸反。

一夕，炀帝又与萧后商议，道："朕想古来帝王俱有离宫别馆，以为行乐之地。朕今当此富强，若不及时行乐，徒使江山笑人。朕想洛阳乃天下之中，何不改为东京，造一所显仁宫以朝四方，逍遥游乐？"随宣两个佞臣，宇文恺、封德彝，当面要他二人董理其事。宇文恺奏道："古昔帝王，皆有明堂，以朝诸侯；况舜有二室，文王

第二十回

有灵台灵沼，皆功丰烈盛，欲显仁德于天下。今陛下造显仁宫，欲显圣化，与舜文同轨，诚古今盛事，臣等敢不效力！"封德彝又奏道："天子造殿，不广大不足以壮观，不富丽不足以树德。必须南临皂涧，北跨洛滨，选天下之良材异石，与各种嘉花瑞草、珍禽奇兽，充实其中，方可为天下万国之瞻仰。"炀帝大喜道："二卿竭力用心，朕自有重酬。"遂传旨敕宇文恺、封德彝，营造显仁宫于洛阳。凡大江以南，五岭以北，各样材料，俱听凭选用，不得违误。其匠作工费，除江都、东都，现在兴役地方外，着每省府、每州县出银三千两，催征起解，赴洛阳协济。二人领旨出去，即便起程往洛，分头做事。真个弄得四方骚动，万姓遭殃。

未知后来如何，且听下回分解。

第 二 十 一 回

借酒肆初结金兰　通姓名自显豪杰

诗曰：
　　荷锄老翁泣如雨，惆怅年来事场圃。
　　县官租赋苦日增，增者不除蠲复取。
　　羡余火耗媚令长，加派飞洒胺闾里。
　　典衣何惜妇无裈，啼饥宁复顾儿孙。
　　三征早已空悬磬，鞭笞更嗟无完臀。
　　沟渠展转泪不干，迁徙尤思行路难。
　　阿谁为把穷民绘，试起当年人主观。
　　小民食王之土，秋粮夏税，理之当然，亦不为苦。所苦无艺之征，因事加派。譬如一府，加派三千两助工，照正额所增有限；因那班贪污官吏乘机射利，便要加出等头火耗，连起解路费，上纳铺垫，都要出在小民。所以小民弄得贫者愈贫，富者消乏，以致四方嗟怨，各起盗心。当时隋主为要起这件大工，附近大州先已差官解银，赴洛阳协济。山东齐州与青州，亦各措置协济银三千两，行将起解。因此早打动了一位好汉。
　　兖州东阿县武南庄一个豪杰，姓尤名通，字俊达，在绿林中行

第二十一回

走多年。其家大富,山东六府皆称他做尤员外。原来北边响马是有本钱的强盗,必定大户方做得。此人闻得青州有三千银子上京,兖州乃必由之地,意欲探取。但想:"打劫客商,不过一起十多个人,就有几个了得的,也不怕他。这是官钱粮,必竟差官兵护送,所过州县拨兵防护,打劫甚难。况又是邻州的钱粮,怕擒拿得紧,不如放下这肚肠罢。"但说起人的利心,极是可笑。尤员外明知利害,毕竟贪心重了,放不下这三千两银子。想家中几个庄客,都没甚膂力,要寻个好手。与庄客商议:"我这武南庄左近,可有埋名的好汉?相寻一人,取此无碍之物,也是一桩大生意。"庄客答道:"我们街前巷后虽有几个拨手拨脚的,叫不上好汉。离此五六里,有一人姓程,名咬金,字知节,原在斑鸠店住的,今移在此。当初曾贩卖私盐,拒了官兵,问边充军,遇赦还家。若得此人做事,便容易了。"尤员外道:"我向闻其名,你们可认得他么?"庄客道:"小的们也只耳闻,不曾识面。"尤员外牢记在心。

不道事有凑巧,一日尤员外偶过郊外,天气作冷,西风刮地,树叶纷飞。尤员外动了吃酒的兴,下马走进酒家,厅上坐下。才吃了一杯茶,只见一个长大汉子走入店来。那汉子怎生状貌,怎般打扮?但见他:

> 双眉剔竖,两目晶莹。疙瘩脸横生怪肉,邋遢嘴露出獠牙。腮边卷结淡红须,耳后蓬松长短发。粗豪气质,浑如生铁团成;狡悍身材,却似顽铜铸就。真个一条刚直汉,须知不是等闲人。

这汉子衣衫褴褛,脚步仓皇,肩上驮几个柴扒儿。放了柴扒坐下,便讨热酒来吃,好像与店家熟识的一般。尤员外定睛观看,见他举

借酒肆初结金兰　通姓名自显豪杰

止古怪,因悄声问店小二道:"这人姓甚名谁?你可认得他么?"小二道:"这人常来吃酒的,他住在斑鸠店,小名程一郎,不知他的名字。"

尤员外听得斑鸠店,又是姓程,就想到程咬金身上。起身近前拱手道:"请问老兄上姓?"咬金道:"在下姓程。"尤员外道:"高居何处?"咬金道:"住在斑鸠店。"尤员外道:"斑鸠店有一位程知节兄,莫非就是盛族么?"咬金笑道:"那里什么盛族?家母便生得区区一人,不知有族里也没有族里。只小子叫做程咬金,表字知节,又叫做程一郎。员外问咱怎么?"尤员外听说是程咬金,好像拾了活宝的一般,问道:"为何有这些柴扒?敢是卖的么?"咬金道:"差也不多。小子家中止有老母,全靠编些竹箕、做两个柴扒养他。今日驮出来没有人买,风又大得紧,在此吃杯热酒,也待要回去了。请问员外上姓大号?为何问及小子?"尤通道:"久慕大名,有事相烦,且是一桩大生意。只是店里不好讲话,屈到寒家去,才好细细商量。"咬金道:"今日遇了知己,但凭分付,敢不追随!只是酒在口边,且吃了几碗,到宅上再吃何如?"尤通道:"这却甚妙!"就拉他同坐,一个富翁与一个穷汉对坐,店主人看了掩口而笑。他两人吃了几大碗,尤通算了账出店。咬金道:"这几把柴扒儿作了前日欠你的酒钱罢!"拱手出店。

尤通先时骑的马,着人打回,与咬金同行。到了家里,促膝而坐,说:"连年水旱,家道消乏,要出门营运,路上难走,要求老兄同行,赚来东西平分。"咬金道:"你要我做伙计么?"尤通道:"这却说差了!小弟久仰义勇,无由一见。今日订交,须要结为兄弟,永远相交,再无疑二。"咬金道:"小弟粗笨,怎好结拜?"尤通道:"小弟

第 二 十 一 回

夙愿,不必推辞。"二人叙了年纪,尤通长咬金五岁,就拜为兄,咬金为弟。拈香八拜,誓同生死,患难扶持。正是:

结交未可分贫富,定谊须堪托死生。

咬金道:"出路固好,只是我母亲在家,无人看管,如何是好?"尤通道:"既为兄弟,令堂是小弟的伯母,自当接过寒家供养。就是今夜接得过来才妙。"咬金道:"小弟卖了柴扒,有几个钱,籴几颗米儿回去,才好见他。今日柴扒又不曾卖得,天色已晚,卒然要他到宅上来,他也未必肯信。"尤通道:"说得有理。这却不难,今夜先取一锭银子,去与令堂为搬移之费,他见了自然欢喜,自然肯来了。"咬金道:"这倒使得,快些拿来!"尤通袖中出银一锭,递与咬金。咬金接来,就入袖中,略不道谢。尤员外一面分付摆饭,咬金心中欢喜,放开酒量,杯杯满、盏盏干,不知是家酿香醪,十分酒力,只见甜津津好上口,迭连倒了几十碗急酒,渐渐的醉来了。劝他再请一杯,倒吃下三四碗。尤员外怕他吃得太醉了,倒嘱付咬金快去迎请令堂过来,明日好日,便要出门做生理。咬金只得起身,虽是醉中,一心牵系着这一锭银子,把破衣裳的袖儿狠命捏紧,打躬唱喏,作别出门。不想袖口虽是捏紧,那袖底却是破的,举手一拱,那锭银子早在胁肋边溜将下来,滚在地上,正在尤家大门口。那些庄客看见,拾将起来,向尤通道:"员外适才送他的银子,倒脱落在这里,可要赶上去送还他?"尤通道:"我送银子与他,正在此懊悔。"庄客道:"既要送他,如何又懊悔起来?"尤通道:"这人是个没偢僽的,拿了回去,倘然母子商量起来,竟不肯来了,也没法处置他。如今落掉了这锭银子,少不得放我不下,今晚母子必定同来。"

借酒肆初结金兰　通姓名自显豪杰

却说咬金一路捏了袖口，走到家中，见了母亲，一味欢喜。母亲饿得半死，见他吃得脸红，不觉怒从心上起，嗔骂道："你这畜生！在外边吃得这般醉了，竟不管我在家中无柴无米，饿得半僵，还要呆着脸笑些什么！我且问你，今日柴扒已卖完，卖的钱却怎么用了？"咬金笑道："我的令堂，不须着恼，有大生意到了，还问起柴扒做甚！"母亲道："你是醉了的人，都是酒在那里讲话，我那里信你。"咬金道："母亲若不肯信，待我袖里取出银子来你看。"母亲道："银子在那里？"咬金摸袖，不见了银子，又摸那一只袖，跌脚叹道："一锭银子掉在那里去了？"母亲道："我说是醉话，那里有什么银子！"咬金睁眼道："母亲若不信孩儿，孩儿就抹杀在母亲面前。孩儿凭着大醉，决不敢欺诳母亲。孩儿今日驮着柴扒，街坊村落，周回走转，没有人买。在酒店上吃酒。不想遇着个财主，武南庄的尤员外，一见如故，拉孩儿回去。孩儿就把几把柴扒算清酒钱，跟到他家。他与孩儿结拜弟兄，要同孩儿出去做些生理。孩儿道母亲在家，无人奉养。他说连夜接了过来，先送一锭银子为搬移之费。孩儿心中欢喜，多吃了几杯，又恐怕遗失了，一路里把衣袖捏紧。不想这作怪的东西倒在袖桩边钻了出去。你若不信，如今就驮你到他家去，便知孩儿说话不虚了。"母亲道："既如此，我如今就同你去。家中左右没有家伙，锁了门就去罢。我肚里饿得紧，却怎么处？"咬金道："你熬到他家，只怕吃不尽，消化不及，要囫囵撒出来哩！"说罢，将门锁上，驮了母亲，黑暗里直到武南庄尤家门首，酒都弄醒了。咬金放下母亲，忙去叩门。管门的早就受员外分付，料他必来。一闻咬金叩门，随即开了，进去报与员外得知。

尤通尚未睡，也待咬金到来。听得到了，喜不可言。接进母子,在中堂坐了。尤通便开言道:"忝先人遗下些薄产,连年因水涝旱荒,家私日废。今欲往江南贩卖罗缎,因各处盗贼生发,恐不好走。闻得令郎大哥是个豪杰,要屈他做同行伙计,得利均分,以供老母甘旨。"程母出自大家,晓事解理,笑道:"员外差矣。员外是富翁,小儿是粗鄙手艺之人,员外为商,或者途中没人伏侍,雇小儿做个后生,月支多少钱钞,做老身养老之费,还像个说话。小儿有何德能,敢与员外结拜兄弟?况且分文本钱也没有,怎么讲个伙计二字?名分也不好相称。"员外道:"尤通久慕令郎大哥高义,情愿如此。"分付铺毡,匹立扑六,一顿拜过了。程母头晕眼花,也拜了四拜。尤通道:"小侄与令郎出门之后,恐老伯母家中不便,故此接到寒家居住。倘有不周,百凡体谅。"程母道:"小儿得附员外,老身感激不尽。但恐小儿性格粗糙,员外只要另眼看顾他、宽恕他,小儿敢不知恩报恩!"

尤员外请程母到里面用饭去了,自己与咬金重新吃酒。吃到酒兴刚来,尤通却把皇银的事来挑动咬金:"贤弟可知新君即位以来的事?"咬金此时深感天子,应道:"兄长,好皇帝!小弟在外边思想老母,昼夜熬煎。若不是新君即位,焉能遇赦还乡,母子重会?"尤员外道:"新君大兴工役,每州县都要出银三千两,协济大工,实是不堪。"咬金道:"做他的百姓,自然要纳粮当差;做他的官,自然要与他催征起解。不要管闲事。"尤员外道:"这也罢了,只是我这山东青州,也遵天子旨意,要三千两协济。那青州府太守,借名洒派,当分外之差,杖死无辜百姓,敛取民膏,贪酷太甚,只把三千两银子起解。他的银子上京,我这兖州乃必由之地。我今欲仗贤弟大力,取他这三千两银子,作本为商,贤弟可有什么

借酒肆初结金兰　通姓名自显豪杰

高见？"

这个程咬金曾卖私盐，与为盗也不远。见尤员外如此相待他，心中又要驰骋，笑道："哥哥，只怕他银子不从此路来；若打这条路经过，不劳兄长费心，只消小弟一马当先，这项银子就滚进来了。"员外道："贤弟却会什么兵器？"咬金道："小弟会用斧，却也没有传授，但闲中无事，将劈柴的板斧装了长柄，自家舞得，到也即溜了。"俊达道："我倒有一柄斧，重六十斤，贤弟可用得？"咬金应道："五六十斤，也不为重。"尤员外回后院去，取出那柄斧来，却是浑铁打成的，两边铸就八卦，名为八卦宣化斧。量咬金身躯，取一副青铜盔甲，绿罗袍。槽头有一骑青骔的劣马。尤俊达自己有一副披挂，铁幞头，乌油甲，黑缨枪，皂罗袍，乌骓马。这些东西也搬将出来，到饮酒处与咬金一同披挂停当，命手下掌灯火出庄，打稻场上去。用篾簦点火高照，势如白昼，二人马上比势几个回合，手下众人齐声喝采。这个尤家庄上人家，都靠着尤员外吃饭，所以明火持枪，不避嫌疑。斗罢下马，收拾回庄寝宿。

次日着人青州体探皇银什么人押解，几时起身，那一日到长叶林地方。数日之间，探听人回来报："十月望后起身，二十四日可到长叶林地方。有一员解官、一员防送武官、二十名长箭手护送。"二十三夜间，尤员外先取好酒，把咬金吃个半酣。带从人，五鼓时候到长叶林，挥掇咬金道："贤弟，我与你终身受用，在此一举。"咬金点头，捉斧上马，出长叶林官道，带住马，横斧于鞍，如猛虎盘踞于当道。

先有打前站官卢方，乃青州折冲校尉，当先开路，也防小人不测之事，先到长叶林。咬金一马冲将下来，高叫："留下买路钱！"

第二十一回

那个卢方,却也是弓马熟娴的将官,举枪招架,骂道:"响马,你只好在深山僻处剪径,只图衣食。这是三京六府解京的钱粮,须要回避。你这贼人这等大胆!"咬金道:"天下客商,老爷分毫不取。闻得青州有三千两银子,特来做这件生意。"卢方道:"咄,响马无知,什么生意!"纵马挺枪,分心就挑。咬金手中斧火速忙迎。两马相撞,斧枪并举。斗上数十回合,后面尘头起处,押银官银扛已到。咬金见后面人来,恐又增帮手,纵马摇斧砍来。卢方架不住,斫于马下。二十名长箭手赶到,见卢方落马,各举标枪叫道:"前站卢爷被响马伤了!"咬金乘势砍倒三四个部下。众人都丢枪弃棒,过涧而去,把银子弃在长叶林中。解官户曹参军薛亮收回马奔旧路逃生。咬金不舍,纵马赶去。手下庄客报知尤员外:"程老爹得胜了,皇银都丢在长叶林下。"尤员外领手下上官道,将鞘箍劈开,把皇银都搬回武南庄去。杀猪羊还愿摆酒,等咬金贺喜。

咬金此时追解官薛亮十数里之远,还赶着他,这个主意不为赶尽杀绝。他不晓得银子弃在长叶林中,只道马上带回去了,故要追赶这解官。薛亮回头,见赶得近了,老大着忙,叫道:"响马!我与你无怨无仇,你剪径不过要银子。如今银子已都撒在长叶林,却又来追我怎的!"咬金听说银子在长叶林,就不追赶,拨回马,走得缓了。薛亮见咬金不赶,又骂两声:"响马,银子便剪去,好好看守。我回去禀了刺史,差人来缉拿你,却不要走。"触起咬金怒来,叫道:"你且不要走,我不杀你。我不是无名的好汉,通一个名与你去,我叫做程咬金,平生再不欺人。我一个相厚朋友,叫尤俊达。是我二人取了这三千两银子。你去罢!"咬金通了两个的名,方才收马回来。到庄还远,马上懊悔:"适才也不该通名,尤员外晓得

借酒肆初结金兰　通姓名自显豪杰

要埋怨我,倒隐了这句话罢。"不一时到庄下马,欢喜饮酒不题。正是:

　　喜入酒肠宽似海,那管人闷堆眉角重如山。

且说那解银官薛亮赶到州中,正值刺史斛斯平坐堂。连忙跪下道:"差委督解银两前赴洛阳,二十四日行至齐州长叶林地方,闪出贼首数十人,劫去银两,斫杀了将官卢方,长箭手四名。小官抵死相持,留得性命,特来禀上大人。乞移文齐州,着他缉捕这干贼人,与这三千银两。"斛刺史听了,大怒道:"岂有响马敢劫钱粮!你不小心,失去银两,我只解你到钦差洛阳总理宇文老爷跟前,凭他着你赔,着齐州赔!"叫声拿下,薛亮惊得魂不附体,忙叫道:"老爷在上,这贼人还可缉他。拦截时自称甚么靖山大王陈达、牛金,只要坐名在齐州访拿他便了。"斛刺史叫书吏做一角文书,申总理东都营造宇文恺道:"已经措银三千两起解,行至齐州长叶林,因该州不行防送,致遭响马劫去,乞着该州缉捕赔偿。"一面移文齐州,要他根缉陈达、牛金并银两。薛亮羁候俟东都回文区处。

过了数日,宇文恺文回道:"大工紧急,一月之内如拿不着,该州先行措银赔偿。二月之内贼人未获,刺史停俸,巡捕员役重处,薛亮革职为民,卢方优恤。"这番青州斛刺史卸了担子,却把来推在齐州刘刺史身上。这刘刺史便急躁起来,道:"三千两银子,非同小可,如何赔得起?我今只把捕盗狠比,他比不过,定行缉出这干大伙积盗。"就坐堂,便叫原领批广捕捕盗都头樊虎、副都头唐万仞道:"这干响马既有名字,可以挨查,怎么数月并无消息?这明系你等与他烹分这项钱粮,不为我缉结。"樊虎道:"老爷,从来再无强盗大胆,敢通姓名的,明是故说诡名,将人炫惑。所以小的

第二十一回

遍处挨缉,并无踪迹。"刘知府道:"纵有诡名,岂有劫去三千银子,已经数月,并没个影响?这不是怠玩,不肯用心?"就把樊虎、唐万仞打了十五板,限三日一比,以后一概三十板。

日子易过,明日又该比较了,都在樊虎家中,烧齐心纸,吃协力酒,计较个主意,明日进府比较,好回话转限。樊虎私对唐万仞道:"贤弟,我们枉受官刑,我想起来,当初秦大哥在本州捕盗多年,方情远达,就不认得陈达,也或认得牛金。今在来总管标下为官,怎能勾我们本官讨得他来,我们也就造化,自然有些影响了。"这樊虎二人与叔宝都是通家厚友,还是这等从长私议。那五十个士兵,都是小人儿,听得这句话,都乱嚷起来道:"这样好话,瞒着我们讲!明日进州禀太爷,说原有捕盗秦琼,在本州捕盗多年,深知贼人巢穴,暗受响马常例。如今谋干在来爷标下为旗牌官,遮掩身体。求老爷作主,讨得秦琼来,就有陈达、牛金了。"樊虎道:"列位不要在我家里嚷,明日进衙门禀官就是。"各散去讫。

明早众人进府,樊虎拿批上月台来转限,众人都跪在丹墀下面。刘刺史问樊虎道:"这响马曾有踪迹么?"樊虎道:"老爷,踪迹全无。"刺史叫用刑的拿去打。用刑的将要来扯,樊虎道:"小的还有一事禀上老爷。"刺史道:"有什么事?"樊虎道:"本州府有个秦琼,原是本衙门捕盗,如今现在总管来节度老爷标下为官。他捕盗多年,还知些踪影。望老爷到来爷府中,将秦琼讨回,那陈达、牛金,定有下落。"刺史还不曾答应允与不允,那五十多人上月台乱叫:"爷爷作主,讨回秦琼。这秦琼受响马常例,买闲在节度来爷节度府中为官。老爷若不做主,讨回秦琼到此捕盗,老爷就打死小的们,也无济于事。"刘刺史见众人异口一词,只得笔头转限免比,

借酒肆初结金兰　　通姓名自显豪杰

出府伺候。

不说众人躲过一限,却说秦叔宝自长安回家,常想起当日虽然是个义举,几乎弄出事来,甚觉猛浪之极。自此在家只是收敛。这日正在府中立班,外面报本州刘刺史相见。来总管命请进。两下相见了,叙了几句寒温。刘刺史便开言:"上年因东都起建宫殿,山东各州都有协济银两。不料青州三千两钱粮,行至本州长叶林被劫,那强盗还自通名,叫甚陈达、牛金。青州申文东都,那督理的宇文司空移文将下官停俸,着令一月内赔偿前银,并要这干强贼。如迟还要加罪,已曾差人缉拿,并无消息。据众捕禀称,原有都头秦琼,今在贵府做旗牌。他极会捕贼,意思暂从老大人处借去捉拿此贼。"来总管把秦琼一看,对刘刺史道:"那长大的便是秦琼,虽有才干,下官要不时差遣,怎又好兼州中事?"秦叔宝也就跪下道:"旗牌在府原要伺候老爷,不时差委捕盗。原有樊虎一干,怎教旗牌代他?"来总管道:"正是。还着该州捕盗根缉才是。"

刘刺史见秦琼推诿,来总管不从,心中不快道:"下官也只要拿得贼人,免于赔偿,岂苦苦要这秦琼?但各捕人禀称,秦琼原是捕盗,平日惯收响马常例,谋充在老大人军前为官,还要到上司及东都告状。下官以为不若等他协同捕盗,若侥倖拿着,也是一功。若或推辞,怕这干人在行台及东都告下状来,那时秦琼要推也推不得了。"来总管听说,便道:"我却有处。秦琼过来,据刘刺史说你受响马常例,难道果有此事?这也不过激励你成功。就是捕盗,也是国家的正事。不要在此推调,你就跟那刘刺史出去罢。"叔宝见本官不做主,就没把臂了,只得改口道:"老爷分付,刘爷要旗牌去,怎敢不去?只是旗牌力量与樊虎一干差不多,怕了不事来,反

第 二 十 一 回

代他们受祸。"来总管道:"他这一干捕盗要你,毕竟知你本事了得。你且去,我这厢有事,还要来取你。"

秦琼只得随了刘刺史出来。唐万仞、连明都在府外接住道:"秦大哥,没奈何缠到你身上来。兄的义气深重,决不肯亲自去拿。露个风声在小弟耳内,我们舍死忘生的去,也说不得了。"叔宝道:"贤弟,我果然不知甚么陈达、牛金。"叔宝换了平常的衣服,进府公堂跪下。刘刺史以好言宽慰道:"秦琼,你比不得别的捕盗人员,你却是个有前程的人,素常也能事。就是今日我讨你下来,也出于无奈。你若果然拿了这两个通名的贼寇,我这个衙门中信赏钱外,别有许多看顾处。就是你那本官来爷,自然加奖。这个批上,我就即用你的名字了。"叔宝同众友出府,烧纸齐心捕缉。此事踪迹全无。三日进府转限,看来总管衙门分上,也不好就打。第二第三限,秦琼也受无妄之灾了。

毕竟不知何如,且听下回分解。

第 二 十 二 回

驰令箭雄信传名　屈官刑叔宝受责

诗曰：

四海知交金石坚，何堪问别已经年。

相携一笑浑无语，却忆曾从梦里圆。

人生只有朋友，没有君臣父子的尊严，有兄弟的友爱，更有妻子前亦说不得的，偏是朋友可以相商。故朋友最是难忘，最能起人记念。况在豪杰见豪杰，意气相投，彼此没有初相见嫌疑，也没贫富贵贱的色相。若是知心义盟好友，偶然别去，真是一日三秋，常要寻着个机会相聚。

时值三秋，九月天气，单雄信在家中督促庄客家僮经理秋收之事。正坐在厅上，只见门上人报王、李二位爷到。单雄信听了，欢然迎出门来，邀他二人下马进内，就拉在书房中，列下些现成酒肴，叙向来间阔。雄信道："前岁底接兄华翰，正扫门下榻，怎直至今日方来？"伯当道："前时自与兄相别，李玄邃因杨越公府上相招，自入长安。后弟又自他处迁延，要去长安会李兄时，路经少华山，为齐国远所留。住彼日久，书达仁兄，到宝庄来过节盘桓。不期发书之后，就遇见齐州秦大哥。"雄信惊叱："他在舍下回去，今闻得

第 二 十 二 回

在总管标下为官,怎么在关中又与兄相会?"伯当道:"叔宝因本官遣差,赍礼到京中杨越公拜寿,齐国远不认得叔宝,讨起拦路的常例来。两人力战,不分胜败,是我下山看见,邀到山上。言及进京拜寿,就鼓起长安看灯的兴来,失信于仁兄。将到长安六十里远永福寺内,遇见太原唐公的令婿柴嗣昌。叔宝当初在楂树岗,曾救他令岳一场大难,故此起个祠堂报德,叫做报德祠。叔宝因看祠言及,就被嗣昌晓得了,留住在彼处。过了残年,正月十四日进京,十五日就惹出泼天祸来,打死了宇文公子。"雄信吐舌惊张道:"吓杀我!我传闻有六个人在长安大乱,着忙得紧,不知何人。后来打听的实说,是太原李渊的家将,我到放心了。却是你们做的这一件事!"李玄邃道:"这节事也太猛浪,若不是唐公脚力大,宇文述拿不着实迹,几乎把一桩大祸葬在我族兄身上。"单雄信道:"这等,叔宝已久在家中了。"伯当道:"当夜他就散去。"雄信道:"我几番要往山东去看他,没有个机会。今日闻贤弟之言,却又引起我山东的兴头来。"伯当道:"小弟们一则因别久来看兄,二则要邀兄往山东去。"雄信道:"有什么事来?"伯当道:"今年九月二十三日,是叔宝的令堂老夫人整寿六旬。叔宝是个孝子,京师大闹之夜,分手匆匆,马上嘱付:'家母整寿九月二十三日,兄如不弃,光降寒门。'故此我到长安寻了李兄,又偶然长安会了柴嗣昌。他在京中为岳翁构干甚事,谈起拜寿,他也欣然说岳翁有银数千两,要赠叔宝。他要回家取了送去。故我先与玄邃兄来,拉你同往。"

纵联胶漆似陈雷,骨肉情浓又不回。

嵩祝好伸犹子意,北堂齐进万年杯。

雄信道:"此事最好。只是一件:我的朋友多,知事的说:伯当

驰令箭雄信传名　　屈官刑叔宝受责

邀雄信往齐州与叔宝母亲拜寿。不知事的道:雄信为人待朋友有厚薄,往山东与秦母拜寿,只邀了王伯当去,不携带我一走。却不怪到我身上来?"李玄邃道:"小弟有个愚见,使兄一举两得。"雄信道:"请教。"李玄邃道:"兄何不把相知的朋友,邀几位同去:一者替叔宝增辉,二者见兄不偏朋友。叔宝还在不足的时候,多带些礼物去,也表得我们相知的意思。"雄信道:"好。却只是一件:都是潞州朋友,如今传帖邀他去,恐路有远近不同,在家与不在家,路途往返,误了寿期,反为不美。我也有个道理,二位且自饮酒。"雄信回内书房,取了二十两碎银,包做两包,拿两枝自己的令箭。——雄信却又不是武弁官员,怎么用得令箭?这令箭却是做就的竹筹,有雄信字号花押,取信于江湖豪杰。朋友观了此筹,如君命召,不俟驾而行。把这两枝令箭,安在银包两处,用盘儿盛着,叫小童捧至席前。当王、李二友发付,叫两个走差的手下来。门下有许多去得的人,一齐应道:"小的们都在。"雄信指定两个人道:"你两个上来,听我分付:着你两个槽头认缰口,备两骑马,一个人拿十两银子,为路费草料之资,领一枝令箭分头走。一个从河北良乡涿州郡顺义村幽州,但是相知的,就把令箭与他瞧,九月十五日二贤庄会齐。算就七八个日子,到齐州赶九月二十三日,与秦奶奶拜寿。九月十五到不得二贤庄,就赶出山东,直至兖州武南庄尤老爷庄上为止。这东路的老爹,却不要枉道,又请进潞州收拾寿礼,在官路会齐,同进齐州拜寿。"二人答应,分头去了。正是:

　　羽檄飞如雨,良朋聚若云。

　　王伯当、李玄邃在单员外庄上饮酒盘桓。十四日,北路的朋友就到了三位,良乡涿州顺义村幽州是张公谨、史大奈、白显道。明

第二十二回

日就要起身。雄信又叫手下拿两封柬帖,对伯当道:"童佩之、金国俊昔年与叔宝也曾有一拜,不要偏了二人,拿帖请他山东走走。"童佩之、金国俊相邀济南府,与叔宝母亲拜寿。却问来人,又知外日北路朋友皆到,随即收拾礼物,备马出城,到二贤庄会诸友,叙情饮酒。次日绝早起身,宾主八人,部下从者不止十余人。行囊礼物,随身兵器,用小车子车着,也有个打前路的,骑马在前途先寻下处,过汝南奔山东一路而来。

九月间,金风送爽,树叶飘黄。众豪杰拍鞍驰骤。正走之间,只见尘头乱起,打前站的发马来报:"众老爷,到山东界内,前有绿林老爷拦住,一位少年在前厮杀,不好前去。"这个手下人为何称呼绿林中叫"老爷",要晓得这八个人里面,倒有好几个曾在绿林中吃茶饭的,因此碍口,只得叫老爷。雄信以为得意,马上笑道:"不知是那个兄弟,看了我的令箭,在中途伺候,随便觅些盘费了。着那个前去看看?"童佩之、金国俊二人只道是自己豪杰,不知绿林利害,便对雄信道:"小弟二人愿往。"纵马前去。

雄信在鞍鞒上对伯当点头道:"这两个兄弟虽是通家,不曾见他武艺。才闻绿林二字,他就奋勇当先。"伯当摇头:"单二哥,此二友去得不好。"雄信道:"为何?"伯当道:"他二人在潞州当差,没有什么方情,闻绿林二字,他就有个薰莸不相容的意思。他没有方情,就不认得那拦路的人了,拦路的却也不认得他。言语不妥,就厮杀起来。这童、金二友倘有差池,兄却是拿帖邀他往山东来的,同行无疏伴,兄却推不得干系。他两个本领若好,拦路的朋友有失,却是奉兄令箭等候的,伤了江湖的信义。"雄信道:"贤弟讲得有理,你就该去看看。"伯当道:"小弟却不敢辞劳。"取银矛纵马前来，见尘头起处，果然金、童败将下来。却是柴嗣昌与王伯当相期来贺叔宝。他带得行李沉重，衣装炫耀，撞了尤俊达、程咬金，触他的眼，拦路要截他的。这柴嗣昌也有些本领，只是战他两个不下。恰好金、童两人赶来，便拔刀相助。不知这程咬金逞着膂力，那里怕你，留着尤俊达与柴嗣昌恋战，他自赶来，没上没下一顿斧，砍得金、童两个飞走。他直追下来，好似：

得霜鹰眼疾，觅穴兔奔忙。

金、童两个见王伯当道："好一个狠响马！"伯当笑一笑，让过二人，接住后边，马上举枪，高叫："朋友慢来，我和你都是道中。"咬金不通方语，举斧照伯当顶梁门就砍："我又不是吃素的，怎么道中？"伯当暗笑："好个粗人，我和你都是绿林中朋友。"咬金道："就是七林中，也要留下买路钱来。"斧照伯当上三路，如瓢泼盆倾，疾风暴雨，砍杀下来。伯当手中的枪不回他手，只是钩撩磕拨，搪塞斜避。等他膂力尽了，斧法散乱，将左手枪杆一松，右手一串，就似银龙出海，玉蟒伸腰，奔咬金面门锁喉，刺将上来。伯当留情，刚到他喉下，枪就收回，不然挑落下马。咬金用斧来勾他的枪，勾便勾开了，带马连人都闪动，招架不住，拍马落荒。伯当随后追赶，问其来历。咬金叫："尤员外救我！"这时尤俊达又为柴嗣昌战住，不得脱身。倒是伯当见了道："柴郡马、尤员外，你两人不要战，都是一家人，往齐州去的。"此时三人俱下马来相见。程咬金气喘吁吁的，兜着马在那厢看。尤俊达也叫来相见。尤俊达对伯当道："曾见单二哥？"伯当望后边指道："兀那来的不是雄信！"因金、童两个去道响马甚是了得，故此单雄信一行忙来策应。一到，彼此相叙。正是：

第二十二回

　　莫言萍梗随漂泊，喜见因风有聚时。

　　伯当对雄信道："这便是柴郡马。"都序齿揖了。单雄信道："还有适才金国俊道的有膂力的朋友呢？"尤俊达道："是敝友程知节。"大家也都大笑，见了礼。尤俊达要留众人回庄歇马。雄信道："今日是九月二十一日，若到宝庄，恐误寿期。拜寿之后，尊府多住几日。贤弟的礼物可曾带来？"俊达道："不过是折干的意思。"

　　共十一友同进济南，离齐州有四十里地。已夕阳时候，到了义桑村，有三四百户人家。这个市镇，因遍地多种桑麻，且是官地，任凭民间采取，故叫做义桑村。春末夏初蚕忙时，也还热闹。九月间深秋天气，人家都关门闭户，只有一家大姓，起盖一带好楼，迎接往来客商。手下人都往义桑村投店。众豪杰至店门下马，店主着火家搬行李进书房，马牵槽头上料。众豪杰邀上草楼饮酒。

　　忽然官路上三骑马赶路而来。这三骑马却是何人？乃幽州罗公差官，为雄信令箭，知会张公谨、史大奈、尉迟兄弟闻知。史大奈还是新旗牌，没有职任，打发他先行。尉迟兄弟打手本，进帅府知会公子罗成。公子与母亲讲，老夫人却也记得九月二十三日是嫂嫂的整寿，商议差官送礼。尉迟托公子撺掇谋差山东，假公济私，就与秦母拜寿。这来的就是尉迟南、尉迟北，却还带一名背包的马夫，共是三骑马，恰好那日也到义桑村。主人柜里招呼二位老爷道："齐州还有四十里路，途中没有宿头，在小店安歇了罢。"尉迟分付，叫手下把包接进。尉迟兄弟下马进店，主人出柜相迎道："二位先前有几位老爷，一行楼上饮酒多时，言语想是醉了。二位老爷却是尊客，上楼恐有不便。楼下有一张干净的座头，就自在用晚饭罢。"尉迟南道："这主人着实知事，那酒后的人，我们不好和他相处，就在楼下罢。"主人分付摆上酒饭，兄弟二人自用。

且说楼上的那十一个豪杰饮酒作乐，酒方半酣，独程咬金先醉。他好酒，遇了酒，直等醉才住。拿这一杯酒在手中，又想那心上这些穷事："在关外多年，何等苦恼。回家不久，遇尤员外相邀，长叶林做了这桩生意。今日结交天下豪杰，我也快活。"这些话在腹内踌躇，他心里有这个念头，口里就叫将出来。吃干了这盅酒，把酒盅往桌上狠狠的一放，就像自己呼干的，叫一声："我快活！"手放杯落，杯如粉碎还不打紧，脚下一蹬，把楼板蹬折了一块。

　　　　量为欢中阔，言因醉后多。

山东地方人家起盖的草楼，楼板却都是杨柳木锯的薄板，上又有节头，怎么当得他那一脚？蹬折楼板，掉下灰尘，把尉迟兄弟酒席都打坏了。尉迟南还尊重，袖拂灰尘道："这个朋友，怎么这样村的紧！"尉迟北却是少年英雄，那里容得，仰面望楼上就骂："上面是什么畜生，吃草料罢了，把蹄子怎么乱捣！"咬金是容不得人的，听见这人骂，坐近楼梯，将身一跃，就跳将下来，径奔尉迟北。尉迟北抓住程咬金，两个豪杰膂力无穷，罗缎衣服都扯得粉碎，乒乓劈拍，拳头乱打。还亏那草楼像生根柱棵，不然一霎儿就捱倒了。尉迟南不好动手帮兄弟，自展他的官腔，叫酒保："这个地方是什么衙门管的？"觉道他就是个官了。雄信楼上闻言，也就动起气来，道："列位，下边这个朋友出言也自满。野店荒村，酒后斗殴相争，以强为胜，问什么衙门该管，管得着那一个？都下去打那问甚什么衙门该管地方的！"却是幽州土音，上面张公谨，却是幽州朋友。公谨道："兄且息怒，像是敝乡里的声音。"雄信道："贤弟快下去看。"

第二十二回

公谨下楼梯,还有几步,就看见尉迟南,转身上来对雄信道:"却是尉迟昆玉。"雄信大喜,叫速速下去。尉迟南看见公谨同一班豪杰下来,料是雄信朋友,喝退尉迟北。尤俊达也喝回程咬金。咬金、尉迟更换衣服,都来相见,彼此陪礼。主人叫酒保拿斧头上楼,把蹬坏的那一块板,都敲打停当。又排一桌齐整酒上去。单雄信一干共十三筹好汉,掌灯饮酒。

这一番酒兴,都有些阑残了。各人好恶不同,爱饮的,楼上灯下,残肴剩酒行令猜拳;受不得劳碌的,叫手下打了铺盖,客房中好去睡了。又有几个高兴的,出了酒店,夜深月色微明,携手在桑林里面,叙相逢间阔之情。楼上吃酒的张公谨、白显道、史大奈,原是酒友。因大奈打擂台,在幽州做官,间别久了,要吃酒叙话。那童佩之、金国俊,日间被程咬金杀败了一阵,骨软筋酥;柴嗣昌也是骄贵惯了的人,先去睡了。单雄信、尤员外、王伯当、李玄邃、尉迟南这五个人,在桑林中说话良久,也都先后睡了。

到五鼓起身进齐州。这义桑村离州四十里路,五鼓起身,行二十里路天明。到城中还有二十里路,就有许多人迎接住了。不是叔宝有人来迎,却是齐州城开牙行经纪人家接客的后生。各行人家口内招呼,有粜籴米粮,贩卖罗缎,西马北布,木植等行,乱扯行李。雄信在马上分付众人:"不要乱扯,我们自有旧主人家,西门外鞭杖行贾家店,是我们旧主。"原来贾润甫开鞭杖行,雄信西路有马,往山东来卖,都在贾家下。如今都也有两个后生在内,说起就认得是单员外:"呀,是单爷,小的就是贾家店来的了。"雄信道:"着一个引行李缓走,着一个通报你主人。"却说贾润甫原也是秦叔宝好友,侵晨起来,书房里收拾礼物,开礼单行款,明日与秦母拜寿。后生走将进来道："启老爷,潞州单爷,同一二十位老爷都到了。"贾润甫笑道："单二哥同众朋友今日赶到此间,也为明日拜寿来的,少不得我做主人。把这礼物且收过去,不得自家拜寿了,毕竟要随班行礼。"分付厨下庖人,客人众了,先摆十来桌下马饭,用家中便菜。叫管事的人："城中去买时新果品,精致肴馔,正席的酒,也是十桌罢。手下人虽多,多把些酒与他们吃。叫班吹鼓手来,壮观壮观。"自己换了衣服,出门降阶迎接。

雄信诸友将入街头,都下马步行,车辆马匹俱随后。贾润甫在大街迎住。雄信让众友先进,进了三重门里,却是大厅。手下搬车辆行囊进客房,马摘鞍辔,都槽头上料。若是第二个人家,人便容得,容不得这些大马。这马多有千里龙驹,缰口大,同不得槽,有一匹马就要一间马房。亏他是个鞭杖行人家,容得这些马匹。众人大厅铺拜毡,故旧叙礼对拜,不曾相会的,引手通名,各致殷勤。坐下点茶,摆下马饭。雄信却等不得,叫道："贾润甫,可好今日就将叔宝请到尊府来,先相会一会。不然明日倘然就去,使主人措办不及我们的酒食。"贾润甫想道："今日却是个双日,叔宝为响马的事,府中该比较。他是个多情的人,闻雄信到此,把公事误了,少不得来相会。我不知道他有这件事,请他也罢了;我知道他有这件事,又去请他,教他事出两难。"人又多,不便说话,只得含糊答应道："我就叫人去请。"又向众人道："单二哥一到舍下,就叫小弟差人去请秦大哥,只怕就来了。"贾润甫为何说此一句?恐怕众朋友吃过饭,到街坊玩耍,晓得里面有两个不尴尬的人,故说秦大哥就来,使众人安心等候,摆酒吃就罢了。正是:

筵开玳瑁留知己,酒泛葡萄醉故人。

第 二 十 二 回

不说贾润甫盛设留宾。却说叔宝自当日被这干公人攀了下来,樊建威也只说他有本领,会得捉贼,可以了得这件公事,也无意害他。不知叔宝若说马上一枪一刀的本领,果然没有敌手;若论缉听的事,也只平常。况且没天理的人,还去拿两个踪迹可疑的人,夹打他遮盖两卯;他又不肯干这样事,甘着与众人同比。就是樊建威心上,也甚过不去,要出脱他,那刘刺史也不肯放,除是代他赔这宗赃银,或者他心里欢喜,把这宗事懈了去。这干人也拿不出三千两银子,只得随卯去比较,捱板儿罢了。

这番末限,叔宝同五十三人进府。刘知府着恼,升堂也迟,巳牌时候才开门。秦琼带一干人进府,到仪门,禁子扛两捆竹片进去。仪门关了,问秦琼:"响马可有踪迹?"答应:"没有踪迹。"刘刺史便红了张脸道:"岂有几个月中,捱不出两个响马的道理!分明你这干与他烹分了,把这身子在这里捱,害我老爷在这里措置赔他。"不由分说,拔签就打。五十四家亲戚朋友邻舍,都到府前来看,大门里外都塞满了。他这比较,却不是打一个就放一个出来,他直等打完了,动笔转限,一齐发出五十四人,每人三十板。直到日已沉西,才打得完。一声开门出来,外边亲友,哭哭啼啼的迎接。那里面搀的扶的,驮的背的,都出来了。出了大门,各人相邀,也有往店中去的,也有归家饮酒暖痛的。只有叔宝他比别人不同,经得打,浑身都是虬筋板肋,把腿伸一伸,竹片震裂,行刑的虎口皆裂。叔宝不肯难为这些人,倒把气平将下来,让他打。皮便破了,不能动他的筋骨。出了府来,自己收拾杖疮。正是:

一部鼓吹喧白昼,几人冤恨泣黄昏。

要知后事如何,且听下回分解。

第二十三回

酒筵供盗状生死无辞　灯前焚捕批古今罕见

诗曰：
　　勇士不乞怜，侠士不乘危。
　　相逢重义气，生死等一麾。
　　虞卿弃相印，患难相追随。
　　肯作轻薄儿，翻覆须臾时。

豪杰之士，一死鸿毛，自作自受，岂肯害人？这也是他生来伎俩。但在我手中，不能为他出九死于一生，以他的死为我的功，这又是侠夫不为的事。

却说叔宝出府门，收拾杖疮，只见个老者，叫："秦旗牌！"叔宝抬头："呀，张社长！"社长道："秦旗牌受此无妄之灾，小儿在府前新开一个酒肆，老夫替旗牌暖一壶释闷。"这是叔宝平昔施恩于人，故老者如此殷勤。叔宝道："长者赐，少者不敢辞。"将叔宝邀进店来，竟往后走，却不是卖酒与人吃的去处。内室书房，家下取了小菜，外面拿肴馔，暖一壶酒来，斟了一杯酒与叔宝。叔宝接酒，眼中落泪。张社长将好言劝慰："秦旗牌不要悲伤，拿住响马，自有升赏之日；若是饮食伤感，易成疾病。"叔宝道："太公，秦琼顽

第二十三回

劣,也不为本官比较打这几板,疼痛难禁,眼中落泪。"社长道:"为甚么?"叔宝道:"昔年公干河东,有个好友单雄信赠金数百两回乡,教我不要在公门当差,求荣不在朱门下。此言常记在心。只为功名心急,思量在来总管门下,一刀一枪,博个一官半职。不料被州官请将下来,今日却将父母遗体,遭官刑戮辱,羞见故人,是以眼中落泪。"

  清泪落淫淫,含悲气不禁。
  无端遭戮辱,俯首愧知心。

却不知雄信不远千里而来,已到齐州,来与他母亲拜寿,止有一程之隔。叔宝与张社长正饮酒叙话之间,酒店外面喧将进来张公酒店里:"秦爷可在里面?"酒保认得樊老爷,应道:"秦爷在里面。"引将进来,却是樊虎。张社长接住道:"请坐。"叔宝道:"贤弟来得好。张社长高情,你也饮一杯。"樊虎道:"秦大哥,不是饮酒的事。"叔宝道:"有什么紧要的说话?"樊虎与叔宝附耳低言:"小弟才方西门朋友邀去吃酒,人都讲翻了:贾润甫家中到了十五骑大马,都是异言异服。有面生可疑之人,怕有陈达、牛金在内。"叔宝闻言大喜道:"社长,也不瞒你,樊建威在西门来,贾柳店中到些异样的人,怕有劫夺皇扛的二寇在内。我却不敢进酒了。"张社长却有情道:"老夫这酒是无益之酒,不过是与足下解闷。既有佳音,二位速去,擒了二寇,老夫当来贺喜。"

叔宝与建威辞了张社长,离了店门,往西门来。那西门人都挤满了,吊桥上瓮城内,都是那街坊上没事的闲汉,也搭着些衙门中当差的,却不是捕盗行头的人。见贾润甫家中到些异样人,都是猜疑。有认得秦琼与樊虎的说:"列位,有这两个人来,只怕其中真有缘故了。"却与叔宝举手道："秦旗牌,贾家那话儿,倘有什么风声,传个号头出来,我们领壮丁百姓,帮助秦旗牌下手。"叔宝举手答言："多谢列位!看衙门面上,不要散了,帮助帮助。"

下吊桥到贾润甫门首,门都关了门面,吊闳板都放将下来,招牌都收进去。叔宝用手一推,门还不曾拴。回头对樊虎道："樊建威,我两个不要一齐进去。"樊虎道："怎么说?"叔宝道："一齐进去,就撞住了,没有救手。我们虽说当不过日逐比并,未必就死。他这班人却是亡命之徒。常言道:双拳不敌四手。你在外边,我先进去。倘有风声,我口里打一个哨子,你就招呼吊桥和城门口那些人,拦住两头街道,把巷口栅栏栅住,帮扶我两个动手。"樊虎道："小弟晓得!"叔宝捱二门三门进来。三门里面却是一座大天井,那天井里的人,又挤满了。却是什么人?众朋友吃下马饭已久,安席饮酒,又有鼓手吹打。近筵前都是跟随众豪杰的手下,下面都是两边住的邻居的小人,看见这班齐整人,安席饮酒,就挤了许多。

此时叔宝怕冒冒失失的进去,惊走了席上的响马;又且贾润甫是认得的,怕先被他见了,就不好做事。只得矬着身体,混在人丛中,向上窥探。都是一干熊腰虎体的好汉,高巾盛服之人;止得一两个人,是小帽儿。待要看他面庞,安席时都向着上作揖打躬。又有一干从人围绕,急切看不出辨他是何等人。要听他那方言语时,鼓手又吹得响,不听见。直至点上了灯,影影里望将去,一个立出在众人前些的,好似单雄信。叔宝想一想："此人好似单雄信,他若来访我,一定先到我家,怎在此间?"正踌躇要看个的实,却好席已安完,鼓手扎住吹打。主人叫："单员外请坐罢。"雄信道："僭越诸公。"巧又是王伯当向外与人说话,又为叔宝见了。叔宝心中就

第二十三回

道："不消说起，是伯当约他来与我母亲拜寿了，早是不被他看见。"转身往外就走。

走到门外，樊虎已自把许多人都叫在门口，迎着叔宝问道："秦大哥，怎么样了？"叔宝把樊虎一啐，"你人也认不得，只管轻事重报！却是潞州单二哥，你前日在他庄上相会，送你潞州盘费的，你刚才到府前，还是对我讲。若是那些小人知道，来这门首吵吵闹闹，却怎么了？"樊虎道："小弟不曾相见，不知是单二哥。听人言语，故此来请。这等，回去罢。"人挤得多了，樊虎就走开了。叔宝却恐里面朋友晓得没趣，分散外边这些人："列位都散了罢，没相干，不是歹人。潞州有名的单员外，同些相知的朋友到这厢来，明日与家母做生日的。"人多得紧，一起问了，又是一起来问。

却说雄信坐于首席，他却领了几个不尴尬的朋友在内，未免留心，叫贾润甫："适才安席的时候，许多人在阶下，我看见一个大汉，躲躲藏藏，在那些人背后，看了我们一回，往外便走，这边人也纷纷的随他出去了。你去看看是什么人？"贾润甫因雄信之言，急出门来观看，只见还有在那厢间问的，拦住叔宝不得走，已被贾润甫见了，忙道："秦大哥，单二哥为令堂称寿，不远千里而来，一到舍下就叫小弟来请兄。小弟知兄今日府中有公干，不敢来混乱。怎么来了，反要缩将转去？单二哥看见了，怎好回去？"叔宝却不好讲樊建威那些话，将机就计，说："贤弟，你晓得我今日进府比较，偶然听得雄信到此，惟恐不的，亲自来看看，果然是他。我穿比较差的衣服在此，不好相见。当年在潞州少饭钱卖马，今日在家中又是这等样一个形状，羞见故人。回家去换了衣服，就来见他。"贾润甫道："路途又远，家去更衣不便。小弟适才成衣店内做的两

酒筵供盗状生死无辞　灯前焚捕批古今罕见

件新衣,明日到尊府与令堂拜寿壮观的;贱躯与尊躯差不多长。"叫手下打后门去,把方才取回的两件新衣服,拿来与秦老爷穿。那些众人都散了。

　　叔宝换了衣服,同贾润甫笑将进来。贾润甫补前头的那个谎话,叫道:"单二哥,小弟着人把秦大哥请来了。"都欢呼下坐,铺拜毡。叔宝先拜谢雄信昔年周全性命之恩。伯当、嗣昌这一班故友,都是对拜八拜。不曾相会的,因亲而及亲,道达名字,都拜过了。贾润甫举钟箸,定叔宝的坐席。义桑村是十三个人来,连贾润甫宾主十五个,到摆下八桌酒,两人一席,雄信独坐首席。主人的意思取便:"秦大哥就与单员外同坐了罢。"叔宝道:"君子爱人以德,不可徇情废礼。单二哥敝地来,贾兄忝有一拜,小弟今日也叨为半主,只好僭主人一坐。诸兄内让一位,上去与单二哥同席为是。"雄信道:"叔宝,我们适才定席时,相宜者同坐,若叙上一位,席席都要举动。莫若权从主人之情,倒与小弟同坐,就叙叙间阔之情。"叔宝却只管推辞,又恐负雄信叙旧之意,公然坐下,有许多远路尊客在内,却也有一段才思。叫贾润甫命手下人:"把单二哥的尊席前这些高照果顶,连桌围都掇去了。我们相厚朋友,不以虚礼为尚,拿一张机坐儿,放在单二哥的席前,我与单二哥对坐,好叙说话。"众朋友道好坐下。灯烛辉煌,群雄相聚,烈烈轰轰,飞酒往来,传递不绝。有一首减字唐诗道:

　　　　美酒郁金香,盛来琥珀光。
　　　　主人能醉客,何处是他乡?
　　先是贾润甫拿着大银杯,每席都去敬上两杯。次后秦叔宝道:"承诸兄远来为着小弟,今日未及奉款,且借花献佛,也敬一杯。"

席席去敬,都是旧相与,都有说有道的。到了左首第三席,是尤俊达、程咬金。他两个都没有文,况夹在这干人内。王伯当、柴嗣昌、李玄邃都温雅,有大家举止;单雄信、尉迟兄弟、张公谨、白显道、史大奈,虽粗却有豪气;童佩之、金国俊公门中人,也会修饰。独有程咬金一片粗鲁,故相待甚是薄薄的。不知程咬金自信是个旧交,尤俊达初时也听程咬金说道是旧交,见叔宝相待冷淡,吃了几杯酒,有了些酒意了,就说起程咬金来道:"贤弟,你一向是老成人,不意你会说谎。"咬金道:"小弟再不会说谎。"尤员外道:"前日单二哥拿令箭知会与秦老伯母上寿,我说:'贤弟你不去罢。'你勉强说:'秦大哥与我髫年有一拜,童稚之交。'——若是与你有一拜,他就晓得你会饮了。初见时恰似不相认一般。如今来敬酒,并不见叙一句寒温,不多劝你一杯酒,是甚缘故?"咬金激得暴躁:"兄不信,等我叫他就是。"尤俊达道:"你叫。"咬金厉声高叫:"太平郎,你今日怎么倨傲到这等田地!"就是春雷一般,满座皆惊。连叔宝也不知是那一个叫,慌得站起身来:"那位仁兄错爱秦琼,叫我乳名?"王伯当这一班好耍的朋友鼓掌大笑道:"秦大哥的乳名原来叫做太平郎,我们都知道了。"贾润甫替程咬金分剖道:"就是尤员外的厚友程知节兄,呼大哥乳名。"叔宝惊讶其声,走至咬金膝前,扯住衣服,定睛一看,问道:"贤弟,尊府住于何所?"咬金落下泪来,出席跪倒,自说乳名:"小弟就是斑鸠店的程一郎。"叔宝也跪下道:"原来是一郎贤弟。"

  垂髫叹分袂,一别不知春。
  莫怪不相识,及此皆成人。
  当初叔宝、咬金相与,是朝夕玩耍弟兄,怎再认不出?只因当日咬金的面,还不曾这般丑陋。后因遇异人服了些丹药,长得这等青面獠牙,红发黄须。二人重拜,叔宝道:"垂髫相与,时常怀念。就是家母常常思念令堂,别久不知安否?何如今日相逢,都这等峥嵘了。"坐间朋友,一个个都点头嗟叹。

叔宝起来,命手下将单员外席前坐机,移在咬金席旁,叙垂髫之交,更胜似雄信邂逅相逢。却只是叔宝有些坐得不安,才与雄信对坐时,隔着酒席,端端正正,接杯举盏,坐得舒畅。如今尤员外正席,左首下首一席,是咬金坐了,叔宝却坐在桌子横头。坐得不安也罢了,咬金却又是个粗人,斟杯酒在面前,叔宝饮得迟些,咬金动手一揿一扯的,叔宝又因比较,打破了皮,也有些疼痛,眉头略皱了一皱。咬金心中就不欢喜起来,对叔宝道:"兄还与单二哥吃酒去罢!"叔宝道:"贤弟为何?"咬金道:"兄不比当年,如今眼界宽了,有些嫌贫爱富了。似才与单二哥饮酒,何等欢畅,与小弟吃两杯酒,就攒眉皱脸起来。"叔宝却不好说腿疼,答道:"贤弟不要多心,我不是这等轻薄人的。"贾润甫又替叔宝分辨道:"知节兄不要错怪了秦大哥。秦兄的贵体,却有些不方便。"咬金是个粗人,也不解不方便之言,就罢了。

雄信却与叔宝相厚,席上问贾润甫:"叔宝兄身上有什么不方便处?"贾润甫道:"一言难尽。"雄信道:"都是相厚朋友,有甚说不得的话?"贾润甫叫手下问道:"站着些人,都是什么人?"手下回复道:"都是跟随众爷的管家。"贾润甫又向自己手下人说:"你们好没分晓,在家不会迎宾客,出外方知少主人。这些众管家在此,你们怎不支值茶饭?"又向管家道:"列位不要在此站立,请外边小房中用晚饭。舍下却自有人服事。"贾润甫将众人都送出三门外,自

第二十三回

己把门都拴了,方才入席。众朋友见贾润甫这样个行藏动静,都有个猜疑之意,不知何故。雄信待贾润甫入席,才问道:"贤弟,叔宝不方便为何?请教罢。"贾润甫道:"异见异闻之事。新君即位,起造东都宫殿,山东各州,俱要协济银三千两。青州着解官解三千两银子上京,到长叶林地方,被两个没天理的朋友取了这银子,又杀了官。杀官劫财的事,还是平常,却又临阵通名,报两个名叫做甚么陈达、牛金,系是齐州地方。青州申文东都,行齐州州官赔补,并要缉获这两个贼人。秦大哥在来总管府中,明晃晃金带前程,好不兴头。为这件事,扳扯将下来,如今着落在他身上,要捕此二人。先前比较,看衙门分上,还不打;如今连秦大哥都打坏了。这九月二十四日就限满了,刘刺史声口,要在他们十余人身上,赔这项银子;不然要解到东都宇文司空处去,还不知怎么了!"

坐间朋友,一个个吐舌惊张。事不关心,关心者乱。尤俊达在桌子下面捏捏咬金的腿,知会此事。咬金却就叫将起来道:"尤大哥,你不要捏我,就捏我也少不得要说出来!"尤员外吓了一身冷汗,动也不敢动。叔宝问道:"贤弟说什么?"咬金斟一大杯酒道:"叔宝兄,请这一杯酒,明日与令堂拜寿之后,就有陈达、牛金与兄长请功受赏。"叔宝大喜,将大杯酒一吸而干道:"贤弟,此二人在何方?"咬金道:"当初那解官错记了名姓,就是程咬金、尤俊达,是我与尤大哥干的事!"众人听见此言,连叔宝的脸都黄了,离坐而立。贾润甫将左右小门都关了。众友都围住了叔宝三人的桌子。雄信开言:"叔宝兄,此事怎么了得?"叔宝道:"兄长不必着惊,没有此事。程知节与我自幼之交,他浑名叫做程抢挣。才听见贾润甫说,我有这些心事,他说这句呆话,开我怀抱,好陪诸兄饮酒。流言止于智者,诸兄都是高人,怎么以戏言当真?"程咬金激得暴躁起来,一声如雷道:"秦大哥,你小觑我!这是什么事,好说戏话?若说谎,就是畜生了!"一边口里嚷,一边用手在腰囊里,摸出十两一锭银来,放在桌上,指着道:"这就是兖州官银,小弟带来做寿礼的;齐州却有样银。"

叔宝见是真事,把那锭银子转拿来纳在自己衣袖里。许多豪杰,个个如痴,并无一言。惟雄信却还有些担当,道:"叔宝兄,这件事在兄与尤员外、程知节三位身上,都还好处;独叫我单雄信两下做人难。"叔宝开口道:"怎么在兄身上转不便?"雄信道:"当年寒舍曾与仁兄有一拜之交,誓同生死患难,真莫逆之交。我如今求足下不要难为他二人,兄毕竟也就依了。只是把兄解到京,却有些差池,到为那一拜,断送了兄的性命。如今要把尤俊达与程咬金交付与兄受赏,却又是我前日邀到齐州来,与令堂拜寿的。害他纳命,于心何安?却不是两下做人难?"叔宝道:"但凭兄长分付。"雄信低头思想了一会说:"我如今在难处之时,只是告半日宽限罢。"叔宝道:"怎么半日宽限?"雄信道:"我们只当今日不知此事,众朋友不要有辜来意,明日还到尊府,与令堂拜寿,携来的薄礼献上。酒是不敢领了,这等个怀抱,还吃甚酒?告辞各散。兄只说打听知道是他二人,领官兵围住武南庄。他两个人,也不是驽汉子,决不肯束身受缚。或者出来也敌斗一会,那个胜负的事,我们也管不得了。这也是出于无奈,在叔宝兄可允么?"

且袖渔人手,由他鹬蚌争。

叔宝道:"兄长,你知自己是豪杰,却藐视天下再无人物!"雄信道:"兄是怪我的言语了?"叔宝道:"小弟怎么敢怪兄!昔年在潞州颠沛险难,感兄活命之恩,图报无能。不要说尤俊达、程咬金是兄请往齐州来,替我家母做生日;就是他弟兄两个自己来的,咬金又与我髫年之交,适才闻了此事,就慷慨说将出来,小弟却没有拿他二人之理。如今口说,诸兄心不自安,却有个不语的中人,取出来与列位看一看,方才放心。"雄信道:"请教!"叔宝在招文袋内取出应捕批来与雄信。雄信与众目同观,上面止有陈达、牛金两个名字,并无他人。咬金道:"刚刚是我两人,一些也不差。拜寿之后,同兄见刺史便了。"雄信把捕批交与叔宝,叔宝接来"豁"的一声,双手扯得粉碎。其时李玄邃与柴嗣昌两个来夺时,早就在灯上烧了。

自从烛焰烧批后,慷慨声名天下闻。

毕竟不知如何,且听下回分解。

第二十四回

豪杰庆千秋冰霜寿母　罡星祝一夕虎豹佳儿

诗曰：

君不见段卿倒用司农章，焚词田叔援梁王。丈夫作事胆如斗，肯因利害生忧惶？生轻谊始重，身殒名更香。莫令左儒笑我交谊薄，贪功卖友如豺狼。

智士多谋，勇士能断，天下事若经智人肠肚，毕竟也思量得周到。只是一瞻前顾后，审利图害，事如何做得成？惟是侠烈汉子，一时激发，便不顾后来如何结局，却也惊得一时人动。当时秦叔宝只为朋友分上，也不想到烧了批，如何回覆刘刺史。这些人见他一时慷慨，大半拜伏在地。叔宝也拜伏在地。只为：

世尽浮云态，君子济难心。

谊坚金石脆，情与海同深。

这时候止有个李玄邃，袖手攒眉，似有所思。柴嗣昌靠着椅儿，像个闲想。程咬金直立着不拜道："秦大哥，不是这等讲！自古道：自行作事自身当。这当时我做的，怎么累你？只是前日获不着我两个，尚且累你；如今失了批回，如何回话？这官儿怕不说你抗违党盗，这事怎了？况且我无妻子，止得一个老母。也亏做了这

第二十四回

事,尤员外尽心供奉,饱衣暖食。你却何辜?倘有一些长短,丢下老母娇妻,谁人看管?如今我有一个计策:尤员外,你只要尽心供奉我老母,我出脱了你,我一身承认了就是。杀官时原只有我,没有你。追赶解官,通名时也只有我,没有你。这可与解官面质得的。只我明日拜寿之后,自行出首就是。秦大哥失了批回,也不究了;若是烧了批回,放我二人,我们岂不感秦大哥恩德,却不是了局,枉自害了秦大哥。"众人先时也都快活,听到烧了批回也不结局,枉累了秦叔宝这一片话,人都目睁口呆。只有李玄邃道:"这事我在烧批时便想来。先时只恐秦大哥要救自己急,不肯放程知节;及见他肯放他两人时,我心中说,叔宝若解东都宇文恺处,我自去央人说情,可以保全不妨。不料烧了批。如今我为秦大哥想,来总管原在我先父帐下,我曾与他相厚;况叔宝亦曾与他效劳,我自往见来总管,要他说一个事故,取了叔宝去,这事便解了。"伯当道:"也是一策。"程咬金道:"是便是,若来总管取得他去,便不发他下来了,况且不得我两个,不得这赃,州官要赔。这些官不楂银子家去罢了,肯拿出来赔?这是断断不放的。只是我出首便了。"叔宝道:"且慢,我自明日央一个大分上说:屡比不获,情愿赔赃,事也松得。"正是:

十万通神,有钱使鬼。

说甚铁面,也便唯唯。

却说柴嗣昌拍着手道:"这却二兄无忧,柴嗣昌一身任了罢!"众人跟前,怎柴嗣昌敢说这大话?却为刘刺史是他父亲知贡举时取的门生,柴嗣昌是通家弟兄,原是要来拜谢叔宝,打他抽丰做路费。撞在这事里,他也待做个白分上,总是刘刺史要赔赃,却不道有带来唐公酬谢叔宝银三千两。叔宝料不遽收,就将来赔了,岂不两尽？故此说这话道:"实不瞒诸兄说,刘刺史是我先父门生,我去解这危罢！"程咬金道:"就是通家弟兄,送了百十两银子便罢,如何肯听了自赔三千两皇银？"尤俊达道:"只要柴大哥说得不难为叔宝,银子我自措来。"柴嗣昌道:"这银子也在我身上,不须兄措得。众位且静坐饮酒,不可露了风色。为他人知觉,反费手脚。"正是:

神谋奇六出,指顾解重围。
好泛尊前醉,从教月影微。

单雄信道:"既是李大哥、柴大哥都肯认这节事,拜寿之后,两路并行,救他两人之急罢了。"众人仍又欢欢喜喜的,入席饮酒,分外欢畅。说了几许时话,吃了几多时酒,不觉将五鼓。叔宝先告辞回家。进城到自家门口,只见门还不闭,老母倚门而立,媳妇站在旁边。叔宝惊讶道:"母亲这早晚还立在门口何干？"老母把衣袖一洒,洋洋的径回里面坐下,眼中落泪。叔宝慌忙跪倒。老母道:"你这个冤家,在何处饮酒,这早晚方回？全不知儿行千里母担忧。虽不曾远出,你却有事在身上。昨日府中比较,我看见被打的人,街坊上纷纷的走过去,我心中何等苦楚,你却把我老母付于度外。"叔宝道:"孩儿怎敢忘母亲养育之恩,只是有一桩不得已事。"老母道:"什么不得已事？"叔宝道:"就是昔年潞州破格救孩儿的性命单员外,同许多朋友赶到齐州来,今日天明与母亲拜寿。"老母道:"既然如此,你且起来叫媳妇,现有远路尊客到家中,茶果小菜,不比寻常,都要安排精洁些。"

叔宝把做旗牌官管下二十五名士兵,都唤到家中使用,同批捕

第二十四回

盗的二友,请来代劳。樊建威是个粗人,着他收入盘盒礼物,打发行的脚钱。唐万仞写的字好,发领谢帖子,就开礼单记账。连巨真礼貌周旋,登堂拜寿的朋友,都是他迎接相陪。有走马到任的酒面,叔宝内外照管。却不止于西门外这班朋友,山东六府,远近都有人来。只这本地来总管标下,中军官差人送礼,同袍旗牌听用等官,俱登堂拜寿。齐州除正堂以下佐贰衙的官员并历城县,都要叔宝担捕盗的担子,二十四日顶限,解赴东都,只得奉承,也有差人送礼的,有登堂拜寿的。还有绿林中一班人,感叔宝周旋,不敢登堂拜寿,月初时黑夜入城,用折干礼物,单书姓名,隔墙投入。叔宝受有千金。如今见府县官员来拜寿,着人出外城去知会雄信等,缓着些进来,恐咬金说话露出些风声来,多有不便。

众人下处吃过了饭,到巳时以后,方才进城。十七位正客,手下倒有二十多人,礼物却抬了一条街道。将近叔宝门首,叔宝与建威等重换衣服,降阶迎接。众人相见了,先将礼物抬将进去。此时门上结彩,堂内铺毡,天井里用布幔遮了日色,月台上摆十张桌子。尺头盘盒,俱安于桌上;果盘等件,就月台地下摆了;羊酒与鹅酒俱放在丹墀下面。众人各捧礼单,立于滴水檐前,请老母拜寿。看堂上开寿域规模,屏门上面悬一面牌匾,写四个大字:"节寿双荣。"庭柱上一对联句,称老夫人操守:"历尽冰霜方见节,乐随松柏共齐年。"居中古铜鼎内焚好香,左右两张香几,宝鼎焚香。左手供一轴工绘南极寿星图,右手供一幅细绣西池王母。檐前结五彩球门,两厢房鼓手奏乐。

叔宝到屏门边,请老母堂前与诸兄相见。老母出来,虽是六旬,儿子却在得意之秋。老母黄发童颜,穿一身道扮的素服,拿一

豪杰庆千秋冰霜寿母　罡星祝一夕虎豹佳儿

串龙颔头的念珠，后边跟两个丫鬟。秦母近堂前举手道："老身且不敢为礼。"先净手拈香，拜了天地。拜罢，转在主人的席边，方才开言道："老身与小儿有何德能，感诸公远降，蓬荜生辉。诸位大人风霜远路，老身也不敢为礼，就此站拜了。"雄信领班登堂，众口同声道："晚生辈不远千里而来，无以为敬，惟有一拜。"推金山，倒玉柱，一群虎豹，罗拜于阶庭。老母也跪下。那樊虎、唐万仞、连巨真，却不随班下拜，扯住了秦母两边衣袖，不容他还拜。叔宝却跪在母亲旁边，代老母还礼。雄信道："恐烦伯母，我等连叩八拜罢。"老母还礼起来称谢。众人却将各处礼单递与叔宝，献与老母亲观看，安在居中桌上。老夫人道："诸位厚仪，却则反有不恭之罪。"分付秦琼都收了各家的寿轴，从屏门两边鹅毛扇挂将起来，惟工致者揭面。

雄信又上前道："老伯母在上，适才物鲜，不足与伯母为寿，还备得有寿酒在此，每人各敬三杯，以介眉寿。"叔宝道："单二哥，就是樊建威三位兄弟，还不曾赐家母的酒。家母年高，不要说大杯，就是小杯，也领不得许多。兄长分付，总领三杯便了。"李玄邃道："依单员外每人三杯太多，依叔宝总领三杯太少。我学生有个愚见：众朋友若是一个个来的，就该每人奉三杯了；若是一家来的，总只该奉三杯；我们也不是一家，也不是一个，各有一张礼单在此，照礼单奉酒，有一张礼单，奉三杯酒。"叔宝看礼单甚多："这等容小弟代饮。"伯当道："这个使得，母子同寿千秋。"先是雄信的，这个单上的人多，八个人：单通、王勇、李密、童环、金甲、张公谨、史大奈、白显道、他这八人，九月十五二贤庄起身，礼单礼物，都是雄信办停当来的。老母见客众，却领两杯，叔宝代领一杯。第二是柴

第二十四回

绍,独一个礼单,老母也领了两杯,叔宝代了一杯。次后尉迟南、尉迟北,却又重新讲起:"小弟二人虽是一张礼单,却要奉六杯寿酒。"叔宝道:"单二哥许多朋友,遵李兄之言,只赐三杯。贤昆玉却怎么又要破格?"尉迟兄弟道:"小弟也说出理来:适才乱收礼物进去,却有我本官罗公书礼在内。愚兄弟奉公差遣,假公而济私来的,不要辱主人之命,先替我罗老爷奉过三杯,然后才尽我弟兄二人来意。"众人都道好,老夫人听得说是姑夫差官,勉强饮两杯,叔宝代饮四杯。却轮到尤俊达、程咬金。叔宝道:"这一位便是斑鸠店住的程一郎。"秦母失惊道:"这就是程一郎!怎面庞一些不像了?记得乱离时,与令堂相依,两边通家,往还数年。后来令堂要往东阿,以后音信隔绝,不料今日相逢。令堂可好么?"咬金道:"托庇粗安,令知节致意老伯母。"秦母又欢喜,吃了两杯,叔宝又代饮一杯。雄信又叫住了:"还留主人陪我们盘桓,你本地方朋友,总只奉三杯罢。"还有张礼单,贾润甫城里的三友樊虎、连明、唐万仞,共奉三杯。寿酒已毕,老夫人称谢,分付叔宝:"诸公远来光顾,须得通宵快饮。"老夫人进去,叔宝将二门都关了,各按秩序而坐,都是贾柳家中叙过的,今日只多城里三人,又是那叔宝通家兄弟,都做主人。奏乐进酒,因酒无令不行,将雄信贺寿的词,做一酒令,每人执一大杯,饮一杯酒,念寿词一遍,一字差讹,则敬一杯。先是雄信首唱其词曰:

秋光将老,霜月何清。皎态傲寒惟香草,花周虽暮景,和气如春晓,恍疑似西池阿母来蓬岛。　　杯浮玉女浆,盘列安期枣,绮筵上风光好。昂昂丈夫子,四海英名早,捧霞觞,愿期颐长共花前笑。

豪杰庆千秋冰霜寿母　罡星祝一夕虎豹佳儿

众豪杰歌寿词，饮寿酒。词原是单雄信家李玄邃做来的，他两个不消讲记得。王伯当与张公谨，都曾见来，这两人文武全才，略略省记，也都不差。到柴嗣昌，不惟记得，抑且歌韵悠扬合调。贾润甫素通文墨，也还歌得。苦了是白显道、史大奈、尉迟南、尉迟北、尤俊达、金国俊、童佩之、樊建威一干等了。程咬金道："这明是作耍我了，我也不认得，念不来，吃几钟酒罢！"众人一齐笑了一番，开怀畅饮。

却说外厢这些手下仆从士兵，亦安排了几桌酒饭，陪着他们吃。忽听得外面叩门声甚急。一个士兵忙取火开门，出来一看，却是一个长大的道人，肩上背着一口宝剑。士兵道："你来做什么？"道人道："我来化斋。"士兵道："斋是日里边化的，这是什么时候了，却来鬼浑！"道人道："别人化斋是日里，我偏要在夜里化。"士兵道："里边有事，谁耐烦和你缠，请你出去罢！"把手向道人一推，只见士兵反自仰面一交，翻天的跌向照壁上去。这一响惊动了厢房这些士兵，与那手下仆从齐走出来。这干人都是会动手动脚的，见跌倒了那个士兵，大家上前要打这道人。只见道人把手一格，一二十人纷纷的上堆也似，倒在尘埃。一个士兵忙进堂中，向席上去报知。叔宝见说便道："你们好不晓事，他要化斋，或荤或素，斋他一饱便了，值甚事大惊小怪？"樊建威道："秦大哥你自陪客，待弟出去看来。"

樊建威走到门首，只见那道人虎躯雄壮，一部髯须，知非常人，忙举手一恭道："老师还是实要化斋，还是别有话说？"道人道："我那里要化什么斋？我是要会叔宝兄一面，与他说句话儿就去的。"樊建威道："既如此，老师少待，我去请他出来。"樊建威进来说了，

第二十四回

叔宝方要出去,只见那道人已到面前,叫道:"那位是叔宝兄?"此时众豪杰看见,也都出位走下来。叔宝应道:"小弟就是。"忙向道人作了一揖。道人又问:"那一位是二贤庄单雄信兄?"雄信道:"小弟便是单通。"也与道人揖过。王伯当道:"老师,我们人众,大家团揖了坐罢!"叔宝便问:"老师上姓?"道人道:"小弟姓徐,贱字洪客。"叔宝见说大喜道:"原来是徐洪客兄,何缘有辱降临?"单雄信道:"魏玄成时常道及老师许多奇谋异术、文武才能,日夕企慕得紧。今幸一见,足慰平生。"叔宝就要安席敬酒。徐洪客道:"坐且少停。弟此来为庆老伯母大寿,但此时不敢又动烦出阁,小弟在山中带得仙液香醪在此,烦兄送进去敬上老伯母,小弟在外遥拜便了。"便叫取一个空壶来,手下人忙把来放在桌上。徐洪客向袖中取出一个三四寸长的葫芦来,对天默念了几句,又将一指在葫芦外划了几划,揭起壶盖倾下,一时异香满室,烟浮篆结,热腾腾竟是一满壶香醪。徐洪客把一指在葫芦口边一击,即便住了,执壶在手道:"本欲就送进去,奈弟与叔宝兄乍会,恐有猜疑,待弟先自饮一杯。"就斟上一杯,自饮干了。又斟一杯,送与叔宝道:"兄亦先奉一杯,然后好烦兄送进去与老伯母增寿。"叔宝道:"承赐仙醪,家母尚未奉过,弟安敢先尝?"只见程咬金抢出来喊道:"待弟与秦大哥饮罢!"便举杯向口只一合饮干,觉得香流满颊,精回肺腑,便道:"可要再代一杯?"徐洪客道:"这未必了,且拿进去,奉过了老伯母,剩下的取来敬诸兄。"叔宝捧了壶,进里边去了。洪客向内拜了四拜起来,正是:

　　眉寿添筹献,香醪异味新。

不一时叔宝出来,对洪客拜道:"老母叫弟致谢徐兄天浆,家

豪杰庆千秋冰霜寿母　罡星祝一夕虎豹佳儿

母已饮受三杯。余下的叫秦琼分惠与诸兄长。"樊建威把徐洪客向内拜祝，说与叔宝知道，叔宝连忙又拜下去。洪客扯住，又在袖内取出一个葫芦来，向口内吹一口气，把壶瓶倾满，大家你一杯，我一盏，恰好轮到了叔宝主人家一杯，壶中方竭。众人吃了，个个赞美称奇。叔宝就定徐洪客在单雄信肩下坐了，众豪杰亦各就位。叔宝对徐洪客道："前岁小弟公干长安，遇李药师，尝道吾兄大名。"雄信问道："洪客兄，你几时不会魏玄成了？"洪客道："弟于前月望，间道过华山西岳庙，蒙玄成兄留弟住了一宵，说叔宝兄前年在潞州东岳庙染疴，亏兄接秦兄到尊府调理好了，彼此相聚，约有半载。秦兄后边误遭人命，配入幽州，如今四五载，音信杳然，心甚挂念。玄成兄因庙中不能脱身，托弟附一札，到尊府相访，欲同来祝寿。尊价云爷已同诸位爷往山东拜秦太太寿去了，故此弟连夜赶来，奉祝伯母荣寿。"说罢就在袖中取出魏玄成的两札来。

雄信拆开看了，不过说前日在潞时，承兄护法、光耀山门的意思。那叔宝一札，前边聊叙阔踪，中间道不及亲身奉祝之意，后边说来友徐洪客非等闲之人，嘱叔宝以法眼物色之。另具寿词一幅，颂祝冈陵。叔宝看完，纳入袖中道："小弟当年在庙中抱疴，亏他的药石调理。及弟在幽州回到潞州，刚欲图报，玄成兄又到华山去了。许多隆情厚谊，尚未少酬，至今犹自歉然。"李玄邃道："徐兄几时到这里的？"徐洪客道："小弟下午方赶进城，寓在颜家店内。原拟明晨来拜秦伯母寿，因见巽方上今晚气色不佳，防有小灾，一路看觑，恰在这个里中，故此只得暮夜来奉陪诸兄。"众人见说，齐声问道："什么灾害？"洪客答道："诸兄少刻便知。"

众豪杰见徐洪客丰神潇洒，举动非常，都与谈论，劝他的酒。

第二十四回

正在觥筹交错之时，只见徐洪客停着酒杯在案，把左眼往外一瞬，说道："不好，灾星来了！"忙跳起身来，执着一杯酒，向月台站定，拔出背上宝剑，口中念念有词，喝声道："疾！"把酒向空中一洒进来。一霎时狂风骤起，黑雾迷天，堂中灯烛光摇影乱。众人正在惊疑，只听得外边喧嚷，进来报道："不好了，左首邻家漏了火了！"叔宝与众人见说，忙要起身，往外着人去救火。洪客止住道："诸兄不要动，外边大雨了。"话未说完，只听得庭中倾盆大雨，倒将下来，足有一个时辰，却云收雨息。手下人进来说道："恰好逢着一场大雨，把火都救灭了，不然必致延烧的了不得。"于是众豪杰愈钦服徐洪客。

其时正交五鼓，众人便起身谢别。洪客对叔宝道："小弟明早不及登堂了。"叔宝道："吾兄远临，诸兄又在此，再屈盘桓几日。"洪客道："小弟因魏玄成常说，太原有天子气，故与刘文静兄相订，急欲到彼一晤，故此就要起身。"叔宝道："既如此，弟亦欲修一札，去候文静兄。并欲作札致谢玄成，明早遣人送到尊寓。"洪客应允。众位齐声谢别出门。正是：

　　胜席本无常，盛筵难再得。

第二十五回

李玄邃关节全知己　柴嗣昌请托浼赃官

词曰：

　　天福英雄，早托与匡扶奇业。肯困他七尺雄躯，一腔义烈？事值颠危浑不惧，遇当生死心何慑。堪羡处，说甚胆如瓢，身似叶。　　羞弹他无鱼铗，喜击他中流楫。每济困解纷，步凌荆聂。囊底青蚨尘土散，教胸中豪气烟云接。岂耽耽贪着千古名，一时侠。

　　　　　　　　　——右调《满江红》

　　尝看天下忠臣义士身上，每每到摆脱不来处，所与他一条出路，绝处逢生。忠臣义士，虽不思量靠着个天图个侥倖成功，也可知天心福善，君子落得为君子。叔宝一时意气，那里图有李玄邃、柴嗣昌两个为他周旋？不期天早埋伏这两路救应。当日饮勾了半夜，单雄信一干回到贾润甫家歇宿；徐洪客到颜家店里候叔宝的回札；樊建威等三人各自回家。

　　雄信睡到天明，忙去催李、柴两个行事，两人分投而往。李玄邃去见来总管，明说为拜秦叔宝母亲寿诞而来，今叔宝因捕盗，遭州中荼毒，要兄托甚名色，取了他来，以免此害。来总管道："此人

第二十五回

了得,我也有心看他;但只是说两个毛贼,他去擒拿也不难,不料遭州中责比。只是目下要取他来,无个名色取来。留在帐下,州中还要来争。"想了一想道:"有了。前日麻总管移文来道,督催河工将士,物故数多,要我这边发五百人抵补。我如今竟将他充做将领,给文与他前去。这是紧急公务,他如何留得住?他再来留,我自有话讲。当先原只说他受贿,不肯捕贼,如今将他责比,只是捕不来,可知不是纵贼了。他州中自有捕人,怎挟私害我将官?我这边点下军士,叫他整束行装,只待文出就行便了。"留玄邃吃饭。玄邃再三不肯道:"兄只周旋得秦旗牌,小弟感惠多了。"要留他在衙中盘桓几日,玄邃道:"恐刘刺史申文到宇文恺处害秦琼,要在彼处为他周全,以此不便久留。"来总管只得佥了一张批,自到贾润甫家答拜,送与李玄邃,赠他下程折席盘费,也不可数百两。叔宝这番呵:

汤网开三面,冥鸿不可求。

弋人何所慕,目断碧云头。

这厢柴嗣昌去见刘刺史,刺史因是座主之子,就留茶留饭。倒是刘刺史先说起自己在齐州一廉如水,只吃得一口水。起解银两并不曾要他加耗。词讼多是赶散,并不罚赎。不料被响马劫去邻州协济银三千两,反要我州里赔。别无设处,连日追比捕人,并无消息,好生烦苦。柴嗣昌就趁势说道:"正是捕人中有个秦琼,前奉差来长安,曾与八拜为交。昨来拜他母亲寿,闻他以此无辜受累,特来为他求一方便。"刘刺史道:"仁兄不知,这秦琼他专一接受响马常例,养盗分赃,故此得夤充旗牌,交结远方。众捕盗攻他,小弟又访得确实,故此责令他追捕。纵是追不着贼,他也赔得起赃。若依仁兄宽了他，贼毕竟拿不着，这项三千银子，必定小弟要赔了。明日小弟正待做文书，解他到东都总理宇文司空处去。今日兄分付小弟，止可宽他几限，使他得盗得赃罢了。"嗣昌道："我想东都只要银子去，人不解去，具文去也罢。"刘刺史道："正是这银子难得。小弟是赔不起，就要在本州属县搜括。凡可搜括得的，都是县官肉，己钱那个肯拿出来？故此不得不比这干捕人。"柴嗣昌看这刘刺史的意思，是要叔宝众人身上出这项银子的了，因笑一笑道："这等，不若待众捕人赔偿一半，注销了此事罢。"刘刺史道："这如何注销得？即少一两，还是一宗未完，关着我考成的。"柴嗣昌道："这等，待各捕盗赔了，完了这考成罢。"刘刺史道："论这干人，多赔也不难。且惯得贼人常例，就赔也应该。只是这干人都是东都讨解的，莫说解去是十死一生，只盘费也要若干。如今兄出题目，要他赔赃外，再送兄五百两，这个作小弟薄敬。小弟明日就不比较，听他纳银了。小弟还给一个执照与他，拿着贼时，一一追来给还。"柴嗣昌又含笑起身道："只恐这些穷人还不能全赔。"刘刺史道："这皇银断不可少！只要秦琼出一张认状，分派到众人身上，小弟自会追足。就是仁兄的谢礼，切不可听他诉说穷苦，便短少了。"柴嗣昌道："只要赔得赃完，小弟的心领了罢。"起身告别，刘刺史直送出府门。正是：

　　只要自己医疮，那管他们剜肉。

　　柴嗣昌回到贾家时，李玄邃已得了来总管送来批文，只待柴嗣昌来，问府中消息，同去见叔宝。两边相见，玄邃便把批文与柴嗣昌看，说："正待同你见叔宝，叫他打叠起身。"柴嗣昌看了，叹一口气道："如今人薄武官，还是武官爽快。这些文官臭吝，体面虽好，却也刁钻,把一个免解,就做了一件大分上。大意要这干捕盗身上赔赃,说给与执照,待拿着贼时追给。"单雄信道:"这小也是果子话。但是这干捕盗,除了叔宝,樊建威、唐万仞、连巨真三个,想还家道稍可,其余这干穿在身上,吃在肚中,那一个拿得出银子的?"伯当道:"这个须我们为他设处。"程咬金道:"这不须讲得,原是我们拿去,还是我们补还。尤员外快家去,把原银倾过,用费些可补上,拿了来救秦琼大哥。"尤俊达也应声要去。柴嗣昌道:"这是小弟说过,都在我身上。"张公谨道:"岂有独累兄一人之理?"柴嗣昌道:"不然,这也是秦大哥的银子。"伯当道:"秦大哥几时有银子在你处?"柴嗣昌道:"就是秦叔宝先时在楂树岗救了岳父,小弟在报德祠相会时,曾有书达知岳父。及至岳父有书差人送些银子来时,叔宝已回。逡巡至今,小弟方带得来。正拟拜寿后送去,还恐他是好汉子,为人不求报的,不肯收这银子。不若将来完了此事。"白显道与贾润甫道:"此事最妙。"童环、金甲道:"怪见前日程兄有眼力,拦住厮杀,终久替他了事。"程咬金笑道:"正是太便宜了我两个。"这是:

　　张公吃酒李公醉,楚国亡猿林木灾。

　　正说时,听得外边喝道,是刘刺史来拜了。众人都回避,独嗣昌相见。送了三两折程,三两折席。吃茶时,刘刺史道:"所事我已着人吹风去,先完了仁兄谢仪,然后小弟才立限收他银子,免他解,给照与他。这分上若不是兄,断断不听。这五十余人解向东京,都是一个死,莫想得回来。"柴嗣昌道:"小弟领仁兄情便了。"刘刺史道:"兄不是这样说,务要他足数,不然是小弟谎兄了;且敝地寒苦,若舍了这桩分上,再没大分上。兄不可放松。"说罢,作别上轿去了。

　　仕途要术莫如悭，谁向知交赠一镮。

　　交际总交穷百姓，带他膏血过关山。

　　众人听了这番说话道："方才刘刺史教你不要放松，是甚事？"柴嗣昌笑道："他是叫我索他们谢礼五百两。这不要睬他，只说我已得便完了。"李玄邃道："这等，你折了五百两了。"柴嗣昌叫家人带了银子，同单雄信、李玄邃、王伯当四人，竟到秦叔宝家中。樊建威因刘刺史差个心腹吏放风与他，要他们赔赃，且要出五百两银子，送柴嗣昌，极少也要三百两，慌做一团，赶来与叔宝计议。却值柴嗣昌四人到来，与樊建威见了礼，又与秦叔宝交相谢了。李玄邃却递出一张批文来，却是：

　　钦差齐州总管府来，为公务事：仰本职督领本州骑兵五百名，并花名文册，前至钦差河道大总管麻处告投，不许迟延生事。所至关津，不得阻挡，须至批者。

　　右仰领军校尉秦琼准此　大业六年九月二十三日行限某日投

　　李玄邃道："来总管一面整点人马，大约三日内要兄启行了。"叔宝看了，也不介意。只有樊建威失惊道："恭喜仁兄，奉差即要荣行，脱离这苦门了。只是我们怎赔得这三千两银子，还要出五百两分上钱送柴兄？"单雄信道："樊建威也知道了。"樊建威道："小弟衙门中多有相知，柴兄讲时，就有人出来通信了。后边刘爷又差个吏来明说，甚是心焦，故此特来与叔宝兄计议。"王伯当道："建威莫慌，柴大哥不惟不要你们分上钱，这三千两银子，还是他出。"樊建威道："果有此事？"秦叔宝道："有此事，没有此理。我也不要

第二十五回

柴兄出,也不要樊建威众人出,尽着家当赔官罢。不敷,我还有处借。"柴嗣昌道:"这宗银子,原也是足下的。"柴嗣昌便取出唐公书,从人将两个挂箱、一个拜匣、一个皮箱拿将过来。柴嗣昌道:"这是岳父手札,送到小弟处,兄已回久。后来小弟值事要面送,不曾来得,蹉跎至今。"叔宝启书,却是一个"侍生李渊顿首拜"名帖,又是一个副启,上写道:

关中之役,五内铭德,每恨图报无由。接小婿书,不胜欣快。谨具白金三千两,为将军寿。萍水有期,还当面谢。

叔宝看了作色道:"柴仁兄,这令岳小视我了;丈夫作事求报的么?"柴嗣昌陪着笑道:"秦兄固不望报,我岳父又可作昧德的么?既来之,则安之。"单雄信道:"叔宝兄,这原不是你要他的。路上难行,也没个柴兄复带去的理。如今将来完此事,却又保全这五十余家身家,你并不得分毫。受而不受,你不要固执。"樊建威道:"叔宝兄放了现钟去买铜,这便是我们五十三家的性命在上边了。柴兄慨然,你也慨然。"叔宝还在迟疑,单雄信道:"建威,叔宝他奉官差,就要起身。这银子你却收去完官。"王伯当道:"分上钱,我这边柴大哥也出虚领了。只是我们这居间加一,管家这加一,不可少的。"众人一齐笑起来。叔宝道:"只是我心中不安。"自起身进里边,又拿出三百两银子,来对樊建威道:"我想刘刺史毕竟还要什么兑头火耗,并甚么路费贴垫,你一发拿这三百两银子去凑,不要累众人。捕批我也不去销了。"正是:

千金等一毛,高谊照千古。

樊建威道:"我一人也拿不去,你且收着。待我叫了唐万仞众人来,也见你一团豪气。"叔宝收了,就留他数人在家中吃酒。正吃时,只见尤俊达与程咬金来辞。先时程咬金在路邀集柴嗣昌,与杀败金、童两个,后来虽系俱是相与,心中也有些不安。到认了杀官劫掠时,明明供出个响马来了。咬金也便过了,尤俊达甚觉乏趣。勉强捱倒拜寿,就要起身。程咬金道:"毕竟看得叔宝下落方去,不然岂有独累他之理?"及至柴、李两人回覆,知道叔宝可保无事,尤俊达又恐前日晚间言语之际,走漏风息,被人缉捕,故此要先回。贾润甫亦要脱干系,懒懒相留;故此两人特来拜谢告别。叔宝又留了,同坐作饯。

樊建威在坐,两边都不题起。叔宝道:"本意还要留二兄盘桓数日,只为我后日就要起身,故不敢相留。"临行时,里面去取出些礼来,却是秦母送与程母的。吃到大醉,尤俊达、程咬金同单雄信等回店。到五更时,尤俊达与程咬金先起身去讫。

满地霜华映月明,喔咿远近遍鸡声。

困鳞脱网游偏疾,病鸟惊弦身更轻。

次日早,秦叔宝知刘刺史处只要赔赃,料不要他,他就挺身去谢来总管辞他。来总管道:"我当日一时不能执持,今你受了许多凌辱。如今你且去,罗老将军、李玄邃分上,回时我还着实看你,你也是不久人下的人。"叔宝叩辞了出来,复大设宴,请北来朋友,也是贾润甫、樊建威、唐万仞、连巨真陪。这三人感谢柴嗣昌不尽。不知若不为秦叔宝,柴嗣昌如何肯出这部酬力?叔宝又浼李玄邃作三封书:一封托柴嗣昌回唐公;一封附尉迟南,答罗行台,有礼与他姑娘姑夫;又有书与罗家表弟。一班意气朋友这一日传杯弄盏,话旧谈心,更比平时畅快。

杯移飞落月,酒溢泛初霞。

第二十五回

谈剧不知夜，深林噪晓鸦。

吃到天明，还没有散。外边人马喧阗，是这五百人来参谒。叔宝换了戎服在厅上，分付只叫队什长进见。恰是十个队长、五十个什长，斑斑斓斓的摆了一天井，都叩了头。叔宝道："来爷分付，只在明日起行。你们已领行粮，可作速准备行李，明日巳时在西门伺候。"众人应了一声散去。单雄信对叔宝道："前日说的'求荣不在朱门下'，若如此，也不妨。"叔宝道："遇了李、柴二仁兄，可谓因祸得福。"李玄邃道："大丈夫事业正不可量。"众人都到寓所取礼来贺。叔宝也都送有贱礼，彼此俱不肯收。伯当道："叔宝连日忙，我们不要在此鬼混，也等他去收拾收拾行李，也与老嫂讲两句话儿。明日叔宝兄出西门，打从我寓所过，明日在彼相送罢。"众人一笑而散。

果然叔宝在家收拾了行李，措置了些家事，叫樊建威众人取了赔赃的这项银子去。到不得明日巳时，队什长都全装贯带来迎请他起身。叔宝烧了一陌纸，拜别了母妻，却是缠综大帽，红刺绣通袖金闹装带，骑上黄骠马。这五十人列着队伍，出西门来，与那青衣小帽在州中比较时，大似不同了。集古：

萧萧班马鸣，宝剑倚天横。

丈夫誓许国，胜作一书生。

出得西门，到吊桥边，两下都是从行军士排围。那市尽头有座迎恩寺，叔宝下了马，进到寺里。恐有不到的，取花名册一一点了。又捐己赀，队长每人三钱，什长二钱，散兵一钱。犒赏也费五六十两银子。内中选二十名精壮的做家丁，随身跟用，另有赏。事完，先是他同袍旗牌都来饯送，递了三杯酒作别了。次后是单雄信一干,也递了三杯酒。叔宝道:"承诸公远来,该候诸公启行才去为是。只奈因玄邃兄提掇得这一差,期限迫近,不能担延。"又对柴嗣昌道:"柴大哥,刘刺史处再周旋,莫因弟去,还赔累樊建威兄弟。"柴嗣昌道:"小弟还要为他取执照,不必兄长费心。"对着尉迟兄弟说:"家姑丈处烦为致意,公事所羁,不得躬谢。"对伯当及众人道:"难得众兄弟聚在一处,正好盘桓,不料又有此别。"对贾润甫、樊建威道:"家中老母,凡百周旋。"与众人作别上了马,三个大铳起行。

相逢一笑间,不料还成别。

回首盼枫林,尽洒离人血。

去后,柴嗣昌在齐州结了赔赃的局,一齐起身。贾润甫处都有厚赠。柴嗣昌自往汾阳。尉迟兄弟、史大奈他三个却是官身,不敢十分担搁,与张公谨、白显道也只得同走幽州去了。止剩李玄邃、王伯当、单雄信、金国俊、童佩之五位豪杰在路。

未知后事如何,且听下回分解。

第二十六回

窦小姐易服走他乡　许太监空身入虎穴

词曰：

　　泪湿郊原芳草路，唱到阳关愁聚。撒手平分取，一鞭骄马疏林觑。　　雷填风飒堪惊异，倏忽荆榛满地。今夜山凹里，梦魂安得空回去。

——右调《惜分飞》

人生天地间，有盛必有衰，有聚必有散。处承平之世，人人思安享守业，共乐升平。若处荒淫之世，凡有一材一艺之士，个个思量寻一番事业，讨一番烦恼；或聚在一处，或散于四方，谁肯株守林泉，老死牖下？

再说金国俊、童佩之，恐怕衙门有事，亦先告别，赶回潞州去了。单雄信、王伯当、李玄邃他三人是无拘无束，心上没有甚要紧，逢山玩山，逢水玩水，一路游览，不觉多时，出了临淄界口。李玄邃道："单二哥，我们今番会过，不知何日重聚？本该送兄回府，恐家间有事，只得要在此分路了。"王伯当道："弟亦离家日久，良晤非遥。大约来岁少不得还要来候兄。"单雄信依依不舍，便道："二兄如不肯到我小庄去，也不是这个别法。且到前面去寻一个所在，我们痛饮一回,然后分手。"伯当、玄邃道:"说得有理。"大家放辔前行,雄信把手指道:"前面乃是鲍山,乃管鲍分金之地。弟与二兄情虽不足,义尚有余,当于此地快饮三杯何如?"伯当、玄邃应声道:"好。"举头一望,只见:

  山原高耸,气接层楼。绿树森森,隐隐时闻虎啸;青杨嫋嫋,飞飞目送莺啼。真个是为卫水兮禽翔,鲸鲵踊兮夹毂。

这鲍山脚下,止不过三四十人家,中间一个酒肆,斜挑着酒帘在外。三人下了牲口,到了店门首,见有三四个牲口,先在草棚下上料。店主人忙出来接进草堂,拂面洗尘。雄信对主人问道:"门外牲口,客人又下在何处?"店主把手指道:"就在左首一间洁净房里饮酒。"雄信正要去看时,只见侧门里早有一人探出头来。伯当瞥眼一认,笑道:"原来是李贤弟在此。"李如珪看见,忙叫道:"众兄弟出来,伯当兄在此。"齐国远忙走出来,大家叙礼过。伯当问道:"为何你们二位在此?"李如珪道:"这话且慢讲,里边还有一位好朋友在内,待我请他出来见了才说。"便向门内叫道:"窦大哥出来,潞州单二哥在此。"只见气昂昂走出伟然一丈夫来。李如珪道:"这是贝州窦建德兄。"单雄信道:"前岁刘黑闼兄,承他到山庄来,道及窦兄尚义雄豪,久切瞻仰,今日一见,实慰平生。"雄信忙叫人铺毡,六人重新彼此交拜。

  伯当对如珪、国远道:"你二位在少华山快活,为何到此?"李如珪道:"弟与兄别后,即往清河访一敝友,不想被一个卢明月来占据,齐兄又抵敌他不过,只得弃了,迁到桃花山来,遣孩子们到清河报知。直至前日,弟方得还山。齐兄弟打听得单二哥传令,邀请众朋友到山东,与秦伯母上寿。窦大哥久慕叔宝与三兄义气,恰值

第二十六回

在山说起,他趁便要往齐郡,访伊亲左孝友,兼识荆诸兄一面,故此同来。不知三兄是拜过了寿回来,还是至今日方去?"李玄邃道:"叔宝兄已不在家,奉差公出矣。"齐国远道:"他又往那里去了?"单雄信道:"这话甚长。"见堂中已摆上酒席。"我们且吃几杯酒,然后说与三兄知道。"

大家入席,饮过三杯。如珪又问:"秦大哥有何公干出外?"王伯当停杯,把豪杰备礼,同进山东,至贾润甫店,请叔宝出城相会,席间程咬金认盗,秦叔宝烧捕批。齐国远听见,喜得手舞足蹈,拍案狂叫:"爽快!"李如珪道:"叔宝与咬金,真天下一对快人,真大豪杰。四海朋友不与此二人结纳者,非丈夫也。后来便怎么样?"王伯当又将李玄邃去见来总管,移文唤取;柴嗣昌去求刘刺史,许多撕揞征赃,幸得唐公处三千金移赠叔宝,方得完局起身。说完,只见窦建德击案叹恨道:"国家这些赃狗,少不得一个个在我们弟兄手里杀尽!"李如珪道:"又触动了窦大哥的心事来了。"李玄邃道:"窦兄有何心事,亦求试说一番。"

窦建德道:"小弟附居贝州,薄有家业,因遭两先人弃世,弟性粗豪,不务生产,仅存二三千金,聊为餬口。去岁拙荆亡过,秋杪往河间探亲,不意朝庭差官点选绣女,州中市宦村民,俱挨图开报,分上中下三等。小女线娘,年方十三,色艺双绝,好读韬略,闺中时舞一剑,竟若游龙。弟止生此女,如同掌珠。晓得小女尚未有人家,竟把他报在一等里边。小女晓得,即便变产,将一二百金托人挽回,希图豁免。可奈州官与阉狗坚执不允,小女闻知,尽将家产货卖,招集亡命,竟要与州吏差官对垒起来。幸亏家中寡嫂与舍侄立止,弟亦闻信赶回,费了千金有余,方才允免。恐后捕及,只得将小

窦小姐易服走他乡　许太监空身入虎穴

女同寡嫂离州,暂时寄居介休张善士舍亲处。因道遇齐、李二兄,彼此聚义同行。"单雄信道:"叔宝今已不在家,今三兄去也无人接待;莫若到在小庄去畅饮几天,暂放襟怀何如?"又向伯当、玄邃道:"本欲要放二兄回去,今恰遇三兄,二兄只算奉陪他们,再盘桓几日。"伯当与玄邃不好再辞,只得应允。齐国远便道:"大家同去有些兴。我们正要认一认尊府,日后好常来相聚。"李如珪道:"既如此,快取饭来用了,好赶路造府。"众豪杰用完了饭,单雄信叫人到柜会账,连齐国远三位先吃的酒钱,一并算还了。

众人出了店门,跨上牲口,加鞭赶路。行不多几里,只见道旁石上有个老者,曲肱睡在那里,被囊撇在身旁。窦建德看见,好像老仆窦成模样。跳下牲口仔细一看,正是窦成。心中吃了一惊,忙叫道:"窦成,你为何在此?"那老者把眼一擦,认得是家主,便道:"谢天地遇着了。大爷出门之后,就有贝州人传说,州里因选不出个出色女子,官吏重新又要来搜求,见我们躲避,便叫人四下查访。姑娘见消息不妥,故着老奴连夜起身,来赶大爷回去。"其时五人俱下牲口,站在道旁。窦建德执着单雄信的手道:"承兄错爱,不弃愚劣。本当陪诸兄造府一拜,奈弟一时方寸已乱,急欲回去,看觑小女下落,再来登堂奉候。"李玄邃道:"刚得识荆,又要云别,一时山灵,为之黯然。"单雄信道:"这是吾兄正事,弟亦不敢强留。但弟有一句话:隋朝虽是天子荒淫,佞臣残刻,然四方勤王之师尚众,还该忍一时之忿,避其乱政为是。倘介休不能安顿,不妨携令爱到敝庄与小女同居,万无他虑。就是兄要他往,亦差免内顾。"齐国远道:"单二哥那里不要说几个赃狗,就是隋朝皇帝亲自到门,单二哥也未必就肯与他。"王伯当道:"窦大哥,单兄之言,肺腑

第二十六回

之论,兄作速回到介休去罢。"雄信又向伯当、玄邃道:"四海兄弟,忝在一拜,便成骨肉。弟欲烦二兄枉道,同窦兄介休去。二兄才干敏捷,不比弟粗鲁,看彼事体若何,我们兄弟方才放心。"便对自己手下人道:"你剩下的盘费,取一封来。"手下人忙在腰间取出奉上。雄信接在手里,内中拣一个能干的伴当付与他道:"这五十两银子,你拿去盘缠。三位爷到介休去,另寻个下处,不可寓在窦大爷寓所。打听窦小姐的事体无恙,或别有变动,火速回来报我。"家人应诺。窦建德对雄信、国远、如珪谢别,同伯当、玄邃上马去了。正是:

异姓情何切,阋墙实可羞。

只因敦义气,不与世蜉蝣。

雄信见三人去了,对国远、如珪道:"你们二位兄弟,没甚要紧,到我家去走走。"李如珪道:"我们丢这些孩子在山,心上也放不下。不若大家散了,再会罢。"雄信见说,也便别过,兜转马进潞州去了。

齐国远在马上对李如珪道:"刚才我们同窦大哥到来,不想单二哥倒叫他两个伴去,难道我两个毕竟是个粗人,再做不来事业?"李如珪道:"我也在这里想:我们两个或者智中生出细来,亦未可知。我与你作速赶回到山寨里去看一看,也往介休去打听窦大哥令爱消息。或者他们三人做不来,我们两个到做得来,后日单二哥晓得了,也见得齐国远、李如珪不单是杀人放火,原来有用的。"二人在路上商议停当,连夜奔回山寨,料理了,跟了两三个小喽啰,抄近路赶到介休来。

原来窦小姐见事势不妥,窦成起身两日后,自己即使改装了男子,同婶娘兄弟潜出介休,恰好路上撞见了父亲。建德喜极。伯当、玄邃即撺掇窦建德送往二贤庄去了。

再说李如珪同齐国远赶到介休,在城外寻了个僻静下处,安顿了行李。次日进城中访察,并不见伯当、玄邃二人,亦不晓得那张善士住在何处。东穿西撞,但闻街谈巷语,东一堆西一簇,说某家送了几千两,某家送了几百两;可惜河西夏家独养女儿,把家私费完了,止凑得五百金,那差官到底不肯免,竟点了入册。听来听去,总是点绣女的话头。二人走了几条街巷,不耐烦了,转入一个小肆中饮酒。只见两个老人家,亦进店来坐下,敲着桌子要酒,口里说道:"这个瘟世界,那里说起,弄出这条旨意来!扰得大家小户,哭哭啼啼,日夜不宁!"那一个道:"册籍如今已定了,可惜我们的甥女不能挽回。但恨这个贪赃阉狗,又没有妻儿妇女,要这许多银子何用?"李如珪道:"请问你老人家,如今天使驻扎在何处?"一老人答道:"刚才在县里起身,往永宁州去了。"李如珪见说,低头想了一想,把手向齐国远捏上一把,即便起身还了酒钱,出门赶到城外下处,叫手下捎了行李,即欲登程。齐国远道:"窦兄尚未有下落,为何这等要紧起身?"李如珪道:"窦兄又没处找寻,今有一桩大生意,我同你去做。"便向齐国远耳边说道:"须如此如此而行,岂不是一桩好买卖?你如今带了孩子们走西山小路,穿过宁乡县,到石楼地方,有一处地名清虚阁,他们必至那里歇马。你须恁般恁般停当,不得有误。我今星飞到寨,选几个能干了得的人,兼取了要紧的物件来,穿到石楼,在清虚阁十里内,会你行事。"说完大家上马,到前面分路去了。正是:

虽非诸葛良谋,亦算垄中巧策。

第 二 十 六 回

却说钦差正使许廷辅在介休起身,先差步兵打马前牌到永宁州去;自己乘了暖轿,十来个扈从,又是十来名防送官兵,一路里慢慢的行来。在路住了两日,那日午牌时候,离永宁尚有五十余里远,清虚阁尚有三四里,只见:

  狂风骤起,怪雾迷天。山摇岳动,倏忽虎啸龙吟;树乱沙飞,顷刻猿惊兔走。霎时尽唱行路难,一任石尤师伯舞。

一行人在路上,遇着这疾风暴雨,个个淋得遍身透湿。望着了清虚阁,巴不能进内避过。

原来那清虚阁共有两三进,里边是三间小阁,外边是三间敞轩,一个老僧住在后边看守。一行人进内安放了天使,在阁上坐了。众人把衣服卸下来,取些柴火,在地煨烘。只见门外四五个车辆,载着许多熟猪、熟羊、鸡鹅、火烧、馍馍等类,一二十盘,另有十六样一个盘盒,是天使用的;四五坛老酒,摆列在地。一个官儿,手里拿着揭帖,进来说道:"永宁州驿丞,差送下马饭来,迎接天使大老爷。"众人见说,忙引他到阁上去相见。那官儿跪下去道:"小官永宁州驿丞贾文,参见天使大老爷。"把禀揭礼单送上去看了,说声"起来",便问:"这里到州,还有多少路?"驿丞答道:"尚有四五十里。州里太爷恐怕大老爷鞍马劳顿,故此先着小官来伺候。"众人把食盒放在桌上,抬近身来,安上杯箸。天使分付手下:"把下边这些食物,你们同兵卫一齐吃了罢!"众人见说,即便下阁去了。尚有两个近身小内监,站在后边。那驿丞道:"二位爷也下阁去用些酒饭,这里小官在此伺候。"两个见说,也就到下边去了。

吃不多时,只见走上一个大汉,捧上一壶热酒,丢了一个眼色,去了。那驿丞忙把大杯斟满,跪下去道:"外边风色甚紧,求大老爷开怀,用一大杯。"那天使道:"你这官儿甚好,咱到后日回去,替部里说了,升你一个州官。"那驿丞打一个半跪道:"多谢大老爷天恩。"正说时,只见天使饮干了酒,一交跌倒在地。原来那驿丞就是李如珪假装的。齐国远管待手下人,见他们吃了些时,就将蒙汗药倾在酒里,一个个劝上一杯,尽皆跌倒。李如珪叫众喽啰,把天使抬下来,与那两个小内监多背剪了,把天使缚在轿中,将小内监扶上马,把这些东西,尽皆弃了,跨上牲口,连夜赶上山来。

当时许廷辅在轿中,一觉直睡到更余时候,方才醒来。见两手背剪,身子捆缚在轿中,活动不得。着了急,口中乱喊乱叫:"是什么意思,把咱这般弄松!"那山凹里随你喊破了喉,谁来睬你？只得由他抬到山下。其时东方发白。有人抛起轿帘,扶了许廷辅出来,往外一望,只见那两个亲随内监,也绑缚了站在面前。大家见了,面面相觑,不敢则声。只听得三个大炮,面前三四十个强盗,簇拥着许廷辅与两个小太监,进了山寨。上边刀枪密密,杀气腾腾。三间草堂,居中两把虎皮交椅,李如珪换了包巾扎袖,身穿红锦战袍,坐在上面。许廷辅偷眼一认,却就是昨日的驿丞,吓得魂飞魄散,只得跪将下去。

李如珪在上面说道:"你这阉狗,朝廷差你钦点绣女,虽是君王的主意,也该体恤民情,为甚要诈人家银子几千几百,弄得远近大小门户,人离财散？"许廷辅道:"大王,咱那里要百姓的？这是府县吏胥,借题婪贿,咱何尝受他毫厘？"李如珪喝道:"放屁！我一路打听得实,还要强口！孩子们,拿这阉狗下去砍了罢！留着这两个小没鸡巴的我们受用。"许廷辅听见,垂泪哀求。只见外边报道:"二大王回来了！"原来齐国远劫了天使来,恐怕护兵醒来劫

第二十六回

夺,领着喽啰半路埋伏了多时,然后还山。见他三人跪在阶前,便道:"李大哥为什么这般弄松?倘日后朝廷招安,我们还要仰仗他哩。"李如珪笑道:"昨日在清虚阁,我也曾跪他,敬他的酒;如今戏耍他一番,只算扯直。"

两个忙下来,替他去了绑缚绳索,搀入草堂叙礼,口称"有罪冒犯",就分付孩子们:"快摆酒席,与公公压惊。"众喽啰搬出肴馔,安放停当。三人入席坐定,酒过三杯,许廷辅道:"二位好汉不知有何见教,拿咱到山来?"李如珪道:"公公在上,我们弟兄两个踞住此山有年,打家劫舍,附近州县,俱已骚扰遍了。目下因各处我辈甚多,客商竟无往来,山中粮草不敷,意欲向公公处暂挪万金,稍充粮饷,望公公幸勿推诿。"许廷辅道:"咱奉差出都,不比客商带了金银出门,就是所过州县官,送些体面赞礼,也是有限,那有准千准百存下,取来可以孝敬你们?"齐国远见说,把双睛弹出说道:"公公,我实对你说:你若好好拿一万银子来,我们便佛眼相看,放你回去;如若再说半个没有,你这颗头颅,不要想留在项上!"说罢,腰间拔出明晃晃的宝刀,放在桌上。李如珪道:"公公,不要这等吓呆了。你到外边去,与两个尊价私议一议。"

许廷辅起身,同两个小太监到月台上,一个是满眼流泪,一句话也说不出;那个大些的说道:"如今哭也无益,强盗只要银子,老公公肯拿些与他,三人就太平无事回去了。稍不遂意,不要说头颅,连这几根骨头也无人来收拾。这些人杀人不霎眼的,那希罕我们三个?"许廷辅听了这番说话,又见两人这般光景,便道:"即如此说,我去求他,放你到州里去报知,看这班官吏如何商议。如他拿不出这许多,只得将我寄在各府各县库上的银子取来罢。"说了

窦小姐易服走他乡　　许太监空身入虎穴

要打发一个起身。李如珪叫喽啰拿酒饭,与那个大些的内监吃饱了,又取出一锭银子来赏了他,对他说道:"你叫什么?"那内监道:"小的叫周全。"李如珪道:"好,这一锭银子,赏你做盘费的。限你五日内,拿银子来赎你家主人;若五日内不见来,这里主仆两个,休想得活了。"叫手下把他在清虚阁骑来的马,原骑了去。着两个喽啰,送他下山。许廷辅与那小内监锁在一间耳房内,好酒好肉管待他。

　　说那内监周全骑着马跑到清虚阁边,只见阁门封锁,并无一人,只得问到州里。那州官因报知强盗劫了天使,着了忙,如飞到清虚阁看验了,把老和尚与地方及护送兵卫带进州里,忙申文到汾州府里去。府官着了急,连夜就赶到州中。此时各官正在那里勘问地方与老和尚,只见内监周全回来。众官儿都起身来盘问他,内监周全把桃花山强盗如何长短,一一告诉。众官儿听了,个个如同泥塑,且把和尚地方保出在外,大家从长商议。有的说道:"这事必须申文上台,动疏会兵征剿。"有的说道:"强盗只要银子。"又有一个说道:"倘然送了五百又要一千,送了一千,又要二千,这宗银子出在那一项?莫若再宽缓几日,看见我们不拿银子去,他要这两个人何用?自然放下山来。"那汾州府官道:"不是这等讲,这几个钦差内官,多是朝廷的宠臣,倘然在我们地方上有些差失,不但革职问罪,连身家性命亦不能保,岂止降级罚俸?莫若且在库中暂挪一二千金送去,赎了天使回来,弥缝了这节事再处。"大家在库中撮出二千金,叫人扛了,同周全到山,那齐国远、李如珪只是不肯。许廷辅只得分付自己又凑出三千金,再四哀求,方才放下山来。自此许廷辅所过州县,愈加装模

第二十六回

做样,要人家银子,千方百计,点选了许多绣女,然后起身。可见世上有义气的强盗,原少不得。正是:

　　只道地中多猛虎,谁知此地出贪狼。

第二十七回

穷土木炀帝逞豪华　思净身王义得佳偶

词曰：

  日食三餐，夜眠七尺，所求此外无他。问君何事，苦苦竞繁华？试想江南富贵，临春与结绮交加。到头来，身为亡虏，妻妾委泥沙。　　何似唐虞际，茅茨不剪，饮水衣麻。享芳名万载，其乐无涯。叹息世人不悟，只知认白骨为家。闹烘烘争强道胜，谁识眼前花？

——右调《满庭芳》

天下物力有限，人心无穷。论起人君，富有四海，便有兴作，亦何损于民？不知那一件不是民财买办，那一件不是民力转输？且中间虚冒侵尅，那一节不在小民身上？为君的在深宫中，不晓得今日兴宫，明日造殿，今日构阁，明日营楼，有宫殿楼阁，便有宫殿上的装饰，宫殿前的点缀，宫殿中的陈设，岂止一土木了事？毕竟到骚扰天下而后止。

如今再说炀帝荒淫之念，日觉愈炽。初令侍卫许廷辅等十人点选绣女，又命宇文恺营显仁宫于洛阳，又令麻叔谋、令狐达开通各处河道，又要幸洛阳，又思游江都。弄得这些百姓东奔西驰，不

第二十七回

是驱使造作，定是力役河工，各色采办。各官府州县邑，如同鼎沸。莫说大家作事，尚且不难；何况朝廷，不过多费几百万银子，苦了海内百姓的气力。不多几时，东京的地方广阔，不但一座显仁宫先已告竣；那虞世基还要凑朝廷的意思，飞章奏上，说："显仁宫虽已告成，恐一宫不足以广圣驾游幸，臣又在宫西择丰厚之地，筑一苑囿，方可以备宸游。"炀帝览奏大喜，敕虞世基道："卿奏深得朕心。着任意揆度建造，不得苟简，以辜朕意。"

于是南半边开了五个湖，每湖方圆十里，四围尽种奇花异草。湖傍筑几条长堤，堤上百步一亭，五十步一榭。两边尽栽桃花，夹岸柳叶分行。造些龙船凤舸，在内荡漾中流。北边掘一个北海，周围四十里，筑渠与五湖相通。海中造起三座山：一座蓬莱，一座方丈，一座瀛洲，像海上三神山一般。山上楼台殿阁，四围掩映。山顶高出百丈，可以回眺西京，又可远望江南湖海。交界中间却造正殿，海北一带委委曲曲，凿一道长渠，引接外边为活水，潆洄婉转，曲通于海。傍渠胜处，便造一院，一带相沿十六院，以便停留美人，在内供奉。苑墙上都以琉璃作瓦，紫脂泥壁。三山都用长峰怪石，叠得嶙嶙峋峋。台榭尽是奇材异料，金装银裹，浑如锦绣裁成、珠玑造就。其中桃成蹊，李列径，梅花环屋，芙蓉绕堤，仙鹤成行，锦鸡作对，金猿共啸，青鹿交游，就像天地间开辟生成的一般。不知又坑害多少性命，又耗费了多少钱粮，方得完成。虞世基即便上表，请炀帝亲临观看。

炀帝见表来请，以观落成，满心欢喜。即便择日，同萧后带领众宫妃妾，发车驾竟望东京而来。不一日，先到了显仁宫。早有宇文恺、封德彝二人接住。朝见过，遂引了炀帝御驾从正宫门首，一层层看将进来。但见：

  飞栋冲霄，连楹接汉。画梁直拂星辰，阁道横穿日月。琼门玉户，恍疑阆苑仙家；金殿瑶阶，俨似九天帝阙。簾栊回合，锁万里之祥云；香气氤氲，结一天之瑞霭。真个是影娥池上好风流，鸤鹊楼中多富贵。

炀帝看见楼台华丽，殿阁峥嵘，四方朝贡，亦足以临之，不胜大悦。便道："二卿之功大矣！"即命取金帛表里厚赐了二人，就留二人在后院饮酒。正是：

  莫言天道善人亲，骄主从来宠佞臣。
  不是夸强兴土木，何缘南幸不回轮。

炀帝在显仁宫游玩了数日，又厌烦了。驾了飞辇，同萧后与众嫔妃到西苑中来。少不得那宇文恺、封德彝二佞臣，亦便随驾。到得苑中，只见：

  五湖荡漾，北海波摇。三神山佳气葱郁，十六院风光淡爽。真个是九洲仙岛，极乐琼宫。

后人有诗，单道这五湖之妙云：

  五湖湖水碧浮烟，不是花园便柳牵。
  常恐君王过湖去，玉箫金管满龙船。

又有诗道这北海之妙云：

  北海涵虚混太空，挑波逐浪遍鱼龙。
  三山日暮祥云合，疑是仙人咫尺逢。

又有诗道这三山之妙云：

  三山万叠海中浮，云雾纵横十二楼。
  莫讶福来人世里，若无仙骨亦难游。

又有诗道这长渠之妙云：

逶迤碧水达长渠，院院临渠花压居。

不是宫人争斗丽，要留天子夜回车。

又有诗道这楼台亭榭之妙云：

十步楼台五步亭，柳遮花映锦围屏。

传宣夜半烧银烛，远近高低灿若星。

炀帝一一看遍，满心欢喜道："此苑造得大称朕心，卿功不小。"虞世基奏道："此乃陛下福德所致，天地鬼神效灵，小臣何功之有！"炀帝又道："五湖十六院，可曾有名？"虞世基道："微臣焉敢擅专，伏乞陛下圣裁。"炀帝遂命驾到各处细看了，方才一一定名。

东湖，因四围种的都是碧柳，又见两山的翠微，与波光相映，遂名为翠光湖。

南湖，因有高楼夹岸，倒射日光入湖，遂名为迎阳湖。

西湖，因有芙蓉临水，黄菊满山，又有白鹭青鸥，时时往来，遂名为金光湖。

北湖，因有许多白石若怪兽，高高下下，横在水中，微风一动，清沁人心，遂名为洁水湖。

中湖，因四围宽，月光照入，宛若水天相接，遂名为广明湖。

第一院，因南轩高敞，时时有薰风流入，遂名为景明院。

第二院，因有朱栏屈曲，回压琐窗，朝日上时，百花妩媚，遂名为迎晖院。

第三院，因有碧梧数株，流阴满院，金风初度，叶叶有声，遂名为秋声院。

第四院，因将西京的杨梅移入，开花若朝霞，遂名为晨光院。

第五院,因酸枣邑进玉李一株,开花纯白,丽胜彩霞,遂名为明霞院。

第六院,因有长松数株,团团如盖,罩定满院,遂名为翠华院。

第七院,因隔水突起一片石壁,壁上苔痕,纵横如天成的一幅画图,遂名为文安院。

第八院,因桃杏列为锦屏,花茵铺为绣褥,流水鸣琴,新莺奏管,遂名为积珍院。

第九院,因长渠中碎石砌底,簇起许多细细波纹,日光映照,射入帘栊,连枕上都有五色之痕,遂名为影纹院。

第十院,因四围疏竹环绕,中间突出一座丹阁,就像凤鸣一般,遂名为仪凤院。

第十一院,因左边是山,右边是水,取乐山乐水之意,遂名为仁智院。

第十二院,因乱石叠断出路,惟小舟缘渠方能入去,中间桃花流水,别是一天,遂名为清修院。

第十三院,因种了许多祇树,尽以黄金布地,就像寺院一般,遂名为宝林院。

第十四院,因有桃蹊柱阁,春可以纳和风,秋可以玩明月,遂名为和明院。

第十五院,因繁花细柳,凝阴如绮,遂名为绮阴院。

第十六院,因有梅花绕屋,楼台向暖,凭栏赏雪,了不知寒,遂名为降阳院。

长渠一道,逶迤如龙,楼台亭榭,鳞甲相似,遂名为龙鳞渠。

炀帝都一一评定了名字,因带的宫娥嫔妃甚少,未即派定居

第二十七回

住,专望许廷辅等十人选绣女来,然后拨派,掌管院事。

却说许廷辅因受了桃花山齐国远、李如珪的一番劫去,诈了五千金,自此愈加贪贿。凡选中女子,有金珠礼物馈送他,就开报在上等册籍里边;金银少些的,就放在中等册籍里边;又如没有甚么东西见惠,纵是国色,也就入在三等册籍里头去了。其时会同了九人,选了千余绣女。晓得朝廷在东京西苑,人家取齐了,进西苑中来见驾缴旨,将三本册籍呈上。

炀帝看了册籍,共有千余名。对许廷辅道:"先将上等、中等的选进苑来,其三等的,且放在后宫里去充用。"许廷辅十人领旨出去,逐名点进苑来。炀帝仔细一看,见个个都是欺桃赛杏的容颜,笑燕羞莺的模样,喜意满足。即同萧后,尖上选尖,美中求美,选了十六个形容窈窕、体态幽闲、有端庄气度的,封为四品夫人。就命分管西苑十六院事,各人赐一方小小玉印,上镌着院名,以便启笺表奏上用。又选三百二十名风流潇洒、柳娇花媚的,充作美人,每院分二十名,叫他学习吹弹歌舞,以备侍宴。其余或十名,或二十名,或是龙舟,或是凤舞,或是楼台,或是亭榭,连带来后宫的宫女,都一一分拨了。又封太监马守忠为西苑令,叫他专管出入启闭。不一时,将一个西苑填塞得锦绣成行、绮罗逐队。那十六院的夫人,既分了宫院,一个个都思要君王宠幸,在院中铺设起琴棋书画,打点下凤管鸾笙,恐怕炀帝不时游幸。这一院烧龙涎,那一院就爇凤脑;前一院唱吴歌,后一院就翻楚舞;东一院作金齑玉脍,西一院就酿仙液琼浆。百样安排,只博得炀帝临幸时一刻喜欢,再一次便就厌了,又要去翻新立异。正是:

宫中行乐万千般,止博君王一刻欢。

穷土木炀帝逞豪华　思净身王义得佳偶

终日用心裙带下,江山却送别人看。

说这些外国各岛,因闻知新天子欢喜声色货利;边远地方,无不来进贡奇珍异玩,名马美姬,尽将来进献。一日炀帝设朝,有南楚道州地方,进一矮民,叫做王义,生得眉浓目秀,身材短小,行动举止皆可人意;又口巧心灵,善于应对。炀帝看了,问道:"你既非绝色佳人,又不是无价异宝,有何好处,敢来进贡?"王义对道:"陛下德高尧舜,道迈禹汤,南楚远民,仰沐圣人恭俭之化,不敢以倾国之美人,不祥之异宝,蛊惑君心,故遣侏儒小臣,备役驱使。臣虽不才,一腔忠义望圣恩收录。"炀帝笑道:"我这里无数文官武将,那一个不是忠臣义士,何独在你一人?"王义道:"忠义乃国家之宝,人君每患不足,安有厌其多而弃之者?况犬马恋主之诚,君子所取。臣虽远方废民,实风化所关,陛下宁忍独弃乎?"炀帝听了大喜,遂重赏进贡来人,便将王义留在左右应用。自此以后,炀帝凡事设朝,或各处游赏,俱带王义伺候。王义每事小心谨慎,说话做事,俱能体贴人心,炀帝便十分爱他。后渐用熟了,时刻要他在面前,只是不能入宫。

一日炀帝设朝无事,正要退入后宫,回头忽见王义,面多愁惨之色。炀帝问道:"王义,你为何这般光景?"王义慌忙答道:"臣蒙万岁厚恩,使臣日近天颜,真不世之遭逢!但恨深宫咫尺,不能出入随侍,少效犬马之劳,故心常怏怏。今甚觉忧形于色,望万岁宽恩。"炀帝道:"朕亦时刻少你不得,但恨你非宫中之物,奈何?"说罢,玉辇早已入宫而去。

王义此时在宫门首,又不忍回来,又不敢进去,痴痴立在那里呆想。忽背后一人,轻轻的在他肩上一拍,说道:"王先儿,思想些

第 二 十 七 回

什么？"王义回头看时，却是守显仁宫太监张成，慌忙答道："张公公，失瞻。"张成问道："万岁爷待你好，只是这般加厚，还有甚么不称意，在此默想？"王义与张成交厚，便说道："实不相瞒，我王义因蒙皇恩，十分宠爱，情愿朝夕随驾，希图报效。但恨皇宫隔越，不得遂心，故此常怀怏怏，不期今日被老公公看破。"张成笑了一笑，戏耍他道："王先儿，你要入宫，这有何难？轻轻的将下边的那道儿割去，有甚么进宫不得？"王义沉吟道："吾闻净身乃幼童之事，如今恐怕做不得了。"张成道："做倒做得，只怕你忍痛不起。"王义道："若做得来，便忍痛何妨！"张成道："你当真要做，我自有妙药相送。"王义道："男子汉说话，岂有虚谬。"

　　二人说笑了一回，便携手走出宫来，竟到张成家中坐下。张成置酒款待。酒过三杯，王义再三求药。张成道："如今药有，还须从长计较。莫要一时高兴，后来娶不得老婆，生不得令郎，却来埋怨学生。"王义正色道："人生天地间，既遭逢知遇之君，死亦不惜，怎敢复以妻子为念？"张成遂到里边去，拿出一把吹毛可断的刀，并两包药来，放在桌上，用手指定，说道："这一包黄色的是麻药，将酒调来吃了，便不知痛；这一包五色的，是止血收口的灵药，都是珍珠、琥珀各样奇珍在内，搽上便能结盖；这把刀便是动手之物。三物相送，吾兄回去，还须斟酌而行。"王义道："既蒙指教，便劳下手如何？"张成道："这个恐怕使不得。"王义道："不必推辞，断无遗累。"张成见王义真心要净，只得又拿些酒出来，畅饮一番，王义吃得半酣。正是：

　　　　休谈遗体不当残，贪却君王眷宠固。

　　说当时炀帝退入后宫，萧后接住，接宴取乐，叫新选剩下的宫女轮班进酒。将有数巡，炀帝见一宫女颜色虽是平常，行动到也庄重。炀帝问他何处人氏。那女子忙跪下去，回答几句，一字也省他不出，惹得众美人忍不住的好笑。炀帝叫他起来，想道："王义性极乖巧，四方乡语，他多会讲。"萧后道："何不宣他进来，与他讲一讲，到也有趣。"炀帝便差两个小内监，去宣王义进宫。

那两个小内监奉旨忙出宫来，正要问到王义家去，有一太监说道："王义在张成家里去了。"两个小内监就寻到张成家，门上忙欲去通报，他们是无家眷的，又是内监，便没有什么避忌，两个直撞进里边来。推门进去，只见王义直挺挺的睡在一张榻上，露出了下体，张成正在那里把药擦在阳物的根上，将要动手。张成看见了两个，即便缩住。王义也忙起身系裤结带。那两个小内监见他两个这般举动，又见桌上刀子药包，大家笑个不止道："你们在这里做什么事？"张成见他两个是炀帝的近身内监，不便隐瞒，只得将王义要净身的缘故，一一说了。两个小内监道："幸是我们寻到这里，若再迟些，王先儿那物早已割去了。万岁爷在后宫，特旨叫我二人来宣你，作速行动罢。"此时王义已有八九分酒，见炀帝宣他，忙向张成讨些水来，洗去了药，如飞同两个内监到后宫来。

炀帝见王义满脸微醺，垂头跪下。便道："你在那里吃酒来？"王义平昔口舌利便，此时竟弄得一句话也对答不来，两个内监又微微冷笑。炀帝见光景异常，便问两个内监道："你两个刚才在何处宣王义到来？"小内监道："在守宫监张成家里。"炀帝道："吃酒不消说了，还有甚勾当？"小内监把张成的说话，与桌上的刀药，一一奏闻。炀帝听了，把龙眉微蹙道："王义，你起来，朕对你说：凡净身之人，都是命犯孤鸾，伤尅刑害，不是有妨父母兄弟，定是刑尅妻孥。算来与其为僧为道,不若净了身,后来或有光耀受用的日子。就是父母肯割舍了,我们那些老内监,还要替他推八字、算划度,然后好下手;况是孩童之事。你年二十有余,岂可妄自造作?倘有未妥,岂不枉害了性命?"王义道:"臣蒙陛下隆恩,天高地厚,即使粉身碎骨,亦所不惜。倘有差误,愿甘任受。"炀帝道:"你的忠心义胆,朕已深知。但你只思尽忠,却忘报本。父母生你下来,虽是蛮夸,也望你宜室宜家,生枝繁衍,岂可把他的遗体,轻弃毁伤?为朕一人,使你父母幽魂不安窀穸,这断不许。如若不依,朕谕你不但不见为忠,而反为逆矣!"王义见说,止不住流泪,叩首谢恩。

炀帝道:"刚才有前日新选进来的一个宫女,言语不明,要你去盘问他,看他是何处人。"说罢,便唤那宫人当面。王义与他一问一答,竟如鹦鹉画眉,在柳阴中弄舌啼唤,婉转好听。喜得萧后与众美人笑个不止。王义盘问了一回,转身对炀帝奏道:"那女子是徽州歙县人,姓姜,祖父世家。他小名叫做亭亭,年方一十八岁。为因父母俱亡,其兄奸顽,贪了财帛,要将他许配钱牛;恰蒙万岁点选绣女,亭亭自诣州县,愿甘入选,备充宫役。"炀帝听了,说道:"据这般说起来,也是个有志女子,所以举止行动,原自不凡。朕今将此女赐你为妻,成一对贤明夫妇,何如?"王义见说,忙跪下去道:"臣蒙陛下知遇之恩,正欲捐躯报效,何暇念及室家?况此女已备选入宫,臣亦不便领出。"炀帝道:"朕意已决,不必推辞。"王义晓得炀帝的心性,不敢再辞,只得同亭亭叩首谢恩。萧后道:"王义,你领他去,教了他吴话,不可仍说鸟音。倘宫中有事,以便宣他进来顾问。"炀帝又赐了他些金帛,萧后亦赐了他些珍珠。王义领了亭亭,出宫到家,成其夫妇。王义深感炀帝厚恩,与亭亭朝夕焚香遥拜，夫妇恩爱异常。正是：

　　本欲净身报主，谁知宜室宜家。

　　倘然一时残损，几成梦里空花。

第二十八回

众娇娃翦彩为花　　侯妃子题诗自缢

词曰：

　　上林一夜花如织，万卉争芳染彩色。造化岂天工，繁华喜不穷。　　红颜空自惜，雨露恩无及。何处哭香魂？伤心哭帏灵。

　　　　　　　　　　——右调《菩萨蛮》

世间男子才情敏捷，颖悟天成，不知妇人女子，心灵性巧，比男子更胜十倍者甚多。男子或诗或文，或艺或术，有所传授，原来有本。惟有女子的智慧，可以平空造作，巧夺天工。

再说王义得赐宫女姜亭亭，成了夫妇之后，深感炀帝隆恩，每日随朝伺候，愈加小心谨慎，姜氏亭亭亦时刻在念，无由可报。一日王义朝罢归家，对妻子姜氏道："今早有一人，姓何名稠，自制得一架御女车来献，做得巧妙非常。"姜氏道："何为御女车？"王义道："那车儿中间宽阔，床帐枕衾一一皆备，四围却用鲛绡细细织成帏幔，外面窥里面却一毫不见，里面十分透亮，外边的山水，皆看得明白。又将许多金铃玉片，散挂在帏幔中间，车行时摇动的铿铿锵锵，就如奏细乐一般。在车中百般笑语，外边总听不见。一路上要幸宫女，俱可恣心而为，故叫做御女车。"姜氏道："这不过仿旧时逍遥车式，点缀得好，乃刀锯之功，何足为奇。妾感皇恩深厚，时刻在念，意欲制一件东西去进献。作料虽已构求，但还未备，故此尚未动手。"王义道："要用何物制造？"姜氏道："要活人头上的青丝细发。如今我头上及使女们的已选下些在那里了，但还少些。"王义道："我头上的可用得么？"姜氏道："你是丈夫家，未便取下来。"王义笑道："前日下边的东西尚要割下来，何况头发！"就把帽儿除下道："望贤妻任意剪将下来。若还少，待我去购来，制成了献上。"姜氏见说，便把丈夫的头发梳通了，拣长黑的，剔下许多来，慢慢的做起。正是：

　　闺中施妙手，苑内见灵心。

其时仲冬时候，芳菲已尽，树木凋零。一日，炀帝同萧后众夫人在苑中饮宴，炀帝道："四时光景，惟春景最佳，万卉争妍，百花尽放，红的使人可爱，绿的使人可怜。至夏天青莲满池，碧筒劝酒。秋天一轮明月，斜挂梧桐，还有丹桂芬芳，香浮杯棬，许多佳景。惟此冬时寂寂寞寞，毫无意趣，只好时刻在枕衾中过日，出户便觉扫兴。"萧后道："妾闻僧家有禅床，可容数人。陛下何不叫人也做一张，用长枕大被，贮众美于其中，饮食燕乐，岂不适意？"秋声院薛夫人道："有了这样大床大被，须得绣一顶大帐子。"炀帝笑道："你们设想虽好，总不如春和景明，柳舒花放，亭台宫院，无一处不使人发兴，无一刻觉得寂寞。"清修院秦夫人道："陛下要不寂寞，有何难哉！妾等今夜虔祷天宫，管取明朝百花齐放。"炀帝只当做戏话，也就要他道："这等说，今宵我也不便与你们骚扰了。"说笑了一回，吃了一两个时辰的酒，便与萧后并辇回宫。

第 二 十 八 回

　　到了次日早膳时,果然十六院夫人来请。炀帝心上有几分懒去。萧后再三劝驾,炀帝勉强同萧后而行。才进苑门,早望见千红万紫,桃杏争妍,就簇簇如锦绣一般。炀帝与萧后吃了一惊道:"这样天气,为何一夜果然开得这般齐整?大是奇怪!"话未了,只见十六位夫人带了许多美人宫女,一齐笙箫歌舞的来迎銮。到了面前便问道:"苑中花柳,天宫开得如何?"炀帝又惊又喜道:"众妃子有何妙术,使群芳一夜齐开?"众夫人都笑道:"有何妙术,不过大家费了一夜工夫。"炀帝道:"怎么费一夜工夫?"众夫人道:"陛下不必细问,但请摘一两枝来看,便知详细。"炀帝真个走到一株垂丝海棠边,攀枝细看,原来不是生成的,都是五色彩缎,细细剪成,拴在枝上的。炀帝大喜道:"是谁有此奇想,制得这样红娇绿嫩,宛然如生。虽是人巧,实夺天工矣!"众夫人道:"此乃秦夫人主意,令妾等与众宫人连夜制成,以供御览。"炀帝目视秦夫人说道:"昨日朕以妃子为戏言,不期果有如此手段。"遂同萧后慢慢的游赏进来。只见绿一团,红一簇,也不分春夏秋冬,万卉千花,尽皆铺缀,比那天生的更觉鲜妍百倍。怎见得?正是:

　　　　只道天工有四时,谁知人力挽回之。
　　　　红绡生长根枝速,金剪栽培雨露私。
　　　　万卉齐开梅不早,千花共放菊非迟。
　　　　夭桃岂得春风绽,嫩李何须细雨滋。
　　　　芍药非无经雪态,牡丹亦有傲霜姿。
　　　　三春桂子飘丹院,十月荷花满绿池。
　　　　杜宇经年红簇蕊,荼蘼终岁锦堆枝。
　　　　不教露下芙蓉落,一任风前杨柳吹。

兰叶不风飘翠带,海棠无雨湿胭脂。

　　开时不许东皇管,落处何妨蜂蝶知。

　　照面最宜临月姊,拂枝从不怕风姨。

　　四时不谢神仙妙,八节长春阆苑奇。

　　莫道乾坤持造化,帝王富贵亦如斯。

炀帝一一看了,真个喜动龙颜。因说道:"蓬莱阆苑,不过如此,众妃子灵心巧手,直夺造化,真一大快事也。"遂命内监将内帑金帛珠玉玩好等物,尽行取来,分赏各院。众夫人一齐谢恩。炀帝爱之不已,又同萧后登楼,眺望了半晌,方才下来饮酒。须臾觥筹交错,丝竹齐鸣,众夫人递相献酬。炀帝忽然笑说道:"秦妃子既能标新取异,剪彩为花,与湖山增胜;众美人还只管歌这些旧曲,甚不相宜。是谁唱一个新词,朕即满饮三巨觥。"说犹未了,只见一个美人,穿一件紫绡衣,束一条碧丝鸾带,袅袅婷婷,出来奏道:"贱妾不才,愿腼颜博万岁一笑。"众人看时,却是仁智院的美人,小名叫做雅娘。炀帝道:"最妙,最妙。"雅娘走近筵前,轻敲檀板,慢启朱唇,就如新莺初啭,唱一只《如梦令》词道:

　　　　莫道繁华如梦,一夜剪刀声种。晓起锦堆枝,笑杀春风无用。非颂、非颂,真是蓬莱仙洞。

炀帝听了,大喜道:"唱得妙,不可不饮。"当真的连饮了三觥,萧后与众夫人陪饮了一杯。

　　酒才完,只见又有一个美人,浅淡梳妆,娇羞体态,出来奏道:"贱妾不才,亦有小词奉献。"炀帝举目看时,却是迎晖院的朱贵儿。炀帝笑道:"是贵儿一定更有妙曲。"贵儿不慌不忙,慢慢的移商拨羽,也唱一只《如梦令》词儿道:

第二十八回

帝女天孙游戏,细把锦云裁碎。一夜巧铺春,群向枝头点缀。奇瑞、奇瑞,写出皇家富贵。

贵儿歌罢,炀帝鼓掌称赞道:"好一个'写出皇家富贵'!不独音如贯珠,描写情景,亦自有韵。"又满饮了三杯,不觉笑声哑哑,陶然欲醉。

只见守苑太监马守忠,进来跪奏道:"王义在苑外说造成一物,来献上万岁爷。"炀帝见说王义,便喜道:"宣他进来。"不多时,只见马守忠领王义到阶前跪下,手里捧着一物,奏道:"臣妻姜亭亭,感万岁洪恩,自织成一帐,叫臣来贡上。"炀帝叫宫人取上来看,却是一个锦包。解开来,中间一物,其黑如漆,其软如绵,捏在手中,不满一握。炀帝觉道奇怪,问道:"王义,这是什么东西?"王义道:"臣妻亭亭日夕念陛下深恩,无由可报,将自己头上的青丝细发,拣色黑而长者,以神胶续之,织为罗縠,累月而成。裁为帏幔,内可以视外,外不可以视内;冬天则暖,夏天则凉;舒之则广,卷之可纳于枕中。"炀帝称奇,忙叫宫人撑开。萧后与众夫人齐起身来看,只见烟气轻生,香云满室,广阔可施一间大屋。萧后对炀帝道:"不意此女能穷虑尽思至此,陛下不可不赏赉以酬其功。"炀帝见说,叫宫人将广绫二端、霞帔一幅,赐与王义道:"汝妻能穷尽心巧,制成此帐。朕聊以此二物酬之。"王义接了,谢恩而出。

炀帝对萧后道:"前日御妻说僧家禅床可容数人,今此帐岂止数人而已哉!"便分付宫人:"将前日外国进来的合欢床,在显仁宫侧首明间里头,今快移到这里放下,把几十床锦褥铺上,将这顶青丝帐挂起来。"分付已毕,宫人多手忙脚乱,不一时铺设齐整。炀帝对萧后与众夫人道:"秦妃子之心灵,姜亭亭之手巧,一日而逢

众娇娃翦彩为花　侯妃子题诗自缢

双绝,岂不大快人意！如今我们再畅饮一番,今宵御妻率领众妃子,就宿此帐内草榻合欢床上做一个合欢胜会,何如？"萧后笑道:"他们多住在此,妾却不能,就要回宫了。"炀帝笑道:"御妻要去,须饮三杯。"萧后真个吃了三大杯,起身去了。炀帝就拉众夫人同寝合欢床上。正是:

　　恰似桃源家不远,几时巫峡梦方还。

如今再说后宫有一个侯妃子,生得天姿国色,百媚千娇,果然是沉鱼落雁,闭月羞花。又且赋性聪慧,能诗善赋。自选入宫来,恃着有才有色,又值炀帝好色怜才,以为阿娇金屋、飞燕昭阳,可计日而待。谁知才不敌命,色不逢时,进宫数年,从未见君王一面,终日只是焚香独坐。黄昏长夜,捱了多少苦雨凄风；春昼秋宵,受了多少魂惊目断。便是铁石人,也打熬不过。日间犹可强度,到了灯昏梦醒的时候,真个一泪千行。起初犹爱惜容颜,强忍去调脂抹粉,以望一时遇合。怎禁得日月如流,日复一日,只管虚度过去,不觉暗暗的香消玉减。虽有几个同行姊妹常来劝慰,怎奈愁人说与愁人,未免转添一番凄惨。

一日闻得炀帝又差许廷辅到后宫拣选宫女。有个宫人劝侯夫人拿几件珠玉送他,叫他奏知万岁。侯夫人道:"妾闻汉室昭君,宁甘点痣,不肯以千金去买嘱画师。虽一时被遣,远嫁单于,后来琵琶青塚,到落个芳名不朽,谁不怜他惜他？毕竟不失为千古的美人。妾纵然不及昭君,若要去贿赂小人以宠幸,其实羞为。自恨生来命薄,纵使见君,也是枉然。到不如猛拚一死,做个千载伤心之鬼,也强似捱这宫中寂寞！"后又闻得许廷辅选了百余名,送进西苑。侯夫人遂大哭一场说道:"妾此生终不得见君矣,若要君王一

第 二 十 八 回

顾，或者到在死后。"说罢又哭，这日连茶饭也不吃，倒走到镜台前，装束得齐齐整整，将自制的几幅乌丝笺，把平日寄兴感怀诗句，写在上面。又将一个锦囊来盛了，系在左臂上。其余诗稿，尽投火中烧毁。又孤孤另另的四下里走了一回，又呜呜咽咽的倚着栏杆哭了半晌。到晚来静悄悄掩上房门，捱到三更之后，熬不过伤心痛楚，遂将一幅白绫，悬梁自缢而死。正是：

香魂已断愁何在，玉貌全消怨尚深。

几个宫人听见声息不好，慌忙进来解救时，早已香消玉碎，呜呼逝矣。大家哭了一回，捱到次早，不敢隐瞒，只得来报与萧后。

却说萧后在西苑青丝帐里，睡到酒醒，炀帝毕竟放他不过，缠了一回。到五更时候，炀帝酣睡，悄悄上辇，先自回宫。梳洗已过，分付宫人整备筵宴伺候，要答众夫人之席。忽见侯夫人的宫人来报知死信。萧后随差宫人去看。宫人在侯夫人左臂上捡得一锦囊，送与萧后。萧后打开看时，却是几句诗，遂照旧放在囊中，叫宫人送与炀帝。这时炀帝已起身，坐在侧首看众夫人晓妆，因与宝林院沙夫人谈论古今的得失。炀帝道："殷纣王只宠得一个妲己，周幽王只宠得一个褒姒，就把天下坏了。朕今日佳丽盈前，而四海安如泰山，此何故也？"沙夫人道："妲己、褒姒安能坏殷、周天下？自是纣、幽二王贪恋妲己、褒姒的颜色，不顾天下，天下遂由此渐渐破坏。今陛下南巡北狩，何等留心治国，天下岂不安宁。至于万机之暇，宫中自乐，妃妾虽多，愈见关雎雅化。"炀帝笑道："纣、幽二王虽无君德，然待妲己、褒姒二人之恩，亦厚极矣！"沙夫人道："溺之一人，谓之私爱；普同雨露，然后叫做公恩。此纣、幽所以败坏，而陛下所以安享也。"炀帝大喜道："妃子之论，深得朕心。朕虽有两京十六院无数奇姿异色,朕都一样加厚,并未曾冷落一人,使他不得其所,故朕到处欢然,盖有恩而无怨也。"

炀帝与沙夫人正谈论得畅快,忽见萧后差宫人送锦囊来,报知侯夫人之事。炀帝只道寻常妃妾,死了个没甚要紧,还笑笑的打开锦囊来。见几幅绝精的乌丝笺,齐齐整整的写着诗词,字体端楷,笔锋清劲,心下已有几分恻然动念。其时众夫人各各梳妆已完,换了霓裳,多到炀帝面前来看。炀帝先展开第一幅,却是《看梅》二首:

其一:

砌雪无消日,卷帘时自颦。

庭梅对我有怜处,先露枝头一点春。

其二:

香消寒艳好,谁识是天真。

玉梅谢后阳和至,散与群芳自在春。

炀帝看了大惊道:"宫中如何还有这般美才妇人?"忙展第二幅来看,却是《妆成》一首、《自感》三首。《妆成》云:

妆成多自惜,梦好却成悲。

不及杨花意,春来到处飞。

《自感》云:

庭绝玉辇迹,芳草渐成窠。

隐隐闻箫鼓,君恩何处多?

其二云:

欲泣不成泪,悲来翻强歌。

庭花方烂漫,无计奈春何。

第二十八回

其三云：

　　春阴正无际，独步意如何。

　　不及闲花草，翻成雨露多。

展第三幅，却是《自伤》一首云：

　　初入承明殿，深深报未央。

　　长门七八载，无复见君王。

　　春寒入骨软，独坐愁空房。

　　飒履步庭下，幽怀空感伤。

　　平日所爱惜，自待却非常。

　　色美反成弃，命薄何可量？

　　君恩实疏远，妾意徒彷徨。

　　家岂无骨肉，偏亲老北堂。

　　此方无羽翼，何计出高墙？

　　性命诚所重，弃割良可伤。

　　悬帛朱栋上，肝肠如沸汤。

　　引颈又自惜，有若丝牵肠。

　　毅然就死地，从此归冥乡。

　　炀帝不曾读完，就泫然下泪，说道："是朕之过也！朕何等爱才，不料宫闱中，到失了一个才女，真可痛惜。"再拭泪展第四幅，却是《遗意》一首云：

　　秘洞扃仙卉，雕窗锁玉人。

　　毛君真可戮，不及写昭君。

　　炀帝看了，勃然大怒道："原来这厮误事！"沙夫人问："是谁？"炀帝道："朕前日叫许廷辅到后宫去采选，如何不选他？其中一定有弊。这诗明明是怨许廷辅不肯选他,故含愤而死。"便要叫人拿许廷辅。降阳院贾夫人道:"许廷辅只知看容貌,那里识得他的才华?侯夫人才华美矣,不知容貌如何?陛下何不差人去看,若颜色平常,罪还可赦;若才貌俱佳,再拿未迟。"炀帝道:"若不是个绝色佳人,那有这般锦心绣口?既是妃子们如此说,待朕亲自去看。"遂别了众夫人,乘辇还宫。萧后接住,便同到后宫来看。只看侯夫人还是个二十来岁的女子,虽然死了,却装束得齐整,颜色如生。腮红颊白,就如一朵含露的桃花。炀帝看了,也不怕触污了身体,走近前将手抚着他尸肉之上,放声痛哭道:"朕这般爱才好色,宫闱中却失了妃子。妃子这般有才有色,咫尺间却不能遇朕。非朕负妃子,是妃子生来的命薄;非妃子不遇朕,是朕生来的缘悭!妃子九泉之下,慎勿怨朕。"说罢又哭,哭了又说,絮絮叨叨,就像孔夫子哭麒麟的一般,到十分凄切。正是:

圣人悲道,常人哭色。

同一伤心,天渊之隔。

萧后劝道:"人琴已亡,悲之何益?愿陛下保重。"炀帝遂传旨,拿许廷辅下狱,细细审问定罪。一面叫人备衣衾棺槨,厚葬侯夫人。又叫宫人寻遗下的诗稿。宫人回奏道:"侯夫人吟咏极多,临死这一日哭了一场,尽行烧毁了。"炀帝痛惜不已,又将锦囊内诗笺放在案上,看了一遍,说一遍"可惜";读了一遍,道一遍"可怜",十分珍重。随付众夫人翻入乐谱。

众夫人打听得炀帝厚治侯夫人葬礼,也都备了祭仪,到后宫来吊唁。炀帝自制祭文一篇去祭他,中间几联云:"长门五载,冷月寒烟。妃不遇朕,谁将妃怜?妃不遇朕,晨夜孤眠。朕不遇妃,遗恨九泉。朕伤死后，妃若生前。"许多酸语哀词，不及备载。炀帝做完了祭文，自家朗诵一遍，连萧后也不觉堕下泪来，说道："陛下何多情若此？"炀帝道："非朕多情，情到伤心，自不能已。"惹得众夫人也都出声下泪。炀帝赐侯夫人御祭一坛，将祭文烧在灵前，卜地厚葬。又敕郡县官，厚恤他父母。

这许廷辅被刑官拷问，熬炼不过，只得将索骗金钱的真情，一一招出。刑官具本奏闻，炀帝大怒，要发出东市腰斩。亏众夫人再三苦劝，批旨赐许廷辅狱中自尽。正是：

只倚权贪利，谁知财作灾。

虽然争早晚，一样到泉台。

第二十九回

隋炀帝两院观花　众夫人同舟游海

词曰：

　　伤心未已，欢情犹继。天公早显些微异。秾桃艳李斗当时，一杯浇释胸中忌。　　北海层峦，五湖新柳。天涯遥望真无际，梦回一枕黑甜余，碧栏又听轻轻语。

　　　　　　　　　　——右调《踏莎行》

人于声色货利上，能有几个打得穿、识得透的？况贵为天子，富有四海，凭他穷奢极欲，逞志荒淫，那个敢来拦阻他？任你天心显示，草木预兆，也只做不见不闻，毕竟要弄到败坏决裂而后止。

　　却说炀帝虽将许廷辅赐死，只是思念侯夫人，众夫人百般劝慰，炀帝终是难忘。萧后道："死者不可复生，思之何益？如宣华死后，复得列位夫人，今后宫或者更有美色，亦未可知。"炀帝道："御妻之言有理。"遂传旨各宫：不论才人、美人、嫔妃、彩女，或有色有才，能歌善舞，稍有一技可见者，许报名到显仁宫自献。此旨一出，不一日就有能诗善画、吹弹歌舞、投壶蹴鞠的，都纷纷来献伎。炀帝大喜，即刻排宴显仁宫大殿上，召萧后与十六院夫人同来，面试众人。

第二十九回

  这日炀帝与萧后坐在上面，众夫人列坐两旁，一霎时做诗的，描画的，吹的吹，唱的唱，弄得笔墨纵横，珠玑错落，宫商递奏，鸾凤齐鸣。炀帝看见一个个伎艺超群，容貌出众，满心欢喜道："这番遴选，应无遗珠；但伤侯夫人才色不能再得耳！"随各赐酒三杯，录了名字；或封美人，或赐才人，共百余名，都一一派入西苑各苑。分派将完，尚有一个美人，也不作诗，又不写字，不歌不舞，立在半边。炀帝将他仔细一看，只见那女子：

  貌风流而品异，神清俊而骨奇。
  不屑人间脂粉，翩翩别有丰姿。

  炀帝忙问道："你叫甚名字？别人献诗献画，争娇竞宠，你却为何不言不语，立在半边？"那美人不慌不忙，走近前来答道："妾姓袁，江西贵溪人，小字叫做紫烟。自入宫来，从未一睹天颜，今蒙采选，故敢冒死上请。"炀帝道："你既来见朕，定有一技之长，何不当筵献上？"紫烟道："妾虽有微能，却非艳舞娇歌，可以娱人耳目。"炀帝道："既非歌舞，又是何能？"袁紫烟道："妾自幼好览玄象，故一切女工尽皆弃去。今别无他长，只能观星望气，识五行之消息，察国家之运数。"炀帝大惊道："此圣人之学也，你一个朱颜女子，如何得能参透？"袁紫烟道："妾为儿时，曾遇一老尼，说妾生得眼有奇光，可以观天，遂教妾璿玑玉衡，五纬七政之学。又诫妾道：熟习此，后日当为王者师。妾因朝夕仰窥，故得略知一二。"炀帝道："朕自幼无书不读，只恨天文一书不曾穷究。那些台官，往往渎奏灾祥祸福，朕也不甚理他。今日你既能识，朕即于宫中起一高台，就封你为贵人，兼女司天监，专管内司天台事。朕亦得时时仰观天象，岂不快哉！"袁紫烟慌忙谢恩，炀帝即赐他列坐在众夫人下首。萧后贺道："今日之选,不独得了许多佳丽,又得袁贵人善观玄象,协助化理,皆陛下洪福所致也。"

炀帝大喜,与众人饮到月上时,等不及造观天台,就拉着袁紫烟到月台上来,叫宫人把台桌数张,搭起一座高台。炀帝携着袁紫烟,同上台去观象。两人并立。紫烟先指示了三垣,又遍分二十八宿。炀帝道："何谓三垣?"紫烟道："三垣者,紫微、太微、天市也。紫微垣乃天子所都之宫也;太微垣乃天子出政令朝诸侯之所也;天市垣乃天子主权衡聚积之都市也。星明气明,则国家享和平之福;彗孛干犯,则社稷有变乱之忧。"炀帝又问道："二十八宿环绕天中,分管天下地方,何以知其休咎?"紫烟道："如五星干犯何宿,则知何地方有灾,或是兵丧,或是水旱,俱以青黄赤黑白五色辨之。"炀帝又问道："帝星安在?"紫烟用手向北指着道："那紫微垣中,一连五星,前一星主月,太子之象;第二星主日;有赤色独大者,即帝星也。"炀帝看了道："为何帝星这般摇动?"紫烟道："帝星摇动无常,主天子好游。"炀帝笑道："朕好游乐,其事甚小,何如上天星文,便也垂象?"紫烟道："天子者,天下之主,一举一动,皆上应天象。故古之圣帝明王,常懔懔不敢自肆者,畏天命也。"炀帝又细细看了半晌,问道："紫微垣中,为何这等晦昧不明?"紫烟道："妾不敢言。"炀帝道："上天既已垂象,妃子不言,是欺朕也!况兴亡自有定数,妃子明言何害?"紫烟道："紫微晦昧,但恐国祚不永。"炀帝沉吟良久,道："此事尚可挽回否?"紫烟道："紫微虽然晦昧,幸明堂尚亮,泰阶犹一。况至诚可以格天,陛下若修德以禳之,何患天心不回?"炀帝道："既可挽回,则不足深虑矣。"

二人将要下台,忽见西北上一道赤气,如龙文一般,冲将起来。

第二十九回

紫烟猛然看见,着了一惊,忙说道:"此天子气也!何以至此?"炀帝忙回头看时,果然见赤光缕缕,团成五彩,照映半天,有十分奇怪,不觉也惊讶起来,因问道:"何以知为天子气?"紫烟道:"五彩成文,状如龙凤,如何不是?气起之处,其下定有异人。"炀帝道:"此气当应在何处?"紫烟手指着道:"此乃参井之分,恐只在太原一带地方。"炀帝道:"太原去西京不远,朕明日即差人去细细缉访,倘有异人,拿来杀了,便可除灭此患。"紫烟道:"此乃天意,恐非人力能除。惟愿陛下慎修明德,或者其祸自消。昔老尼曾授妾偈言三句道:

虎头牛尾,刀兵乱起。谁为君王?木之子。

若以木子二字详解,'木'在'子'上,乃是'李'字;然天意微渺,实难以私心揣度。"炀帝道:"天意既定,忧之无益。这等良夜,且与妃子及时行乐。"遂起身同下台来,与萧后众夫人又吃了一回酒。萧后与众夫人各自散归,炀帝就在显仁宫同袁紫烟宿了。

次日炀帝才起来梳洗,忽见明霞院杨夫人差内监来奏道:"昔日酸枣县进贡的玉李树,一向不甚开花,昨夜忽然花开无数,清阴素影,掩映有数里之远,满院皆香,大是祥瑞。伏望万岁爷亲临赏玩。"炀帝因袁紫烟说木子是"李"字,今见报玉李茂盛,心下先有几分不快,沉吟了一回,方问道:"这玉李久不开花,为何忽然大开?必定有些奇异。"太监奏道:"果是有些奇异,昨夜满院中人,俱听得树下有几千神人说道:木子当盛,吾等皆宜扶助。奴婢等都不肯信,不料清晨看时,开得花叶交加,十分繁衍。此皆万岁爷洪福齐天,故有此等奇瑞!"炀帝闻言愈加疑虑,正踌躇间,忽又见一个太监来奏道:"奴婢乃晨光院周夫人遣来。院中旧日西京移来的杨梅树,昨夜忽花开满树,十分烂熳,特请万岁爷亲临赏玩。"炀帝见说杨梅盛开,合着了自家的姓氏,方才转过脸来欢喜道:"杨梅却也盛开,妙哉妙哉!"因问太监:"为何一夜就开得这般茂盛?"太监奏道:"昨夜花下,忽闻有许多神人说道:此花气运发泄已极,可一发开完。今早看时,树上至下无一处不开得烂熳。"炀帝道:"杨梅这般茂盛,比明霞院的玉李如何?"太监道:"奴婢不曾看见玉李。"炀帝又问明霞院的太监道:"你看见晨光院的杨梅花么?"太监道:"奴婢也不曾看见杨梅花。"

　　袁紫烟在旁说道:"二花一时齐发,系国家祥瑞,陛下何不去一观?"炀帝见说,便道:"我与妃子同去看来。"遂上了金辇,袁紫烟随驾。到西苑,早有杨夫人、周夫人接住。炀帝问道:"杨梅乃西京移来,原是宿根老本,固该十分开放;这玉李乃外邑所献,不过是浮蔓之质,如何也忽然开发?"二夫人道:"正是奇怪!玉李转胜似杨梅,比往年大不相同,开得没枝没叶,一层一层都堆将起来,真个若有神助一般。"炀帝道:"那里便得如此?"二夫人道:"圣目亲看便知。"须臾,驾到了明霞院,杨夫人便要邀炀帝进看玉李。炀帝不肯下辇,道:"先去看了杨梅,再来看他。"杨夫人不敢勉强,只得让辇过去,自家转随到晨光院来。炀帝进院,竟到杨梅树下来看,只见花枝簇簇,开得浑如锦绣一般,十分欢喜道:"果然开得茂盛,国家祥瑞,不卜可知。"须臾各院夫人闻知二院花开,也都来看,皆极口称赞。炀帝大喜,便要排宴赏花。众夫人不知炀帝的意思,齐说道:"闻得玉李开得更盛,陛下何不一往观之?"炀帝道:"料没有杨梅这般繁盛。"众夫人道:"盛与不盛,大家去看看何妨?"炀帝被众夫人催逼不过,只得同到明霞院来。才进得院门,

第二十九回

早闻得秾秾郁郁的异香扑鼻;及走至后院窗前一看,只见奇花满树,异蕊盈枝,就如琼瑶造就,珠玉装成,清阴素影,掩映的满院中祥光万道,瑞霭千层,真个有鬼神赞助之功,与杨梅大不相同。有《踏莎行》词一首为证:

  白云横铺,碧云乱落。明珠仙露浮花萼,浑如一夜气呵成,果然不假春雕琢。 天地栽培,鬼神寄托。东皇何敢相拘缚。风来香气欲成龙,凡花谁敢争强弱。

炀帝看见玉李精光璀璨,也不像一枝树木,就似什么宝贝放光一般,吓得目瞪口呆,半晌开口不得。众夫人不知就里,只管称扬赞叹。众内侍宫人,也不识窍,这一个道"大奇",那一个道"茂盛",都乱纷纷称赞不绝。炀帝不觉忿然,大声说道:"这样一枝小树,忽然开花如此,定是花妖作祟,留之必然为祸!"叫左右快用刀斧连根砍去。众夫人听了,都大惊道:"开花茂盛,乃国家祯祥,为何转说是妖?望陛下三思。"炀帝道:"众妃子那里晓得,只是斫去为妙。"众夫人苦劝,炀帝那里肯听,惟袁紫烟心中明白,对炀帝说道:"此花虽是茂盛,然太发泄尽了,恐不长久。今陛下莫若以酒酬之,则此花不为妖,而反为瑞矣。"众太监正在那里延挨,不忍动手,忽报娘娘驾到。

原来萧后闻得二院开花茂盛,故来赏玩。到了院中,众夫人齐出来迎接,就说道:"这样好花,万岁转说他是妖,倒要伐去,望娘娘劝解。"萧后见过了炀帝,仔细将玉李一看,果然是雪堆玉砌,十分茂盛。心下也沉吟了一会,因问炀帝道:"陛下为何要伐此树?"炀帝道:"御妻明白人,何必细问?"萧后道:"此天意也,非妖也。伐之何益?陛下若威福不替,则此皆木德来助之象也。"炀帝道:

"御妻所见极是。"遂不伐树,"且同你去看杨梅。"便起身依旧同到晨光院来。

萧后看那杨梅,虽然繁郁,怎敌得玉李?然萧后终是个乖人,晓得炀帝的意思,勉强说道:"杨梅香清色美,得天地之正气;玉李不过是鲜媚之姿。以妾看来,二花还是杨梅为上。"炀帝方笑道:"终是御妻有眼力。"随命取酒来赏。须臾酒至,大家就在花下围坐而饮。饮到半晌,真个是观于海者难为水,不但众人心中都有一点不足之意,就是炀帝自家看了一会,也觉道没甚趣味。忽然走起身来道:"这样春光明媚,大地皆是文章,何苦守着一株花树吃酒?"萧后道:"陛下之论有理,莫若移席到五湖中去。"炀帝道:"索性过北海一游,好豁豁胸襟眼界。"众夫人听了,忙叫近侍将酒席移入龙舟。安排停当,炀帝与萧后众夫人们,一齐同上龙舟,望北海中来。只见风和景明,水天一色,比湖中更觉不同。有诗为证:

御苑东风丽,吹春满碧流。

红移花覆岸,绿压柳垂舟。

树影依山殿,莺声度水楼。

今朝天气好,宜向五湖游。

炀帝与萧后众夫人在龙舟中把帘幕卷起,细细的赏玩那些山水之妙。早游过了北海,到了三神山脚下,一齐登岸。正待上山,忽听波心里一声响亮,只见海中一尾大鱼,扬鳍鼓鬣,翻波触浪游戏,逼近岸边,游来游去。见了炀帝,就如认得的一般。炀帝定睛细看,却是一个一丈四五尺的一尾大鲤鱼。浑身锦鳞金甲,照耀在日光之下,就如万点金星。鱼额上隐隐有一个像是朱砂写的"角"字,偏在半边。炀帝看了,忽然想起,说道:"原来就是此鱼!"萧后

第二十九回

忙问道："此是何鱼？"炀帝道："御妻记不得了？朕昔日曾与杨素在太液池钓鱼，有个洛水渔人，持一尾金色鲤鱼来献。朕见有些奇相，曾将朱笔题'解生'二字在鱼额上，放入池中。后来虞世基凿海，要引入活水，遂与池相通。不知几时游到海中，养得这般大了。如今'生'字被水浸去，止有'解'字半边一个'角'字在上，岂不是它？"萧后道："鲤有角，非凡物也！"袁紫烟道："趁此未成龙时，陛下当早除之，以免后日风雷之患。"炀帝道："妃子之言甚是。"叫近侍快取弓箭来。

近侍忙将金镞羽箭奉上。炀帝接在手，展起袍袖，引箭当弦，觑定了那鱼肚腹之上，飕的放一箭去。忽然水面上卷起一阵风来，刮得海中波浪滔天，像有几百万鱼龙跳跃的模样。浪头的水直喷上岸来，连炀帝与萧后众夫人，衣裳尽皆打湿。吓得众人个个魂飞魄散。萧后同众夫人慌忙退避。炀帝也吃了一惊，立脚不定。只见袁紫烟反趋到炀帝面前来说道："陛下站定，待贱妾来。"炀帝慌了，正要扯他，那袁紫烟忙在袖中取出一物，如算丸的木蛋一般，左手挽住一条五彩锦索，右手把那丸儿掷下水去。将近鱼身，那鲤鱼一见，扑转鳌头，悠然入海去了。

袁紫烟收起一二十丈锦索，执着那件宝贝。此时炀帝喘息已定，向紫烟取那件东西来看，原来是圆滴溜溜的一个五色光生丸儿。炀帝道："此是何物，能使怪鱼退避？"袁紫烟道："此亦妾幼时老尼所赠。说是太乙混天球，是当年老君炼就，能辟诸邪，可驱水中怪异，叫妾常佩在身，以防不测。"正说时，只见萧后同众夫人走到面前。炀帝吃了这惊，亦无兴上山游览。大家上龙舟，进北海摇回。

方登南岸，只见中门使段达俯伏在地，手捧着几道表章，奏道："边防有紧急文书，臣不敢耽阻，谨进上御览定夺。"炀帝笑道："当今四海承平，万方朝贡，有甚么紧急事情，这等大惊小怪？"遂叫取上来看。左右望将第一道献上。炀帝展开看时，上写着："为边报事。弘化郡至关右一带地方，连年荒旱，盗贼蜂起，郡县不能御治。伏乞早发良将，剿捕安集等情。"炀帝道："这都是郡县官员，假捏虚情，后日平复了，冒功请赏。"萧后道："此等之事，虽不可全信，亦不可不信。陛下只遣一员能将去剿捕便了。"炀帝又取第二道表文来看，却是："吏、兵二部为推补事。关右一十三郡盗贼生发，郡县告请良将。臣等会推卫尉少卿李渊，才略兼备，御众宽简得中，可补弘化郡留守，提兵剿捕盗贼等情，伏乞圣旨定夺。"炀帝看了，就批旨道："李渊既有才略，即着补弘化郡留守，总督关右一十三郡兵马，剿除盗贼，安集生民。俟有功另行升赏。该部知道。"炀帝批完，即发与段达。段达因边防紧急事务，不敢耽搁，随即传与吏、兵二部去了。炀帝猛想起李渊，当年伐陈时，他立意杀了张丽华，况又姓李，恐怕应了天文谶语，如何反假他兵权？心下只管沉吟，欲要追回成命，又见疏已发出。待要改票一人，一时没有个良将。

也是天意有定。炀帝正踌躇间，段达忽又献上一道表来。炀帝展开看时，却是长安令献美人的奏疏。炀帝见了，心下大喜，把李渊的事都丢开了。因问段达道："既是献美人，美人今在何处？"段达奏道："美人现在苑外，未奉圣旨，不敢擅入。"炀帝即传旨宣来。不多时，将美人宣到。那美人见了炀帝与萧后，慌忙轻折纤腰，低垂素脸，俯伏在地。炀帝将那美人仔细一看，真个生得娇怯怯一团俊俏，软温温无限丰姿。有诗为证：

第 二 十 九 回

浣雪蒸霞骨欲仙，况当十五正芳年。

画眉窗下娇新月，掠发风前斗晚烟。

桃露不堪争半笑，梨云何敢压双肩。

更余一种憨憨态，消尽人魂实可怜。

炀帝见那女子十分娇倩，满心欢喜，用手扶他起来问道："你今年十几岁，叫甚名字？"那美人答道："妾姓袁，小字宝儿，年一十五岁。妾家中父母，闻万岁选御车女，故将贱妾献上，望圣恩收录。"炀帝笑道："放心，放心，决不退回！"遂同萧后带了宝儿，竟到十六院来。众夫人见炀帝新收宝儿，忙治酒来贺。又吃了半夜，单送萧后回宫。炀帝就在翠华院中，与宝儿宿了。次日起来，就赐他为美人。自此以后，行住坐卧，皆带在身旁，十分宠幸。宝儿却无一点恃宠之意，终日只是憨憨的耍笑，也不骄人，也不作态，炀帝更加宠爱。各院夫人，也都欢喜他温柔软款，教他歌舞吹唱。他福至心灵，学着便会。

一日，炀帝在院中午睡未起，袁宝儿私自走出院来，寻着朱贵儿、韩俊娥、杳娘、妥娘众美人耍子。杳娘道："这样春天，百花开放，我们去斗草如何？"妥娘道："斗草左右是这些花，大家都有的，不好耍子，倒不如去打秋千，还有些笑声。"韩俊娥道："不好不好，秋千怕人，我不去。"朱贵儿道："打秋千既不好，大家不如同到赤栏桥上去钓鱼罢。"袁宝儿道："去不得，倘或万岁睡醒，寻我们时，那里晓得？莫若还到后院去演歌舞耍子，还不误了正事。"大家都道："说得是。"一齐转到后院西轩中来。众美人把四围窗牖俱开，将珠帘把金钩挂起，柳丝嬝嬝，看前槛外群芳相映。正是：

帘卷斜阳归燕语，池生芳草乱蛙鸣。

第 三 十 回

赌新歌宝儿博宠　观图画萧后思游

词曰：

午梦初回闲信步，转过雕栏，又听新声度。蜂飞蝶舞风回住，莺啼一唤情难去。　　醉向花阴日未暮，漫把珠帘，钩起游丝絮。画上天涯萦意绪，今日没个安排处。

——右调《蝶恋花》

凡人的心性，总是静则思动，动则思静。怎能个像修真炼性的，日坐蒲团。至若妇人念头，尤难收束，处贫处富，日夕好动荡者俱多，肯恬静的甚少，其中但看他所志趋向耳。

再说朱贵儿、韩俊娥、杳娘、妥娘、袁宝儿一班美人，齐转到院后西轩中坐下，一递一个把那些新学的词曲共演唱了片时。朱贵儿忽然说道："这些曲子，只管唱，没有甚么趣味。如今春光明媚，你看轩前的杨柳青青，好不可爱。我们各人，何不自出心思即景题情，唱一只杨柳词儿耍子？"杳娘道："既如此，便不要白唱，唱得好的，送他明珠一颗；唱不来的，罚他一席酒，请众人何如？"四人都道："使得，使得！"妥娘道："还该那个唱起？"朱贵儿道："这个不拘，有卷先递。"说未了，韩俊娥便轻敲檀板，细啭莺喉，唱道：

第 三 十 回

"杨柳青青青可怜,一丝一丝拖寒烟。

何须桃李描春色,画出东风二月天。"

韩俊娥唱罢,众人都称赞道:"韩家姐姐唱得这样精妙,真个是阳春白雪,叫我们如何开口?"韩俊娥道:"姐姐们不要笑,我少不得要罚一席相请。"还未说完,只见妥娘也启朱唇、翻贝齿,娇滴滴的唱道:

"杨柳青青青欲迷,几枝长锁几枝低。

不知萦织春多少,惹得宫莺不住啼。"

妥娘唱毕,大家又称赞了一会,朱贵儿方才轻吞慢吐,嘹嘹呖呖,唱将起来道:

"杨柳青青几万枝,枝枝都解寄相思。

宫中那有相思寄,闲挂春风暗皱眉。"

贵儿唱完,大家说道:"还是贵姐姐唱得有些风韵。"贵儿笑道:"勉强塞责,有甚么风韵。"因将手指着杏娘、宝儿说道:"你们且听他两个小姐姐唱来,方见趣味。"杏娘微笑了一笑,轻轻的调了香喉,如箫如管的唱道:

"杨柳青青不绾春,春柔好似小腰身。

漫言宫里无愁恨,想到春风愁杀人。"

杏娘唱罢,大家称赏道:"风流蕴藉,又有感慨,其实要让此曲。"杏娘道:"不要羞人,且听袁姐姐的佳音。"宝儿道:"我是新学的,如何唱得?"四人道:"大家都胡乱唱了,偏你能歌善唱的,到要谦逊?"宝儿真个是会家不忙,手执红牙,慢慢的把声容镇定,方才吐遏云之调,发绕梁之音,婉婉的唱道:

"杨柳青青压禁门,翻风挂月欲销魂。

赌新歌宝儿博宠　观图画萧后思游

莫夸自己春情态，半是皇家雨露恩。"

宝儿唱完，大家俱各称赞。朱贵儿说道："若论歌喉婉转，音律不差，字眼端正，大家也差不多儿；若论词意之妙，却是袁宝儿的不忘君恩，大有深情，我们皆不及也！大家都该取明珠相送。"宝儿笑道："众姐姐休得取笑，得免罚就够了，还敢要甚么明珠？羞死，羞死！"杳娘道："果然是袁姐姐唱得词情双妙，我们大家该罚。"

众美人正争嚷间，只见炀帝从屏风背后转将出来，笑说道："你们好大胆，怎么瞒了朕，在这里赌歌？"众美人看见了炀帝，都笑将起来，说道："妾们在此赌胡诌的歌儿耍子，不期被万岁听见。"炀帝道："朕已听了多时矣！"原来炀帝一觉睡醒，不见了宝儿。忙问左右，对道："在后院轩子里，与众美人演唱去了。"炀帝遂悄悄走来。将到轩前，听见众美人说也有，笑也有，恐打断了他们兴头，遂不进轩，到转过轩后，躲在屏风里面，张他们耍子。故这些歌儿，俱一一听得明白。当下说道："你们不要争论，快来听朕替你们评定。"众美人真个都走到面前。

炀帝看着朱贵儿、韩俊娥、妥娘、杳娘说道："你们四个词意风流，歌声清亮，也都是等闲难得。"又将手指着袁宝儿道："你这个小妮子，学得几时唱，就晓得遣词立意，又念皇家雨露之恩，真个聪明敏慧，可喜可爱。"宝儿也不答应，只是憨憨的嘻笑。炀帝又道："你们耍得有趣，都该重赏。"遂叫左右取吴绫蜀锦，每人两端；宝儿加赏明珠两颗，说道："你既念皇家的雨露，雨露不得不偏厚于你。"宝儿与众美人都一齐谢恩，说："万岁评论极公。"炀帝大喜，正欲分付看宴来，忽闻隔墙隐隐有许多笑声，将近轩来。左右

291

报道:"众夫人来了。"

炀帝见说,笑对众美人道:"你们把朕藏着,待他们来,只说朕不在这里。"韩俊娥道:"叫妾们藏万岁到那里去?"朱贵儿道:"左首短屏后倒可藏得。"炀帝道:"下身露着不好。"杏娘道:"假山后芭蕉阴里到好。"炀帝道:"倘或一阵风来,吹到了叶儿,就看见了,也不好。"袁宝儿笑道:"有便有一个所在,只怕万岁不好意思。"炀帝笑道:"小油嘴,快说来,不要耽搁了工夫。"宝儿把手指着右手壁上一口壁橱道:"这里头甚是广阔,上边又有雕花,可以看外,又不闷人,不要说万岁一个,再有一个陪驾,亦可容得。"炀帝见说,点头笑道:"妙,你们快开了,待朕躲进去。"众人忙把橱门展开,炀帝轻身一跃,闪进里头去了。众美人仍旧关好,把屈戍扣上。

不一时,七八位夫人携着手笑进轩来。只见众美人都四散的站在那里,四围一看,并不见炀帝。明霞院杨夫人道:"万岁不在这里。"清修院秦夫人问众美人道:"万岁那里去了?"众美人都道:"不晓得。"晨光院周夫人道:"宝辇尚停在院外,宫人们都说在西轩里,难道万岁有隐身法的,就不见了?"景明院梁夫人笑对袁宝儿道:"别的说不晓得也就罢了,你是时刻要侍奉的,岂不知万岁在何处?若藏在那里,快些说出来,不然我们大家要动手了。"宝儿憨憨的答道:"我一个娃娃家,怎便可以藏得万岁?"迎晖院罗夫人笑道:"好一个娃娃家!只怕来年这时候,要做娘了。"众夫人都笑起来。秋声院薛夫人道:"不是这等讲,我有个法在此。他们是不肯说的了,我们莫若将宝儿这妮子劫了去。万岁是时刻少他不得,他不见了,他自然要寻到我们院里来的,何须此时性急?"众夫人都道:"有理,有理!"正要大家动手,翠华院花夫人只见壁橱里边一影，便道："万岁在这里，我寻着了。"忙把壁橱屈成除去，正要开门，听见里边格吱吱笑声，跳出一个炀帝来，拍手大笑道："好呀，众妃子要劫朕可人去，是何道理？"文安院狄夫人笑道："幸亏薛夫人的妙策，激动天颜，方才泄漏；不然只道这里头是凤池，那晓得到是个龙窟。"众夫人与众美人都大笑起来。

炀帝对众夫人问道："你们这一伙，为甚么游到这里来？"秦夫人道："妾等俱有耳报法，晓得陛下在这里评品歌词，妾等亦赶来随喜随喜。"薛夫人问道："他们歌的是新词、是旧曲？"炀帝便把五个美人的杨柳词，逐个述与众夫人听。周夫人道："他们到玩得有些意思，我们亦该寻个题目来做做，消遣韶华，强如去抹牌下棋，猜谜行令。"炀帝笑道："题目不拘，就众妃子各人写怀赋志，何必别去搜求。"秋夫人道："题目虽好，只是如今现在只有妾等八人，万岁何不连他们一发去宣了来，以见十六院多有吟咏，方成个诗文会集，大家有兴。"炀帝道："妃子之论甚佳。"叫左右近侍们："快些去宣那八院夫人来。"宫人领旨，如飞的分头去了。正是：

横陈锦障栏杆内，尽吸江云翰墨中。

不一时，只见众夫人多打扮得鲜妍妩媚，袅袅娉娉，齐走进轩来，见过了炀帝，又见了八位夫人。炀帝一看，只有六人，少了两位：仪凤院李夫人、宝林院沙夫人。便问道："为何庆儿不来？"绮阴院夏夫人笑道："李夫人么，是陛下不到他院里去临幸，害了相思病，来不得。"炀帝笑道："别样病，朕不会医，惟相思病，朕手到病除。"又问道："沙妮子为何也不来？"降阳院贾夫人道："他说身子有些诧异，看动弹得也就来。"又道："陛下宣妾等来，有何圣谕？"秦夫人道："陛下因听了众美人赌唱新词，也要命题，叫妾等

第三十回

或诗或词，大家做一首题目，各人或写景或感怀，随意可做。"积珍院樊夫人对炀帝道："他们吟风弄月惯的，妾却笔砚荒疏，恐做出来反污龙目。"炀帝道："这也不过适一时之兴，胡诌几句消遣，妃子何须过逊？"影纹院谢夫人道："若要考文，也须定个优劣赏罚。"仁智院姜夫人道："主司自然是陛下了，但妾赏则不敢望，罚则当如何？"花夫人道："赏则各输明珠一颗，以赠元魁；罚则送主司到他院里去，针灸他一夜，再考。"秦夫人道："这等说，人人去做歪诗，再无他咏的了。"和明院姜夫人道："不是这等讲，若是做得丑的，要罚他备酒一席，以作竟日欢；若是做得奇思幻想，清新中式的，大家送主司到他院里去，欢娱一夜。"周夫人笑道："照依你说，我是再不沾雨露的了。"

炀帝听见众夫人议论，大笑不止，便道："众妃子不必争论，好歹做了，朕自有公评。"于是众夫人笑将下来，向炀帝告坐了，便四散去，各占了坐位。桌上预先设下砚一方，笔一枝，一幅花笺。大家静悄悄凝坐构思。炀帝坐在中间，四围观看：也有手托着香腮，也有颦蹙了画眉，也有看着地弄裙带的，也有执着笔仰天想的。有几个倚遍栏杆，有几个缓步花阴，有的咬着指爪，微微吟咏，有的抱着护膝，唧唧呆思。炀帝看了这些佳人的态度，不觉心荡神怡，忍不住立起身来，好像元宵走马灯，团团的在中间转。往东边去磨一磨墨，往西边来镇一镇笺；那边去倚着桌，觑一觑花容，这边来靠着椅，衬一衬香肩。转到庭中，又舍不得里边这几个出神摹拟；走进轩里，又要看外边这几个心情无那。引得一个风流天子，如同戏台上的傀儡，提进提出。

正得意之时，只见一个内监进来奏道："娘娘见木兰庭上百花

赌新歌宝儿博宠　观图画萧后思游

盛开,遣臣请万岁御驾赏玩。"炀帝见说,便道:"木兰庭上到也有些景致,自从有了西苑,许久不曾去游。只是此刻众夫人在这里题诗看花,明日罢。"内监道:"娘娘已先进木兰庭去了,专候万岁驾临。"狄夫人起身,对炀帝说道:"妾等做诗,原没甚要紧,陛下还是进宫去的是。不要因了妾们,拂了娘娘的兴。"炀帝沉吟了一回,说道:"既如此,妃子们同去走走,何如?"罗夫人道:"使不得,娘娘又没有懿旨唤妾们,妾等成队的进宫去,不惟不能凑其欢,反取其厌了。"炀帝点头道:"也说得是,待朕去看光景好,再差人来宣你们未迟。如今大家且在这里构思完题。"说了起身,众夫人送出轩来,炀帝便止住道:"众妃子各自去干正事,不要乱了文思。"众夫人应命进轩。

　　炀帝见众美人都在轩外,说道:"你们总是闲着,随朕去游赏片时。"宝儿等五人,欢喜不胜,随炀帝上了玉辇,转过西轩,又行过了明霞、晨光二院,将到翠华院玉山嘴口,只见一辆小车儿,迎将上来。炀帝仔细一看,却是仪凤院李夫人。李夫人望见了炀帝的玉辇,忙下车来,俯伏辇前。炀帝把手搀他起来道:"好呀,你躲到这时候才来?夏妃子说你害了相思病,朕正要来替你诊治。"李夫人笑道:"陛下那得闲工夫来?妾偶尔伤春,贪睡来迟,望陛下恕罪。不知宣妾等在何处供奉?"炀帝便把美人赌歌,众妃子也想吟诗,"朕叫他们各自写怀在西轩中题咏,如今因木兰庭上花开,皇后来请,不得不去走遭",说了一遍。李夫人道:"既是陛下要进宫去了,妾又到西轩去有甚兴致,不如仍回院去,做了诗呈上御览便了。"炀帝道:"妃子既是体中欠安,诗词今日不做,后日亦可补得,没甚要紧,到不如同朕进宫去看一看花,夜间朕就到你院中歇了,

第 三 十 回

朕还有话对你说。"李夫人不敢推辞。炀帝拉李夫人同坐了玉辇，亲亲切切，又说了许多体己话。

不一时已到宫中，萧后接住。李夫人见过了萧后。萧后对炀帝道："妾见木兰庭上万花齐放，故差奴婢们迎请陛下一赏。"又对李夫人道："前日承夫人差宫人来候问，又承见惠花钿，穿扎得甚巧，两日正在这里想念。今日同来，正惬我心。"李夫人道："微物孝顺娘娘，何足记怀。"炀帝道："朕久不到木兰庭，正要一游，不想御妻亦有同心。"三人一头说，一头走，须臾之间，早到木兰庭上。炀帝四围一看，只见千花万卉，簇簇俱开。真个是：

　　　　皇家富贵如天地，禁内繁华胜万方。

炀帝与萧后众人，四下里游赏了一会，方到庭上来饮酒。萧后问道："陛下在苑中作何赏玩，却被妾邀来？"炀帝道："朕偶然睡起，见朱贵儿等躲在院后轩子里，赌唱歌儿耍子，被朕窃听了半日，到唱得有些趣味。"萧后道："怎样有趣？"炀帝遂把众美人如何唱、如何赌与自家如何评定，细细述了一遍。萧后看众美人说道："你们既有这等好歌儿，何不再唱一遍与我听，看万岁评论的公也不公？"炀帝道："有理有理，也不要你们白唱，唱一只，朕与娘娘饮一杯酒，李妃子也陪饮一杯。"众美人不敢推辞，只得将杨柳词，一个个重行唱了一遍。萧后俱称赞不已。末后轮到袁宝儿唱时，炀帝正要卖弄他皇家雨露之恩，留心侧耳而听，不想他更逞聪明，却不袭旧词，又信着口儿唱道：

　　　　"杨柳青青娇欲花，画眉终是小宫娃。
　　　　　九重上有春如海，敢把天公雨露夸？"

炀帝听了，又惊又喜道："你看这小妮子，专会作怪。他因御

赌新歌宝儿博宠　观图画萧后思游

妻在此,便唱'九重上有春如海,敢把天公雨露夸';这明明是以宫娃自谦,见他不敢专宠之意。"萧后大喜道:"他年纪虽小,到有些才情分量。"因叫到面前,亲自把一杯酒赐与他吃,说道:"你小小年纪,到知高识低,晓得事务。先念皇恩,又不敢夸张,真可谓淑女矣!"将自己的一副金钏取下来赏他。宝儿谢恩接了,也不做声,只是憨憨的嘻笑。

萧后对炀帝道:"刚才奴婢们说陛下在西轩与众夫人赋诗,怎么列位不见,陛下独同李夫人来?"炀帝指着众美人道:"因他们赌唱新词,众妃子偶然撞来,晓得了,也要朕出个题目,消遣消遣。李妃子是没有来,直到御妻请朕回宫,在玉山嘴口遇见朕,因拉他来看花助兴。"萧后道:"李夫人来,更觉花神增色;只是打断了陛下考文的兴趣,奈何?"大家说说笑笑,炀帝不觉微有醉意,遂起身到各处去闲耍。偶走上殿来,只见中间挂着一幅大画,画上都是泥金青绿的山水人物,也有楼台寺院,也有村落人家。炀帝见了,便立住细看,并不转移。萧后见炀帝注看多时,恐劳神思,便叫宝儿去请来饮酒。宝儿去请,炀帝也不答应,只是伫目看画。萧后又叫宝儿拿一钟新煎的龙团细茶,送与那炀帝。炀帝只顾看画,也不吃茶。

萧后见炀帝看得有些古怪,忙起身同李夫人走到面前,徐徐问道:"这是那个名人的妙笔?"炀帝道:"那里名人,甚么妙笔!"把宝儿捧的茶拿来吃了。萧后道:"既不是名人妙笔,陛下为何这等爱他,凝眉不舍?"炀帝道:"这画乃是一幅广陵图。朕见此图,忽想起广陵风景,故有些恋恋不舍。"萧后道:"此图与广陵不知可有几分相似?"炀帝道:"若论广陵山明水秀,柳媚花娇,这图如何描写

297

第 三 十 回

得出？若只论殿宫寺宇，一指顾间，历历如在目前。"萧后将手指着问道："此一条是甚么河道，有这些舳舻舟楫在内？"炀帝见萧后问他详细，遂走近一步，将左手伏在萧后肩上，把右手指着图画，细细说道："这不是河道，乃是扬子江。此水自西蜀三峡中流出，奔腾万有余里，直到海中。由此遂分南北，古今所谓天堑者，以此江得名也。"李夫人道："沿江这一带，都是甚么山？"炀帝道："这正面一带，是甘泉山。左边的是浮山，昔大禹治水，曾经此山，至今山上，还有个大禹庙。右边这一座，叫做大铜山，汉时吴王濞在此处铸钱，故此得名。背后一带小山，叫做横山，梁昭明太子在此处读书。四面散出的，乃是瓜步山、罗浮山、摩诃山、狼山、孤山，俱是广陵的门户。"

李夫人悄悄的叫贵儿点两杯浓酽酽的茶来。李夫人送一杯与萧后吃了，又取了一杯茶，轻轻的凑在炀帝面去。炀帝把手来接了。萧后放了杯，又问道："中间这座城池，却是何处？"炀帝吃完了茶，答道："这叫做芜城，又叫做古邗沟城，乃是列国时吴王夫差的旧都。旁边这一条水，也是吴王凿的，护此城池。此城据于广陵之中，又得这些山川拱卫。朕向来曾镇扬州，意欲另建一都，以便收揽江都秀气。"李夫人道："这小小一城，如何容得天子建都？"炀帝笑道："妃子在画上看了觉小，若到那里尽宽大，可以任情受用。"又以手指着西北一块地方说道："只此一处，有二百余里，与西苑大小争差不多。朕若建都此处，可造十六宫院，与西苑一般。"又四下里乱指道："此处可以筑台，此处可以起楼，此处可以造桥，此处可以凿池。"这炀帝说到了兴豪之际，不觉得手舞足蹈，欣然畅快起来。萧后见了笑道："陛下既说得如此有兴，何不差人快做起来,挈带贱妾并众夫人与美人同去一游?"炀帝道:"朕实有此心,只恨这是一条旱路,虽有离宫别馆,晚间住扎,日间那些车尘马足的劳攘,甚是闷人。再带了许多妃妾们,七起八落,如何能够快活?"李夫人道:"何不寻条水路,多造龙舟,妾等皆可安然而往?"炀帝笑道:"若有水路,也不等今日。"萧后道:"难道就没有一条河路?方才那条扬子江,恐怕有路。"炀帝道:"太远,太远,通不得。"萧后道:"陛下不要这般执定,明日宣群臣商议,或者别有水路,亦未可知。且去饮酒,莫要只管愁烦。"

  炀帝见说,携了萧后的手,三人依旧到庭上来饮酒。大家你一杯,我一盏,饮至掌灯时,李夫人起身,向炀帝与萧后要告辞归院。炀帝不开口,只顾看那萧后。萧后便知炀帝的意思,况又李夫人性格温柔,时常到宫来候问,故此萧后待他更觉亲热,便一把扯住道:"夫人不比别个,就住在我宫中一宵,亦何妨碍?况且陛下又在这里,决不使你寂寞。"炀帝笑道:"御妻你不晓得,他刚才对朕说两日身上有些欠安,朕勉强拉他来看花助兴。"萧后见说,笑道:"身子不好,这不打紧,住在这里,少刻我叫陛下送一贴黄昏散来,保你来朝原神胜旧。"引得李夫人掩着口儿,只是笑。见萧后意思殷勤,只得仍旧坐下,又吃了更余酒,然后与炀帝、萧后同在宫中歇了。正是:

    烛开并蒂摇金屋,带结同心绾玉钩。

  次日,炀帝设朝,聚集大臣会议,要开一条河道,直通广陵,以便巡幸。众臣奏道:"旱路却有,并不闻有河道可以相通。"炀帝再三要众臣筹策一条河路来,各官俱面面相觑,无言可答。大家捱了一会,只得奏道:"臣等愚昧,一时不能通变,伏望陛下宽限,容臣

第三十回

等退出,会同该部与各地方官,细细查勘回旨。"炀帝依奏,即传旨退朝,起身退入后宫。正是:

欲上还寻欲,荒中更觅荒。

江山磐固石,到此也应亡。

第三十一回

薛冶儿舞剑分欢　众夫人题诗邀宠

词曰：

　　莺声未老燕初归,正好传杯。鱼肠试舞逞雄奇,争羡蛾眉。　　锦笺觅句谩留题,且共追陪。浅斟细酌乐深闺,情尽和谐。

——右调《玉树后庭花》

自来诗词,虽是写怀寄兴,然其中原有起承转合,故人不得草草涂鸦。但今作者,止取体艳句娇、标新立异而已,原没甚骨力规则。独诧天公使有才之女,生在一时,令荒淫之主,志乱心迷,每事令人欲罢不能。

再说炀帝与众臣议论,要开通广陵河道。退朝回宫,萧后接住问道:"陛下与众臣商议的水道何如?"炀帝道:"众臣商酌了半日,再寻不出一条路来,今领旨去查,多分也不能有。"萧后道:"众臣既去细查,定还有别路,且待他们来回旨再处。陛下不要思量未来,倒误了眼前。"炀帝问道:"为何不见李妃子?"萧后道:"他因念着诗题,恐怕各院到他那里去寻他,晓得了在这里,不好意思。等不及陛下还宫,忙回院去了。"炀帝见说,便道:"正是,为甚么众妃

第 三 十 一 回

子不把诗来进呈？朕与御妻到院中去问他们。"萧后道："这也使得。前日绮阴院差人来，说院中花柳十分可人，请妾去赏玩，因两日不得闲，故没有去。今日天气甚好，陛下何不同到那里去一乐？"炀帝笑道："御妻到会排遣。"萧后道："妾妇人家，只好是这样排遣；比不得陛下东寻西趁，要十分快乐。"炀帝道："御妻恁说，朕就不去，在这里与御妻促膝谈心，何如？"萧后微哂道："妾是戏言，陛下怎么认起真来？难道宵来刚沐恩波，今晚又思多露，奢望若此？"一头说，一头挽着炀帝的手，走出宫来。随着内相去唤袁宝儿等，到绮阴院伺候。

萧后与炀帝上了宝辇，竟到绮阴院。夏夫人接住。炀帝就问夏夫人道："昨日众妃子吟的诗词，为甚么不送来朕览？"夏夫人见过了萧后，对炀帝道："诗是没有做，见陛下回宫去了，妾等亦遂散归。"炀帝笑道："你们好大胆，难道见朕回宫，众妃子就不奉旨了？"夏夫人笑道："诗多是做的，交在清修院秦夫人处，他一齐送呈御览。"又转对萧后道："前日妾望娘娘玉趾降临，为何直至今日？"萧后道："承夫人见邀，满拟即来游玩，不知为甚缘故，春未去而病先来，觉得身子甚懒。因陛下有兴，故此同来。"炀帝与萧后大家说说笑笑，各处游赏。只见鸟啼花落，日淡风和，春夏之交，光景清幽可爱。正是：

　　领略花蹊看不尽，平分风月意如何。

炀帝赏玩了多时，心下畅快，因对萧后道："早是御妻邀来游玩，不然将这样好风光都错过了。"夏夫人忙排上宴来。炀帝饮了数杯，忽问道："袁宝儿众人，如何不来？"众内相听了，慌忙去叫，却都不在院中。各处去寻，寻了半晌，一个个忙忙乱乱的走将进来。炀帝见他们举止失常,便问道:"你这干小妮子躲在何处,这时候才来,又这般模样?"众美人料隐瞒不住,只得齐跪下道:"妾等在仁智院山上看舞剑耍子,不知万岁与娘娘驾到,有失随侍,罪该万死!"炀帝道:"是谁舞剑?"宝儿道:"是薛冶儿。"炀帝道:"薛冶儿从不曾说他会舞剑,敢是你们说谎?"萧后道:"谎不谎,有何难见?只叫冶儿来,便知端的。"炀帝点头,放了众美人起来,随叫内相去唤冶儿。不多时,冶儿唤到,怎生打扮?但见:

穿一件淡红衫子,似薄薄明霞剪就;系一条缟素裙儿,如盈盈秋水裁成。青云交绾头上髻,松盘百缕;碧月充作耳边珰,斜挂一双。宝钏低躯彩鸾飞,绣带轻飘金凤舞。梨花高削两肩,杨柳横拖双黛。毫无尘俗,恍疑天上掌书仙;别有风情,自是人间豪侠女。

炀帝见了薛冶儿,便说道:"你这小妮子,既晓得舞剑,如何不舞与朕看,却在背后卖弄?"冶儿答道:"舞剑原非韵事,被众美人逼勒不过,偶然耍子,有何妙处,敢在万岁与娘娘面前献丑?"炀帝笑道:"美人舞剑,乃是美观,如何反说不韵?赐他一杯酒,舞一回与朕看。"冶儿不敢推辞,饮了酒,取了两口宝剑,走到阶下,也不揽衣,也不挽袖,便轻轻的舞将起来,初时一来一往,还袅袅婷婷,就如蜻蜓点水,燕子穿花,逗弄那些美人的姿态;后渐渐舞得紧了,便看不见来踪去迹。两口宝剑寒森森的,就像两条白龙,在上下盘旋。再舞到妙处时,剑也看不见,人也看不见,只见冷气飕飕,寒光闪闪,一团白雪在阶前乱滚。炀帝与萧后看了,喜得眉欢眼笑,拍手称好。

冶儿舞了半晌,忽然就地一滚,直滚到东南角上。炀帝疑惑,

第 三 十 一 回

在席上直站起来看。只听得翻天的一声响，碗大的一株枣树，砍将下来。惊得内监与众美人都避进院。冶儿将身一闪，徐徐收住宝剑，恍如雪堆销尽，现出一个美人来的模样。轻轻的走到檐前，将双剑放下，气也不喘，面也不红，发丝一根也不散乱，阶前并无半点尘埃飞起。望他走来，仍旧衣裳楚楚，笑容可掬。炀帝不觉拍桌叹赏道："奇哉冶儿！直令人爱死！"就叫冶儿近身，用手在他身上一摸，却又香温玉软，柔媚可怜，就像连剑也拿不动的。心下十分欢爱，因对萧后道："冶儿美人姿容，英雄伎俩，非有仙骨，不能到此。若非今日，朕又几乎错过。"萧后道："如今也未迟，真个我见犹怜。"炀帝见说，就大笑起来。正是：

　　能臻化境真难测，伎到精时妙入神。
　　试看玉人浑脱舞，梨花满院不扬尘。

炀帝归到席上，萧后道："今日之乐，比往日更觉快畅，皆夏夫人之惠也。"夏夫人道："妾有何功？幸赖冶儿舞剑，庶不寂寞耳。陛下与娘娘该进一巨觞，冶儿亦当以酒酬之。"炀帝笑道："难道主人到不饮？"夏夫人答道："妾自然奉陪。"正要斟酒，只见宫娥进来报道："众位夫人进院来了。"夏夫人见说，忙起身出去，接了进来。十六院夫人一位也不少，上前见过了炀帝与萧后。夏夫人与众位夫人叙过了礼，叫左右重整杯盘，入席坐定。炀帝笑道："你们这时候才来见朕，不怕主司责罚么？先罚三杯一个，然后把诗来呈。"谢夫人道："主司今日却轮不到陛下了，还该让娘娘；陛下只好做个副主考。"炀帝道："这是甚么缘故？"狄夫人道："吾辈女门生，自然该娘娘收入宫墙。陛下理宜回避，始免嫌疑。"萧后道："《易经》《葩经》，各服一经，还是陛下善于作养人材。"炀帝亦笑

薛冶儿舞剑分欢　众夫人题诗邀宠

道："御妻久著关雎雅化，深得《诗经》之旨。"萧后笑道："不比陛下一味《春秋》。"引得众夫人美人都大笑起来。

　　秦夫人在宫奴手里取诗稿一本呈上。炀帝揭开第一页来看，见上写"仁智院臣妾姜桂，恭呈御览"，下边一个小小方印"月仙氏"。炀帝看了，笑对姜夫人道："论来还该序齿诠次，你的年纪最小，为甚反把你列为首唱？"姜夫人答道："昨日因杨夫人、周夫人说先完的先录，不必拘泥。妾是腹中空虚，无可思索，故此僭越。比不得众夫人们，肚子里有物，要细细推敲揣摩。"话未说完，秦夫人对着姜夫人道："我们被你说也罢了，怎么独嘲笑起沙夫人来？"姜夫人道："妾何尝嘲笑沙夫人？"秦夫人道："你说肚子里有物，不是打趣他么？"姜夫人道："妾实不知，望沙夫人恕罪。"萧后听说，忙问道："依众夫人说来，可是沙夫人恭喜了，这也是九庙之灵，陛下之福。"炀帝口也不开，觑着沙夫人注目的看。只见沙夫人桃花脸上，两朵红云，登时现将出来，垂头无那。炀帝看见光景，有些厮像，问下首梁夫人道："妃子是诚实人，实对朕说，沙妃子的喜，是真是耍？"梁夫人在桌底下伸出三个指来，低低的答道："三个月了。"炀帝见说，大喜道："妙极，妙极！快取热酒来，待朕饮三大杯，御妻也饮三杯。"杨夫人道："此皆娘娘德化所致，乃使妾等普沾恩泽也。三杯岂足以报娘娘万一？陛下何功，却要吃起三大觥来？"炀帝笑道："虽然朕没有大功，亦曾少效微劳。"惹得众人都大笑起来。炀帝把手乱指道："你们众妃子，一概都吃三杯。"又笑对沙夫人道："妃子只饮一杯罢。"贾夫人道："一回儿就是陛下徇私了。刚才说妾们一概吃三杯，为何沙夫人反只要吃一杯？"江夫人道："少刻诗词，若是陛下看得不公，还要求娘娘磨勘。"炀帝一头

第三十一回

笑饮,看姜夫人的诗,却是一首绝句:

六宫清昼斗云鬟,谁把君王肯放闲?
舞罢霓裳歌一阕,不知天上与人间。

炀帝看罢笑道:"姜妃子从不曾见他吟咏,亏他到扯得来,竟不出丑。"又看下去,上写"影纹院臣妾谢初萼",下边图印"天然氏"。也是绝句一首:

晚妆零落一枝花,又听銮舆出翠华。
忙里新翻清夜曲,背人听拨紫琵琶。

炀帝对谢夫人道:"别人诗中的兴比,不过是借题寓意,你却是典实。那一夜朕在清修院歇,隔垣听得谢妃子的琵琶,真个弹得如怨如慕,如泣如诉,令人听之忘寐。今此诗竟如写自己的画图。"萧后道:"有此妙技,少刻定要请教。"炀帝又看下去,见上写"翠华院臣妾花舒霞",图印上"字伴鸿"。是一首词。炀帝遂朗吟云:

桐窗扶醉梦和谐,恼乱心怀,没甚心怀。拉来花下赌金钗。懒坐瑶阶,又上瑶阶。　　银河对面似天涯,不是云霾,即是风霾。鹊桥有处已安排,道是君乖,还是奴乖。

——右调《一剪梅》

炀帝念完,萧后问道:"这是谁的?到做得有趣。"炀帝道:"是花妃子的。"萧后笑道:"只怕今夜花夫人乖不去了。"炀帝道:"词句鲜妍妩媚,深得丽人情致。"花夫人道:"胡诌塞责,有甚情致?蒙陛下过誉。"樊夫人道:"花夫人过谦,陛下可要罚他一杯?"炀帝点点头儿,又看下去,写着"和明院臣妾江涛",印章是"惊波氏"。却是绝句二首:

梦断扬州三月春,五桥东畔草如茵。
君王若问侬家里,记得琼花是比邻。

晓妆螺黛费安排,惊听鹦哥报午牌。
约略君王今夜事,悄挨花底下弓鞋。

炀帝念完,说道:"二诗做得情真艳丽,但觉乡心之念切耳。"萧后叫宫人取大杯:"奉陛下三巨觞。"炀帝道:"御妻为甚要罚起朕来?"萧后道:"陛下论诗不明,故此要奉。"炀帝道:"御妻说有何不明?"萧后道:"妾说来,陛下自然心服。你们众夫人都来看。"众夫人见说,齐到萧后身边来。萧后指着江夫人的诗说道:"这两首诗,是兴比之体。前一首,是江夫人借家乡之意,切念君心,其实非念家乡,隐念君心也。第二首,文义是总归题旨,明写重念君心,非念家乡也,为何反说思乡之念太切,岂不是论诗不明?"炀帝哈哈大笑道:"朕岂不知?因御妻与众妃子多在这里,难道独赞江妃子的诗意念朕,众妃子独不念朕耶!看诗者,只好以意逆志耳!"周夫人道:"亏得娘娘明敏,道破了作者诗意。像妾们只好被陛下掩饰过了。"炀帝道:"朕将一杯转奉与御妻,以见磨勘的切当。再一杯寄与周妃子,以酬其帮衬。朕自吃一杯。"周夫人笑道:"总是多嘴的不好,难道江夫人到不要吃?"萧后道:"陛下这三杯,是要奉的;妾们大家再陪一杯,乃是至公。"于是各人斟酒而饮。炀帝吃了酒,看后边去,见上写着"文安院臣妾狄玄蕊",印章"字亭珍"。是一首词,调寄《巫山一段云》:

时雨山堂润,卿云水殿幽。花花草草过春秋,何处是瀛洲? 翠袖承恩遍,朱弦度曲稠。御香深惹薄言愁,天子趁风流。

炀帝念完，赞道："好，哀而不伤，乐而不淫，得吟词正体。"萧后笑道："此首别人做不出，更妙在结题。陛下又该饮一大杯。"炀帝道："该吃，快斟来！"又看到下边去，上写着"秋声院臣妾印花谨呈御览"，图印是"小字南哥"。七言绝句一首：

午凉庭院倚微醒，弄水池头学采蘋。

荷惯恩私疏礼节，梦中犹自唤卿卿。

炀帝念完道："妙！文如其人，情致宛然。"萧后笑道："再加几个卿字，陛下还要妙哩！"罗夫人亦笑道："这几声唤，薛夫人难道不下来递陛下一杯酒？"薛夫人见说，含着娇羞，认真要起身来。炀帝见了，忙止住道："你自坐着，不要睬他。"又看到下去，上写道"积珍院臣妾樊娟"；印章是"素云氏"。也是绝句一首：

梦里诗吟雨露恩，那须司马赋长门。

温泉浴罢君王唤，遮莫残妆枕簟痕。

炀帝念完，说道："情深而意淡，深得佳人韵致。"又看下去，上写道"降阳院臣妾贾素贞，谨呈御览"，下边图章"字林云"。是绝句两首：

玉质光含不染缥，清香别是异芳芬。

曾经醉入潇湘梦，起倚雕栏弄素裙。

相思未解翰何题，一自承恩情也迷。

记得当年幽梦里，赐环惊起望虹霓。

炀帝念完，微笑赞道："不事脂粉，天然妍媚，所谓粗服乱头俱好。"只见众夫人格吱吱笑起来。炀帝问道："众妮子为甚好笑？"

姜夫人道："妾们笑昨日……"说了就止住口道："妾不说了,刚才无心搪突了沙夫人,如今何苦又多嘴。"炀帝道："你不说,罚三巨觥。"花夫人道："他吃不得,待妾代说了罢。昨日贾夫人做诗,一回儿起了稿,自己看了摇摇头,团做纸圆儿吃了。如此三四回,吃了三四个纸圆。后见陛下进宫去了,要倩周夫人与杨夫人代笔,他两个不肯。贾夫人气起来道:求人不如求自己,陛下晓得我是初学,好歹放几个屁在上,量陛下不把奴打到赘字号里去。今见陛下赞他的诗,故此妾们好笑。"薛夫人笑道："亏那几个纸圆儿,方放出好屁来。"炀帝见贾夫人有些愠意,罚了姜夫人、花夫人、薛夫人一杯酒。又展一首来看："绮阴院臣妾夏绿瑶谨呈御览",印章是"琼琼氏"。乃是一首词儿:

  春满西湖好,月满前山小。匝地笙歌,接天灯火。君王归了。问酒政何如？不过是催花斗草。 辜负黄昏早,懒把眉儿扫。心字香烧,谁敢望鸾颠凤倒。尧舜心肠,时怜却汉宫人老。

炀帝念完赞道："色韵性度,跃跃如纸上出。"萧后笑道："不但做得有情有致,且为陛下今宵下一速帖。"夏夫人道："蒙娘娘降临,已出万幸,焉敢更有他望！"炀帝又看下去,写着"迎晖院臣妾罗小玉谨呈御览",印章上是"佩声氏"。是绝句两首:

  亭西小院灿名花,岂比寻常富贵家。
  染尽上林好风景,瑶琴一曲胜琵琶。

  别样新妆懒画容,玉山颓处两三峰。
  谩言姚魏堪为侣,还让宫花报九重。

第三十一回

萧后见炀帝念完,因说道:"二诗才情分量兼得之矣,陛下以为是否?"炀帝道:"御妻评拟不差。"又看下去,上写道"清修院臣妾秦美",印章是"丽娥氏"。绝句一首:

> 宫禁春深雨露饶,万堆红紫绿千条。
> 不知花叶谁裁出,始信东风胜剪刀。

炀帝点点头儿,又看下去,见上写"明霞院臣妾杨毓",印章上是"翩翩氏"。也是绝句一首:

> 娇痴何分沐恩光,占尽春风别有香。
> 自是妾身无状甚,错疑花木恼君王。

炀帝微笑一笑,又看下去,上写着"晨光院臣妾周含香",印章"字幼兰"。是小词一首,调寄《如梦令》:

> 昨夜东风吹透,一树杨梅开骤,香露泛泛金樽,满祝千秋万寿。非谬非谬,共醉太平时候。

炀帝念完,点几点头儿;又看下去,上写着"景明院臣妾梁玉谨呈御览",图记上是"莹娘氏"。绝句一首:

> 腰肢怯怯怕追欢,镜里幽情只自看。
> 莫说宫闱多媚态,轻罗小袖醉阑干。

炀帝微笑一笑。萧后问道:"为甚这几首,陛下只点头微笑?"炀帝道:"御妻,你不知六宫中,如杨翩翩、周幼兰、秦丽娥、梁莹娘、沙雪娥是宫中的诗伯,今竟如臣下应制,并不见出色文字,合着旧曲一句,把往事今朝重提起。"引得众夫人没得说,都笑起来。萧后道:"只要是诗就罢了,陛下不必苛求。"炀帝又看下去,是"宝林院臣妾沙映",印章是"雪娥氏"。乃五言律诗一首:

> 披发入深宫,承恩战栗中。

薛冶儿舞剑分欢　众夫人题诗邀宠

笑歌花潋滟，醉舞月朦胧。

共颂螽斯羽，相忘日在东。

千秋长侍从，草木恋春风。

炀帝看完赞道："正说难道没有一首出色的，原来在这里。"萧后见说，重新又念了一遍，赞道："果然好，端庄纯静，居然大家。"炀帝又看下去，上写道"仪凤院臣妾李小鬟"，印章上是"字庆儿"。乃绝句一首：

君王明圣比唐尧，脱珥无烦自早朝。

闲论关雎多雅化，落红飞上赭黄袍。

炀帝看完，笑对李夫人道："到也亏你。"萧后故意问李夫人道："想是昨夜做的？"李夫人道："昨夜题目也不晓得，今早秦夫人来，一回儿逼勒着乱道几句，殊失陛下命题之意。"炀帝道："若说闺阁中，要如众妃子的，急切间亦不易得。如沙妃子的律诗，颇称佳咏；即如词臣，亦不过如此。诗已看完，我们痛饮一番罢！"

萧后叫众夫人奏起乐来。一霎时吹的吹，唱的唱，觥筹交错，各各尽欢。萧后对夏夫人道："承主人之兴，酒已过量，要回宫去了。"又对沙夫人道："夫人玉体，亦不该久坐，还宜先回院去。"沙夫人见说，亦即起身。炀帝欲同萧后回宫，萧后忙止住了，对炀帝道："若论别宵，任凭陛下心中去受用；今夜是妾作主，陛下理该进宝林院安寝。更遣薛冶儿陪驾，一正一副，谅不寂寞，不知众夫人以为是否？"沙夫人道："承蒙娘娘厚爱，贱妾断不敢独沾恩宠。"众夫人齐声道："娘娘分付，使妾等诚服，沙夫人亦不必推辞。"萧后道："可与不可，权在陛下；让与不让，权在众夫人。"炀帝笑执着一大杯酒，扯住萧后道："御妻且饮一上马杯。"萧后笑道："妾实吃不

第 三 十 一 回

得了,陛下也要少饮,留些正经。"说完,遂登辇回宫。众夫人也就送炀帝到宝林院,又命薛冶儿随了沙夫人进去。各自散归院内。正是:

无数名花新点色,一枝独占上林春。

第三十二回

狄去邪入深穴　皇甫君击大鼠

词曰：

　　人世堪怜,被鬼神播弄,倒倒颠颠。才教名引去,复以利驱旋。船带纤,马加鞭,谁能得自然。细看来朝朝尘土,日日风烟。　　饶他狡猾雄奸,向火坑深处,抵死胡缠。杀身求富贵,服毒望神仙。枯骨朽,血痕鲜,方知是罪愆。能几人超然物外,独步机先?

　　　　　　　　——右调《意难忘》

　　自古道：人逢利处难逃,心到贪时最硬。不要说市井中卖菜佣、守财奴见了银钱,欢喜爱惜；即如和尚道士的设心,手里拨素珠,口里诵黄庭,外足恭而内多欲,单只要想人家的财物。至若士子,尤其奸险。凭你窗下读书明理,一入仕途,初叨简命之荣,便想地方上的树皮,都要剥回家去,管甚么民脂民膏,竟忘了礼义廉耻。直至身将就木,还遗命叫儿子薄殡殓,勿治丧,勿礼忏,宁可准千准万,丢下与儿孙日后浪费,妻妾贴赠他人。所以使天怒人怨,以至阴阳果报,历历不爽。还要看了他人,忘了自己。除非是刀上颈、鬼来拿,始放下这一块贪心。安能如大英雄,看得富贵功名,有如

第三十二回

敝屣。

再说炀帝,那夜在宝林院与沙夫人、薛冶儿两个欢娱了一夜,明日起身,因夜来萧后凑趣得体,梳洗过,即便上辇回宫。刚到宫门首,只见群臣都在那里候驾。炀帝坐了便殿,就问道:"卿等会议广陵河道,未知可曾商量出来?"宇文述奏道:"臣等与工部河道众臣细查,并无一路可通。今有谏议大夫萧怀静说,有一条河路可以通得,故臣等同在此面圣。"原来萧怀静乃萧后之弟,系国舅,又任上大夫之职。炀帝听了,喜问萧怀静道:"卿有何路,可以直通广陵?"怀静答道:"此去大梁西北,有一条旧河路。秦时大将王离曾于此处掘引孟津之水,直灌大梁,今岁久堙塞不通。若能广集民夫,从大梁起首,由河阴、陈留、雍丘、宁陵、睢阳等处,一路重新开浚,引孟津之水,东接淮河,不过一千里路,便可直到广陵。臣又听得耿纯臣奏,睢阳有天子气。见今开河,必要从睢阳境中穿过,天子之气必然挖断。此河一成,既不险远,又可除后患。臣鄙见若此。不知圣意以为何如?"炀帝听毕大喜道:"好议论,非卿才智识见,不能思想及此。"遂传旨,以征北大总管麻叔谋为开河都护。又对众臣道:"路途纡远,工程浩繁,须再得一人协理方妙。"时宇文述因疑李渊杀其子惠及,欲解其兵权,寻他空隙。遂乘机奏道:"太原留守李渊颇有才干,陛下可着他协理,庶几工程容易告竣。"炀帝见说,即以太原留守李渊为开河副使。从大梁起工,由睢阳一带,直掘到淮河。遂调天下人夫自十五以下,五十以上,皆要赴工;如有隐匿者,诛三族。圣旨一下,谁敢进谏?该衙门随即移文催麻叔谋、李渊上任。

原来麻叔谋为人性最残忍,又贪婪好利。一闻升开河都护,满

狄去邪入深穴　皇甫君击大鼠

心欢喜,即便赴任。其时柴绍夫妻在鄠县,晓得了旨意,知这差是宇文述的奸计,故将岳父调离太原,寻事要害他。李氏对丈夫道:"这差不惟有祸,还惹民怨。"慌忙一面差人去报与父亲,叫他托病;一面叫丈夫多带些金珠,进东京打关节,另换一人,庶几无患。柴绍到东京,买嘱了一个梁公萧钜,是萧后的嫡弟;一个千牛宇文皛,是隋主弄臣,日夕出入宫禁,做了内应。外边又在张衡处打了关节。张衡前有谣言害唐公,不过是为太子,原不曾与唐公有仇。况是小人,见了银子,也就罢了。唐公病本一到,改差左屯卫将军令狐达,着唐公仍养病太原。这两员官领了敕,定限要十五丈深,四十步阔。河南淮北,共起丁夫三百六十万。每五家出老幼或妇女一名,管炊爨馈送,又是七十二万。又调河南、山东、淮北骁骑五万,督催工程。那里管农忙之际,任你山根石脚,都要凿开。坟墓、民居尽皆发掘。那些丁夫,受苦万千。

其时一队人夫开到一处,忽见下面隐隐露出一条屋脊。众夫随着屋脊,慢慢的挖将下去,却是一所堂屋,有三五间大小。四围白石砌成,有两石门,关得甚紧,不能开展。众夫只道其中有金银宝物,遂一齐将锹锄铲锸,望着石门捣掘。谁想那门就像生铁铸的,百般敲打,莫想动得分毫。忙了半日,众夫恐怕弄出事来,只得报知队长。队长禀知麻叔谋,麻叔谋同令狐达来看。众夫都道:"掘打凿撞,总是无用。"令狐达道:"这座坟墓,不是古帝王的陵寝,定是仙家的圹穴,岂是用椎凿可以开得?必须具礼焚香,宣皇上的旨意拜求,或有可开之理。"麻叔谋没法,只得叫左右排下香案,同令狐达穿了公服,宣读旨意。拜祝祷告未完,只见香案前忽然卷起一阵冷风来,一声响亮,两扇石门轻轻的闪开。

第三十二回

麻叔谋等众人走进去,见里面几百盏漆灯,点得雪亮,如同白昼,中间放着一个石匣,有四五尺长,上面都是凿的细细花纹。麻叔谋见了,心下有些惧怯,不敢轻易开看。又转着后一层,却是一个小小圆洞,洞中壁直的,停着一个石棺材。麻叔谋同令狐达又礼拜了,叫人揭开盖儿细看:只见里面仰卧一人,容貌犹红白,颜色如未死的一般,浑身肌肉肥胖如玉。一顶黑发,从头上脸上腹上,盖将下来,直至脚下,从身后转绕生去,生到脊背中间方住。手上的指爪都有尺余长短。麻叔谋看了,料是得道仙人骨相,不敢轻易毁动,仍叫左右将材盖上。把前边石匣开看,匣中并无别物,只有三尺来长一块石板,上写着许多蝌蚪篆文。这些人俱不能辨认。亏得山中一个修真炼性百来多岁的老人,抄译出来。其文曰:

我是大金仙,死来一千年。数满一千年,背下有流泉。得逢麻叔谋,葬我在高原。发长至泥丸,更候一千年,方登兜率天。

麻叔谋见连他姓名都先写在上面,惊讶不已,方信仙家妙用,自有神机。与令狐达商议:拣块丰隆高厚的地方,加礼迁葬;即今大佛寺,是其遗迹。

后又掘至陈留地方,众夫正在开掘,忽见乌云陡暗,猛风骤雨,冰雹如阵一般打来。打得那些丁夫跌跌倒倒,往后退避。麻叔谋不信,自来踏看,亦被风雨冰雹打得个不亦乐乎。唤地方耆老细询,说有汉代张良,为此地土神,十分灵显。麻叔谋见说,知张良显应,要护守疆界,只得申表具奏朝廷。炀帝即命翰林院,做了一道祝文,用了国宝,差太常卿牛弘赍白璧一双,到陈留致祭,始得开通。丁夫开过陈留。正是:

狄去邪入深穴　皇甫君击大鼠

莫道幽明隔，神灵自有威。

这些丁夫，督趱了几日，开到雍丘地方一带大林之中，有一所坟墓，墓上有一座祠堂，正碍着开河的道路。队长前来报禀，麻叔谋亲自来看。只见周围护卫，觉有几分灵气，叫左右唤乡民来问。乡民答道："此乃上古高人的圹穴，不知其姓氏，相传叫做隐士墓。"麻叔谋见说是隐士墓，就不放在心上，遂叫丁夫掘开。众夫疾忙动手，拆祠的拆祠，掘墓的掘墓。谁知底下有两三层石板，凿到第三层，忽然一声响亮，就如山崩地裂之状，连人连石板都坠下去。忙忙救得起来，伤的伤，死的死，不知损坏了多少丁夫。麻叔谋吃了一惊，忙差的当人役下去，探看多时，说有二三丈深，底下又有一穴，荧荧煌煌，一派灯火，里边照得雪亮，隐隐约约，有钟鼓之声。望去就像枯海一般，其深无底。众人不敢下去，只得系将上来。令狐达沉思良久道："须得此人下去，方可知其详细。"麻叔谋忙问是谁，令狐达道："此人平素专好剑术，常自比荆轲、聂政，为人有胆气智勇，姓狄名去邪，现任武平郎将，如今现在后营管督粮米。若差此人，他定然去得。"麻叔谋听了，随叫左右去请。

此时去邪正在后营点查粮米，见麻叔谋来请，只得换了公服，进营参见。麻叔谋看见狄去邪，身长八尺，腰大十围，双眸灼灼生光，满脸堂堂吐气，是一个好男子。忙出位来说道："请将军来，别无他事，因前有隐士墓，挖出一个大穴，穴中灯火荧煌，不知是何奇异。闻将军胆勇兼全，敢烦入穴中一探，便是开河第一功。"狄去邪道："既蒙二位老大人差遣，敢不效力！但不知穴在何处？"麻叔谋同令狐达引狄去邪到穴边来看，狄去邪看了一回说道："既要下去，便斯文不得。"遂去了公服，换上一件紧身细甲，腰间悬了一口

第三十二回

宝剑，叫人取几十丈长索，索上拴了许多大铃，坐在一个大竹篮内，系将下去。

狄去邪起初在上面看时，见底下辉煌照耀，及到下面，却又黑暗。存息了一会，睁眼看时，觉微微有些亮影。走出篮来，趁着亮影摸将去，不上十数步，渐觉比前更是明亮。再行四五十步，忽然通到一处，猛抬头看时，依旧有天有日，别是一个世界。狄去邪看了这段光景，不觉恍然感叹道："人只知在世上争名夺利，苦恋定了阎浮尘上，谁知这深穴中又有一重天地。真是天外有天，神仙妙用无穷。"心中早把功名之念看淡了几分。又信着步往前走去，转过了一带石壁，忽见一座洞府，四围白石砌成，中间一座门楼，门外列着两个石狮子，就像人间王侯的第宅。狄去邪不管好歹，竟走进门去，东西一看，并不见有人在内，只见向南一层石门，紧紧关着。忽听得东边一间石房里，得得有声。狄去邪忙走近前，从窗眼里一张，见里边四角上，多是石柱，石柱上有铁索一条，系着一个怪兽。那怪兽把蹄儿突了几突，故外面听见。那兽生得尖头贼眼，脚短体肥，仿佛有一个牛大，也不是虎、又不是豹。狄去邪看了半晌，再认不出，猛然想了一想，又定睛一看，原来是一个大老鼠。狄去邪着惊道："老鼠有这般大，还不知猫有怎样大？"正呆看时，忽见正南两扇正门开放，走出一个童子来，生得：

  晰晰清眉秀目，纤纤白齿红唇。双丫髻，煞有仙风；黄布衫，颇多道气。若非野鹤为胎，定是白云作骨。

那童子看见了，便问道："将军莫非狄去邪乎？"狄去邪大惊道："正是，仙童何以得知？"童子道："皇甫君待将军久矣，可快快进去。"狄去邪见有些奇异，只得随着童子进门来；见殿宇峥嵘，厅堂宏敞，不是等闲气象。将到殿前，见殿上坐着一位贵人，身穿龙蟠绛服，头戴八宝云冠，垂缨佩玉，俨然是个王者。左右列着许多官吏，阶下侍卫森严。狄去邪到了殿庭，只得望上礼拜。听得那位贵人开口问道："狄去邪，你来了么？"狄去邪答道："狄去邪奉当今圣旨开河，蒙都护麻叔谋差委探穴，不想误入仙府，实为有罪！"那贵人便道："你道当今炀帝尊荣么？你且站在一边，我叫你看一物事来。"就对旁边一个凶恶的武卫道："快去牵那阿摩过来。"那武卫见说，慌忙手执巨棍，大步往外边去了。不多时听得铁链声响，那个武卫将一条长链牵着一兽前来。狄去邪仔细一看，却就是外边石柱上的大鼠。那武卫牵到庭中，把一手带住，那鼠蹲踞于月台上，扬须啮爪，状如得意。那贵人在上怒目而视，把寸木在桌上一击道："你这畜生，吾令你暂脱皮毛，为国之主，苍生何罪，遭你荼毒；骸骨何辜，遭你发掘；荒淫肆虐，一至于此！我今把你击死，以泄人鬼之愤。"喝武士照头重重的打他，那武卫卷袖撩衣，举起大棍，望鼠头上打一下，那鼠疼痛难禁，咆哮大叫，浑似雷鸣。武士方要举棍再打，忽半空中降下一个童子，手捧着一道天符，忙止住武士："不要动手。"对皇甫君说道："上帝有命。"皇甫君慌忙下殿来，俯伏在地。童子遂转到殿上，宣读天符道："阿摩国运数本一纪，尚未该绝。再候五年，可将练巾系颈赐死，以偿荒淫之罪。今且免其箠楚之苦。"童子读罢，腾空而去。

皇甫君复上殿说道："饶了这个畜生。若不是上帝好生，活活的将你打杀。今还有五年受享，你若不知改悔，终难免项上之苦。"说罢叫武士牵去锁了。武士领旨牵去。皇甫君叫狄去邪问道："你看得明白么？"狄去邪道："去邪乃尘凡下吏，仙机安能测识?"皇甫君道:"你但记了,后日自然应验。此乃九华堂上,你非有仙缘,也不能到此。"狄去邪忙跪下叩恳道:"去邪奉差,误入仙府,今进退茫茫,伏乞神明指示。"皇甫君道:"你前程有在,但须澄心猛省,不可自甘堕落。麻叔谋小人得志横行,罪在不赦。你与我对他说:感他伐我台城,无以为谢,明年当以二金刀相赠。"说罢,遂分付一个绿衣吏道:"你可引他出去。"

狄去邪在威严之下,不敢细问,拜谢而出。绿衣吏引着狄去邪,不往旧路,转过几株大树,走不上一二百步,绿衣吏用手指道:"前边林子里,就是大路。"急回头问时,绿衣吏早已不见。再转身看时,连那座洞府,都不知那里去了。狄去邪骇然道:"神仙之妙,原来如此。"只得一步步奔过林子来,转过了一个山岗,照着大路,又走了一二里田地,忽见几株乔木,环绕成村,忙奔入村来问路。见一家篱门半开,遂走进去,轻轻的咳嗽几声,早惊动了一双小花犬儿,向着去邪乱叫。里面走出一个老者来,狄去邪忙施礼道:"下官迷失道路,敢求老翁指教。"那老者答礼道:"将军为何徒步至此?"狄去邪不敢隐瞒,遂将入穴遇皇甫君,及棍打大鼠事情,述了一遍。老者听了笑道:"原来当今炀帝,是老鼠变的,大奇大奇,怪道这般荒淫无度!"狄去邪就问:"此间是何地方?到雍丘还有多远?"老者道:"此乃嵩阳少室山中,向大路往东去,只二里便是宁陵县,不消又往雍丘去。想麻叔谋早晚就到了,将军若不弃嫌,野人粗治一餐,慢去未迟。"遂邀狄去邪走入草堂。老者分付一个老苍头,收拾便饭出来,因对狄去邪道:"据将军所见,看将起来,当今炀帝,料欲不永。就是麻叔谋,只怕其祸亦不甚远。我看将军容貌气度非常,何苦随波逐流,与这班虐民的权奸为伍?"狄去邪逊谢道:"承老翁指教。某非不知开河乃虐民之事,只恨官卑职小,不敢不奉令而行。"老者微笑道:"做官便要奉令而行,不做官他须令将军不得。"狄去邪道:"老翁金玉之言,某虽不材,当奉为蓍龟。"

　　须臾老苍头排上饭来,狄去邪饱餐了一顿,起身谢别而去。老翁直送到大路上,因说道:"转过前边那个山嘴,便望得见县中了。"狄去邪称谢拱手而别。走得十数步,回头看时,已不见老者,那里有甚么人家?两边都是长松怪石。去邪看见,又吃了一惊,心上恍惚,忙赶到县中,见了城市人民,方才如梦初醒。入城在公馆中等候。

　　麻叔谋只道狄去邪寻不出穴口,已死在穴中,催促丁夫开成河道,已经七八日,望宁陵县界口来。狄去邪就去见麻叔谋,将穴中所见所闻之事,细述了一遍。麻叔谋那里肯信,只道狄去邪有甚剑术,隐遁了这几日,造此虚诞之言来恐吓他。反被麻叔谋抢白了一场。狄去邪只得退回后营,自家思想道:"我本以忠言相告,他却以戏言见侮。我是个顶天立地的汉子,何苦与豺狼同干害民之事!国家气数有限,我何必在奸佞丛中,恋此鸡肋?到不如托了狂疾,隐于山中,到觉得逍遥自在。"算计已定,遂递了两张病呈。麻叔谋厌他说谎,遂将呈子批准,另委官吏管督粮米。狄去邪见准了呈子,遂收拾行李,带了两个仆从,竟回家乡而去。行到路上,因想皇甫君呼大鼠为阿摩,心中委决不下道:"岂有中国天子却是老鼠之理?若果有此事,前日大棍打时,也该有些头疼脑热。鬼神之事虽不可不信,也不可全信,何不便道往东京探访一个消息,便知端的。"遂悄悄来京体访。正是:

　　　　欲识仙机虚与实,谩辞劳苦涉风尘。

第三十三回

睢阳界触忌被斥　齐州城卜居迎养

诗曰：

区区名利岂关情，出处须当致治平。

剑冷冰霜诛佞倖，词铿金石计苍生。

绳愆不觉威难犯，解组须知官足轻。

可笑运途多牴牾，丈夫应作铁铮铮。

做官的不论些小前程，若是有志向的，就可做出事业来。到处留恩，随处为国，怕甚强梁，怕甚权势？一拳一脚，一言一语，都是作福；到其间一身一官，都不在心上。人都笑是戆夫拙宦，不知正是豪杰作事本色。

秦叔宝离却齐州，差人打听开河都护麻叔谋，他已过宁陵，将及睢阳地方了。分付速向睢阳投批。行了数日，只见道儿上一个人，将巾皂袍，似一个武官打扮。带住马，让叔宝兵过。叔宝看来有些面善，想起是旧时同窗狄去邪。叔宝着人请来相见，两人见了，去邪问叔宝去向。叔宝道："奉差督河工。"叔宝也问去邪踪迹。去邪道："小弟也充开河都护下指挥官。"因把雍丘开河时，入石穴中，见皇甫君打大鼠，分付许多说话，及后在嵩阳少室山中老人待饭,许多奇异,细细道与秦叔宝听。叔宝道:"如今兄又欲何往?"去邪道:"弟已看破世情,托病辞官,回去寻一个所在隐遁,不料兄也差委到他跟前。那麻叔谋处心贪婪,甚难服事,兄可留心。"两人相别去了。

叔宝也是个正直不信鬼神的人,听了也做一场谎话不信。却是未到得睢阳两三个日头,或是大小村坊,或是远远茅房草舍,常有哭声。叔宝道:"想是这厢近河道,人都被拿去做工,荒功废业,家里一定弄得少衣缺食,这等苦恼。"及至细听他哭声,又都是哭儿哭女的。便想道:"定是天行疹子,小儿们死得多,所以哭泣。"只是那哭声中,却又咒诅着人道:"贼王八,怎把咱家好端端儿子偷了去!"也又有的道:"我的儿,不知你怎生被贼人抓了去,被贼人怎生摆布了。"也千儿万儿的哭,也千贼万贼的骂。叔宝听了道:"怪事,这却又不是死了儿子的哭了。"思忖一回:"或者时年荒歉,有拐骗孩子的;却也不能这等多,一定有甚原由。"

野哭村村急,悲声处处闻。

哀蛮相间处,行客泪纷纷。

来到一个牛家集上,军士也有先行的,也有落后的。叔宝自与这二十个家丁,在集上打中火,一时小米饭还不曾炊熟。叔宝心上有这事不明白,故意走出店面来瞧看,只见离着五七家门面,有两三个少年,丛住在那厢说话。一个老者拄着拐杖,侧耳听着。叔宝便捱将近去。一个道:"便是前日张家这娃子抓了去。"一个道:"昨日王嫂子家孩子,也被偷了去。他老子拨去开河,家来怎了?"一个道:"稀罕他家的娃子哩!赵家夫妻单生这个儿,却是生金子一般,昨夜也失了。"那老者点头叹息道:"好狼子,这村坊上,也丢了二三十个好孩子了。"叔宝就向那老人问道："老丈,敢问这村坊,被往来督工军士拐骗了几个小儿去了么?"老者道："拐骗去的,倒也还得个命;却拿去便杀了。却也不关军士事,自有这一干贼!"叔宝道："便是这两年,年程也好,这地方吃人?"那老者道："客官有所不知,只为开河,这总管好吃的是小儿,将来杀害,加上五味,烂蒸了吃。所以有这干贼,把人家小儿偷去,蒸熟献他,便赏得几两银子。贼人也不止一个,被盗的也不止我一村。"

总因财利膻人意,变得贪心尽虎狼。

叔宝道："怎一个做官的做这样事,怕也不真么?"老者道："谁谎你来,怕不一路来听得哭声?如今弄得各村人,梦也做不得一个安稳的,有儿女人家,要不时照管,不敢放出在道儿上行走。夜间或是停着灯火看守,还有做着木栏柜子,将来关锁在内。客官不信,来瞧一瞧。"领到一处小人家里来,果是一个木柜,上边是人铺铺睡觉防守的。叔宝道："怎不设计拿他?"老者道："客官,只有千日做贼,哪有千日防贼?"叔宝点头称是,自回店中吃饭,就分付众家丁道："今日身子不快,便在此地歇了,明日趱行罢!"先在客房中打开铺陈,酣睡一觉,想要捉这一干贼人,为地方除害。

捱到晚,吃了晚饭,村集没有更鼓。淡月微明,约莫更尽,叔宝悄悄走出店门一看,街上没个人影。走到市东头观望,没个形影。转来时,忽听得一家子怪叫起来,却是夫妻两个,梦里不见了儿子,梦中发喊,倒把儿子惊得怪哭,知道不曾着手,彼此啐了一番,自安息了。叔宝又蹴过西来,远远望着,似有两个人影,望集上来。叔宝忙向店中,闪入门扇缝中张去。停一会,果是两个人过来。叔宝待他们过去,仍旧出来,远远似两点蝇子一般,飞在这厢伏一伏,又向那厢听一听。良久,把一家子茹桔梗门扇掇开,一个进去了。一会子,外边这人先跑,刚到叔宝跟前,叔宝喝一声:"那里走!"照脊梁一拳,打个不提备,跌了一个倒栽葱,把一个小孩子也丢在路边啼哭。叔宝也不顾他,竟赶到那失盗人家来时,这贼也出门了。因听见叔宝这一喝,正在那厢观望,不料叔宝又赶到,待要走时,早已被叔宝一脚飞起,一个狗吃屎,跌倒在门边。里边男女听得门外响时,床上已没了儿女,哭的叫的,披衣起来。叔宝已把这人挟了,拿到自己客店前来。先打倒这人,正在地下挣坐起来。不料店中家丁因听喝声,知是叔宝声音,也赶出来。看见这人,一把抓住,故此也不得走。此时地下的小儿啼哭,失盗的男女叫喊,集中也在睡梦中惊起几个人来。那寻得儿子的人罢了,倒是这干旁观的人,将这两个乱打。叔宝道:"列位不要动手,拿绳子来拴了,只要拷问他:从前盗去男女在那厢?还有许多党羽?他是那一方人氏?甚名字?追捕可绝民患。乱打死了,却谁承当?"果是家丁将绳来捆了,审他口词。一个是张耍子,一个陶京儿,都是宁陵县上马村人。还有一个贼首,叫陶柳儿,盗去孩子,委是杀来蒸熟,献与麻都护受用。

叔宝审了口词。天色将明,各村人听得拿了偷小儿的,都来看。男人却被叔宝喝住,只有这些被害女人,挞的咬的,拿柴打的,决拦不住。叔宝此时放又放不得,着地方送官,又怕私自打死,连累叔宝。因此叔宝想一想道:"列位,麻都护是员大臣,断不作此歹事。他如今将到睢阳,不若我将这二人送与麻爷。他指官杀人,麻爷断断不留他性命;若果然有此事,他见外面扰攘,心下不安,不敢做了。"众人道:"将军讲得有理,只不要路上卖放了,又来我们集上做贼。"叔宝道:"我若放他,我不拿他了。"昨日老者见了道:"就是昨日这位客官,替集上除了一害!"要掠些盘费相谢,叔宝不肯。自押了这两个贼人,急急赶上大队士卒。

赶到睢阳时,麻叔谋与令狐达才到,在行台坐下,要相视河道开凿。叔宝点齐了人夫,进见投批。麻叔谋见了叔宝一表人材,长躯伟貌,好生欢喜,就着他充壕塞副使,监督睢阳开河事务。叔宝谢了,想一想道:"狄去邪曾说此人贪婪,难于服事。只一见,便与我职事,也像个认得人的。只是拿着两个贼人禀知他,恐他见怪;不禀,放了他去,又恐仍旧为害。也罢,宁可招他一人怪,不可使这干小儿含冤。"却又走过去跪下道:"齐州领兵校尉,有事禀上老爷。"麻叔谋不知禀甚事,却也和着颜色。只见叔宝禀道:"卑职奉差在牛家集经过,有两个贼人,指称老爷取用小儿,公行偷盗。一个叫张耍子,一个叫陶京儿,被卑职擒拿,解在外面,候爷发落。"麻叔谋听了,不觉怫然道:"是那个拿的?"叔宝道:"是卑职。"叔谋道:"窃盗乃地方捕官事,与我衙门何干?你又过往领兵官,不该管这等的事。"令狐达道:"若是指官坏事,也应究问一究问。"叔谋道:"只我们开河事理管不来,管这小事则甚?"令狐达道:"既拿来,也发有司一问。"麻叔谋道:"发有司与他诈了钱放,不如我这里放。"分付不必解进,竟释放去。把叔宝一团高兴,丢在冰窖里去了。正是:

　　开柙逃狰兽,张罗枉用心。

外面跟随叔宝的家丁,说拿了两个贼人,毕竟有得奖赏,不期竟自放了,都为叔宝不快,不知叔宝却又惹了叔谋之忌。

叔谋原先奉旨,只为耿纯臣奏睢阳有王气,故此欲乘治河开凿

睢阳界触忌被斥　齐州城卜居迎养

他。不意到得睢阳，把一座宋司马华元墓掘开去了。将次近城，城中大户央求督理河工壕塞使陈伯恭，叫他去探叔谋口气，回护城池。不期叔谋大怒，几乎要将伯恭斩首；决意定了，河道穿城直过。这番满城百姓慌张，要顾城外的坟墓，城里的屋舍；内有一百八十家大户，共凑黄金三千两，要买求叔谋，没个门路。却值陶京儿得释放后，在外边调喉道："我是老爷最亲信的人，这没生官儿，却来拿我！你看官肯难为我么？连他这蚂蚁前程，少不得断送在我们手里！"众人听他说得大来头，是麻总管亲信，就有几个暗暗与他讲，要说这回护城池一节。陶京儿道："我还有一个弟兄更亲近，我指引你去见他。"却与他做线，引见麻爷最得意管家黄金窟，众人许谢他两个白金一千两。黄金窟满口应承道："都拿来，明日就有晓报。"众人果然将这金银都交与黄金窟。黄金窟晓得主人极是见钱欢喜的，便乘他日间在房中打睡时，悄悄将一个恭献黄米三千石的手本，并金子都摆在桌上，一片辉煌，待他醒时问及进言。站在侧边得许久，正是申时相近，只见叔谋从床中跳起来道："你这厮这等欺心，怎落我金子，又推我一跌！"把眼连擦几擦，见了桌上金子，大笑道："我说宋襄公断不谎我，断落不去的。"黄金窟看了，笑道："老爷，是那个宋襄公送爷金子？"叔谋道："是一个穿绛绡衣带进贤冠的。他求我护城，我不肯。又央出一个暴眼大肚皮胡子、戴进贤冠穿紫的，叫做甚大司马华元来说。这厮又使势，要把我捆缚，镕铜汁灌我口内，惊我。我必不肯，他两个只得应承送我黄金三千，要我方便。我正不见金子，怕人剋落，与守门的相争，被他推了一跌，不期金子已摆在此了！待我点一点，不要被他短少。"黄金窟又笑道："爷想做梦了。这金子是睢阳百姓央我送来

第三十三回

与爷求方便的,有甚宋襄公?"叔谋道:"岂有此理!明明我与宋襄公、华司马说话,怎是梦?"黄金窟道:"爷再想一想,还是爷去见宋襄公,宋襄公来见爷,如今人在那里,相见在那里?"叔谋又想一想道:"莫不是梦,明明听得说上帝赐金三千两,取之民间,这金子岂不是我的?"黄金窟道:"说取之民间,这宗金子,原该爷受的。但实是百姓要保全城中庐舍送来,爷不可说这梦话。"叔谋笑道:"我只要有金子,上帝也得,民间也得,就依他保全城郭便了。"把手本收了,分付明日出堂,即便改定道路。

次日升堂,叫壕塞使。此时陈伯恭正在督工,只有叔宝在彼伺候,过来参谒。叔谋道:"河道掘离城尚有多远?"叔宝道:"尚有十里之遥,县官现在出牌,着令城中百姓搬移,拆毁房屋兴工。"叔谋道:"我想前日陈伯恭说回护城池,大是有理。这等坚固城池,繁盛烟火,怎忍将他拆去,又使百姓这等迁移?不若就在城外取道,莫惊动城池罢。就差你去相视。"秦叔宝道:"前日爷台已画定图式,分付说奉旨要开凿此城,泄去王气,恐难改移。"叔谋道:"你这迂人,奉旨开凿王气,只要在此一方,何必城中?凡事择便而行,说甚画定图式?快去相视回我!"叔宝领了这差,是个好差:经过乡村人户,或是要免掘他坟墓田园,或是要求保全他房产的,都十两五两,二十三十,央人来说。叔宝一概不受,止酌定一个更改的河道,回复叔谋。

恰是这日副总管令狐达闻知要改河道,来见叔谋,彼此议论,争执不合。只见叔宝跪下禀道:"卑职蒙差相视河道,若由城外取道纡回,较城中差二十余里。"叔谋正没发恼处,道:"我以差你相视城外河道,你管甚差二十里三十里?"叔宝道:"路远所用人工要多,钱粮要增,限期要宽,卑职也要禀明。"叔谋越发恼道:"人工不用你家人工,钱粮不用你家钱粮,你多大官,在此胡讲!"这话分明是侵令狐达。令狐达道:"民间利病,许诸人直言无隐,大小是朝廷的官,管得朝廷的事,也都该从长酌议。况此城开掘,奉有圣旨的。"叔谋道:"寅兄只说圣旨,这回护城池,宋襄公奉有天旨。前日梦中,我为执法,几乎被华司马铜汁灌杀,那时叫不得你两人应。"令狐达大笑道:"那里来这等鬼话!"叔谋又向叔宝道:"是你这样一个朝廷官,也要来管朝廷事?你得了城外百姓的银子,故此来胡讲,我只不用你,看你还管得么!"令狐达争不过叔谋,愤愤不平,只得自回衙宇,写本题奏去了。

  叔宝出得门来,叔谋里面已挂出一面白牌道:"壕塞副使秦琼,生事扰民,阻挠公务,着革职回籍。"秦叔宝看了道:"狄去邪原道这人难服事,果然。"即便收拾行李还家,却不知这正是天救全叔宝处。莫说当日工程严急,人半死亡;后来隋主南幸,因河道有浅处,做造一丈二尺铁脚木鹅,试水深浅,共有一百二十余处,查将浅处。两岸丁夫,督催官骑,尽埋堤下,道叫他生作开河夫,死为扒沙鬼。麻叔谋以致问罪腰斩。这时若是叔宝督工,料也难免。正是:

  得马何足喜,失马何必忧。
  老天爱英雄,颠倒有奇谋。

  叔宝因遭麻叔谋罢斥,正收拾起身,只见令狐达差人来要他麾下效用。秦叔宝笑道:"我此行不过是李玄邃为我谋避祸而来,这监督河工,料也做不出事业来。况且那些无赖的,在这工上希图放卖些役夫,剋扣些工食。或是狠打狠骂,逼索些常例,到后来随班

第三十三回

叙功,得些赏赉。我志不在此,在此何为?"便向差官道:"卑职家有八旬老母,奈奉官差,不得已而来。今幸放回,归心如箭,不得服事令狐爷了。"打发了差官,又想:"来总管平日待我甚好,且说李玄邃、罗老将军分上,不曾看我。我回日另要看取。若回他麾下,也毕竟还用我。但我高高兴兴出来,今又转去,这叫做此去好凭三寸舌,再来不值半文钱了。看如今工役不休,巡游不息,百姓怨愤,不出十年,天下定然大乱,这时怕不是我辈出来扫除平定?功名爵禄,只争迟早,何必着急。况家有老母,正宜菽水承欢,何苦恋这微名,亏了子职。"又想:"若到城中,来总管必要取用我,即刘刺史这等歪缠也有之。不若还在山林寄迹。"因此就于齐州城外村落去处,觅一所房屋:

前带寒流后倚林,桑榆冉冉绿成阴。

半篱翠色编朝槿,一榻声音噪暮禽。

窗外烟光连戏彩,树头风韵杂鸣琴。

婆娑未灭英雄气,捉笔闲成梁父吟。

草草三间茅屋,里边有几间内房,堂侧深竹里有几间书房。周围短墙,植以桑榆疏篱,篱外是数十亩麦田枣地。

叔宝自入城中,见了母亲,说起与世不合,不欲求名之意。秦母因见他为求名,常是出差,这等奔走,也就决意叫他安居。叔宝就将城中宅子赠与樊建威,酬他看顾家下之意。自与母亲妻子,移到村居。樊建威与贾润甫还劝他再进总管府,叔宝微笑道:"光景也只如此,倒是偷得一两刻闲是好处。"后来来总管知得,仍来叫他复役。叔宝只推母老,自己有病,不肯着役。来总管也不苦苦强他。凡一应朋友来的也不拒,只为亲老,自己不敢出外交游。每日

睢阳界触忌被斥　齐州城卜居迎养

寻山问水,种竹浇花,酒送黄昏,棋消白昼,一切英豪壮气,尽皆收敛。就是樊建威、贾润甫,都道:"可惜这个英雄,只为连遭折挫,就便意气消磨,放情山水。"不知道他已看得破,识得定,晓得日后少他不得,不肯把这雄风锐气,轻易用去,故尔如此。正是:

　　日落淮城把钓竿,晚风习习葛衣单。
　　丈夫未展丝纶手,一任旁人带笑看。

第三十四回

洒桃花流水寻欢　割玉腕真心报宠

词曰：

芳菲尽已，簌簌香何细。桃片片，随苹起，光摇碧水，远梦绕长松。牵情难摆，荡舟瞥见心堪醉。　　魑魅何足异，魂魄凭谁寄。香如篆，烛成泪，银河良夜静，星斗光衣袂。惊看处，清凉一帖痊人快。

——右调《千秋岁》

自昔浊乱之世，谓之天醉。天不自醉，人自醉之，则天亦难自醒矣。况许多金枷套颈，玉索缠身，眼前无数快乐风光，谁肯清心寡欲，看破尘迷？且说炀帝见这些美人，个个鲜妍娇媚，淫荡之心，愈觉有兴。不论黄昏白昼，就像狂蜂浪蝶，日在花丛中游戏。众美人亦因炀帝留心裙带，便个个求新立异蛊惑他，博片刻之欢。

一日，炀帝在清修院，与秦夫人微微的吃了几杯酒，因天气炎热，携着手走出院来，沿着那条长渠，看流水耍子。原来这清修院，四围都是乱石，垒断出路，惟容小舟，委委曲曲，摇得入去。里面许多桃树，仿佛是武陵桃源的光景。二人正赏玩这些幽致，忽见细渠中，飘出几片桃花瓣来。炀帝指着说道："有趣，有趣。"见几片流出院去，上边又有一阵浮来，许多胡麻饭夹杂在中间。秦夫人看了骇道："是那个做的？"炀帝笑道："就是妃子妙制，再有何人。"秦夫人道："妾实不知。"忙叫宫人将竹竿去捞起来看，却不是剪彩做的，瓣瓣都是真桃花，还微有香气。炀帝方才吃惊道："这又作怪了。"秦夫人道："莫非这条渠与那仙源相接？"炀帝道："这渠是朕新挖，与西京太液池水接，那里甚么仙源？"秦夫人道："既如此说，如今这时候，怎得有桃花流出？"二人你看我看，没理会处。秦夫人道："妾与陛下撑一只小舟，沿渠找寻上去，自然有个源头。"炀帝道："妃子说得有理。"遂同上了一只小龙船，叫宫人撑了篙，穿花拂柳，沿着那条渠儿，弯弯曲曲，寻将进去。只见水面上或一朵，或两瓣，断断续续，皆有桃花。过了一条小石桥，转过几株大柳树，远望见一个女子，穿一领紫绢衫儿，蹲踞水边。连忙撑近看时，却是妥娘，在那里洒桃花入水。正是：

　　娇羞十五小宫娃，慧性灵心实可夸。
　　欲向天台赚刘阮，沿渠细细散桃花。

炀帝看见大笑道："我道是那个，原来又是你这小妮子在此弄巧！"妥娘笑吟吟的说道："若不是这几片桃花，万岁此时不知在那里受用去了，肯撑这小船儿来寻妾？"炀帝笑道："偏你这小妮子，晓得这般顽耍，还不快下船来！"妥娘下了船，秦夫人问道："别的都罢了，这桃花瓣从何处得来？"妥娘笑道："还是三月间树上采的，妾将蜡盒儿盛了耍子，不意留到如今，犹是鲜的。"炀帝道："留花还是偶然，你这等小小年纪，又不读书识字，如何晓得桃源故事，又将胡麻饭夹在中间？"妥娘带笑说道："妾女子，书虽不能多读，桃源记也曾看来。"秦夫人对炀帝道："妾观汉书晋书，丕猷谟烈，

第三十四回

事多可采；至若秦史纪事，惟以奸诈而霸天下，毫无足取。即如桃源一事，其说亦甚幻。"炀帝笑道："是何言与？朕览始皇本纪，见他巡行天下，封禅泰山，赫然震压一时。不要说别事，即如一道长城，至今七八百年，外寇不能长驱而入，皆此城保障之功也。"秦夫人道："秦至今七八百年，长城恐都坏了，若不修补，难免后日之患。"炀帝道："这个自然。况当朕之世，不为修辑，更有谁人肯兴此工？只在旦晚，要差人干这节事了。秦史上还有始皇起建阿房宫一段，好看得紧，也算一代雄豪之主。此书在景明院殿中，我们撑到景明院去取来看。"

不一时，撑过了龙鳞渠，向南就是景明院。炀帝与秦夫人、妥娘齐上岸来。见景明院门首，有宝辇停在外。原来萧后因天气炎蒸，晓得景明院大殿，窗牖弘敞，遂拉袁紫烟到此纳凉。正与院主梁夫人在殿上下棋。炀帝忙止住宫人，不许进去通报，同秦夫人悄悄走来，听见帘内棋子敲响。要进殿庭，袁贵人在帘内瞥眼看见，忙说道："娘娘，陛下来了。"萧后见说，忙起身同梁夫人、袁紫烟，出来迎接。炀帝笑道："御妻为何不与朕说声，私自到此？"萧后笑道："陛下不见妾的招纸么？"秦夫人忙问道："娘娘，什么叫做招纸？"萧后道："妾因宵来不见陛下进宫，就写一张招纸，差宫奴各宫院找寻。"炀帝笑道："御妻，且说招纸上怎么样写法？"萧后道："招纸上么，写道：'妾自不小心，失去风流天子一个，身边并无别物。倘有收留者，赏银五百，报信者谢银五十。'"炀帝听了大笑道："难道朕一千也不值，止值得五百两？"引得众夫人都大笑起来。炀帝坐在上面，看着棋枰说道："你们可赌什么？"梁夫人道："赌是赌一件东西，停回与陛下说。"炀帝又道："白的要输了呢！

御妻快在东角上,点了他那一只的眼。若是弄得他死,还可以扯直。"萧后笑道:"点眼是陛下的长技,只怕陛下就用气力,也未必弄得他死。"

　　大家正在那里说说笑笑,忽听得笛声隐隐而起。袁紫烟道:"笛声从何处来?"炀帝正要侧耳而听,忽一阵荷风,从帘外吹来,吹得满殿皆香。萧后道:"香又从何处来?"炀帝忙叫卷起帘子,同萧后走出殿外,只见二三十只小船,满载荷花;许多美人坐在中间,齐唱采莲歌。雅娘、贵儿,各吹凤笛酬和。众人飞也似往北海中摇来,炀帝一望,乃是十六院美人宫女,见日斜风起,故一齐回棹。因大笑道:"这些宫女们,倒会耍子。"萧后道:"皆赖陛下教养之功。"炀帝又笑道:"还亏御妻不妒之力。"笑说未了,那些船早望见炀帝在景明院,便不收入渠中,都一齐争先赶快,乱纷纷的望殿边摇来。摇到面前看时,大家的红罗绿绮,都被水溅湿了。炀帝与萧后鼓掌大笑了一回,梁夫人已分付摆宴在殿,请炀帝与萧后进内,上坐了。秦夫人、梁夫人与袁贵人打横。炀帝叫这些美人都上殿来,把十来条龙草细席铺地,安放上矮桌果盒,叫众美人席地而坐,每人先赏酒三杯,然后传花击鼓,纵横畅饮。炀帝见殿中薰风拂拂,全无半点暑气;又见萧后与众夫人美人,各各娇艳,打趣说笑,不觉吃的烂醉。遂起身携着萧后,到碧纱厨中去睡。众人也起身出殿,四散消遣。

　　萧后睡了一回,见炀帝沉沉的睡去,便轻轻的抽身起来,与秦夫人、梁夫人、袁紫烟抹牌耍子。不上一个时辰,忽听得炀帝在碧纱厨内,山摇地震的吆喝起来。萧后与众夫人大惊,忙走近前,看见炀帝睡在床上,昏迷不醒,紧紧儿将两手抱住头,口中不住的喊道:"打杀我也,打杀我也!"萧后着了忙,急传懿旨,宣太医巢元方火速到西院来,诊了脉,用了一剂安神止痛汤。萧后亲自煎好,轻轻的灌与炀帝服下,未能苏醒。各院夫人晓得了,如飞的又到景明院来看问。大家守在床前一昼夜,还自昏迷不醒。时朱贵儿见这光景,饮食也不吃,坐在厢房里,只顾悲泣。韩俊娥对贵儿说道:"酸孩子,万岁爷的病体,料想你替不得的,为什么这般光景?"朱贵儿拭了泪,说:"你们众姊妹都在这里,静听我说:大凡人做了个女身,已是不幸的了;而又弃父母,抛亲戚,点入宫来,只道红颜薄命,如同腐草,即填沟壑。谁想遇着这个仁德之君,使我们时傍天颜,朝夕谦乐。莫谓我等真有无双国色,逞着容貌,该如此宠眷;设或遇着强暴之主,不是轻贱凌辱,即是冷宫守死,晓得什么怜香惜玉?怎能如当今万岁情深,个个体贴得心安意乐。所以侯夫人恨薄命而自缢身亡,王义念洪恩而思捐下体,这都是万岁感入人心处。不想于今遇着这个病症,看来十分沉重,设有不讳,我辈作何结局?不为悍卒妻,定作骄兵妇。如何,如何?"说到伤心处,众美人亦各呜呜的涕泣起来。袁宝儿道:"我想世间为人子者,尽有父母有难,愿以身代。我们天伦之情虽绝,而君父之恩难忘,何不今夜大家祷告神灵,情愿减奴辈阳寿十年,烧一炷心香,或者感动天心,转凶为吉,使万岁即时苏醒,调理痊愈,也不枉万岁平昔间把我们爱惜。"众美人听见宝儿说了,便齐声赞道:"袁家妹子说得有理。"齐到后庭中,摆设香案。

　　朱贵儿心中想道:"我们虽是虔诚叩祷,怎能够就感格得天心显应?我想为子女者,往往有割股求亲,反享年有永。我今此身已属朝廷,即杀身亦所不惜,何况体上一块肉!"遂打算停当,袖了一把佩刀,走去庭中来。那时韩俊娥、杳娘、朱贵儿、妥娘、雅娘、袁宝儿等,齐齐当天跪下,各人先告了年庚日时,后告愿减众人阳寿,保求君王病体安宁。祷毕,大家起来,正欲收拾香案,只见朱贵儿双眸带泪,把衣袖卷起,露出一只雪白的玉腕,右手持刀,咬着臂上一块肉,狠的一刀割将下来,鲜血淋漓,放在一只银碗内。众人多吃了一惊。雅娘忙在炉中撮些香灰掩上,用绢扎好。正是:

须眉男子无为,柔脆佳人偏异。

今朝割股酬恩,他年殉身香史。

贵儿将割下来的那块肉,悄悄藏着,转到殿上来。恰好萧后要煎第二剂药,贵儿去承任了,私把肉和药,细细的煎好,拿进去。萧后与炀帝吃了,不上一个时辰,便徐徐的醒将转来。看见萧后与众夫人美人,多在床前,因说道:"朕好苦也,几乎与御妻等不得相见。"萧后问道:"陛下好好饮酒而睡,为何忽然疼痛起来?"炀帝道:"朕因酒醉,昏昏睡去。梦见一个武士,生得相貌凶恶,手执大棍,蓦地里将朕照脑门打一下,打得朕昏晕几死,至今头脑之中,如劈破的一般,痛不可忍。"萧后与众夫人,各各安慰了一番。早惊动了文武百官,一个个都到西苑来问安,知是梦中被打伤脑,今已平愈,遂各散去。

时狄去邪已到东京,闻知炀帝头脑害病,心中凛然。方信鬼神之事,毫厘不爽。遂把世情看破,往终南山访道去了。正是:

鬼神指点原精妙,名利俱为罪孽缘。

且说虞世基,因两月前炀帝见苑中御道窄隘,敕他更为修治。虞世基领了旨意,不上一月,不但御道铺平广阔,又增造了一座驻跸亭,一座迎仙桥。銮仪卫又簇新收拾了一副卤簿仪仗,专候炀帝

第三十四回

病体勿药,装点游幸。时炀帝病好数日,已在宫中与萧后宴乐。见说御道改阔,仪仗齐整,便坐大殿,受百官朝贺,遂诏各官,俱于西苑赐宴。炀帝上了七宝香辇,一队队排开这些簇新的仪仗,众公卿骑马簇拥而行。真是花迎剑佩,柳拂旌旗。不一时到了西苑。炀帝便传旨,将御宴摆在船上。炀帝坐了龙舟,百官乘了凤舸,先游北海,后游五湖,君臣尽情赏玩。炀帝吃到兴豪之际,叫文臣赋诗,以记一时之盛。时翰林院大学士虞世基,司隶大夫薛道衡,光禄大夫牛弘,各有短章献上。炀帝览了众臣的诗,大喜,各赐酒三杯,自饮一巨觞道:"卿等俱有佳作,朕岂可无诗?"遂御制《望江南》八阕,单咏湖上八景:

湖上月,偏照列仙家。水浸寒光铺枕簟,浪摇晴影走金蛇。偏称泛灵槎。　　光景好,轻彩望中斜。清露冷侵银兔影,西风吹落桂枝花。开宴思无涯。

湖上柳,烟里不胜催。宿雾洗开明媚眼,东风摇弄好腰肢。烟雨更相宜。　　环曲岸,阴覆画桥低。线拂行人春晚后,絮飞晴雪暖风时。幽意更依依。

湖上雪,风急堕还多。轻片有时敲竹户,素华无韵入澄波。望外玉相磨。　　湖水远,天地色相和。仰视莫思梁苑赋,朝来且听玉人歌。不醉拟如何?

湖上草,碧翠浪通津。修带不为歌舞缓,浓铺堪作醉人裀。无意衬香衾。　　晴霁后,颜色一般新。游子不归生满地,佳人远意寄青春。留咏卒难伸。

湖上花,天水浸灵芽。浅蕊水边匀玉粉,浓葩天外剪明霞。只在列仙家。　　开烂漫,插鬓苦相遮。水殿春寒幽冷艳,玉窗晴照暖添华。清赏思何赊。

　　湖上女,精选正轻盈。犹恨乍离金殿侣,相将尽是采莲人。清唱谩频频。　　轩内好,嬉戏下龙津。玉管朱弦闻昼夜,踏青斗草事青春。玉辇从群真。

　　湖上酒,终日助清欢。檀板轻声银甲缓,醅浮香米玉蛆寒。醉眼暗相看。　　春殿晚,仙艳奉杯盘。湖上风光真可爱,醉乡天地就中宽。帝王正清安。

　　湖上水,流绕禁园中。斜日缓摇清翠动,落花香暖众纹红。蘋末起清风。　　闲纵目,鱼跃小莲东。泛泛轻摇兰棹稳,沉沉寒影上仙宫。远意更重重。

炀帝赋完,群臣赞诵,各各献觞称贺。炀帝与众臣又痛饮了一番,遂命罢宴转船。众臣谢了宴,俱穿花拂柳而去。炀帝上了銮舆回宫,萧后接住问道:"今日陛下赐宴群臣,为乐何如?"炀帝道:"今日饮酒甚畅。"就将群臣献诗,并自己做词八首,一一说了。萧后道:"目今秋月正明,正是赏心乐事之时,然在舟中与湖光争色,不若寻芳,径与花柳争妍。"炀帝道:"如今御道比前改得广阔,又增了驻跸亭、迎仙桥。过桥去就是旧日的畅情轩,收拾得更觉有趣。"萧后道:"既如此说,妾明日必要奉陪陛下,去遍游一番的了。"炀帝道:"御妻要游,不可草率。明日趁此月白风清,须作一清夜游,方得畅快。"萧后道:"既然夜游,宫中妃妾,皆未到西苑,带他们去看看也好。"炀帝道:"这个使得。明日叫御林军多拨些马匹,与他们骑着奏乐,朕与御妻一路看月而去。"萧后大喜道:"如此最妙。"炀帝道:"马上奏乐虽好,但须得几章新诗,谱入笙箫,方不负此良夜。"萧后道:"陛下天才潇洒,何不御制一章,待妾教他们连夜打出，以见一时之胜。"炀帝道："御妻之言有理，待朕自制。"遂一边饮酒，一边挥毫，早已制成《清夜游》曲一章：

　　洛阳城里清秋矣，见碧云散尽，凉天如水。须臾山川生色，河汉无声。千树里，一轮金镜飞起，照琼楼玉宇，银殿瑶台，清虚澄澈真无比。　　良夜情不已。数千乘万骑，纵游西苑。天街御道平如砥，马上乐竹媚丝娇，舆中宴金甘玉旨。试凭三吊五能，几人不亏圣德，穷华靡。须记取，隋家潇洒王妃，风流天子。

炀帝作完，递与萧后看。萧后读了一遍，大喜道："陛下宸思清俊，御翰淋漓，古来帝王，真不能及也。"随叫宫中善唱的，连夜习熟，明夜要游西苑。炀帝又叫近侍誊一纸传与迎晖院朱贵儿，叫他教各院美人唱熟，明夜马上来迎，总在畅情轩取齐。分付毕，方与萧后安寝。正是：

　　昏主惟图乐，妖妻只想游。

　　江山将烬矣，新曲几时休！

第三十五回

乐永夕大士奇观　清夜游昭君泪塞

词曰：

挖心呕血，打叠就一人欢悦。悄心思，忙中撮弄，奇峰突出。塞外黄花音缥缈，落珈杨柳容装绝。更风高，试骥放长林，咸国色。　　月如练，天如碧。心同醉，欢同席。看红裙锦队，偏山蚁列。香车宝辇阶填绕，绿云素影尊前立。趁今宵马上誓心盟，姮娥泣。

——右调《满江红》

天地间的乐事，无穷无尽；妇人家的心事，愈巧愈奇。任你铁铮铮的好汉，也要弄得精枯骨化；何况荒淫之主，怎肯收缰？再说炀帝与萧后在宫中，安寝了一宵，直到午牌时候方才起身。便传旨叫御林军备马千匹，一半宫门伺候，一半西苑伺候。又敕光禄寺，凡苑内庭中轩中山间殿上，俱要预备供应，以便众宫人随地饱餐畅游。不多时，金乌西坠，早现出一轮明月。炀帝与萧后用了夜宴，大家换了清靓龙衣，携手走出宫来。看见月华如练，银河淡荡，二人满心欢喜，上了一乘并坐玩月的香舆，上面是两个坐儿，四围帘幕高高卷起，舆上两旁，可容美女数人，送进饮食。随命众宫女上

第 三 十 五 回

马,分作两行,一半在前,一半在后,慢慢的奏乐而行。这夜月色分外皎洁,照的御道如同白昼。众宫人都浓妆艳服,骑在马上,一簇绮罗,千行丝竹,从大内直排至西苑。但见:

妖娆几队宫中出,箫管千行马上迎。

圣主清宵何处去?为看秋月到西城。

炀帝在舆上,看见这等繁华,十分快畅,对萧后说道:"闻昔时周穆王乘八骏马,西至瑶池,王母留宴,一时女乐之胜,千古传为美谈。以朕看来,亦不过如此光景。"萧后道:"瑶池阆苑,皆属玄虚;今夕之游,乃是真瑶池耳。"炀帝笑道:"若今日是瑶池,朕为穆天子,御妻便是西王母了。"萧后亦笑道:"妾若是西王母,陛下又要思量董双成与许飞琼矣。"二人相视大笑。

不多时车驾已进了西苑,有一院,即有夫人领着笙歌来接。近一院,又有夫人领首鼓乐来迎。前前后后,遍地歌声,往往来来,尽皆女队。一霎时行过了驻跸亭、迎仙桥,就是畅情轩。那轩四面八角,造得宽大宏敞,台基尽是白石砌成,可容千人止足。轩内结彩张灯,如同一架烟火。炀帝到此,便叫停驾片时。众宫人抬御辇上了台基,向南停住。众夫人下马,上前相见。炀帝举目一看,只有十四院夫人,却不见了翠华院花伴鸿、绮阴院夏琼琼,便问清修院秦夫人道:"为何花妃子与夏妃子不见?"秦夫人道:"他两个就来。"炀帝正欲再问,听见一派细乐,隐隐将近。众宫人指着桥上说道:"好看,好看!"炀帝遂同萧后下辇来,站在月台上望,见有十来对五色长幡,幡上尽是一对小小红灯,在马上高高擎起。过后又七八人,云冠羽衣,如陈妙常打扮,各执凤笙龙笛,象管玉板,云锣小鼓,细细的奏《清夜游》一章。随后一个,捧着云柄香炉,一个执着静中引磬。忽见桥上，推起一座山来，却用青白绸绢玲珑扎成。无树无花，空岩峭壁里边，立着一尊玉面观音。头上乌云高耸，居中一股鸾凤金钗，明珠挂额，胸前两股青丝分开。身上穿一件大红遍地棉袄，外边罩着光绫纯素披风。一手执着净瓶，一手拈着杨枝，赤着一双大白足而立。旁边站着一个合掌的红孩儿，头上双尖丫髻，露出一双玉腕，带着八宝金镶镯，身上穿一件白绫花绣比甲，胸前锦包裹肚，下身大红裤子，腿上赤金扁镯，也赤着双足，笑嘻嘻的，仰首鞠躬，看着观音而立。面前一张小桌，桌上两竿画烛。中间一座宝鼎，香烟缭绕，气冲九霄。七八个宫人抬着走。

炀帝将双手搭伏在萧后肩上，正看得忙乱时，忽见一骑，彩云也似飞将过来，放着娇声，向头导喊道："万岁娘娘在上，你们往轩后，转入台基上去。"分付毕，即便下马，上来相见。萧后道："原来是花夫人。"花夫人对炀帝道："陛下与娘娘且进轩中，好等他们来朝参。"众人把御辇停过一边，炀帝一手挽着萧后，问花夫人道："装观音与红孩儿的，是那一院的宫人，有这等美貌，装得这样妙？"萧后道："那个装观音的，有些厮像朱贵儿；那个装红孩儿的，好是袁宝儿。"炀帝笑道："御妻那里说起？贵儿与宝儿，多是一对窄窄的金莲，如今是两双大白足。"花夫人笑道："妾听见前日陛下赞赏大白足的宫人，故选这一对来孝顺陛下。"正说时，见这些装扮的都下马，上台基来叩首。落后那尊观音与红孩儿，也上前合掌俯伏。炀帝挽起，仔细一认，果是朱贵儿与袁宝儿，大笑道："御妻眼力不差，正是他们两个。但是这双足，怎样弄大的？"贵儿跷起一足来，炀帝扯来细看，却用白绫做成，十个脚指月下看去，如同天生就的。炀帝笑道："真匪夷所思。"萧后平昔最喜宝儿，见他装了

第三十五回

红孩儿,便扯他近身,抚摩他雪白双臂,冻得冰冷。便说道:"苑中风露利害,你们快去换装了罢。"炀帝亦对朱贵儿道:"你也身上单薄。"便伸手向他衣袖里来。那晓得贵儿臂上刀痕,尚未痊愈,见炀帝手进袖中,忙把身子一闪。炀帝早摸着玉腕上用纸包裹,便问贵儿道:"臂上为什么?"贵儿一眼看着萧后,笑而不言。炀帝是乖人,见这光景,便缩手不去再问。

又听见左右报道:"又有好看的来了。"炀帝忙同萧后出轩,望见桥上,有几对小旗标枪,在前引着。马上十来个盘头蛮妇,都是短衣窄袖,也有弹筝的,也有抱月琴的。那个花腔小鼓,卖弄风骚;这个轻敲象板,声清韵叶。后边就是两对盘头女子,四面琵琶,在马上随弹随唱,拥着一个昭君,头上锦尾双竖,金丝扎额,貂套环围。身上穿着一件五彩舞衣,手中也抱着一面琵琶。正看时,只见夏夫人上来相见。炀帝问夏夫人道:"那个装昭君的可是薛冶儿?"夏夫人答道:"正是。"随把手指着四个弹琵琶的道:"那个是韩俊娥,那个是杳娘,那个是妥娘,那个是雅娘。陛下还是叫他们上台来唱曲,还是先叫他们下面跑马?"炀帝笑道:"他们只好是这等平稳的走,那里晓得跑甚么马?"梁夫人道:"这几个多是薛冶儿的徒弟,闲着在苑中,牵着御厩中的马,时常试演。"樊夫人道:"第二个就要算袁宝儿跑得好。"此时宝儿、贵儿,多改了宫妆,站在旁边。萧后笑对宝儿道:"既是你会跑,何不也下去试一试?"炀帝拍手道:"妙极妙极。朕前日差裴矩与西域胡人换得一匹名马,神骏异常,正好他骑,不知可曾牵来?"左右禀道:"已备在这里伺候。"炀帝道:"好,快快牵来。"左右忙把一匹乌骓马带到面前。宝儿憨憨的笑道:"贱妾若跑得不好,陛下与娘娘夫人不要见笑。"遂把凤头弓鞋紧兜了一兜，腰间又添束上一条鸾带，走到马前，将一只白雪般的纤手，扶住金鞍，右手绾着丝鞭，也不踏镫，轻轻把身往上一耸，不知不觉早骑在马上。炀帝看了喜道："这个上马势，就好极了。"夏夫人下去传谕他们，先跑了马，然后上台来唱曲。炀帝叫手下将龙凤交椅移来与萧后沿边坐下，众夫人亦坐列两旁。

袁宝儿骑着马，如飞跑去，接着众人，辄转身扬鞭领头，带着马上奏乐的一班宫女，穿林绕树，盘旋漫游。炀帝听了，便道："这又奇了，他们唱的不是朕的《清夜游》词，是什么曲这般好听？"汪夫人道："这是夏夫人要他们装昭君出塞，连夜自制的《塞外曲》，教熟了他们，故此好听。"炀帝也没工夫回答，伸出两指，只顾向空中乱圈。正说时，只见一二十骑宫女，不分队伍，如烟云四起，红的青的，白的黄的，乱纷纷的一阵滚将过去，直到西南角上一个大宽转的所在，将昭君裹在中间，把乐器付与宫娥执了，逐对对跑将过来，尽往东北角上收住。虽不甚好，亦没有个出丑。众人跑完，止剩得装昭君的与袁宝儿两骑在西边。先是宝儿将身斜着半边，也不绾丝缰，两只手向高高的调弄那根丝鞭，左顾右盼，百般样弄俏，跑将过来。

正看时，只见那个装昭君的如掣电一般飞来。炀帝与萧后众夫人，都站起来看，并分不出是人是马，但见上边一片彩云，下边一团白雪，飞滚将来，将宝儿的坐骑后身加上一鞭，带跑至东边去了。又一回，袁宝儿领了数骑，慢腾腾的去到西边去，东边上尚有一半骑女，与昭君摆着。只听得一声锣响，两头出马，如紫燕穿花，东西飞去。过了三四对，又该是袁宝儿与薛冶儿出马了。他两个听见了锣声，大家只把一只金莲踹在镫上，一足悬虚，将半身靠近马，一

第 三 十 五 回

手扳住雕鞍,一手扬鞭,两头跑将拢来。刚到中间,他两个把身子一耸。炀帝只道那个跌了下来,谁知他两个交相换马的,跑回去了。喜得个炀帝把身子前仰后合,鼓掌大笑道:"真正奇观!"萧后与众夫人、宫人,没一个不出声称赞。只见薛冶儿等下了马,领着队,走上台基来。炀帝与萧后也起身。秦夫人对炀帝说道:"停回他们唱起《塞外曲》来,只怕陛下还要神飞心醉。"炀帝正欲开口,只见薛冶儿领着一班,上前来要叩见。炀帝一头摇手,忙扯薛冶儿近身,见他打扮的俨然是个绝妙的昭君,便把一双御手扶住冶儿的香腮,低低叫道:"我的人儿,朕那里晓得你有这样绝技在身;若不是娘娘来游,就一千年也不晓得。"好像两张嘴竟要合做一处的光景。便在内相手里取自己一柄浑金宫扇,扇上一个玉兔扇坠,赐与冶儿。冶儿谢恩收了。

萧后道:"怎不见袁宝儿?"杨夫人指道:"在娘娘身后躲着。"萧后调转身,笑问道:"你学了几时,就这样跑得纯熟得紧,也该赏劳些才是。"炀帝听见笑说道:"不是朕有厚薄,叫朕把什么赐你?也罢,待朕与娘娘借一件来。"萧后见说,忙向头上拔下一只龙头金簪来,递与炀帝。炀帝即赐与宝儿。宝儿偏不向炀帝谢恩,反调转身来要对萧后谢恩,萧后一把拖住。炀帝带笑骂道:"你看这贼妮子,好不弄乖。"薛冶儿与众夫人,正要取琵琶来唱曲,炀帝道:"这且慢,叫内相取妆花羢锦毯,铺在轩内,用绣墩矮桌,席地设宴。"左右领旨,进轩去安排停当,出来请圣驾上宴。炀帝与萧后,正南一席,用两个锦墩,并肩坐了。东西两旁,一边四席,俱用绣墩,是十六院夫人与袁贵人坐下。炀帝又叫内相居中摆二席,赐装昭君的,对着上面。众美人团圝盘膝而坐。炀帝道:"今夜比往日玩得有兴有趣,御妻与众妃子,不可不开怀畅饮。"又对众美人道:"你们也要饮几杯,然后歌唱,愈觉韵致。"说说笑笑,吃了一回。薛冶儿等各抱琵琶,打点伺候。炀帝道:"朕制的《清夜游》词,刚才各院来迎,已听过几遍了,你们只唱夏妃子的《塞外曲》罢。"夏夫人道:"岂有此理?自然该先歌陛下的天章。"炀帝道:"朕的且慢。"于是众美人各把声容镇定,方才吐遏云之调,发绕梁之音。先是装昭君的,弹着琵琶唱一句,然后下手四面琵琶和一句。第一只牌名是《粉蝶儿》,唱道:

　　百拜君王。(俺这里)百拜君王,谢伊家把人骯脏。没些儿保国开疆,却教奴小裙钗,宫闱女,向老单于调谎。万种愁肠,教人万种愁肠,却付与琵琶马上。

第二只牌名是《泣颜回》:

　　回首望爷娘,抵多少陟岅登冈。珠藏闺阁,几曾经途路风霜。是当初妄想,把缇萦不合门楣望,热腾腾坐昭阳,美满儿国丈风光。

众美人唱得悠悠扬扬,高高低低,薛冶儿还要做出这些凄楚不堪的声韵态度来,叶入琵琶调中,唱一句,和一句,弹得人声寂寂,宿鸟啾啾。喜得炀帝,没什么赞叹,总只叫"快活",把咒觥只顾笑饮。萧后对夏夫人道:"曲中借父母奢望这种念头,说到自己身上,亏夫人慧心巧思,叙入得妙。如今第三只叫什么牌名?"夏夫人道:"是《石榴花》。"听唱道:

　　却教我,长门寂寞妒鸳鸯,怎怜我,眠花梦月守空房。漫说是皇家雨露,翻做个万里投荒。笑堂堂汉天子是甚么纲常?便做妙计周郎,也算不得玉关将帅功劳帐。这劳劳攘攘,马蹄儿北向颠狂。怎似冷落长杨,听胡笳一声声交河上,不白入靴尖,踹破泪千行。

第四只牌名是《黄龙滚》:

  愁一回塞上贤王,肯惜伶仃模样。思那日朝中君相,惨撇下别时惆怅,闪得人白草黄花路正长。他那里摆云阵,迓红妆,闹喳喳尘迷眼底,闷恹恹愁添眉上。

此时炀帝听得意乱心迷,不知不觉。倒在萧后怀里,把头枕着萧后一股,侧耳细听。瞥见萧后与众夫人,大家都在那里拭泪咨嗟。炀帝低低说道:"你们为什么个个弄出眼泪来?如今听曲,尚且如此;倘设身处地,奈何?"萧后道:"陛下前日为了一个死了侯妃子,把一个廷臣问罪赐死。不要说是国色娇娃,就是平常宫人,也不轻易割舍他去与别人受用。"炀帝摇着手道:"嚛声,且听他唱。"牌名是《小桃红》:

  到家乡只梦中,见君王只梦中,明日里捱到穷庐。料道今生怎得归往,情黯黯拨乱宫商,情黯黯拨乱宫商,姻缘谁信这三生帐?但愿和亲保太平,永享。〔尾声〕:羞杀汉廷君和相,枉把妻孥抱衾帐。怎比得大皇隋,威名万载扬。

一回儿五面琵琶,弹得滚圆的,如风吹櫓马,沙击辰钟,丁当乱响,煞时收住。炀帝坐起身来,对夏夫人道:"妙极妙极!一篇文字,直到结尾,揭出章旨。愈见妃子聪敏有才。"夏夫人道:"此乃俚鄙村歌,怎当陛下过誉。"萧后道:"曲中描写,是游夏不能赞一辞的了。更亏这几个习学的,一夜里就弄得这样出神入化,使人听之,愈见陛下情深,陛下不可不奖劳之。"炀帝道:"这个自然都在朕心窝里。"袁宝儿斜着眼,对炀帝笑道:"在陛下心窝里那搭儿?"

炀帝带笑骂道："贼肉不要慌，停回摆布你。"众夫人齐笑起身，把扮演的服饰卸下，改了宫妆，仍旧坐下，接过细乐来，要奏《清夜游》词。炀帝忙摇手道："古人云：观止矣，虽有他乐，朕不敢请矣。你们取大杯来，畅饮几杯。"萧后道："月已西坠，我们也好行动行动，回宫去了。"炀帝分付内相："再排宴在万花楼，众宫人不论马上步行，尽要各执红灯一盏，分为两队：一队随娘娘于山前行，一队随朕由山后行，多转到万花楼赴宴，然后回宫。"分付毕，不上一个时辰，只见外边万盏红灯，如星移斗转，乱落阶前，火树银花，光分璀璨。

炀帝与萧后出轩来，二人各上了一个玉辇，众夫人与贵人、美人，亦各徐徐上马。约行了里许，萧后在辇中转身一望，只见众夫人与众美人，都在眼前。萧后忙叫停住了辇，对众美人道："众夫人随着我走也罢了，你们还该傍着万岁的御辇而行。为何都拥着我来，万岁见你们一个不去随侍，不说你们的差，反道是我的缘故了。快去赶上，不要惹他性气起来。"众夫人齐声道："娘娘说的是。"众美人犹尚延捱，当不起萧后再四催促，众美人只得兜转马头，来赶炀帝。时炀帝众内相拥着由山后而行，见夫人、美人俱随着萧后去了。他是极肯在妇人面上细心体贴的，见他们不来，晓得恐怕萧后见怪，不得已随去，就要合在一块的，便不放在心上。只是坐在辇上，有些不耐烦，便下辇换着马，绕山径而走。只见山腰里一骑红灯，冲将过来。炀帝看时，见是妥娘。妥娘忙要下马，炀帝就止住了，执手问道："你这小油嘴，在那里做贼？"妥娘答道："贼是没处做。妾因风露寒冷，身上单薄，不比别个有人见怜，故此回院加上些衣服赶来。"炀帝带笑骂道："怪油嘴，朕那处不疼热你们,却这等说。"妥娘笑答道:"妾因刚才宝儿说陛下抚摩贵儿身上,百般怜惜,故此妾取笑陛下,幸勿见罪。不知娘娘与众夫人,如今往何处去了?"炀帝道:"你不要管,同我走就是。朕还有话要问你。"于是两骑马并辔而行。炀帝道:"朕问你,贵儿臂上,为甚扎缚着?"妥娘答道:"他的腕上,为着陛下,难道陛下还不晓得,反要问起妾来?"炀帝见说,吃了一惊,问道:"朕那里晓得,为着朕甚来?"妥娘道:"妾不说,陛下自去问贵儿便知。"炀帝道:"你若不快快说出,朕就恼你。"妥娘没奈何,只得将炀帝头疼染疴,贵儿着急悲哀,"妾等众人对天祷告,贵儿割下一块肉来,私下在药中煎好,与陛下服愈……"

话未说完,听见后边七八骑,执着灯儿赶来。炀帝撇转头一看,却是韩俊娥一班美人。便道:"你们为甚么又赶来?"薛冶儿笑道:"娘娘恐怕陛下冷静,故此赶妾等来护驾。"朱贵儿气喘吁吁的道:"我说陛下必往山后小路而行,不打大路上去的;这些蛮婆,偏不肯依,叫人跑却许多枉路。"袁宝儿在马上笑道:"那个胖丫头,被我捉弄死了。"炀帝道:"既如此,你们往头里走。"一头分付,一手搭着贵儿的马道:"你跑不动,且缓一回,同我走。"众美人见说,把贵儿撇下,纵马向前去了。

炀帝见众美人离了一箭之地,便把坐骑收紧贵儿身旁,低低的说道:"你快坐在朕马上来,朕有话要对你说。"贵儿把身子离鞍一侧,炀帝双手把他一提,提过马上,对面坐了。贵儿把丝缰丢与宫人接了。炀帝搂住了贵儿的粉颈,说道:"朕那里晓得你这样真心爱主;若不是刚才妥娘告诉,几乎负了你一片深心。"说了,将贵儿玉腕百般摩弄叹息,只少落出泪来。贵儿道:"妾蒙陛下隆恩,虽捐躯亦所不惜，何况些微之处。但可笑妥妹，妾恁般分付他，他偏不依，毕竟来告诉陛下得知。今愿陛下守口如瓶，不可提起。万一泄漏风声，娘娘与夫人们只道妾等巧作，以博圣恩眷宠。"炀帝道："宫中妇女准千准万，朕看起来，止不过一时助兴。怎能个有似你这样真心爱主？我如今要升你上去，又恐众人生妒，你反不安。朕身边偶带佩玉，是上世所传，价值千金，朕今赐你藏好。"腰间取下来，付与贵儿收了，又说道："倘朕宾天之后，你青春尚艾，朕留遗旨，着你出宫去觅一良人，以完终身。"贵儿见说，忙在袖中取出玉来道："陛下恁说，妾不敢当，请收了宝物。"炀帝道："为何？"贵儿道："臣闻臣忠不二君，女烈不二夫。妾虽卑贱，颇明大义。不要说陛下春秋正富，假使百年后，设逢大故，妾若再欲偷生于世，苟延朝夕者，永堕轮回，再不得人身！"说了，止不住汪汪流泪。炀帝见他说得激烈，也就落下几点泪来，道："美人，你既如此忠贞明义，朕愿与你结一来生夫妇。"就指天设誓道："大隋天子杨广，与美人贵儿朱氏，情深契爱，星月为证：誓愿来生结为夫妇，以了情缘。如若背盟，甘不为人，沉埋泉壤。"朱贵儿见炀帝立誓，慌忙跳下马来，俯伏在地。听见誓完，对天告道："皇天在上，朱贵儿来生若不与大隋天子同荐衾枕，誓愿甘守幽魂，不睹天日。"

炀帝又欲将手扶他上马，只见薛冶儿慌忙的跑马来报道："娘娘已进宫去了，众夫人都在景明院门首候驾。"炀帝道："娘娘为甚缘故，就回宫去？"薛冶儿道："陛下到彼便知。"不多时，已到景明院。众夫人道："陛下为什么耽搁了这一回？刚才妾等与娘娘先到，同上万花楼候驾来上宴。不想一阵怪风吹破窗牖，震动灯烛尽灭。又不见陛下来，心上有些害怕，故此就回宫去了。叫妾们在此守候。"炀帝见说,以为奇异,心上虽欲到迎晖院去与朱贵儿安寝,因这番言语,恐怕萧后着恼,只得回辇进宫。众夫人各自归院。

未知后事如何,且听下回分解。

第三十六回

观文殿虞世南草诏　爱莲亭袁宝儿轻生

词曰：

余兴未阑情未倦，朝来闻说关心。万千乐事论纵横，欲夸己才富，落笔竟难成。　　堪羡词臣文藻盛，佳人注目留吟。无端池畔去捐生，相看心欲碎，贴肉唤卿卿。

——右调《临江仙》

炀帝好大喜功，每事自恃有才。及至征蛮草诏，便觉江郎才掩。宝儿素性憨痴，至闻刺心一语，便觉伤情欲死。可见才情真伪，断难假借。却说炀帝与萧后清夜畅游，历代帝王，从未有如此快活。比及回宫，更筹已交五鼓，遂与萧后安寝，直到日中方起。尚嫌余兴未尽，又思昨夜同朱贵儿在马上许多盟言心语，不特光景清幽，抑且两情可爱。只恨平昔没有加厚待他，宵来又撇了他进宫，才觉心殊怏怏，因想："今日皇后谅不到苑，正好出宫去到迎晖院，独与贵儿亲热一番。"心中打点停当，只见一个内监走来奏道："宝林院沙夫人因夜间在马上驰骤太过了，回院去一阵肚疼，即便坠下一胎，是个男形，不能保育。今夫人身子虚弱，神气昏迷，故使奴婢来奏知。"炀帝听见跌脚道："可惜，可惜！昨夜原不该要他来

第三十六回

游的,这是朕失检点了。"忙差内相:"快去宣太医巢元方,到宝林院去看治沙夫人。"又对宝林院宫人道:"你回院去对夫人说:朕就来看他。"萧后闻知,不胜嗟叹,叫宫人去候问。

炀帝进了朝膳,出宫上辇,正要到宝林去,只见中书侍郎裴矩,捧着各国朝贡表章奏道:"北则突厥,西则高昌各国,南则溪山酋长,俱来朝觐。独有高丽王元恃强不至。"炀帝大怒道:"高丽虽僻在海隅,乃箕子所封之国,自汉晋以来,臣伏中国,皆为郡县。今乃不臣如此!"裴矩又奏道:"高丽所恃有二十四道,阻着三条大水,是辽水、鸭绿江、浿水。如欲征剿,须得水陆并进方好。目今沿海一带城垣,闻得倾圮,未能修葺。陆路犹可,登莱至平壤一路,俱是海道,须用舟楫水军。若非智勇兼全之人,难克此任。"炀帝想了一想,便敕旨着宇文述督造战船器械,为征高丽总帅。山东行台总管来护儿,为征高丽副使。其余所用将佐,悉听宇文述、来护儿随处调遣,该地方官不得阻挠。奏凯之日,各行升赏。炀帝因裴矩说起沿海一带,随想起要修葺长城一事,恐与廷臣商议,有人谏阻,趁便也写着敕一道:命宇文弼为修城都护,又敕宇文恺为修城副使。西边从榆林起,东边直到紫河方止。但有颓败倾圮,都要重新修筑补葺。分付毕,裴矩传旨出去,炀帝便上辇进西苑去。未及里许,只见守苑太监马守忠走来奏道:"都护麻叔谋在苑外要见驾。"

是时麻叔谋河道已通,单骑到东京来复旨。炀帝见说,随进便殿坐下,叫马守忠引他进来。麻叔谋同丞相宇文达、翰林学士虞世基进来。麻叔谋朝贺毕,因奏道:"广陵河道,臣已开通,未知陛下几时巡幸?"炀帝问用多少人工,许多深浅;麻叔谋细细奏陈。炀帝大喜,赏赉甚厚,留他在都陪驾,巡幸广陵。宇文达道:"河道已通,陛下巡游,须得几百号龙舟,方才体式;若是这些民船差船,怎好乘坐?"炀帝道:"便是。"宇文达道:"黄门侍郎王弘大有才干,陛下敕他趱造,必能仰体圣意。"炀帝大喜,遂写敕旨,命王弘就江淮地方,要他制造头号龙船十只,二号龙船五百只,杂船数千只,限四个月造完缴旨。虞世基道:"陛下既造龙舟,自然造得如殿庭一般,难道也叫这些鸠形鹄面撑篙摇橹?"炀帝道:"这个自然是这班水手。"虞世基道:"以臣愚见,莫若将蜀锦制就锦帆,再将五色彩绒打成锦缆,系在殿柱之上。有风扯起锦帆东下,无风叫人夫牵挽而去,就像殿之有脚,那怕不行!"宇文达道:"锦缆虽好,但恐人夫牵挽,不甚美观。陛下何不差人往吴越地方,选取十五六岁的女子,扮做宫妆模样,无风叫他牵缆而行,有风叫他持橶绕船而坐,陛下凭栏观望,方有兴趣。"炀帝听了大喜,即差几个得力太监高昌等,往吴越地方,选十五六岁的女子一千名,为殿脚女。虞世基奏道:"陛下征辽之旨已出,今河道已成,龙舟将备,莫若以征辽为名,以幸广陵为实,也不消征兵,也不必征饷,只消发一道征辽诏书,播告四边。彼辽小国,自然望风臣服,落得陛下坐在广陵受用,岂非一举两得之事?"炀帝大喜道:"卿言甚是有理,依卿所奏而行。"众臣退出。

　　炀帝因说得高兴,竟忘了宝林院去。只见朱贵儿、袁宝儿两个走来,炀帝问道:"你们从何处来?"袁宝儿道:"妾等在宝林院,看沙夫人来。"炀帝道:"正是,沙妃子身子怎样光景?"朱贵儿道:"身子太医说不妨,只可惜一位太子不能养育。"炀帝对贵儿道:"你先去代朕说声,此刻朕要草诏,不得闲。稍停朕必来看他。说了你就来。"贵儿领旨去了。

第 三 十 六 回

　　炀帝同袁宝儿转到观文殿上来，意思要自制一篇诏书，夸耀臣下。谁想说时容易，作时却难。炀帝拿起笔来，左思右想，再写不下去。思想了一回，刚写得两三行，拿起看时，却也平常，不见有新奇警句，心下十分焦躁。遂把笔放下，立起身来，四下里团团走着思想。袁宝儿看了，微微笑道："陛下又不是词臣，又不是史官，何苦如此费心？"炀帝道："非朕要自家草诏，奈这些翰林官员，没个真才实学的能当此任。"袁宝儿道："翰林院平昔自然有应制篇章，著述文集，上呈御览。陛下在内检一个博学宏才的，召他进来，面试一篇；不好，再作区处。何必有费圣心？"炀帝想了一想道："有了。"袁宝儿问道："是谁？"炀帝道："就是翰林学士虞世基的兄弟，叫做虞世南，现任秘书郎之职。此人大有才学，只因他为人不肯随和，故此数年来并不曾升迁美任。今日这道诏书，须宣他来面试，必有可观。"随叫了黄门去宣虞世南，立等观文殿见驾。

　　不多时，黄门已将虞世南宣至。朝贺毕，炀帝道："近日辽东高丽，恃远不朝。朕今亲往征讨，先要草一道诏书，播告四方。恐翰林院草来不称朕意，思卿才学兼优，必有妙论，故召卿来，为朕草一诏。"虞世南道："微臣菲才，止可写风云月露，何堪宣至尊德意？"炀帝道："不必过谦。"遂叫黄门另将一个案儿，抬到左侧首帘栊前放下，上面铺设了纸墨笔砚。又赐一锦墩，与世南坐了。世南谢过恩，展开御纸，也不思索，提笔便写；就如龙蛇一般，在纸上风行云动，毫不停辍。那消半个时辰，早已草成，献将上来。炀帝展开一看，只见上写着：

　　　　大隋皇帝，为辽东高丽不臣，将往征之，先诏告四方，使知天朝恩威并著之化。诏曰：朕闻宇宙无两，天地古今，惟一君臣。华夷虽限,而来王之化,不分内外;风气虽殊,而朝宗之归,自同遐迩。顺则绥之以德,先施雨露之恩;逆则讨之以威,聊代风雷之用。万方纳贡,尧舜取之鸣熙;一人横行,武王用以为耻。是以高宗有鬼方之克,不惮三年;黄帝有涿鹿之征,何辞百战。薄伐狁狁,周元老之肤功;高勒燕然,汉嫖姚之大捷。从古圣帝明王,未有不并包夷狄,而共一胞与者也。况辽东高丽,匹在甸服之内,安可任其不庭,以伤王者之量,随其梗化,有损中国之威哉!故今爰整干戈,正天朝之名分;大彰杀伐,警小丑之跳梁。以虎贲之众,而下临蚁穴,不异摧枯拉朽;以弹丸之地,而上抗天威,何难空幕犁庭!早知机而革面投诚,犹不失有苗之格;倘恃顽而负固不服,终难逃楼兰之诛。同一斯民,容谁在覆载之外;莫非赤子,岂不置怀保之中。六师动地,断不如王用三驱;五色亲裁,聊以当好生一面。款塞及时,一身可赎;天兵到日,百口何辞。慎用早思,毋贻后悔。故诏。

大业八年九月二十日敕。

炀帝看了一遍,满心欢喜,笑说道:"笔不停辍,文不加点,卿真奇才也!古人云:文章华国。今日这一道诏书,真足华国矣!此去平定辽东,卿之功非小。就烦卿一写。"遂叫近侍将一道黄麻诏纸,铺在案上。虞世南不敢抗旨,随提笔起来,端端楷楷而写。炀帝因诏书作得畅意,甚爱其才,要称赞他几句,又因他低头写诏,不好说话。

此时袁宝儿侍立在旁,遂侧转头来,要对宝儿说话。瞥见宝儿一双眼珠也不转,痴痴的看着虞世南写字。炀帝看见,遂不做声,

第三十六回

任他去看。原来袁宝儿见炀帝自做诏书,费许多吟哦搜索,并不能成。虞世南这一挥便就,心下因想道:"无才的便那般吃力,有才的便如此敏捷。"又见世南生得清清楚楚,弱不胜衣,故憨憨的只管贪看。看了一会,忽回转头来,见炀帝清清的看着自己。若是宝儿心下有私,未免要惊慌,或是面红,或是踢蹴。因他出于无心,故声色不动,看着炀帝,也只是憨憨的嬉笑。炀帝知他素常是这憨态,却不甚猜疑。

不多时,虞世南写完了诏书呈上来。炀帝见他写得端庄有体,十分欢喜,随叫左右赐酒三杯,以为润笔。虞世南再拜而饮,炀帝说道:"文章一出才人之口,便觉隽永可爱;但不知所指事实,亦可信否?"虞世南道:"《庄子》的寓言,《离骚》的托讽,固是词人幻化之笔,君子感慨之谈,或未可尽信。若是见于经传,事虽奇怪,恐亦不妄。"炀帝道:"朕观《赵飞燕传》,称他能舞于掌上,轻盈踢跶,风欲吹去,常疑是词人粉饰之句;世上妇人,那有这般柔软?今观宝儿的憨态,方信古人摹写,仿佛不虚。"虞世南道:"袁美人有何憨态?"炀帝道:"袁宝儿素多憨态,且不必论;只今见卿挥毫潇洒,便在朕前注目视卿,半晌不移,大有怜才之意,非憨态而何?卿才人勿辜其意,可题诗一首嘲之,使他憨度与飞燕轻盈并传。"虞世南闻旨,也不推辞,也不思索,走近案前,飞笔题诗四句献上。炀帝看时,见上写道:

　　学画鸦黄半未成,垂肩軃袖太憨生。
　　缘憨却得君王宠,常把花枝傍辇行。

炀帝看了大喜,因对宝儿说道:"得此佳句,不负你注目一段憨态矣!"又叫赐酒三杯。虞世南饮了,便谢恩辞出。炀帝道:"劳

观文殿虞世南草诏　爱莲亭袁宝儿轻生

卿染翰，另当升赏。"世南谢恩辞出不题。正是：

空掷金词何所用，漫筹征伐枉夸能。

炀帝见虞世南已出，遂将诏书付与内相，传谕兵部，叫他播告四方，声言御驾亲征。内相领旨去了。炀帝又把世南做宝儿的这首绝句，对宝儿说道："亏他一会儿就做出来，又敏捷，又有意思。"袁宝儿笑道："诗中之义，妾总不解；但看他字法，甚觉韵致秀媚。"炀帝带笑地悄悄说道："朕明日将你赐与他作一小星，何如？"袁宝儿见说，登时花容惨淡，默然无语。炀帝尚要取笑他，只听得蔷薇架外，扑簌簌的小遗声响。炀帝便撇了宝儿，轻轻起身，走出来看（校者按：原书此处缺52字），不觉拍手大笑，转来不见袁宝儿。正要去寻，只听得西边爱莲亭上，有人喊道："是那个跳下池里去？"原来袁宝儿自恨刚才无心看了虞世南草诏，不想炀帝认为有意，要把他来赠与世南。不认炀帝作耍，他反认天子无戏言，故此自恨。悄悄走出，竟要投水而死，以明心迹。

当时炀帝走到西首爱莲亭池边，只见一个内相，在池内抱一个宫娥起来。炀帝一看，见是宝儿，吃了一惊。见他容颜变色，双眸紧闭，满身泥水淋漓。炀帝走入亭子里去，坐在一张榻上，忙叫内相抱他近身，便问内相道："刚才他可是往池内净手，还是洗什么东西失足跌下去的？"内监道："刚才奴婢偶然走来，只见袁美人满眼垂泪，望池内将身一耸，跳下去的。"炀帝笑道："你这妮子痴了，这是为甚缘故？"自己忙与太监替宝儿脱下外边衣服，那晓得里边衫裤俱湿，忙叫内相，快去取他的衣服来。炀帝见内相去了，自己便解开龙袍，连他的小衣多替他卸下，裹在怀里，把鸾带收紧，窝着捧住了他的香腮，说道："朕刚才偶然取笑，为何你当起真来？朕

第 三 十 六 回

那一刻是少得你的。"宝儿见说,重新呜呜咽咽的哭起来。炀帝口里分剖宽慰他,两手把他香云解开,替他绞出些水。只见韩俊娥与朱贵儿两个,手里拿着衣服,笑嘻嘻走进来。韩俊娥问道:"陛下,为什么宝儿要做浣纱女,抱石投江起来?"炀帝便把虞世南草诏一段,与戏言要赠他的话,述了一遍。朱贵儿点点头儿道:"妇人家有些烈性,也是的。"两个替宝儿穿换衣裳。朱贵儿见炀帝的里衫,多沾污了几点泥汁在上,忙要去取衣服来更换。炀帝止住了道:"朕当常服此,以显美人贞烈。"韩俊娥笑说道:"陛下不晓得妾养这个女儿,惯会作娇,从小儿不敢麻犯他,恐他气塞了,撒不出鸟来!"袁宝儿见说,把炀帝手中扇子向韩俊娥肩上打一下道:"蛮妖精,我是你射出来的?"韩俊娥笑道:"你看这小妖怪,因陛下疼热他,他就忤逆起娘来了。"笑得个炀帝了不得,便道:"不要闲说了,你们同朕到宝林院去来。"

不多时,炀帝进了宝林院,直至榻前,对沙夫人问道:"妃子,你身子怎样?曾服过药否?"沙夫人道:"妾宵来好端端的去游玩,不想弄出这节事来,几乎不能与陛下相见。"炀帝道:"妃子自己觉身子持重,昨夜就该乘一个香车宝辇,便不至如此。此皆朕之过,失于检点调度你们。"沙夫人含泪答道:"这是妾福浅命薄,不能保养潜龙。是妾之罪,与陛下何与?"一头说,不觉泪洒沾衾。炀帝道:"妃子不必忧烦,秦王杨浩,皇后钟爱,赵王杨杲,今年七岁,乃吕妃所生,其母已亡。朕将杨杲嗣你名下,则此子无母而有母,妃子无子而有子矣。未知妃子心下何如?"朱贵儿在旁说道:"赵王器宇不凡,若得如此,是陛下无限深恩,沙夫人有何不美,妾等亦有仰赖矣。"沙夫人要起身谢恩,炀帝慌忙止住。袁宝儿道:"夫人玉体欠安,妾等代为叩谢圣恩。"于是众美人齐跪下去。炀帝亦忙拉了他们起来,便道:"待朕择期以定,妃子作速调理好了身子,同朕去游广陵。"

正说时,只见一个内相,双手捧着一个宝瓶,传禀进来道:"王义修合万寿延年膏子,到苑来贡上万岁爷。"炀帝听见喜道:"朕正有话要分付他,着他进苑来。"一头说,一头走到殿上来。只见王义走到阶前跪下。炀帝问道:"你合的是甚么妙药?"王义道:"微臣春间往南海进香,路遇一道人,说山中觅得一种鹿衔灵草,和百花捣汁熬成膏子,服之可以固精养血延年。故特修治贡上,聊表微臣一点孝心。"炀帝道:"这也难为你。朕不日要游广陵,卿须要打点同去。着卿管辖头号龙舟,谅无错误。"王义道:"此游不但微臣有心要随陛下,即臣妻亦遣来随侍娘娘。"炀帝喜道:"舟中不比宫中,若得卿夫妇二人相随,愈见爱主之心。还有一事:昨宵朕与娘娘众夫人作《清夜游》,不意宝林院沙夫人,因劳动了胎气,今早即便堕下一个男胎。妃子心中着实悲伤,朕又怜赵王失母,今嗣与沙妃子为子,聊慰其情。卿以为何如?"王义道:"沙夫人闻得做人宽厚,本性端庄,赵王嗣之,甚为合宜,足见陛下隆恩高厚。"炀帝道:"此系朕之爱子。既卿如此说,内则有妃子与众美人为之抚护,外则烦贤卿为之傅保。卿为朕去镌玉符一方,上镌:'赵王杨杲,赐与沙映妃子为嗣。'镌好卿可悄悄送进来。"王义道:"臣晓得。"炀帝对袁宝儿道:"可将山茧两匹,赐与王义。"宝儿取将出来,王义收了,谢恩出苑不题。正是:

因情托儿女,爱色恋闺房。

不知人世变,犹自语煌煌。

第三十七回

孙安祖走说窦建德　徐懋功初交秦叔宝

词曰：

人主荒淫成性，苍天巧弄盈危。群英一点雄心逞，戈满起尘埃。　　攘攘不分身梦，营营好乱情怀。相看意气如兰蕙，聚散总安排。

——右调《乌夜啼》

天下最荼毒百姓的，是土木之工，兵革之事。剥了他的财，却又疲他的力。以至骨肉异乡，孤人之儿，寡人之妇，说来伤心，闻之酸鼻。却说炀帝，因沙夫人堕了胎，故将爱子赵王与他为嗣，命王义镌玉印赐他。又着朱贵儿迁在宝林院去，一同抚养赵王，自以为磐石之固。岂知天下盗贼蜂起，卒至国破家亡。

且说宇文弼、宇文恺得了旨意，遂行文天下，起人夫，吊钱粮，不管民疲力敝，只一味严刑重法的催督。弄得这些百姓，不但穷的驱逼为盗；就是有身家的，被这些贪官污吏，不是借题炙诈，定是赋税重征，也觉身家难保。要想寻一个避秦的桃源，却又无地可觅。其时翟让聚义瓦岗，朱灿在城父，高开道据北平，魏刁儿在燕，王须拔在上谷，李子通在东海，薛举在陇西，梁师都在朔方，刘武周在汾阳，李轨据河西，左孝友在齐郡，卢明月在涿郡，郝孝德在平原，徐元朗在鲁郡，杜伏威在章丘，萧铣据江陵。这干也有原系隋朝官员，也有百姓卒伍，各人啸聚一方劫掠。还有许多山林好汉，退隐贤豪，在那里看守天时，尚未出头。

再说窦建德，携女儿到单员外庄上安顿了。打账也要往各处走走。常言道：惺惺惜惺惺。话不投机的，相聚一刻也难过；若遇知己，就叙几年也不觉长远。雄信交结甚广，时常有人来招引他。因打听得秦叔宝避居山野，在家养母，雄信深为赞叹。因此也不肯轻身出头，甘守家园，日与建德谈心讲武。

光阴荏苒，建德在二贤庄，倏忽二载有余。一日雄信有事往东庄去了，建德无聊，走出门外闲玩。只见场上柳阴之下，坐着五六个做工的农夫，在那里吃饭。对面一条湾溪，溪上一条小小的板桥，桥南就是一个大草棚。建德慢慢的踱过桥来，站在棚下，看牛过水。但见一派清流，随轮带起；泉声鸟和，即景幽然。此时身心，几忘名利。正闲玩之间，远远望见一个长大汉子，草帽短衣，肩上背了行囊，坦胸露臂，忙忙的走来。场上有只猎犬，认是歹人，咆哮的迎将上去。那大汉见这犬势来得凶猛，把身子一侧，接过犬的后腿，丢入溪中去了。做工的看见，一个个跳起来喊道："那里来的野鸟，把人家的犬丢在河里？"那汉道："你不眼睛，该放犬出来咬人的？"那做工的大怒，忙走近前，一巴掌打去。那汉眼快，接过来一折，那做工的扑地一交，扒不起来。惹得四五个做工的，齐起身来动手，被那汉打得一个落花流水。

建德站在对河看，晓得雄信庄上的人俱是动得手的，不去喝住他。以后见那汉打得利害，忙走过桥来喝道："你是那里来的，敢

第 三 十 七 回

走到这里来撒野?"那汉把建德仔细一认,说道:"原来是窦大哥,果然在这里!"扑地拜将下去。建德道:"我只道是谁,原来是孙兄弟,为甚到此?"那汉道:"小弟要会兄得紧,晓得兄携了令爱迁往汾州,弟前日特到介休各处寻访,竟无踪迹。幸喜途中遇着一位齐朋友,说兄在二贤庄单员外处,叫弟到此寻问,便知下落。故弟特特来访,不想恰好遇着。"原来这人姓孙名安祖,与窦建德同乡。当年安祖因盗民家之羊,为县令捕获笞辱。安祖持刀刺杀县令,人莫敢当其锋,号为摸羊公。遂藏匿在窦建德家,一年有余。恰值朝廷钦点绣女,建德为了女儿与他分散,直至如今。时建德便对安祖道:"这里就是二贤庄。"把手指道:"那来的便是单二员外了。"

雄信骑着高头骏马,跟着四五个伴当回来,见建德在门外,快跳下马来问道:"此位何人?"建德答道:"这是同乡敝友孙安祖。"雄信见说,便与建德邀入草堂。安祖对雄信纳头拜下去道:"孙安祖粗野亡命之徒,久慕员外大名,如雷贯耳,今日一见,实慰平生。"雄信道:"承兄光顾,足见盛情。"雄信便分付手下摆饭。建德问安祖道:"刚才老弟说有一位齐朋友,晓得我在这里,是那个齐朋友?"安祖道:"弟去岁在河南,偶于肆中饮酒,遇见一个姓齐的,号叫国远,做人也豪爽有趣。说起江湖上这些英雄,他极称单员外疏财仗义,故此晓得,弟方始寻来。"雄信道:"齐国远如今在何处着脚?"安祖道:"他如今往秦中去寻什么李玄邃。说起来,他相知甚多,想必也要做些事业起来。"雄信叹道:"世路如此,这几个朋友料不能忍耐,都想出头了。"

须臾酒席停当,三人入席坐定。建德道:"老弟两年在何处浪游?近日外边如何光景?"安祖道:"兄住在这里,不知其细:外边不成个世界了。弟与兄别后,自燕至楚,自楚至齐,四方百姓,被朝廷弄得妻不见夫,父不见子,人离财散,怨恨入骨,巴不能个为盗,苟延性命。目今各处都有人占据,也有散而复聚的,也有聚而复散的,总是见利忘义,酒色之徒。若得似二位兄长这样智勇兼全的出来,倡义领众,四方之人,自然闻风响应。"建德见说,把眼只顾看单雄信,总不则声。雄信道:"宇宙甚广,豪杰尽多,我们两个算得什么?但天生此七尺之躯,自然要轰轰烈烈,做他一场,成与不成,命也。所争者,乃各人出处迟速之间。"孙安祖道:"若二位兄长皆救民于水火,出去谋为一番,弟现有千余人,屯扎在高鸡泊,专望驾临动手。"建德道:"准千人亦有限,只是做得来便好。倘然弄得王不成王,寇不成寇,反不如不出去的高了。"雄信道:"好山好水,原非你我意中结局。事之成败,难以逆料。窦兄如欲行动,趁弟在家,未曾出门。"

正说时,只见一个家人,转送朝报进来。雄信接来看了,拍案道:"真个昏君!这时候还要差官修葺万里长城,又要出师去征高丽,岂不是劳民动众,自取灭亡?就是来总管能干,大厦将倾,岂一木所能支哉!前日徐懋功来,我烦他捎书与秦大哥。今若来总管出征,怎肯放得他过?恐叔宝亦难乐守林泉了。"安祖道:"古人说得好,虽有智慧,不如乘势。今若不趁早出去收拾人心,倘各投行伍散去,就费力了。"建德道:"非是小弟深谋远虑,一则承单二哥高情厚爱,不忍轻抛此地;二则小女在单二哥处打扰,颇有内顾萦心。"雄信道:"窦大哥,你这话说差了。大凡父子兄弟,为了名利,免不得分离几时;何况朋友的聚散?至于令爱,与小女甚是相得,如同胞姊妹一般。况兄之女,即如弟之女也。兄可放心前去,倘出去成得个局面,来接取令爱未迟。若弟有甚变动,自然送令爱归还兄处,方始放心。"建德见说,不觉洒泪道:"若然,我父与女真生死而骨肉者也。"主意已定,遂去收拾行装,与女儿叮咛了几句,同安祖痛饮了一夜。到了明日,雄信取出两封盘缠:一封五十两,送与建德;一封二十两,赠与安祖。各自收了,谢别出门。正是:

丈夫肝胆悬如日,邂逅相逢自相悉。
笑是当年轻薄徒,白首交情不堪结。

如今再说秦叔宝,自遭麻叔谋罢斥回来,迁居齐州城外,终日栽花种竹,落得清闲。倏忽年余。一日在篱门外大榆树下闲看野景,只见一个少年,生得容貌魁伟,意气轩昂,牵着一匹马,戴着一顶遮阳笠,向叔宝问道:"此处有座秦家庄么?"叔宝道:"兄长何人?因何事要到秦家庄去?"这少年道:"在下是为潞州单二哥捎书与齐州秦叔宝的。因在城中搜寻,都道移居在此,故来此处相访。"叔宝道:"兄若访秦叔宝,只小弟便是。"叫家童牵了马,同到庄里。

这少年去了遮阳笠,整顿衣衫,叔宝也进里边,着了道袍,出来相见。少年送上书,叔宝接来拆览,乃是单雄信因久不与叔宝一面,晓得他睢阳斥职回来,故此作书问候。书后说此人姓徐名世勣,字懋功,是离狐人氏,近与雄信为八拜之交。因他到淮上访亲,托他寄此书。叔宝看了书道:"兄既是单二哥的契交,就与小弟一体的了。"分付摆香烛,两人也拜了,结为兄弟,誓同生死。留在庄上,置酒款待。豪杰遇豪杰,自然话得投机,顷刻间肝胆相向。叔宝心中甚喜,重新翻席,在一个小轩里头去,临流细酌,笑谈时务。

话到酒酣,叔宝私虑徐懋功少年,交游不多,识见不广,因问道："懋功兄,你自单雄信二哥外,也曾更见甚豪杰来?"懋功道:"小弟年纪虽小,但旷观事势,熟察人情。主上摧刃父兄,大纲不正,即使修德行仁,还是个逆取顺守。如今好大喜功,既建东京宫阙,又开河道,土木之工,自长安直至余杭,那一处不骚扰遍了?只看这些穷民,数千百里来做工,动经年月,回去故园已荒,就要去,资费已竭,那得不聚集山谷,化为盗贼?况主上荒淫日甚:今日自东京幸江都,明日自江都幸东京;还要修筑长城,巡行河北,车驾不停,转输供应,天下何堪?那干奸臣,还要朝夕哄弄,每事逢君之恶。不出四五年,天下定然大乱!故此小弟也有意结纳英豪,寻访真主。只是目中所见,如单二哥、王伯当,都是将帅之才;若说运筹帷幄,决胜千里,恐还未能。其余不少井底之蛙,未免不识真主,妄思割据。虽然乘乱也能有为,首领还愁不保。但恨真主目中还未见闻。"叔宝道:"兄曾见李玄邃么?"懋功道:"也见来。他门第既高,识器亦伟,又能礼贤下士,自是当今豪杰。总依小弟识见起来,草创之君,不难虚心下贤。要明于用贤,不贵自己有谋,贵于用人之谋。今玄邃自己有才,还恐他自矜其才,好士下贤,还恐他误任不贤。若说真主,虑其未称。兄有所见么?"叔宝道:"如兄所云,将帅之才,弟所友东阿程知节,勇敢劲敌之人。又见三原李药师,药师曾云:王气在太原,还当在太原图之。若我与兄何如?"懋功笑道:"亦一时之杰。但战胜攻取,我不如兄;决机虑变,兄不如我。然俱堪为兴朝佐命,永保功名。大要在择真主而归之,无为祸首可也。"叔宝道:"天下人才甚多,据兄所见,止于此乎?"懋功道:"天下人才固多,你我耳目有限,再当求之耳。若说将帅之才,就兄附近孩稚之中,却有一人,兄曾识之否?"叔宝道:"这到不识。"

懋功道:"小弟来访兄时,在前村经过,见两牛相斗,横截道中。小弟勒马道旁待他,却见一个小厮,年纪不过十余岁,追上前来道:'畜生莫斗,家去罢。'这牛两角相触不肯休息,他大喝一声道:'开!'一手揪住一只牛角,两下的为他分开尺余之地,将及半个时辰;这牛不能相斗,各自退去。这小厮跳上牛背,吹着横笛便走。小弟正要问他姓名,恰有一个小厮道:'罗家哥哥,怎把我家牛角揪坏了?'小弟以此知他姓罗,在此处牧放,居止料应不远。他有这样膂力,若有人提携他,教他习学武艺,怕不似孟贲一流?兄可去物色他则个。"

　　何地无奇才,苦是不相识。

　　赳赳称干城,却从兔置得。

　　两人意气相合,抵掌而谈者三日。懋功因决意要到瓦岗,看翟让动静,叔宝只得厚赠资费,写书回复了单雄信。另写一札,托雄信寄与魏玄成。杯酒话别,两个相期,不拘何人择有真主,彼此相荐,共立功名。叔宝执手依依,相送一程而别,独自回来。

　　行不多路,只听得林子里发一声喊,跑出一队小厮来,也有十七八岁的,也有十五六岁的,十二三岁的,约有三四十个。后面又赶出一个小厮,年纪只有十余岁,下身穿一条破布裤,赤着上身,捏着两个拳头,圆睁一双怪眼,来打这干小厮。这干小厮见他来,一齐把石块打去,可是奇怪,只见他浑身虬筋挺露,石块打着,都倒激了转来。叔宝暗暗点头道:"这便是徐懋功所说的了。"

　　两边正赶打时,一个小厮被赶得慌,一交绊倒在叔宝面前。叔宝轻轻扶起道:"小哥,这是谁家小厮,这等样张致?"这小厮哭着道:"这是张太公家看牛的。他每日来看牛,定要妆甚官儿,要咱们去跟他。他自去草上睡觉。又要咱们替他放牛,若不依他,就要打。去跟他,不当他的意儿,又要打。咱们打又打他不过,又不下气伏事他,故此纠下许多大小牧童,与他打。却也是平日打怕了,便是大他六七岁,也近不得他,像他这等奢遮罢了。"叔宝想:"懋功说是罗家,这又是张家小厮,便不是,也不是个庸人了。"挪步上前,把这小厮手来拉住道:"小哥且莫发恼。"这小厮睁着眼道:"干你鸟事来!你是那家老子哥子,想要来替咱厮打么?"叔宝道:"不是与你厮打,要与你讲句话儿。"小厮道:"要讲话,待咱打了这干小黄黄儿来。"待洒手去,却又洒不脱。

正扯拽时,只见众小儿拍手道:"来了,来了!"却走出一个老子来,向前把这小厮总角揪住。叔宝看时,是前村张社长,口里喃喃的骂道:"叫你看牛不看牛,只与人厮打。好端端坐在家里,又惹这干小厮到家中嚷乱。你打死了人,叫我怎生支解?"叔宝劝道:"太公息怒,这是令孙么?"太公道:"咱家有这孙子来!是我一个老邻舍罗大德,他死了妻子,剩下这小厮,自己又被佥去开河,央及我管顾他。在咱家吃这碗饭,就与咱家看牛。不料他老子死在河上,却留这劣种害人。"叔宝道:"这等不妨,太公将来把与小子,他少宅上雇工钱,小子一一代还。"太公道:"他也不少咱工钱。秦大哥,你要领,任凭领去。只是讲过,惹出事来,不要干连着我。"叔宝道:"这断不干连太公,但不知小哥心下可肯?"那小厮向着太公道:"咱老子原把我交与你老人家的,怎又叫咱随着别人来?"太公发恼道:"咱招不得你,咱没这大肚子袋气。"一径的去了。

叔宝道:"小哥莫要不快。我叫秦叔宝,家中别无兄弟,止有老母妻房,意欲与你八拜为交,结做异姓兄弟,你便同我家去罢。"

第三十七回

这小子方才喜欢道："你就是秦叔宝哥哥么？我叫罗士信。我平日也闻得村中有人说哥哥弃官来的。说你有偌大气力，使得条好枪，又使得好锏。哥可怜见兄弟父母双亡，只身独自看顾，指引我小兄弟。莫说做兄弟，随便使令教诲，咱也甘心。"便向地下拜倒来。叔宝一把扶住道："莫拜莫拜，且到家中，先见了我母亲，然后我与你拜。"果然士信随了叔宝回家。叔宝先对母亲说了，又叫张氏寻了一件短褂子，与他穿了，与秦母相见。罗士信见了道："我少时没了母亲，见这姥姥，真与我母亲一般。"插烛也似拜了八拜，开口也叫"母亲"。次后与叔宝拜了四拜，一个叫"哥哥"，一个叫"兄弟"。末后拜了张氏，称"嫂嫂"；张氏也待如亲叔一般。

大凡人之精神血气，没有用处，便好的是生事打闹发泄；他有了用处，他心志都用在这里，这些强硬之气，都消了。人不遇制伏得的人，他便要狂逞；一撞着作家，竟如铁遇了炉，猢狲遇了花子，自然服他，凭他使唤。所以一个顽劣的罗士信，却变做了一个循规蹈矩的人。叔宝教他枪法，日夕指点，学得精熟。

一日叔宝与士信正在场上比试武艺，见一个旗牌官，骑在马上，那马跑得浑身汗下，来问道："这里可是秦家庄么？"叔宝道："兄长问他怎么？"那旗牌道："要访秦叔宝的。"叔宝道："在下就是。"叫士信带马系了，请到茅堂。旗牌见礼过，便道："奉海道大元帅来爷将令，赍有札符，请将军为前部先锋。"叔宝也不看，也不接，道："卑末因老母年高多病，故隐居不仕，日事耕种，筋力懈弛，如何当得此任？"旗牌道："先生不必推辞。这职衔好些人谋不来的。不要说立功封妻荫子，只到任散一散行粮路费，便是一个小富贵。先生不要辜负了来元帅美情，下官来意。"叔宝道："实是母亲身病。"管待了旗牌便饭，又送了他二十两银子，自己写个手本，托旗牌善言方便。旗牌见他坚执，只得相辞上马而去。

原来来总管奉了敕旨，因想："登莱至平壤，海道兼陆地，击贼拒敌，须得一个武勇绝伦的人。秦琼有万夫不当之勇，用他为前部，万无一失。"故差官来要请他。不意旗牌回复："秦琼因老母患病，不能赴任，有禀帖呈上。"来总管接来看了道："他总是为着母老，不肯就职。然自古求忠臣必于孝子之门，他不负亲，又岂肯负主？况且麾下急切没有一个似他的。"心中想一想道："我有个道理。"发一个帖儿，对旗牌道："我还差你到齐州张郡丞处投下，促追他上路罢。"这旗牌只得策马，又向齐州来，先到郡丞衙。

这郡丞姓张名须陀，是一个义胆忠肝，文武全备，又且爱民礼下的一个豪杰。当时郡丞看了帖儿，又问了旗牌来意。久知秦叔宝是个好男子，今见他不肯苟且功名，侥幸一官半职，"这人不惟有才，还自立品，我须自去走遭。"便叫备马，一径来到庄前。从人通报，郡丞走进草堂，叔宝因是本郡郡丞，不好见得，只推不在。张郡丞叫请老夫人相见。秦母只得出来，以通家礼见了，坐下。张郡丞开言道："令郎原是将家之子，英雄了得。今国家有事，正宜建功立业，怎推托不往？"秦母道："孩儿只因老身景入桑榆，他又身多疾病，故此不能从征。"张郡丞笑道："夫人年虽高大，精神颇旺，不必恋恋。若说疾病，大丈夫死当马革裹尸，怎宛转床席，在儿女子手中？且夫人独不能为王陵母乎？夫人分付，令郎万无不从。明日下官再来劝驾。"说罢起身去了。

秦母对叔宝说："难为张大人意思，汝只得去走遭。只愿天佑，早得成功，依然享夫妻母子之乐。"叔宝还有踌躇之意，罗士信

第 三 十 七 回

道:"高丽之事,以哥哥才力,马到成功。若家中门户,嫂嫂自善主持。只虑盗贼生发,士信本意随哥哥前去,协力平辽;今不若留我在家,总有毛贼,料不敢来侵犯。"三人计议已定,次早叔宝又恐张郡丞到庄,不好意思,自己入城,换了公服,进衙相见。

张郡丞大喜,叫旗牌送上札符,与叔宝收了。张郡丞又取出两封礼来:一封是叔宝赆仪,一封是送秦老夫人菽水之资。叔宝不敢拂他的意,收了。叔宝谢别,张郡丞又执手叮咛道:"以兄之才,此去必然成功。但高丽兵诡而多诈,必分兵据守,沿海兵备,定然单弱。兄为前驱,可释辽水、鸭绿江勿攻。惟有浿水去平壤最近,乃高丽国都。可乘其不备,纵兵直捣。高丽若思内顾,首尾交击,弹丸之国,便可下了。"叔宝道:"妙论自当书绅。"就辞了出门。到家料理了一番,便束装同旗牌起行。罗士信送至一二里,大家叮咛珍重而别。

叔宝与旗牌日夕趱行,已至登州,进营参谒了来总管。来总管大喜,即拨水兵二万,青雀、黄龙船各一百号,俟左武卫将军周法尚,打听隋主出都,这边就发兵了。正是:

旗翻幔海威先壮,帆指平壤气已吞。

第 三 十 八 回

杨义臣出师破贼　王伯当施计全交

词曰：

　　世事浮沤，叹痴儿扰攘，遍地戈矛。豺虎何足怪，龙蛇亦易收。猛雨过，淡云流，相看怎到头？细思量此身如寄，总属蜉蝣。　　问君胶漆何投？向天涯海角，南北营求。岂是名为累，反与命添雠。眉间事，酒中休，相逢羡所谋。只恐怕猿声鹤唳，又惹新愁。

——右调《意难忘》

　　人处太平之世，不要说有家业的，甘守田园；即如英豪，不遇亡命技穷，亦只好付之浩叹而已。设或一遇乱离，个个意中要想做一个汉高，人人的智能，竟认做孔明。岂知自信不真，以致身首异处，落得惹后人笑骂，故所以"识时务者"呼为俊杰。然能参透此四字者，能有几人？

　　不说秦叔宝在登州训练水军，打听炀帝出都，即便进兵进剿。却说炀帝在宫中，一日与萧后欢宴。炀帝道："王弘的龙舟，想要造完了；工部的锦帆彩缆，俱已备完；但不知高昌的殿脚女，可能即日选到？"萧后道："殿脚女其名虽美，妾想女子柔媚者多。这样殿

第 三 十 八 回

宇般一只大船,百十个娇嫩女子,如何牵得他动?除非再添些内相相帮,才不费力。"炀帝道:"用女子牵缆,原要美观;若添入内相,便不韵矣。"萧后道:"此舟若只女子,断难移动。"炀帝道:"如此,为之奈何?"萧后停杯注想了一回,便道:"古人以羊驾车,亦取美观。莫若再选一千嫩羊,每缆也是十只,就像驾车的一般,与美人相间而行,岂不美哉?"炀帝大喜道:"御妻深得朕心。"便差内相传谕有司,要选好毛片的嫩羊一千只,以备牵缆。内相领旨去了。

  炀帝与萧后众夫人,要点选去游江都的嫔妃宫女;只见中门使段达传进奏章来。炀帝展开,细细翻阅。原来就是孙安祖与窦建德,据住了高鸡泊举义,起手统兵杀了涿郡通守郭绚;勾连了河曲聚众张金称,清河剧盗高士达,三处相为缓急,劫掠近县,官兵莫敢挫其锋。因此有司飞章告急,请兵征剿。炀帝看了大怒道:"小丑如此跳梁!须用一员大将,尽行剿灭,方得地方宁静。"一时间再想不出个人来。时贵人袁紫烟在旁说道:"有个太仆杨义臣,闻他是文武全才,如今镇守何处?"炀帝见说,惊讶道:"妃子那里晓得他文武全才?"袁紫烟道:"他是妾之母舅,妾虽不曾识面,因幼时妾父存日,时常称道其能,故此晓得。"炀帝道:"原来杨义臣是你母舅!今日若不是妃子言及,几忘却了此人。他如今致仕在家,实是有才干的。"说罢,便敕太仆杨义臣为行军都总管,周宇、侯乔二人为先锋,调遣精兵十万,征讨河北一路盗贼。将旨意差内相传出,付与吏兵二部,移文去了。炀帝对袁紫烟道:"义臣昔属君臣,今为国戚,谅不负朕。俟凯旋日,宣入宫来,与妃子一见,何如?"袁紫烟谢恩不题。正是:

    天数将终隋室,昏王强去安排。

杨义臣出师破贼　王伯当施计全交

现有邪佞在侧，良臣焉用安危。

话说杨义臣得了敕旨，便聚将校，择吉行师。兵行数日，直抵济渠口。晓得四十里外，就是张金称在此聚众劫掠，忙扎住了营寨。因尚未识贼人出入路径，戒军不可妄动。差细作探其虚实，欲以奇计擒之。

却说张金称打听杨义臣兵至，遂自引兵直至义臣营垒搦战。见义臣固守不出，求战不能，终日使手下人百般秽骂。如此月余，只道义臣是怯战之人，无谋之辈。何知杨义臣伺其懈弛，密唤周宇、侯乔二将，引精锐马骑二千，乘夜自馆陶渡过河去埋伏。待金称人马离营，将与我军相接，放起号炮，一齐夹攻。义臣亲自披挂，引兵搦战。金称看见官军行伍不整，阵法无序，引贼直冲出来。两刀相接，未及数合，东西伏兵齐起，把贼兵当中截断，前后夹攻，贼众大败。金称单马逃奔清河界口，正遇清河郡丞杨善，领兵捕贼，正在汾口地方，擒金称杀之，令人将首级送至义臣营中。金称手下残兵，星夜投奔窦建德去了。义臣将贼营内金银财物马匹，尽赏士卒。所获子女，俱各放回。移兵直抵平原，进攻高鸡泊，剿杀余党。

时高鸡泊乃窦建德、孙安祖附高士达居于彼处，早有细作报言："杨义臣破张金称，乘胜引兵前来。今官兵已到巫仓下寨，离此只隔二十里之地。"建德闻之大惊，对孙安祖、高士达道："吾未入高鸡泊之时，已知杨义臣是文武全才，用兵如神，但未与之相拒。今日果然杀败张金称，移得胜之兵，来征伐我等，锐气正炽，难与为敌。士达兄可暂引兵入据险阻，以避其锋；使他坐守岁月，粮储不给，然后分兵击之，义臣可擒矣。"士达不听建德之言，自恃无敌，留疲弱三千与建德守营，自同孙安祖乘夜领兵一万，去劫义臣营

第 三 十 八 回

寨。不期义臣预知贼意,调将四下埋伏。

高士达三更时分,提兵直冲义臣老营。见一空寨,知是中计,正欲退时,只听得号炮四下齐起,正遇着义臣首将邓有见。当喉一箭,士达跌下马来,被邓有见枭了首级,剿杀余兵。安祖见士达已亡,忙兜转马头奔回。建德同来救敌,无奈隋兵势大,将士十丧八九。建德与安祖只剩二百余骑,因见饶阳无备,遂直抵城下,未及三日而攻克之。所降士卒,又有二千余人,据守其城,商议进兵,以敌义臣。建德对安祖道:"目下隋兵势大,又兼义臣足智多谋,一时难与为敌。此城只宜保守。"安祖道:"杨义臣不退,吾辈总属困逼,奈何?"建德道:"我有一计:须得一人,多带金珠,速往京中,贿嘱权奸,要他调去义臣。隋将除了义臣,其他复何惧哉!"安祖道:"怎般说,弟速去走遭。倘一时间不能调去,奈何?"建德道:"非也。主上信任奸邪,未有佞臣在内,而忠臣能立功于外者。"于是建德收拾了许多金珠宝玩,付与安祖。安祖叫一个劲卒负了包裹,与建德别了,连夜起身。

晓行夜宿,一日行到梁郡白酒村地方,日已西斜,恐怕前途没有宿店,见有一个安客商寓,两人遂走进门。主人家忙趋出来接住,问道:"爷们是两位,还有别伴?"安祖道:"只我们两人。"店主人道:"里边是有一个大间,空在那里,恐有四五位来,又要腾挪。西首有一间,甚是洁净,先有一位爷下在那里。三位尽可容得,待我引爷们去看来。"说了,遂引孙安祖走到西边,推开门走进去,只见一个大汉,鼻息如雷,横挺在床上。店主人道:"爷们不过权寓一宵,这里可使得么?"安祖道:"也罢。"店主人出去,搬了行李。

安祖细看床上睡的人,身长膀阔,腰大十围,眉目清秀,虬发长

杨义臣出师破贼　王伯当施计全交

髯。安祖揣度道："这朋友亦非等闲之人，待他醒来问他。"店主人已将行李搬到，安祖也要少睡，忙叫小卒打开铺设，出去拿了茶来。只见床上那汉，听得有人说话，擦一擦眼，跳将起来，把孙安祖上下仔细一认，举手问道："兄长尊姓？"安祖答道："贱姓祖，号安生。请问吾兄上姓？"那汉道："弟姓王，字伯当。"安祖听说大喜道："原来就是济阳王伯当兄。"纳头拜将下去。伯当慌忙答礼，起来问道："兄那里晓得小弟贱名？"安祖笑道："弟非祖安生，实孙安祖也。因前年在二贤庄，听见单员外道及兄长大名，故此晓得。"王伯当道："单二哥处，兄有何事去见他？如今可在家里么？"安祖道："因寻访窦建德兄。"伯当道："弟闻得窦兄在高鸡泊起义，声势甚大，兄为何不去追随，却到此地？"安祖又把"杨义臣提兵杀了张金称、高士达，乘胜来逼建德，建德据守饶阳，要弟到京作事"一段，述了一遍，问道："不知兄有何事，只身到此？"伯当见问，长叹一声，正欲开言，只见安祖的伴当进来，便缩住了口。安祖道："这是小弟的心腹小校，吾兄不必避忌。"因对小校道："你外边叫他们取些酒菜来。"一回儿承值的取进酒菜，摆放停当，出去了。

　　两人坐定，安祖又问。伯当道："弟有一结义兄弟，亦单二哥的契友，姓李名密，字玄邃，犯了一桩大事，故悄地到此。"安祖道："弟前日途中遇见齐国远，说要去寻他图些事业。如今怎么样？为了甚事？"伯当道："不要说起。弟因有事往楚，与他分手；不意李兄被杨玄感迎入关中，与他举义。弟知玄感是井底之蛙，无用之徒，不去投他。谁知不出弟所料，事败无成，玄感已为隋将史万岁斩首。弟在瓦岗与翟让处聚义，打听玄邃兄潜行入关，又被游骑所获，护送帝所。弟想解去必由此地经过，故弟在这里等他。谅在今

第三十八回

晚，必然到此歇脚。"安祖道："这个何难？莫若弟与兄迎上去，只消兄长说有李兄在内，弟略略动手，结果了众人，走他娘便了。"伯当道："此去京都要道，倘然弄得决裂，反为不美。只可智取，不可力图。只须如此如此而行，方为万全。"

正说时，听得外面人声嘈杂。伯当同安祖拽上房门，走出来看，只见六七个解差，同着一个解官，押着四个囚徒，都是长枷锁链，在店门首柜前坐下。伯当定睛一看，见李玄邃亦在其内；余外的，认得一个是韦福嗣，一个是杨积善，一个是邴元真。并不做声，把眼色一丢，走了进去。李玄邃四人看见了王伯当，心中喜道："好了，他们在此，我正好算计脱身了；但不知他同那个在这里？"正在肚里踌躇，只见王伯当，手里捧着几卷绸匹，放在柜上说道："主人家，在下因缺了盘费，带得好潞绸十卷在此，情愿照本钱卖与你，省得放在行李里头，又沉重，又占地方。"店主人站起身答道："爷，小店哪讨得出银子来？不要说爷要照本钱卖与咱，就是爷们住在小店几天，准折与咱们，咱们也用不着这宗宝货。"伯当把一卷折开来，摊在柜上说道："你看，不是什么假古的货儿哄你们，这都是拣选来的，照地头二两五钱好银子一卷。若是银子好，每卷止算还脚解税银一二钱，也罢了。"那一个解官，与几个解差，也走近柜前，拿起绸来看了，说："真个好绸子，又紧密，又厚重，带到下边去，怕不是四两一卷？可惜没有闲钱来买。"

大家在那里唧唧哝哝的谈论，只见李玄邃亦捱到柜边来看。伯当睁着怪眼，喝道："死囚，你也来瞧什么？量你也拿不出银子，所以犯了罪名。"孙安祖在旁笑道："兄长不要小觑他，或者他们到有银子要买，亦未可知。"李玄邃道："客人，你的宝货，量也有限。

你若还有，再取出来，咱们尽数买你的；不买你的，不为汉子。"王伯当对孙安祖道："二哥，还有五卷在里头，你去与我取出来。"李玄邃走下来，叫过一个老猾狱卒张龙道："张兄，你这潞绸可要买么？我有十两银子，送与你去买几卷，也承你路上看管一番。"张龙道："这个不消，你不如买几卷送与惠爷，我才好受你的。"李密道："我的死期一日近一日，留这钱财在身何用？不如买他的绸子来，将一半与五十两银子送你惠爷；你们众位，每人一卷，银子五两，赠与你们。到京死后，将我们的尸骸埋一埋。你去与我们说一声，若是使得，我另外再酬你十两银子。"张龙见说，忙去与众人说知。这个惠解官，又是个钱钻杀，一说就肯。

张龙回复了李玄邃。李玄邃便向韦福嗣、杨积善身边取出一百两银子，付与张龙道："你去与我称开，好分送众人。"又在自己身边，取出五十两一封，走向柜边，在柜上放下，向主人家道："烦你做个调停，佣钱照例奉送。"店主人道："这个当得。"走向前说道："一共十五卷，该银三十七两五钱，上等称准，尽是瓜绞，一厘不少。"付与王伯当收了。余下的银，还了李玄邃。李玄邃将潞绸打开，花样一般无二，与张龙分送众人，各人致谢。玄邃又在银包内取出一两多些一块银子，对主人家说："些些酒资，酬劳之意。"伯当笑道："我竟忘了，留七两三分，算也该称出一两多些来，酬谢主人。"一头说，一头称出一两一钱银子，奉与店主人。店主人道："岂有此理，费了小子什么气力，好受二位的惠来？"三人你推我却。孙安祖说道："小弟有一个道理在此：我们大哥这一两一钱银子，是本该出的。这位兄的那块银子，他既取了出来，怎好又收进去？待弟也出几钱，凑成三金，烦主人家弄几碗菜，买坛酒来，只算

第 三 十 八 回

主人家替咱们接风,又算一宗小交易的合事酒,畅饮三杯,岂不两美?"这几个解差,齐声地赞道:"这位爷主张的不差,我们也该贴出些来买酒才好。"八个解差与孙安祖,又凑出两外。安祖把来上戥一称,共三两七钱有余,对主人家道:"请收去,这是要劳动的了。"主人家笑道:"这个小子理会得,先请各位爷到里边去用了便饭,待小子好好的整治起菜来。"孙安祖道:"菜不必拘,酒是要上好的。况是人多,要多买些。"店主人道:"这个自然。"大家各归房里去了。

霎时间已是黄昏时候,店家将酒席整治完备,将一席送与惠解官,叫张龙致意不好与公差囚徒同席之意。那惠解官原是个随波逐流的人,又得了许多银子礼物,便对张龙道:"既承他们美意,我怎好又独自受用这一席酒?既然在此荒村野店,那个晓得?同在一搭儿吃了罢,也便大家好照管。"张龙道:"说起来,他四个原系宦家公子;如今偶然孩子气,犯了罪名,只要惠爷道是使得,我们就叫他们进来。"惠解官道:"总是这一回儿的工夫,就多叫到这里用了罢。"于是众人将四五桌酒席,多摆在玄邃下的那间大客房里。连主人家,共十七八人。大家入席坐定,大杯小盏,你奉我劝,开怀畅饮。店小二流水烫上酒来。孙安祖对店小二道:"你们辛苦了,自去睡罢,有我们小厮在这里。"店主人大家吃了一回,先进去睡了。岂知惠解官又是个酒客,说得投机,与他们呼幺喝六的,又闹了一回。

孙安祖见众人的酒,已有七八分了。约略有二更时分,王伯当道:"酒不热,好闷人。"孙安祖道:"待我自去,看我们小厮在那里做甚。"忙走出去。一回捧着一壶烫的热酒,笑将进来道:"店小二与我家小厮,多先吃醉了,一铺儿的躺着。亏得我自去暖这壶热酒在此。"王伯当取来,先斟满一大杯,送与惠解官,又斟下七八大杯,对着解差道:"你们各位,请用过了,然后轮下来我们吃。"众解差道:"承列位盛情,实吃不下了。"孙安祖道:"这一杯是必要奉的。余下的总是我们吃罢。"张龙拿起杯来,一饮而尽,众公差只得取起来吃了。顷刻间,一个解官,八个解差,齐倒在尘埃。孙安祖笑道:"是便是,只恐怕他们药力浅,容易醒觉。"忙在行囊中,取出蜡烛一支点上。王伯当将四人的枷锁扭断了,李玄邃忙向解官报箱内寻出公文来,向灯火上烧了。原来的十五卷潞绸并银子,取了出来,付与王伯当收入包裹。小校背上行李,共七个人,悄悄开了店门走出。

只见满天星斗,略有微光,大家一路叙谈,忙忙的趱行。走到五更时分,离店已有五七十里。孙安祖对王伯当道:"小弟在此地要与兄们分手,不及送李兄等至瓦岗矣。"玄邃等对安祖道:"小弟谬承兄见爱,得脱此难,且到前途去痛饮三杯再处。"王伯当道:"不是这话,孙兄还有窦大哥的公干在身,不要耽搁他。"孙安祖道:"小弟还有句要紧话,替兄们说:你们或作三路走,或作两路行,若是成群的逃窜,再走一二里,便要被人看破拿去了。只此就分手罢。"李玄邃道:"既是这等,烦兄致意建德弟,此去若瓦岗可以存身,还要到饶阳来相叙。若见单二哥,亦与弟致声。"说罢,众人东西分路。止剩王伯当、李玄邃、邴元真、韦福嗣、杨积善,又行了几里,已至三叉路口。王伯当道:"不是这等说,在陷阱里头,死活只好挤在一堆。今已出笼,正好各自分飞逃命。趁此三叉路口,各请随便,弟只好与玄邃同行。"韦福嗣与杨积善是相好的,便道:

"既如此,我们拣这小路,挃上去罢。"邳元真道:"我是也不依大路走,也不拣小路行,自有个走法。请兄们自去。"于是杨韦二人走了小路去,王、李二人走了大路。

未及里许,王伯当只听得背后一人赶来,向李玄邃肩上一拍说道:"你们也不等我一等,竟自去了。"王伯当道:"兄说有自己的走法,为何又赶来?"邳元真道:"兄难道是呆子?我刚才哄他两个,那有出了伤门,再走死路的理?"玄邃道:"为何?"邳元真道:"众公差醒来,自然要经由当地方兵将,协力擒拿,必然小路来的人多,大路来的人少。如今我们三人放着胆走,量有百十个兵校赶来,也不放在我们三个眼里。只是没有短路的,借他三四件兵器来应急,怎好?"王伯当道:"往前走一步好一步了。"于是李玄邃扮了全真,邳元真改了客商,王伯当做伴当,往前进发。正是:

　　未知肝胆向谁是,令人却忆平原君。

第三十九回

陈隋两主说幽情　张尹二妃重贬谪

诗曰：

王师靖虏氛，横海出将军。赤帜连初日，黄麾映晚云。鼓鼙雷怒起，舟楫浪惊分。指顾平玄菟，阴山好勒铭。

大凡皇帝家的事，甚是繁冗。这一枝笔，一时如何写得尽？宇宙间的事，日出还生，顷刻间如何说得完？即使看者一双眼睛，那里领略得来？要作者如理乱丝一般，逐段逐段，细细剔出，方知事之后先，使看者亦有步骤，不至停想回顾之苦。

再说孙安祖，别了李玄邃、王伯当，赶到京中，寻相识的打通了关节，将金珠宝玩献与段达、虞世基一班佞臣，在下处守候消息。正是钱神有灵，不多几日，就有旨意下来道："杨义臣出师已久，未有捷音，按兵不动，意欲何为？姑念老臣，原官休致。先锋周宇暂为署摄，另调将员，剿灭余寇。"孙安祖打听的实，星夜出京，赶回饶阳，报知建德。时杨义臣正要定计破城，剿灭窦建德；见有旨意下来，对左右叹道："隋室合休，吾未知死于何人之手！"即将所有金银犒赏三军，涕泣起行，退居濮州雷夏泽中，变姓埋名，农樵为乐。窦建德知义臣已去，复领兵到平原，招集溃卒，得数千人。自

第三十九回

此隋之郡县,尽皆归附,兵至一万有余,势益张大,力图进取。差心腹将员,写书到潞州二贤庄去接女儿,并请单雄信同事不题。正是:

莫教骨肉成吴越,犹念天涯好弟兄。

话分两头。再说炀帝在宫中点选带去游幸广陵的宫人。大凡女子,可以充选入宫者,决没有个无盐嫫母,最下是中人之姿。若中人之姿,到了宫中,妆点粉饰起来,也会低颦,也会巧笑,便增了二三分颜色。所以炀帝在宫点了七八日,点了这个,又舍不得那个。这边去了,娇语欢呼;这边不去,或宫或院,隐隐悲泣。炀帝平昔间在妇人面上做工夫的,这些女子,越要妆这些娇痴起来,要使之闻之之意。弄得炀帝没主意,烦躁起来,反叫萧后与众夫人去点选,自己拉了朱贵儿、袁宝儿,跟了三四个小太监,驾了一只龙舟,摇过北海,去到三神山上去看落照。忽天气晦昧,将日色收了。炀帝便懒得上山,就在傍海观澜亭中坐了一会,便觉恍惚间,见海中有一只小舟,冲波逐浪,望山脚下摇来。炀帝正疑那院夫人来接,心中甚喜。及至拢岸,却又不是。见走上一个内相来,报说道:"陈后主要求见万岁。"原来炀帝与陈后主初年甚相契厚,忽闻后主要见,忙叫请来。

不多时,只见后主从船中走将起来,到了亭中,见炀帝要行君臣之礼。炀帝忙以手搀住道:"朕与卿故交,何须行此大礼?"后主依命,一拜而坐。后主道:"忆昔年少时,与陛下同队戏游,亲爱甚于同气。别来许久,不知陛下还相忆否?"炀帝道:"垂髫之交,情同骨肉,昔日之事,时时在念,安有不记之理?"后主道:"陛下既然记得,但今日贵为天子,富有四海,比往日大不相同,真令人欣羡。"炀帝笑道："富贵乃偶然之物，卿偶然失之，朕偶然得之，何足介意。"因问道："临春、结绮、望仙三阁，近来风月何如？"后主道："风月依然如旧，只是当时那些锦绣池台，已化作白杨青草矣！"炀帝又问道："闻卿曾为张丽华造一桂宫，在光昭殿后开一圆门，就如月光一般。四边皆以水晶为障，后庭却设素粉的罘罳，庭中空空洞洞，不设一物，惟种一株大桂树，树下放一个捣药的玉杵臼，臼旁养一个白色兔儿。叫丽华身披素裳，梳凌云髻，足穿玉华飞头履，在中间往来，如同月宫嫦娥。此事果有之么？"后主道："实是如此。"炀帝道："若然亦觉太侈。"后主道："起造宫馆，古昔圣王，皆有一所，月宫能费几何？臣不幸亡国，便以为侈。今不必远引古人为证，就如陛下文皇帝临国时，何等节俭，也曾为蔡容华夫人造潇湘绿绮窗，四边都以黄金打成芙蓉花，妆饰在上；又以琉璃纲户，将文杏为梁，雕刻飞禽走兽，动辄价值千金。此陛下所目睹，独非侈乎？幸天下太平，传位陛下，后日史官，但知称为节俭，安肯思量及此？"炀帝笑道："卿可谓善解嘲矣！若如此说，则先帝下江南时，卿一定尚有遗恨。"后主道："亡国实不敢恨，只想在桃叶山前，将乘战舰北渡，那时张丽华方在临春阁上，试东郭㧑的紫毫笔，写小砑红笺，要做答江令的璧月诗句。尚未及完，忽见韩擒虎拥兵直入。此时匆匆逼迫，致使丽华诗句未终，未免微有不快耳。"炀帝道："如今丽华安在？"后主道："现在舟中。"炀帝道："何不请来一见？"

后主叫内相往船上去请，只见船中有十来个女子，拿着乐器，捧着酒肴，齐上岸来。看见炀帝，齐齐拜伏在地。炀帝忙叫起来，仔细一看，只见内中一个女子，生得玉肩双弹，雪貌孤凝，韵度十分

第三十九回

俊俏。炀帝目不转睛,看了半晌。后主笑道:"比我家姑娘宣华夫人容貌如何?"炀帝道:"正如邢之与尹,差堪伯仲。"后主道:"陛下再三注盼,想是不识此人。此即张丽华也。"炀帝笑道:"原来就是张贵妃,真个名不虚传。昔闻贵妃之名,今睹贵妃之貌,又与故人相聚,恨无酒肴,与二卿为欢。"后主道:"臣随行到备得一尊,但恐亵渎天子,不敢上献。"炀帝道:"朕与故交,一时助兴,何必拘礼?"后主随叫丽华送上酒来。炀帝一连饮了三四杯,对后主说道:"朕闻一曲《后庭花》,擅天下古今之妙。今日幸得相逢,何不为朕一奏?"丽华辞谢道:"妾自抛掷岁月,人间歌舞,不复记忆久矣。况近自井中出来,腰肢酸楚,那里有往时姿态,安敢在天子面前,狂歌乱唱?"炀帝道:"贵妃花嫣柳媚,就如不歌不舞,已自脉脉消魂。歌舞时光景,大可相见,何必过谦。"后主道:"既是圣意殷殷,卿可勉强歌舞一曲。"丽华无可奈何,只得叫侍儿将锦裀铺下,齐奏起乐来。他走到上面,按着乐声的节奏,巧翻彩袖,娇折纤腰,轻轻如蛱蝶穿花,款款如蜻蜓点水。起初犹乍翩乍翔,不徐不疾,后来乐声促奏,他便盘旋不已。一霎时红遮绿掩,就如一片彩云,在满空中乱滚。须臾舞罢乐停,他却高亢新音唱起来:

"丽宇芳林对高阁,新装艳质本倾城。

映户凝娇乍不进,由帷含态笑相迎。

妖姬脸似花含露,玉树流光照后庭。"

丽华歌舞罢,喜得个炀帝魂魄俱消,称赞不已;随命斟酒二杯,一杯送后主,一杯送丽华。后主接杯在手,忽泫然泣下道:"臣为此曲,不知费多少心力,曾受用得几日,遂声沉调歇。今日复闻歌此,令人不胜亡国之感。"炀帝道:"卿国虽亡了,这一曲《玉树后庭花》却是千秋常在的,何必悲伤?卿酷好翰墨,别来定有新咏,可诵一二,与朕赏鉴。"后主道:"臣近来情景不畅,无兴作诗;只有寄侍儿碧玉与小窗诗二首,聊以塞责,望陛下勿哂。"因诵《小窗》诗云:

"午睡醒来晓,无人梦自惊。

夕阳如有意,偏傍小窗明。"

《寄侍儿碧玉》诗云:

"离别肠应断,相思骨合销。

愁魂若飞散,凭仗一相招。"

炀帝听罢,再三称赏。后主道:"亡国唾余,怎如陛下雄材揿藻,高拔一时?"丽华道:"妾闻陛下天翰淋漓,今幸蒙垂盼,愿求一章,以为终身之荣。"炀帝笑道:"朕从来不能作诗,有负贵妃之请,奈何?"丽华道:"陛下醉接《望江南》词,御制《清夜游》曲,俱顷刻而成,何言不能?还是笑妾丑陋,不足以当珠玉,故以不能推托?"炀帝道:"贵妃何罪朕之深也!朕当勉强应酬。"丽华命侍儿将文房四宝放下,炀帝拂笺信笔,题诗一首云:

见面无多事,闻名尔许时。

坐来生百媚,实个好相知。

炀帝写完,送与丽华。丽华接在手中,看了一遍,见诗意来得冷落,微有讥讽之意,不觉两脸俱红赤起来,半响不做一声。后主见丽华含嗔带愧,心下也有几分不快,便问炀帝道:"此人颜色,不知比陛下萧后,还是谁人美丽?"炀帝道:"贵妃比萧后鲜妍,萧后比贵妃窈窕,就如春兰与秋菊一般,各自有一时之秀,如何比得?"后主道:"既是一时之秀,陛下的诗句,何轻薄丽华之甚?"炀帝微

第三十九回

微笑道:"朕天子之诗,不过适一时之兴而已,有甚么轻薄不轻薄?"后主大怒道:"我亦曾为天子,不似你妄自尊大!"炀帝大怒道:"你亡国之人,焉敢如此无礼!"后主亦怒道:"你的壮气,能有几时,敢欺我是亡国之君?只怕你亡国时,结局还有许多不如我处!"炀帝大怒道:"朕巍巍天子,有甚不如你处?"遂自走起身来,要拿后主。后主道:"你敢拿谁?"只见丽华将后主扯下走道:"且去,且去!后一二年,吴公台下,少不得还要与他相见。"二人竟往海边而走。炀帝大踏步赶来,只见好端端一个丽华,弄得满身泥浆水,照炀帝脸上拂将过来。

　　炀帝吃了一惊,就像做梦才醒的一般。因想起他二人死之已久,吓了一身冷汗。开眼只见贵儿、宝儿两个美人,把衣袖遮着炀帝的背心,裹住在那里,忙问二美人道:"你们曾看见什么?"二美人道:"没有见甚来;但见陛下如睡去的一般,梦中呓语,龙体时动时静。"炀帝道:"快下船去罢!"众人多下了龙舟,炀帝才把适间所见所闻,细细述了一遍。贵儿、宝儿大为惊异。炀帝反觉心中忧疑起来,忙叫内相撑回。忽听见琴声悠扬,随风入耳。炀帝正在猜疑,一回儿将到绮阴院,望见秦夫人、沙夫人、赵王呆与袁贵人、薛冶儿一班都在那里,看夏夫人抚琴。炀帝忙上岸来说道:"你们好偏陪朕快活,接也不来接一接!"众夫人道:"妾等各处寻觅不见,那晓得陛下跨海而游。"炀帝道:"夏妃子今日为何抚起琴来?"夏夫人道:"妾蒙陛下派居于此,四五年矣!其间好鸟醍醐,奇松拂影,怪石为之嵯峨,微雨时添花泪;屋梁落月,台榭留吟,与陛下不知消受了多少赏心乐事;今一旦舍此而去,山灵能不为之黯然?故妾借此瑶琴,以酬离别之意,使山川勿笑妾之情薄也。"炀帝听说,喟然长叹道："此地朕原不忍遽离，因皇后动兴去游江都，只道事再做不成的，谁知今日竟成其愿，这也是天也数也，人何与焉？"

正说时，只见高昌等七八个心腹内相走来跪下，奏道："殿脚女一千，奴婢等往江南地方，各处搜求，今已选足。"炀帝大喜道："如今在那里？"内相道："王弘已分派头号龙舟里头驻扎，以便演习。未知万岁爷何日起驾？"炀帝思量："我征辽虽是借题，游幸为实。然天子亲征，比众不同，当分为二十四军。"心上踌躇了一回，走进便殿，写敕一道："用右翊卫大将军于仲文、左翊卫大将军辛世雄、左骁卫大将军荆元恒、右骁卫大将军薛世雄、右屯卫大将军麦铁杖、左屯卫大将军陈棱、左御威将军张瑾、右御威将军赵孝才、左武卫将军周法尚、右武卫将军崔弘升、左御卫虎贲郎将卫文升、左御卫鹰扬郎将屈突通等，共为二十四总管军。命刘士龙为宣谕使，协同总督陆路大元帅宇文述，水军统领元帅来护儿，为王前驱，同会平壤。"写完付与内相，传与各衙门知道。分付择吉，天子临郊祭告天地马祖，犒赏军士，统领羽林军一万，分道向辽水进发。

将军来护儿知圣驾已将出都，便令秦叔宝等进征。秦叔宝领了来总管旨意，久已招集熟知水道的做了向导，又记张须陀所嘱之言，先差心腹将校，抄过了鸭绿江埋伏，在平壤伺候大军齐到；然后扫其巢穴，内外夹攻。正是：

机谋奇扼吭，小丑欲惊心。

却说炀帝打发巡幸的许多旨意，便进宫中问萧后道："从游宫女，选完了么？"萧后笑道："陛下偏把这样缩脚疑难题目，叫妾去做，妾如何做得来；况他们也不好说我该去，你不该去；也不说他愿去，我不愿去。好像吃过齐心酒的，见陛下起身出宫去了，三四百

第三十九回

名却齐齐跪倒阶前奏道：'守西苑的花晨月夕，领略了多少风光；在昭阳的承恩竞宠，受用了多少繁华。妾等西京随到东京，两番迁播，虽蚌珠燕石，不敢仰冀恩波，甘为遗簪堕珥。然海外风光，江都佳境，难道也教耳消目受不起？万岁爷是弃置妾等的了，难道娘娘也侍奉不来？'说了，大家如丧考妣的一般哭将起来。叫妾怎样选法？"炀帝笑道："这班贱婢，也会这般装腔作势。"萧后道："有个缘故，因张、尹两妃在内撺掇，说：'我两个是年纪大了，颜色衰了，你们都是鲜花一般，日子正长哩！还不趁这风流天子，大家舍命扒上去？'因此众宫人做出这般行径。"炀帝听了，点点头儿。随叫一个内相，传旨着兵部火速唤头号差船四十只，立刻上用。内相领旨出去了。

看官听说，原来张妃子名艳雪，尹妃子名琴瑟，两个多是文帝时与宣华同辈的人，年纪与宣华相仿，而颜色次之；此时正当三九之期。炀帝因钟情与宣华，便不放二妃在心上。况因宣华死后，接踵就是杨素撞倒金阶，口里说出许多冤仇；文帝阴灵，白日显现，故此炀帝也觉寒心，不敢复蹈前辙。长安又混带到这里，许廷辅两番点选，张、尹二妃因自恃文帝幸过，那里肯送东西与他？遂致抑郁长门，到也心情如同灰槁。萧后是最小气，爱人奉承的；因见张、尹二妃平日不肯下气趋承，故此捏造这几句；只不过要拔去萝卜，也觉地皮宽的意思。岂知炀帝竟认了真。

到了次日，这些选不去的，正要打帐看炀帝出宫上辇，便好大家来攀辕傍辇的哀恳；只见十来个内相，走到张、尹二妃宫中来，说："万岁爷有旨：余下宫奴四百余名，敕张、尹二妃子弹压下舟，毋得违误。"张、尹二妃听了，以为奇怪道："我两个又不曾去求朝廷,又不曾去浼求皇后,这个冷锅里头,泡出豆来,是那里说起?"众宫人欢欢喜喜,收拾了细软,载上了数十车,齐出宫门。在路上行了一日,黄昏时候落了船。到明日,张、尹二夫人心中疑惑,便问内相道:"万岁爷们的船在那里?"内相道:"在前面。"张夫人道:"闻得朝廷新造几百号龙舟,如今我们坐的却是民间差船,并不是龙舟,其间毕竟有弊。你们诓我们到那里去,快快说来!"众内相料难瞒隐,只得齐跪下去道:"二位夫人,不必动怒。这是万岁爷的旨意,叫奴婢送二位夫人与众宫女到晋阳宫去。如不信,现有手敕在这里。"内相取出来,张、尹二妃接来读道:"张、尹二妃,系先朝宠幸过,不便在此供奉。着伊带领余下宫奴四百余名,先归太原晋阳宫中,着守宫副监裴寂照册点入,看守毋误。"众宫女听见旨意,不是江都去,反要到西京,都大哭起来:也有要投河的,也有要自尽的。独张夫人哈哈大笑道:"我看你们这班痴妮子,总到江都,又没有父母亲戚在那里,止不过游玩而已。你们就去,也赶不上他们的宠眷。我尚如此,你们何不安命?到是太原去自由自在,不少吃不少着,好不快活,省得在那里看他们得意。"众宫人见说,自此也觉放怀,一路上说说笑笑,一月之间,早到了晋阳宫。众内相把二夫人与众宫女,付与副宫监裴寂交割明白,众内相仍往江都复旨。

未知后事如何,且听下回分解。

第四十回

汴堤上绿柳御题赐姓　龙舟内绛仙艳色沾恩

词曰：

　　雨殢云尤，香温玉软，只道魂消已久。冤情孽债，谁知未了，又向无中生有。揎情掇趣，不是花，定然是酒。美语甜言笑口，偏有许多引诱。　　锦缆才牵纤手，早种成两堤杨柳。问谁能到此，唯唯否否？正好快心荡意，不想道干戈掣人肘。急急忙忙，怎生消受？

　　　　　　　　　　——右调《天香引》

人主要征伐便说征伐，要巡幸便说巡幸，何必掩耳盗铃？要成君之过，不至深刻而不止；殊不知增了一言，便费了多少钱粮，弄死了多少性命。昏主佞臣，全不在意，真可浩叹。

再说炀帝离了东京，竟往汴渠而来。不落行宫，御驾竟发上船。自同萧后坐了十只头号龙舟上，十六院夫人与婕妤、贵人、美人，分派在五百只二号龙舟内。杂船数千只，拨一分装载内相，一分装载杂役，拨一分供应饮食。又拨一只三号船与王义夫妇，着他在龙舟左右，不时巡视。文武百官，带领着兵马，都在两岸立营驻扎，非有诏旨，不得轻易上船。自家的十只大龙舟，用彩索接连起来,居于正中。五百只二号龙舟,分一半在前,分一半在后,簇拥而进。每船俱插绣旗一面,编成字号。众夫人美人,俱照着字号居住,以便不时宣召。各杂船也插黄旗一面,又照龙舟上字号,分一个小号,细细派开供用,不许参前落后。大船上一声鼓响,众船俱要鱼贯而进;一声锣鸣,各船就要泊住,就如军法一般,十分严肃。又设十名郎将,为护缆使,叫他周围岸上巡视。这一行有数千只龙舟,几十万人役,把一条淮河填塞满了。然天子的号令一出,俱整整肃肃,无一人敢喧哗错乱。真个是:

至尊号令等风雷,万只龙舟一字开。

莫道有才能治国,须知亡国亦由才。

炀帝在龙舟中,只见高昌引着一千殿脚女前来朝见。炀帝看见众女子,吴妆越束,一个个风流窈窕,十分可爱,满心欢喜,问道:"他们曾分派定么?"高昌跪奏道:"王弘分派定了,只是不曾经万岁爷选过。"炀帝道:"不消选了,就等明日牵缆时,朕凭栏观看罢。"众殿脚女领旨,各各散回本舟。这日天色傍晚,开不得船,就在船舱中排起宴来。先召群臣饮了一回,群臣散去,又同萧后众夫人吃到半夜方睡。

次日起来,传旨击鼓开船。恰恰这一日风气全无,挂不得锦帆,只得将彩缆拴起。先把一千头肥羊,每船分派一百只,驱在前边。随叫众殿脚女,一齐上岸去牵挽。众殿脚女都是演习就的,打扮得娇娇媚媚,上了岸,各照派定前后次第而立。船头上一声画鼓轻敲,众女子一齐着力,那羊也带着缆而跑。那十只大龙舟,早被一百条彩缆悠悠漾漾的扯将前去。炀帝与萧后在船楼中细细观看,只见两岸上锦牵绣挽,玉曳珠摇,百样风流,千般袅娜,真个从

第四十回

古已来,未有这般富丽。但见:

蛾眉作队,一千条锦缆牵娇;粉黛分行,五百双纤腰挽媚。香风蹴地,两岸边兰麝氤氲;彩袖翻空,一路上绮罗荡漾。沙分岸转,齐轻轻斜侧金莲;水涌舟回,尽款款低横玉腕。袅袅婷婷,风里行来花有足;遮遮掩掩,月中过去水无痕。羞杀凌波仙子,笑他奔月姮娥。分明无数洛川神,仿佛许多湘汉女。似怕春光将去,故教彩线长牵;如愁淑女难求,聊把赤绳偷系。正是珠围翠绕春无限,更把风流一串穿。

炀帝同萧后倚着栏干赏玩,欢喜无限。正在细看之时,只见众殿脚女走不上半里远近,粉脸上都微微透出汗来,早有几分喘息不定之意。你道为何?原来此时乃三月下旬,天气骤热,起初的日色,又在东边,正照着当头;这些殿脚女,不过都是十六七岁的娇柔女子,如何承当得起?故行不多路便喘将起来。炀帝看了,心下暗想道:"这些女子,原是要他粉饰美观。若是这等流出汗来,喘嘘嘘的行走,便没一些趣味。"慌忙传旨,叫鸣金住船。左右领旨,忙走到船头上去鸣锣。两岸上众殿脚女,便齐齐的将锦缆挽住不行。又鸣一声,众女子都将锦缆一转一转的绕了回来。又一声金响,众女子都收了锦缆,一齐走上船来。

萧后见了,便问道:"才走得几步路,陛下为何便止住了?"炀帝道:"御妻岂不看见,这些殿脚女才走不上半里,便气喘起来;再走一会,一个个流出汗来,成甚么光景!想是天气炎热,日色映照之故耳。故朕叫他暂住,必须商量一个妙法,免了这段光景方好。"萧后笑道:"陛下原来爱惜他们,恐怕晒坏了。妾到有个法儿,不知可中圣意?"炀帝道:"御妻有何妙计?"萧后道:"这些殿脚

汴堤上绿柳御题赐姓　　龙舟内绛仙艳色沾恩

女,两只手要牵缆绳,遮不得扇子,又打不得伞,怎生免得日晒?依妾愚见,到不如在龙舟上过了夏天,等待秋凉再行,便晒他们不坏了。"炀帝笑道:"御妻休要取笑,朕不是爱惜他们,只是这段光景,实不雅观。"萧后笑道:"妾也不是取笑陛下,只是没法荫蔽他们。"

炀帝想了半晌,真个没有计策,命宣群臣来商议。不多时群臣宣至,炀帝对他们说了殿脚女日晒汗流之故,要他们想个妙计出来。众臣想了一会,都不能应。独有翰林学士虞世基奏道:"此事不难,只消将这两堤尽种了垂柳,绿阴交映,便郁郁葱葱,不忧日色。且不独殿脚女可以遮蔽,柳根四下长开,这新筑的河堤,盘结起来,又可免崩坍之患。且摘下叶来,又可饱饲群羊。"炀帝听了大喜道:"此计甚妙,只是河长堤远,怎种得这许多?"虞世基道:"若分地方叫郡县栽种,便你推我捱,耽延时日。陛下只消传一道旨意,不论官民人等,有能种柳一枝者,赏绢一匹。这些穷百姓,好利而忘劳,自然连夜种起来,臣料五六日间,便能成功。"炀帝欢喜道:"卿真有用之才。"遂传旨,着兵工二部,火速写告示晓谕乡村百姓:有种柳树一棵者,赏绢一匹。又叫众太监,督同户部,装载无数的绢匹银两,沿堤照树给散。真个钱财有通神役鬼之功,只因这一匹绢,赏的重了,那些百姓,便不顾性命,大大小小连夜都赶来种树,往往来来,络绎不绝。近处没有了柳树,三五十里远的,都挖将来种。小的种完了,连一人抱不来的大柳树,都连根带土扛将来种。

炀帝在船楼上,望见种柳树的百姓蜂拥而来,心下十分畅快,因对群臣说道:"昔周文王有德于民,民为他起造台池,如子事父一般,千古以为美谈。你看今日这些百姓,个个争先,赶快来种柳

第四十回

树,何异昔时光景?朕也亲种一株,以见君臣同乐的盛事。"遂领群臣走上岸来。众百姓望见,都跪下磕头。炀帝传旨,叫众百姓起来道:"劳你们百姓种树,朕心甚是过意不去。待朕亲栽一棵,以见恤民之意。"遂走到柳树边,选了一棵,亲自用手去移。手还不曾到树上,早有许多内相移将过来,挖了一个坑儿,栽将下去。炀帝只将手在上边摸了几摸,就当他种了。群臣与百姓看见,齐呼万岁。炀帝种过,几个大臣免不得依次各种一棵。众臣种完,众百姓齐声喊叫起来,又不像歌,又不像唱,随口儿喊出几句谣言来道:

"栽柳树,大家来,又好遮阴,又好当柴。天子自栽,这官儿也要栽,然后百姓当该!"

炀帝听了,满心欢喜。又取了许多金钱,赏赐百姓,然后上船。众百姓得了厚利,一发无远无近,都来种树,那消两三日工夫,这一千里堤路,早已青枝绿叶,种的像柳巷一般,清阴覆地,碧影参天,风过袅袅生凉,月上离离泻影。炀帝与萧后凭栏而看,因想道:"垂柳之妙,一至于此,竟是一条漫天青幔。"萧后道:"青幔那有这般风流潇洒。"炀帝道:"朕要封他一个官职,却又与众宫女杂行攀挽在一处,殊属不雅。朕今赐他国姓,姓了'杨'罢。"萧后笑道:"陛下赏草木之功,亦自有体。"炀帝随取纸笔,御书"杨柳"两个大字,红缎一端,叫左右挂在树上,以为旌奖。随命摆宴,击鼓开船。船头上一声鼓响,殿脚女依旧手持锦缆,走上岸去牵挽。亏了这两堤杨柳,碧影沉沉,一毫日色也透不下,惟有清风扑面吹来,甚是凉爽可人。这些殿脚女自觉快畅,不大费力,便一个个逞娇斗艳,嬉笑而行。炀帝看见众殿脚女走得舒舒徐徐,毫无矜持愁苦之态,心下十分欢喜。便召十六院夫人,与众美人,都来饮酒赏玩。

汴堤上绿柳御题赐姓　　龙舟内绛仙艳色沾恩

炀帝吃到半酣之际，不觉欲心荡漾，遂带了袁宝儿到各龙舟上绕着雕栏曲槛，将那些殿脚女细细的观看。只见众女子绛绡彩绸，翩翩跹跹，从绿柳丛中行过，一个个觉得风流可爱。忽看到第三只龙舟，见一个女子生得十分俊俏，腰肢柔媚，体态风流，雪肤月貌，纯漆点瞳。炀帝看了大惊道："这女子娇柔秀丽，西子、王嫱之美，如何杂在此间？古人云：秀色可餐。今此女岂不堪下酒耶！"袁宝儿道："这女子果然与众不同，万岁赏鉴不差。"萧后因良久不见炀帝，便叫朱贵儿、薛冶儿来请去吃酒。炀帝那里肯来，只是目不转睛的贪看。朱贵儿请炀帝不动，遂报与萧后得知。萧后笑道："皇帝不知又着了那个的魔了。"遂同众夫人一齐到第三只龙舟上来，看见那女子果然娇美。萧后说道："怪不得陛下这等注目，此女其实美丽。"炀帝笑道："朕几曾有错看的？"萧后道："陛下且不要忙，远望虽然有态，不知近面何如，何不宣他上船来看？"炀帝随叫内相去宣，顷刻宣到面前。炀帝起初远望，不过见他风流袅娜的态度，及走到面前，画了一双长黛，就如新月一般，更觉明眸皓齿，黑白分明，一种芳香，直从骨髓中透出。炀帝看见，喜出望外，对萧后说道："不意今日又得这一个美人。"萧后笑道："陛下该享风流之福，故天生佳丽，以供赏玩。"炀帝问那女子道："你是何处人？叫甚名字？"那女子羞涩涩的答道："贱妾乃吴郡人，姓吴，小字绛仙。"炀帝又问道："今年十几岁了？"绛仙答道："十七岁了。"炀帝道："正在妙龄。"又笑道："曾嫁丈夫么？"绛仙听了，不觉害羞，连忙把头低了下去。萧后笑道："不要害羞，只怕今夜就要嫁丈夫了。"炀帝笑道："御妻倒像个媒人。"萧后道："陛下难道不像个新郎？"梁夫人道："妾们少不得有会亲酒吃了。"众夫人说笑了一会，

第 四 十 回

天色已晚，传旨泊船。一声金响，锦缆齐收，众殿脚女都走上船来。

须臾之间，摆上夜宴。炀帝与萧后坐在上面，十六院夫人与众贵人列坐在两旁，朱贵儿携着赵王时刻不离沙夫人左右。众美人齐齐侍立，歌的歌，舞的舞，大家欢饮。炀帝一头吃酒，心上只系着吴绛仙，拿着酒杯儿只管沉吟。萧后见这光景，早已猜透几分，因说道："陛下不必沉吟，新人比不得旧人。吴绛仙才入宫来，何不叫他坐在陛下旁边，吃一个合卺卮儿？"炀帝被萧后一句道破他的心事，不觉地哈哈大笑起来。萧后随叫绛仙斟了一杯酒，送与炀帝。炀帝接了酒，就将他一只尖松松的手儿，拿住了说道："娘娘赐你坐在旁边好么？"绛仙道："妾贱人，得侍左右，已为万幸，焉敢坐？"炀帝喜道："你到知礼，坐便不坐，难道酒也吃不得一杯儿？"遂叫左右，斟酒一杯，赐与绛仙。绛仙不敢推辞，只得吃了。众夫人见炀帝有些狂荡，便都凑趣起来，你奉一杯，我献一盏，不多时，炀帝早已醺然，立起身来，一只手搭着绛仙的香肩，竟往后宫去了。

萧后勉强同众夫人吃酒，袁紫烟只推腹痛，先自回船。虽说舟中造得如宫如殿，只是地方有限，怎比得陆地上宫中府中，重门复壁，随你嬉笑玩耍，没人听见。炀帝同绛仙归往后宫，就有好事风生的，随后悄悄跟来窃听，忍不住格吱吱笑将出来。薛冶儿道："做人再不要做女人，不知要受多少波查。"萧后道："做男子反不如做女人。女人没甚关系，处常守经，遇变从权，任他桑田沧海，我只是随风转船，落得快活。"李夫人道："娘娘也说得是。"秦夫人只顾看沙夫人，沙夫人又只顾看狄夫人、夏夫人。默然半晌。萧后随即起身，众夫人送至龙舟寝宫，各自归舟。沙夫人对秦、夏、狄三位夫人道："我们去看袁贵人，为什么肚疼起来？"

汴堤上绿柳御题赐姓　龙舟内绛仙艳色沾恩

众夫人刚走到紫烟舟中，只听得半空中一声响，真个山摇岳动。夫人们一堆儿跌倒，几百号船只，震动得窗开槛侧。炀帝忙叫内相传旨：着王义同众公卿查视，是何地方，有何灾异？据实奏闻。王义得旨，同众臣四方查勘去了。四位夫人俱立起身来，宁神定息了片时，问宫奴道："袁夫人寝未？"宫奴说道："袁夫人在观星台上。"

原来袁紫烟那只龙舟，却造一座观星台。四位夫人刚要上台去，见袁紫烟、朱贵儿携着赵王，后边随着王义的妻子姜亭亭走下船舱来。沙夫人对赵王道："我正记挂着你，却躲在这里。"姜亭亭见过了沙、秦、夏、狄四位夫人。姜亭亭原是宫女出身，四位夫人也便叫他坐了。夏夫人对袁贵人道："你刚才说是腹痛，为何反在台上？"袁紫烟笑道："我非高阳酒徒，又非诙谐曼倩，主人既归寝宫，我辈自当告退，挤在一块，意欲何为？况我昨夜见坎上台垣中气色不佳，不想就应在此刻，恐紫微垂象，亦不远矣。奈何，奈何！"沙夫人对姜亭亭道："我们住在宫中，不知外边如何光景？"姜亭亭道："外边光景，只瞒得万岁爷一人。四方之事，据愚夫妇所见所闻，真可长叹息，真可大痛哭！"秦夫人吃惊道："何至若此？"姜亭亭道："朝廷连年造作巡幸，弄得百姓家破人亡。近又遭各处盗贼，侵欺劫掠，将来竟要弄得贼多而民少。"袁紫烟道："前日陛下差杨义臣去剿灭河北一路，未知怎样光景？"姜亭亭道："杨老将军此差极好的了。亏他灭了张金称，正要去收窦建德，不想又有人忌他的功，说他兵权太重，把他休致，又改调别人去了。"狄夫人道："自来乐极生悲，安有不散的筵席。但不知将来我们这几根骸骨，填在何处沟壑里！"朱贵儿道："死生荣辱，天心早已安排，何必此

第 四 十 回

时预作楚囚相对!"说了一会,众夫人各散归舟。不题。

却说炀帝自得了吴绛仙丽人,欢娱了七八日。这日行到睢阳地方,因见河道淤浅,又见睢阳城没有挖断,以泄龙脉,根究起来,连令狐达却宣来御驾面讯。令狐达把麻叔谋食小孩子的骨衬,通同陶柳儿炙诈地方银子,并自己连上三疏,都被中门使段达受了麻叔谋的千金贿赂,扼定不肯进呈。炀帝听了,十分大怒,随差刘岑搜视麻叔谋的行李有何赃物。刘岑去不多时,将麻叔谋囊中的金银宝物,尽行陈列御前。只见三千两金子,还未曾动。太常卿牛弘赍去祭献留侯的白璧,也在里面。又检出一颗历朝受命的玉玺来。炀帝看了大惊道:"此玺乃朕传国之宝,前日忽然不见,朕在宫中寻觅遍了,并无踪迹,谁知此贼叫陶柳儿盗在这里。宫闱深密,有如此手段,危哉险哉!"随传旨:命内使李百药,带领一千军校,飞马到宁陵县上马村围了,拿住陶柳儿全家。陶柳儿全不知消息,被众军校围住了村口宅门,合族大小,共计八十七口,都被拿住。还有许多党羽张耍子等,都被提来,命众大臣严刑勘究确实,回奏炀帝。炀帝传旨:陶柳儿全家齐赴市曹斩首。麻叔谋项上一刀,腰下一刀,斩为三段,却应验了"二金刀"之说。段达受贿欺君,本当斩首,姑念前有功劳,免死,降官为洛阳监门令。正是:

一报到头还一报,始知天网不曾疏。

第四十一回

李玄邃穷途定偶　秦叔宝脱陷荣归

词曰：

　　人世飘蓬形影，一霎赤绳相订。堪笑结冤仇，到处藏机设阱。思省思省，莫把雄心狂逞。

　　　　　　　　　　——右调《如梦令》

　　自来朋友的遇合与妻孥之匹配，总是前世的孽缘注定。岂以贫贱起见，亦不以存亡易心，这方才是真朋友真骨肉。然其中冤家路窄，敌国仇雠，胸中机械，刀下捐生，都是天公早已安排，迟一日不可，早一日不能，恰好巧合一时，方成话柄。

　　如今再说王伯当、李玄邃、邴元真三人别了孙安祖，日夕趱行，离瓦岗尚有二百余里。那日众人起得早，走得又饥又渴，只见山坳里有一座人家，门前茂林修竹，侧首水亭斜插，临流映照，光景清幽。王伯当道："前途去客店尚远，我们何不就在这里，弄些东西吃了，再走未迟。"众人道："这个使得。"李玄邃正要进门去问，见一个十七八岁的女子，手里提着一篮桑叶，身上穿一件楚楚的蓝布青衫，腰间束着一条倩倩的素绸裙子，一方皂绢，兜着头儿，见了人也不惊慌，也不跼蹐，真个胡然而天，胡然而地。怎见得？有《谒

第四十一回

金门》词一首为证：

真无价，不倩烟描月画。白白青青娇欲化，燕妒莺儿怕。不独欺班羞谢，别有文情蕴藉。霎时相遇惊人诧，说甚雄心罢？

那女子一步步移着三寸金莲，走将进去。玄邃看见惊讶道："奇哉，此非苎萝山下，何以有此丽人耶？"王伯当道："天下佳人尽有，非吾辈此时所宜。"正说时，只见里面走出一个老者来，见三人拱立门首，便举手问道："诸公何来？"王伯当道："我等因贪走路，未用朝餐，不料至此腹中饥馁，意欲暂借尊府，聊治一餐，自当奉酬。"老者道："既如此，请到里边去。"

众人走到草堂中来，重新叙礼过。老者道："野人粗粝之食，不足以待尊客如何！"说了老者进去，取了一壶茶、几个茶瓯，拉众人到水亭上去坐下。李玄邃道："老翁上姓？有几位令郎？"老者答道："老汉姓王，向居长安，因时事颠倒，故迁至此地太平庄来四五年矣。只有两个小犬，一个小女。"邴元真道："令郎作何生理，如今可在家么？"老者道："不要说起，昏主又要开河，又要修城。两个儿子多逼去做工了，两三年没有回来，不知死活存亡。"老者一头说，一头落下几点泪来。

众人正叹时，见对岸一条大汉走来。老者看见，遥对他道："好了，你回来了么？"众人道："是令郎么？"老者道："不是，是舍侄。"只见那汉转进水亭上来，见了老者，纳头便拜。那汉身长九尺，朱发红须，面如活狮，虎体狼腰，威风凛凛。王伯当仔细一认，便道："原来是大哥。"那汉见了喜道："原来是长兄到此。"玄邃忙问："是何相识？"伯当道："他叫做王当仁，昔年弟在江湖上做些买卖,就认为同宗,深相契合。不意阔别数年,至今日方会。"王当仁问起二人姓名,伯当一一指示。王当仁见说大喜,忙对李玄邃拜将下去道:"小弟久慕公子大名,无由一见,今日至此,岂非天意乎?"玄邃答礼道:"小弟余生之人,何劳吾兄注念。"

老者叫王当仁同进去了一回,托出一大盘肴馔,老者捧着一壶酒说道:"荒村野径,无物敬奉列位英雄,奈何!"众人道:"打搅不当。"大家坐定了。王伯当道:"大哥,你一向作何生业?在何处浪游?"王当仁道:"小弟此身,犹如萍梗,走遍天涯,竟找不出一个可以托得肝胆的。"李玄邃道:"兄在那几处游过?"王当仁道:"近则张金称、高士达,远则孙宣雅、卢明月,俱有城壕占据,总未逢大敌,苟延残喘。不知兄等从何处来,今欲往何处去?"王伯当将李玄邃等犯罪起解,店中设计脱陷一一说了。王当仁道:"怪道五六日前,有人说道,梁郡白酒村陈家店里,被蒙汗药药倒了七八个解差,逃走了四个重犯,如今连店主人都不见了。地方申报官司正在那里行文缉捕。原来就是兄等。今将从何处去?"王伯当又把翟让在瓦岗聚义,要迎请玄邃兄去同事。王当仁道:"若公子肯聚众举事,弟虽无能,亦愿追随骥尾。"

老者举杯道:"诸贤豪请奉一杯酒,老汉有一句话要奉告。"众人道:"愿闻。"老者道:"老汉有一小女,名唤雪儿,年已十七,尚未字人。自幼不喜女工,性耽翰墨,兼且敏慧异常,颇晓音律,意欲奉与公子,权为箕帚,未知公子可容纳否?"李玄邃道:"蒙老伯错爱,但李密身如飘蓬,四海为家,何暇计及家室?"老汉道:"不是这等说。自来英雄豪杰,没有个无家室的。昔晋文与狄女有十年之约,与齐女有五年之离,后都欢合,遂成佳话。小女原不肯轻易适人的,因刚才采桑回来瞥见诸公,进内盛称穿绿的一位仪表不凡。老汉知他属意,故此相告。"众人见说,始知就是刚才所见女子。

大家说道:"既承老翁美意,李兄不必推却。"王当仁道:"只须公子留一信物为定,不拘几时来取舍妹去便了。"李玄邃不得已,只得解绦上一双玉环来奉与老者。老者收了进去,也将雪儿头上一只小金钗赠与玄邃收了,又道:"小女终身总属公子,老汉不敢更为叮咛。今晚且住在这里一宵,明日早行何如?"众人撇不过他叔侄两人之情,只得住了一宵,来朝五更时分就起身告别。老者同当仁送了二三里路,当仁对李玄邃道:"小弟本要追随去了,怎奈二弟尚未回家。俟有一个回来,弟即星夜至瓦岗相聚。"大家洒泪分别。正是:

丈夫不得志,漂泊似雪泥。

如今且谩说李玄邃投奔瓦岗翟让处聚义。再说秦叔宝做了来总管的先锋,用计智取了浿水,暗渡辽河,兵入平壤,杀他大将一员乙支文礼。来总管具表奏闻,专候大兵前来夹攻平壤,踏平高丽国。炀帝得奏大喜,赐敕褒谕,进来护儿爵国公,秦琼鹰扬。即将敕催总帅宇文述、于仲文火速进兵鸭绿江,会同来护儿合力进征。

却说高丽国谋臣乙支文德,打听宇文述、于仲文是个好利之徒,馈送胡珠、人参、名马、貂皮礼物二副,诡计请降。宇文述信以为真,准其投降,许彼国王面缚乘舆,籍一国地图,投献军前。谁知乙支文德诓出营来,设计在中途扎住营,使他水陆两军,不能相顾。宇文述见乙支文德去了,方省悟其诈降,忙同两个儿子宇文化及、智及领兵一枝作先锋,前去追赶乙支文德着了。被乙支文德诈败,诱入白石山,四面伏兵齐起,将宇文化及兄弟,裹住在中间截杀。

正在酣斗之时，只听得一阵鼓响，林子内卷出一面红旗，大书秦字。为首一将，素袍银铠，使两条锏，杀入丽兵阵中，东冲西突，丽兵纷纷向山谷中飞窜，乙支文德忙舍宇文化及，来战叔宝。文德战乏之人，如何敌得住叔宝，只得丢下金盔，杂在小军中逃命。

叔宝得了金盔并许多首级，在来总管军前报捷。宇文化及也在那边称赞："好一员将官，亏了他解我之围。"只见一员家将道："小爷，这正是咱家仇人哩！"化及失惊道："怎是我家仇人？"家将道："向年灯下打死我家公子的就是他。"智及道："哦，正是打扮虽不同，容貌与前日画下一般，器械又是。这不消讲了。"两人回营，见了宇文述说起此事，宇文述道："他如今在来总管名下，怎生害他？"智及道："孩儿有一计，明日父亲可发银百两，差官前去犒赏这厮部下，这厮必来谒谢。他前阵上挑得乙支文德金盔，父亲只说他素与夷通，得盔放贼，将他立时斩首。比及来护儿知时，他与父亲一殿之臣，何苦为已死之人争执。"宇文述点头道："这也有理。"

次日果然差下一个旗牌，赍银百两，前到叔宝营中，奖他协战有功。叔宝是花红银八两，其余将此百两充牛酒之费，令其自行买办。叔宝即时将银两分散，宴劳差官。他心里明白与宇文述有隙，却欺他未必得知，况且没个赏而不谢的理。到次日着朱猛守寨，自与赵武、陈奇两个把总，竟至宇文营中叩谢。此时隋兵都在白石山下结营，计议攻打平壤。

叔宝因宇文述差人犒赏，故先到宇文述营中。营门口报进，只见一个旗牌飞跑出来道："元帅军令，秦先锋不必戎服冠带相见。"这是宇文述怕他戎装相见，挂甲带剑，近他不得，故此传令。叔宝终是直汉，只道是优礼他，便去披挂，改作冠带进见。走入帐前，上

第四十一回

边坐着宇文述,侧边站着他两个儿子,下边站着许多将官,都是盔甲。叔宝与赵武等近前行一个参礼,呈上手本,宇文述动也不动道:"闻得一个会使双锏的是秦琼么?"叔宝答应一声:"是!"只听得宇文述道:"与我拿下!"说得一声,帐后抢出一干绑缚手,将叔宝鹰拿雁抓的捆下。

叔宝虽勇,寡不敌众,终是力大,众人捆缚不定,被他满地滚去,绳索挣断了几次,口口声声道:"我有何罪?"赵、陈二把总便跪上去道:"元帅在上,秦先锋屡建奇功,来爷倚重的人,不知有甚得罪在元帅台下,望乞宽恕。"宇文述道:"他久屯夷地,与夷交通,前日得乙支文德金盔放他逃去,罪在不赦。"赵武道:"临阵夺下,现送来爷处报功,若以疑似害一虎将,恐失军心,且凡事求看来爷面上。"宇文智及道:"不干你事,饶你死罪去罢。叉出帐下!"将校将两个把总一齐推出营来。那赵武急欲回营,带些精勇,来法场抢杀,对陈奇道:"你且在此看一下落,我去就来。"跨上马如飞的去了。这里面秦叔宝大声叫屈道:"无故杀害忠良,成何国法?"滚来滚去,约有两个时辰,拿他不定,恼得宇文智及道:"乱刀砍了这厮罢!"宇文述道:"这须要明正典刑,抬出去砍罢。"叫军政司写了犯由牌,道:"通夷纵贼,违误军机,斩犯一名秦琼。"要扛他出营,那里扛得动,俄延了大半个日子。

宇文化及见营中都是自家的将校,又见秦叔宝不肯伏罪,便道:"秦琼,你是一个汉子,你记得仁寿四年灯夜事么?今日遇我父子,料难得活了。"秦叔宝听了此言,便跳起来道:"罢罢,原来为此!我当日为民除害,你今日为子报仇,我便还你这颗头罢。只可惜亲恩未报,高丽未平。去去,随你砍去。"遂挺身大踏步走出营

李玄邃穷途定偶　秦叔宝脱陷荣归

来。不料赵武飞马要去营中调兵,恐缓不及事,行不上二三里,恰好一彪军,乃是来、周二总管来会宇文、于、卫各大将。

赵武听是来总管军,他打着马赶进中军,见了来总管,滚鞍下马道:"秦先锋被宇文爷骗去,要行杀害,求老爷速往解救。"来总管听了道:"这是为甚缘故?你快先走引路,我来了。"赵武跨上马先行,来总管拨马后赶,部下将士一窝蜂都随着赶来,巧巧迎着叔宝大踏步出来,陈奇跟着。赵武慌忙大叫道:"不要走,来爷到了!"说声未绝,来总管马到,来总管变了脸道:"什么缘故,要害我将官?"叫手下:"快与我放了!"此时赵武与陈奇有了来总管作主,忙与叔宝解去绑缚。宇文述部下见来总管发怒,亦不敢阻挡,便是叔宝起初要慷慨杀身,如今也不肯把与人杀了。来总管呼赵武,撤随行精勇三百,先送秦琼回营,自己竟摆执事,直进宇文述军中与他讲理。于仲文与众将闻知来总管来,都过营相会。周总管也到,一齐相见。

宇文述知道秦琼已被来总管放去,只得先开口遮饰道:"老夫一路来,闻说本兵前部顿兵平壤,私与夷人交易,老夫还不敢信。前日小儿追乙支文德,将次就擒,又是贵先锋得他金盔一顶放去。老夫想:目今大军前来,营垒未定,倘或他通高丽兵来劫寨,为祸不小,所以只得设计,除此肘腋之患。只是军事贵密,不曾达得来老将军。"来总管笑道:"宇文大人,你说秦琼按兵不动,他曾破高丽数阵,说他交通夷人,有甚形迹?若说卖放,先有鸭绿江卖放他回的。就是金盔,他现在报功,并不曾私取。大凡做官的,一身精力,能有几何,须寻得几个贤才,一同出力。若是今日要杀秦琼,怕不叫做妒嫉贤能?你我各管一军,如若你要杀我将官,怕不叫做侵官

第四十一回

妄杀？"宇文述不好说出本心的话来，只得默默无言。于仲文众人劝道："宇文大人因一念过疑，却又不曾请教得来大人，还喜得不曾伤害，如今正要同心破贼，不可伤了和气。"周总管也来相劝，便置酒解和。来总管撇不过众人情面，勉饮几杯，即与周总管归营。叔宝出营迎接，拜谢来总管与周总管。来总管又恐宇文述借题来害秦琼，将武懋功代秦琼作先锋，调秦琼海口屯扎。

宇文述、于仲文，因粮饷不继，准受了乙支文德诈降书，也不通知来总管，竟自撤兵，退军萨水，反被高丽各城镇出兵邀截追杀，战死了右屯卫大将军麦铁杖、王仁恭，薛世雄部下留得一半，独卫文昇部下军马，不损一人，其余各军，十不存一。众军逃到辽东，隋主闻知大怒，厚恤麦铁杖等，杀监军刘士龙，因于仲文，宇文述等尽皆削职，卫文昇独加升赏。这时宇文述自己也没工夫，那里还有心来害秦琼。直到后日，宇文化及在江都弑隋主时，把来总管全家杀害，也还为争秦琼的缘故。

隋国陆兵既退，来总管也下令把后军改作前军，周总管居先，来总管居中，秦叔宝居后，扬旗擂鼓，放炮开船。高丽曾经叔宝杀败两次，不敢来追，这枝军马竟安然无事。到了登州，叔宝便向来总管辞任，来总管道："先锋曾有浿水大功，已经奏闻署职郎将，如今回军考选，还要首荐，先锋不可遽去。"叔宝道："小将原为养亲，无意功名，因元帅隆礼，故来报效，原不图爵赏。况元帅提挈越深，怕越增宇文述之忌，况闻山东一带盗贼横行，思家念切，望元帅天恩，放秦琼回去。"来总管难拂他的意思，竟署他充齐州折冲都尉，一来使他荣归，二来使他得照管乡里。命军中取银八十两，折花红羊酒，又私赠银二百两，彩缎八表里。各将官都有赆送饯行，叔宝

李玄邃穷途定偶　秦叔宝脱陷荣归

一一谢别。正是：

　　去时儿女悲，归来箫鼓竞。

叔宝星夜回家，参见了母亲，妻子张氏携了儿子怀玉出来拜见了，罗士信也来接见。叔宝诉说朝鲜立功，后边宇文述父子相害，来总管解救，今承来总管牒署鹰扬府，在齐郡做官了。一家听说，欢喜不胜。次日入城，拜谢了张郡丞。叔宝不在家时，常承张郡丞来馈送问候他母亲。张郡丞又因叔宝归来，可以同心杀贼，扫清齐鲁，知己重聚，大家欣幸。

叔宝择日到了鹰扬府任，将母妻搬入衙中。张郡丞又知罗士信英勇，牒充校尉，朝夕操练士卒。自此三人协力，还有都头唐万仞、樊建威二人帮助，杀退了长白山贼王薄。平原贼郝孝德、孙宣雅、裴长才，虽乌合之众，亦连兵二十余万，亏他们数个英雄并力剿除。后有涿郡卢明月，统贼一二万，亦被叔宝、须陀、士信设计杀败遁去。自此山东、河北、淮西贼寇谈及秦叔宝、张须陀，也都胆落了。捷音累奏，隋主擢张郡丞为齐郡通守、山东河北十二道黜陟讨捕大使，秦叔宝升右卫将军，协管齐郡鹰扬府事，罗士信折冲郎将，都管讨捕盗贼之事。可谓：

　　临敌万人废，四海尽名扬。

话分两头。如今再说李玄邃、王伯当、邴元真三人自从分别了王当仁叔侄两个，在路上对王伯当道："伯当兄，翟让处兵马虽众，只是冲锋破敌之人尚少。弟想秦大哥与单二哥那两个是你我的异姓骨肉，同甘生死的，如今我们去聚义，岂可不与他相闻请他来入伙之理？"王伯当道："叔宝兄领兵在外，惟雄信兄尚在家中。只是他怎肯抛弃田园，前来入伙？"李玄邃道："弟至此地，相识的多，料

第四十一回

无人物色的了。不妨兄与元真兄先到瓦岗,弟转往雄信处走遭,全凭弟三寸之舌,用一席话,务要说他来同事,方见平昔间交情。"王伯当道:"既如此说,弟与兄十日为期,如十日后不见兄来,弟竟至潞州单二哥处来寻兄。路上须要小心,不可托赖再有疏虞了。"李玄邃道:"不劳兄长叮咛,弟自晓得。"说了,仍改作全真打扮,分路去了。

　　王伯当与邴元真又走了两三日,已到了瓦岗。恰值翟让出兵去了,止留徐懋功、李如珪在寨,接见了王伯当,又与邴元真叙礼过,便问道:"李玄邃可来么?"王伯当将白酒村陈家店里设计药倒了解差差官,四人脱祸,韦福嗣、杨积善分路他往,如今玄邃兄必要去说单二哥入伙,又转入潞州去了。徐懋功听见拍案道:"不好了!玄邃兄又要着人手了!"王伯当吃惊问道:"这是什么缘故?"徐懋功道:"单二哥处,前日吾差人送秦叔宝回书去,翟大哥修书,请他来瓦岗聚义。不想他要紧送窦建德的女儿往饶阳去,修书来回复,面对我差人说:'饶阳转来,必到瓦岗来会。'如今已不在家了。今玄邃独自一个踽踽凉凉,怎能个保得无虞?"

　　正说时,只见齐国远押着粮草回来,大家相见过。徐懋功道:"今日且歇息一宵,明日五鼓,烦伯当兄同李如珪、齐国远两位选四五个骁勇小校,扮做客商,藏了器械,速往潞州二贤庄去走遭。如寻着玄邃无事罢了,若有兜搭,只得弄他一场,我再统领人马接应就是。"

　　要知后事如何,且听下回分解。

第四十二回

贪赏银詹气先丧命　施绝计单雄信无家

诗曰：
　　白狼千里插旌旗，疲敝中原似远夷。
　　苦役无民耕草野，乘虚有盗起潢池。
　　凭山猛类向隅虎，啸泽凶同当路蛇。
　　勒石燕山竟何日，总教百姓困流离。

人的事体，颠颠倒倒，离离合合，总难逆料，然惟平素在情义两字上，信得真，用得力，随处皆可感化人。任你泼天大事，皆直任不辞做去。

如今再说李玄邃与王伯当、邴元真别了，又行了三四日，已进潞州界，离二贤庄尚有三四十里。那日正走之间，只见一人武卫打扮忙忙的对面走来。那人把李玄邃定睛一看，便道："李爷，你那里去？"李玄邃吃了一惊，却是杨玄感帐下效用都尉，姓詹名气先。玄邃不好推做不认得，只得答道："在这里寻一个朋友。"詹气先道："事体恭喜了。"李玄邃道："幸亏来总师审豁，得免其祸。未知兄在此何干？"詹气先道："弟亦偶然在这里访一亲戚。"定要拉住酒店中吃三杯，玄邃固辞，大家举手分路。

第四十二回

原来那詹气先当玄感战败时,已归顺了,就往潞州府里去钻谋了一个捕快都头。其时见李玄邃去了,心里想道:"这贼当初在杨玄感幕中,何等大模大样,如今也有这一日!可恨见了我,一家人尚自说鬼话。我刚才要骗他到酒店中去拿他,他却乖巧不肯去。我今悄地叫人跟他上去,看他下落,便去报知司里,叫众人来拿住了他去送官,也算我进身的头功,又得了赏钱。这宗买卖不要让与别人做了去。"打算停当,在路忙叫一个熟识的,远远的跟着李玄邃走。

李玄邃见了詹气先,虽支吾去了,心上终有些惶惑,速赶进庄。此时天已昏黑,只见庄门已闭,静悄悄无人,玄邃叩下两三声,听见里边人声,点灯开门出来。玄邃是时常住在雄信家中,人多熟识的。那人开门见了,便道:"原来是李爷,请进去。"那人忙把庄门闭了,引玄邃直到堂下。玄邃问道:"员外在内,烦你与我说声。"那人道:"员外不在家,往饶阳去了,待我请总管出来。"说了便走进去。

说单雄信家有个总管,也姓单名全,年纪有四十多岁,是个赤心有胆智的人。自幼在雄信父亲身边,雄信待他如同弟兄一般,家中大小之事都是他料理。当时一个童子点上一枝灯烛,照单全出来,放在桌上,换了方才的灯去。单全见过了李玄邃,说道:"闻得李爷在杨家起义,事败无成,各处画影图形,高张黄榜,在那里缉获你,不知李爷怎样独自一个得到这里?"玄邃便将前后事情略述了一遍,又问道:"你家员外到饶阳去做什么?"单全道:"员外为窦建德使人来接他女儿,当初原许他自送去交割明白,故此同窦小姐起身往饶阳去了。"玄邃道:"不知他几时回来?"单全道:"员外到了饶阳，还要到瓦岗翟大爷那里去。翟家前日修书来邀请员外，员外许他送窦小姐到了饶阳，就到瓦岗去相会。"玄邃道："翟家与你员外是旧交，是新相知？"单全道："翟大爷几次为了事体，多亏我们员外周全，也是拜过香头的好弟兄。"玄邃道："原来如此。我正要来同你员外到瓦岗去聚义，只恨来迟。"单全道："李爷进潞州来，可曾撞见相识的人么？"玄邃道："一路并无熟人遇着，只有日间遇见当时同在杨玄感时都尉詹气先，他因杨玄感战败归正了，不知他在这里做什么，刚才遇见，甚是多情。"单全听见，便把双眉一蹙道："既如此说，李爷且请到后边书房里去再作商议。"

二人携着灯，弯弯曲曲引到后书房。雄信在家时，是十分相知好朋友，方引到此安歇。玄邃走到里边，见两个伴当托着两盘酒菜夜膳进来，摆放桌上。单全道："李爷且请慢慢用起酒来，我还要有话商量。"说了，就对掇酒饭的伴当说："你一个到后边太太处，讨后庄门上的钥匙，点灯出去夹道里这几十个做工的庄户都唤进来，我有话分付他。"一头说，一径走进去了。玄邃若在别人家，心里便要慌张疑惑。如今雄信虽不在家，晓得这个总管是个有担当的，如同自己家里，肚里也饥了，放下心肠，饱餐了夜饭。正要起身来，只见单全进来说道："员外不在家，有慢李爷，卧具铺设在里房。只是还有句话，李爷刚才说遇见那姓詹的，若是个好人，谢天地太平无事了。倘然是个歹人，毕竟今夜不能个安寝，还有些兜搭。"李玄邃尚未回答，只见门上人进来报道："总管，外边有人叫门。"

单全忙出去，走上烟楼一望，见一二十人，内中两个骑在马上，一个是巡检司，那一个不认得。忙下来叫人开了庄门，让一行人捱

第四十二回

挤进了。单全带了一二十个壮丁出去,巡检司是认得单全的,问道:"员外可在家么?"单全道:"家主已往西乡收夏税去了,不知司爷有何事,暮夜光降敝庄?"巡检把手指道:"那位都头詹大爷,说有一个钦犯李密避到你们庄上来,此系朝廷要紧人犯,故此协同了我们来拿他。掌家你们是知事的,在与不在,不妨实说出来。"单全道:"这那里说起?俺家主从不曾认得什么李密,况家主又出门四五日了,我们下人是守法度的,焉肯容留面歹之人贻祸家主?"詹气先说道:"李密日间进潞州时,我已撞见,令这个王朋友尾后,直到这里,看见叩门进来的,那里遮隐得过!"单全见说,登时把双睛突出说道:"你那话只好白说!你日间在路上撞见之时,就该拿住他去到官请赏,为何放走了他?若说眼见李密进庄叩门,又该喊破地方协同拿住,方为着实。如今人影俱无,却要图赖人家。须知我家主也是个好男子,不怕人诬陷的!"詹气先再要分辩,只见院子里站着一二十个身长膀阔的大汉,个个怒目而视。

巡检司听了单全这般说话,晓得单雄信不是好惹的,况且平昔节间,曾有人情礼物馈送,何苦做这冤家,便改口道:"我们亦不过为地方干系,来问个明白,若是没有,我们反惊动了。"说了即便起身。单全道:"司爷说那里话,家主回来,少不得还要来候谢。"送出庄门,众人上马去了。单全叫门人关好了门。李玄邃因放心不下,走出来伏在间壁窃听,见众人去了,放心走出来,见了单全谢道:"总管,亏你硬挣,我脱了此祸。若是别人,早已费手了。"单全道:"虽是几句话回了去,恐怕他们还要来。"

正说时,听见外边又在那里叩门,李密忙躲过。单全出来在门内细听,嘈嘈话响,好似济阳王伯当的声口。单全大着胆,在门内

贪赏银詹气先丧命　施绝计单雄信无家

问道："半夜三更，谁人在此敲门？"王伯当在外接应道："我是王伯当，管家快开门。"单全听见，如飞开了。只见王伯当、齐国远、李如珪三个，跟着五六个伴当，都是客商打扮，走进门来。单全问道："三位爷为何这时候到来？"王伯当道："你家员外晓得不在家的了，只问李玄邃可曾来？"单全道："李爷在这里，请众位爷到里边去。"携灯引到后书房来。玄邃见了惊问道："三兄为何黉夜到此？"王伯当将别了到瓦岗去见懋功，就问起兄，说到单员外家去了，懋功预先晓得单二哥出外，恐兄有失，故叫我们三人连夜赶来。玄邃也就将路上遇见詹气先，刚才领了巡检司到来查看说了一遍。齐国远听见喊道："入娘贼，铁包了头颅，敢到这里来拿人！"

正说时，单全引着伴当，捧了许多食物并酒，安放停当，便请四人入席，又对跟来的五六人说道："你们众弟兄在外厢去用酒饭。"叫人引着出去了。单全道："四位爷在上，不是我们怕事，刚才那个姓詹的，满脸杀气，尚不肯甘休，倘然再来，我们作何计较？"王伯当道："此时谅有三四鼓了，我们坐一回儿，守到天明，无人再来缠扰，就同李爷起身往瓦岗去。如若再有人来，看他人多人少，对付他就是。"单全道："说得是。"王伯当众人，也叫单总管打横儿坐着饮酒，一霎时不觉金鸡报晓。李如珪道："此时没有人来觉察，料无事了，不如快用了饭，起身去罢。"众人吃完了饭，打帐起身上路。管门的慌慌的走进来报道："门外马嘶声响，像又有兵马进庄来了，众位爷快出去看看去。"单全见说，忙同了王伯当上了烟楼，窗眼里细看，见三四十马兵，四五十步兵，一队队摆进庄来。

原来詹气先因巡检用了情，心中懊恼，忙去叫开了城门，报知潞州漆知府，即仰二尹协拿。那二尹姓庞名好善，绰号叫做庞三

第四十二回

夹,凡有人犯在他手里,不论是非,总是三夹棍。因他是个三甲进士出身,故叫做庞三夹,极是个好利之徒。听见堂上委他捉拿叛逆钦犯,如飞连夜点兵出城赶到庄来。

时王伯当二人下楼,多到内厅。李玄邃对单全道:"掌家,你庄上壮丁有多少?"单全道:"动得手的,只好二十多人。"李玄邃道:"如珪兄与国远兄领着壮丁,出后门去,看他们下了马,听见里边喊乱,去劫了他们的马匹。"又对单全道:"掌家,我晓得你家西甬道,有靛池四五间。你快去上边覆上薄板,暗藏机械,候他们进来,引他到那里去,送他们在里头。"单全见说,如飞去安排停当。

李玄邃同王伯当装束了这些刀枪棍棒,雄信家多是有的,单全开出门来,任凭各人自取。李玄邃道:"如今是了,只少的有胆智的去开大门诱他进来。"单全道:"这是我去。"单全身上扎缚停当,外边罩着一件青衣,大踏步出来,把门开了。先是许多步兵,拥挤进来,中间一个官儿,到了外厅,把个椅儿向南坐下,便对手下道:"带他家人上来!"步兵忙把单全扯来跪下。那官儿道:"你家为什么窝藏叛犯李密在家,快快拿出来!"单全道:"人是有个人,昨夜来投宿,不知是李密不是李密,现锁在西首耳房内。但是他了得,小的一人弄他不动,须得老爷台下兵卫去捆缚他出来,才不走失。"那官儿又道:"你家主呢,快唤出来!"单全道:"家主在内,尚未起身。"那官儿又向步兵说道:"你们着几个同他进去,锁了犯人出来,并唤他家主来见我。"

这些兵快听见官府叫他进去拿人,巴不能够,个个摩拳擦掌,一窝蜂二三十人随着单全走进西首门内。穿过甬道里一带,进去都是地板,众人挤到中间,听见前面单全道:"列位走紧一步,这里是了。"那前边走的说道:"阿呀,不好了!为何地板活动起来?"话未说完,一声响亮,连人连板撞下靛坑里去。跟在后边的正要缩脚,也是一声响,二三十个步兵都入靛池里去了。厅上那官儿与众马兵,正在那里东张西望,听得豁喇的一声,两扇库门大开,拥出十五六个大汉,长枪大斧,乱杀出来。那官儿见到乖,没命的先往外跑了。四五十个兵快忙拔刀来对杀,当不起王伯当枪搠倒了两三个。官儿见势头凶勇,齐退出门外去,欲上了马放箭。何知马已没有,只见天神般几个大汉,轮着板斧,领了十余人,乱砍进来。官兵前后受敌,料杀他们不过,只得齐齐丢下兵器,束手就缚。李玄邃道:"与他们不相干,众弟兄饶他们性命去罢。那个官儿与那詹贼怎么不见?"庄上一个壮丁指道:"刚才被这个爷把斧先砍了。"

原来齐国远同李如珪领众人伏在后门外竹林内,只见詹气先骑着马,领兵来把守后门。一个壮丁指道:"这个贼子就是首人,方才同巡检司来过一次了。"齐国远听见,按捺不住,忙奔出林来一喝,那詹气先一吓,便滚下马来,被齐国远一斧断送了性命。

李玄邃恐怕还有人在庄外躲匿,同众人出来检验,只见一个戴纱帽红袍的人倒在沟里。单全指道:"这就是二尹庞三夹了。"齐国远一把提将起来笑说道:"你可是庞三夹?如今俺老子替你改个口号,叫做庞一刀罢!"提起斧来,一斧砍为两段。单全叫壮丁把那二三十匹马赶入坊里去,将这杀死的尸首多扛在田边大坑里,掩些浮土在上。李玄邃叫手下人把那活的兵丁,一个个粽子般捆起来,多推入甬道内靛坑里去,把地板盖好,放些石皮在上,一会儿收拾完了,把大门仍旧关上。众人多到堂中来,李密对单全道:"掌家,不合我来会你员外,弄出这节事来,如今你们不便在这里

第四十二回

存身了。总是员外要到瓦岗去的,何不对太太说知,作速收拾了细软,同我们到瓦岗去,暂避几时,打听事体如何再来定夺。翟大爷寨多有家眷在内,谅不寂寞。掌家,未知你主意如何?"单全此时也没奈何,只得进去商议了一番。

单雄信有一个寡嫂,是单通的妻子,守在身边。雄信妻子崔氏与女儿爱莲,至亲三口,连家人媳妇,共有二十余人,多上了车儿,装载停当。单全叫壮丁把自己厩中剩下的七八匹好马与夺下官兵的二三十匹马喂饱了草料,叫那二十余个走过道儿的壮丁随身带了兵器。李玄邃分付单全与李如珪押着七八个车辆做了后队,自己与王伯当、齐国远与同来小校做了前队,把门户一重重反撞死了。大家跨马起程,往瓦岗进发。正所谓:

明知不是伴,事急且相随。

却说单雄信送窦建德的女儿线娘到了饶阳,建德感激不胜。时建德已得了七八处郡县,兵马已有十余万,竟得民心,规模甚大,抵死要留雄信在彼同事。雄信因翟让是旧交好友,写书来请,二则瓦岗多是心腹兄弟,三则瓦岗与潞州甚近,家间可以照管,主意已定,住了两日,只推家中有事,忙辞建德起身。建德再三款留,见他执意要行,将二三千金赠与雄信。雄信谢别了建德,同了四五个伴当起行,离了饶阳,竟往瓦岗来。行了数日,时四方多盗,民困差役,村落里家家户户泥涂封锁,连歇家饭店急切间寻不出。

这日雄信一行人行了六七十里路,看看红日西沉,天色苍黄欲暝。雄信在马上对伴当说道:"早些寻一个所在来安歇才好。"一个伴当叫小二,年纪有十七八岁,把手指道:"前面黑丛丛的,想是人家,待我去看来。"小二飞跑进村去,止有一家人家,一带长堤杨柳,两三进瓦房,后边一个大竹园,侧首一个水亭,双门紧闭。小二把门敲了两三声,里边开门出来,却是一个婆婆的老妈妈,把小二仔细一认说道:"你是金小二,闻得你在潞州单员外家好得紧,为甚到此?"小二见说,定睛一看叫道:"原来是外婆!我跟随员外到这里,天已夜了,恐前边没有宿店,故此敲门要借宿一宵,不想遇见了外婆。"

正说时,一行人已到门首。雄信下了马,向石磴上坐着。老婆子进去不多时,只见走出一个长大汉子。见雄信身躯伟岸,天神般一个好汉,不胜惊诧,忙举手问道:"潞州有个单二员外,就是府上么?"雄信答道:"岂敢,在下就是。"那汉揖进草堂,叙礼坐定说道:"久仰员外大名,今日才得识荆!未知有何事到敝地?"雄信道:"小弟因访一个朋友,恐前途乏店,故此惊动府上,意欲借宿一宵,未知可否?"那汉道:"这个何妨。只是茅檐草舍不是员外下榻之处。"雄信道:"说那里话,请问吾兄尊姓大名?"那汉道:"不才姓王,名当仁。"雄信笑道:"我们有个敝友叫王伯当,兄却叫王当仁,表字却像昆仲一般。"王当仁道:"就是济阳王伯当么?这是我的族兄,前日曾到这里来会过。"雄信道:"原来伯当是令兄。前日来会还是独自一个,还是同几位来的?"王当仁道:"他同一位李玄邃,又有一位姓邴的。"雄信听说喜道:"玄邃兄想是脱了祸了。可晓得他们如今到那里去?"王当仁道:"都到瓦岗去会翟子谦。"雄信道:"我正要到瓦岗去会他们。"王当仁见说大喜道:"员外要到瓦岗,极好的了。正有一事相商,待弟去请家伯出来。"

进去了不多时,只见一个老者拿着茶出来,与雄信揖过,请雄信坐下,献上一杯茶,便将前日王伯当、李玄邃到我家里,住了一

第四十二回

宵,两下里定姻一段说了一遍。雄信道:"玄邃兄在外浪游多年,不意今日与老翁定谐秦晋,得遂室家之愿。"老者见说,忽然长叹道:"小女得配李公子,荣辱完了他终身了。不想亳州朱粲昨日在这里经过,小女偶然在门外打枣,被他看见,放下金珠礼物,死命要妻他去做压寨夫人,约在月初转来娶去。如今老夫要差侄子去报知李公子,往返要七八日,欲全家避到瓦岗去寻访李公子,又恐路上有些差误,正是事出两难。"雄信道:"老翁亲家共有几口?"老者道:"两个小犬,前年都被官府拿去开河,至今一个不见回来。拙荆早亡。止有这个小女与刚才这个侄子,还有两个炊爨的老妈,止不过四五人。"雄信道:"既如此,老翁进去,分付令爱,叫他收拾了衣饰,明日就起身。我送你一家子到瓦岗去与李兄相会何如?"老者见说,快活无限,便道:"既承员外高情仗义,待老汉去叫小女出来拜见。"那王当仁同金小二拨出酒肴来,正要上席,老者领着一个垂髫女子,出来对雄信说道:"这就是小女,过来拜见了员外。"

　　雄信举目一看,那女子真个秀眉月面,虽是村妆常服,也觉娇艳惊人,见他拜将下去,也只得朝上回礼。当仁与老者拖住,让他拜了四拜,进去了。老者叫侄子陪了雄信饮酒,自己出去支持酒饭,管待下人。过了一宵,起来收拾了细软,停当了车儿牲口。明日五鼓起身,老者将一辆牛车,装载了女儿婆子三口,驾上一头水牛背了,自己坐着一个小车儿,叫人推了。王当仁只喜步行。单雄信叫伴当把门户泥涂了,见王当仁步行,也不好上马。王当仁道:"员外不必拘泥,小弟这双贱足赛过脚力。"两个推让了一回,雄信然后跨上牲口起行。

　　在路上行了三四日,已到瓦岗地面。雄信分付两个伴当:"你

贪赏银詹气先丧命　施绝计单雄信无家

两个先往头里去打听,翟爷与李玄邃、王伯当在那一个营里。我们慢慢的走动,等你们来回复。"不多时,只见两个伴当奔来回复道:"众位爷多在大营里,说了员外来,都上马来接了。"

话未说完,远远望见翟让、李密、徐世勣、王伯当、邴元真、齐国远、李如珪等七八个好汉,骑马前来。雄信收住马向后王当仁道:"兄把车辆往后退一步,待弟进营见过说明了,然后叫人来接你们才是正礼。"王当仁点头称是。雄信把马一耸,与众人会着了。大家带转马头,一径进大营来到了振义堂中,各各叙礼过。翟让道:"前日就望二哥到来,为何直至今日?"雄信答道:"建德兄抵死不肯放,在那里逗留了几天,勉强说谎脱身。路上又因玄邃兄的尊嫂要带来,又耽搁了一日,故此来迟。"李玄邃见说大骇道:"小弟何曾有什么家眷,烦兄带来?"雄信道:"难道小弟诓兄,现今令岳与令舅王当仁停车在后,候兄去接。"玄邃道:"这又奇了,这是弟前日偶然定下的,兄何由得知带来?"雄信把在他家借宿,被巨盗朱粲撇下礼物要来夺取一段说了一遍。

王伯当笑道:"也罢了,单二哥替李大哥带了新嫂来,幸喜李大哥也替单二哥接取尊眷在这里,岂不是扯直?"雄信见说,吃了一惊道:"为什么贱内得到这里?"王伯当道:"尊嫂与令爱现在后寨,请兄进去自问便知始末。"王伯当令单雄信进去了。李玄邃如飞的去打发肩舆马匹,去迎接王当仁一家四五口到寨相会。翟让分付手下,宰杀猪羊,一来与李玄邃完婚,二来替单员外接风。正是:

人逢喜事情偏爽,笑对知心乐更多。

第四十三回

连巨真设计赚贾柳　张须陀具疏救秦琼

词曰：

　　国步悲艰阻,仗英雄将天补。热心欲腐,双鬓霜生。征衫血汗,引类呼群,犹恐厦倾孤柱。　　奸雄盈路,向暗里将人妒。直教张禄投秦,更使伍胥去楚。支国何人,宫殿离离禾黍！

——右调《品令》

　　世人冤仇,惟器量大的君子、襟怀好的豪杰,随你不解之仇,说得明白,片言之间,即可冰释。至若仕途小人,就是千方百解,终有隐恨,除非大块金银,绝色进献,心或释然。所以宇文述不怪自己儿子淫恶,反把一个秦叔宝切骨成仇。

　　如今再说单雄信进后寨去与寡嫂妻子女儿相见了,崔氏把前事说了一遍。雄信见家眷停放得安稳,也就罢了,走出来对玄邃道:"李大哥,你这个绝户计,虽施得好,只是使单通无家可归了。"徐懋功道:"单二哥说那里话来！为天下者不顾家,前日吾兄还算得小家,将来要成大家了,说什么无家？"

　　其时堂中酒席摆成完备,翟让举杯要定单雄信首席。单雄信道："翟大哥这就不是了,今日弟到这里,成了一家,尊卑次序,就要坐定,以后不费词说。难道单雄信是个村牛,不晓得礼文的?"翟让道："二哥说甚话来!今日承二哥不弃,来与众弟兄聚义,草草接风,自然该兄首席,第二位就该玄邃兄了。"李玄邃见说大笑道："这话又来得奇了,为甚么缘故?"翟让道："众兄听说,今日趁此良辰,与李兄完百年姻眷,又算是喜筵,难道坐不得第二位?"齐国远喊道："翟大哥说得是。今日一来替李大哥完姻,二来替单二哥暖房,这两位再没推敲的了。"徐懋功道："不是这等说,今夜既替李兄完婚,自然该请他令岳王老伯坐首席,这才是正理。"翟让见说,便道："还是徐兄有见识,弟真是粗人,有失检点了。"叫手下快到后寨去请刚才到的王老爹与王大爷出来。

不一时,王老翁与王当仁出来,翟让举杯定了他首席。老翁再三推让不过,只得坐了。第二位就要定王当仁。王伯当道："这个使不得。老伯在上,当仁不好并坐,况当仁也要住在这里叙义的了,岂可僭越诸兄。"徐懋功道："待小弟说出一片理来,听凭众兄们依不依。"众人齐声道："懋功兄处分,无有不是的;快些说来。"懋功道："方才伯当兄说,当仁令弟不该僭也是。如今我弟兄聚成一块,欲举大义,要想做一番事业,说甚谁宾谁主,须先要叙定了尊卑次序,以便日后号令施行,便可遵奉。岂与泛常酒席,胡乱坐了?"

众人见说,齐声道："说得是。"徐懋功道："据小弟愚见,第二位该是翟大哥。为什么呢?他是寨主,我们弟兄多承他见招来的,难道不遵奉他的节制,第二位是不必说了。第三位要玄邃兄坐了。"李玄邃道："单二哥在这里,弟断无僭他的理。"徐懋功道："翟

第四十三回

兄为正,兄为副,这是一定不易的,有甚话讲?第四位是单二哥了。"单雄信道:"弟也有一句话,待弟说来,别人不晓得徐兄的才学,小弟叨在至契,是晓得的。将来翟、李二兄举事,明以内全赖吾兄运筹帷幄,随机应变,事之谋画,惟兄是赖。若要弟僭兄,弟即告退,天涯海角,何处不寻个家业来?"王伯当道:"懋功兄,单二哥是个爽直的人,既如此说,兄不必过谦,要依单二哥的了。"徐懋功没奈何,只得坐了第四位。第五位是单雄信。第六位是王伯当。第七位是邴元真。第八位是李如珪。第九位是齐国远。第十位是王当仁。除王老翁共九筹豪杰坐定了,大吹大擂,欢呼畅饮。

雄信问懋功道:"寨中现今兵马共有多少?粮草可敷?"懋功答道:"兵马只好七八千,不愁他少,将来破一处,自有一处的兵马来归附,粮草随地可取。只是弟兄们尚少,未免破一所郡县,就要一个人据守,到一处官兵,就要差几个出去拒敌。如今只好十来个人,那里弄得来?所以前日弟叫连巨真到兖州府武南店去请尤、程两弟兄,想即日也要到来了。"原来连明也犯了私盐的事体,惧法逃到翟让处入伙。

正说时,只见小校进来报道:"连爷到了。"翟让道:"快请进来。"连明进来与众人叙过礼,就在王当仁肩下坐定。徐懋功问道:"巨真兄,尤、程两位肯来么?"连明道:"弟到武南庄,先去拜望尤员外,岂知尤员外重门封锁,人影也没有一个。讯问地邻,方知他因长叶林事走漏了消息,地方官要炙诈他五千两银子,他蓦地里连家眷都迁入东阿县去了。弟如飞到东阿去访问程知节,始知程知节同尤员外,在豆子航七里岗上扎寨。弟又到彼,两人相见,留入寨中。弟将翟大哥的书送与他们看了。程知节问道:'单员外

连巨真设计赚贾柳　张须陀具疏救秦琼

可来聚义？'弟说翟兄曾写书着人去请单员外，因他要送窦建德的女儿，往饶阳去，回时准到瓦岗来相会。尤员外道：'此言恐未真。窦建德那里正少朋友帮助，肯放单员外到瓦岗来？'程知节又问我秦叔宝兄可曾去请他，弟说单员外到了，自然也要去请他。尤员外又道：'叔宝兄与张通守正在那里与隋家干功，怎肯进寨来做强盗？'程知节道：'既是单二哥、秦大哥都不在那里，我们去做什么？'因此尤员外就写了回书，我便作速赶回。"连明取出书来递与徐懋功。

懋功看了道："不来罢了，再作计较。"连明道："他们两个虽不来，弟在路上到打听得一桩事体在这里，报与诸兄知道。"众人道："什么事体？"连明道："弟前日回来，到黄花村饭店里住宿，只见一个差官跟了两个伴当，先下在店里。一个伴当听他声口像我们同乡，因此与他扳话起来，问他往何处公干。他说东京下来，要往济阳去提人的。弟就留心，夜间买壶酒与他两个鬼混，那两个酒后实说道：'杨案里边有四个逃走的叛犯，一个姓李，一个姓邴，一个姓韦，一个姓杨。那个姓李姓邴的，不知去向。那个姓韦姓杨的，前日被人缉获着了，刑官究询，招称有个王伯当，住在济阳王家集，是他用计在白酒村陈家店里，药倒解差差官，方得脱逃。因此差我们主人下来，到济阳王家集去，着地方官拿这个叛党。'故此小弟连夜赶来。"

徐懋功对王伯当道："王大哥你的宝眷，可在家么？"王伯当道："弟前日出门时，贱眷在内弟裴叔方处。如今不知可曾回家。弟今夜起身到家去走遭。"徐懋功道："不必兄去。"又对连明道："连兄，你为弟兄面上，辞不得劳苦。待伯当兄修家书一封，再得

第四十三回

单二哥修书一封,同王当仁、齐国远二兄扮作卖杂货的,往齐州西门外鞭杖行贾润甫处投下,叫他随机应变,照管王兄家眷上山。若兄可以说得他入伙更妙,这人也是少他不得的。翟大哥、单二哥与邴元真兄领三千人马,到潞州去,向潞州府借粮,并打听二贤庄单二哥房屋,可曾贻害地方?弟与伯当兄、如珪兄随后领兵接应。"李玄邃道:"小弟呢?"懋功笑道:"吾兄虽非吕奉先好色之徒,然今夜才合卺,只好代翟大哥看守寨中,自后便要动烦了。"众人打点停当,过了一宵,连明与王当仁、齐国远五更起身,他们的路径熟,不由大道,惯走捷径,不多几时,已到西门外。

原来贾润甫因世情慌乱,也不开张行业了。连巨真叩门进去,润甫出来见了,忙叫手下接了行李进去,引三人到堂中来叙礼过。连巨真在身边取出单雄信书来,与贾润甫看了。润甫又引到一间密室里去,坐定取茶来吃了。润甫问连巨真道:"兄是认得济阳王家集路径的?"连巨真道:"路径虽是走过,只是从没有到伯当家里去。虽有家信,难免疑惑,必得兄去,方才停妥。未知差官可曾到来,倘然消息紧速,如何做事?"贾润甫道:"这不打紧,若走大路准要三日,若走碟子岗,穿出斜梅岭望小河洲去,只消一天,就到王家集了。"一边说,一边摆上酒肴来。

润甫问寨中有那几位弟兄,有多少人马,三人备细说明。连巨真问道:"贾兄如今不开行业,倒也清闲自在,但恐消磨了丈夫气概。"润甫叹道:"说甚清闲自在,终日看枯山守白浪,这些人每日张着口,那里讨出来吃?前日秦大哥写书来,要弟去帮他立功,图一个出身。弟想四方共有二三十处起义,那里剿灭得尽,就是立得功来,主上昏暗,臣下权奸,将私蔽公,未必就尊荣到他身上。只看杨老将军,便是后人的榜样了。"连巨真道:"正是这话。"王当仁道:"兄何不到我那里去?将来翟大哥、李大哥做起事来,自然与众不同。"润甫道:"翟大哥不知他做人何如?玄邃兄人望声名,海内素著,况他才识过人,又肯礼贤下士,将来事业,岂与群丑同观?弟再看几时,少不得要来会诸兄,相叙一番。"连巨真问道:"明日甚时候起身往王家集去?"润甫道:"五更就走。"即便收拾杯盘,大家就寝。

润甫五鼓起身,与连巨真、王当仁、齐国远用了早饭,即便上路,往济阳进发。赶了一日,傍晚到了王家集。原来王家集,也是小小一个市镇,共有二三十人家。时贾润甫同众人进去,恰好王伯当的舅子裴叔方,在他家里。那裴叔方是个光棍汉,平昔也是使枪弄棒不习善的。连巨真取出王伯当的家报来,付与裴叔方拿到里边去与他阿姊看了。幸喜王伯当家中没甚老小,止有王伯当妻子一人,手下伴当夫妇二口。裴叔方也要送阿姊去,忙去停当众人酒饭,叫阿姊收拾了包裹,雇了一辆车儿与两个女人坐了,悄悄把门封锁上路。贾润甫对连巨真道:"小弟不及奉送,兄等路上小心。"众人向西,贾润甫往东回去了。

连巨真走不上数步,对王当仁道:"我忘了一件东西,你们先走,我去就来。"说罢如飞向东去了。众人正在那里疑惑,只见连巨真笑嘻嘻赶来。齐国远道:"你忘了什么东西?"连巨真笑道:"我没有忘什么,我回到他门首,如此如此而行,你道好么?"王当仁道:"好便好,只是得个人去打听他有事没事,也好接应。"连巨真道:"不妨,前面去就有个所在,安顿了王家嫂子,我们再去打听。"一头计较,一头往前趱行。正是:

第四十三回

莫嗟踪迹有差池，萍梗须谋至会合。

却说宇文述为了失机，削去官职，忙浼何稠，造了一座如意车，又装一架乌铜屏三十六扇，献与炀帝。炀帝正造完迷楼月观，恰称其意，准复原官。韦福嗣与杨积善落在宇文述手里，严刑酷炙，招称了济阳王伯当住王家集，便差官赍文书到齐郡张通守处来提人。

是日张通守正在堂理事，只见门役禀说："有东都机密公文，差官来投递。"话未说完，差官先上堂来，张通守与他相见了，递上公文。张通守拆开看了，差官道："此系台省机密，求老爷作速拘提。"张通守道："我晓得。"随问衙役道："这里到王家集有多少路？"衙役答道："有二百余里。"张通守分付部下，点兵三百，备四五日粮，即时起行。原来张通守署与秦叔宝鹰扬府相去不远，时叔宝正与罗士信闲话，听见东京差官下来要到王家集去提人，心中老大吃惊，因想道："王伯当住在王家集，莫非他白酒村的事发觉了。"正在那里揣摩，听得外边传梆响，报说门外有个故人连某要见老爷。

叔宝如飞出来，见是连明，叙礼过，邀他到内衙书室中来问道："兄一向在那里？事还没有赦，为甚到此？"连明悄悄说："弟偶在瓦岗翟让寨中，奉单二哥将令，修书叫贾润甫到王家集接取王伯当家眷上山去了。如今差官去守提人犯，人影俱无，恐有人泄漏。通守回来，必然波及润甫，故弟走来报知。兄可看众弟兄旧日交情，作速差人报与润甫知道，叫他火速逃走，言尽于此，弟有事，要到潞州去了。"叔宝问寨中那几位兄弟，连巨真一一说知，说完立起身来拱手而别。叔宝款留不住，送了出门，进来忙与罗士信说知就里，叫罗士信悄悄骑马出城报与贾润甫知道。罗士信忙备了马骑上了,一辔头赶到城外。

原来罗士信虽认得鞭杖行的贾家住处,却不曾与贾润甫识面。当时到了他门首,下马推门进去,贾润甫接见了罗士信,吃了一惊。士信忙问道:"兄可是贾润甫?"润甫应道:"在下就是。"贾润甫却认得罗士信,便道:"罗兄下顾,何事见教?"罗士信把他扯在一边去,附耳说道:"兄把叛党王伯当的家眷藏匿了,如今官府回来就要来拿你。兄可快些走了罢!"说了转身上马,如飞的去了。贾润甫把门关好了,想道:"那夜王家集起身,人鬼不知的,是谁走漏了风声。刚才罗捕尉自己来报,必是秦大哥叫他来的,想是真的了。此时不走,更待何时?罢罢,这样世界,总要上这道路的,不如早早去罢。"忙对妻子说了,收拾了细软,叫手下人两个做工的把槽头四五个牲口喂饱了牵出来,男女带上眼纱,加鞭望瓦岗进发。

一行人将出齐州界口,到瓦岗去有两条路,一条大道,一条小道。润甫心上打算道:"打大路去恐怕官兵来追,小路又怕山贼多。"正在那里踌躇,只见树底下石上睡着两个大汉,忽然跳将起来大声喊道:"好了,来了!"贾润甫在牲口上听见,老大一吓,定睛一看,却是齐国远,那一个不认得。润甫便道:"你们众人来了,把我却弄在圈里。"又问齐国远道:"此位是何人?"齐国远道:"王当仁兄,在山寨里过活,却好是在这里开这个鬼行。"王当仁道:"不要闲说了,王家嫂子尚歇在前头店里,快些赶去,打伙一搭儿走。"原来前头店里,翟让差一个头目,叫赵大鹏,在那里开一酒肆,作往来耳目,以便劫掠。贾润甫听见大喜,催促一行人随着王当仁,赶到赵家店中与王伯当家眷会合,齐望瓦岗去了。正所谓:

　　世乱人无主,关山客思悲。

第四十三回

再说张通守带了官兵同差官到王家集去,捉拿王伯当家眷。走了三日到了,拘地方来问。只见大门封锁,叫衙役扭断了屈戍,推门进看,室中止存家伙什物,人影俱无,讯问四邻,俱说五日前去的。张通守发一张封皮,叫衙役把门钉封了,把地方四邻带回衙门用刑究询。四邻中一个姓赵的禀说:"那夜小的要开门出去解手,听见门外一人叫道:'贾润甫你请回罢,我们去了。'他们妻子是时常出入惯的,那里晓得他是犯事逃走了。"张通守问衙役,可晓得贾润甫住在那里,有的推不知道,一个衙役禀道:"西门外有一个开鞭杖行的,叫做贾润甫,未知是他不是他?"那姓赵的说:"正是他,那夜叫他回西门去罢!"张通守忙要起身同官兵去拿,只见日巡夜不收进来报道:"刘武周带领宋金刚并喽啰数千,过博望入平原县了,乞老爷快发兵前去会剿。"张通守见说,叫衙役快去请秦爷来。

不一时秦叔宝来到,张通守把差官赍来部文与叔宝看了,又把地邻口供与叔宝看,便道:"我因贼报急迫,欲点兵进剿,烦都尉出城去拿这贾润甫来带到军前讯问,便知王家家属下落。"秦叔宝心下转道:"贾润甫是我报信叫他走的,倘然出去走了还好,若在家,如何摆布?"便对张通守道:"贼人入境,待卑职去剿退他,这是逆党大事,还是大人亲去方妥。"张通守道:"不必推辞,都尉去了就来。"叔宝没奈何,只得骑着马,跟了几个家丁,同差官出城,假意唤地方领到贾家,见门户锁着,叫人打进去,室中并无一人。讯问邻里,说是门是前日锁的,不知人是几时去的。差官禀道:"贾润甫既是挈家逃遁,必是王家党羽,想去尚未远,还求秦爷作速去追拿。"叔宝道:"叫我那里去追?我要赶上张老爷剿贼去。"说了上马前去。差官没法,只得同到张通守军前讨了回文,回东京投下文书。

宇文述见回文内有地邻招称贾润甫一段,差官又禀曾差都尉秦琼严拿未获,便兜起宇文述心上事来,对儿子化及道:"秦琼那厮,我当日不曾害得他,反受来护儿一番奚落,不期他在山东为官。我如今题个本,将他陷入杨家逆党,竟说逃犯韦福嗣,招称秦琼向与李密、王伯当往来做事,今营任山东都尉图谋不轨。一面具本,一边移公文一角,差官前去,倘在军前,就叫张须陀拿下,将他解京,也可报得前仇了。"宇文化及道:"父亲此计虽妙,但张须陀勇而有谋,这厮又凶勇异常,倘一时拿他不到,毕竟结连群盗,或自谋反,为祸不小。莫若连他家属,着齐郡拿解来京,那厮见有他妻子作当,料不敢猖獗,此计更为万全。"宇文述道:"吾儿所见极高。"商议停当,宇文述随上一本,将秦叔宝陷作李密一党。这本没个不下的,他就差下两员官,一员到张通守军前,一员向齐郡郡丞投文,守提犯人,不得违误。时罗士信在齐郡防贼,张须陀与秦叔宝在平原拒贼,无奈贼多而兵少,散而复振,振而复散,那边退了,这边又来,怎杀得尽?还亏他三个抵敌得住。

一日张须陀在平原,正要请叔宝商议招集流民守御良策。忽然见一个差官竟至张须陀军中,称有兵部机密文书投递。张须陀拆来看了,仍置封袋中,放在案上。差官道:"宇文爷分付,要老爷即刻施行,恐有走脱。"张须陀道:"知道了,明日领回文。"须陀回到帐中,灯下草成一疏稿,替秦琼辨明,并非李密一党,不可谬听奸顽,陷害忠良云云,叫一个谨慎书吏录了,又写一道回兵部回文。

次日正待发放差官,恰值叔宝抚安民庶已毕,来议旋师。差官

第四十三回

闻得叔宝到营，只道张须陀骗他来拿解，随即进营，见须陀与叔宝和颜悦色，谈笑商量。叔宝将待起身，差官怕他走了，忙过去禀说："兵部差官领回文。"须陀对差官道："你这样性急！"叫书吏把回文与他。差官见只与回文，只得又道："差官奉文提解人犯，还求老爷将犯人交割，添人协解。"须陀道："这事情我已备在回文中，你只拿去便了。"差官道："宇文爷临行分付，没有人犯，你不要回来。今人犯现在，求老爷发遣，小官好回复。"张须陀道："你这差官好多事！这事我已一面回文，一面具本辨明，去罢！"这差官甚有胆力，又道："老爷在上，这事关系叛逆，已经具请提解，非同小可。若犯人不去，不惟小官干系庇护奸党，在老爷亦有不便。"叔宝不知来由，见差官苦恳，倒为他方便道："大人，是甚逆犯，若系真实，便与解去。"须陀笑道："莫理他！"这官便急了，嚷道："奉旨拿逆犯秦琼，怎反与他同坐，将我赶出？钦提犯人，这等抗违！"秦叔宝听到逆犯秦琼四字，便起身离坐，向须陀道："大人，秦琼不知有何悖逆，得罪朝廷，奉旨提解。若果有旨，秦琼就去，岂可贻累大人。"

须陀初意只自暗中挽回，不与叔宝知道，到此不得不说道："昨日兵部有文书行来，道有杨玄感一党逃犯韦福嗣，招称都尉与王伯当家眷窝藏李密，行文提解。我想都尉五年血战，今在山东，日夕与下官相聚，何曾与玄感往还，平白地枉害忠良。故此下官已具一个辨本与彼公文回部。这厮倚恃官差，敢如此放泼。"叔宝道："真假有辨，还是将秦琼解京自行展辨。当日止因拿李密不着，就将这题目陷害秦琼，若秦琼不去，这题目就到大人了。"叫从人取衣帽来换去冠带赴京。须陀道："都尉不必如此，如今山东、河北全靠你我两人，若无你，我也不能独定。且丈夫不死则已，死也须为国事,烈烈轰轰,名垂青史。怎拘小节,任狱吏屠毒,快谗人之口?"叫书吏取那本来与叔宝看了,当面固封,差一员听差旗牌即刻设香案,拜了本,给了旗牌路费,又取了十两赏了差官。差官见违拗不过,只得回京。

叔宝向前称谢,须陀道:"都尉不必谢,今日原只为国家地方之计,不为都尉,无心市恩。但是我两人要并胆同心,尽除群盗,抚安百姓,为国家出力便了。"自此叔宝感激须陀,一意要建些功业,一来报国家,二来报知己,却不知家中早又做出事来。正是:

总是奸雄心计毒,故教忠义作强梁。

第四十四回

宁夫人路途脱陷　罗士信黑夜报仇

诗曰：
　　万古知心只老天，英雄堪叹亦堪怜。
　　如公少缓须臾死，此虏安能八十年。
　　漠漠凝尘空偃月，堂堂遗像在凌烟。
　　早知埋骨西湖路，悔不鸱夷理钓船。

这诗是元时叶靖逸所作，说宋岳忠武王的他一片精忠，为丞相秦桧忌疾，虽有韩世忠、何铸、赵士㒟一干人救他，救不得，卒至身死，以至金人猖獗，无人可制，徒为后人怜惜。若是当日有怜才大臣，曲加保护，留得岳少保，金人可平。故此国家要将相调和，不要妒忌，使他得戮力王事，不然逼迫之极，这人不惟不肯为国家定乱，还要生乱。

如今再说张须陀擢升本郡通守。齐州郡丞选了一个山西平阳县，姓周名至，前来到任。一日周郡丞坐堂，有兵部差官投下文书，是拘提秦叔宝家眷的。周郡丞便差了几个差役，佥下一张牌去拘拿。差役直至鹰扬府中，先见罗士信，呈上纸牌。士信道："我哥哥苦争力战，才得一个些小前程，怎说他是个逆党？这样可恶，还不走!"差人道:"是老爷分付,小人怎敢抗违,就是本主周爷,也不敢造次。实在兵部部文,又是宇文爷题过本,奉旨拘拿的,老爷还要三思。"士信睁着眼道:"叫你去就是了,再讲激了老爷性,一人三十大板。"公人见他发怒,只得走了,回复周郡丞。

郡丞没法,叫役打轿,往见罗士信。士信出来作了揖。郡丞晓得士信少年粗鲁,只得先赔上许多不是道:"适才造次得罪!秦都尉虽分文武,也是同官,怎敢不徇一毫体面。奈是部文,奉了圣旨,把一个逆党为名,题目极大,又是差官守催,小弟便耽当不住。想这事也是庇护不来的,特来请教。"士信道:"下官与秦都尉是异姓兄弟。他临行把母妻托与我,我岂有令他出来受人凌辱之理?这也要大人方便。"周郡丞道:"小弟岂有不方便之理,但部文难回。"士信道:"事无大小,只要大人有担当。就要去,也要关会我那秦都尉,没有个不拿本人反拿他家属之理。"周郡丞道:"小弟到来,也只为同官情面,莫若重贿差官,安顿了他,先回一角文书去,道秦琼母亲妻子俱已到官,因抱重病未便起行,待稍痊可即同差官押解赴京。这等缓住了,然后一同去京中打关节,可以两全无害。"

罗士信是个少年极谙事的,道:"我兄弟从来不要人钱,那得有钱与人?凭着我在,要他母妻出官,断不能够。"郡丞见说不入,只得回衙。当不过差官日夕催逼,郡丞没奈何,与众书吏计议。内中一个老猾书吏道:"奉旨拿人,是断难回复的。如今罗士信部下,又有兵马,用强去夺他,也拿不得。除非先算计了罗士信,何愁秦琼家属拿不来,况且罗士信与秦琼同居,自说异姓兄弟,也是他家属,一发解了他去,永无后患。"郡丞道:"他猛如虎豹,怎拿得住?路上恐有疏虞,怎么处?"老猾书吏道:"老爷又多虑了。只要

第四十四回

拿罗士信并他妻母，当堂起解，交与差官，路上纵有疏失，是差官与别地方干系了。"郡丞点头道："只是如何拿他？"那书吏向郡丞耳边，说了几句。郡丞大喜，就差那书吏去请罗士信，只说要商量一角回文。罗士信道："我不管，你家老爷自去回。"那书吏道："自然周爷出名去回，但周爷道不知此去回得住回不得住，得罗爷经一经眼，也知周爷不是为人谋而不忠。"罗士信道："你这个书吏倒会讲话，你姓什么？"那书吏道："书办姓计名成，就住在老爷衙门后院子巷里。"

罗士信信认为实，便跨上马到来。周郡丞欣然接见道："同官情分，没的不为调停的理，只怕事大难回，所以踌躇延捱。如今拚着一官为二位豪杰，事宽即圆，支得他去，再可商量。"士信道："全仗大人主张。"计书吏拿过回文来看，说是秦琼母妻患病，现今羁候，俟痊起解因由。罗士信道："我是鲁夫，不懂移文事体，只要回得倒便是。"周郡丞故意指说："内中有两字不妥。"叫书吏另写用印。耽延半日，日已过午，叫请差官与了回文，周郡丞又与他银子十两，说是罗爷送的，差官领了。周郡丞就留罗士信午饭，士信再三推辞。周郡丞道："罗将军笑我穷官，留不得一饭么？"延至后堂，摆两桌饭，宾主坐了开怀畅饮。

罗士信也吃了几杯，坐不过半个时辰，觉得天旋地转，头晕眼花，伏倒几上。周郡丞已埋伏隶卒，将罗士信捆了，出堂来对他手下道："罗士信与秦琼通同叛逆，奉旨拿解，众人不得抗违。"手下听得都走散了。士信已拿，府中无主，秦母姑媳儿子秦怀玉没人拦阻，俱被拿来，上了镣肘，给与车儿。罗士信也用镣肘，却用陷车，将换过的回文付与差官收了，又差官兵四十名防送，当晚赶出城外宿了。

　　五更上路,罗士信渐渐苏醒,听得耳边妇人哭泣,自己又展动不得,开眼一看,身在陷车之中,叔宝姑媳并怀玉俱镣肘,在小车上啼哭。士信见了,怒从心起:"只为我少算,中了贼计,以致他姑媳儿子受苦。"意要挣挫,被他药酒醉坏,身子还不能动弹,只得权忍耐了。将次辰牌,觉得精神渐已复旧,他吼上一声,两肩一挣,将陷车盖顶将起来,两手一迸,手肘已断,脚一蹬,铁镣已落,踢碎车栏,拿两根车柱来打差官。这些防送官兵,久知他凶勇,谁敢来拦挡,一哄的走了。士信打开秦母姑媳怀玉镣肘,无奈车夫已走,只得自推车子,想道:"身边并没一个帮手,倘这厮起兵来追,如何是好?"一头推,一头想,正没计较。只见前面林子里,跳出十来个大汉来,急得士信丢了车儿,拔起路旁一株枣树将要打去,又见两个为首的,内中一个说道:"罗将军不要动手,我是贾润甫。"

　　罗士信是到他家去见过一次,定睛一看,是贾润甫,便问道:"你把家眷放在何处去了,却有闲工夫来看我?"润甫道:"贱眷同王家嫂子,都安顿在瓦岗山寨里了。李玄邃兄晓得此事,必定波及叔宝,故此叫我两人星夜下山,到郡打听。岂知不出所料,晓得拿了秦夫人,必要打这里经过,因此同这单主管带领孩子们,扮作强人欲在此劫夺,不意被你先已挣脱此祸。"士信道:"虽然挣脱囚车,打散官兵,我正愁单身,又要顾恋车子,又恐后兵追来,两难照顾。今幸遇两位,不怕他了。"单主管道:"我们有马匹,有兵器,就有人追,愁他则甚!"贾润甫道:"不妨,往前去数十里,就是豆子䴚,那里就有朋友接应了。"

　　话未说完,只见郡丞与差官带了六七百兵赶来。单主管对贾

第 四 十 四 回

润甫道："你同秦太太、秦夫人、大相公先往头里走,我同罗将军迎上去杀这些赃官。"把一匹好马与罗士信骑了。士信手中挺着枪,站在一个山嘴上,大声喝道："我弟兄有何亏负朝廷,却必竟要设计来解我们上去!我今把你这些贪赃昧心的真强盗尽情杀除,若留了一个回去,不要算罗某是个汉子。"说了,两骑马直冲下来。这些官兵见罗士信一个尚当不起,又见他旁边又有个长大汉子,似黑煞神一般,那个敢来与他对垒,便带转马头逃回去了。

单全看了,哈哈大笑道："可怜这也叫官兵。"士信倒要追上去,单全止住了,策马转身。

却说贾润甫同了几个喽啰,保护了秦夫人等,忙要赶到瓦岗去,只见三叉路口,冲出一队人来,一个为头的大喊道："孩子们,一个个都与我抓了来。"贾润甫眼快,认得是程知节,故意道："咄,剪径贼,你认得我秦叔宝么?"知节笑道："好蛮子,假咱哥名字,来吓我哩!"轮斧直赶过来。贾润甫道："程咬金,这是秦老夫人,叔宝哥哥的家眷行李,你要打劫他的么?"

说话时,秦母已到。罗士信与单主管听到手下人说前面有贼,正赶来厮杀。知节已到秦母跟前,与众相见,向秦母问起缘由,润甫一一说知。知节道："伯母且到小侄寨中,与家母一叙。小侄不似前日贫穷,尽供奉得伯母起,任你官兵,也不敢来抓寻。"因此众人都跟程知节来到寨中,与尤员外拜见了秦母与张氏,罗士信、秦怀玉与众也叙过了礼。程知节请伯母到后寨去与家母相见。

秦母对罗士信道："我们在这里了,不知你哥哥在军前,可知我们消息,作何状貌,叫人放心不下。"说了泪下。程知节喊道："伯母放心,待小侄今夜统领几百个孩子们,去劫了大哥到寨,完了一桩事了,怕什么军前军后。"贾润甫道:"秦大哥与张通守管领六七千兵马在那里,你若去胡做,不惟无益,反累秦大哥的事败。"罗士信道:"还是我去走遭。"贾润甫道:"也不妥。"单全道:"待我去何如?"贾润甫道:"你去果好,只是秦大爷不认得你,不相信。"单全道:"说那里话?当年秦大爷患恙,在我家庄上,住了年余,怎说不认得?"程知节问道:"这是谁?"润甫道:"这是单二哥家有才干的主管,今随单二哥住在山寨里,闻说到是个忠义的汉子。"程知节道:"好,是一个单员外家的主管!"秦母道:"既是这位主管肯到军前去递信与吾儿,极好的了。待我去写几个字,并取些盘缠来,烦你速去走遭。"程知节忙止住道:"好叫人笑死!伯母在这里,是小侄的事了,为何要伯母破起钞来?"叫小喽啰取出一大锭银子,对单全道:"十两银子,你将就拿去盘费了来。"单全道:"盘缠我身边尽有,不烦太太与程爷费心。太太写了信,我就此起身了。"秦母写了一封书与单全收了,投进后寨去与程母相见。

且不说单全到军前去报信。却说罗士信与程知节、贾润甫、秦怀玉吃了更余接风酒,归房安寝,心中想道:"我士信从不曾受人磨灭的,那里说起被这个赃狗与那个书办奴才,设计捆缚我在囚车内这一夜半日,又累我哥哥的老母弱息出乖露丑。常言道:恨小非君子,无毒不丈夫。我罗士信若不杀两个狗男女,何以立于天地间?"怨恨了一回,将五更时,忙爬起来,扮作打差模样,妆束好了,去厩中相了一匹好马,骑到寨门。守寨门的小喽啰问道:"爷那里去?"士信道:"你寨主叫我去公干走遭。"说了,加鞭赶了百十余里,已至齐州城外,拣一个小饭店下了,就饱餐一顿,对主人家道:"你把我牲口喂饱好了,我进城去下一角文书,倘然来不及,我就

第四十四回

住在城内朋友家了。"店小二应道:"爷自请便,牲口我们自会看管。"

士信走进城去,天色已黑了,到了土地庙里坐了一回,捱到定更时分,悄悄走到鹰扬府署后门来,只见两条官封横在上面。士信看了,愈觉怒气填胸。刚进巷口,见一人手里拿着瓦酒瓶走出来,士信迎着问道:"借问一声,那个计书办家住在何处?"那人答道:"着底头门首有井,这一家便是。"士信走到他门首,望内不见人声,只得把指弹上两弹。里头问道:"是谁?"士信道:"我是来会计相公话的。"里头答道:"不在家,刚走出门,要到庙前去会同廊沈相公的话去了。"士信见说,撇转身又到土地庙前来,只见一人侧着头,自言自语的走。士信定睛一看,见是计书办,忙站定了脚,在庙门上打着江西乡谈,叫:"计相公,这里来!"那计书办在黑影子里一看,只道就是那兵部里的差官,便道:"可是熊大爷?"士信道:"正是。"计书办忙走向前来,士信一把提进庙里。计书办仔细一看,见是罗士信,魂多吓散,满身战栗,蹲将下去。

士信把一足踹往他胸膛,拔出明晃晃的刀来。计书办哀求道:"老爷,不干小人之事,饶我狗命罢!"士信道:"贼奴噤声!你快快实说,你家这个狗官,可在衙内?"计书办道:"刚才审完了事,退堂进去了。"士信恐怕兜搭了工夫,忙把刀向他颈下一撩,一颗头颅滚在尘埃。士信剥他身上衣服,来把头包在里头,放在神柜下。晓得庙间壁就是府署,将身一耸,跨在墙上,恰好有一棵柳树靠近,将手搭住,把身子挂将上去,原来就是前日周郡丞留饭醉倒所在。摸将进去,见内门已闭,喜得照壁后有梯一张,取来靠在墙上,轻轻扑入庭中。周郡丞因地方扰乱,没有带家眷来,止带得两三个家僮,都在厨房里。

　　士信向窗棂里一张，只见周郡丞点上一枝画烛，桌上排列着许多成锭银子，在那里归并了，把笔来封记，好送回家去。士信把两扇窗棂忽地一开，周郡丞只道是有贼，把全身护在桌上，遮着银子。正要喊出"有贼"，士信手中执着利刃，把他一把头发提将起来道："赃狗，你认得我么？"此时周郡丞，吓得一句话也说不出，只顾跪在地上磕头。士信举刀一下割下头来，向床上取一条被来包好了，拴在腰间，把桌上银子尽取来，塞在胸前，见有笔砚在案，取来写于粉壁上道：

　　　　前宵陷身，今夜杀人。冤仇相报，方快我心。

写完掷笔，依旧越墙而出。到土地庙，在神柜下取了计书办的首级，一并包好，出庙门赶到城门口。此时将交五鼓，城门未开，转走上城，向女墙边跳下来，一径到店门首，拣个幽僻所在，藏过了两个人头，却来敲门。店小二开门出来说道："爷来得好早，难道城门开了？"士信道："我们要去投递紧急公文的，怕他们不开！牲口可曾与我喂好？"小二道："爷分付，喂得饱饱的。"士信身边取出四五钱一块银子来，对小二道："赏了你，快把牲口牵出来。"小二把马牵出。

　　士信跨上雕鞍，慢慢走了几步，听见小二关门进去了，跨下马转去取了人头包，转来上了一辔头，赶了四五十里，肚中也饥了。只见一个村落里，有个老儿在门口，卖热火酒熟鸡子。士信跳下了马来，叫老儿斟一杯来。士信问道："你这一村，为何这等荒凉？"老儿道："民困力役，田园荒芜，那得不穷苦荒凉。"士信想："我身边这些银子，是赃狗诈害百姓的，都是民脂民膏。他指望拿回家去

第四十四回

与妻孥受用，岂知被我拿来，我要他做什么带到山寨里去？"因问道："你们这一村有多少人家？"老儿道："不多，止有十来家。男子汉都去做工了，丢下妻儿老小，好难存活。"士信道："老人家，你去都唤他们来，我罗老爷给赏他们些盘缠。"

老儿见说，忙去唤这些妇女来，可怜个个衣不蔽体，饿得鸠形鹄面。士信道："你们共几家？"老儿道："共是十一家。"士信把怀中的银子取出来，约莫轻重做了十一堆，尽是雪花纹银，对众妇女道："你们各家，取一堆去，将就度日，等男子回来。"这些妇女老儿，欢喜不胜，尽趴在地上一一拜谢了，然后上前收领银子。老儿道："本欲治一饭，款待老爷，少见众人之情。只是各家颗粒没有，止有些馍馍鸡子，不嫌亵渎，待老汉取出来，请老爷用些了去。"士信见说便道："这个使得。"老儿如飞去掇了一碗鸡子，一碗馍馍出来。不一时，十一家都是馍馍、鸡子、蒜泥、火酒，摆了十来碗，你一杯、我一盏相劝。士信觉得心中爽快，饱餐一顿，把手一拱，跨上马如飞的去了。

却说程知节那日早起，见罗士信去了，忙去报知秦老夫人，只道他不肯在山寨里住，私自去了。惟秦老夫人信得人真，说："士信是个忠直汉子，再不肯背弃了我们去的。"时士信在马上，又跑了许多路，往后一看，却不见了两个首级。原来两颗头颅系在鞍鞒上，因跑得急了，松了结儿撩将下来。士信见没有了两个首级，带转马来，慢慢的寻看。寻了里许，只见山坳里闪出一队人马来，头里载着十来车粮草，四五十骑骏马，两三个头目，个个包巾扎袖，长刀巨斧的大汉子。士信晓得是一起强人，只得把马带在一边。那边马上几个人，只顾把罗士信上下细看。罗士信睁着眼，也看他们。末后一个头目,把罗士信仔细一认,便收住马问道:"你是什么人?"罗士信大着胆,亦问道:"你是什么人,来问我?"那人笑道:"你好像齐州秦大哥家罗士信。"罗士信道:"我便叫罗士信。"那人忙下马,上前说道:"我是连明。"士信道:"你可就是到我府中来,要叫我哥哥报知贾润甫,使他逃走的?"连明道:"然也。"士信见说,方下马来,与他见礼。

原来这一起是徐懋功叫他们往潞州府里去借粮转来的。时众豪杰都下马来与罗士信叙礼。连明道:"润甫家眷弟已接入瓦岗寨中。但不知秦大哥处事体如何?"士信把秦老夫人被逮始末粗粗述了一遍。单雄信道:"既是秦伯母在程家兄弟处,我等该去问安走遭。"邱元真道:"既是在这里,少不得相见有期。如今我们路上又要照管粮草,孩子们又多,不如请罗大哥到瓦岗去与徐、李二兄商议救解秦兄,方为万全。但不知罗兄又欲往何处去?"罗士信道:"弟回豆子航去,因马上失了一件东西。"单雄信问:"是何物?"士信道:"是两颗首级。"翟让道:"何人的?"罗士信就把黑夜寻仇,杀死两人,至后将银赏赐荒村百姓又述了一遍。翟让大叫道:"吾兄真快人,务必要请到敝寨聚义的了。"士信道:"本该同诸兄长到尊寨一拜,弟恐秦伯母不见了小弟,放心不下。宁可小弟到程哥山寨里去回复伯母,那时再来相会未迟。"单雄信道:"既如此说,兄见伯母时代弟禀声,说单通到瓦岗去料理了,就到程兄弟寨中来候问。"罗士信应道:"是,晓得。"拱一拱手,大家上马分路去了。

且不说罗士信回豆子航。翟让众人望瓦岗进发,行未里许,只听前面小喽啰报道:"草路上有一包裹,内有首级两颗,未知可是罗爷遗下的?"单雄信道:"取来看。"小喽啰取到面前,只见血淋淋

第 四 十 四 回

两个人头。翟让道:"差人送还了他才是。"单雄信道:"这个不必。那两个人也是为了我们弟兄的事,只道奉公守法,何知财命两尽。若再把他首级践踏,于心太觉残忍。孩子们取盛豆料的木桶一个,把两个首级放在里头,挖一大坑埋下,掩上泥土。"然后策马回寨去了。正是:

处心各有见,残忍总非宜。

第四十五回

平原县秦叔宝逃生　大海寺唐万仞徇义

词曰：

颠危每见天心巧，一朝事露纷纭。此生安肯负知心，奸雄施计毒，泪洒落青萍。　　寨内群英欢聚盛，孤忠空抱坚贞。渔阳一战气难伸，存亡多浩叹，恩怨别人情。

——右调《临江仙》

从一而终，有死无二，这是忠臣节概，英雄意气。只为有了妒贤嫉能、徇私忘国的人，只要快自己的心，便不顾国家的事，直弄到范雎逃秦，伐魏报仇，子胥奔吴，复楚雪怨。论他当日立心，岂要如此？无奈逼得他到无容身之地，也只得做出急计来了。

如今再说单全奉了秦老夫人的书信，离了豆子航山寨，连夜兼程，赶到军前。那日秦叔宝正在营中，念须陀活命之恩，如何可以报效，只见门役报道："家中差人要见。"叔宝只道母亲身子有甚不好，心中老大吃惊，便道："引他进来。"不一时外边走进一个人来，叔宝仔细一看，却是单雄信家的主管单全，心中疑想道："是必单二哥差他来候问我。"便假意说道："好，你来了么。我正在这里想。随我到里边来。"叔宝领单全到书房中来，单全忙要行礼下

第四十五回

去,叔宝一把拖住道:"你不比别人,我见你如见你家员外一般。"叫手下取个椅儿到下面来,叫他坐。单全道:"倒是立谈几句就要去的。"叔宝道:"可是员外有书来候我?"单全道:"不是。"叔宝见他这个光景,有些不安,便对左右道:"你们快些去收拾饭出来。"

单全见众人去了,在胸前油纸内取出秦母书信,递上叔宝。叔宝见封函上"母字付与琼儿手拆",双眉已锁,及开看时,不觉呆了半晌。单全道:"太夫人因想室中眷属且被擒拿,秦爷毕竟不免,不意秦爷到已保全。但今目下齐郡,是必申文上去,说罗士信途中脱陷,打退官兵,把家眷已投李密、王伯当,则逆党事情,越觉真了,便张通守百口也难为秦爷分辨。"叔宝听了,正在忧烦之时,只见有人进来禀道:"家中走差的吕明在外。"叔宝道:"快着他进来。"

不一时吕明进来,见了叔宝,跪在地上,只是哭泣。叔宝道:"我晓得了,你起来慢慢说与我听。"吕明站起来说道:"始初周郡丞如何要把老爷家属起解,罗爷如何不肯。后来周郡丞如何设计,捉了罗爷,黄昏时如何来拿取家眷。那夜小的就要来报知老爷,因城上各门俱不容放出,着官兵送出差官与罗爷老太太夫人并小爷。直至明日午后,忽防送官兵差官转来,说罗爷跳出囚车,把石块打死了七八个官兵,逃命转来,城门上盘诘紧急。不意明日夜间,周郡丞被人杀死在衙,一个书办又杀死在土地庙里,城门上反得宽纵,因此小的方得来见老爷。只怕今晚必有申文来报知张老爷。"叔宝道:"这叫我怎处?我本待留此身报国,以报知己,不料变出许多事来。但我此心,惟天可表。"单全道:"爷说甚此心可表?爷若既有一仇家在朝,便一百个张通守,也替爷解不开。况又黑夜杀官杀吏,焉知非罗爷的所为?倘再迟延,事有着实,连张通守也要出脱自己，爷这性命料不能保了，说甚感恩知己？趁事尚未发觉，莫若悄地把爷管的一军与山寨合了，凭着爷一身武艺，又有众位爷相扶，大则成王，小则成霸，不可徒衔小恩，坐待杀戮。"叔宝听了，叹口气道："我不幸当事之变，举家背叛，怎又将他一支军马也去作贼？我只写一封书，辞了张通守，今夜与你悄悄逃去，且图个母子团圆罢。"一边留单全饮酒，自己就在一边写书与张通守。书上写着：

> 末将秦琼叩首。恩主张大人麾下：琼承恩台青眼有年，脱琼于死，方祈裹革以报私恩；缘少年任侠，杀豪恶于长安，遂与宇文述成仇，屡屡修怨。近复将琼扭入逆党，荷恩主力为昭雪。苦仇复将琼家属行提，镣肘在道，是知仇处心积虑，不杀琼而不止者也。义弟罗士信不甘，奋身夺去，窜于草野，事虽与琼无涉，而益重琼罪矣！权奸在朝，知必不免，而老母流离，益复关心。谨作徐庶之归曹，但仰负深恩，不胜惭愧；倘萍水有期，誓当刎颈断头，以酬大德。不得已之衷，谅应鉴察。

叔宝写完了书封好，上写着"张老爷台启"，压在案上。将身边所积俸银犒赏，俱装入被囊，带了双锏，与单全、吕明并亲随伴当四五人骑上马，走出营来，对管营的说道："张爷有文书，令我缉探贼情，去两日便回。军中小心看管，不可乱动。"打着马去了。正是：

> 一身幸得逃罗网，片念犹然逐白云。

却说翟让、单雄信一行人马到了瓦岗山寨，见了李玄邃、徐懋功，雄信将秦母被逮，罗士信凶勇脱陷，遇见尤、程两个，邀入豆子航山寨里去了。李玄邃道："这等说起来，秦大哥早晚必来入伙的了。只是秦母在程兄弟处，该差人去接上山来，好等他母子相

第四十五回

会。"徐懋功道:"这个且慢。就是差人去接,尤、程断不肯放,且待叔宝来时再作区处。前日有人来说,荥阳梁郡近来商旅极多,今寨中人马已众,粮草须要积聚,谁可到彼劫掠一番,必有大获。"翟让道:"小弟去得么?"懋功道:"兄若要去,须得玄邃兄与当仁、伯当三人先领二千人马起行,后边就是翟大哥与邴元真、李如珪三位也带二千人马,随后接应,方为万全。"又对雄信道:"留兄在寨,尚有事商量。"因此两支人马,陆续起身去了。

徐懋功正要差细作打听叔宝消息,只见单全回来说:"秦大哥写书辞了张通守,已经离任,进豆子𦘒去见秦太太了。"雄信道:"何不请他到了这里,然后同去?"懋功道:"他见母之心比见友之心更切,安有先到这里之理。单二哥,如今要兄同贾润甫往豆子𦘒走遭。"又附雄信耳边,说了几句。雄信点头会意道:"若如此说,弟此刻就同润甫从小路上去,或者就在路上先遇着了,岂不为妙。"懋功称善。

再说秦叔宝与单全分了路,与吕明、伴当三四人恐走大路遇着相识的,到打从小路儿,走过了张家铺。转出独树岗,忽听背后有人喊道:"前面去的可是秦叔宝兄?"叔宝带住了马,往后一看,恰是贾润甫与单雄信,带领二三十个喽啰,赶将上来。叔宝忙下马,雄信与润甫亦下了马。雄信执着叔宝手道:"兄替隋家立得好功!"叔宝道:"不要说起,到程兄弟寨中去细细的告诉。只是兄今欲何往?"雄信道:"弟不往何处去。因单全回来说了,小弟特地走来候兄。"大家又上了马,只见斜伙里一骑马飞跑过来,望见叔宝,便道:"好了,哥哥来了!"叔宝见是罗士信,忙问道:"兄弟,母亲身子如何?"士信道:"伯母身子,幸赖平安。只是心上记挂着哥哥,日逐叫兄弟在路上打探两三次。今喜来了,弟先进寨去报知,哥哥同诸兄们就来。"说了,飞马进寨报知。

秦母见说儿子到寨来了,巴不能够早见一刻,携了孙儿怀玉与媳妇张氏同走出来。程知节的母亲亦陪秦老夫人,走到正谊堂中。张氏见堂中有客,即便缩身进去。时尤俊达同程知节迎进叔宝、雄信,在堂上叙礼过。叔宝见母亲走出来,忙上前要拜下去,瞥见程母在堂,先向程母拜将下去。程母忙近身一把拖住叔宝道:"太平哥好呀,幸喜你早来了一天,若再迟一两日,又要累你做娘的忧坏了身子哩!"秦母见儿子拜在膝前,眼中落下几点泪来,对叔宝说道:"你起来,那边站的可是单二员外?"叔宝应道:"正是。"

雄信与润甫见叔宝站了起来,两人忙去先拜见了秦母,后又拜见了程母。秦老夫人叫怀玉过来拜了单伯伯、贾伯伯,问道:"令爱想必也长成了。"雄信道:"小女爱莲长令孙一岁,年纪虽小,颇有些见识。"秦母道:"自然是个闺秀。"程母笑对秦母道:"日月是易过的,当初太平哥与我家咬金,也是这模样儿的大起来,如今你家孙儿又是这样大了。"程知节喊道:"母亲,秦大哥如今做了官了,还只顾叫他乳名。"程母笑道:"通家子侄,那怕他做了皇帝,老身只是这般称呼。"众人都大笑起来。秦老夫人对叔宝道:"你进去见见媳妇出来,大家同到后寨去。"与张氏说了几句话出来,只见堂中酒席安排停当。

尤员外请众人坐定,举杯饮酒。尤员外问叔宝征辽一段,叔宝细细述了一遍,众人多各赞叹。叔宝问尤俊达道:"兄在武南庄好不快活,为甚迁到这里来?"程知节道:"也是为长叶林事发,尤大哥迁到此地,不然他怎肯到这里与弟辈做这宗买卖?"尤俊达道:

第四十五回

"不是这等说。单二哥也是好端端住在二贤庄,今闻得为了李玄邃兄,也迁入瓦岗寨中去了,总是我们众弟兄该在山寨中寻事业。"贾润甫道:"这样世界,岂论什么山寨里、庙廊中,只要戮力同心,自然有些意思。只是如今众弟兄,还该聚在一处。"程知节道:"如今我们有了秦大哥,再屈单二哥也迁到我这里来,多是心腹弟兄,热烘烘的做起来,难道输了瓦岗?翟大哥、李大哥做得皇帝,难道秦大哥、单二哥做不得皇帝?"坐中见说,都大笑起来。众人欢呼畅饮,直吃到月转花梢。

到了次日起来,大家正在堂中闲谈,只见喽啰进来报道:"瓦岗差人来要见单大王的。"雄信忙叫手下引他进来。不一时,一个喽啰进来说道:"徐大王有密报一封,差小的来送与单大王。"单雄信接来拆开一看,只见上面写道:"昨细作探得东都有旨,命河南讨捕大使裴仁基领兵二万,协同山东讨捕大使张须陀,会剿李密、王伯当叛犯党羽,并究窝藏秦琼、密拿杀官杀吏重犯,严缉家眷巢穴。将来彼此两家,俱有兵马来临,兄速归寨商议大敌。尤、程两兄处,亦当预计。叔宝兄渴欲一见,不及另札,如得偕来更妙。专候专候。"

雄信把字朗念了一遍,众皆大惊。程知节道:"愁他则甚!等他们来时,爽利混杀他娘一场。"秦叔宝道:"知节兄你不要小觑了事体,那张须陀勇而有谋,裴仁基又是一员宿将。况又兼两万官兵,排山倒海的下来。如今这里山寨,连罗士信兄弟只不过四人,单二哥与润甫兄家眷多在瓦岗,自然要回寨去照顾的了。这几个人,作何布置?"尤俊达道:"前日翟大哥原有书来,召我们去,因秦、单二兄未来,故此我们不肯。今单二哥家眷已在瓦岗,秦大哥与太夫人又在这里,何不两处并为一处,随你大小缓急,多有商量了。"叔宝道:"好便好,但未知瓦岗房屋可有得余?"雄信道:"弟一到山寨,就叫他们在寨后盖起四五十间房子,山前增了水城烟楼,仓库墙垣重新修理齐整,不要说三家家眷,就再住几房,也安放得下。"程知节道:"既如此说,要去我们收拾就去。"雄信对贾润甫道:"兄可先回寨去,通知懋功兄弟,同三兄家眷到寨便了。"润甫见说,随即起身。尤俊达与程知节、秦叔宝,带了家眷,收拾了寨中细软金帛粮饷,率领了部下约有二千余人,大队并入瓦岗寨中去。正是:

　　　　猛虎添双翼,蛟龙又得云。

再说翟让、李密二支人马杀兵劫商,占城据地,在河南地方势甚猖獗。时张须陀尚在平原,因二三日不见秦叔宝来,只道他身子有恙,着樊建威到他营中来看他。守营兵回道:"秦爷两日前,张老爷差去缉探盗情未回。"樊建威忙去通报了张通守。张通守道:"我几时差他?这又奇了!"正说时,齐州申文已到。拆开一看,须陀老大吃惊,忙骑着马,同唐万仞、樊虎到叔宝营中,直至中军帐,只见案上有书一封。张通守拆开细看,大惊道:"原来他与宇文述结仇,遭他陷害不过,竟自去了。可惜这人有勇有谋,是我帮手,如今他去了,如何是好?"回到营中,一面委官到齐州安谕。

忽隋主有旨,调他做了荥阳通守,要他扫清翟让,只得带了樊虎、唐万仞并部下人马到荥阳上任。樊、唐二人虽是公门出身,本领怎及得叔宝,因他两个也是个有义气的汉子,所以与叔宝相知。张须陀做郡丞时,就识拔他累次建功,这番没了叔宝,就把做了心腹,思量要扫清翟让。何知翟让骁勇过人,竟抢过了李密一军,出

第四十五回

领了千余人马,打破了金提关,直抵荥阳劫掠。时翟让正在城外各门分头杀掳,不防张通守与樊、唐二人各领精兵五百,开门一齐杀出。翟让虽勇,当不起须陀一条枪,神出鬼没,邴元真、李如珪早先败退。翟让被樊虎、唐万仞二路夹攻,只得放马逃遁,被张须陀赶杀了十余里。亏得李密、王伯当大队兵到,须陀收兵回去。

到了次日,李密定计,将人马四下埋伏,叫翟让去诱引张须陀兵马。至大海寺旁,忽然闻林子内喊声四起,李密、王伯当、王当仁冲将出来,后有翟让、邴元真、李如珪,将须陀兵马裹住中间。樊虎见部下人马渐渐稀少,须陀身先士卒,身上早中几枪,征衫血染,犹奋力望李密冲来。樊虎、唐万仞与李密当年在叔宝家中虽曾识面,到这性命相关之处,也顾不得了,帮着须陀一齐杀出重围,却又不见了唐万仞。张须陀道:"待我还去救他出来。"樊虎又与张须陀杀入。唐万仞已被贼兵截住,着了几枪,渐渐支架不来。张须陀见了,慌忙直冲进去,枪挑了几人落地,杀出重围,樊虎却又不见了。张须陀分付部下:"且护送唐爷回城。我再去寻樊爷回来,不然断不独归!"时须陀身子已狼狈,但他爱惜人的义气重,不顾自己,复入重围。岂知樊虎已因坐马前失跌下来,被人马踹死,那里寻得出。李密先时也见樊、唐二人在张须陀身边,有个投鼠忌器之意,故不传令放箭。今见须陀一人,便四下里箭如飞蝗。须陀虽有盔甲,如何遮蔽得来,可怜一个忠贞勇敢为国为民的张通守,却死在战场之中!正是:

渭水星沉影,云台事已空。

翟让、李密射死了张须陀,大获全胜。时内黄、韦城、雍丘都有兵来归附。李密差人去到瓦岗去报捷,众豪杰闻报,都抚掌称庆。

平原县秦叔宝逃生　大海寺唐万仞徇义

独叔宝闻张须陀战死,禁不住潸然泪下,想道:"他待我有恩有礼,原指望我与他同患难,共休戚。密疏为我辨白,何等恩谊!不料生出变故,我便弃他逃生,令他为人所害。想他沙场暴露,尸骨不知在于何处?"便起身对雄信道:"单二哥,弟自到此处,并不曾见翟大哥,恐无此理。弟今特往荥阳与他一面,就会王、李二兄,未知可否?"懋功道:"要去,我们打伙儿同去。如今郡县都来归附,他那里这几个人,也料理不来,须得我们去方妥。这里寨栅牢固,只消一二个兄弟看守便够了。尤俊达原是富户快活人,留他与连巨真守寨,照管家属。单全升他做了总领,管辖山上喽啰,日夕巡视栅栏,日用置买,俱是他调度。"分付停当,大家辞了母妻。徐懋功、齐国远、程知节、贾润甫做了前队,单雄信、秦叔宝、罗士信做了后队,俱轻弓短箭,带领人马,离了瓦岗。

将到郑州地方,只见哨马报翟大王兵到。原来翟让同李密攻下汜水、中牟各县,得了无限子女玉帛,要回瓦岗快活,故与李密分兵先回。两军相见,翟让久闻叔宝大名,极加优待。单雄信问起,知翟让有归意,便道:"翟大哥,我们若只思量终身作贼,得些金帛子女,守定瓦岗罢了。若要图王定霸,还须合着玄邃,占据州县才是。"翟让见说,也还未听,只见哨马报说:"李爷收了韩城各处地方,得了许多仓库。李爷闻得众位大王下山来,叫小的禀上单大王,说有一位秦爷,如在路,乞单大王速邀至军前一会。"雄信道:"晓得了。"因此翟让心痒,仍旧回兵去与李密相合。

路经荥阳,秦叔宝先差连明打听张须陀尸首,部下感他恩德,已草草棺殓,并樊虎尸棺,都停在大海寺。叔宝对单雄信道:"烦兄致意翟大哥,请诸兄先行,弟尚要在此逗留几天。"雄信会意,说

第四十五回

了,众人都已先行,独雄信同着叔宝与罗士信。到了次日,叔宝叫手下备了猪羊祭仪,同众人到大海寺中来。只见廊下停着两口棺木,中间供着一个纸牌位,上写"隋故荥阳通守张公之位",侧首上写"隋死节偏将齐郡樊虎之柩"。秦叔宝与罗士信见了,不胜伤感,连雄信亦觉惨然。

三人正在嗟叹之时,忽见外边许多白袍白帽,约有四五十人拥将进来。罗士信看见,不知什么歹人,忙拔刀在手喝道:"你们为何来众在此?"众兵卫道:"小的们感故主的恩情,在这里守灵,守过了百日方敢散去。今日晓得秦爷来祭奠,故来参见。"叔宝叫他们起来住着,想道:"兵卒小人,尚且如此,我独何人,反敢背义!"忙叫左右把身上袍盖,尽换了孝服。时祭仪已摆列停当,叔宝同士信痛哭祭奠,众兵士俱趴在地上大恸,声闻于外。单雄信亦备摺子吊拜。

正在忙乱之时,只见外边走进一人,头裹麻巾,身穿孝服,腰下悬一口宝剑,满眼垂泪,跟着两三个伴当,望着灵帏前走来。那些带孝的兵卫,站在旁边,说道:"唐爷来了!"叔宝仔细一认,见是唐万仞,把手向他一举道:"唐兄来得正好。"岂知唐万仞只做不见,也不听得,昂然走到灵前大恸,敲着灵桌哭道:"公生前正直,死自神明。我唐万仞本系一个小人,承公拔识于行伍之中,置之宾僚之上,数年以来,分炊嘘寒,解衣推食。公之恩可谓厚矣至矣。虽公之爱重者尚有人,而我二人之鉴拔者则惟公。蒙公能安我于生地,而自死于阵前,我亦安敢昧心,而偷生于公死后!"

叔宝站在旁边,听他一头说,一头哭,说到后边句句讥讽到他身上来,此身如负芒刺,又不好上前来劝他,连雄信手下兵卒,无不掩泪偷泣。雄信看见叔宝颜色惨淡，便要去劝住唐万仞。只见万仞把桌一击道："主公，你神而有灵，我前日不能同死阵前，今日来相从地下！"说完，只见佩刀一亮，响落在地，全身望后便倒。众兵卫望见，如飞上前来救，一腔热血，喷满在地。叔宝见了，忙捧着尸首大声叫道："万仞兄，你真个死了，你真个相从恩公于地下了，我秦琼亦与你一答儿去罢！"忙在地上拾起剑来要刎，背后罗士信一把挡住喊道："哥哥，你忘了母亲了！"夺剑付与手下取去。叔宝犹自哽咽哭泣，分付手下快备棺木殡殓，就停在张通守右边。然后收拾祭仪，给与张通守兵卫领去，与雄信、士信一齐还营。正是：

　　芦中不图报，漂母岂虚名？

第四十六回

杀翟让李密负友　乱宫妃唐公起兵

词曰：

　　荣华自是贪夫饵，得失暗相酬。恋恋蝇头，营营蜗角，何事能休？　　机缘相左，谈笑剑戟，樽俎戈矛。功名安在？一堆白骨，三尺荒丘。

——右调《青衫湿》

天地间两截人的甚多。处穷困落寞之时，共谈心行事，觉得宽厚有情，春风四海。至富贵权衡之际，其立心做事，与前相违，时时要防人算计他，刻刻恐自己跌下来。这个毛病，十人九犯。总因天赋之性，见识学问，只得到这个地位。

再说秦叔宝在大海寺将张须陀并唐、樊二人重新殡殓，择地安葬，做几日道场。然后同单雄信、罗士信起行，赶到康城，与李密、王伯当众人相会了，叙旧庆新，好不快活。秦叔宝劝李密用轻骑袭取东都以为根本，然后徐定四方。翟让遂依计，令头目裴叔方带领数个伶俐人役，前往打探山林险阻、关梁兵马，不意被人觉察，拿住三个，知是翟让奸细，解留守宇文都府中勘问，将来斩首，止逃得裴叔方两三个回来。一番缉探，倒作成东都添了预备防守。还亏李

杀翟让李密负友　乱宫妃唐公起兵

密听了秦叔宝，同程知节、罗士信轻兵掩袭，悄悄过了阳城，偷过了方山，直取仓城。

翟让、李密陆续都到。一个洛口仓，不烦弓矢，已为翟让所据。李密开仓赈济，四方百姓，都来归附。隋朝士大夫不得意者，朝散大夫时德叡、宿城令祖君彦亦来相从。时东都早已探知，越王侗传令旨差虎贲郎将刘仁恭、光禄少卿房崱，募兵二万五千，差人知会河南讨捕大使裴仁基，前后夹攻，会同仓城。不意李密又早料定，拨精兵五支，把隋兵杀得大败，刘仁恭、房崱仅逃得性命。裴仁基闻得东都兵败，顿兵不进。李密声名，自此益振。

翟让的军师贾雄见李密爱人下士，着实与他相结。翟让欲自立为王，雄卜数哄他说不吉，该辅李密，说道："他是蒲山公，将军姓翟。翟为泽，蒲得泽而生，数该如此。"又民间谣言道："桃李子，皇后绕扬州，宛转花园里。勿浪语，谁道许。"桃李子，是说的逃走李氏之子。皇后二句，说隋主在扬州宛转不回。莫浪语，谁道许，是个密字。因此翟让与众计议，推尊李密为魏公，设坛即位，称永平元年，大赦。行文称元帅府，拜翟让上柱国司徒东郡公，徐世勣左翊卫大将军，单雄信右翊卫大将军，秦叔宝左武侯大将军，王伯当右武侯大将军，程知节侯卫将军，罗士信骠骑将军，齐国远、李如珪、王当仁俱虎贲郎将，房彦藻元帅府左长史，邴元真右长史，贾润甫左司马，连巨真右司马。时隋官归附者，巩县柴孝和，监察御史。

裴仁基虽守在河南，与监察御史萧怀静不睦。怀静每寻衅要勀诈他，甚是不堪。贾润甫与仁基旧交，悄地到他营中，说他同儿子裴行俨，杀了萧怀静，带领全军随贾润甫来降魏公。魏公极其优礼，封仁基上柱国河东公，行俨上柱国绛郡公。

第四十六回

李密领众军取了回洛仓,东都文书向江都告急。隋王差江都通守王世充,领江淮劲卒,向东都来击,李密遣将抵住。秦叔宝该攻武阳。武阳郡丞姓元,名宝藏,闻得叔宝兵至,忙召记室魏征计议,就是华山道士魏玄成。他见天下已乱,正英雄得志之时,所以仍就还俗,在宝藏幕下。宝藏道:"李密兵锋正锐,秦琼英勇素著,本郡精兵又赴东都救援,何以抵敌?"魏征道:"李密兵锋,秦琼英勇,诚如尊教。若以武阳相抗,似以坏土塞河。明公还须善计,以全一城民士。"宝藏道:"有何善计!只有归附,以全一城。足下可速具降笺,赴军前一行。"叔宝兵到,得与魏玄成相见,故人相遇,分外欣喜。笑对玄成道:"弟当日已料先生断不以黄冠终,果然!"因问武阳消息。魏征道:"郡丞元宝藏,度德顺天,愿全城归附,不烦故人兵刃。"叔宝道:"这是先生赞襄之力。可赴魏公麾下,进此降笺。"留饮帐中叙阔。叔宝又做一个禀启,说魏征有王佐之才,堪居帷幄,要魏公重用。因此魏公得琼荐启,遂留征做元帅府文学参军记室。元宝藏为魏州总管。

今说翟让本是一个一勇之夫,无甚谋略。初时在群盗中自道是英雄,及见李密足智多谋,战胜攻取,也就觉得不及。又听了贾雄、李子英一干人,竟让李密独尊,自己甘心居下。后来看人趋承,看他威权,却有不甘之意。还有个兄翟弘,官拜柱国荥阳公,更是一个粗人。他道:"是我家权柄,缘何轻与了人,反在他喉下取气!"又有一班幕下,见李密这干僚属兴头,自己处了冷局,也不免怏怏生出事来。所以古人云:物必先腐也,而后虫生之。时若有人在内调停,也可无事,争奈单雄信虽是两边好的,却是一条直汉,王伯当、秦叔宝、程知节只与李密交厚,徐世勣是有经纬的,怕在里头

杀翟让李密负友　乱宫妃唐公起兵

调停惹祸。

一日，翟让把个新归附李密的鄢陵刺史崔世枢，要他的钱，将来囚了。李密来取不放。元帅府记室邢义期，叫他来下棋，到迟，杖了八十。房彦藻破汝南回，翟让问他要金宝道："你怎只与魏公不与我？魏公是我立的，后边事未可知。"因此房彦藻、邢义期同司马郑颋劝李密剪除翟让，李密道："想我当初，实亏他脱免大祸，是我功臣，今遽然图害，人不知他暴戾，反道我背义嫉贤，人不平我。这断然不可。"忽又想："翟让是个汉子，但恐久后被他手下人扛帮坏了，也是肘腋之患。"郑颋道："毒蛇螫手，壮士解腕，英雄作事，不顾小名小义。今贪能容之虚名，受诛夷之实祸，还恐噬脐无及。"房彦藻道："翟司徒迟疑不决，明公得有今日；明公亦如此迟疑，必为所先。明公大意，以为他粗人，不善谋人。不知粗人胆大手狠，作事最毒。"李密道："诸君这等善为我谋，须出万全。"

次日李密置酒，请翟让并翟弘、翟摩侯、裴仁基、郝孝德同宴。李密分付将士须都出营外伺候，只留几个在此服役。众人都退，只剩房彦藻、郑颋数人。陈设酒席，翟让府司马王儒信与左右还在。房彦藻向前禀道："天寒，司徒扈从，请与犒赏。"李密道："可倍与酒食。"左右还未敢去，翟让道："元帅既有犒赏，你等可去关领。"众人叩谢而出，止有李密麾下壮士蔡建德带刀站立。

闲话之时，李密道："近来得几张好弓，可以百发百中。"叫取来送与列位看。先送与翟让，道是八石弓。翟让道："止有六石，我试一开。"离坐扯一个满弓，弓才扯满，早被蔡建德拔刀照脑劈倒在地，吼声如牛。可怜百战英雄，顷刻命消三尺！时单雄信、徐懋功、齐国远、李如珪、邴元真五人在贾司马署中赴筵会，正在衔杯谈笑之时，只见小校进来报道："司徒翟爷，被元帅砍了。"雄信见说，吃了一惊，一只杯子落在地上，道："这是什么缘故！就是他性子暴戾，也该宽恕他。想当初同在瓦岗起义之时，岂知有今日？"邴元真道："自古说两雄不并栖，此事我久已料其必有。"徐懋功道："目前举事之人，哪个认自己是雌的？只可惜……"李如珪道："可惜那个？"懋功道："不可惜翟兄，只可惜李大哥。"贾润甫点头会意。

正在议论之时，见手下进来说："外边有一故人，说是要会李爷的。"李如珪走出去，携着一个人的手来，说道："单二哥，又是一个不认得的在这里。"雄信起身一认，原来是杜如晦，大家通名叙礼过。杜如晦对徐懋功道："久仰徐兄大才，无由识荆，今日一见，足慰平生。"徐懋功便道："弟前往寨中晤刘文静兄，盛称吾兄文章经济，才识敏达，世所罕有。今日到此，弟辈当退避三舍矣！"入席坐定，雄信道："克明兄还是涿州张公谨处会着，直至如今，好几年不得相晤，使弟辈时常想念。今日甚风吹得到此？"杜如晦道："弟偶然在此经过，要会叔宝兄，不想他领兵黎阳去了。因打听如珪兄在这里，故此走来望望，那晓得单二哥与诸位贤豪都在这里。所以魏公不多几时，干出这般大事业来，将来麟阁功勋，都被诸兄占尽。"单雄信喟然长叹道："人事否泰，反复不常，说甚麟阁功勋。闻兄出仕隋家，为温城尉，为何事被黜？"如晦道："四方扰攘之秋，恋此升斗之俸，被奸吏作马牛，岂成大器之人？"大家又说了些闲话，辞别起身。

李如珪拉杜如晦、齐国远到自寓，重设酒肴细酌。杜如晦道："弟刚才在帅府门首经过，见人多声杂，不知有何事？"齐国远口直

杀翟让李密负友　乱宫妃唐公起兵

说道："没什么大事，不过帅府杀了一个人。"杜如晦道："杀了甚人？"李如珪只得将李密与翟让不睦，以至今日杀害。"当初在瓦岗时，李玄邃、单二哥、弟与齐兄都是翟大哥请来，弄成一块，今日听见他这个结局，众人心里多有些不自在。"杜如晦道："怪道适间雄信颜色惨淡，见弟觉得冷落。弟道他做了官了，以改常，不意有这一段事在心。若然玄邃作事，也与昔异，太觉忍心。诸兄可云尚未得所，犹在几上之肉。"齐国远道："我们两个兄弟，又没有家眷牵带，光着两个身子，有好的所在走他娘，管他们什么鸟帐！"杜如晦道："有便有个所在，但恐二兄不肯去。"二人齐问："是何所在？"杜如晦道："弟今春在晋阳刘文静署中会见柴嗣昌，与弟甚相亲密，说起叔宝与二兄，当年在长安看灯，豪爽英雄，甚是奖赏。晓得二兄啸聚山林，托弟来密访。即日他令岳唐公欲举大事，要借重诸兄，不意叔宝正替玄邃干功，二兄倘此地不适意，可同弟去见柴兄；倘得事成，亦当共与富贵。况他舅子李世民，宽仁大度，礼贤下士，兄等况是旧交，自当另眼相待。"齐国远道："我是要去的，在别人项下取气，反不如在山寨里做强盗快活。"

正说时，蓦地里一人闯进来，把杜如晦当胸扭住，说道："好呀，你要替别人家做事，在这里来打合人去，扯你到帅府里去出首！"杜如晦吓得颜色顿异。齐国远见是郝孝德，便道："不好了，大家厮拼了罢！"忙要拔刀相向。郝孝德放了手，哈哈大笑道："不要二兄着急，刚才所言，弟尽听知。弟心亦与二兄相同，若能挈带，生死不忘。弟前日听见魏玄成说，途遇徐洪客兄，说真主已在太原，玄邃成得甚事。如今这样举动，翟兄尚如此，我辈真如敝屣矣！"李如珪道："郝兄议论爽快，但我们怎样个去法？"郝孝德道：

第四十六回

"这个不难,刚才哨马来报,说王世充领兵已到洛北,魏公明日必要发兵。到那时二兄不要管他成败,领了一支兵,竟投鄠县去,那个来追你?"李如珪道:"妙。"郝孝德问杜如晦道:"兄此去将欲何往?"如晦道:"此刻归寓,明日绝早起身,即往晋阳去矣!"孝德又问道:"尊寓下在何处?"如晦道:"南门外徐涵晖家。"孝德拱一拱手竟自去了。

杜如晦见孝德别去,心上狐疑。与齐、李二人叮咛了几句,也便辞别出门。比及如晦到寓时,郝孝德随了两个伴当,早先在徐家店里了。杜如晦见郝孝德鞍马行囊齐备,不胜怪异道:"兄何欲去之速?"郝孝德道:"魏公性多疑猜,迟则有变。弟知帅府有旨,明日五鼓齐将,就要发兵了。此刻往头里走去为妥。"大家在店用了夜膳,收拾上路,望晋阳进发。

行了几日,来到朔州舞阳村地方一个大村落里。时值仲冬,雪花飘漾,见树影里一个酒帘挑出。郝孝德道:"克明兄,我们这里吃三杯酒再走何如?"杜如晦道:"使得。"到了店门首,两人下马进店坐定。店家捧上酒肴。来吃了些面饼和火酒,耳边只闻得叮叮噹噹,敲棰声响。两人把牲口在那里上料,转过湾头,只见大树下一个大铁作坊,三四个人在那里热烘烘打铁。树底下一张桌子,摆着一盘牛肉,一盘炙鹅,一盘馍馍。面南板凳上,坐着一大汉,身长九尺,膀阔二停,满部胡须,面如铁色,目若朗星,威风凛凛,气宇昂昂。左右坐着两个人,一人执着壶,一人捧着碗,满满的斟上,奉与大汉。那大汉也不推辞,大咀大嚼,旁若无人。一连吃了十来碗酒,忽掀髯大笑道:"人家借债,向富户那移,你二兄却与穷人索取。人家借债,是债主写文券约,你二兄反要放主书帖契,岂不是怪事？"右手那人说道："又不要兄一厘银子，只求一个名帖，便救了我的性命了。"如飞又斟上酒来。

那大汉道："既如此说，快取纸笔来，待我写了再吃酒，省得吃醉了酒，写的不好。"二人见说，忙向胸前取出一幅红笺来，一人进屋里取笔砚，俱放在桌上。右手那人，便磕下头去。那大汉道："莫拜莫拜，待我写就是。"拿起笔来，便道："叫我怎样写，快念出来！"那两个道："只写上尉迟恭支取库银五百两正，大业十二年十一月二十日票给。"大汉提起笔来，如命直书完了，把笔掷桌上，又哈哈大笑，拿起酒来，一饮而尽，也不谢声，竟踱进对门作坊里去了。又去收拾了杯盘，满脸欣喜，向东而走。

杜如晦忙趋近前举手问道："敢问二兄长，刚才那个大汉，是何等样人，二兄这般敬他？"一个答道："他姓尉迟名恭，字敬德，马邑人氏。他有二三千斤膂力，能使一条浑铁单鞭，也曾读过诗书，为了考试不第，见四方扰扰，不肯轻身出仕。他祖上原是个铁作坊，因闲住在家，开这作坊过活。"杜如晦道："刚才二兄求他帖儿，做什么？"二人道："这个话长，不便告诉，请别了。"杜如晦见这一条好汉，尚无人用他，要想住在这个村里，盘桓几日，结识他荐于唐公。无奈郝孝德催促上路，又见伴当牵着牲口来寻，只得上马，心中有一个尉迟恭罢了。正是：

但识英雄面，相看念不忘。

如今却说唐公李渊自从触忤了隋主，亏得女婿柴绍不惜珍珠宝玩，结交了隋主一班佞臣，营求到太原来，只求免祸，那有心图天下。他有四个儿子：长的叫做建成，是个寻常公子，鲜衣骏马，耽酒渔色。三子玄霸，早卒。四子元吉，极是机谋狡猾，却也不是霸王

第四十六回

之才。只有次子世民，是在永福寺生下的，年四岁时，有书生见而异之曰："龙凤之姿，天日之表，年至弱冠，必能济世安民。"言毕而去。唐公惧其语泄，使人欲追杀之，而不知其所往，因以为神，采其语，名曰世民。自小聪明天纵，识量异人。将门之子，兵书武艺，自是常事，更喜的是书史，好的是结交。公子家不难挥金如土，他只是将来结客，轻财好士之名，远近共闻。最相与的一个是武功人氏，姓刘名文静，现为晋阳令。此人饱有智谋，才兼文武。又有池阳刘弘基，妻族长孙顺德，都是武勇绝伦，不似如今纨袴之子，见天下荒荒，是真主之资，私自以汉高自命。会李密反，刘文静坐李密姻属，系太原狱，世民私入狱中视之。

文静喜，以言挑之道："今天下大乱，非汤武高光之才，不能定也。"世民道："安知其无人，但人不识耳。我来看汝者，非比儿女子之情，以世道相革，欲与君计议大事耳。"文静道："今隋主巡幸江淮，兵填河洛，李密围逼东都，盗贼蜂结，大连州县，小阻山泽，殆以万数。当此之际，有真主驱而用之，投机构会，奋臂一呼，四海不足定矣。今太原百姓皆避盗入于城内，文静为令数年，熟识豪杰之士，一旦收集，可得数十万人。加以尊公所掌之兵，复加数万，一令之下，谁不愿从？以此乘虚入关，号令天下，及过半载，帝业成矣！"世民笑道："君言正与我合。"乃阴部署宾客，训练士卒，伺便即举。

过月余，文静得脱于狱。世民将发，恐父不从，与文静计议。文静道："尊公素与晋阳宫监裴寂相厚，无言不从，激其行事，非此人不可。"世民想此事不好出口央他，晓得裴寂好吃酒赌钱，便从这家打入与他相好。即出钱数万，嘱龙山令高斌廉与寂博佯输不胜。

后寂知是世民来意，大喜，与世民益亲密。世民遂以情告之。

杀翟让李密负友　　乱宫妃唐公起兵

寂慨然许诺道："事尽在我。"旦夕思想，忽得一计，径入晋阳宫来。正值张、尹二妃在庆云亭前玩赏腊梅，见裴寂至，问道："汝自何来？"裴寂道："臣来亦欲折花以乐耳。"张夫人笑道："花乃夫人所戴，于汝何事？"裴寂道："夫人以为男子不得戴乎？爱欲之心，人皆有之。但花虽好，止可闲玩以供粉饰，医不得人的寂寞，御不得人的患难。"尹夫人笑道："汝且说医得寂寞，御得患难的是何事？"裴寂道："隋室荒乱，主上巡幸江都，乐而忘返。代王幼小，国中无主，四方群雄竞起，称孤道寡者甚多。近报马邑校尉刘武周据汾阳宫，称为可汗，甚是利害。汾阳与太原不远，倘兵至此，谁能御之？臣虽为副守，智微力弱，难保全躯，汝等何以得安？"

二妃惊道："似此奈何？果如所言，吾姊妹休矣！"裴寂又道："今臣来有一计，与夫人商议，不惟可以保全，并送一套富贵。"尹夫人道："富贵安敢指望，只求免祸足矣！"裴寂道："留守李渊，有人马数万。其子世民，英雄无敌，结纳四方豪杰，要举大事，恐渊不从，未敢轻动。我料天下不日定归此人。汝二人永处离宫，终宵寂寞已有年矣，何不乘此机会，侍事于渊，可以转祸为福，非嫔即后，富贵无比，岂不为美？"张夫人道："向见唐公姊妹，久怀此志。只是不好与汝启口，但恐唐公秉忠见拒，事泄无成奈何？"裴寂道："只患二夫人心上不坚耳，坚则何愁不成哉！"二夫人见说，一时笑逐颜开道："若得事成，君之深恩，吾姊妹终身不忘。但不知计将安在？"裴寂向二夫人附耳道："只须如此而行，何患此公不从？"二夫人点头唯唯。

次日，裴寂设席晋阳宫，差人来请唐公，少刻即至。二人相见，入席坐定。裴寂并不提起世民之事，只以酒相劝。唐公吃到沉酣

第四十六回

之际,裴寂道:"闷酒难饮,有二美人,欲叫来侑明公一觞可乎?"唐公笑道:"知己相对,正少此耳,有何不可?"裴寂叫左右去唤。不多时,只听得环珮叮咚,香风馥郁,走出两个美人来,生得十分佳丽。唐公定睛一看,果然是:

花嫣柳媚玉生香,何处深宫忽艳妆。
自是尘埃识天子,故人云雨恼襄王。

二美人到了筵前,随向参见了唐公,唐公慌忙还礼。裴寂就教取两个座儿,坐在唐公左右。唐公酒后糊涂,竟不问来历,见二美人色艳,便放量快饮。二美人曲意奉承,裴寂再三酬劝,唐公不觉大醉。裴寂离席潜出,唐公又饮了数杯,立脚不定,二美人扶掖去睡,醉眼模糊,那辨得甚么宫中府中。一霎时,鸾颠凤倒。正是:

花能索笑酒能亲,更有蛾眉解误人。
莫笑隋家浪天子,乘时豪杰亦迷津。

唐公一觉醒来,见两只玉臂紧挽双肩,被窝中左右两个美人拥着,忽想起昨晚之事,心下惊疑,又见卧在龙床上,黄袍盖体,惊问道:"汝二人是谁?"二美人笑道:"大人休慌,妾二人非他,乃宫人张妃、尹妃。"唐公大惊道:"宫闱贵人,焉可得同枕席?"忙要披衣起来,当不起二美人左右半肩玉体徐徐压着,张夫人娇声细语道:"圣驾南幸不回,群雄并起,裴公属意大人,故令妾等私侍,以为异日之计。"唐公叹恨道:"裴玄真误我!"又要推开二美人起身。尹夫人道:"妾姊妹二人质虽蒲柳,今宵佳会亦系前缘,况此时天尚未明,正在一刻千金之候,大人何不情之甚?"说了落下几点泪来。时唐公见粉妆玉琢两个美人靠紧两旁,又听他轻言软语说得可爱可怜,随你天大的利害都化为水,一腔欲火重新炽焰,大家尽兴欢

杀翟让李密负友　　乱宫妃唐公起兵

畅了一会,然后起身出来,走到殿前。裴寂迎将进来说道:"深宫无人,明公何必这等早起?"唐公道:"虽则无人,心实惊悸不安。"裴寂道:"英雄为天下,那里顾得许多小节。"叫左右取水梳洗。

唐公梳洗已毕,裴寂又看上酒来。饮过数杯,裴寂因说道:"今隋主无道,百姓穷困,豪杰并起,晋阳城外,皆为战场。明公手握重权,令郎已阴蓄士马,何不举义兵伐夏救民,建万世不朽之业?"唐公大惊道:"公何出此言,欲以灭族之祸加我耶!李渊素受国恩,断不变志。"裴寂道:"当今上有严刑,下有盗贼,明公若守小节,危亡有日矣。不若顺民心兴义兵,犹可转祸为福,此天授公时,幸勿失也。"唐公道:"公慎勿再言,恐有泄漏,取罪匪轻。"寂笑道:"昨日以宫人私侍明公者,惟恐明公不从,故与令郎斟酌,为此急计耳,若事发当并诛也。"唐公道:"我儿必不为此,公何陷人于不义?"

话犹未了,只见旁边闪出一人,头戴束发金冠,身穿团花绣袄,说道:"裴公之言,深识时务,大人宜从之。"唐公听得此言,见是次子,轻口惹事,只得佯怒道:"拿你免祸!"世民全无惧色道:"要拿送我,死不敢辞,父亲于罪必难免。若非举义,何以动为?"唐公叹道:"破家亡躯由汝,化家为国亦由汝。"唐公悄地差人到河东去,唤建成、元吉到太原父子团聚,正好放心做事。只说废昏立明,尊炀帝镇守长安代王侑为天子,是为恭帝,禅位于唐公。于是李渊称皇帝,即位于太原,国号唐,建元武德,立建成为太子,封世民为秦王,元吉齐王。命秦王兴师讨贼,自己拥兵入关。正是:

　　水映朱旂赤,戈摇雪浪明。

　　长虹接空起,天际落神兵。

第四十七回

看琼花乐尽隋终　殉死节香销烈见

词曰：

　　兴衰如丸转,光阴速,好景不终留。记北狩英雄,南巡富贵,牙樯锦缆,到处遨游。忽转眼斜阳鸦噪晚,野岸柳啼秋。暗想当年,追思往事,一场好梦,半是扬州。　　可怜能几日？花与酒,酿成千古闲愁。漫道半生消受,骨脆魂柔。奈欢娱万种,易穷易尽,愁来一日,无了无休。说向君如不信,试看练缠头！

——右调《风流子》

祸福盛衰,相为倚伏。最可笑把祖宗栉风沐雨得来江山,只博得自己些时朝欢暮舞的欢娱,琼室瑶基的赏玩。到底甘尽苦来,一身不保,落得贻笑千秋。

如今且将唐公李渊起兵之事,搁过一边。再说炀帝在江都芜城中又造起一所宫院,比西苑更觉富丽,增了一座月观迷楼九曲池,又造一座大石桥。炀帝日逐在迷楼月观之内,不是车中,定即屏中,任意淫荡。譬如一株大树,随你枝叶扶疏,根深蒂固,若经了众人剥削,斧斤砍伐,便容易衰落,何况人的精力,能有几何,怎当得起这些妖妖娆娆，宫人美人，时刻狂淫。炀帝到此时候，也觉精疲神敝。

一日睡初起，正在纱窗下，看月宾、绛仙扑蝴蝶耍子，忽见一个内相来报："蕃厘观琼花盛开，请万岁玩赏。"炀帝大喜，随传旨，排宴在蕃厘观，宣萧后与十六院夫人同去赏琼花。不多时，萧后与各院夫人俱宣到。袁紫烟在宝林院养病不赴。炀帝道："琼花乃是江都一种异卉，天下再无第二本，朕从来不曾看见。今日闻说盛开，特召御妻与众妃同去一赏，怎不见沙妃子？"朱贵儿说道："妾今早出院时，沙夫人说赵王伤了些风，想是这个缘故不来。"清修院秦夫人点点头儿。炀帝道："伤风小恙，琼花是不易看见的，何不来走走？"朱贵儿道："万岁不晓得，赵王若身子稍有不安，沙夫人即吃紧的，窝伴着他不敢行动。"炀帝喜道："此儿得沙妃爱护，方不负朕所托。"遂命起驾。自同萧后上了玉辇，十五院夫人及众美人都是香车，一齐到蕃厘观。

进得殿来，只见大殿上供着三清圣像。殿宇虽然宏大，却东颓西坏，圣像也都毁败。萧后终是妇人家，看见圣像，便要下拜。炀帝忙止住道："朕与你乃堂堂帝后，如何去拜此木偶人？"萧后道："神威赫赫有灵，人皆赖其庇佑，陛下不可不敬。"炀帝问左右："琼花在于何处？"左右道："在后边台上。"原来这株琼花乃一仙人道号蕃厘，因谈仙家花木之美，世人不信，他遂取白玉一块，种在地下，须臾之间，长起一树，开花与琼瑶相似，又因种玉而成，故取名叫做琼花。后因仙人去了，乡里为奇，造这所蕃厘观来，以纪其事。此花有一丈多高，花如白雪，蕊瓣团团，就如仙花形状，香气芬芳异常，与凡花俗卉，大不相同，故擅了江都一个大名。

第四十七回

时炀帝与萧后才转过后殿，早望见高台上琼堆玉砌的一片洁白，异香阵阵，扑面飘来。炀帝大喜道："果然名不虚传，今日见所未见矣！"正要到花下去细玩，岂知事有不测，刚到台边，忽然花丛中卷起一阵香风，甚是狂骤。宫人太监见大风起，忙用掌扇御盖，团团将炀帝与萧后围在中间，直等风过，方才展开。炀帝抬头看花，只见花飞蕊落，雪白的堆了一地，枝上要寻一瓣一片却也没有。炀帝与萧后见了，惊得痴呆半晌，大怒道："朕也未曾看个明白，就落得这般模样，殊可痛恨。"回头见锦篷内赏花筵宴，安排得齐齐整整，两边簇拥着笙箫歌舞，甚是兴头，无奈琼花落得干干净净，十分扫兴。

炀帝看了这般光景，不胜恼恨道："那里是风吹落，都是花妖作祟，不容朕见，不尽根砍去，何以泄胸中之恨？"随传旨叫左右砍去。众夫人劝道："琼花天下只有一株，留待来年花开再赏，若砍去便绝了此种。"炀帝怒道："朕巍巍天子，既看不得，却留与谁看？今且如此，安望来年？便绝了此种，也无甚事。"连声叫砍。太监谁敢违拗，就将仪仗内金瓜钺斧，一齐砍伐。登时将天上少、世间稀的琼花，连根带枝都砍得干净。炀帝也无兴饮酒，遂同萧后上辇与众妃子回到苑中去。

炀帝对萧后道："朕与御妻们下龙舟游九曲河何如？"萧后道："天气晴明，湖光山色，必有可观。"炀帝分付左右，摆宴在龙舟，去游九曲。于是一行扈从，都迎进苑中。炀帝与萧后众夫人等齐下龙舟，一头饮酒，一头游览，东撑西荡，游了半日，无甚兴趣。炀帝叫停舟起岸，大家上辇，慢慢的游到大石桥来。

时值四月初旬，早已一弯新月，斜挂柳梢，几队浓阴，平铺照水。炀帝与萧后的辇到了桥上,那桥又高又宽,都是白石砌成,光洁如洗,两岸大树覆盖,桥下五色金鱼,往来游泳。炀帝因琼花落尽,受了大半日烦闷,今看这段光景,竟如吃了一帖清凉散,心中觉得爽快,便叫停辇下来,取两个锦墩,同萧后坐定。叫左右将锦褥铺满,与众夫人坐,摆宴在桥上。

炀帝靠着石栏杆,与众夫人说笑饮酒。秦夫人道:"此地甚佳,不减画上平桥景致。"萧后问道:"此桥何名?"炀帝道:"没有名字。"夏夫人道:"陛下何不就今日光景,题他一个名,留为后日佳话。"炀帝道:"说得有理。"低头一想,又周围数了一遍,说道:"景物因人而胜,古人有七贤乡、五老堂,皆是以人数著名。朕同御妻与十五位妃子,连朱贵儿、袁宝儿、吴绛仙、薛冶儿、杏娘、妥娘、月宾七个,共是二十四人在此,竟叫它做二十四桥,岂不妙哉!"大家都欢喜道:"好个二十四桥,足见陛下无偏无党之意。"遂奉上酒来。

炀帝十分快畅,连饮数杯,便道:"朕前在影纹院,闻得花妃子的笛声嘹喨,令人襟怀疏爽,何不吹一曲与朕听。"梁夫人道:"笛声必要远听,更觉悠扬宛转。"狄夫人道:"宵来在夏夫人院里望蝶楼上,听得李夫人与花夫人两个,一个吹一个唱,始初尚觉笛是笛,歌是歌,听到后边,一回儿像尽是歌声,一回儿像尽是笛声,听得人神怡心醉。"萧后道:"这样好胜会,你们再不来挈我。"炀帝问道:"他歌的是新词,是旧曲?"夏夫人道:"是沙夫人近日做的一只北《骂玉郎》带上小楼,却也亏他做得甚好。"炀帝喜道:"妃子记得么?试念与朕听,看通与不通。"夏夫人念道:

"小院笙歌春昼闲,恰是无人处整翠鬟。楼头吹彻玉笙

第四十七回

寒,注沉檀。低低语影在秋千,柳丝长易攀,柳丝长易攀,玉钩手卷珠帘,又东风乍还,又东风乍还。闲思想,朱颜凋换。幸不至,泪珠无限。知犹在,玉砌雕阑,知犹在,玉砌雕阑。正月明回首,春事阑珊。一重山,两重山,想夏景依然,没乱煞,许多愁,向春江怎挽?"

炀帝听了喟然叹道:"沙妃子竟是个女学士,做得这样情文兼至。左右快送两杯酒与李夫人、花夫人饮了,到桥东得月亭中,去听他妙音。"花、李二夫人见圣意如此,料推却不得,只得吃干了酒。立起来,李夫人把狄夫人瞅着一眼说道:"都是你这个挡断人肠子的多嘴不好。"便同花夫人下桥转到得月亭中坐了。那亭又高又敞,在苑正中。两人执象板,吹玉笛,发绕梁之声,调律吕之和,真个吹得云敛晴空,唱得风回珮转。炀帝听了,不住口赞叹。

时初七八里,月光有限。炀帝道:"树影浓暗,我们何不移席到亭子上去。"遂起身同萧后众夫人慢慢听曲而行,刚到亭前,曲已奏终。二夫人看见,忙出亭来。炀帝对花、李二夫人道:"音出佳人口,听之令人魂消,二卿之技可谓双绝矣!"宫人们忙排上宴来。炀帝叫左右快斟酒与二位夫人,又对萧后道:"今日虽被花妖败兴,然此际之赏心乐事,比往日更觉玩得有趣。"萧后道:"赖众夫人助兴得妙。"炀帝道:"月已沉没灯又厌上,如何是好?"李夫人微笑道:"此时各带一枝狄夫人做的萤凤灯,可以不举火而有余光。"萧后忙问道:"萤灯是什么做的?"狄夫人道:"这是玩意儿,什么好东西!听这个嚼咀的,在陛下、娘娘面前乱语,六月债还的快。"炀帝笑道:"好不好,快取来赏鉴一赏鉴。"狄夫人见说,只得对自己宫奴说道:"你到院中去妆内,把做完的萤凤灯儿尽数取来。"又叫众宫监把萤虫尽数扑来收在盒内。不一时,宫奴捧了一个金丝盒儿呈与狄夫人。狄夫人把一支取起,将凤舌挑开,捉一二十个萤火放入,献上萧后。萧后与炀帝仔细一看,却是蝉壳做的翅翼,与凤体相连,顶上五彩绣绒毛羽,凤冠以珊瑚扎就,口里衔着一颗明珠,竟似一盏小灯,光映于外,带在头上,两翅不摇自动。炀帝与萧后看了一会,说道:"妃子慧心巧思,可谓出神入化矣!"萧后道:"果然做得巧妙。"递与宫人,插在顶上。尚有七八朵,狄夫人放入萤虫,分送与众夫人。夫人中先送过的,也叫人取来戴了,竟如十六盏明灯,光照一席。炀帝拍手大笑道:"奇哉,萤火之光今宵大是有功!何不叫人多收些流萤,放入苑中,虽不能如月之明,亦可光分四野。"萧后道:"这也是奇观。"炀帝便传旨,凡有宫人内监,收得一囊萤火者,赏绢一匹。不一时那宫人内监以及百姓人等,收了六七十囊萤火。炀帝叫人赏了他们绢匹,就叫他们亭前亭后,山间林间,放将起来。一霎时望去,恍如万点明星,灿然碧落,光照四围。炀帝与众夫人看了,各各鼓掌称快,传杯弄盏,直饮到四鼓回宫。

　　如今谩提炀帝在宫苑日夜荒淫。且说宇文化及是宇文述之子,官拜右屯卫将军,也是个庸流。兄弟智及,是个凶狡之徒。当炀帝无道时,也只随波逐浪,混帐过日子。故此东巡西狩,直至远征高丽,东营西建,丹阳起建宫殿,也不谏一句。临了到盗贼四起,要征伐征调,却做不来;要巡幸供馈,看看不给。君臣都坐在江都,任他今日失一县,明日失一城,今日失一仓,明日失一廪,君也不知,臣也不说,只图挨一日是一日。

　　及至有报来说李渊反了,要起兵杀入关中,那时随驾这些臣

第四十七回

子,都是没主意了。先是郎将窦贤,领本部逃回关中。隋主闻知,差兵追斩。这一杀倒不好了,在江都要饿死,回关中要杀死,要在死中求生,须要寻出个计策来。时虎贲郎将司马德戡、元礼直阁裴虔通、内史舍人元敏、虎牙郎将赵行枢、鹰扬郎将孟秉、勋侍杨士览同商议道:"我们一齐都去,自然没兵来追我们,就追我们,也不怕了。"这几个人还不过计议逃走,内中宇文智及,晓得此谋,便道:"主上无道,威令尚行,逃去还恐不免。我看天丧隋家,英雄并起。如今同心已有万人,不若共行大事,这是帝王之业,大家可以共享富贵。"众人齐声道:"好。"

议定以化及为主,司马德戡先召骁勇首领,说这举大事之意,众皆允从。先盗了御厩中的马,打点器械。化及又去结连了司空魏氏。这事渐渐喧传,宫中苑中,都有人知道。时杳娘侍宴,奏闻炀帝。炀帝令拆隋字,以卜趋避。杳娘道:"隋乃国号,有耳半掩,中间工字,王不成王,又无之字,定难走脱。"又令拆朕字。杳娘道:"移左手发笔一竖于右,似渊字。目今李渊起兵,当有称朕之虞,若直说陛下,此月中亦只八天耳。"炀帝怒道:"你命当尽在何日?"令拆杳字,杳娘道:"命尽在今日。"炀帝道:"何以见之?"杳娘道:"杳字十八日,更无余地,今适当其期耳。"炀帝大怒,命武士杀之,自此再无人敢说。尝照镜道:"好头颈,谁当砍之?"又仰观天象,对萧后道:"外边大有人图侬,然侬不失长城公,汝不失为沈后耳。"

如今且说王义久已晓得时势将败,只恨自是外国之人,无力解救。只得先将家财散去,结识了守苑太监郑理与各门宿卫,并宇文手下将士,分外亲密。打听他们准在甚时候必要动手,忙叫妻子姜亭亭跟一个小年纪的丫鬟,上了小香车,望院来。那姜亭亭时常到苑的,无人敢拦阻。他便下车与丫鬟竟到宝林院中,见清修院秦、文安院狄、绮阴院夏、仪凤院李四位夫人,与袁宝儿、沙夫人、赵王共六七个,在那里围着抹牌。

沙夫人看见了姜亭亭进来,忙问道:"你坐了,外边消息怎样个光景?"姜亭亭道,"众夫人不见礼了,外边事体只在旦夕,亏众夫人还在这里闲耍!王义叫我进来,问沙夫人是何主意。"众夫人听见,俱掩面悲啼,惟沙夫人与袁贵人不哭。沙夫人道:"哭是无益的,你们众姊妹,作何行止?"秦夫人道:"眼前这几个,都是心腹相照的,听凭姊妹指挥。他们几个前夜说的:'一年里头,圣上进院有限,有甚恩情!东天也是佛,西天也是佛,凭他怎样来罢了。'这句话就知他们的主意了,管他则甚!"沙夫人道:"我没有什么指挥。我若没有赵王,生有生法,死有死法。如今圣上既以赵王托我,我只得把大事,"指着姜亭亭道,"靠在他贤夫妇身上。你们若是主意定了,请各归院去,快快收拾了来。"众夫人见说,如飞各归院去了。

惟袁紫烟熟识天文,晓得隋数已尽,久已假托养病,其细软早收拾在宝林院了。三人正在那里算计出路,只见薛冶儿直抢进院来,见姜亭亭说道:"好了,你也在这里。刚才朱贵儿姐叫我拜上沙夫人,外边信息紧急,今生料不能相见矣。赵王是圣上所托,万勿有负。我想我亦受万岁深恩,本欲与彼同死,今因朱贵姐再三叮咛,只得偷生前来保驾。"沙夫人道:"我正与姜妹在这里打算,七八人怎样个去法?"薛冶儿道:"这个不妨。贵妃已与我安排停当。"袖中取出一道旨意,"乃是前日要差人往福建采办建兰的旨

第四十七回

意,虽写,因万岁连日病酒,故未发出。贵姐因要保全赵王,悄悄窃来,付与冶儿与夫人,商酌行动。"沙夫人垂泪道:"贵姐可谓忠贞两尽矣!"

正说时,只见四位夫人,多是随身衣服到来。沙夫人将冶儿取来的旨意与他们看了,秦夫人道:"有了这道符敕,何愁出去不得!"袁紫烟道:"依我愚见,还该分两起走的才是。"姜亭亭道:"有计在此,快把赵王改了女妆,将跟来的丫鬟的衣服与赵王换了。把丫鬟改做个小宫监,我与赵王先出去,丫鬟领众夫人都改了妆出去,内相慢慢的离院到我家来,岂非是鬼神不知的?"夏夫人道:"只是急切间,那里去取七八付宫监衣帽?"沙夫人道:"不劳你们费心,我久已预备在此。"开了箱笼,搬出十来套新旧内监衣服靴帽。众夫人大喜,如飞要穿戴起来。

沙夫人正在那里替赵王改妆,看了四位夫人,说道:"惭愧,你们脸上这些残脂剩粉犹在,怎好胡乱行动?"众人反都笑起来。姜亭亭见赵王改妆已完,日色已暮,沙夫人取一个金盒儿,放上许多花朵在内,与赵王捧了。姜亭亭对丫鬟道:"停回你同众夫人到家便了。"说了,同赵王慢步离院,将到苑门口上了车儿。

原来王义见妻子进苑去了,如飞来寻郑理,到家去灌了他八九分酒,放他回来时,郑理带醉的站在苑门首,看小太监翻筋斗,见姜亭亭的车儿来,便道:"王奶奶回府去了?刚才咱在你府上打扰。"姜亭亭道:"好说,有慢。"郑理笑道:"这小姑娘又取了我们苑中的花去了。"姜亭亭道:"是夫人见惠的。"说了,放心前行,不过里许已到家中。王义看见了赵王,叫妻子不要改赵王的妆束,藏在密室。自己如飞出门,到苑门打听。只见七八个内监,大模大样,丫

看琼花乐尽隋终　殉死节香销烈见

鬟也在内，大家会意，领到家中，忙收拾上路。各门上都是他钱财结识的相知，谁来挡阻他？比及掌灯时候，宇文化及领兵动手，到掖廷时，王义领赵王众夫人已出禁城矣。

再说炀帝平日间怕人说乱，说乱的就要被杀，谁料今日至此地位，原觉情景凄惨，同萧后躲在西阁中相对浩叹。一夜中，只听得外边喊声振天，内监连连报道："杀到内殿来了！"屯卫将军独孤盛杀了，千牛独孤开远也战死了。一班贼臣捉住了一个宫娥，吓问他隋主所在，宫娥说在西阁中。虔通与元礼径到西阁中来，听得上面有人声，知是炀帝。

马文举遂拔刀先登，众人相继而上。只见炀帝与萧后并坐而泣，看见众人，便道："汝等皆朕之臣，终年厚禄重爵，给养汝等，有何亏负，为此篡逆？"裴虔通道："陛下只图自乐，并不体恤臣下，故有今日之变。"只见背后转出朱贵儿来，用手指定众人说道："圣恩浩荡，尔等安得昧心？不必论终年厚禄，只前日虑汝等侍卫多系东都人，久客思家，人情无偶，难以久处，传旨将江都境内寡妇处子，搜到宫下，听汝等自行匹配。圣恩如此，尚谓不体恤，妄思篡逆耶！"炀帝接说道："朕不负汝等，何汝等负朕？"司马德戡道："臣等实负陛下。但今天下已叛，两京贼据，陛下归已无门，臣等生亦无路。今日臣节已亏，实难改悔。惟愿得陛下之首，以谢天下。"朱贵儿听了大骂道："逆贼焉敢口出狂言！万岁纵然不德，乃天子至尊，为一朝君父，冠履之名分凛凛。汝等不过侍卫小臣，何敢逼胁乘舆，妄图富贵，以受万世乱臣贼子之骂名！"

裴虔通见说，大怒道："汝掖廷贱婢，何敢巧言相毁？"朱贵儿大骂道："背君逆贼，汝恃兵权在手耶！隋家恩泽在天下，天下岂

第四十七回

无一二忠臣义士,为君父报仇,勤王之师一集,那时将汝等碎尸万段,悔之晚矣!"马文举大怒道:"淫乱贱婢,平日以狐媚蛊惑君心,以致天下败亡,不杀汝何以谢天下!"即便举刀,向贵儿脸上一斫,贵儿骂不绝口,跌倒在地。可怜贵儿玉骨香魂,都化作一腔热血。

马文举既杀了朱贵儿,一手执剑,一手竟来要扶炀帝下阁,只见封德彝走上阁来,对司马德戡道:"许公有令,如此昏君,不必扶来见我。可急急下手。"萧后听见,着实哀告众人道:"众位将军,主上实是不德,可看旧日爵禄面上,叫他让位与诸位将军,赐将军阖门铁券,将他降为三公,以毕余生,未知众位将军以为可否?"

只见袁宝儿憨憨的走来,听见萧后千将军万将军在那里叫,笑向萧后道:"娘娘何苦如此,料想这些贼臣,没有忠君爱主的人在里头,肯容万岁安然让位,同娘娘及时行乐了。"又对炀帝道:"陛下常以英雄自许,至此何堪恋恋此躯,求这班贼臣。人谁无死,妾今日之死于万岁面前,可谓死得其所矣。妾先去了,万岁快来!"马文举忙把手去扯他,宝儿睁着双眼,大声喝道:"贼臣休得近我!"一头说一头把佩刀向项上一刎,把身子往上一耸,直顶到梁上,参下来,项内鲜血如红雨的望人喷来。一个娇怯身躯,直矗矗的靠在窗棂。萧后看见,吓得如飞奔下阁去了。炀帝见了,心胆俱碎。

裴虔通等便提刀向前,要行弑逆。炀帝大叫道:"休得动手,天子死自有死法,快取鸩酒来!"裴虔通道:"鸩酒不如锋刃之速,何可得也?"炀帝垂泪道:"朕为天子一场,乞全尸而死。"马文举取白绢一匹进上。炀帝大哭道:"昔凤仪院李庆儿,梦朕白龙绕项,今其验矣!"贼臣等遂叫武士一齐动手,将炀帝拥了进去,用白绢

缢死,时年二十九岁。后人有诗吊云:

    隋家天子系情偏,只愿风流不愿仙。
    遗臭谩留千万世,繁华占尽十三年。
    耽花嗜酒心头病,殢粉沾香骨里缘。
    却恨乱臣贪富贵,宫廷血溅实堪怜。

第四十八回

遗巧计一良友归唐　破花容四夫人守志

词曰：

　　好还每见天公巧，知心自有知心报。看鹤禁沉冤，天涯路杳，离恨知多少。　　黎阳鼙鼓连天噪，孤忠奇策存隋庙。一线虽延，名花破损，佛面重光好。

　　　　　　　　　　——右调《雨中花》

自古知音必有知音相遇，知心必有知心相与，钟情必有钟情相报。炀帝一生，每事在妇人面上用情，行动在妇人身上留意，把一个锦绣江山，轻轻弃掷。不想突出感恩知己报国亡身的几个妇人来，殉难捐躯，毁容守节，以报钟情，香名留史。

再说司马德戡缢死了炀帝，随来报知宇文化及。化及令斐虔通等勒兵杀戮宗室蜀王秀、齐王暕、燕王倓及各亲王，无少长皆被诛戮，惟秦王浩素与智及往来甚密，故智及一力救免，方得保全。萧后在宫中，将宫中漆床板为棺木，把朱贵儿、袁宝儿同殡于西院流珠堂。正是：

　　珠襦玉匣今何在？马鬣难存三尺封。

宇文化及既杀了各王，随自带甲兵入宫来，要诛灭后妃，以绝其根。不期刚走到正宫，只见一妇人，同了许多宫女在那里啼哭。宇文化及喝道："汝是何人，在此哭泣？"那妇人慌忙跪倒，说道："妾乃帝后萧氏，望将军饶命。"宇文化及见萧后花容，大有姿色，心下十分眷爱，便不忍下手，因说道："主上无道，虐害百姓，有功不赏，众故杀之，与汝无干，毋得惊怖。我虽擅兵，亦不过除残救民，实无异心，倘不见嫌，愿共保富贵。"随以手搀萧后起来。

萧后见宇文化及声口留情，便娇声涕泣道："主上无道，理宜受戮。妾之死生，全赖将军。"宇文化及道："汝放心，此事有我为之，料不失富贵也。"萧后道："将军既然如此，何不立其后以彰大义？"宇文化及道："臣亦欲如此。"遂传令奉皇后懿旨，立秦王浩为帝，自立为大丞相，总摄百僚，封其弟宇文智及与裴矩为左仆射，封异母弟宇文士及为右仆射，长子丞基、次子丞址俱令执掌兵权，其余心腹之人，俱重重封赏。

还有宇文化及平昔仇忌之臣，如内史侍郎虞世基、御史大夫裴蕴、密书监袁充、左翊卫大将军来护儿、右翊卫将军宇文协、千牛宇文晶、梁公萧钜，连各家子侄，俱骈斩之。更有给事郎许善心，不到朝堂朝贺，化及遣人就家擒至朝堂，既而释之。善心不舞蹈而出，化及怒而杀之。其母范氏，年九十二，临丧不哭，人问其故。范氏说道："彼能死国难，我有子矣，复何哭为？"因卧不食而卒。宇文化及因将士要西归，便奉皇后、新皇还长安，并带剩下贪生图乐的那些夫人美人，一路上恣意奸淫，搜括船只，取彭城水路西上。行至显福宫，逆党司马德戡与赵行枢，恶宇文化及秽乱宫闱，不恤将士，要将后军袭杀化及，不期事机不密，反为化及所杀。行到滑台，将皇后与新皇留付王轨看守，自己直走黎阳，攻打仓城，按下不提。

第四十八回

再说王义夫人领了赵王与众夫人等,离了芜城二三十里,借一民户人家歇了,只听见城中炮声响亮不绝,往来之人信息传来,都说内庭大变。王义叫赵王仍旧女妆,叫妻子姜亭亭与袁紫烟、薛冶儿俱改了男妆,沙、秦、狄、夏、李五位夫人与使女小环,仍旧女妆。袁紫烟道:"我夜观乾象,主上已被难。我们虽脱离樊笼,但不知投往何处去才好?"王义道:"别处都走不得,只有一个所在。"众人忙问:"是何处?"王义道:"太仆杨义臣,当年主上听信谗言,把他收了兵权,退归乡里。他知隋数将终,变姓埋名,隐于濮州雷夏泽中。此人是个智勇兼全忠君爱主的人,我们到他那里去。他见了幼主,自然有方略出来。"袁紫烟喜道:"他是我的母舅。我时常对沙夫人说的,必投此处方妥,不意你们同心。"因此一行人,泛舟竟往濮州进发。

却说杨义臣自大业七年被谗纳还印绶,犹恐祸临及己,遂变姓名,隐于濮州雷夏泽中,日与渔樵往来。其日惊传宇文化及在江都弑帝乱宫,不胜愤恨道:"化及庸暗匹夫,乃敢猖獗如此!可惜其弟士及向与我交契甚厚,将来天下合兵共讨,吾安忍见其罹此灭族之祸?速使一计,教他全身避害。"即遣家人杨芳赍一瓦罐,亲笔封记,径投黎阳来,送与士及。士及接见杨芳,大喜道:"我正朝夕在这里想,太仆公今在何处?不意汝忽到来。"随引进书斋,退去左右,问道:"太仆公现居何处?近来作何事业?"杨芳答道:"敝主自从被谗放斥,变改姓名,在濮州雷夏泽中渔樵为乐。"士及道:"可有书否?"杨芳道:"书启敝主实未有付,只有亲笔封记一物为信。"士及忙开视之,见其中止有两枣并一糖龟。士及看了,不解其意,便分付手下引杨芳到外厢去用饭,自己又反复推详。

遗巧计一良友归唐 破花容四夫人守志

忽画屏后转出一个美人来,乃是士及亲妹,名曰淑姬,年方一十七岁,尚未适人,不特姿容绝世,更兼颖悟过人,见士及沉吟不语,便问士及道:"请问哥哥,这是何人所送,如此踌躇?"士及道:"此我旧友隋太仆杨义臣所送。他深通兵法,善晓天文,因削去兵权,弃官归隐。今日令人送来一罐,封记甚密,内中止有此二物。这个哑谜,实难解详。"淑姬看了一回,便道:"有何难解,不过劝兄早早归唐,庶脱弑逆之祸。"士及大喜道:"我妹真聪明善慧!但我亦不便写书,也得几件物事答他,使他晓得我的主意才好。"淑姬道:"但不知哥哥主意可定,若主意定了,有何难回答?"士及道:"化及所为如此,我立见其败。若不早计,噬脐无及。"淑姬道:"既是哥哥主意定了,愚妹到里边去取几件东西出来,付来人带去便了。"淑姬进去了一回,只见他手里捧着一个漆盒儿出来。士及揭开一看,却是一只小儿玩的纸鹅儿,鹅颈上系着一个小小鱼罾,罾上边竖着一个算命先生的招牌,扎得端端正正,放在里头。士及看了奇怪道:"这是什么缘故?"淑姬附士及耳上,说了几句。士及道妙,即将漆盒封固付与杨芳收回去了。

次日,士及进见化及说:"秦王世民领兵会合征伐,臣意欲带领一二家童,假妆避兵,前去探听虚实,数日便回。"化及应允。士及便叫妻孥与淑姬扮作男妆,收拾软细,出离了黎阳,直奔长安。时隋恭帝已禅位于唐,唐帝即位,改元武德。士及将妹进与唐帝为昭仪,唐帝封士及为上仪同管三司军事。

却说杨义臣家人,赍了士及的漆盒儿,回到濮州家中见了家主,奉上盒儿。义臣去封揭开一看,喜道:"我友得其所矣!"杨芳问道:"老爷,这是他什么意思?"义臣道:"他没有什么意思,他说

第四十八回

吾谨遵命矣！"因问道："彼在黎阳，作何举动？先帝枝叶，可有一二个得免其祸？在朝诸臣，可有几个尽节的？"杨芳道："萧后已经失节，夫人嫔妃，逃走了好些。只有朱贵儿、袁宝儿骂贼而死，翠华院花夫人、影纹院谢夫人、仁智院姜夫人俱自缢而死。化及见景明院梁夫人姿容艳冶，意欲留幸，夫人大声骂詈。化及犹以好言相慰，夫人骂不绝口，遂被杀死。袁家小姐不知去向，访问不出。帝室宗支，戮灭殆尽。只有秦王浩与智及亲密，勉强尊他为帝，不意前日又被化及鸩酒药死。说还有个幼子赵王杲逃出，使人四下里缉访。"

杨义臣听见，拍案垂泪道："狂贼乃敢惨毒如此，在廷诸臣或者多贪位怕死的，在外藩镇大臣难道没个忠臣义士，讨此逆贼的？"痛哭了一场。是夜心上忧闷，点上一枝画烛，在书房里一头看书，一头浩叹。至二更时分，觉得神思困倦，上床去却又睡不着，但见庭中月光如昼，恍惚中不觉此身已出户外。足未站定，只见一人纱帽红袍，仓皇而来。杨义臣把他仔细一看，乃是给事郎许善心。义臣忙问道："许公何来？"那人道："将军恰好在外，速上前来接驾。"此时杨义臣只道炀帝未死，忙趋上前去。只见炀帝软翅幅巾，身上穿一件暗龙衮袍，项上一块白绢裹住，两个宫人面上许多血痕，扶着炀帝。义臣慌忙俯伏下去。只见炀帝把双手掩在脸上，听见一个宫人口里说道："老将军，陛下嘱付你，小主母子到来，烦将军善为保护。只此一言，将军平身。"杨义臣正要问小主在于何处，抬起头来，寂无所见。

一觉醒来，但见月已西沉，鸡声报晓，时东方将已发白。杨义臣心上以为奇怪，起身下床，携着拄杖，叫小童开了大门出来，在场上东张西望,毫无影响。只听见水中咿哑之声,一船摇进港来。义臣同小童躲在树底下,见来船到了门首,舟子将船系住,船里钻出一人,跳上岸来站定,四下里探望。此时天色尚早,人家尚未起身,杨义臣忍不住上前问道:"朋友,你是那里来的?寻那一家?"那人忙上前举手道:"在下是江都避难来的。"一头说,只顾将义臣上下细认。

杨义臣亦把那人定睛一看,便道:"足下莫非姓王?"那人把双眼重新一擦,执着杨义臣的手,低低说道:"老先生可是杨?"杨义臣见说,忙携了那人的手,到门首去问道:"足下可是巡河王大夫?"那人道:"卑末就是远臣王义。"杨义臣听见,忙要邀进堂中去。王义附杨义臣的耳说道:"且慢,有小主并夫人在舟中。"杨义臣听见,忙说道:"天将曙矣,快请小主上岸来。"杨义臣叫小童开了正门,自己进去穿了巾服出来,站在门首一边,看一行人走进。王义在旁指示说道,那个是某人,那个是某人。

正说时,只见袁紫烟男人打扮跨进门来,见了杨义臣,忙叫道:"母舅,外甥女来了!"说了,双眼垂泪,要拜将下去。杨义臣把双手扶住一认,说道:"原来是袁家甥女,我前日叫人来访问,打听不出,如今也来了。好,且慢行礼,同到里头去,替赵王并夫人们换了妆出来。"原来杨义臣原配罗夫人亡过已久,只有一个如夫人王氏,生一子年才五岁,名唤馨儿。时王氏出来接了进去。杨义臣与王义站在草堂中,王义将出苑入城,备细说明。伺候赵王出来。时赵王年虽九岁,识解过人。沙夫人携着他的手,众夫人随在后边,走将出来。

杨义臣见赵王换了男妆,看他方面大耳,眉目秀爽,俨然是个

第四十八回

金枝玉叶的太子，不胜起敬。叫童子铺下毡条，将一椅放在上边，要行君臣之礼。赵王扯着沙夫人的手说道："母亲，这是什么时候，老先生欲行此礼？若以此礼相待，殊失我母子来意。"站定了不肯上去。袁贵人说道："母舅，赵王年幼，不须如此，请母舅常礼见了罢。"杨义臣道："既如此说，不敢相强。请归毡了，老臣好行礼。"赵王道："还须见过了母亲，然后是孤。"沙夫人道："若论体统，自然先该是你。"赵王道："母亲，此际在草莽中，论甚体统。况孤若非先帝托嗣母亲，赖母亲护持，此时亦与蜀王秀、齐王暕等共作泉下幽魂矣！"杨义臣见小主议论凿凿，深悉大义，不胜骇异。

袁紫烟与薛冶儿忙扯沙夫人上前，将赵王即立在沙夫人肩下，杨义臣拜将下去。沙夫人垂泪答拜道："隋氏一线，惟望老先生保全，使在天之灵，亦知所感。"杨义臣答道："老臣敢不竭忠。"拜了四拜起来，即向四位夫人与薛冶儿见了。姜亭亭不敢僭，袁紫烟再三推让。杨义臣向王义道："袁贵人是舍甥女，在这里岂有僭尊大人之理？小主若无大夫与尊阃，焉能使我们君臣会合。况将来还有许多事，要大夫竭忠尽力的去做，老夫专诚有一拜。"袁紫烟如飞扯姜亭亭到王义肩下去，一同拜了，然后袁紫烟走到下首，去拜了杨义臣四拜。

杨义臣叫手下摆四席酒。杨义臣道："本该请众夫人进内款待，然山野荒僻，疏食村醪，殊不成体，况有片言相告，只算草庐中胡乱坐坐，好大家商酌。"于是沙夫人与赵王一席，秦、狄、夏、李四位夫人、薛冶儿、姜亭亭、袁紫烟坐了两席，王义与杨义臣一席。酒过三巡，王义对杨义臣道："老将军这样高年，幸喜起身得早，即便撞见，免使我们向人访问。"杨义臣答到："这不是老夫要起早，因先帝自来

遗巧计一良友归唐　破花容四夫人守志

报信,故此茫茫的走出门来物色。"赵王道:"先皇如何报信?"

杨义臣将夜来梦境,备细说将出来,众夫人等俱掩面涕泣。杨义臣对赵王说道:"老臣自被斥退,居山野,不敢与户外一事。不意先帝冥冥中,犹以殿下见托。承殿下与夫人等赐顾草庐,言臣付托,不终是臣负先帝与殿下也。但此地草舍茅庐,墙卑室浅,甚非潜龙之地,一有疏虞,将何解救。此地只好逗留三四日,多则恐有变矣!"沙夫人便道:"只是如今投到何处去好?"杨义臣道:"所在尽有。李密他父亲也是隋臣,今拥兵二三十万,屯扎金墉城。东都越王侗令左仆射王世充,将兵数万,拒守洛仓。西京李渊,已立皇孙代王侑为帝,大兴征伐。这多不过是暂时假借其名,成则去而自立,败则同为灭亡,总难终始。老臣再四踌躇,只有两个所在可以去得:一个是幽州总管,姓罗名艺,年纪虽有,老成练达,忠勇素著,先帝托他坐镇幽州,手下强兵勇将甚多,四方盗贼不敢小觑近他。若殿下与夫人们去,是必款待,或可自成一家。无奈窦建德这贼子势甚猖獗,梗住去路,然虽去亦属吉凶相半。若要安稳立身,惟义成公主之处。他虽是远方异国,那启民可汗还算诚朴忠厚,比不得我中国之人心地奸险。况臣又晓得他宗室衰微,惟彼一支强霸无嗣,前日曾同公主朝觐还来,先帝曾与亲厚一番,况王大夫又与他邻邦,到彼自能调护。殿下若肯去,公主必然优礼相待,永安无虞。只此一方,可以保全。余则老臣所不敢与闻矣。"

赵王与众夫人点头称善。沙夫人道:"老将军金石之论,足见忠贞。但水远山遥,不知怎样个去法?"杨义臣道:"若殿下主意定了,臣觑便自有计较。但只好殿下与沙夫人并王大夫与尊阃,闻得薛贵嫔弓马熟娴,亦可去得,至四位夫人及舍甥女,恐有未便。"四位夫人听见,俱泪下道:"妾等姊妹五人,誓愿同生同死,还求老将军大力周全。"杨义臣道:"不妨。请问四位夫人,果然肯念先帝之恩,甘心守节,还是待时审势,以毕余生?"秦夫人道:"老将军说甚话来?莫认我姊妹四人是个庸愚妇人,试问老将军肯屈身从贼否?若老将军吝计不容,滔滔巨浪,妾等姊妹当问诸水滨,而投三闾大夫矣,有何难处?"杨义臣道:"不是老臣吝计,此刻何难一诺。但恐日远月长,难过日子。"

狄夫人道:"老将军莫谓忠臣义士,尽属男子,认定巾帼中多是随波逐浪之人。不必远求,即今闻朱贵儿、袁宝儿与梁夫人等明义骂贼,相继其难,隋廷诸臣良足称羞。况我们繁华好景,蒙先帝深恩,已曾尝过。老将军还虑我们有他念,若不明心迹,何以见志?"忙向裙带上取出佩刀来,向花容上左右乱划,秦、李、夏三位夫人见狄夫人如此,亦各在腰间取出佩刀来动手。慌得沙夫人、姜亭亭、薛冶儿、袁紫烟忙上前一个个掰住时,花容上早已两道刀痕,血流满脸。杨义臣忙出位向上拜下去道:"这是老臣失言失敬,不枉先帝钟情一世矣。请四位夫人还宜自爱。"赵王亦如飞出位,扯了杨义臣起来坐了。

杨义臣向四位夫人说道:"此间去一二里去,有个断崖村,村上不过数十人家,尽皆朴实小民。有个女贞庵,一个老尼,即高开道之母,是沧州人,少年时夫亡守节。那老尼见识不凡,慧眼知人,晓得其子作贼,必败无成,故迁到南来,觅此庵以终余年。是个车马罕见人迹不到之处。若四位夫人在内焚修,可保半生安享。至于日用盘费,老臣在一日,周全一日,无烦四位夫人费心。"四位夫人齐声道:"有此善地,苟延残喘足矣。但不知何日可去?"王义道："须拣一个吉日,差人先去通知了,然后好动身。"夏夫人道："人事如此,拣甚吉日,求老将军作速去通知为妙。"

杨义臣叫童子取日历过来看,恰好明日就是好日。来家用完了饭,众夫人与赵王进内去了。叫家童取出两匹骡儿来,分付家中,把门关好,唤小童跟着,自同王义骑上骡儿到断崖村女贞庵,与老尼说知了来意。老尼素知杨义臣是忠臣义士,又是庵中斋主,满口应承,即便同来。王义对妻子说了庵中房屋洁净,景致清幽,四位夫人,亦各欢喜。袁紫烟对杨义臣说道："母舅,甥女亦与他们去出了家罢,住在此无益于世。"杨义臣道："你且住着,我尚有商量。"紫烟默然而退。

过了一宵,明日五鼓,杨义臣请秦、狄、夏、李四位夫人下船,沙夫人与赵王、薛冶儿、姜亭亭说道："这一分散,而不知何日再会,或者天可怜见,还到中原来。后日好认得所在,便于寻访,必要送去。"杨义臣见说到情理上,不好坚阻,只得让他们送去,自己与袁紫烟、王义夫妇亦各下船,送到庵中,老尼接了进去。他手下还有两个小徒,一个叫贞定,一个叫贞静,年俱十四五之间。

老尼向众夫人等叙礼过,各各问了姓名,叫小尼陪到各处礼佛随喜。杨义臣将银二十两,送与老尼。老尼对杨义臣道："令甥女非是静修之时,后边还有奇逢。"杨义臣道："正是,我也不叫他住在此,今日奉陪夫人们来走走。"老尼留众人用了素斋。到晚,沙夫人、薛冶儿、姜亭亭与四位夫人痛哭而别,赵王与沙夫人等归到杨义臣家中。义臣差杨芳打听,有登莱海船到来,即送赵王与沙夫人、薛冶儿、王义夫妇上船到义成公主那边去了。正是:

人世遭逢多苦事,不过生离死别时。

第四十九回

舟中歌词句敌国暂许君臣
马上缔姻缘吴越反成秦晋

词曰：

何自苦奔求，曲尽忠谋？一轮明月泛扁舟，报道知心相遇好，约法难留。　　马上起戈矛，两意情酬，冤家路窄变成愁。记取山盟与海誓，心上眉头。

——右调《浪淘沙》

凡人的遇合，自有定数，往往有仇雠后成知己爱敬，齐桓之于管仲是也。亦有敌国反成姻戚，晋文公之于秦穆公是也。总是天生一种非常之人，必有一时意外会合，使人不可以成败盛衰，逆料得出。况乎赤绳相系，月下老定不虚牵，即使几千万里，亦必圆融撮合。

如今且不说王义领着赵王，到义成公主那边去。且说窦建德在河北始称长乐王，因差祭酒凌敬，说河间郡丞王琮举城来降，建德封琮为河间郡刺史。河北郡县闻知，咸来归附。是年冬，有一大鸟止于乐寿，准万小禽随之，经日方去，时人以为凤来祥瑞。又有宗城人张亨采樵得一玄圭，潜入乐寿，献于建德。因此建德即位于乐寿，改元为五凤元年，国号大夏，立曹氏为皇后。

舟中歌词句敌国暂许君臣　马上缔姻缘吴越反成秦晋

　　先是窦建德发妻秦氏,止生一女,即是线娘。秦氏亡过已久。起兵时曹旦领众来归,建德知其有姊,年过标梅,尚未适人,娶为继室。建德见曹氏端庄沉静,言笑不苟,甚相敬爱,军旅之事,无不与之谋画,可称闺中良佐。又封其女线娘为勇安公主,他惯使一口方天戟,神出鬼没,又练就一手金丸弹,百发百中。时年已十九,长得苗条一个身材,姿容秀美,胆略过人。建德常欲与他择婿,他自言必要如己之材貌武艺者,方许允从。建德每出师,叫他领一军为后队,又训练女兵三百余名,环侍左右。他比父亲更加纪律精明,号令严肃,又能抚恤士卒,所以将士尽敬服他。建德随封杨政道为勋国公,齐善行为仆射,宋正本为纳言,凌敬为祭酒,刘黑闼、高雅贤为总管,孙安祖为领军将军,曹旦为护军将军,其余悉加官爵。

　　时建德统兵万余,方攻李密,闻知宇文化及弑主称尊,僭号为帝,愤怒欲讨之。祭酒凌敬道:"叛臣化及,罪果当讨,但他拥兵几十万,恐难轻觑,须得一员足智多谋的大将方可克敌,臣荐一人以辅主公。"建德问:"是谁?"凌敬道:"那人胸藏韬略,腹隐机谋,在隋为太仆,后被佞臣谮黜,退隐田野,实有将相之材,乃淮东人,姓杨名义臣。"建德听说大喜道:"汝若不言,几乎忘了此人。孤昔与之相持数阵,已知其为栋梁。看他用兵,天下少有及者。汝速与孤以礼聘之。"凌敬欣然领命,辞别建德而去。

　　不一日到了濮州,先投客店安歇,向邻近访问义臣。土人答道:"此去离城数里雷夏泽中,有一老翁,自言姓张,人只呼为张公,今在泽畔钓鱼为乐,有人说他本来姓杨。"凌敬即烦土人,呼舟引路,来到雷夏泽中。果然山不在高而秀,水不在深而清,松柏交翠,猿鹤相随,岸上有数椽瓦屋,树影垂阴,堤畔一大船舫,碧流映

第四十九回

带。那土人站起来指道:"前面瓦房就是张公住的。船舫边小船上坐的老儿,想就是他。"

凌敬也站起身来遥望,见一人苍头鹤发,器宇轩昂,倚着船舷,衔杯自饮,船头上坐着三四个村童,在那里齐唱村歌。凌敬叫舟子远远的系了船儿,自己上了岸来,隐在树丛中。只听见那几个村童唱完了,便道:"张太公,你昨日独自个唱的曲儿,甚好听,今日何不也唱一支消遣消遣?"那老者闭着醉眼道:"你们要听我的歌,须不要则声,坐着听我唱来。"却是一支《醉三醒》的曲儿,唱道:

"叹釜底鱼龙真混,笑圈中豕鹿空奔。区区泛月烟波趁,谩持竿,下钓纶。　试问溪风山雨何时定,只落得醉读《离骚》吊楚魂。"

凌敬听了叹道:"此真慨世隐者之歌,义臣无疑矣!"忙下船,叫舟子摇近船来,吓得那三四个村童,跑上岸去了。凌敬跨上船来,举手向杨义臣道:"故人别来无恙?"义臣举眼,见一布袍葛巾的儒者来前,问道:"汝是何人?"凌敬道:"凌敬自别太仆许久,不想太仆须鬓已苍,忆昔相从,多蒙教诲,至今感德。此刻相逢,何异拨云睹日。"义臣见说,便道:"原来是子肃兄,许久不见,今日何缘得暇一会,快请到舍下去。"遂携凌敬的手登岸,叫小童撑船到船舫里去了,自同凌敬到草堂中来,叙礼坐定。

杨义臣问道:"不知吾兄今归何处?"凌敬道:"自别之后,身无所托,因见窦建德有容人之量,以此归附于夏,官封祭酒之职。因想兄台,故来相访。"义臣即便设席相待,酒过数巡,凌敬叫从人取金帛,列于义臣面前。义臣惊道:"此物何来?"凌敬道:"此是夏主久慕公才,特令敬将此礼物献公。"义臣道:"窦建德曾与我为仇

舟中歌词句敌国暂许君臣　马上缔姻缘吴越反成秦晋

雠,今彼以货取我,必有缘故。"凌敬道:"目今主上被弑,群英并起,各杀郡守以应诸侯,欲为百姓除害,以安天下。凡怀一才一艺者,尚欲效力。太仆抱经济之略,负孙吴之才,乃栖身蓬蒿,空老林泉,与草木为休戚,诚为可惜。今夏主仗义行仁,改称帝号,四方响应,久知太仆具栋梁之材,特来迎聘,救民于水火之中,致君子尧舜之盛。万勿见却,有虚夏主悬望。"

义臣道:"忠臣不事二君,烈女不更二夫。我为隋臣,不能匡救君恶,致被逆贼所弑,不能报仇,而事别主,何面目立于世乎?"凌敬道:"太仆之言谬矣!今天下英雄,各自立国,隋之国祚已灭绝矣,何不熟思之。若欲报二帝之仇,不若归附夏主,借其兵势,往诛叛逆,岂不称太仆之心,完太仆之愿乎?"杨义臣被凌敬几句话打动了心事,便道:"细思兄言,似亦有理。闻得建德能屈节下士,又无篡逆之名。但要允吾三事,即往从之,不然决不敢领命。"凌敬问:"何三事?"义臣道:"一不称臣于夏,二不愿显我姓名,三则擒获化及、报了二帝之仇,即当放我归还田里。"凌敬道:"只这三事,夏主有何不从。"义臣见说,即叫人收了礼物,凌敬即便告别。义臣嘱道:"此去曹濮山,有强寇范愿,极其骁勇,领盗数千,远靠泰山,以为巢穴,逢州抢夺客货。现今山寨绝粮,四下剽掠,兄若收得范愿,回国助振军威,足能灭许。"杨义臣向凌敬附耳数语,凌敬点首,辞别下船。

时窦建德朝夕训练军马,欲征讨化及,忽报唐秦王差纳言刘文静,赍书约会兵征讨化及。建德看罢书,书中止不过约兵同至黎阳,合剿化及,便对文静道:"此贼吾已有心讨之久矣,正欲动兵。烦纳言回报秦王,不必远劳龙体,只消遣一副将,领兵前来,与孤同

第四十九回

诛逆贼,以谢天下。"文静道:"臣奉使时,秦王兵已离了长安矣。"文静即便辞归。建德进宫,勇安公主问道:"唐使来何事?"建德道:"秦王有书约来,同会兵征剿化及。吾与众臣计议,约他即日起兵。"勇安公主道:"依女儿的愚见,父皇未可即行。今北方总管罗艺,新附于唐,截我后路。魏刁儿又拥兵数万据守深泽县中,自称魏帝,劫掠冀定等处,数年来与他相待虽好,尚难靠托,莫若乘其不备,袭而击之,除却后患。俟凌敬回来,然后举事,此为万全之策。"曹后亦深赞线娘之言为是。建德道:"吾自有计较,你们不必多言。"

即日建德调精兵十万,命刘黑闼为征南大将军,高雅贤为先锋,曹旦与建德为中军,勇安公主为合后,孙安祖等与曹后留守乐寿。又选歌舞女乐十二人,差人送献魏刁儿,令其北拒罗艺,东防夷狄,许他诛灭化及后,将隋宫嫔妃宝物相饷。刁儿大喜受之,信建德有寄托之心,昼夜溺于酒色,坦然无疑。何知建德统领精兵,掩旗息鼓,夜行昼伏,直奔深泽,把兵围守城池。刁儿尚在醉梦中,被河间使王琮旧部将关寿,怪刁儿傲慢无礼,不肯重用,便杀刁儿,献城投降。建德以为居其土而献其地,是不义之人,意欲斩寿,王琮再三谏止,使关寿仍旧居王琮部下。刁儿将士各授官职,所掳子女,悉令放还,金帛尽赐将士。远近闻知夏主有不杀之心,人民悦服,易定等州,尽来归附。建德兼并三军,声势大振,遂杀向冀州而来。冀州刺史麴稜,果敢有志,始亦百计设法防守,后因力竭城破而降夏。建德封稜为内史,移兵进攻罗艺。

却说罗艺原是一员宿将,年过花甲,精神倍加,与老夫人秦氏齐眉共手。他手下有精兵一二万,被隋主旨意下来,东调西拨,提

舟中歌词句敌国暂许君臣　马上缔姻缘吴越反成秦晋

散了万余，止存六七千人马。亏得其子罗成，年少英雄，有万夫不当之勇，其父传授的一条罗家枪，使得出神入化。父母要替他定姻，罗成以为终身大事，虽系父母主之，还须我自拣择，因此蹉跎下来。

时罗成听见哨马来报，建德统大兵到来，便对父亲道："窦建德不知利害，统重兵来侵我境。儿意欲乘其未立营寨时，待儿领二千人马迎上去，先杀他一阵，挫了他些锐气，或者知我们利害，退军回去，也未可知。"罗老将军道："汝年少恃着血气之勇，要想轻举妄动，甚非他日为将之道。我自有计退他。"齐集众将，差标下左营总帅张公谨，领精兵一千，埋伏城外高山之左，听城中子母炮起杀出，敌住建德前军。差右营总帅史大奈，领精兵一千，埋伏城外高山之右，听城中子母炮起杀出，敌住建德中军。差儿子罗成，叫他领精兵一千，离城三十里，独龙岗下埋伏，看建德败下去，冲杀其后队，截其辎重。自己同薛万彻、薛万均二将，在城中守护。二将同罗成各自受计，领兵出城去了。

却说窦建德统大兵直抵州城。先锋刘黑闼先安了营寨，见城中坚闭城门，不肯出战，只得在城外辱骂。后建德大兵继至，见求战不得，便设云梯，上城攻打。不期城上火炮火箭齐发，云梯被烧，只得退下。建德又安排数百辆冲车，鼓噪而进，城内令铁锁铁锤，绕城飞打，冲车皆折。百般计较，城不能破。相持了数日，士卒懈惰。一夜三更时分，罗艺密传将令，分付薛万彻、薛万均兄弟二人令三军饱餐战饭毕，人各衔枚出城。来到夏寨，夏兵正在熟睡时，只听得一声炮响，金鼓大振，如山崩海沸一般。此时窦建德在睡梦中惊觉，忙披甲上马，亲随邓文信慌忙随后，逢薛万彻杀入中军，把文信一刀斩于门旗下。

窦建德如飞敌住薛万彻,高雅贤敌住薛万均,刘黑闼敌住罗艺。六人正在酣战之时,只听见子母炮三声,山左山右,伏兵齐起。建德知是中计,如飞弃营,退回二三十里。众军士喘息未定,忽听得山岗下一声锣响,一员少年勇将冲将出来。先锋高雅贤欺他年少,把大刀直砍进去,被罗成把枪一逼,早在高雅贤左腿上中了一枪。高雅贤负痛,几乎跌下马来,幸亏刘黑闼接住,战了十来合,当不起罗成这条枪,如游龙取水,直搠进来。建德看见,恐防有失,前来助战。罗成愈觉精神倍加,向刘黑闼脸上虚照一枪,大喝一声,斜刺里把枪忙点到窦建德当胸来。建德一惊,即便败将下去。

直杀到天明,只见末后一队女兵,排住阵脚,中间一员女将,头上盘龙裹额,顶上翠凤衔珠,身穿锦绣白绫战袍,手持方天画戟,坐下青鬃马。罗成看见,忙收住枪问道:"你是何人?"线娘道:"你是何人,敢来问我?"罗成道:"你不见我旗上边的字么?"线娘望去,只见宝纛上,中间绣着一个大"罗"字,旁边绣着两行小字:"世代名家将,神枪天下闻。"线娘道:"莫非罗总管之子么?"罗成看他绣旗上,中间也绣着一个"夏"字,旁边两行小字:"结阵兰闺停绣,催妆莲帐谈兵。"罗成心下转道:"我闻得窦建德之女,甚是勇猛了得,莫非是他?可惜一个不事脂粉的好女子,不舍得去杀他。待我羞辱他两句,使他退去也罢了。"因对线娘道:"我想你父亲,也是一个草泽英雄,难道手下再无敢战之将,却叫女儿出来献丑。"线娘听了便道:"我也在这里想,你家父亲也是一员宿将,难道城中再无敢死之士,却赶小犬出来咬人。"惹得众女兵狂笑起来。罗成大怒,一条枪直杀上前。线娘手中方天戟,招架相还,两个斗上二

舟中歌词句敌国暂许君臣　马上缔姻缘吴越反成秦晋

十合，不分胜负。

罗成见线娘这枝方天戟，使得神出鬼没，点水不漏，心中想道："可惜好个有本领的女子，落在草莽中。我且卖个破绽，射他一箭，吓他一吓，看他如何抵对。"罗成把枪虚幌一幌，败将下去，线娘如飞赶来，只听得弓弦一响，线娘眼快，忙将左手一举，一箭早绰在手里，却是一枝没镞箭羽，旁有"小将罗成"四字。线娘把箭放在箭壶里，蹙着眉头叹道："罗郎，你好用心也！"亦把方天戟阁住鞍鞒，在锦囊内取出一丸金弹来，见罗成笑嘻嘻兜转马头跑来，线娘扯满弓弦弹去。罗成只道是回射一箭，不提防一弹飞去，早着在擎枪的右手上，几乎一枝枪落在地上。罗成叫手下拾起来一看，却是一个圆眼大的金丸，上面凿成"线娘"两字。

罗成道："这冤家竟有些本领！我若得他同为夫妇，一生之愿足矣！"喜孜孜的在马上相着线娘，越看越觉可爱。线娘亦在马上，看罗成人材出众，风流旖旎，心上亦欣喜道："惭愧，今日逢着此儿，我窦线娘若嫁得这样一个郎君，亦不虚此生矣！"两下里四只眼睛，在马上不言不语，你看我，我看你，足有一两个时辰。夏军中那些女兵，觉道两个看得出神的光景，不好意思，笑道："这位小将军岂不作怪，战又不战，退又不退，为甚么把我们黄花公主，端详细认，想是看真切了，回去要画一个图样儿供养着么？"罗成笑道："我看你家公主的芳年，可是十九岁了？"线娘低着头儿不答。一个快嘴的女兵答道："一屁就弹着。"引得线娘也笑将起来，低低的问道："郎君青春几何？"罗成答道："叨长二春。"线娘又问道："椿萱并茂否？"罗成答道："家慈五十九，家严六十一。请问公主良缘何氏，曾于归否？"线娘羞涩涩的，低着头下去不开口。又是那个

第四十九回

女兵说道："我家公主，实未有人家，有愿在先，"正要说出来，线娘把双眉一竖，那女兵就不敢开口。

罗家小卒道："既是你家公主与我家小将一般未有定婚，何不说来，合成一家，省得大家准日厮杀？"罗成把马纵前几步道："公主若不弃嫌，当遣冰人向尊公处聘求何如？"线娘道："婚姻大事，非儿女军旅之间，可以妄谈。郎君若肯俯从，妾当守身以待，但恐郎君此心不坚耳！"罗成道："皇天在上，若我罗成不与窦氏，"忙问："请问公主尊字？"线娘道："金丸上你没有见么？"罗成又重新说道："我罗成此生不与窦氏线娘为夫妇者，死无葬身之地。"誓毕，线娘见罗成说誓真切，不觉泫然下泪道："郎君既以真心向妾，妾亦生死以真心候君。但若尊翁处倩人来求婚，父皇断断不从。"罗成道："若如此，听我向何处求人来说？"

线娘想一想道："郎君认得隋太仆杨义臣乎？"罗成道："杨太仆是吾父之好友。"线娘道："此人是父皇所敬畏者，待我们去灭许后归来，郎君去求他执柯，断无不妥。"正说完，只见后面尘扬沙起。女兵说道："我家有人来了。"线娘拭泪道："言尽于此，郎君请转罢。"大家兜转马头，未远一箭之地，线娘又撤转头来一望，只见罗成又纵马前来。线娘只得又兜转马头问道："郎君既去，为何又来？"罗成道："虽承公主真心见许，还须付我一件信物，便好日后相逢记验。"线娘道："不必他求，君家一矢，妾当谨藏，妾之金丸，君当藏好，便可验矣。"罗成只顾把马近前，犹依依不舍。线娘道："罗郎你去罢，妾不能顾你了。"以手掩面，别转马头而去，随戒女兵，不许漏泄风声。

行不多几步，原来窦建德因线娘不回，放心不下，又差曹旦领

兵来接应,大家合兵一处回去了。罗成也望见前面有兵马到来,只得长叹一声,奔回冀州。正是:

相思相见知何日,此时此际难为情。

第五十回

借寇兵义臣灭叛臣　设宫宴曹后辱萧后

词曰：

　　时危豺虎势纵横，福兮祸所因。惟有功成志遂，甘心退守渔纶。　　前宵欢爱，今日魂飞，泪滴金樽。堪叹煮豆燃萁，同侪嘲笑伤心。

　　　　　　　　——右调《朝中措》

祸福盛衰，如同一梦。往往有人梦平常落寞之境，还认得自己本来面目是在梦中。及梦到得意荣显之境，不但本来面目尽忘，连自己的性灵智巧，多换做贪残狠毒的心肠。直到蹇驴一鸣，荒鸡三号，方才醒觉。多少英雄好汉，无有不坐此病。

如今再说夏主窦建德见线娘回来，只道他杀败了罗成，心中甚喜，检点兵马，不觉伤了大半，只得暂回乐寿，整顿兵甲，再议征伐。

曹后接见了夏主与线娘，问起行兵之事，勇安公主备细述了一遍。建德道："胜败何足定论，然前日之败，原因孤欺敌之故，以致丧师。但可惜邓文信忠义之臣，死于非命，若早依了曹旦、文信之言，决无此失。"曹后问道："他两人怎样说法？"线娘答道："前日兵围罗艺州城之时，母舅密告父皇道：'大军久驻城下，恐敌军窥见我军懒怠,黑夜开城劫寨,一时无备,定遭毒手,宜预防之。'邓文信也谏道:'战胜而将骄卒惰者必败。今士卒久已懈惰,况兼罗艺善能用兵,虽被我们围困在城,城中将士,皆精锐劲敌,勿以旦言为非。'父皇总谏不听。"曹后道:"陛下尝能以弱制强,稍得一胜,便生矜骄之意,以致三军损折,不以为戒,妾等无所托矣!"夏主道:"御妻之言甚善,今后孤当谨之。"曹后道:"据妾之见,陛下当下诏罪己,去尊号,减御膳,素袍白马,与死者发丧,赒给其家属,赏功罚罪,以安众心,畜养锐气,再进兵伐许。如此激厉将士,无不胜矣。"夏主从之。

次日赏功罚罪,殁于王事者设有亲祭,死者家属赏赐存问。远近闻之,无不叹服。忽报凌敬还朝,夏主喜道:"子肃回来,吾事济矣。"遂御殿召敬入问之:"卿远路风尘,不知招贤之事如何?"凌敬道:"臣奉主公严命,访见杨义臣,述主公来意。他始则再三拒却不从,被臣说先帝惨弑,将军宜志在报仇,他即慨然应允,但要主公从他三事。"夏主问:"何三事?"凌敬一一说出。夏主道:"若从孤征伐,即孤之臣也,果能尽心助孤讨贼,何所不容?"凌敬道:"臣别义臣时,更有密嘱,叫主公去赚此人相助,不愁化及不灭。"向建德耳上低言数语。夏主叹道:"虽战国孙吴,亦不过此。"

次日早朝,群臣拜舞已毕,夏主唤刘黑闼道:"昨日唐国秦王书来,借粮二千石,供给军储,伐许之后,加利清偿。孤今与唐合兵讨贼,乃兄弟之国,不可不借。汝同凌敬整点大车二百辆,装贮粮米,率领士卒,护送前去,中途交纳,勿使有失。"二人领命辞行。凌敬分付军士:"路上盗贼生发,汝等俱扮作民夫,务须遮护粮草,军装器械随身,小心谨密,违者治罪。"一行人趱护粮车起行,不数

第 五 十 回

日已到曹濮州地界。

说太行山有贼首范愿,自号飞虎大王,手下有三千喽啰,皆勇敢之夫,在曹濮界上,依山为寨,劫掠客商。两日正虑粮草不敷,忽见喽啰报说,北路上有夏王装载二百辆粮车,助唐军饷,无人护送,取之甚易。范愿以手加额道:"来得却好,我正乏粮。"忙领二千贼众,一齐下山,抢劫粮车。时黄昏在侧,前哨来报道:"粮车插成营垒,民夫尽皆衣服毡衫,并不打更喝号,安眠稳睡。"范愿听说大喜,直奔车营,只见四下寂静,并无一人言语。一声炮响,众车夫扒起,都吓散了。众贼揭去盖车芦席,却是空车,并无粒米在内。范愿知是中计,拨马就走,只听见四下里炮声振天,夏兵四五千密层层齐裹围来,把范愿人马,困在垓心。倏忽间明灯火把,照耀如同白昼,夏阵里闪出一将,明盔亮甲,手持巨斧,喊声如雷,叫道:"范愿草贼,快快下马投降!"范愿道:"你是何人?"刘黑闼道:"吾乃夏国大将刘黑闼便是。"范愿道:"我只道是谁,原来是你。吾想你当初也曾在绿林中做过这个道路儿的,如今何苦替夏家出这样蠢力?料想做强盗的,没有倒贴出买路钱来的理。还不快快放我们出去!倘然你日后被人杀败了,仍归旧业,也好见面酬情。"刘黑闼听了大怒道:"强贼敢来触污我?"举起巨斧直砍进来,范愿接住,战了三十余合,不分胜负。

忽见夏阵中一骑飞来,口中喊道:"二位将军且请歇马,吾与汝二人讲和何如?"范愿道:"你又是何人?"凌敬道:"吾乃夏国祭酒凌敬便是。"范愿道:"祭酒如何讲和?"凌敬道:"足下今日如虎陷阱,虽有双翅,亦难飞去。何不弃邪归正,从降夏主,同讨化及,与炀帝报仇,官封极品,受享爵禄,岂不强如在这里为寇?"范愿道:"祭酒之言虽是,但恐夏主未肯相容。"凌敬道:"夏主招贤纳士,忘怨封仇,有何不容?"范愿听了大喜,即弃戈下马投降。贼众二千,亦皆解甲罗拜。范愿欲请二人到山寨里去叙礼,然后领众起行。凌敬道:"刘将军与足下且在寨中歇马,我去雷夏泽中,邀请杨太仆来,一同起行。"说了,即别二人,带领从者去了。

却说杨义臣自别凌敬之后,每夜仰观天象,忽见西北上太乙缠于陬宿之间,其星晦暗欲灭,心中大喜,对杨芳道:"化及死期至矣!汝速收拾军器,候凌大夫到来,即去杀贼,与主报仇。"杨芳应诺。次早,忽报凌敬到,义臣接入。凌敬道:"奉夏主之命,特来邀请。太仆所言三事,俱已应允,范愿亦已遵计收降,在山寨奉候。"义臣大喜,即设酒款待,分付家人:"勤事农桑,我去一月之间便回。"随同凌敬起身,离了雷夏,到了太行山,早见刘黑闼同范愿一支人马,接入寨中。范愿已知杨义臣用计取他,忙下拜道:"愿本鲁夫,蒙老将军提挈,敢不执鞭,以效犬马之力,同老将军征讨!"义臣道:"既是足下肯改邪归正,不失老夫企慕之心,但寨中所掳子女,宜赠其路费,释放回家,将来建功立业,何愁不有?"范愿允从。随将女子放回,烧了山寨。同杨义臣等共有六七千人马,离曹州径投乐寿。

凌敬安顿杨义臣于驿中,随同刘黑闼、范愿拜见夏主。范愿将宝物献上,以为进见之礼。夏主道:"卿肯来附孤,尽力王事,便是国家之宝了,孤安用此无益之宝?卿还收去,后日赐将士。"范愿深敬夏主之贤。夏主问凌敬道:"义臣曾邀来否?"凌敬道:"现在城外驿中。臣意此人,昔年曾与陛下对敌,多不相让,今日若不圣驾出迎,加以隆礼,恐彼犹不自安,焉得尽其才能?"夏主道:"卿所见甚明。"

第 五 十 回

遂备车驾，率领百官出城迎接。到了驿中，义臣下拜，夏主见义臣浓眉白发，鹤氅星冠，是扶宇宙的班头，安邦国的领袖，忙答以半礼。义臣道："亡国之臣，深感大王来召，安敢受答拜之礼？"夏主道："孤敬太仆，乃忠义之士，故特屈来，共讨弑君之贼。"义臣道："贼臣化及，臣恨不能立刻诛之，以谢天下。然祭酒代奏之事，事毕之后，望大王仁慈，放臣归隐田里。"夏主道："孤出语欲取信于天下，安忍食言也？"随同进城送义臣至公馆，设宴以宾礼待之。

君臣议论，直饮至日已沉西，方才回朝进宫。择吉出师，命刘黑闼为大将军，挂元帅印，范愿为先锋，高雅贤为前军，孙安祖、齐善行为后军，曹旦为参军纳言，裴矩、宋正本为运粮纳言，勇安公主为监军正使，凌敬同孔德绍留守乐寿，与曹后监国，杨义臣从夏主帷幄，卜画策定计。大兵十万，浩浩荡荡，向魏县杀来。

时秦王世民与淮安王神通，先引兵到魏县。刘文静赍书各国回来，说："魏公李密领兵来会，王世充无心北伐，夏主建德拜复大王，不必远劳龙体，只消遣一二副将，领兵来同诛逆贼足矣。"秦王道："正合吾意。昨日父皇有旨意来，说定阳可汗刘武周引兵攻并州，洛阳王世充侵犯伊州，梁萧铣剽掠峡州，三路锋势甚锐，要吾去征讨。卿与淮安王、李靖齐心并力，同诛化及。"秦王就将兵印交与神通，自己径回长安。

原来李靖当年携张出尘，游至太原，访着了张仲坚、徐洪客，投见刘文静。时秦王正开招贤宾馆，文静引他三人来见秦王，秦王见三人气宇，知非常人，便优礼结纳。洪客见秦王龙颜凤姿，知是当今真主，又见秦王与仲坚手局，仲坚第二局将败，急收拾东南一角，秦王犹欲点睛攻击。仲坚道："君何并吞若此弹丸一角，犹不让我稍竟其局？"秦王微哂住手。因此洪客对仲坚道："天下大事已定，兄何心强求？"仲坚等别了秦王，遂把家资赠与出尘一妹，自同洪客飘然往海外夫余国去，别做一番事业了。李靖在秦王幕中情投意合，故令助夏伐许。把军机大事，托付他与淮安王同事。

却说宇文智及知三路兵来，锋锐难敌，便将府库珍宝金珠缎帛招募海贼，以拒诸侯之兵。徐懋功探知化及募兵，密使心腹将王簿，带领三千人马，暗藏毒药三百余斛，授以密计，假名殷大用，投入化及城中。化及大喜，封为前殿都虞候。淮安王李神通得了秦王兵符将印，进兵攻讨化及，离城四十里下寨。化及探知秦王已去救西北之兵，欺神通等无谋，忙统众出城迎敌，岂知李靖足智多谋，暗出奇兵，伺化及方立寨观阵，令刘弘基斜刺里飞骑来取化及。化及手下大将杜荣、马华两枝画戟，如飞招架隔住，被刘弘基一口刀，左右一迸，二戟齐断。杜荣、马华只得将戟杆向弘基马头上乱打，化及疾忙逃回，弘基亦拨马回阵。杜荣掣军士手中枪赶来，李靖搭上箭，望杜荣心窝便射，应弦落马，许兵大败，幸亏长子丞基接应救回。因此化及弃却魏县，连夜同萧后逃奔聊城。

唐兵探知，李靖道："贼臣虽败走聊城，声势尚大，一时难灭，吾欲观其动静，探其虚实，用奇计然后进兵。"李神通道："正合吾意。"大家带领数骑，离营二十里外，放马于高阜之处，遥望气色。李靖道："化及逆贼，败在旦夕矣。"诸将道："贼势正炽，何能便败？"李靖道："聊城上气色已绝，安得不死。但观唐、魏二营之气，亦非得胜之兆，不知此贼死于何人之手？"言未绝，只见正北上一阵杀气横冲斗牛之间，直与天连，风送南来，犹如烟火之状，李靖欣然道："原来擒获此贼乃属正北之兵。"时已抵暮，鸦鹊归噪，成群

第 五 十 回

进城投巢。李靖道："吾得计矣。"遂带马回营。淮安王问李靖："所得何计？"李靖向神通附耳数句，神通点头称善，密差一将屈突通，带领能捕猎者五百人，各带随身兵器并罗网之属，游行郊外，看聊城内飞出禽鸟，随往捕之，活者照数给赏。屈突通领命而去。

却说夏主亲统大兵来到聊城北边安了营垒。夏主请杨义臣商议破城之策。义臣道："初临敌境，未知虚实，且命范愿领三千人马，前往挑战，探贼动静，然后定计，可保万全。"夏主从之。义臣即唤范愿领兵迎敌："但令汝败，不令汝胜。"范愿领命，统兵至聊城。化及差长子宇文丞基出战，两人斗了五十余合，范愿诈败，退去二十余里，丞基亦不来追，各自鸣金收军。义臣分付黑闼全军，亦退下二十里。惟李靖知杨义臣用诱敌之计，便将屈突通所捕猎的乌鸦、燕雀、鹳鸽等鸟，不计其数，将胡桃杏李之核，打开去仁，俱装艾火于内，用线拴系飞禽之尾，叫军士齐放入聊城。

当日宇文丞基败了范愿，领兵回城，面奏化及，以为夏兵不足忧，儿愿明日领精兵五万，再与决战，务使北擒建德，西破唐兵。宇文智及道："三路之兵甚锐，岂可只以一面拒之？莫若遣诸将分头埋伏，四路接应截杀，可保无虞。"化及称善，便遣大将杨士览、郑善果、司马雄、宁虎受计，埋伏四方。太子丞基为前军，御弟智及为中军，化及自己为后军。分拨已定，俱于聊城六十里外扎营，以号炮为信出兵，留殷大用与丞址守城保驾。各将领计出城，只有化及尚未动身。是夜正与萧后酣寝宫中，忽报满城火发，化及忙出宫巡视，只见烟冲霄汉，烈焰通天，瞬息之间，被李靖用暗火烧得城内一派通红，仓库粮储，城楼殿宇，惟留赤地。殷大用又假救火为名，叫军士汲存三日之水，命将毒药分投满城井内。

借寇兵义臣灭叛臣　设宫宴曹后辱萧后

化及见军士焦头烂额者,后忽然又上吐下泻,一齐病倒,便放声大哭,以为天谴灾殃,来夺朕命,昼夜惊惶。夏兵细作报知夏主,义臣知是魏国徐懋功与唐李靖用计,速召范愿领步兵一万,扮作许兵,各存记号,乘夜偷过智及大营二十里外埋伏。又命刘黑闼、曹旦、王琮引兵五万与智及对敌。又拨精兵二万,义臣亲自劫夺智及营垒。高雅贤、孙安祖、宋正本领兵四万,埋伏中道,以截丞基救应。留兵二万与裴矩留守大营,勇安公主护驾。分派已定,军士饱餐战饭,三声大炮,夏主统兵直逼聊城。唐、魏二营探知夏主攻城,也放炮助威,四门攻打。化及催督将士同殷大用出城迎敌。夏主认得化及,更不打话,忙将偃月刀,直砍进来。化及挺枪来战。战了二十余合,指望殷大用来接战,岂知大用反退进城,将城门大开。

化及因有智及途中伏军,且战且走,只见杨义臣劫了智及大营,纵马前来,向夏主道:"主公快进城去抚安百姓,收拾国宝图籍,待老臣来斩此逆贼。"夏主兜转马头领兵进城去了。杨义臣挺枪来刺化及,两个战了三四合。勇安公主恐怕义臣有失,忙向锦囊内取出金丸来,拽满弓看准弹去,正中化及面门。三四个蛮婆手持团牌砍刀,直滚到马前把化及的马足乱砍。杨义臣加上一枪,化及直撞下马来。义臣叫手下捆了,上了囚车。只见曹旦已斩了杨士览,刘黑闼与诸将尚与智及三四将一堆儿恋战。杨义臣分开众兵,将化及囚车推出军前,向许兵大声说道:"汝等俱是隋国军民,为逆贼所逼。汝之家属尽在关中。今逆贼已擒,汝等若欲西归,悉听汝归关中。愿归夏者,录官升赏,如若不降,吾尽坑之。"许兵闻言,皆去兵器甲胄而降。智及见兄因在陷车,心胆已碎,又见众军倒戈弃甲而去,忙欲领数骑,逃入丞基营中。不意孙安祖一骑飞

第 五 十 回

来,一枪正中腰间,直跌下马来。义臣忙喝众军士将智及钉上枷杻,囚于陷车,麾兵去合剿丞基。

却说夏主统兵来到聊城,见城门大开,一将手提一颗首级,向夏主马前禀道:"臣乃魏公部下,左翊卫大将军徐世勣首将王簿,奉主将之令,改名殷大用,领兵三千,诈为海贼,投入化及城中,化及拜臣都虞候之职。前日毒药井泉,病倒军士,今日开门迎大王之师。此是化及次子丞址首级,臣谨献上,请大王入内,臣于此辞别矣。"夏主道:"卿有破城之功,且款留数日,待孤犒赏军士,回去未迟。"王簿道:"徐将军号令严肃,不敢贪功邀赏,有误军期。"说了,辞别下去。夏主叹道:"王簿真大丈夫也,只此便知徐世勣之为主帅严明矣!"夏主拥兵入城,到宫中请萧皇后御正殿,建德行臣礼朝见,立炀帝少主神位,率百官具素服发哀。

时勇安公主带领诸将陆续进宫,将化及、智及陷车推到面前,曹旦提了杨士览首级,范愿提了宇文丞基首级,刘黑闼、孙安祖等押绑擒获许将报功。夏主分付武士将化及、智及,绑于柱上,以刀剐之,献祭炀帝。又将许将跪对神座,愿降者赦之,不服者杀之。一面收拾国宝图籍,叫手下排宴在龙飞殿庆赏功臣。时唐、魏两家已拔寨起身去了,忙命孙安祖去请杨义臣。只见留守大营裴矩差一将来禀:"杨老将军有一禀帖,差官来奉上王爷。"夏主拆开一看,书上说贼臣化及已擒,臣志已完,惟望大王所允前言,仁慈放归田里。后有绝句一首:

挂冠玄武早归休,志乐林泉莫幸求。

独泛扁舟无限景,波涛西接洞庭秋。

夏主看罢道:"义臣去了,孤失股肱矣!"刘黑闼、曹旦欲领兵

借寇兵义臣灭叛臣　设宫宴曹后辱萧后

追赶,夏主道:"孤曾许之,今若去追,是背约也。孤当成其名可耳!"于是将隋宫珍宝悉分赐功臣将士军卒,将国宝图籍付与勇安公主收藏,因问萧后:"今欲何归?"萧后道:"妾身国破家亡,今日生死荣辱,悉听大王命之。"夏主笑而不言。勇安公主在旁,恐父亦蹈化及之辙,忙接口道:"既如此,何不待孩儿先同娘娘到乐寿,一则可慰母亲悬念,二则大军慢慢里可以起行。"夏主见说喜道:"公主所言甚是有理,明日先点二万人马同你母舅先回乐寿去便了。"那夜萧后就留公主在寝宫歇了。

次日清早,曹旦已点兵伺候,萧后带了韩俊娥、雅娘、罗罗、小喜儿四个得意的宫人上了宝辇。勇安公主又在宫中选了二三十名精壮的宫人,五六个俊俏的美女,然后起行。正是:

　　士马峥嵘尘蔽日,军中齐唱凯歌回。

不一日到了乐寿,哨马报知公主回朝。曹后差凌敬出城迎接,凌敬请萧后暂停驿馆。勇安公主同曹旦进城朝见曹后,公主将隋氏国宝图籍奇珍呈上,又叫带来宫奴美女来叩见。曹后大喜。公主又说:"萧后现停驿馆中,请母亲懿旨定夺。"曹后道:"此老狐把一个隋家天下断送了,人尽夫的人要他来做什么?"凌敬道:"主公断不作化及之事,既到这里,娘娘还当以礼待之。主公回来,臣自有所在送他去。"曹旦道:"凌大夫说得是。"曹后道:"既如此,我即摆宴宫中。只说我有足疾未愈,不便迎迓,待他进宫来便了。"凌敬见说,便到驿中禀萧后道:"国母本当出来迎接娘娘,因足疾未痊,着臣致意,乞鸾舆进城,入宫相会。"

萧后上了鸾辇,转念道:"当初炀帝时,许多扈从百官随驾,何等风光。今日人情冷淡,殊觉伤心惨目。"不一时已到宫门,勇安

第 五 十 回

公主代曹后出来迎接进宫。只见曹后凤冠龙髻,鹤佩衮裳,相貌堂堂,端庄凝重,毫无一些窈窕轻盈之态,四个宫奴扶着下阶,来接萧后进殿中。曹后要请萧后上坐拜见,萧后那里肯,推让再三,只得以宾主之礼拜见了。

三巡茶罢,左右就请上席。萧后、曹后、勇安公主齐进龙安宫来,只见丰盛华筵,摆设停当。曹后举杯对萧后说道:"草创茅茨,殊非鸾辇驻跸之地,暂尔屈驾,实为亵尊。"萧后答道:"流离琐尾之人,蒙上国提携,已属万幸,又蒙盛款,实为赧颜。"大家坐定,酒过三巡,曹后问萧后道:"东京与西京,那一处好?"萧后答道:"西京止不过规模宏敞,无甚幽致。东京不但创造得宫室富丽,兼之西苑湖海山林,十六院幽房曲室,四时有无限佳景。"曹后道:"闻得赌歌题句,剪彩成花,想娘娘必多佳咏。"萧后道:"这是十六院夫人做来呈览,妾与先皇不过评阅而已。"曹后道:"又闻清夜游,马上奏章,演杂剧,月阶试骑,真千古帝王未有如此畅快极乐。"韩俊娥在后代答道:"这夜因娘娘有兴,故皇爷选许多御马进苑,以作清夜游,通宵胜会。"曹后问萧后道:"他居何职?"萧后指道:"他叫韩俊娥,那个叫做雅娘,这两个原是承幸美人;那个叫罗罗,那个叫小喜儿,是从幼在我身边的。"

曹后对韩俊娥问道:"你们当初共有几个美人?"韩俊娥答道:"朱贵儿、袁宝儿、薛冶儿、杳娘、妥娘、贱妾与雅娘,后又增吴绛仙、月宾。"曹后道:"杳娘是为拆字死了,朱、袁是骂贼殉难的了,那妥娘呢?"雅娘答道:"是宇文智及要逼他奸污,他跳入池中而死。"曹后笑道:"那朱、袁与妥娘好不痴么,人生一世,草生一秋,何不也像你们两个随着娘娘,落得快活,何苦枉自轻生?"萧后只

借寇兵义臣灭叛臣　设宫宴曹后辱萧后

道曹后也是与他同调的,尚不介意。勇安公主问道:"还有个会舞剑的美人在那里?"韩俊娥答道:"就是薛冶儿,同五位夫人与赵王先一日逃遁,不知去向。"曹后点头道:"这六五个女子拥戴了一个小主儿,毕竟是个有见识的。"又问萧后道:"当初先帝在苑中,闻得虽与十六院夫人绸缪,毕竟夜夜要回宫的,这也可算夫妇之情甚笃。"萧后道:"一月之内,原有四五夜住在苑中。"曹后又问道:"娘娘为了绫锦与皇爷惹气,逼先皇将吴绛仙贬入月观,袁宝儿贬入迷楼,此事可真么?"萧后肚里想道:"此是当年宫闱之事,如何知得这般详细,不如且说个谎。"便道:"妾御下甚宽,那有此事?"曹后笑道:"现有对证的在此,待妾唤他出来,便难讳言了。"分付宫奴,唤青琴出来。

不一时,一个十五六岁的宫女叩见萧后,跪在台前。萧后仔细一看,是袁紫烟的宫奴青琴,忙叫他起来问道:"我道你随袁夫人去了,怎么倒在这里?"青琴垂泪不言。勇安公主答道:"他原是南方人,为我游骑所获,知是隋宫人,故解入宫,做人伶俐,倒也可取。"曹后又笑指罗罗道:"得他是极守娘娘法度的,皇帝要幸他,他再三推却,赠以佳句,娘娘可还记得么?"萧后道:"妾还记得。"因朗诵云:

"个人无赖是横波,黛染隆颅簇小娥。

今好留侬伴成梦,不留侬住意如何?"

曹后听了叹道:"词意甚佳,先皇原算是个情种。"勇安公主道:"到底那个吴绛仙,如今在那里?"韩俊娥答道:"他闻皇爷被难,就同月宾缢死月观之中。"勇安公主又问:"十六院夫人,去了五位,那几位还在么?"雅娘答道:"花夫人、谢夫人、姜夫人是缢死的了,梁夫人与薛夫人不肯从顺化及,被害的了,和明院江、迎晖院

511

第 五 十 回

罗、降阳院贾，乱后也不知去向。如今止剩积珍院樊、明霞院杨、晨光院周这三位夫人，还在聊城宫中。"曹后喟然长叹道："锦绣江山为这几个妮子弄坏，幸喜死节的殉难的，各各捐生，以报知己，稍可慰先灵于泉壤。"又问萧后道："这三位夫人既在聊城，何不陪娘娘也来巡幸巡幸？"韩俊娥答道："不知他们为什么不肯来。"勇安公主笑道："既抱琵琶，何妨一弹三唱？"

　　此时萧后被他母女两个，冷一句，热一句，讥诮得难当，只得老着脸，强辩几句道："娘娘公主有所不知，妾亦非贪生怕死，因那夜诸逆入宫，变起仓卒，尸首血污遍地，先帝尸横床褥，朱、袁尸倚雕槛，若非妾主持，将沉香雕床改为棺椁，先殓了先帝，后逐个棺殓，妥放停当，不然这些尸首必至腐烂，不知作何结局哩！"曹后道："这也是一朝国母的干系。妾晓得娘娘的主意，不肯学那匹夫匹妇所为，沟渎自经，还冀望存隋宗祀，立后以安先灵，不致殄灭。"萧后见说，便道："娘娘此言，实获我心。"曹后道："前此之心是矣；但不知后来贼臣既立秦王浩为帝，为何不久又鸩弑之。这时娘娘正与贼臣情浓意密，竟不发一言解救，是何缘故？"萧后道："这时未亡人一命悬于贼手，虽言亦何济于事？"曹后笑道："'未亡人'三字，可以免言，为隋氏'未亡人'乎，为许氏'未亡人'乎？"说到此地，萧后只得掩面涕泣，连韩俊娥、雅娘也跌脚悲恸。

　　正在无可如何之际，只见宫人报道："主公已到，请娘娘接驾。"曹后对萧后道："本该留娘娘再宽坐谈心，奈主公已到，只得屈娘娘暂在凌大夫宅中安置，明日再着人来奉请。"即叫仪卫送萧后上辇到凌敬宅中去了。

　　未知后事如何，且听下回分解。